山河 枕

墨书白 著

下卷

二十六　待我加冠之日，可能为我一舞？

楚瑜和卫韫领着卫家上下，在秦时月五千兵马的护送下一路狂奔，冲向卫家在昆州最近的掌控地——淮城。进了城，卫韫立刻吩咐秦时月调兵守控，随后直奔落脚的府邸，命人去请沈无双。另一边，楚瑜安置好柳雪阳、蒋纯等人，也急急地来到了卫韫房里。

沈无双正在给卫韫上药，他已没了之前强撑的模样，脸色惨白地斜靠在床边，似乎是累极了。楚瑜走过去，从沈无双手里接过纱布和药，淡道："我来吧。"沈无双赶紧让了位置出来，又同楚瑜道："没多大事，你放心，就是一点外伤。一个月绝对能好。"楚瑜"嗯"了一声，沈无双摸了摸鼻子，知道此地不宜久留，赶紧捡起药箱："那你们慢聊，我不打扰了，先走一步。"

沈无双说完就跑了，出门前还不忘把屋里伺候的众人也一并带了出去。房间里就只剩下楚瑜和卫韫，见楚瑜不说话，卫韫也不敢开口。楚瑜将纱布一圈一圈缠上卫韫的肩，动作轻柔熟练到甚至让他有些不安。"阿瑜……"他有些艰难地道，"你骂我吧。"

"我骂你做什么？"楚瑜的声音淡淡的，倒也听不出喜怒。卫韫垂下眼眸，"杀手是我布置的，这一箭是苦肉计。我没先同你商量，是我不对。"

此时楚瑜已经将纱布打了结，却仍然不说话，站起来便打算转身离开。卫韫一把抓住她，握着她的手道："阿瑜，你别这样，我害怕。"

楚瑜转头瞧他，面色有些无奈："我没什么好怪你的。面对赵玥那样精于算计的人，你只能自己动手，我明白。我只是……"说着，她垂下眼眸，似是有些难过，"我只是瞧着你，觉得我自个儿无能，也觉得心疼。"

听到这话，卫韫终于放下心来。他抬起手，将人抱在怀里："阿瑜，听着你说这话，我就觉得高兴。这证明你将我放在心上，我受了伤，你会自悔、会心疼。……可是阿瑜，"他轻笑出声，"你这样，我心里便难受了。我本就身上有伤，你还要让我心里难过吗？"

楚瑜被他逗笑了："你怎么这样无赖？"

"我不是无赖。"卫韫拨弄着她的手指,温和地道,"我是觉得,只要能让你高兴,怎样我都愿意。我不会说话,我就学;我不会讨好你,我就求教别人。你要同我过一辈子,我总该让你高高兴兴地过一辈子……对不对?"

　　听到卫韫说起一辈子,楚瑜的心微微一颤。她伸出手去,小心翼翼地抱住了他。她本想倚着他说些什么,最后却又禁不住红了脸,只是道:"过几日便是你的生日了,今年该举行你的加冠礼了吧?"

　　"嗯。"卫韫应声,"我打算将封王仪式和加冠礼放在同一日。"

　　"你也要同王家一样自封为王吗?"楚瑜轻笑,"我还以为你是打算直接反了。"

　　卫韫沉吟了片刻,才道:"我终究还是希望,不要大动干戈吧。当不当皇帝我其实不在意,只要能找到合适的人来当就好。等再过些时日吧。"

　　"再过些时日?"楚瑜有些不解。卫韫垂眸看着楚瑜的肚子,不动声色地抬手覆上去,平静地道:"若过些时日还找不到合适的人来做这个皇帝,我再做打算不迟。"

　　楚瑜点了点头,明白如今的卫韫早已不需要她操心了。卫韫环着她,叹了口气:"你若能给我生个孩子,我就不用这么发愁了。"楚瑜的面色变了变,卫韫见状赶忙笑道:"我同你玩笑呢。"说着,他靠上她的肩头,"阿瑜,一切都要等着你愿意了才好。"

　　听到这话,楚瑜的心里放松了些。她抚着卫韫的发,终于道:"好了,府中还有许多事,我先去看看。"说着她便要起身,卫韫却是仍抱着她不动。楚瑜皱起眉头:"你这是做什么?"

　　"我受伤了。"

　　"嗯?"

　　"我疼。"

　　"哦?"

　　"阿瑜,"卫韫像小狗一样蹭着她的脸,"我受伤了,不方便去找你,你晚上来找我好不好?"

　　楚瑜抬手轻轻拍了拍他的脸:"小混蛋,这像什么样子?"

　　"阿瑜,好嘛,你答应我嘛。"

　　"卫侯爷——"楚瑜拉长了声音,认真道,"你不是奶娃娃了,别撒娇,赶紧放手。"

　　卫韫不说话,却也不放手。楚瑜忍不住笑了:"你还和我耍起赖了?"

　　卫韫无奈地叹了一口气,似是妥协,终于不情不愿地放开了楚瑜。

　　楚瑜站起身走出屋子,她忍不住开始思考——自己到底在顾虑什么呢?如今已经走到这一步,提起孩子,她还在怕些什么呢?看着长廊外面淅淅沥沥的细雨,楚瑜的脑海中

二十六 待我加冠之日，可能为我一舞？

莫名其妙就闪过了上辈子清平郡主那清丽高雅的面容。

上辈子她见过清平郡主一次。那时正值战乱，女子从马车上走下来，白衣笼纱，玉簪绾发，神色平静中带着悲悯。因着她师从医圣，医术高超，又面容姣好，被许多百姓奉为观音转世。那是当世不可多得的女子，只需一面，便让人终身难以忘怀。当年的楚瑜见她一面便自叹弗如，如今……她抬手看着自己的掌心——失去了一腔热血，失去了少年意气，失去了那些最宝贵的东西的楚瑜，与那月宫仙子、菩萨下凡，又有什么好比的？如果她的对手是别人，她或许还有几分自信，可是清平郡主……楚瑜苦笑，她便真的自信不起来了。

她突然明白了自己在怕什么。没有孩子，来就来了，去便去了，都是她一个人的事。上一辈子，她为了爱情连累够了别人，这一辈子，她希望感情只是自己的事。她害怕有一天自己有了孩子，清平郡主又骤然出现。若卫韫仍像上辈子一样要迎娶那女子为夫人，她又该怎么办……

楚瑜闭上眼睛，重重地舒出一口气。……不管了。她想，今朝有酒今朝醉吧，又管那未来做什么？和卫韫这样的人，能有过一场，都是幸事。这样一想，楚瑜突然又觉得有那么几分安慰了，她睁开眼睛，转过身去——如今卫家刚刚安置到新府，还有许多事需要她去安排。

一路忙到夜里，回到屋中时已是深夜。洗漱后楚瑜便命人熄了灯退下，准备卷了帘子睡下。谁知她刚一拉开帘子，便被人猛地一把拉了进去。对方似乎蓄谋已久，将她往床上一卷，捂住她的唇翻身一滚，就将她压在了身下。熟悉的味道扑面而来，楚瑜的肌肉放松下来。卫韫轻笑起来："知道是我了？"

"我没瞎。"楚瑜在黑暗中瞥了他一眼。卫韫低笑出声，低头亲了亲她："你不来找我，我便来找你了。"

"你……"

"我想你。"卫韫伸出手，将楚瑜抱在怀里，温柔地道："可白天你不属于我，若是夜里也不让我在你身边，你让我怎么办？……你看，我们相处的时间那么少。"卫韫扳着手指头给楚瑜算时间，"每天白日至少八个时辰，你都是别人的，你又晚睡早起，加上我躲着人过来的时间，我每日能这么静静抱着你的时间不足两个时辰。"说着，卫韫有些委屈了，"你不嫁我，还要这么晾着我吗？"

"好了好了。"楚瑜被他缠得无奈，"我又没让你走。"

听到这话，卫韫总算高兴了，大大方方地翻身滚开，将手枕在头下，小声道："阿瑜，我的生辰贺礼你准备了吗？"楚瑜觉得这人像极了个小孩子，她有些无奈："还没。

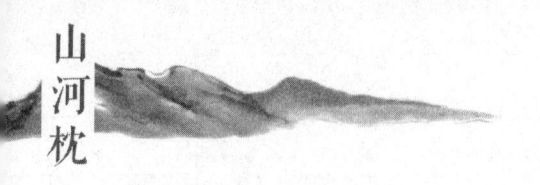

你想要什么？"卫韫高兴极了，认真地思索了一会儿，终于道："阿瑜，你知道我第一次觉得你特别好看——不是嫂嫂的那种好看，而是女人那样的好看——是什么时候吗？"

楚瑜愣了愣，竟也有些好奇起来："什么时候？"

"那年你为我舞过一次长枪，你还记得吗？"卫韫似是有些不好意思，握住楚瑜的手支支吾吾地道："你能不能，为我舞一次……不一样的？"

"不一样的？"楚瑜有些不明白。

卫韫静静地看着她，黑白分明的眼里带着笑意："当初你把我当孩子哄，如今我想让你把我当丈夫哄。"楚瑜微微一愣，卫韫抬手覆在她脸上，"阿瑜，我希望你把我当成个男人，更希望你把我当成你的丈夫……

"——待我加冠之日，你可能为我一舞？"

第二日醒来，楚瑜抬手一摸身边，人却是已经不见了，原来天亮前卫韫就已经悄悄回了自己的屋中。楚瑜看着身边空荡荡的，突然就有些失落起来。她克制住这种骤然升起的情绪，起身梳洗，这时长月走进来道："大夫人，六夫人领了六位公子候在大堂里，请您过去。"

楚瑜愣了愣，诧异地问道："她没去昆阳？"然而她也知道长月当然不可能了解其中缘由，于是赶忙赶到大堂去。

一走进大堂，却发现里面已是坐满了人，六个小公子都回来了，屋里叽叽喳喳的一片嘈杂。蒋纯正拉着卫陵春的手，仔细打量着他手上的茧子。卫陵春如今已经十一岁了，眉目间依稀已经能看出几分卫束当年的模样，方正又英俊，一看便是个沉稳的性子。蒋纯一面不住地瞧他，一面心疼地道："你在外面是吃了多少苦，怎么手上多了这样多的伤口？"

王岚抱着正在玩风车的卫陵冬，轻轻笑起来："这一路我们遇到了好几次劫匪，多亏陵春保护我们。陵春武艺很好，二嫂可以放心了。"

听到这话，卫陵春的脸红了红，正在给柳雪阳捶肩的卫陵书赶忙道："是啊，大哥可厉害了！"旁边的卫陵墨也轻笑起来："二哥你不要脸，就知道吹捧大哥。"卫陵书回头瞪向卫陵墨，两兄弟顿时又吵了起来。而此刻卫陵寒正跪坐在卫韫身旁，恭恭敬敬听着卫韫给他讲兵法。听到两个哥哥吵了起来，他抬起头，颇有些疑惑地看了两人一眼。

看见整个屋里热热闹闹的，楚瑜心里顿时暖了起来。她上前给柳雪阳问安，随后又转身看向卫韫，恭恭敬敬地叫了声："侯爷。"

卫韫被她叫得愣了愣，随后赶忙点头道："大嫂来了。"柳雪阳笑起来："阿瑜是个多礼的。你看，把我们小七吓了一跳。"

二十六 待我加冠之日，可能为我一舞？

"如今我们毕竟不比以前了，"蒋纯温和地道，"如今外面都正瞧着咱们，阿瑜做得对，我们自己人先将小七立起来，外人才不会轻视。"这话正中了柳雪阳的意思，她点了点头："我也是这个意思。日后大伙儿多同阿瑜学学。"

楚瑜低头应了声"是"，卫韫不着痕迹地瞧了她一眼，抿了抿唇，最终也还是什么都没说。

王岚回来了，柳雪阳高兴，决定全家一起出去走走。六位小公子留在府中习课，柳雪阳领着卫韫、楚瑜、蒋纯和王岚一起来到府衙外。这一番变故下来，柳雪阳受惊不小，明显身体虚了许多，王岚和蒋纯在前面搀扶着她，王岚轻声说着她逃出华京之后一路的际遇。

"出城之后本是打算往昆阳去，路上却还是被人追截，好不容易逃脱出来，因着落难，又遇到了劫匪。好在陵春武艺高强，领着陵书、陵墨抗击，我们便一路朝淮城赶过来。三个孩子都受了伤，我都快无法了，还好被淮城的士兵所救，又知晓了淮城知府是小七的人，我们便停在了淮城，给孩子养伤。"说着，王岚红了眼，"是我没照顾好他们……"

大家见得王岚自责，纷纷安慰。楚瑜和卫韫走在后面，静静地听着王岚述说，两人心中都颇为感慨。其实王岚能走到这一步，对她来说极为不易，楚瑜也是未曾想过的。

楚瑜的神思有些恍惚，不经意间就感到有人握住了她的手。她骤然转头，便看见卫韫站在她身侧，一脸平静，仿佛什么都没发生一样。路道狭窄，卫韫个子高大，两人并行，便挤在了一起，衣袖擦着衣袖，也看不清那衣袖下牵起来的手。

楚瑜皱起眉头，轻轻想要挣开，卫韫却是换着法子去拉她。两人一个想躲一个想抓，在衣袖下斗智斗勇，面上却都是含笑不动，泰然自若。他们身后是长月、晚月，楚瑜倒也不担忧，但柳雪阳就在前面，卫韫同她这样拉拉扯扯的，她整颗心都悬了起来，就怕前面的人突然回过头来。

就这样纠缠了半路，楚瑜终于忍无可忍，猛地用力，"啪"一下打在了卫韫手上。前面三个女人听见声音回头，便看见卫韫正捂着自己的手，楚瑜木然地站在一边。卫韫看见柳雪阳关切的眼神，艰难地笑了笑："有蚊子。"

王岚有些好奇："如今都立秋了，还有蚊子吗？"

"有。"卫韫认真地道，"特别大只。"

"那还是回去吧。"柳雪阳叹了口气，"我也有些乏了。"

既然柳雪阳开了口，大家也就都往回走了。回了府衙，王岚和蒋纯要扶柳雪阳回屋

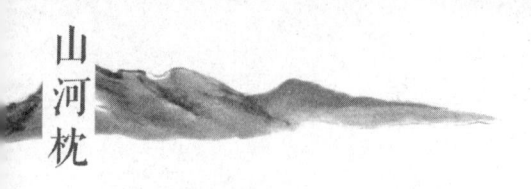

子，卫韫瞧了楚瑜一眼，笑道："那我送嫂嫂回去。"

两人走在长廊上，卫韫见四下无人，转头朝她笑开："嫂嫂，今天的蚊子咬得人特别疼。"楚瑜轻轻一笑，没有说话。走到楚瑜的小院门口，卫韫跟着想要进去，楚瑜却"嘭"地一下将门死死地关上了。卫韫愣了愣，见长月、晚月还在瞧着他，面子上有些挂不住，轻咳了一声，赶紧转身走了。

入了夜，楚瑜在自己的窗户上加了两把大锁，这才安心地睡下。半夜里，果然听到窗外传来窸窣之声，张开眼，只见窗户那里似乎有人正用一根铁丝在掏着什么。过了一会儿，对方终于意识到那两把锁轻易打不开，顿了顿，总算走了。

楚瑜见他走了，翻过身去，心里也说不出是什么感觉，似乎是放下了心，却又有点难过。然而没过多久，她就感觉头顶上又窸窸窣窣地响了起来。她好奇地探出头去，果然看见了卫韫从屋顶的砖瓦缝隙间露出来的眼睛。楚瑜一时无语，而对方看见她，赶紧又挪开了几片瓦，露出一副讨好的笑容来。

楚瑜明白了，今晚不放他进来，这屋顶怕是保不了。她板着脸起身去开了锁，然后回到屋子中间，朝卫韫指了指窗户。卫韫心领神会，乖巧地将瓦放回原位，没一会儿，他就从窗户溜了进来。

他进来之后，还没等楚瑜发火，就先将人抱住了："我错了。"

能屈能伸，让楚瑜想开口骂他都泄了火气："哪儿错了？"

"下次不在母亲面前逗你了。"卫韫闷着声道，"听你的话，当一个遮遮掩掩见不得光的小情人。"楚瑜忍不住笑出声来。她抬头瞧他，温和着声道："不是说等我吗？"卫韫沉吟片刻，终于道："是我心急了。"

楚瑜叹了口气，也不再多说。两人回到榻上躺着又说了会儿话，楚瑜见卫韫有些困了，懵懵懂懂的，忍不住开口问道："小七，你在外面四年，有没有见过好看的姑娘啊？"

"嗯。"卫韫随口应了一声。楚瑜的心提了起来，她朝他靠了靠，用手环住他，低声道："谁最好看啊？""你啊。"卫韫不假思索地回答，然后皱起眉头嘟囔道，"阿瑜，睡了，好困……"

"除了我呢？"楚瑜继续耐心地询问。卫韫感觉自己已经困得几乎没法思考，他艰难地想了想，终于道："魏清平？"

听到这话，楚瑜猛地愣住了。魏清平，便是清平郡主本人了。原来他们已经见过，但是，他们是在哪里见的呢？又是怎么见的呢？无数思绪纷杂起来，楚瑜有些慌乱。她突然很后悔问这个问题——问了又要做什么呢？其实她有无数问题想问，却又怕问下来就是给自己捅刀。她深吸了一口气，转过身去背对着卫韫。她盯着窗户，反复告诫自己，罢了罢

二十六　待我加冠之日，可能为我一舞？

了，不过是见了一面而已，又有什么呢？

然而辗转反侧，楚瑜终于还是忍不住，伸手把卫韫翻了过来。卫韫有些崩溃了，小声哀求她："好阿瑜，你这是要做什么呀？"

"你不准觉得她漂亮。"楚瑜认真地瞧着他。卫韫在恍惚中睁了眼，好像才有点明白过来。他看着女子认真又带了些稚气的脸，听她继续道，"卫韫，我和你说，你以后喜欢其他人没关系，你觉得不想和我在一起也没什么。可是你给我记着，你绝对不能骗我。如果你喜欢了别人，就要及时告诉我，知不知道？！"

卫韫忍不住笑了："告诉你了，你又要怎么办？"

"不怎么办。"楚瑜面上故作淡定，"你不喜欢我了，我就不喜欢你了。"

听到这话，卫韫的瞌睡也没了，他含笑瞧着她："那你如今是喜欢我了？"

楚瑜微微一愣，感觉似乎是被套进了什么怪圈。卫韫大笑起来，伸出手将人捞进怀里："我的傻姑娘，你这是醋了啊。"

"我没有！"楚瑜伸手推他，卫韫笑着没放手，将她固定在怀里，哄着她道："好了好了，我不同你闹。你放心，我不喜欢魏清平，我也不喜欢别人。……我就喜欢你，独独只喜欢你一个。"

楚瑜听到这话，终于觉得顺心了些，却还是冷着脸不说话。卫韫觉得这样的楚瑜可爱极了，想了想，他又认真地道："其实我觉得长公主也长得挺好看。"

楚瑜："……"

卫韫有些奇怪："你怎么不醋了？"

楚瑜冷笑一声，拉上被子，闭上眼睛："睡觉！"

第二日清早，楚瑜刚醒过来，长月便进来道："夫人，侯爷让您去议事厅。"楚瑜面上不动，点了点头，心里却是琢磨着——这人早上什么时候走的？

她思索着来到议事厅，便看见厅里已坐满了人，原来是卫秋、卫夏、卫浅等人都回来了。除了他们几个以及秦时月、沈无双，在座的还多了几位楚瑜不太熟悉的面孔。她一进来，所有人便站起来同她行礼："大夫人。"

楚瑜点了点头，卫韫也站起来道："嫂嫂来坐这边。"

楚瑜按着卫韫的吩咐坐到了他左手边的位子上。卫韫同楚瑜介绍着来人："这是我师父，名士陶泉。"

卫韫引见的是一位看上去五十来岁的老者，仙风道骨，倒是气度不凡。楚瑜赶忙行礼。这人的名头她听过，当年淳德帝曾经三次入山相请，都没请到这位老先生入仕。

555

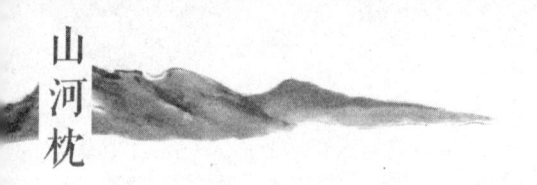

"这位是左将军陈泽……"卫韫同楚瑜一一介绍之后，同卫秋、卫夏、卫浅三人道，"你们去问了，各家怎么回复的，说说吧。"说着，他的目光停在了卫秋身上。卫秋平静地道："王家说，愿同侯爷共进退。"

卫韫点点头，看向卫夏。卫夏艰难地笑起来："楚世子没多说什么，只说再看看。不过楚世子说了……那个，大夫人要不还是回去……"

"卫浅。"卫韫直接打断了卫夏，看向卫浅。卫浅咽了咽口水，没敢说话。卫韫皱起眉头："哑了？"

卫浅心一横，闭上眼睛："宋世子说，他想和咱们家二夫人联姻……把二夫人嫁他，干啥都成！"

听到这话，众人都愣住了。卫韫皱起眉头冷声道："他宋世澜当我卫家是什么了？！"

其他人同卫韫的想法也都差不多，宋世澜虽然是庶子出身，然而这些年身价却是水涨船高。如今天下四分五裂，宋世澜手握兵权独居琼州，加上性格温和、容貌出众，当年因身为庶子而一直未曾婚配，因此当下他早惹了许多达官贵人眼热，是同卫韫一般炙手可热的夫婿人选。

而蒋纯虽然德容俱佳，但毕竟孩子都已经十一岁，家世又算不上出色，还是庶女，怎么看，宋世澜都不可能求娶她。再加上蒋纯又非待嫁之身，乃卫韫二嫂，联姻联到她的头上，这话说出来怎么都带着几分羞辱的意味。于是在场众人莫不冷了脸色，秦时月抿唇道："欺人太甚！"

楚瑜看着众人群情激愤，眼见着卫韫就要回绝，忍不住悄悄拉了拉他的袖子。他们本并排坐在一起，这样的小动作被桌子遮挡，并无人注意。卫韫转过头去，就见楚瑜笑着道："这事儿，还是问问二夫人自己的意思吧。"

听到这话，卫韫似乎有些明白了，他点了点头，又道："也是。或许这中间也有许多我们不知的内情吧。"说着，他便换了话题，开始询问华京的动态。

"侯爷刚出华京，赵玥就下了圣旨，说侯爷欺君枉法，犯上作乱，散播谣言诬陷今圣，论罪，天下当讨。"卫秋管理着情报，言简意赅地就梳理出了最重要的信息来。卫韫应了一声，随后又问道："近来投奔的人有多少？"

"约有三千，不过每日人数都在增加。"卫夏恭敬地回答，"约是大夫人的布置起了作用。"

这话让所有人都看向了楚瑜，楚瑜有些不好意思："还是卫夏说吧。"

"这些年大夫人经营的产业众多，尤其是在人口密集的情报枢纽重镇上。侯爷事发

二十六　待我加冠之日，可能为我一舞？

之后，华京当夜便有人在公告栏血书了赵玥多年来的种种丑事，还说其实当年真正的秦王世子早就死了，赵玥杀沈御医就是为了保护这个秘密，赵玥并非天家血脉。

"之后京中酒肆、赌坊、青楼、客栈，各处都有人在传播这个消息。路上还有戏班搭台子唱了关于赵玥的戏，同时有关赵玥如何害人夺帝，以及他夺帝之后的所作所为，也早已有人加工成话本，如今在坊间争相传阅，甚至在燕州等地已被列为禁书，但仍有许多百姓私下传看。"

听到这些，卫韫忍不住笑了。禁书这种事……若不禁，百姓或许还没这么想看；赵玥这一禁，怕反而给这书带来了名气。谣言总比真相跑得快，泼污水总比洗干净容易得多。想到这里，他压着笑，转头看向卫秋："那我让你安排的各种异相一事，你可做好了？"

"我已听说了。"陶泉笑了起来，"前些时日有百姓问我，可知凤落玉石之事，我便猜测是卫秋的手笔了。"

"何谓凤落玉石？"楚瑜有些奇怪。陶泉恭敬地答道："回禀大夫人，这是如今民间都在说的一块奇石。说有一猎户入山打猎，困顿之后在河边小憩，等他睁眼时，就看见一只凤凰站立在一块石头之上。那凤凰能语人言，便问那猎户：如今何年？猎户答：元和四年。凤凰说：非也，亡国之年。凤凰又问：今主何人？猎户答：赵氏四世。凤凰又摇头，回说：非也，祸国之人。而后凤凰一声长鸣，消失在了猎户眼前。猎户上前去将那石头抱了回来，让玉将开了之后，里面果然有一块美玉。那美玉上有十六个周文撰写的小字，写的是'贼星祸国，天罚将至。朱雀在北，得护永昌'。"

陶泉说得笑意盈盈，卫韫击掌夸赞："干得好！"朱雀在北，得护永昌。朱雀是卫家家徽，这意指已十分明显。

楚瑜听着卫韫的布置，又听他们开始商议定都之事。昆州毕竟混杂，各方势力都在这里占地为营，终究是不妥。卫韫、楚瑜同其他人合计了一下，最终决定在白州白岭举行封王大典，举家迁往白岭。白岭地处卫家彻底把控的白州，距离昆州又不算太远，进可攻退可守，加上它本就是白州州府，也算繁华。

敲定各项事宜后已是深夜，众人都散去，只剩楚瑜和卫韫还在议事厅中。卫韫遣退了下人，站起身来走到门前。他背对着楚瑜，看着屋外的星空，平静地道："阿瑜，这一仗若我输了，你当如何？"

"你不会输。"

"若我输了呢？"

楚瑜没说话，许久后，她慢慢地道："那我就替你把这一仗打下去。"

听到这话，卫韫朗笑出声来。他转过身，静静注视着烛火旁端坐着的女子。她的坐姿

557

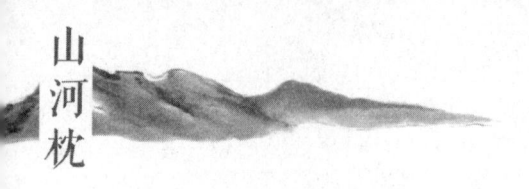

端庄从容，明明是那样一副柔弱的身骨，却仿若能撑起大楚山河。卫韫看着她，忍不住又问："那若这一仗赢了，你又当如何？"

"家里还有五只猫……"楚瑜的声音平淡。卫韫微微一愣，没想过她竟然会提到这个。只听楚瑜继续道，"……将它们养到老死。"

天下太平，不过就是养猫逗鸟，还能如何？卫韫得了这答案，走上前去，将对方揽进怀里："你说我是怎样的福气，怎么就能遇到你？"他的声音温和，楚瑜有些脸热，没有应他，一言不发。

两人互相倚靠了片刻，卫韫送楚瑜回房。路上他突然想起什么，问道："二嫂和宋世澜是怎么回事？"

"这事儿你二嫂同我说过。四年前她去外地拜访朋友，我让她顺道去给宋世澜送过一次信。不想那时候那座城就被北狄占下了，宋世澜知晓她在城里，看在卫府的面子上便去把城强行给取了，攻城时阿纯替他挡了一箭，在他那儿休养了大半个月。"

卫韫点了点头，四年前局势太乱，许多事他根本顾不上，只知道当年蒋纯受过伤，却不知细节如何。楚瑜继续道："后来宋世澜一直缠着她，如今已经快五年了。今天他那话就是旧酒装新壶，你听听就得了，千万别当真了去。宋世澜那人何等精明，怎么可能为了一个女人做下这样重大的决定？"说着，楚瑜眯了眯眼，"你瞧着吧，不日他必也自封为王。"

反正这天下如今已经这样乱，宋世澜趁机打个秋风才是他的风格。卫韫点了点头，又道："那二嫂如何想？"

"这个……"楚瑜突然想起之前蒋纯操心着给她搭红线的事情，她轻咳了一声，抬头同卫韫道，"等回到白岭举行了封王大典，你将宋世澜请过来。感情都是培养出来的，先让阿纯接触接触他。"

卫韫听着这话，皱起眉头，似乎是不大高兴。楚瑜有些疑惑："你这是怎的了？不愿意？"

"我就是觉得有些奇怪。"卫韫的双手笼在袖中，淡淡瞧了楚瑜一眼，"一个二个的，怎么都盯着我卫家的夫人们不放了？"

听到这话，楚瑜"扑哧"一声笑了出来，感慨道："若是一个都没看上我们，那证明你父母和哥哥们的眼光得有多差啊。"

这话说得卫韫高兴了很多，他点了点头："我卫家的眼光，自然是极好的。"说着，他转过头来瞧着楚瑜，似笑非笑，"例如说我家阿瑜，就是极好的。"

二十六 待我加冠之日，可能为我一舞？

将书信发出去给楚临阳和宋世澜之后，楚瑜和卫韫便开始忙着定都白岭之事，一家人浩浩荡荡朝白岭赶了过去。卫韫和楚瑜因为要先过去准备，便提前出发了，王岚、柳雪阳和六位小公子等人由蒋纯领着跟在后面。

不在柳雪阳眼皮底下，卫韫便放肆了许多，赖着同楚瑜坐在一辆马车里不肯下去。跟着他们的都是近卫，倒也见怪不怪，楚瑜见赶不走他，只能无奈地要求他一到达白岭就立刻出去。"好阿瑜，"卫韫赶忙得寸进尺地靠在楚瑜大腿上，撒着娇道，"我就知道你心疼我。"楚瑜瞪了他一眼，轻轻拍了拍他的脸："若不是看到你这脸俊，我今天一定要把你抽下去。"听到这话，卫韫抬起手摸了摸自己的脸："能生得如此俊俏，也是本事啊。"楚瑜笑着推了推他的头，也不再理他，只顾着看白岭的地图。

卫家之前在白岭没有宅子，如今只能临时从当地富绅手里空着的宅院中选一座买下来。卫韫忙着安排封王大典，楚瑜便主管内宅之事，这选址也是她一手操办的。"我请了先生来看，他替我挑了几个地方，说都是风水俱佳之处。"楚瑜说着，将地图上的几个点一一指给卫韫看，"到时候，州府府衙要改成你办理公务的地方，这处宅子离府衙不远。另一处则远一些，但也清净一些，你看……"

"前面那座吧。"卫韫果断开口。楚瑜笑了："可是怕懒，早上想多睡些？"

"这倒无妨。"卫韫抬手玩着她手指上的戒指，平淡地道，"我就是想每顿饭都回家来吃。"楚瑜愣了愣，听卫韫继续道，"以后我只怕会越来越忙，你倒还好，夜里我总能见到你。但日后若有了孩子，陪他的时间太少，他会不满。"

楚瑜听到这话，心里仿佛被春光照耀着，温暖又明亮。卫韫仍在描绘未来，十分认真地担忧着："所以我想每日中午和晚上都回来吃饭，能同他们多说说话。只是怕这样也不够，但也只能先这样将就着，日后我寻了法子脱身，咱们去过安稳日子。……阿瑜，"说着，卫韫的声音中带了些期盼，"你想要个儿子还是女儿？"

"你问这些做什么？"楚瑜的笑容浅浅淡淡的，见不到底。方才，在卫韫问出口的一瞬间，楚瑜的脑海中猛然闪过的，是顾颜青稚嫩又害怕地叫着她"大夫人"的面容。她心里发紧，也不知自己是在难过些什么。

卫韫听到楚瑜的话，见她虽面上带着笑，可那笑意却不进眼底。这时他才突然发现，在孩子这件事上，楚瑜从没展现过同他一样的爱和期盼。他心里有些发慌，却又不敢深想，干脆伸出手去抱住楚瑜，不再说话了。

楚瑜摸着他的头发，温和地道："别闹太久，好好养伤，事儿还多着呢。"

"嗯。"卫韫似是困了的模样，在她怀里睡着，一言不发。

白岭与淮城不过四日路程,到达后卫韫和楚瑜先在州牧家中休息了几日,接着楚瑜便开始忙着安家之事了。她为此早已准备了许久,此时不过是将准备好的决定一一落实下去,从交房到把上下人事安置好,也不过三日光景。三日后,卫韫走进家门,看见府中连熏香都已备好,卫家先祖的灵位也都安置在了祠堂之中。他同楚瑜一起去祠堂上了香,之后便同她一起走在长廊之上。楚瑜慢慢道:"安置得匆忙,若是有什么不如意之处,你便同我说,我让人再做安排。"

　　"我缺什么,你便安排什么吗?"卫韫转头笑着瞧她。楚瑜抬眼,有些疑惑:"你还缺什么?"他房中的布置都是照搬从前的,不该啊?只见卫韫拉了拉身上的大氅,垂眸道:"二十岁了,房里缺个夫人,大夫人给我安了家宅,管了中馈,却没人愿意嫁进来,大夫人瞧瞧怎么办吧?"见卫韫又开始耍赖,楚瑜不由得笑了:"你怎么见缝插针地都要说这个?"卫韫抬眼瞟了她一眼:"想早上不跳窗户……"

　　楚瑜抿嘴轻笑起来,卫韫见她不接话,摆了摆手道:"罢了罢了,你不答应就算了。"说完,他顿了顿,又道,"我明日再来问问。"

　　这次楚瑜彻底笑开了。

　　当日夜里,卫韫在自己房间里批阅各处送来的文书,他抬头看了一眼天色,将卫夏叫了进来:"什么时辰了?"

　　"子时了。"卫夏答得恭敬,随后又补了一句,"大夫人睡了。"

　　卫韫点点头,明了这是到他去翻窗户的时间了。他将文书收好,摆了摆手,同卫夏道:"熄灯吧,我也休息了。"夜访香闺这种事,对楚瑜的名声终究不好,哪怕是最亲近的人,他也不想让人看轻她。于是他总是假装睡了,等自己的人都松懈之后,才悄悄溜出去。

　　他像平日一样熄灯更衣,躺在床上静静听着外面的动静,然而没等片刻,他就听到了窗木落地的声音。卫韫皱起眉头,他直起身来直直地盯着窗户,便是这时,窗户突然打开,一个女子正抬了一条腿想翻进来,她骑在窗户上,与卫韫的视线撞了个正着。

　　见着来人,卫韫愣了愣。楚瑜没想到卫韫竟然会就这么正正地瞧着窗户,顿时觉得有些尴尬,赶忙跳进来将窗户关上,疾步走到卫韫床前,掀开被子就躺了进去。这一串动作做得行云流水、一气呵成,卫韫好半天才缓过神来:"你这是做什么?"

　　"不是睡不够吗?"楚瑜背对着他,有些不好意思地开口道。不过是一时玩笑话,他这样常年在战场上出生入死的人,哪里就会去计较睡不睡得够?然而这女子就将他的话放在了心上。

　　卫韫没说话。楚瑜见身后人久久没有回应,想回头去看他,然而一回头,柔软的唇便压了上来。他如今的吻温柔又缠绵，和他看上去刚毅如金石的外表不同，而是柔软甘甜。他已经学会耐心地勾引挑逗，两人纠缠在一起许久，终于楚瑜气喘吁吁地挣开他道："不行了不行了，我快闷死了。"

卫韫低笑，用额头抵着她的头，小声道："你真好。"

如此过得几日，蒋纯带着柳雪阳、王岚等人也到了。楚瑜安置好众人时，宾客礼单也已准备好了。卫夏向她汇报着："应当请的人，私交好的人，都在这里。"楚瑜没说话，垂眼扫着名单，突然看见了一个名字：魏王，魏成云。而这个名字之后，又是一行字——清平郡主，魏清平。

魏王是大楚唯一一个异姓王。魏家先祖与大楚开国皇帝乃互相扶持一起长大的兄弟，高祖在位时许诺魏家，南边明秀城之外的地，他们魏家打下多少是多少。于是魏家打下了半个徽州，高祖就送了他们半个徽州，并封为异姓王，世袭传承至今。

魏家与朝廷的关系历来不亲近，但是却十分恭敬。每年供奉不差一分，方方面面做得极好，又因地势极南，守军强悍，因此大楚动荡多年，唯有魏家封地一贯太平。因此魏王这一次破格，千里迢迢来了北方，算得上是一种表态。

楚瑜算不清魏王的意图是什么，她的目光在魏清平的名字上停留了片刻，没有作声，面色如常地往下看了下去。一路扫完了名单，她突然看见一个名字——顾子初。

楚瑜皱了皱眉头。"子初"是顾楚生的字，但这是当年他父亲留给他的，后来他的老师赐字"归平"，取令天下归为太平之意，因此他在外一直用的是"归平"，并没有跟楚瑜专门提过"子初"。楚瑜抬眼看向卫夏："顾子初是谁？"

"是华京顾大学士家中的人。"卫夏低声回答。卫韫离京之后，顾楚生便入了内阁，如今已是顾大学士。楚瑜垂眸，有些许不安，心想或许是顾楚生要亲自来了。但是，这又是为什么？楚瑜不解。

然而该准备的还是得准备，她将宾客名单看完，又将整个仪式流程梳理了一遍，觉得没什么大碍，才让人退了下去。

又过了几日，宾客陆续到达，楚临阳、宋世澜、魏王都来信说将在同一日下午到达。楚瑜将重要的宾客一一报给卫韫，卫韫看了一眼礼单，却是意外地问："清平郡主也来？"

楚瑜面色不动，点头道："随父而来。"卫韫应了一声，思索片刻后道："到时候我亲自去接。"楚瑜听得这话，不自觉地紧了紧拳头。然而她面上不显，平静地道："我去安排。"卫韫抬头看了她一眼，温和一声："你别太累。"楚瑜的神色平淡："都是应该

561

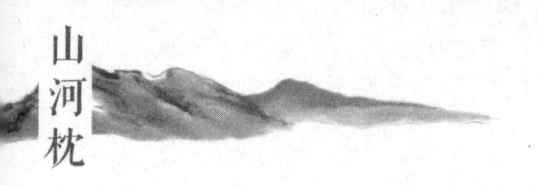

的。"说着，她抬头看了卫韫一眼，"你也是，别太累着自己。"

听着楚瑜安慰的话，卫韫笑起来，点头道："听你的吩咐。"

楚瑜点点头："那我去了。"

看着楚瑜转身径直离去的背影，卫韫皱起眉头，然而事情太多，他也来不及多想，只得等到夜里。这晚，卫韫来到她身边，轻声道："你近来似乎心神不宁，同我说说是因着什么，好不好？"

楚瑜轻叹一声："或许是太累了吧，过了这段时间就好了。"卫韫想了想，将人揽在怀里，亦是轻叹一声："让你受累了。"楚瑜背对着他，只是平平淡淡地道："应该的。"

卫韫没说话，他就这么抱着这个女子，也不知道是怎么了，感觉这女子一时之间所有的热情都冷却了下去。他心里有些难受，可是又觉得近日发生了这样多的事，她大约的确是累了。他想了想，抬起手给她按着头，小声道："这样好点没？"

楚瑜感受着他小心翼翼的讨好，有些无奈地叹出声来。其实她心里的事，又与这个人有什么关系？莫要说魏王身份特殊，就算魏王身份普通，可既然卫韫与清平郡主是故交，那故人来访，亲自去接又怎么样？更何况明日她大哥和宋世澜也要来，怎么说，卫韫去接人，都是理所应当。

如果不是她知道上一世清平郡主成了他的妻子，两人还育有一子，此刻她大约也不会是这样的心情。可是这是卫韫的过错吗？不是。错在于她。卫韫这样好的男人，清平郡主这样好的女子，两人本就是郎才女貌、门当户对，上一世他们或许还恩爱有加。是她横插一脚，鸠占鹊巢。

楚瑜不自觉地抓紧了被角，无数心酸和愧疚涌了上来。她翻过身去，将额头抵在他的胸口。卫韫笑了："怎么了？"

"没什么，"她带着鼻音道，"就是觉得你太好了，我配不上。"

"你胡说什么呢？"卫韫笑出声来，伸手去扳她的脸，"我看看，你是不是哭成小猫了？"

楚瑜挣扎着不给他看，卫韫认真地想了想："你说吧，怎么突然就这么想了？"

"来了好多宾客。"楚瑜不敢提魏清平的事，吸着鼻子道，"都是达官贵女，年轻貌美，与你门当户对，性情温婉动人。而我嫁过人，年纪也大，脾气也不好……"

"停停停，"卫韫抬手止住她的话，只觉得头疼，他抬手揉着脑袋，哀求道，"姑奶奶，你这是听谁说的这些胡说八道的事儿啊？"

楚瑜闷着头："自个儿想的。"

"哦……你堂堂侯府大夫人，身为一品诰命，独守过凤陵关，还曾千里之外直袭北

二十六 待我加冠之日，可能为我一舞？

狄，满脑子就想的是这些？"

一听这话，楚瑜顿时恼了，她猛地抬头瞪他："你果然觉得我不够温柔懂礼数了？！"

卫韫："……"这话他真的没法接，两人大眼瞪小眼，卫韫看着对方含着泪的眼睛瞪得圆鼓鼓的，有些不好意思地转头去："你以前……也没多温柔懂礼数啊……这也不是一天两天的事儿了……"

楚瑜无语，然而这么一打岔，楚瑜也觉得，是自己有点无理取闹了。她翻过身去，背对着卫韫，闷声道："睡了。"

"好了好了，"卫韫去拉扯她，"别生气了。你说的那些都不重要，什么年轻貌美、门当户对、性情温婉，这些都不重要。……阿瑜，"他从背后抱住她，温和了声道，"你说的这些，你不在的那四年里，我都见过。可是阿瑜，再没有一个人能在我人生最艰难的时候开始，陪我一路走过来。这世上每个人都很好，端看你有没有在最好的时间遇到。我把这辈子所有的喜欢都给了你，便再给不了其他人。……而且，你哪里有你说的那样多不好？若是真的这样不好，你看顾楚生，怎么这么多年了，还死咬着你不放？"

说到这个，卫韫有些不舒服，然而他向来也是坦荡之人，又承认道："顾楚生也是华京之中最顶尖的青年才俊了，虽然我刻意羞辱他时说得不太好听，但他的确是样样出众。你若真的不好，你当我们都是瞎了吗？"

楚瑜听着这话，有些恍惚。"不是的……"她轻叹了一声，然而又止住声音，没有再说下去。她该怎么同卫韫说呢……顾楚生哪里是喜欢她？他只是因为得不到，所以才这般执着。当年他轻而易举就得到了她的时候，又哪里来的这样多执着？那时他对她厌恶无比，避之不及。而她重来的这一辈子，除了卫韫，没有其他人喜欢过。但是哪怕是卫韫，他的这份喜欢里，或许也夹杂着诸多其他——或许是恩情，或许是习惯，甚至是情欲，这份感情里，可以掺杂的东西太多了。

楚瑜压着心里的胡思乱想，卫韫收紧了手臂，低声道："真的，我不骗你。你特别好，值得任何人喜欢。"这样的话也不过是安慰，楚瑜压着心思，却也不想再让自己的情绪打扰卫韫，只低声"嗯"了一声。

等到第二日，楚瑜领着人在城门口接人。后日就是封王大典，宾客陆陆续续到达，来的人大多身份不凡，且此次露面直接表明了他们在朝廷上的立场，楚瑜为了彰显礼数，便从城门口就开始迎接。

待到正午时分，太阳已经升起来了，虽说深秋的太阳不辣，但站了太久，楚瑜也觉得头昏脑涨。一辆从华京来的马车停在门口，来人没带多少随从，抬手从里面递出一张帖子

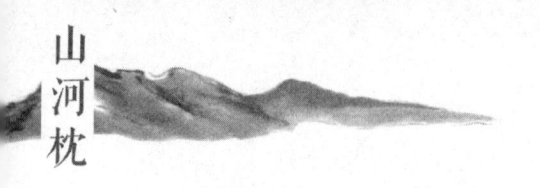

来。楚瑜的脑袋木木的，接过那帖子笑着打开，正要说出例行公事的客套话，就觉得眼前一黑，有些目眩。她的身形晃了晃，听见一个熟悉的声音道："小心！"

等光再次回到视线里，楚瑜抬起头来，看见顾楚生身着青蓝色华服，正站在马车上，神色焦急地握住她的手腕扶住了她。周边人的目光都瞧了过来，此刻城门周围聚集的大多是从各地赶来参加大典的达官贵人，偶尔有几个去过华京的眼尖的，顿时认出了来人，且目光在楚瑜手腕上一打量，便似乎明了了几分。

楚瑜缓过神来，从容地抽出手，笑着道："顾大人长途跋涉来此，卫府荣幸之至。您的食宿均已安排妥当，还请过去吧。今日人多事杂，若有不周，还望见谅。"顾楚生见状也收了手，神色恢复平静，点了点头，规矩地道："劳烦大夫人了。"楚瑜含笑退了一步，抬手道："请。"

顾楚生看了她一眼，抿了抿唇，终于还是道："若是累了就休息一会儿吧，你没必要……"没必要为了卫家，为了其他任何人，做到这一步。然而想到当年楚瑜在顾府也是一贯如此，凡事都要打点到最好，顾楚生又止住了话，叹了口气，退回马车之中，放下帘子道："走吧。"

马车嗒嗒往城门中去，顾楚生忍不住卷起车帘，回头看去。女子站在阳光下那从容的模样，同当年顾府摆宴，她站在府门前迎客时，一模一样。

其实最初楚瑜不会这些，一个被当作武将养大的女子，又哪里懂什么中馈持家？然而当了顾府十二年的大夫人，掌管中馈六年，她什么都学会了。可是，学会了，却也不再是顾府的夫人了。顾楚生骤然觉得，自己仿佛是将一块璞玉雕琢好了，最后却又送给了别人，还是他亲自送出去的。

顾楚生心口有些发闷，他靠在车壁上，重重呼出一口气。不能再想了。他来不是为了这种事，不能再想。

顾楚生入城的消息很快就传到了卫府，卫韫正同陶泉交流着华京动向，听见卫夏的通报，他愣了愣，随后抬起头有些诧异地问道："他怎么来了？大夫人可知道？"

"顾大人是用了顾子初这个名字，大夫人之前将他安排在了贵宾下榻的院子，想来……是知道的。"

卫韫心口一堵，抿了抿唇。片刻后，他放下笔，直接走了出去："我出去看看。"他觉得自己似乎突然知道了楚瑜心绪难安的原因。这么多年，顾楚生在的地方，楚瑜似乎就未曾有过心安。

走出府门，卫韫翻身上马，朝城门疾驰而去。卫夏跟在他后面，压着声音同卫秋道："你说这顾大人都入城了，听说还握了咱们大夫人的手一把，该占的便宜都占了，咱们侯爷还这么赶着去做什么啊？"

卫秋淡淡瞟了他一眼："大概是……洗眼睛吧。"

卫夏："？？？"

卫秋转过头："你眼里有了别人，我就挤过去，把你眼睛里的人洗干净。"

卫夏："……"

过了片刻，卫夏抬起头，认真地道："卫秋你同我实话说，你是不是谈恋爱了？"

卫秋淡淡地瞟了他一眼："有病。"

说话间，卫韫已疾驰到城门口，楚瑜正坐在凉棚里喝茶休息，一抬眼便看见卫韫驾马而来。她勾了勾嘴角，也不知是茶苦还是心苦，只觉得一丝苦味在舌尖心头蔓延了开去。

等卫韫到了身前，楚瑜站起身来，恭敬地朝他行了个礼，开口道："侯爷怕是来早了。"

"不早不早，"卫韫赶忙道，"我陪嫂嫂多等一会儿，无妨的。"

楚瑜皱眉："侯爷今日无事？"

"也不是没事吧……"卫韫有些不好意思，"我就是不放心，想过来瞧瞧……"

楚瑜面色不动，点了点头："既然如此诚心，便等着吧。"

卫韫讷讷地应了声，同楚瑜站在一起。想了片刻，他伸出手想拉楚瑜，楚瑜却不着痕迹地退了一步："侯爷，人多眼杂。"

卫韫心里又酸又苦。方才卫夏同他说过了，顾楚生就才拉了她一把。他抿着唇不说话，守在她身边，她去哪儿他就跟去哪儿，她走到角落里没人的地方休息，他也跟了过去，她走进林子里，他还是一步不停地跟着。过了一会儿，楚瑜有些烦了，终于猛地顿住步子，抬起头来皱眉道："你到底要做什么？"

她的语气太冷太见外，卫韫压不住所有委屈，骤然爆发出来，伸手便去拉楚瑜。楚瑜抬手挣开他："你这是做什么？放开！"卫韫却是下了狠手，抓着她就是不放。她挣扎得厉害了，他将她猛地抵在身后的大树上，提高了声音道："我才要问你，你这是要做什么？！"

楚瑜被他吼得愣住了，抬起头来呆呆地看着他，只见他抓着她的手，气得口不择言："顾楚生来了你也不同我说，你是怕我知道什么？他一来你就对我这样子，他能牵你的手，我就不能？楚瑜，"他咬着牙，"你心里是不是还有他？有你就同我说……"卫韫的狠话放到一半，居然突然不知道该怎么说下去，顿了片刻后，他终于道，"我这就去宰了他！"

565

二十七　我这一辈子，都只是卫七郎

"你回来！"楚瑜急急拉住转身就要走的卫韫，有些哭笑不得，"你这是扯到哪里去了？这又关顾楚生什么事？"

卫韫不说话，由她拉着，似乎是有些委屈："我知晓你心里放不下他，我也没什么办法。先喜欢你是我输了，我愿赌服输。我不能对你怎么样，我找他麻烦都不行了吗？"

"你这个人……"楚瑜有些无奈，"哪里来的这样多想法？"

"不是吗？"卫韫转头看她，"你知晓他要过来，却不告诉我，自己在那里难受，我以为你是因为我才不开心，费心费力地哄着你……"卫韫越说越难受，想着这几日楚瑜夜里总是辗转反侧，他低声下气地哄，顿时就觉得更不能忍，"我这就去找他！"

"小七！"楚瑜拉着他，也不知道怎么的，近日来的闷气突然就消了许多，"我没因为他难受，我近来不高兴，只是因为……"说到这里，她卡了壳儿，卫韫抬眼瞧她，一副"我看你怎么编"的样子："因为什么？"

楚瑜把"魏清平"三个字咽了下去，小声道："我就是觉得，这次来了这么多姑娘，你也到适婚年龄了……我就心里难受。"

卫韫愣了愣，而后他皱起眉头："那顾楚生要来你为何不告诉我？"

"我并不能确定顾子初就是他。"

"那你为何要将顾子初分在贵宾的院子里？"

"这是谁同你说的？"楚瑜有些疑惑，"我看到这个名字时，只揣摩这人可能是顾楚生，所以我准备了两个房，若来人的确是他，就去贵宾的房，若不是，就去普通的房。我哪里有专门准备贵宾的房给他？"

卫韫心里总算是好受了些，他转念一想，喜笑颜开道："原来你是怕我要准备娶妻。既然怕了，那你怎么不嫁我呢？"

"我如何就不嫁你了？"楚瑜笑起来，抬手给他整理衣衫，"我不是不嫁你，我只是还在等着嫁给你。"

"等"着嫁给他，等感情水到渠成，等时机合适。如今卫韫即将自封为王，他要向天下招兵买马，一个好名声对他来说太重要了。如果他只是镇国侯，那娶了她，大概也就是接受满华京的耻笑，最多不过被降职罚俸，那时她和他之间最大的阻碍，也不过就是怕柳雪阳接受不了而已。

然而如今却是不一样了，如今正值紧要关头，天下将分，卫韫极需招揽天下人心。若他私德有亏，赵玥加以渲染，有识之士怕是要多做犹豫，局面便对他不利了。如今赌着满门性命和大半天下做的事，楚瑜绝不会让任何不该有的风险出现，尤其是这风险……还是如此风月之事。

想到这里，楚瑜的内心定下来，她抬头看他，温和地道："你别多想。我和顾楚生早已经是过去了，我不是放不下的人。"

听到这话，卫韫的内心安定了许多，他抬手握住她的手："那你也别多想，那些姑娘我不会多看一眼的。"楚瑜笑起来，轻轻拍了拍他的脸："就知道说漂亮话哄我。"说完，她将手抽出来，转身道，"好了，回去吧，算算时辰，我大哥怕是该到了。"卫韫应了一声，紧随在她后面走了出去。

回到城门前没多久，楚临阳的马车就出现在了视野里。楚瑜一看见那个在风中飘荡着的"楚"字，便赶紧主动迎上前去，跑到马车前欢喜地道："大哥！"车帘卷起来，率先露出了楚临阳那张温和中正的脸，他的身子往旁边侧了侧，只见谢韵含着哭腔从里面冲了出来："阿瑜！"她提着裙子下了马车，急切地拉住她，"你可还好？"楚瑜愣了片刻，抬眼往马车后面看去，却见楚建昌和楚锦也来了。

"你们……怎么……"楚瑜一时思绪有些混乱。楚锦和谢韵本该在华京才对，就算不在华京，也该在洛州，怎么随着楚临阳一起过来了？楚锦知道她要问什么，笑了笑，温和地道："姐姐不是在去顺天府告状的前夜就通知我带着母亲走吗？我连夜赶路，直接去找了大哥，如今听到大哥要来白岭，我同父亲、母亲便一同过来了。"离开了华京那浮华之地，楚锦也不再戴面纱了，她面上的刀疤淡了许多，破坏了过去那份柔弱的美丽，却多了一份洒脱豪气，让她整个人气质磊落清明，看得人十分舒服。

谢韵握着楚瑜的手，焦急地道："我听说你们出了那样大的事，我很担心你。你说你这孩子，这些年，怎么就没让我省心过呢？你一个，阿锦一个，我这辈子都快为你们操心死了……"

听到这话，楚锦、楚瑜相视一笑。说话间，楚临阳扶着一个女子从马车上走了下来，那女子身着浅蓝色广袖长衫，姿态从容，带着百年世家独有的清贵。楚瑜看见这女子，更

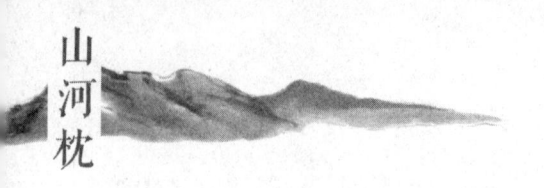

惊讶了："大嫂也来了？"她知道谢纯向来是个不管事的性子，每日就喜欢待在屋中，能让她出来，楚临阳怕也是费了一番心思。

谢纯轻轻一笑："全家都来了，我自然也来了。"

"便当作散心吧。"楚临阳声音平淡，不着痕迹地将手搭在了谢纯的肩上。楚瑜看见这个动作，脸色黑了黑。谢纯是个纯正的世家嫡女，和她这种军营里长大的女子完全不一样。谢纯刚嫁进楚府来的时候，楚瑜喜欢找谢纯玩，但常常一巴掌就能把谢纯拍到吐血，从此以后楚临阳就拒绝她接近谢纯了，接近了就要揍她。

这么多年过去了，楚临阳对谢纯的爱护，依旧一如既往。楚瑜有些无奈地看着两人，卫韫走上前来，笑着道："一家人来了也好，嫂嫂许久没回家过，一直惦念你们。先入城吧，安顿好了再慢慢叙旧。"

楚临阳点了点头，谢韵又嘱咐了楚瑜几句，一行人才回到马车上。就在楚临阳踏进马车前，他突然回头盯着卫韫道："晚上我有事，想单独找侯爷好好谈一谈。"他那个"谈一谈"说得咬牙切齿，卫韫直觉有什么不好，僵硬着脸硬撑出一个笑容："好，这边事毕，我就去找大哥。"

楚临阳点点头，进了马车。马车嗒嗒行远，卫韫方才松了口气，转头同楚瑜道："阿瑜，你大哥会打人吗？……你说，他要是把我打得快死了，我能还手吗？"

楚瑜有些不明就里，却大概明白卫韫怕是哪里惹到了楚临阳，淡淡地道："放心吧，他不会打死你的。"说着，她将双手笼在袖中，看着远方，仿佛想起了什么很不堪的回忆，"他要真的动手了，你就跪着，抱住他的大腿哭。……哭得越大声越好。"

卫韫听到这话，居然有了种似曾相识的感觉。他抬眼看向楚瑜，幽幽地道："原来你大哥也经常打你啊。"楚瑜回头奇怪地看向他："阿珺也会打你？"卫韫抬起双手比画了一下："我有六个哥哥……大哥动手最狠。"

楚瑜忍不住觉得有些好笑，还真没想到温雅如卫珺，居然也是这种人。只见卫韫说着，眼里带了怀念："我真的很想他们。"

楚瑜没说话，片刻后，她淡淡地道："以后有我陪你。"

听到这话，卫韫抿唇笑了。他垂下眼睛，看着地面，小声道："嗯，我也陪着你。"

两人正说着话，宋世澜也到了。他恭恭敬敬地和卫韫客套了一番，便入了城去，并无多话。又等了一会儿，魏王的马车也到了。

魏王是按照王爵的规格准备的仪仗队伍，老远就能看见旗帜飘扬。楚瑜和卫韫等在门口，见两架金色的马车一前一后缓缓而来，前面一架明显大一些，车檐雕蛟刻凤，蛟龙口中衔珠，看上去气派非凡。马车到了门口，除了卫韫和楚瑜，所有人都跪了下去，等着魏王出来。片刻后，侍从挑起帘子，一个紫衣金冠的中年男子从里面走了出来。

魏王看上去四十多岁，正值壮年，气度儒雅温和，倒极为近人。他从马车上踩着台阶下来，同卫韫互相行礼。两人正寒暄之时，楚瑜微微侧脸，便看后面那架马车也步下一人来。那女子身着白色纱裙，发髻上一对金翟发簪，翟鸟口中衔珠，后面又对称地插着一对步摇，随着她的走动轻轻摇晃。

那女子一出现，所有人的目光都不由得看了过去。她长得极美，但气质却也是极冷，目光很淡，看上去眼里似乎放不下任何人。正因着如此，她整个人似乎都不在这红尘之中，哪怕头顶华贵金饰，却也遮不住那一身仙气。

这世上美人有很多，然而能美出一股仙气的人却算不上多。所有人都屏住了呼吸，卫韫不由得同魏王笑道："清平郡主每次出现，周边都会没了声音，得女如此，王爷想必极为喜悦吧？"

魏王摆手轻笑："该是操心才对。"

说话间，魏清平已走到卫韫面前。她轻轻点了点头，卫韫赶忙拱手："见过郡主。"

"伤好了？"魏清平开口就问得熟稔，明显是熟识之人。楚瑜不由自主地抬眼看向卫韫，却见他笑着答道："好了，这么多年了，也当好了。"魏清平点点头，也没多问，只是道："入骨缠的毒不容易解，好了就好。"一旁的魏王闻言笑了起来："原来清平当年去北境，救的那人就是卫小侯爷啊？当年她执意要去天山取药，我还不准，若早知道救的人是卫小侯爷这样的当世英雄，我当全力支持才是！"

"王爷说笑了，郡主千金之身，您担心是对的。不过郡主救命之恩，卫韫没齿难忘。"说着，卫韫躬身行了个大礼，魏清平面色不变地受了。

一行人寒暄过后，卫韫和楚瑜亲自送着他们入了城。等到他们歇下，卫韫也有些乏了，然而他和楚瑜刚回到房中，便听侍卫来报："顾大人求见。"

卫韫和楚瑜对视一眼，楚瑜想了想，道："他应当是为了华京之事而来。"

卫韫点头："让他进来吧。"

片刻，顾楚生拿着文书走进来，行了个礼道："见过侯爷。"

说着，他直起身来，目光却是不由自主落在了楚瑜身上，见到她也在此，他的神色间似乎有些诧异。卫韫看出他的疑惑来，抬手覆在楚瑜的手背上，平淡地道："我的人，不妨事。"楚瑜垂下眼眸，似是认可，顾楚生一时表情变换不定，捏紧了手中的文书，低着头不说话。卫韫见着他的样子，颇有些得意地道："顾大学士若是无事，便回去休息吧。"

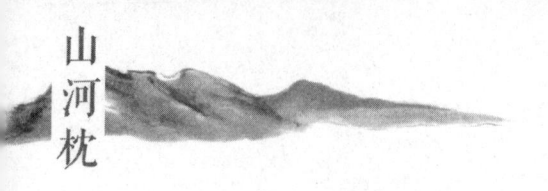

"侯爷见谅。"顾楚生深吸一口气,压住了自己内心翻滚的情绪,淡道,"顾某此次前来,确有要事。"说着,他跪坐下来,理了理衣衫,抬起头看向卫韫,"侯爷可知,如今赵玥已和北狄通信,愿以倾巢之力,与北狄呈南北之势共同夹击白州?"

　　卫韫皱起眉头,此事赵玥做得隐蔽,他尚不知晓。顾楚生继续道:"侯爷又可知,这四年征战加上赵玥暗中养军、修建揽月楼等事,大楚国库早已撑不住,从两年前开始,便加重税赋,百姓早已苦不堪言。然而哪怕如此,每年我大楚粮仓,却都不能填满应有之数。……侯爷,如今大楚已是岌岌可危之势,若稍有天灾人祸,处理不当,怕是要尸横遍野,百姓无依。"顾楚生言辞恳切,"您当真要为一己之私,置天下于刀尖吗?"

　　顾楚生说的这些让楚瑜和卫韫都皱起了眉头。楚瑜猛地想起来,如今是她这一世的二十一岁。上一世她二十一岁那年,洛州似乎发生了一场地动。那时候顾楚生不眠不休近一月没怎么回家,她当时困于内宅,华京一派歌舞升平,她便没怎么听到地动的消息,只以为是不太严重。

　　楚瑜暗暗回顾了当年有关地动的记忆,算了算时间……的确就在一个月后。她有些咋舌于顾楚生居然此时就已经开始担心天灾,可见如今国库已经亏空到了怎样的程度。虽然也有可能是顾楚生为了劝说卫韫所作的托词,可无论如何,都应早做防范才是。然而她心中还在暗自盘算着,卫韫却是轻笑起来:"顾大人真是忧国忧民。既然这样,大人为何不劝劝金座上的那位呢?今日你当卫某是想反?卫某也不过是困兽之斗,求条生路而已。"

　　顾楚生紧盯着卫韫:"侯爷是困兽之斗,陛下又何尝不是?若侯爷为了给自己求生路而放弃了天下人的生路,侯爷与那位,又有什么区别?"

　　卫韫端起茶来轻抿了一口,抬眼看他:"所以,我给顾大人留了一条路,不是吗?"顾楚生没说话,卫韫平静地道,"长公主殿下有孕了?"

　　听到这话,顾楚生轻笑起来,那笑容冷漠薄凉,带了些许嘲讽:"侯爷果然料事如神。"

　　"我不是赵玥,"卫韫的声音依旧平淡,"我想保护我的家人,我也想保护天下人。可是,顾楚生,选择权一直在你们手中,而不在我手中。当年我已知道真相,却还是让他赵玥登基为帝,那是为了天下百姓。我给了赵玥选择,如果他当一个好皇帝,便走不到今天。可是他荒淫无道,引发民怨,甚至还与我大楚宿敌北狄勾连。我与众将领在前方以命厮杀,他在后方举全国之力修建揽月楼,草菅人命、奢侈无度,他做的事,是我逼他的吗?"

　　"是你让长公主引诱他的!"顾楚生掷地有声,"若非长公主要求,他又怎会做这样的事?!"

二十七 我这一辈子，都只是卫七郎

听到这话，楚瑜不免笑了。顾楚生的目光转过去，只见楚瑜叹息了一声："祸国的总是女人……顾大人，在您的心中，乱这天下的怕不是赵玥，而是长公主殿下吧？"顾楚生抿唇不言，楚瑜淡淡地继续说着，"可揽月楼不是殿下要的，盲目扩军也不是殿下要的，赵玥到底是什么人，你至今还看不出来吗？哪怕没有长公主，赵玥也会有其他理由，早晚走到这条路上。你知道这是为什么吗？——因为从他登基那一天开始，他便从来没给过百姓一分敬重。他是为了权势坐上的这个位子，如果成为皇帝他还不能享乐，那他隐忍多年，又怎会甘心？"

楚瑜的话让顾楚生愣了愣。他总觉得，赵玥哪怕最初踏错了那一步，可身体中毕竟流着正统帝王之血，总会想去找到一条对所有人都最好的路。他总认为，赵玥不会错第二次。然而他却不曾想，如果一个人连动机都是错的，又怎么可能走到对的路上？

赵玥是为了那万人之上的权势而登基，他没有家人，没有爱人，对这天下没有半分感情和敬重，七万热血男儿的尸骨铺在他的帝王之路上，他都不曾有半点愧疚。这样的人，在得到权力之后，如果不滥用，又怎么对得起他这样多的谋划？！

顾楚生没有说话，楚瑜平静地道："不过，我说的这些，顾大人当然不是不明白。如今顾大人过来，想必是早已准备好了，是吗？"

沉默片刻后，顾楚生终于出声："我让长公主假孕，同时给赵玥下了毒。五个月后，赵玥将再也不能动弹，我会想办法压住朝中局势，直到长公主的产期，那时我会找个孩子伪装成长公主的孩子，辅佐他登基。"顾楚生说着，目光里没有半分波澜。

楚瑜倒是十分惊诧。她太清楚顾楚生的性子了。顾家一贯讲究皇室血脉、正统嫡庶，然而他今日，却要亲手做混淆血脉之事？卫韫却十分平静，似乎是早已知道顾楚生的计划一般，淡道："你想得开就好。"

"我希望这五个月内，你们和赵玥不要有太大规模的冲突。能不打就不打，如果要打，"顾楚生的神色晦暗，"就将青州拿下来！"

青州是姚勇的地盘，日后赵玥一死，没有护着他的赵玥，姚勇早晚要反。如今拿下青州，一方面是斩了赵玥的左膀右臂，另一方面也是提前解决了隐患。

"我可以不打，可赵玥不会放过我。"卫韫听得这话，开口道，"王家称王后，他曾欲派我去打王家。如今我也将自立为王，各方都在观望，第一战，他一定会想尽一切办法挫了我的锐气，否则天下之人，都将有样学样。所以，这第一战，有天下人在看着，"卫韫抬眼，"我不能输。"

"顾某知晓。"顾楚生点头，却是道，"可这第一战，顾某有办法让侯爷不战而胜。"

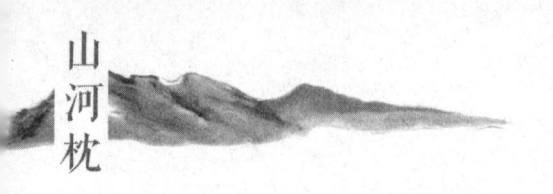

"哦？"卫韫来了兴趣。顾楚生抿了口茶："首战左前锋，是一位故人。"说着，他抬起眼，说出了一个让卫韫和楚瑜都有些惊讶的名字——沈佑。

"到时候我会想办法煽动姚勇出战。姚勇的性子你知道，一旦局势不利，他不会强攻。我们便先阵前劝降沈佑，一旦沈佑降了，第一战的士气就落了，以姚勇的作风，他绝不会立刻再战。之后，你们不要拖延，直取青州。"

顾楚生的手点在地图上，看着卫韫，神色冷峻："青州拿下，怕就是五月后了。五月后我已全面掌控京中局势，会宣布休战。如今长公主对外宣称孩子约有两个月，再等六个月，便可以早产之名'生'下一个孩子。"

"这个孩子，你从哪里找？"卫韫颇有兴趣。顾楚生抬眼看向他："但凭侯爷盼咐。"

"若这个孩子，是我的孩子呢？"卫韫试探着询问。顾楚生抬眼看他，他面色不动，目光落到楚瑜的手上，翻弄着楚瑜的手指。顾楚生似有所悟，片刻后，他轻笑开来：

"若此子乃大夫人之子，"他神色郑重，"顾某愿视若己出，鞠躬尽瘁，辅佐至百年之后，江山盛世，天下太平。"

这话说出来，卫韫的脸色顿时不太好看了。楚瑜轻咳了一声，轻描淡写地转了话题："不知顾大人哪里来的把握，一定能劝降沈佑？"

"沈佑是个好人。"顾楚生也没将方才关于孩子的话题继续下去，他接了楚瑜的话，冷静地道，"他是一个忠义之士，所以他没有背叛赵玥。可是他心里明白什么是对什么是错，他爱慕六夫人，也感羞愧于卫家。他……"顾楚生抬起手，轻轻放在自己的胸口，认真地道，"良心难安。"

卫韫点点头："我明了顾大人的意思。顾大人所说我已记下，你放心，"他神色郑重，"我会等到五月后。"

顾楚生似乎是舒了口气，他恭敬叩首："顾某谢过侯爷。"说完，他抬起头来，便起身告退了下去。

顾楚生离开后，楚瑜抬眼看向卫韫："你问那些话做什么？"

"我的意思，我以为你明了。"卫韫抬眼看她，"我不想再让卫家步当年的后尘。我若辅佐一个帝王，我希望那个人，能是卫家人。"

"孩子不是你说有就能有的。"楚瑜皱起眉头。卫韫轻笑："一个孩子，谁又知道是真是假？只要你同意，"卫韫抬手，将手覆在楚瑜的腹间，温和地道，"先随便送一个孩

二十七 我这一辈子，都只是卫七郎

子进宫，等你怀了孕，将孩子生下来，我们再换回去，不也好吗？"

楚瑜微微颤着唇："卫韫……我不会让我的孩子进宫。"她站起身来，连身子都有些发颤，咬着牙同他道，"我希望我的孩子能好好过一辈子。你知道好好过一辈子是什么意思吗？就是像一个普通人一样，在父母身边，无忧无虑，最大的烦恼也只是今日的字没有抄写完，而不是在那深宫大院里，顶着'万岁'二字当一个傀儡！"

卫韫没说话，楚瑜挺直了腰背："我绝不会容许，你们将我的孩子，当成你们的棋子。"

听到这话，卫韫苦笑："我也不过就是说说。都听你的。"说着，他伸出手去抱住楚瑜，"我只是想将最好的都给咱们的孩子。阿瑜，无能为力的感觉太苦了，我不想有第二次，也不想让我的孩子去体会这种感觉。"

这话他说得很平静，楚瑜愣了愣，待到反应过来，她心里骤然疼了起来。

他无能为力了五年。五年前，他去白帝谷给父兄收尸，面对父兄的死，他无能为力；后来他被关入天牢，看一家人跪在风雨之中，无能为力；再后来他困帝杀敌，以为报得家仇，却在触及真相时，无能为力。于是他蛰伏五年，终于等到今天。他也是普通人家的孩子。有时候，这世上的欢喜与天真，并非取决于你出生在什么样的人家，而是命。

楚瑜突然明白了他想让孩子成为这世上最尊贵的人的原因。她抱着他，沙哑出声："小七……是我不好。"

是我在你年少时，没能保护好你。想到当年那狗爬般的字变成了如今刚劲隽美的笔迹，想到那多嘴多舌的少年成长为如今顶天立地的男人，楚瑜抱紧他，竟是一句责骂都说不出来。

两人相拥了片刻，楚瑜想着今日卫韫还忙，便起身离开。她又将明日冠礼的流程都清点了一遍，之后长月便走过来说老夫人请。

楚瑜有些疑惑："你可知道是什么事情？"

"二夫人说，老夫人今日兴致很高。"

楚瑜皱了皱眉头，她隐约猜到是什么事，理了理袖子，来到柳雪阳屋中，柳雪阳正举着一幅画，同蒋纯说笑着什么。她精神头极好，许久没见她这般高兴的模样，而蒋纯跪坐在一旁，面上的笑容却是有些勉强。

楚瑜走进屋来向柳雪阳行了礼，随后便听对方招呼道："阿瑜来了，快来瞧瞧这姑娘如何？"

听到这话，楚瑜便确定了柳雪阳的意思。蒋纯打量了她一眼，她走上前来，瞧着画上的人，听柳雪阳道："这姑娘叫魏清平，听说你今日去接了，当真如这画上一般好

573

看吗？"

"有过之而无不及。"楚瑜来时已经做好准备，神色平静。柳雪阳"呀"了一声，称赞道："那的确是美人了，与我们阿瑜比，怕也是不相上下。"

"各有各的好。"蒋纯连忙打岔，"如今也晚了，母亲累了吧？要不……"

"别啊，"柳雪阳拂开蒋纯的搀扶，转头同楚瑜继续打探道，"这位郡主性子如何，可骄纵？"

"并不骄纵，郡主只是不擅长人情处事，但心地善良，盛名在外。"

"好，好，好！"柳雪阳连连点头，"我也听说人家都叫她女菩萨，是个心肠好的。魏王手握重兵，郡主貌美心善，与我们小七倒也算般配了。"她又追问了几个问题，楚瑜跪在一旁一一作答，她听得心中欢喜，"我今个儿听说了，去岁小七曾在外受过一次重伤，就是这位清平郡主所救。我们卫府未曾专程向她道谢，是我们礼数有亏。听说这姑娘还独自去了天山给小七采药，这是何等情意啊！这么多年，小七从来没对哪个姑娘有过心思，但今日他特意去接了，是不是？"

"母亲您这都说到哪里去了？"蒋纯笑着道，"魏王身份尊贵，小七去接的是魏王，又不是郡主。"

"都一样。"柳雪阳摆了摆手，同楚瑜继续道，"明日啊，和咱们交好的人都来了，你替小七好好留意着。他如今也弱冠了，他哥哥们在他这个年纪，都早早定亲了。承言同你定亲的时候才十三岁，你还是个四岁的奶娃娃呢，他那时候还抱过你，你记得吗？"

"不记得了。"楚瑜笑着摇头。柳雪阳叹了口气："那真是可惜了。你那时候可喜欢承言了，他要回家，你还抱着他哭呢。不过小七也黏你，那时候他才三岁，你哭，他也哭，承言可头疼了……"

柳雪阳说着他们小时候的事，脸上带了怀念。楚瑜静静听着，一直到柳雪阳困了，和蒋纯一起侍奉着她睡下，这才走了出来。蒋纯叹了口气："婆婆的话你别放在心上，小七和清平郡主八字没一撇的事儿，你别瞎猜。婆婆如今觉得小七身份不同，她怕是以为小七要当皇帝……"

"我知晓。"楚瑜笑起来，拍了拍蒋纯的手，"你别担心，婆婆说这些话，我早有准备的。这条路我既然走了，便想好了。"

蒋纯抿了抿唇，终于道："阿瑜，你为什么不喜欢顾楚生呢？"楚瑜没说话，片刻后，她却是笑了起来："那你为何不喜欢宋世澜呢？"蒋纯愣了愣，楚瑜握住她的手，低着头道，"你的心意我知晓了，你别担心，我不会有事的。回去睡吧。"她弯眉轻笑，拍了拍蒋纯的肩。

574

二十七　我这一辈子，都只是卫七郎

回到屋里，楚瑜躺在床上，只有她一人的床有些空荡荡的。卫韫要准备明天的冠礼大典，今夜怕是不会来了。她突然觉得特别累，闭着眼辗转反侧，一夜都睡得不大好，总在做梦。

第二日卯时，她来到卫韫屋外时，卫韫已经穿戴好华服。今日是将封王大典和他的加冠礼合而为一，流程与普通冠礼不同，重在借这个日子让所有观礼之人知道他如今的实力，从而不惧赵玥声威。只见他穿着一身黑色广袖绸缎外套，金色卷云纹路绸缎压边，背绣日月星辰，广袖上绣有十二神兽，红色蔽膝垂在身前，朱雀展翅衔珠，华贵非常。许多人围绕在他身边。卫韫没有父兄，楚临阳、宋世澜等人便被请来当他的兄弟，柳雪阳站在他身后，含着眼泪正说着些什么，他坐在镜子前，含笑答着话。

楚瑜静静瞧了一会儿，也没进去，他身边已经有很多人，她不必去打扰。她回到自己屋中，穿上翟衣，戴上金冠，到了时辰，便乘着轿子直接去了校场。

校场已经布置好了，众宾客正被人引着逐一落座。校场中间是卫韫的位子，她和柳雪阳的座位比卫韫的稍高一些，但又靠后一些，且前方都垂了珠帘。见楚瑜来了，柳雪阳笑着问她："今早上我瞧见你来了，怎么没进来看看？"

"听见小七那里热闹，我便去看看，知道你们在高兴什么了，便也不上去添乱了。"楚瑜笑了笑，从旁边端了茶，和柳雪阳寒暄，"母亲吃过早点了吗？"

"喝了些粥。"柳雪阳随意答着，没多久，便听鼓声响起，仪式正式开始了。

那鼓声响得密集，地面开始发颤。步兵、骑兵、弓箭手……几千名士兵从校场远处排列而入，每一步都行得极其整齐，从入场到站定没有乱下分毫。随着鼓声和士兵的高呼之声，一支气势强大的军队在宾客面前露出了全貌。柳雪阳静静瞧着，叹了口气："他的冠礼，本不该这样动刀动枪的。不过这次他借着冠礼的名头宴请了这样多的宾客，他的意思怕不止于此吧？"

楚瑜平静地道："正是如此。如今大家都在观望侯爷和华京里那位，侯爷要给天下一颗定心丸。要结盟，至少也要让人看看他的实力才行。"

柳雪阳看着校场中央步兵列阵，貌似不经意地问道："你大哥那边，是如何想的？"

楚瑜没想到一贯不问宅外之事的柳雪阳会问起这个，愣了片刻，这才慢慢反应过来——柳雪阳怕是不放心她了。她不由得苦笑，只能据实以答："我母亲和大嫂都是谢家人，如今赵玥最大的倚仗便是谢氏，大哥怕是不会偏帮任何人。"

柳雪阳皱了皱眉，片刻后，她叹了口气："各人有各人的难处。"说罢，她不再说话，只静静看着士兵在鼓声中排列成方阵，然后统一跪了下去。全场一片寂静，卫韫从台下提步走了上来，跪在蒲团上，陶泉抬着金冠站在他身后。

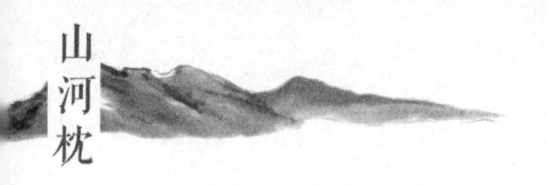

卫韫神色庄重，脊背挺得笔直。他已经彻底长成青年模样，五官硬挺，全然没有了少时那几分柔软的线条。此刻的他看上去如同一把彻底铸成的利剑，在旭日下熠熠生辉，带着破开那万丈黑暗的坚韧华光。所有人的目光都落在他身上，礼官上前拜请柳雪阳出席，柳雪阳由人搀扶着站起来，走到卫韫面前。

"这……本该是由你父亲来做的事。"陶泉退到柳雪阳身后，柳雪阳平日一贯娇弱，却在这一刻，用了足以让偌大校场上大多数人都能听到的音量，稳稳地说道，"可如今你父兄都不在了，只能由我来为你做。……在你弱冠之年，母亲没有什么想让你做的事，只有一件，我儿可知是什么？"

卫韫抬起头来，看着柳雪阳含着泪的眸子，认真开口："请母亲明示。"

柳雪阳抬起头来，骤然扬声："承我卫家家风，还得大楚盛世！"说完，她猛地回身，看向众人，"我大楚建国以来，历经四帝。我卫家乃帝王手中之剑、北境之墙，抵御外敌、广拓疆土，得我大楚千里江山，百姓无忧山河。犹记得当年，大楚乃国上国，华京乃梦里乡，路无遗骨，街无空室。可如今呢？这些年来，百姓流离失所，不知凡几；路上尸骨成堆，不知源何。揽月楼金雕玉砌，皇宫中歌舞升平，可皇城之下，苛捐重税、民不聊生，纵使我卫家守住北境，夺回江山，可大楚也早已不是当年的大楚了。老身如今乃天命之年，一生历经无数，夫君、儿子都战死沙场，然而这并非最令老身痛惜之事。老身最痛惜的，是我大楚铮铮儿郎在此，却眼睁睁看奸人当道，江山零落！"

"我儿，"柳雪阳闭上眼睛，声音里带了沙哑，"这天下人的脊骨都能断，你不能。这天下人的头都能低，你不能。纵使我卫家，仅剩下你和我等一众女眷，却也不堕百年风骨，不折四世脊梁。"

"孩儿谨记。"卫韫低下头来，声音平静淡然，仿佛这一句话，他已经说过无数次。

柳雪阳捧起金冠，含着眼泪戴到卫韫的头上。这是她儿子，她唯一的、仅剩的儿子。她看着他从懵懂不知世事，成长至今日。哪怕他早已能够独自面对风霜雨雪，然而这一日，在柳雪阳心中，他才真正成人。

卫韫站起身来，转向众人。旭日高升，他身着王爵华服，头顶金冠，整个人沐浴在晨光之中，似执光明之火而来，欲点九州黑暗于一烬："昏君当道，百姓无辜，卫韫承得天命，于今日举事，自封为王，愿我卫家，永为大楚利刃，护得百姓康定，盛世永昌！"

"百姓康定，盛世永昌——"

"百姓康定，盛世永昌——"

朱雀围绕的"卫"字家徽慢慢升起，士兵们陆续跟随着卫韫高喊出声。校场中的声音越来越大，如浪潮一样卷席而来，似乎是要将卫韫、将楚瑜、将这时代包裹。楚瑜静静看

二十七　我这一辈子，都只是卫七郎

着前方青年的背影，狂风吹得他的广袖烈烈，金冠旁的坠珠摇曳翻滚。他似乎是一个人在面对着这世间所有狂风暴雨，然而他一派坦然，毫无惧色。她看着那背影，突然特别想走过去，站到他身侧，握住他的手，陪他一起，迎狂风骤雨，看盛世安泰。

然而，她却只能坐在这高处，以长嫂的身份，和柳雪阳一起，静静凝望他。她只能用冷静压抑内心的那份敬仰和热爱，用理智克制那份不顾一切想要拥抱的热情。

——直到他转过身来，目光看向她。只是那么轻轻一望，隔着晃动的珠帘，她看见他站在阳光下，骤然就笑了。那笑容正对着她，那是慷慨激昂的人群很难看到的角度。那笑容带着几分少年气，带着些许得意张扬，与他方才迎风而立的模样，格格不入。

只是一瞬，他便又偏过了头去。楚瑜坐在珠帘后，紧握着座榻的扶手，突然就流下了泪来。她笑着抬手用帕子抹眼泪，旁边的晚月有些担忧地唤道："夫人？"楚瑜摆着手，示意她不要说话。

仪式完成后，所有人都陆续散了，柳雪阳身体不适，由蒋纯扶着走了下去。卫韫来到楚瑜的珠帘前，卷起珠帘，就看见了那双含着水汽的眼。他不由得笑了："怎的哭了？"楚瑜含笑站起来，似是有些不好意思："风沙迷了眼，我揉得重了。"

卫韫没揭穿，他笑着退开，恭敬地迎她出来。楚瑜被晚月扶着，卫韫跟在她身后，送着她走到人少的地方，悄悄握住了她的手。华服之下，那手的温度却一如既往。"阿瑜，"他轻声说，"你知道我的字吗？"楚瑜想了想："是陶先生取的吧？没听你说过。"卫韫转过头来，笑着看她："不是陶先生取的，是我自己取的。"

楚瑜有些疑惑地抬眼，卫韫顿住步子，拉过她的手，在她手心一笔一画写了起来——

"怀……瑜……"

楚瑜愣了愣，卫韫将她的手包裹在自己的手心，似乎是要将那个名字握在手里。

"阿瑜，无论未来我走到哪一步，在你面前，我一辈子，都只是卫七郎，卫怀瑜。"

楚瑜不知道该说卫韫心思纤细，还是说他每次都刚好撞在那个点上。每当她心绪难安，这个人总会恰到好处地走过来，给她安抚。她握着他的手，慢慢道："还好你来了。"说着，她抬起头，瞧着他笑了起来，"方才我觉得，你离我特别远。"远得她忽然就

明白了,什么叫"悔教夫君觅封侯"。

"我知道。"卫韫拉着她的手,低垂着眉眼,"阿瑜,我未来的路很长,我自己都不知道我会走到哪一步。我也怕权势迷了我的眼,怕荣华蚀了我的心,所以我告诉自己,人前我是卫韫,人后我只能是卫怀瑜。这一辈子,我永远要像最初喜欢你时一样,让这份感情干干净净的,容不得半点杂质。"

楚瑜不说话,静静地看了他一会儿:"若你当了皇帝呢?三宫六院,总该有的吧?"

卫韫笑了:"不会有。如果皇帝一定要有三宫六院,那我就不当了。阿瑜,"说着,他的神色变得郑重,"这世上没有解决不了的事,如果在我身边,要让你受这样大的委屈,那就是我无能。这样无能的男人……"他顿住声音,片刻后,却还是极其艰难地开了口,"弃了也不可惜。"

听到这话,楚瑜骤然笑了。"是你说的。"她的声音轻轻的,"卫怀瑜,你要守信用。"

卫韫抿唇笑开:"当然。"

两人一起走了一段路,卫韫还有许多访客要接待,楚瑜便先行回去了。回到卫府时,府里上下十分热闹,远远就听见女人的笑声。楚瑜走了进去,却是柳雪阳和许多达官贵人家的女眷正在说笑。

如今卫韫在外设宴,这些女眷就被安置在了卫府后院。这是楚瑜一手安排的,只是她不曾想宴席居然开始得这么早。她有些诧异,蒋纯正站在门前,见她来了,还没等她开口问,便苦笑着道:"婆婆先回来,见许多女眷已经到了,便让人开宴了。"

楚瑜点了点头,抬眼看过去,便见柳雪阳正同魏清平在说着些什么。魏清平面色沉静如水,跪坐在柳雪阳身边,柳雪阳握着她的手,她说一句,魏清平应一句,然而那神色隐隐与这情景格格不入,甚至似乎还有几分不知所措。

楚瑜看出魏清平的难受来,她笑着走上前去,同柳雪阳见礼,随后和大家一一打了招呼。此时气氛已经热络起来,楚瑜同魏清平道:"清平郡主此番初次来府中,不如同我等去逛逛园子?"魏清平抬眼向楚瑜看来,眼里带了几分感激。她接住楚瑜的台阶,同柳雪阳请辞,跟着楚瑜来到长廊里,这才舒了口气道:"多谢大夫人。"

"郡主似乎不喜这样的场合?"楚瑜双手笼在袖中,含笑询问。

魏清平点头道:"甚少接触十分多话的妇人。"

楚瑜忍不住笑出声来,转头看向魏清平:"你这样说我婆婆,就不怕我不喜?"

魏清平愣了愣,皱眉思索了一下,随后点头道:"是了,我不该同你说这样的话。"

二十七 我这一辈子，都只是卫七郎

楚瑜被魏清平逗得发笑，领着她进了屋，从柜子里拿出酒壶，背对着她往桌上放置杯碟，语调平和："玩笑话而已，郡主不必放在心上。郡主走南闯北，本就不该拘于内宅，如此性情，"说着，她微微转头，眼中带了艳羡，"我甚为羡慕。"

魏清平没说话，她看着楚瑜，一贯冰冷的面容上带了笑意："但比起当年独守凤陵城的大夫人，清平也不过是小打小闹而已。"

楚瑜取了酒壶，转身迎上魏清平的目光，片刻后，她慢慢道："那已经是许多年前的事了。"说着，她递了一壶酒给魏清平，领着她来到长廊外，靠着廊柱随意地坐了下来，"听闻郡主常年游走于大江南北，悬壶济世，想必见识过很多趣闻吧？"

"还好。"魏清平不是太会说话的人，只淡淡答了一句。楚瑜笑了笑，也不恼，喝了口酒，漫不经心地道："郡主和小王爷是怎么认识的？"

"三年前，外界传闻他在白城抗敌，实际上他那时在河西。正巧我在河西行医，刚好遇见，就顺手救了。"

"他中了毒？"

"入骨缠。"

"听说郡主亲自去天山取药？"

听到这话，魏清平沉默下来，没有回答。楚瑜喝了一口酒，慢慢道："怕是别有隐情，郡主不肯说也无妨。不过……一直是我在同郡主找话，郡主就没什么想问我的吗？"

魏清平没说话，抬眼看向楚瑜。楚瑜容貌艳丽，她的手腕很细，举着酒壶的时候，衣袖落下来，露出那皓白如玉的手腕，将柔美与英气混杂，带着一种别样的风流。魏清平瞧着她的模样，慢慢道："大夫人可否同我说说当年凤陵城一战？父亲总觉得女儿家就该守在家府后宅中，不曾同我说过许多，允许我出门行医已是莫大的不易了。"

没想到魏清平竟然对战场之事感兴趣，楚瑜有些诧异。然而她还是事无巨细地将当年的事一一说了。楚瑜本就能说善道，过往之事被她说得如故事一般张弛有度，听得魏清平大睁着眼，眼里全是崇拜。只见她抱着酒壶坐在楚瑜身边，神色十分认真，听到最后，她酒意上来，竟激动地道："楚姐姐，你同我走吧！"

楚瑜微微一愣，魏清平握住楚瑜的手，认真地道："你不属于这里。你同我走吧，以后我们悬壶济世，你行侠仗义。国难来时，我们并肩救国；太平盛世，我们云游四方。你不该囿于卫家后宅……嗝……"正说得兴起，她打了个酒嗝，"你看看你现在，被他们蹉跎成什么样子了？我带你走，"她摇摇晃晃地站起来，拉着楚瑜的手，"我带你去找老夫人，我要带你走。"

楚瑜没动，魏清平转过头看她，疑惑道："楚姐姐？"

"清平，"楚瑜笑了，有些无奈地道，"回去休息吧，你醉了。"

"你不愿意吗？"

"清平，"楚瑜淡淡开口，"我没有被谁蹉跎，只是英雄迟暮，美人黄昏，虽然可惜，却都是拦不住的。"

"可你才二十一岁。"楚瑜微微一愣，魏清平蹲下身来，神色越发认真，"楚姐姐，这外面有大好山河，别为你一个卫家，误了你一辈子。"

楚瑜也不知道是不是酒意上来了，脑子里突然闪过柳雪阳敲打她的话，以及卫韫背对着她接受万人朝拜的模样。其实她知道魏清平的话是真的，如今的卫家，已经不怎么需要她了，她在这座后宅里，已经慢慢变得连自己都不喜欢了。她呆呆地喝了口酒，听魏清平再次开口："楚姐姐，你跟我走。"

楚瑜抬起眸子对上魏清平的眼，沉默了片刻，正开口想要说什么，就听见一个冰冷的声音响了起来："郡主，你醉了。"

两人同时转过头去，便看见卫韫站在长廊转角处，静静地瞧着她们。他的神色平静，看不出喜怒，而魏清平酒意未消，皱起了眉头来。

"时月，送郡主回去。"卫韫淡淡吩咐道。听到这个名字，魏清平抬起头来，神色有些恍惚。秦时月走上前恭敬地道："郡主，请。"

魏清平看着秦时月，酒似乎醒了一些。她看了看卫韫，又看了看楚瑜，抿了抿唇，终于还是转身跟着秦时月走了。

庭院里只剩下楚瑜和卫韫。卫韫走上前来，蹲下身子，摇了摇楚瑜身边的酒壶，笑着道："喝了不少。"楚瑜没说话，撑着自己站起身来，摇摇晃晃地往前走去。卫韫提着酒壶，静静看着她的背影。

"我不知道我做错了什么。"他突然开口。楚瑜没说话，卫韫看着她的背影，平静地继续道，"我以为我做得已经很好。你想要做的任何事，我都没有拒绝过，你想要的任何东西，我都拼命想给你。……可为什么，"他颤着声，"你还是要走？"

"你多想了。"楚瑜有些疲惫，淡淡回应。

卫韫一把抓住她，猛地将她拽到怀里，颤抖着捏住她的下巴，红着眼注视她："你看着我！你要走对不对？方才你没有拒绝她，她都说在了你的心上，你想走，对不对？！"

"卫韫，"楚瑜冷着声音，"放开我。"

"我是哪里做得不好？我是哪里做得不对？为什么五年前你想走，如今你还想走？"

"你说什么？"

"五年前，我就知道，等卫家事了，你就会走。五年后，我以为我留住你了，可实际上，你还是想走。……你告诉我，"卫韫抱着她，痛苦地闭上眼睛，"到底怎样，你才不走？"

"卫韫……"楚瑜有些疲惫，"这与你没有关系。只是我自己没有了位置。"

"你要什么位置？"卫韫捏紧她的手，"你要什么位置我不能给你？你已身有一品诰命，还是说你想要皇后……"

"我不知道。我要的不是权势、地位，是我自己，你明白吗？！"楚瑜骤然开口，猛地推开他，喘着粗气艰难出声，"我要的是我自己的位置，是我楚瑜在卫家应该有的位置。我如今算什么？我如今是你的长嫂，是楚临阳的妹妹。在你母亲心里，我早晚要嫁出去，她为你张罗着亲事，她看上了魏清平，她一心一意想让你娶一个有才有貌有权的女子。在她心里，你堪比日月，我再好……"楚瑜咬牙，"也是你嫂嫂。"

卫韫的表情黯了下来，盯着她冷声道："继续。"

楚瑜闭上眼睛，有些疲惫："我喝了点酒，有点醉了，你别听我瞎说。"说着，她伸手去拉扯他，"我先去睡了……"

然而卫韫再次一把握紧她的手，将她拉扯回来，狠狠压在墙上，声音平静又冷漠："你继续说。"

无数屈辱涌上来，楚瑜的身子微颤，咬紧了牙关。卫韫笑了起来，眼里带着嘲讽："怎么不说了？没得说了，还是不愿说了？再多说说吧，我就看看，你能羞辱自己羞辱到什么程度？！"

"卫韫！"

"叫我卫怀瑜！"卫韫猛地提高声音，他低下头，靠近她，"我母亲给你气受了？她替我张罗婚事要娶魏清平，你心里压着，不同我说？你觉得如今卫家正如日中天，不需要你了，所以你难受了，也不告诉我？楚瑜，在你心里，你是不是觉得，我同你在一起，我喜欢你，我卫家人对你好，就是图着你什么？你给不了我卫家什么，就没价值了？"

说着，不等楚瑜回答，他捏住她的下巴强迫她抬起头来，盯着她的眼睛："你是不是还想说，我母亲要为我寻找一个达官贵女，而你是再嫁之身，还是我嫂嫂，于我名声不好？你是不是想说，你楚家此次不会站队，不会像魏清平一样带着魏王的权势支持我？你处处不如魏清平，你要不要再劝劝我，娶了魏清平当正妻？……然后你呢？你同我就像现在一样，一直背着人偷偷摸摸？！"

"你别把话说得这么恶心。"

"是你把事做得这么恶心！"卫韫死死地盯着她，仿佛一只鹰盯着野兽一般，他压着怒火和委屈，箍着楚瑜，让她动弹不得。

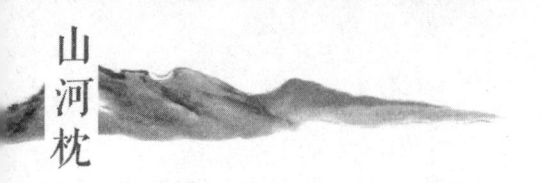

"你放开，"楚瑜皱起眉头，"我们回去说。"

"我不回去。"

"被人看到……"

"那就看到！楚瑜，我告诉你，我一定要娶你。我怕你不是心甘情愿嫁我，怕你觉得还没走到这一步，所以现在我忍着。可是你别以为我会忍一辈子。"

楚瑜微微一愣，卫韫看着她愣神的模样，又狠又怜地低下头去，狠咬了她一口。他的舌尖探到她唇齿之间，搅了个翻天覆地。她试图推开他，他就压着她的手；她试图踹他，他就压着她的腿。两个人死死贴在一起，许久之后，他终于才算心满意足，消了火气。

楚瑜被他吻得气喘吁吁，眼里还带着盈盈水光，看得卫韫喉头动了动。然而他压下这份情绪，替她拉好衣衫，从袖子里拿出帕子，细细擦干净她的唇，又替她扶正了发髻，终于道："下次有气，别自己撑着，同我说。不然，我在战场上没死，回家倒被你气死。"

楚瑜仍在喘着气，没说话，一双含着春情的眼瞪着他。卫韫被她瞪笑了，低头亲了亲她的脸，附在她耳边温和地道："叫我一声夫君，天下我都给你拿回来，嗯？"

"滚！"

"行了。"他笑着直起身来，耐着性子，抬手将她的玉佩重新打了个结，"不就是娶魏清平吗？对付我母亲这种事，你不擅长，回去等着我。"卫韫抬头，看着她笑了，"今晚你得好好奖励我，知道吗？"

楚瑜不说话，她垂着眼眸，脾气已顺了许多。卫韫抬头瞧了瞧天色："下雨了？"说着，他解下自己的大氅来，替楚瑜披上。他身上的温度和味道瞬间包裹了她，她像一个小姑娘一样，看着卫韫一边为她系上大氅，一边温和地道，"赶紧回去，别冷着了。"

说完，他转过身打算离开，然而楚瑜却一把抓住了他："还不是时候，你别气着你母亲。"

卫韫明白楚瑜的意思，如今的确不是适合公开他们关系的时候，他虽然生气，却也没有失了理智。他拍了拍她的手，声音沉稳又妥帖："你放心，我会好好处理的。"说着，他招手让一直守在一边的晚月、长月出来，平静地道，"送你们夫人回去，给她熬碗姜汤喝了。"

卫韫看着楚瑜离开，等着楚瑜消失在长廊尽头，接着他从袖中拿出帕子，轻轻擦拭着唇角："近来我母亲同大夫人说了什么话，去查清楚。"

树叶簌簌摇动，一个人影悄无声息地退出了院子。卫韫抬眼看向前方长廊里亮起来的灯火，光晕正在风中轻轻摇曳着。

二十八　人都爱少年，可人都会长大

卫韫回到自己的房间，将这日和宋世澜、楚临阳等人商议的情况梳理了一下。没过多久，一名侍卫就捧着一沓口供回来了，沉稳地道："王爷，今日老夫人同大夫人说过的话都在这儿了。"卫韫翻开口供，那侍卫又道，"除了二夫人和六夫人，近来老夫人接触过的所有人，以及他们说过的话，也都在这上面了。"

卫韫应了一声，迅速翻看过去。看完，他圈出几个名字，淡道："将老夫人身边侍奉的嫣红查一遍，所有和嫣红接触过的人，全给我抓来。"侍卫应声离去，没多久就押着一堆人进了卫韫的院子。

整个卫府都闹腾了起来，楚瑜在自己的房里也听到动静，皱起眉头问："怎么了？"长月回道："王爷抓了一大堆下人，各房里的都有，就连老夫人房里的嫣红都被抓了。"嫣红是柳雪阳一手养大的孤儿，颇得宠爱，她被抓，柳雪阳肯定会闹起来。楚瑜想了片刻，站起身匆匆赶到卫韫的院中。

此时卫韫的院中已经跪了一地的人，柳雪阳站在卫韫身边，绞着手帕，眼里含着眼泪，瞧着一旁被押着的嫣红。嫣红下方跪着一个少女，看上去不过十七八岁的样子，不停地哭着道："王爷，冤枉啊，没人指使奴才，奴才真的是自个儿想的。奴才就听说清平郡主人好，随口同嫣红姐姐一说而已。"

卫韫听得对方的哭诉，也没多说话，抿了口茶，神色平淡："那你又是听谁说的郡主人好呢？"

"是桂姨……"

"你胡说！"人群中一个妇人焦急地冲出来，当场就要与那少女厮打起来，场面顿时乱作一团。楚瑜皱眉看着，只见少女低头的一瞬，隐约有什么东西一闪而过，她骤然叫住："停下！"

听得楚瑜的声音，旁边的侍卫立刻冲上去将两人按住，楚瑜走上前轻轻拉开了那少

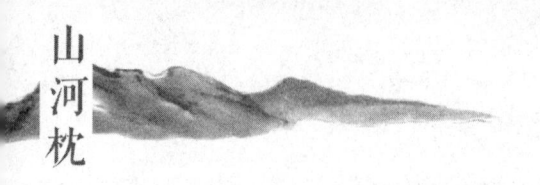

女脖颈上的衣物。一只振翅欲飞的蝴蝶落入楚瑜眼中，她紧皱起眉头。这只蝴蝶，是顾楚生的线人的标记。他们通常将蝴蝶图案文绣在身体不同的位置，用来互相识别身份。蝴蝶的颜色是艳丽的绯红，可以知道这个少女的品级相当高。

楚瑜犹豫了片刻，提步走到卫韫身边，凑过去对他耳语了几句。卫韫皱起眉头，将卫秋叫来，吩咐下去："全府各房里伺候的人，男女分开，一一验身，身上有蝴蝶标记的，全都押下来。"

卫秋点头，退了下去。那少女眼见不好，骤然提声："夫人！"楚瑜顿住步子，那少女的声音凄厉，"夫人，我等对您的心天地可鉴啊！"

这话来得突然，柳雪阳不禁向楚瑜瞧了过来。楚瑜轻轻一笑，摇了摇头道："下去吧。"而后她瞧向身旁目光中仍带着疑问的卫韫，淡道，"若没有触犯大业之事，逐出府去，便就罢了。"

"你知道是谁？"

楚瑜点了点头，平静地道："我知道。"说完她便同柳雪阳行了礼，退了下去。

等楚瑜走远，柳雪阳着急地开口："小七，这到底是怎么回事？是有细作混进府里来了吗？"

"母亲，"小七转过身去扶住她，"我们里面说。"

柳雪阳有些忐忑，卫韫扶着她回到屋里，遣退下人，平静地道："听人说，母亲想为我找一位妻子？"

"你如今也已经弱冠了，"柳雪阳轻叹，"早该娶妻了。再拖下去，怕是要让人笑话。"

"为什么是清平郡主？"

"起初的确是嫣红同我说的，可不管怎么说，嫣红说的话的确有道理。"柳雪阳绞着帕子，忐忑地道，"郡主我也见过，的确是个好姑娘，我十分喜欢……"

"我不喜欢。"卫韫淡然打断了她。柳雪阳微微一愣，有些诧异："我听闻当年她救了你……"

"她不止救了我。当时她救了两个人，我，还有秦将军。"

秦时月的父亲和卫家是世交，他早年丧父丧母，之后寄养在卫家，从小被当作卫家公子一样培养长大，如今乃卫家家臣，也是军中大将，是卫韫最得力的左膀右臂。这人柳雪阳当然是熟悉的，她有些迷茫："这与时月有什么关系……"

"当年郡主去天山，救我是顺便，她要救的其实是时月。"

这话让柳雪阳瞬间睁大了眼睛。卫韫抿了口茶，平静地继续道："时月身份低微，魏王不会允准,所以对外一直称她是同我来往。其实郡主看重的,是时月。"

"可时月的身份的确是……"柳雪阳皱起眉头,颇有些担忧。卫韫抬眼看向她:"无论他们身份如何,时月是我的兄弟,我便会为他想办法。所以,我与清平郡主之事,还望母亲不要乱插手,以免我与时月之间产生误会。如今是什么关头,我想母亲应该明白。"

"可是……"柳雪阳硬着头皮道,"就算不是清平郡主,你也总该看上个姑娘。你已经二十了,如今没娶妻,也没子嗣,当下形势严峻,你要是出了什么事……"说着,她已经红了眼,"我这辈子就出了承言和你两个孩子,承言什么都没留下,你若是再有个三长两短……"

卫韫没说话,他看着柳雪阳红红的眼,轻叹了一声,走上前去跪在她身前,握住她保养得当的手,垂下眼眸道:"母亲,儿子已经有喜欢的姑娘了。"

柳雪阳呆了呆,似是反应不过来,片刻后才道:"是谁?我替你提亲去。"

"我现在还娶不了她……"卫韫苦笑,"她还不愿意嫁我。等将来她愿意嫁了,您再去提亲。"

"那至少先告诉我她是谁啊!"柳雪阳有些焦急,"我替你相看着……"

"不用相看了,"卫韫低笑起来,眼里带着柔光,"她是个特别好的姑娘,您一定会喜欢的。"

柳雪阳瞧着卫韫的神色,眼里带了些许暖意:"你一定很喜欢她吧?"

"很喜欢,"卫韫抬眼,仿佛不谙世事的少年人一般,认真地道,"我这辈子,只想娶这一个姑娘。"

"我家小七,果然长大了,"柳雪阳低笑,"都已经有喜欢的姑娘了。你不告诉我那姑娘是谁,总该告诉我,那姑娘是个什么样子吧?"

卫韫没说话,他想了想,摇摇头:"我不知道该怎么形容她。可是,"他抬起头,神色认真,"她真的,特别特别好。"

柳雪阳被他逗笑了,抬起手指戳了戳他的额头,有些无奈:"你呀……"

柳雪阳拉着卫韫又说了一会儿家常,卫韫却始终不肯透露那姑娘是谁。磨了许久,柳雪阳终于放弃了,叹息道:"到时候,也不知你大嫂还在不在卫府。她年纪也大了,你替她相看的人,可有着落?"

"有了。"卫韫垂眸,眼里柔光未散,"那人很喜欢她,等我们这边事了,他就去娶她。"

"那就好。"柳雪阳轻叹,"你大嫂这辈子,太苦了。希望那个人好好疼她。"

"您放心,"卫韫温和地道,"他会对嫂嫂好的。"

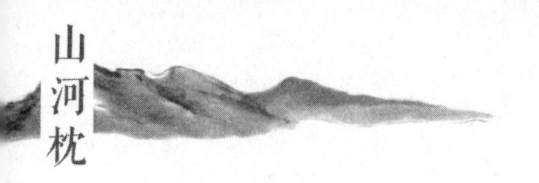

两人零零散散又聊了一会儿,柳雪阳总算歇下了。卫韫安置好她,走出房门。寒风夹雨扑面而来,他神色冷淡,开口询问身后的卫夏:"大夫人呢?"

卫夏犹豫片刻,终于还是开了口:"在顾大人那里。"

卫韫没说话,片刻后,他闭上眼睛,慢慢道:"拿伞来,我去接她。"

楚瑜到顾楚生这里已经有一会儿了。从卫韫的院子出来,她便直奔顾楚生的住所。如今卫韫的冠礼已经结束,许多人开始收拾行囊准备离开。楚瑜进来时,顾楚生的人正在收拾东西,他却是坐在小桌前认真地煮着茶,似乎早就知道楚瑜会来。

楚瑜抬了抬手,周围的人便都退了下去。她跪坐到顾楚生身前,顾楚生将刚刚倒好的茶推到她面前,平淡地道:"天冷,喝杯茶暖暖身子。"

楚瑜没有接茶,只是道:"你将人安插在卫老夫人身边,是想做什么?"

"说得好像你们没有安插人手在我府里一样。"顾楚生轻笑。

楚瑜抿了抿唇:"是你煽动老夫人让卫韫娶清平郡主的?"

"不好吗?"顾楚生抬眼,"我说的可都是大实话,可以说是处处替卫韫着想了。魏王之权势,郡主之美貌,难道他们不是天造地设?"

楚瑜不说话,只是端起茶杯,感受着茶杯上传递过来的温度。顾楚生瞧着外面的秋雨,慢慢道:"马上就要入冬了,白岭寒凉,不若你随我回华京避寒吧?"楚瑜没有回应,顾楚生也不意外,语气仍然平静,"其实我不介意你失身于他,甚至你嫁给他,怀上他的孩子,我都不介意。阿瑜,"他的眉眼间带上了笑意,"你在他身边待不久的。"

"你又知道?"

"我是让人挑拨了老夫人,可是,我传过去的话,哪一句不是实话?阿瑜,卫韫日后的路还很长,他会越走越难。等他走得艰难,等他再没有那么爱你,你岂又知道他不会怨恨?你岂知道他不会想,若当年娶的是郡主,那就好了?"

说完这句话,顾楚生喝着温茶,静静等着楚瑜开口。许久后,只听楚瑜慢慢地道:"那我也该等到那时候,等到他同我说出这一句话。"说着,她放下茶杯,准备起身,"你的人卫韫不会动,你悉数带走吧。以后别盯着卫家。回去好好准备,五个月后,我同卫韫灭了姚勇,带兵入华京。"

然而这话刚说完,顾楚生便一把抓住了她的手腕。他抓得很重,楚瑜微微皱眉,抬眼看他。

"为什么不能是我?"他的声音微微发颤,似乎是在努力克制自己,眼中无数情绪纷杂。楚瑜静静地看着他,只是道:"放手。"

二十八 人都爱少年，可人都会长大

"你要的人生，他给不起。"

"那你又能吗？顾楚生，我不是没有给过你机会。我给了，我试过，可是我们不合适。"

顾楚生微微愣住，楚瑜抬手扳开他的手指，一根接一根。顾楚生执拗地看着她，不肯放手，眼泪盈在眼睛里。

"你信人有上辈子吗？"

"我信。"

"上辈子，我曾经嫁给你过。"楚瑜的声音低哑。

顾楚生另一只手也用上了："那你这辈子，也嫁给我。"

"那时候你不喜欢我。"楚瑜终于感到疲惫不堪，慢慢放缓了动作，艰涩地出声，"我做了很多，我给你的私奔信你没要，所以我自己偷偷去找你。我找到了你，陪你留在了昆阳。"楚瑜抬眼看他，眼里含着眼泪。顾楚生愣在那里，看着楚瑜将目光转向窗外，"那时候你特别穷。你住的地方下雨时会漏雨，你找了个木盆接着，我夜里睡不着，你抱着我，合着雨滴声给我唱歌，同我说，你听这雨声，是不是也很好听？……我觉得特别好听。"说着，楚瑜破涕而笑。顾楚生忍不住也笑了，沙哑地道："然后呢？"

"那时候，我就想，你还是喜欢我的，你只是脾气不好。所以我为你做了很多……很多很多……"楚瑜含着笑，却忍不住泪落如雨。

她说起那些年，他就静静听着。他从来没有听她说起过那些年，他记忆里的那些年，她一直是那副鲜衣怒马的模样，后来便只是一个病恹恹的枯槁女子了。这是他第一次从她的角度，这么认真地去听她讲述那时候的喜怒哀乐。

原来那个厮杀在战场上的姑娘，也会在心里忐忑不安；原来她嘲讽他无能，也不过是自己难过到极点时的疯狂反扑。他突然想，如果当年他没那么年少，如果当年楚瑜像现在一样，能用这样平静的姿态同他述说所有的一切，他们是不是就会有不一样的结局。

"我花了一辈子，"楚瑜沙哑地继续说着，"我用了长月的命，还有我楚家的败落，去求这一份感情。"她的语调平淡，目光落到顾楚生仍抓着她手腕的手上，"你曾经得到过的，顾楚生，可是，是你不要。所以，你不是爱我，你只是执着。当你得到我的时候，你就不觉得我有那么好了。"

"那么，"顾楚生的声音亦带着沙哑，"如果你说的这一辈子，真的存在，看着如今的我，你为什么不杀了我？"楚瑜没说话，顾楚生盯着她，"我这样坏，我害死了长月，我害了你一辈子，你为什么不杀了我？"

屋外冷雨凄凄，楚瑜静静地看着面前的青年，他已经是她记忆里顾楚生最后的模样

587

了，眼神气度，分毫不差。他爬上了内阁大学士的位子，甚至比上辈子还要快一些。

许久后，她终于道："上辈子的事，其实错多在我。长月是楚锦打死的，你当时并不知道。而路是我选的，你只是不喜欢我而已。最重要的是，上辈子的事，我不牵扯到这辈子，这辈子，你什么都没做。"顾楚生捏起拳头，楚瑜神色坦然，"你虽然数次打算加害于卫家，最后却都收了手。而这些年，赵玥作恶，卫韫征伐，你在后方调整户部，惩治贪官，鼓励商贸，才勉强维持住大楚的平衡。顾楚生，你的所作所为，我都看在了眼里，其实你没有你想象中那么坏。"

"我有。"顾楚生咬牙，"我比你知道的更坏。我不作恶，只是舍不得你。"她不知道，上辈子在她死后，他走到了怎样的程度。他本就是头恶兽，她是缰绳。她活着时，他怕她看不起，她死后，他就走在不归路上，为所欲为。

然而听着顾楚生的话，楚瑜还是忍不住笑了。她看着面前这个青年强撑的模样，轻声道："顾楚生，其实哪怕上辈子，你都没有你想象中那么坏。我会喜欢你，不是白白喜欢的。"顾楚生愣愣地看着她，楚瑜叹息出声，站起身来，从旁边取了伞，轻声道，"以后别做傻事了。人的原谅有限度，你若再这样下去，或许有一天……"她轻轻歪头，"我真的会杀了你呢？"

顾楚生没说话，他看着女子弯眉轻笑的模样，突然意识到——这大概是最后一次了。他已经拼尽全力，如果还留不住她，那大概便是真的再也留不住了。他颤抖着身子，不知从哪里突然得到了勇气，撑着自己站起来，猛地叫出她的名字："楚瑜！"

楚瑜顿住脚步，听见身后的青年沙哑着开口："哪怕上辈子，我也是喜欢你的。"听到这话，楚瑜猛地回头，呆呆地看着面前的人。顾楚生艰难地笑开，惨白着脸，抬起手放到自己的胸口，眼泪落了下来，"上辈子，我第一次见你，我就……特别、特别……喜欢你。可是我不懂。"他慢慢走上前来，"我看不起这样的自己，我特别讨厌你高高在上的样子，我觉得你不该喜欢我这样的人，你该喜欢卫珺，甚至是卫韫。你喜欢我，就是瞎了眼。"

楚瑜不可思议地看着他一步步走到自己面前，艰难地说着："所以你说错了，哪怕得到了你，我也喜欢你。我喜欢你这件事，不是十年、二十年，而是从我上辈子的十二岁，到这辈子的现在。你让我放手，我也想放，可我放不开。你让我不忘初心，可是我的初心是你，我从没忘过。"他慢慢跪下，仰头看着她，颤抖地伸出手来，再次握住她的手，接着便猛地号啕出声，"阿瑜，对不起……我求求你……回来吧……上辈子、这辈子……我都输不起了。我真的，输不起了……"

楚瑜呆呆地看着他，脑中思绪纷乱。

588

二十八　人都爱少年，可人都会长大

片刻后，一个声音从长廊尽头传来。那声音如这夜雨，平稳中带着彻骨的冷意——
"阿瑜。"

楚瑜和顾楚生同时循声看去，只见长廊尽头，一个男子白衣长衫，手执六十四骨节竹伞，神色安稳从容。他静静地看着楚瑜，灯火跳跃在他隐忍的目光里。那琉璃一样漂亮的眼里有无数情绪翻滚，可他没有纵容，他克制着自己的所有情绪，抬起手，平静地出声：
"到我身边来。"

楚瑜已经被顾楚生刚才的话震惊到发蒙，只能呆呆地看着长廊尽头的卫韫。只见那个人什么都没说，静静地站在那里，目光无悲无喜，身子却在隐隐发颤。

顾楚生仍然握着楚瑜的手，在她提步的前一秒，他猛地意识到了什么，紧紧拉住她，沙哑着出声："阿瑜，你别走，你不要离开我。"

楚瑜没说话，她低下头去，看向顾楚生满是祈求的脸。好久后，她终于回过神来，艰涩地道："你怎么敢？！"

——他怎么敢说出来？他怎么敢告诉她？难道他以为，所有的伤害，一句"对不起"便可以解决？！所有的痛苦，跪一下就能烟消云散？！

楚瑜颤抖着身子，眼泪几欲滚落而出。她想将自己的手抽出来，而他却固执地不放开。他知道她要做什么，他不能放手让她去做。他输光了所有底牌，他尝试了所有可能，这次她如果走了，他便真的就毫无办法了。于是他只能笨拙地去拉她，反复哀求："我错了，我真的错了……阿瑜，我不会再犯了……我知道你要什么，我知道该怎么爱你，我比任何人都能更好地对你，阿瑜……"

"放开。"楚瑜的声音颤抖。她已经在极力克制，可那些爆炸开来的情绪仍回荡在她的心里。她的眼泪扑簌而落，而那个一贯姿态从容的青年，却仿佛已经放下了所有自尊，对她纠缠不放，痛苦地挣扎："我不放，我不能放！"

雨声渐大，灯火之下，两个人都狼狈不堪。卫韫早已遣退了下人以及周边所有的暗卫，整个庭院里就剩下他三个人。他站在不远处静静地看着他们，他明明离他们很近，却怎么看都觉得那两个人离自己如此遥远。他们好像共存于一个无形的世界中，将他隔离了开来。他一贯被人夸赞有勇有谋，面对千军万马也从容有余，却在这一刻，觉得自己仿佛是失了方寸。

此刻的卫韫不知道自己该做什么，于是他除了站着，竟然什么都做不了。他看着那两个人，体会着他们之间澎湃的情绪，好久后，终于开口："顾大人，够了。"

顾楚生愣了愣。卫韫收起伞，走到他们身边，抬起手，轻轻搭落在顾楚生的手上。

"顾大人，"他平静地开口，"凡事都有界线，你已经走到了那一步，走不过去，就该放手回头。"

顾楚生静静地看着他，片刻后才艰难地道："她是……她是我顾府大夫人。"

卫韫垂下眼眸，手上隐隐加重了力道："烦请您放手。"

"她是我同床共枕十二年，进了我顾家祖坟，和我合葬在一起的顾大夫人。"

"烦请放手。"

"卫韫，"顾楚生终于感受到手腕上传来的力度，疼得他发颤，可他仍然固执着不放手，盯着卫韫，一字一句，"她是我的妻子。"

卫韫的手微微一松，他的睫毛颤了颤，继而再次控制住了力道。顾楚生突然疯狂地挣扎起来，卫韫不动；他又拳打脚踢，卫韫仍不还手，只是将他的手一点一点从楚瑜身上拉扯下来。如同他的感情，一分一分，生拉硬拽，从那个女子的生命里被撕扯了下来。

顾楚生悸动号哭起来，卫韫平稳地自持着。终于，顾楚生抑制不住，嘶吼出声："你算个什么东西？！卫韫，她是你的长嫂！上辈子，她是我明媒正娶的妻子，这辈子，她是你大哥明媒正娶的妻子，你是什么身份，在这里管我同她的事？！"

卫韫将楚瑜护在身后，看着被推开在一边、正坐在地上喘息的顾楚生，眼里带了怜悯，却也不知是在怜悯他，还是在怜悯自己："顾大人，回去吧，该做什么，便去做什么。您是内阁大学士，这天下还有许多事等着您去完成，有许多百姓在仰仗着您，不要在这里纠缠一个妇人，这不成体统。"

听到这话，顾楚生低低笑了："卫韫……我真没想到，这辈子能从你口里，听到'体统'两个字。"卫韫将双手笼在袖中，并不打断他，伴着风雨声听他继续道，"卫韫，上辈子，我就是太顾着体统，顾着太多人，所以她死去的那天，我还坐在灵堂里批阅文书。……可你知道吗，"他的声音夹在雨声里，慢慢低了下去，"你会发现，你被磨掉少年锐气，少了那份世人最爱的鲜活风流后，所有人只会离你越来越远。爱你的人越来越少，路越走越窄。最后你被人供在祭坛上，活得像一个灵位。"

"你以为我为什么输给你？"说着，顾楚生笑了，撑着自己慢慢站起来，接着他盯住卫韫，骤然狂笑出声，"我不是输给你了卫韫，我是输给了时间，输给了我自己！我走了太多路……她最爱的干净我没有，勇气我没有，纯粹我也没有。她最爱我的时候……"他看向楚瑜，眼里带了茫然，"她最爱我的时候……"

她最爱他的时候，是他的少年时。红衣金冠，意气风发。他任昆阳县令，带百姓避难；他以文臣之身，穿梭于战场之上。她最爱他的时候，是他驾马而来，光明坦荡；是他携粮草而来，哪怕全身伤痕累累，也要抬头同她说："你别管我，把粮草护好。"

二十八　人都爱少年，可人都会长大

"卫韫，"他的声音低了下去，"你走了这条路，注定护不好她。你只会蹉跎她，不如放手。"

顾楚生语毕，卫韫却慢慢笑了，那笑容里全是苦涩："顾楚生，她从来不是我的。你想要，该问她愿不愿意，而不是让我放手。你与我最大的不同就是，你爱着一个人，你便觉得你们都是对方的，所以你没有了自己。我爱一个人，却从不觉得她属于我，或者我属于她。我是卫韫，是镇国侯，是如今的平王。我有我的责任，我有我要走的路。她也一样。"

楚瑜听着卫韫的话，慢慢抬起头来，仰望身侧的青年。风雨吹进来，他面色沉静泰然，克制着情绪，与她和顾楚生那失态的模样截然不同。他从风雨中走来，早已被雨水湿了衣衫，却似乎未受到半分影响。他看着顾楚生，声音平稳从容："她是楚瑜，是卫家大夫人，是一品浩命，也是军中北风将军。她的人生远不止你我，她不属于任何人。她爱谁，不爱谁，我管不了；她要留在卫家，还是要跟你去华京，或者云游天下，我也管不了。你让我放手，又何从谈起？你从没给过她一份感情应有的样子。你没让她在一份感情里学会张扬自立，没让她感受过感情会是她最好的壁垒。时至今日，你也没能明白，谈好一份感情，得先做好一个人。所以，别纠缠了。"他弯腰拿起伞，淡道，"回去吧，先当好顾楚生，再来爱一个人。"

说完，卫韫抬起手，握住了楚瑜的手。他的手很暖，在那温度涌过来的一刻，她感觉自己仿佛是淹没在深水里的人，终于被人打捞起来。如果顾楚生的爱是将她拖下去、让她窒息的沼泽，那这个男子就犹如小船，载着她划向彼岸。

她静静地跟着他，路过没有屋檐的地方，他便将伞倾斜过来，为她遮住大雨。他们回到楚瑜的屋里，他吩咐人去准备姜茶，又给她拿来换洗衣物，垂下眼眸道："先换了吧，别受寒。"他的神态太平和，平和得让楚瑜的心也随之安定了下去。

楚瑜换好衣服，晚月已端了姜汤上来。楚瑜捧着汤碗，卫韫站在她身后，用一张帕子轻轻擦拭着她的头发。她慢慢镇定下来，在温暖中找回了理智。身后的人动作轻柔小心，将她的头发擦干后，又从她手里接过空碗，低声道："先睡吧，我还有许多事，便先回去了。"

"小七，"楚瑜终于开口，"你没什么想问我的吗？"

卫韫背对着她，好久后，终于道："改日吧。"

楚瑜低低应声，卫韫起身往外走去。然而走了几步，他又顿住步子。"阿瑜，"他的声音沙哑，楚瑜抬起头来，看着他的背影，听见他道，"我也会难过的。"

哪怕他做得再好，假装得再淡定、再从容，可人毕竟是人。楚瑜呆呆地看着他，他转

591

过身来，艰难地笑了笑，沙哑着声音问："你能不能过来……能不能走过来，抱抱我？"

——让我知道，这份感情，不是我一个人在努力；让我明白，这份感情，会得到回应。他仿佛少年时一样，可是这句话，他说得那么难，那么慢。

楚瑜仍看着他。卫韫等了片刻，没有等到她有所动作。他低头轻笑，似又恢复了平时那沉稳从容的模样，转过身去温和地道："无事……我便先回去了。"

然而话刚说完，一个人便猛地从身后扑来，将他死死地抱住了。

楚瑜在他背后，用额头抵住他的背，她的温度从他身后传递而来。卫韫呆呆地看着门外摇晃的灯火，也不知道怎么的，眼泪就落下来了。他不敢回头，不敢眨眼，沙哑着声音，慢慢开口："……我不知道我怎么了，我不知道该怎么做。阿瑜，其实顾楚生说得对，人都爱少年。十五岁那年在北狄，你背着我走过万水千山，那时候我觉得世界特别美好。那时候卫秋、卫夏还会和我闹着玩，沈无双也比现在话多，母亲面对我也不会忐忑不安……那时候你还会护着我，叫我小七。可现在呢，我自己都不知道一切是怎么了。卫秋、卫夏很少同我说笑，沈无双也开始变得恭恭敬敬，母亲有话只放在心里，从来不同我实说，便就是你……也变了。"

他慢慢闭上眼睛，声音中带着隐约的哽咽："我自问没有做错什么，我努力护每一个人周全。我学会了克制、忍耐、包容、果断。可每个人都还是离我越来越远，敬而不爱，赏而不亲。我做错了什么呢？"他的声音终于颤抖起来，似是有些克制不住。他在楚瑜怀里，慢慢佝偻下身子，抬起手捂住自己的脸，"——我只是长大了而已。"

他只是长大了而已。一个人长大后，他说的每一句话都会变得怀有深意，他做出的每一个决定都会被视为包含野心。他已经很努力了，他努力去让身边每个人过好，他努力想要拥抱住身后的这个女子，她所有担忧的、惶恐的、不安的，他都在努力为她解决。可世界还是没有变成他想要的样子。

——可他做错了什么呢？她曾把自己最美好的时光给了顾楚生，她能放下所有，雨夜私奔去找顾楚生，她能带着绝不回头的勇气去爱那个不会爱她的人；甚至顾楚生做错了，跪地祈求，还能得到她的心软、心疼。而他，小心翼翼想要去给她所有的美好，为她向赵玥求了一品诰命、北风将军的头衔，为追赶上她而努力成长，想要为她遮风避雨。她不够喜欢他，他就等着她，可她还是越走越远。他不知道该怎么留住她，他甚至不敢像顾楚生一样开口去требует。他知道，如果他开口，她就会留下来。然而正是因为如此，他什么都不敢说，只能在这个雨夜里，在她的怀里，握着她的手，号啕大哭。

卫韫许多年没有这般哭过。尖锐的疼痛涌上楚瑜的胸口，她咬紧了牙关。她第一次这样真切地感受到，卫韫比她想象中过得更难、更苦。只是有些人从不将伤口展示给人看，

二十八 人都爱少年，可人都会长大

于是哪怕那伤口已经发脓溃烂，别人也以为他云淡风轻。她想起五年前在沙城，卫韫泡在沈无双配制的药水里挣扎痛哭，抱着她，唤着——嫂嫂，我疼。年少时他尚能说出这样的话，长大后他却是连"我疼"两个字都再说不出来，反而只是问她：我哪里做得不好？

——你没有哪里做得不好。楚瑜咬着牙关，听着他的哭声，想起自己的年少之时来。不公平——哪怕他从没开口，可她却清楚地意识到，这份感情，太不公平。她把顾楚生给过她的伤口留给了卫韫。顾楚生拘束她，她就以顾家大夫人的姿态活在卫家，却忘记了当年卫韫从北狄回来，给赵玥提的三个条件中就有一个是为她求军职；顾楚生辜负她，她就忐忑不安，等待着卫韫的辜负，却没看到卫韫将这份感情放在心里五年，从未褪色半分。

她把最好的自己给了做错事的顾楚生，却将最不好的自己交给了什么都没做错的卫韫。一份感情无论如何都会遭遇磨难，痛苦与甘甜相伴相随，包容与自由相偎相依。卫韫努力为她铺好了所有的路，她却连走上去的勇气都没有。

楚瑜深吸一口气，收紧了手臂。她突然想，如果回到十五岁那年，如果她没有嫁给过顾楚生，没有经历过岁月的磋磨，如果她在最美好的岁月里遇见了这个人，她会做什么？

这个念头不断地闪出来，楚瑜扳过卫韫的身体，抬头狠狠啃咬在他的唇上。哽咽和眼泪交织在这个吻里，她将卫韫压在身下，将手指滑进他的手心，十指扣在一起。她从未这样放纵地亲吻过他，没带半点技巧，莽撞又热情。卫韫也慢慢握紧了她的手。

"卫韫，"她直起身子，认真地看着他，"我向你坦白，我已活过一辈子了。"

"我方才，听见了。"卫韫绷紧了身子，仿佛有些害怕听见她将要说出口的话。楚瑜静静凝视着他，平静地道："我嫁过人，有过孩子。"

"我听见了。"卫韫垂下眼睛，不自觉地握紧了和她交扣着的十指，然而似乎又突然想到了什么，慢慢松开。楚瑜俯下身去，头发垂落在他身侧，她静静地看着他，温和地道："我以前，对你不好。"

"没……"卫韫沙哑出声，"是我求得太多。"

"你应该求的。"楚瑜抬起手来，覆在他的面容上，神色温柔，"我曾经有过很好的样子，我那时候很勇敢，你想要的，作为恋人，我该给你。可是我给了别人……却没有给你。"

"别说了！"卫韫似乎有些难堪，他想要起身，楚瑜却抬起手猛地将他按了回去。她看着他，神色郑重，目光落在他的眼里，交织纠缠："所以，卫韫，我们重新开始，好不好？"

卫韫愣了愣，似乎没有明白。楚瑜抬起手来，将发簪从自己的发髻上取下。青丝如瀑而落，她眼里还带着水汽，然而眼角眉梢却都是笑意。她抬起手，取下了自己的腰带。

卫韫呆呆地看着楚瑜的衣衫散开,将目光转向旁边,张了张口,似想要说什么。楚瑜抬手落入他的发间,温柔地出声:"你喜不喜欢我?"

"喜欢。"这一声喜欢来得毫不迟疑,却带着哭腔和委屈。楚瑜轻声笑了。她低下头,含住他的唇,温柔地道:"那就够了。"

——那就够了。雨打秋叶,长廊带寒,他们拥抱、亲吻,从地面到床上,酣畅淋漓。当高潮骤然来临,他颤抖着身子死死地抱住她,尽数将自己埋没在她的身体里。他拥抱着她,感受着她,那一瞬间他突然发现,哪怕这一刻她说她要走,他也不害怕。

因为他知道,这时候的楚瑜,是真的在爱着他。

那一晚很长。在楚瑜的记忆里,他们好像肆无忌惮地做了一次又一次。最极端的那一刻来临时,灭顶的快感冲刷而来,他们死死地抱在一起喘息、拥吻,气息和身体纠缠在一起,好像要将对方融入自己的身体里。

这是人类表达爱意的最原始的方式。如果你爱着这个人,你便会拼命地想要与他交织相融,会不顾一切地试图接纳他、缠绕他。没有任何技巧,年轻的身体最简单的律动,也能让人感到喜悦欢愉。

之后,他们头抵着头靠在一起,听着外面的雨声。楚瑜慢慢地给他说着上辈子的事,每一件,她所记得的,她都说得很详细。

"所以上辈子,你没嫁给我大哥。"

楚瑜拥着他,似乎有些不好意思,小声地开口:"你那时候一定很讨厌我吧。后来我见到你的时候,你都好凶。"

卫韫低低笑起来,楚瑜皱眉:"你笑什么?"卫韫叹了口气,翻过身子,平躺着看着床顶,一只手枕在脑后,笑着道:"听见你说我欺负你,我感觉……大仇得报,也算欣慰。"楚瑜用手支起自己的头,侧着身子看他:"什么大仇?"卫韫迎上她的目光,含笑道:"这辈子你老欺负我,我又不能欺负你,想想原来是上辈子已经欺负过了,心里也就舒服了许多。"

听得这话,楚瑜用手推他,不高兴地道:"喂,你胆子大了。"卫韫赶忙握住她的手,低头亲了亲:"不大不大,在大夫人面前,我胆小得很。"

楚瑜瞧着他,悠悠地道:"卫怀瑜,没看出来,你还挺能屈能伸的。"

卫韫笑着答:"那是夫人教得好。"

楚瑜一时接不上话,她半天没想明白,卫家人好像个个都是宁折不弯的铮铮铁汉,怎么就出来了一个卫韫,鬼精鬼精的?她思索了片刻,卫韫已将头轻轻靠在她的胸前:"阿瑜……我本来还在想，今晚上回去，我该怎么熬。"楚瑜没说话，抬手梳理着他的头发，听他道，"可还好，你留住了我。"

楚瑜抿了抿唇，终于道："听到我和顾楚生的对话，你不觉得荒唐吗？"

"这有什么荒唐的？"

"一个人居然已经活过一辈子，不荒唐吗？"

卫韫沉默了片刻，终于道："其实这些事，早就有预兆了，不是吗？"说着，他伸出手，环住她，"从你嫁进卫家，预知到卫家祸事，再到后来，你只比我大一岁，可我却总觉得自己在你面前就像个孩子。这么多年我一直在追赶你，我一直希望，在你身前，我能不要永远像个孩子。很多时候我都在想，你到底是经历了什么，才会像今天一样，不过二十一岁的姑娘，心里却藏着那么多伤口。"他抬起手，覆在她的心口，神色间没有半点欲念，"再后来你我有了肌肤之亲，你却比我熟悉太多，可你明明只同我在一起过。我想过为什么，可你不同我说，我便不去探究。所以，听到你们的话，我不觉得荒唐，我只觉得，的确该是如此才对。"

"你不介意吗？我老了，还嫁过人。"

卫韫靠着她，声音温柔："我不介意。我只是心疼于你，喜欢于你，遗憾于你。心疼你走了这么难的路，喜欢你至今还有那份赤子之心，遗憾那一条路，我没能陪你。"

卫韫说着，楚瑜已靠进了他怀里，没有再言语。

雨下了一夜，楚瑜醒过来的时候天已经大亮了。她懒洋洋地叫了人进来，晚月、长月面无表情地收拾了屋子，等长月出去端水时，晚月才上前来小声问道："夫人，昨儿个，王爷留宿了？"

"嗯，"楚瑜平静地答道，"怎的了？"晚月抿了抿唇，憋了半天才嗫嚅着道："……王爷天亮才走的。"楚瑜点了点头，倒也没意外。晚月上前一步焦急地道："夫人，若是让老夫人知道了……"

"那又如何呢？"楚瑜抬眼，晚月愣了愣，只听见楚瑜平静地继续道，"知道了，便知道吧，我又怕什么？"

晚月沉默了片刻，终于道："既然夫人已经做好决定，奴婢也不多说了。"楚瑜听出她声音中的气恼，忍不住笑了，回头瞧她："怎么，生气了？"

"夫人这是在拿自己的名誉开玩笑。"

"名誉？"楚瑜轻笑，"你以为我在意？"若是在意名誉，当年哪里又做得出逃婚私奔的事来？晚月愣了愣，片刻后，她弯腰叩首："晚月紧随夫人。"

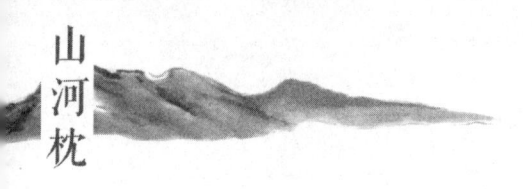

"你怎么突然这么客气？"楚瑜抬手摸了摸她的头，"起来吧。"

梳洗之后，楚瑜到饭厅去同大家一起用早膳。刚一进门，就瞧见卫韫坐在上桌，正同柳雪阳说着话，见楚瑜来了，他抬起头来，眼里带着遮不住的明媚笑意。楚瑜也笑了笑，同柳雪阳行礼，又同王岚、蒋纯问安，而后才落座。蒋纯瞧着楚瑜，往她碗里夹了菜，道："阿瑜今日看上去与平日有些不同，光彩照人，怕是有喜事？"

"倒也无甚喜事，"楚瑜温和地道，"只是见今日天色好，心情也好罢了。"蒋纯笑着没说话，抬头看了一眼卫韫，摇了摇头，却是有些无奈的模样。

吃完早膳，卫韫抬头看向楚瑜，同她道："今日大嫂是否要去送客？"

楚瑜笑着转头看向旁边跪坐着的蒋纯，神色里带了调笑："不知阿纯是否要同我们一起？"蒋纯却神色平静："你们去便好，与我又有何干系？"闻言，楚瑜笑着拍手，抬头看向卫韫："行，王爷，那我们走。今日宋世子也要走了，我们便去送吧。"

见蒋纯仍然眉眼不动，卫韫有些无奈地笑了，起身同柳雪阳拜别，随后跟着楚瑜走出了屋子。楚瑜走得轻快，看上去心情不错，卫韫抬手拉住她，温和地道："别冒冒失失，小心摔着。"楚瑜抬眼看他："我这么大的人了，怎么会摔着？"卫韫笑了起来："我找个借口想拉着你，你看行吗？"

"我觉得行。"楚瑜点点头，倒也没抽出手来。卫韫抿着唇没有接话，牵她上了马车，这才想起来："你说二嫂会来吗？"楚瑜撑着下巴："你知道她为什么不来吗？因为她知道宋世澜会去找她。"卫韫愣了愣，片刻后，他叹息道："你们这些女人，心思真让人难以揣摩。"

屋里，蒋纯陪柳雪阳又说了会儿话，便告退了出来。刚走到长廊里，就听到一声轻唤："二夫人。"她转过头去，看见了站在长廊尽头的青衣青年。他披着狐裘领披风，头上戴着发冠，笑容浅淡温和，一如秋日阳光，明媚却不张扬。蒋纯定定地瞧了他片刻，终于才低了低头，恭敬有礼地道："宋世子。"

宋世澜走到蒋纯身前，静静打量了她片刻，好久后才终于道："我要走了。"蒋纯只应了一声"嗯"，没有接话。宋世澜瞧着她，慢慢笑了起来："当年我同二夫人说我要走了，二夫人给我行礼，祝我一路行安。如今我同二夫人说要走，二夫人却是回了我一声'嗯'，是不是舍不得？"

"您说笑了。"蒋纯的声音平淡，"若您无事，我便先回去照顾陵春了。"

"二夫人，"宋世澜骤然开口叫住她，蒋纯皱眉抬眼，入眼却是青年含笑的面容，"在下如今二十七岁。"

二十八 人都爱少年，可人都会长大

"世子同我说这些做什么？"

"若我再不成婚，怕是要让天下人笑话了。"

"这与我，也无甚关系。"

"二夫人，"他抬起手，轻轻握住了蒋纯的手，蒋纯微微一颤，想要抽回手去，宋世澜却骤然用力，握紧了她，"我再等您一年，"说着，他抬起头来，面上带笑，眼里却满是苦涩，"人的等待总有尽头，若是再等不到……我可能就等不下去了。"

蒋纯被他握着手，好久后，慢慢开了口，声音里却带了沙哑："若是等不下去，那便不等了吧。世子，"她苦笑起来，"阿束待我很好。"

"我待你，会比他更好。"

"你不明白，"蒋纯摇了摇头，"他未曾负我，我不能薄他。"

"可他已经死了！"宋世澜握着她的手加重了力道，"不是你薄他，薄他的是这世间！没有谁要为谁的死赔上一辈子！你就算一辈子守活寡，他也不会活过来，你明白吗？！"

蒋纯没说话，她的面色有些苍白。宋世澜靠近她，冷着声音："二夫人，若我是他，我心里有你，看见你活成这样，我死了也不得安息。我们身为武将，活着厮杀半生就是想求你们活得好、活得安稳，我们将自己的命葬在战场上，最后就是换来你这样作践自己的结局吗？"

"世子……"蒋纯颤抖着声音，"您放手！"

宋世澜没说话，他盯着她，许久后，他轻笑出声。他放开手，平静地看着她，声音里带着冷意："一年。一年，你不嫁我，我就求娶清平郡主。"

说完，他转身离开。蒋纯颤抖着身子，捏紧了自己刚才被握住的手。她咬紧唇，闭上了眼睛。

楚瑜和卫韫在马车里下了半局棋，便来到了城门前。同迎接来宾时一样，二人一一送走了去客。等到傍晚时，顾楚生的马车遥遥而来。马车停在楚瑜身前，顾楚生卷起帘子，静静地看向并肩而立，正含笑看着他的楚瑜和卫韫。卫韫从旁边取了手信想交到他手上，含笑道："顾大人，一路行好。"他的笑容和楚瑜的很像，一样的淡然从容，带着些许暖意。他们两人，在时光里变得越来越像，此刻他们都穿着水蓝色的衣衫，仿佛融在了一起。

顾楚生静静地看着他们，好久后，他沙哑出声："阿瑜，你同我说句话。"

"顾大人，"楚瑜从卫韫手中拿过手信，举在顾楚生面前，"一路行好。"

看着面前含笑而立的女子，顾楚生终于忍不住红了眼："可我不知道，后面我的路该怎么走。我走不好……我该怎么办？"眼泪落了下来，他瞧着她，"执着了这么多年，你让我怎么办？"

楚瑜没说话，她静静地看着他，好久后，她轻轻笑了，终于道："楚生，这世间还有很多事等着你去做。还记得未来吗？天灾人祸，洪涝地震，战乱不断。如果你喜欢我，上辈子你做得有多好，这辈子便做得比上辈子更好，那就好了。"

"有什么意义呢？"他轻声开口，"你不在我身边，又有什么意义？"

"顾大人，"卫韫笑起来，"若不能成为她喜欢的人，至少也不要变成她讨厌的样子。人生还很长，您多等几年，说不定又峰回路转，柳暗花明了呢？"

"王爷说笑了。"顾楚生苦笑了一下，终于还是伸出手拿走了楚瑜手中的手信。"阿瑜……"他瞧着她，呼唤着她的名字，然而剩下的话，他却怎么都说不出来。他静静凝视着面前女子澄澈的眼睛，好久后，才闭上眼，轻叹出声，"这世间，会如你所愿。"说完，他放下帘子，靠回马车之中。手信小盒里是白岭当地的一些特色小食，他拉开小盒，看了好久，又放进了袖中。

马车行了几步，卫韫突然想起什么，猛地叫住了车夫。"顾大人！"他追上去，跳上马车，掀起车帘，压低了声音道，"我想问顾大人一件事。"

顾楚生的神色有些疲惫，却还是道："您说吧。"

"您是否知道，上辈子我娶了谁？"

"魏清平。"

听到这话，卫韫终于明白，之前楚瑜为何对魏清平这样敏感。他皱起眉头，却是道："因何而娶？"

"她怀了秦将军的孩子，秦将军在战场上为了救你而死，你为保住她的名誉，认下了这个孩子，同她成婚。"

卫韫皱起眉头："时月如何死的？"

"那是同北狄打的一场，这辈子应当不会再有了。"

卫韫放心了许多，点了点头，又道："还有什么其他需要注意的事吗？"

"一个月后，青州元城会有一场大震，余震一路波及洛州，到时候，受灾百姓将有百万之数。"卫韫紧皱起眉头，却听顾楚生平静地又道，"我会处理好这件事，你心里有数就好。"

"谢过。"卫韫拱手行礼。顾楚生点点头，没有多说。然而就在卫韫跳下马车时，顾楚生叫住了他。卫韫回过头去，顾楚生艰涩地出声："对她好点。"

二十八　人都爱少年，可人都会长大

"我知道。"

"她脾气不好，你让着点，别和她计较，她常常有口无心。"

"我知道。"

"她喜欢吃甜食，但总克制着，怕人家觉得她娇气，你多给她买些。"

"好。"

"她体质阴寒，不易受孕，要好好调理，不要让她受伤。"

"已调理多年了。"

说到这里，顾楚生骤然发现，或许卫韫已比他想象里做得好太多。他这样的嘱咐，对谁都不好。于是他抿了抿唇，意识到自己似乎再没有任何可以插嘴立足的地方。许久后，他沙哑地道："好……如此……我便放心了。"说完，他摆了摆手，疲惫地道，"走吧。"

顾楚生离开后，卫韫的这场封王大典便算是真正结束了。楚临阳和宋世澜当天早上便已离开，魏王在午后也离开了，却留了魏清平在城中。而魏清平一贯行走江湖，倒也没人觉得奇怪。

白岭恢复了从前的日子，赵玥组织了大军，时刻准备进攻。卫韫也忙着调兵布防，而楚瑜就忙着照顾魏清平。她每日同魏清平出去义诊，午时回到酒楼吃饭，夜里两人找个小巷，遇上好喝的小酒，就在酒坊里喝到半夜，然后互相搀扶着回来。楚瑜喝酒向来有数，很少喝醉，但魏清平就不是了，酒量小，酒瘾大，每次都是楚瑜扛回来的。有时候两个人喝晚了，卫韫领着秦时月找来，便会让秦时月把魏清平送回去。

一日，楚瑜和魏清平喝的酒偏甜，没想到酒劲儿却奇大，连楚瑜都喝到不行了。两人窝在小酒馆一直到半夜，卫韫回来发现楚瑜不在，照旧带了秦时月去找。第二天醒来，楚瑜便觉得头疼，身子也疼。她意识到，昨晚那酒的劲儿似乎确是大了些。她揉着头洗漱完毕，一面喝茶，一面阅览各地线人送上来的新讯。

"宋世澜也称王了啊……"她皱起眉头，随后又看到许多自立为王的消息，一时心绪纷杂。同一时刻，华京之内，赵玥将折子砸在地上："一个二个，都反了吗？！"李春华坐在一旁，正喝着一碗安胎药，平淡地道："陛下何必发怒呢？带兵讨了一个，其他的就知道泄气了。"

"你别操心这些。"赵玥摆摆手，"我来处理，你好好照顾孩子。"李春华没说话，笑着将手里的药一口喝了下去。赵玥转头看向旁边的张辉，冷着声道，"宫里的娘娘们都送出去了？"

"送出去了，"张辉低声道，"姚贵妃哭着不肯走，也强送走了。"

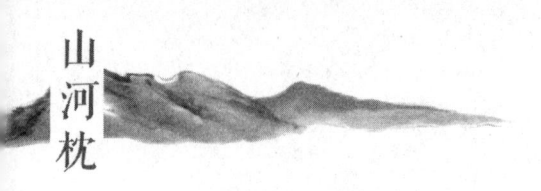

"王贵妃的事,不能有第二次。"

张辉垂下眼眸,低头应是。赵玥踱步来到李春华身前,半跪下来,抬手覆在她的肚子上,满是爱怜地道:"我希望他会是我的太子。"

"会的,"李春华温柔地答道,"他一定会是太子。"

楚临阳举事的消息,和宋世澜的几乎一同到达平王府。楚瑜有些诧异,她本以为楚临阳在这件事中会置身事外,却没想到这一次他竟是跟着举了事。她得了信便去找卫韫,卫韫正在看沙盘,同秦时月商量着布防。

如今赵玥要来打,必然是从淮城来,所以卫韫带着楚瑜和秦时月等人早早来了淮城做准备。二人听见楚瑜进来,同时抬起了头。看见楚瑜手中拿着的信件,秦时月躬身道:"末将先退下了。"卫韫点点头,看向楚瑜道:"怎的了?"

"我兄长举事了。"

卫韫应声:"我知晓的。"

"你知晓?"

"他走时,向我透露过此意。"

"可我大嫂和母亲……"楚瑜有些犹豫。卫韫端了一杯茶给她:"先润润嗓子。"楚瑜接过茶喝下,听卫韫继续道,"谢家如今已经分为两派,谢太傅带了一批人离开谢家,其中包括了你大嫂和你母亲的族人,以及五嫂的族人。"

谢玖回了谢家后再嫁,一年前和离回到谢家,而后进了道观,带发修行。卫韫还叫着她五嫂,想来是还念着过往情意的。楚瑜回过神来,好半天才皱起眉头道:"谢家……这样执着于皇室血脉?"

"谢尚书效忠赵氏一辈子,哪怕赵氏落难、李氏垂怜他,给了他太傅之位,他依旧不忘拥护旧主,你觉得呢?"

血统对于天下许多人来说都太重要了,楚瑜叹了口气,有些无奈:"这一仗真的要打?"卫韫平静地道:"不是我要打。赵玥的大军很快就要到了。"

因为预料到了赵玥的动作,卫韫做好了所有准备,然而一切却也来得太过突然。赵玥的先锋部队半夜攻城,楚瑜正睡着,听见砍杀之声,迷迷糊糊地睁眼,卫韫按住她,低头亲了亲她的额头道:"继续睡,天亮再来。"说完楚瑜便感到身边的人起身提剑奔了出去,还刻意放轻了动作,似是怕吵醒她。楚瑜想了想,知道卫韫大概是有十足的把握,才敢同她这样说,她尚觉得有些困顿,便干脆倒下去一觉睡到了天亮。第二天清晨她醒来时,外面倒是没了什么声气,晚月伺候楚瑜穿衣服,长月在一旁端着水盆等着,楚瑜有些好奇地问道:"外面怎么这样安静?都打完了?"

"没呢,"长月笑着道,"他们攻城攻了半夜都没什么进展,现在在外面叫阵,要让王爷出去迎战呢。不过,听说对方骂得难听,卫夏说,他们要再骂下去,王爷怕真是要出城迎战了。"

楚瑜这次有些诧异了,以卫韫如今的定性,还能被骂到出战?她皱起眉头:"他们骂什么了?"晚月瞪了长月一眼,长月脸上也露出些许尴尬来,扭头道:"就是一些很难听的话。"楚瑜没追问,只让晚月为她结好腰带,提着剑便往城楼走去。

然而刚一出门,她便看见了手中抱琴、腰间悬剑的魏清平。她有些诧异,恭敬地道:"郡主为何在此?"魏清平的脸色似乎有些不好意思,却还是坦荡地道:"他们如今上了战场,我去为他们助阵。"说的是"他们",楚瑜却是知道,最重要的只是秦时月一个人罢了。她没有揭穿魏清平的说辞,只是道:"那我同郡主一起。"

两人来到城楼下,楚瑜刚一出现,士兵们就都朝她看了过来,眼中带着异色。楚瑜面色不动,一路往城楼上走去,走到一半,便被匆匆赶下来的卫夏拦住:"大夫人,您怎么来了?"

"我来不得?"楚瑜笑得平静。卫夏心里发紧,艰难地道:"如今战事已停,王爷让您去休息,您无须……"

"让开。"

卫夏愣了愣,楚瑜抬起眼皮:"他们能骂些什么我都猜得到。别让我说第二遍。"

卫夏是个识时务的,听到这话,硬着头皮让开去。

楚瑜领着魏清平上了城楼,刚走到楼上,便听下面传来骂声:"卫韫,可惜你没将六个嫂嫂都留下啊,不然你可就享福了。不过现在也不错啊,如今留着的两个,听说还有一个是个雏呢,新婚当夜你大哥就走了,你也算是帮了你大哥的大忙了!"

"是啊——"阵前的另一个大将骑在马上附和道,"这夫人当年我可见过,身材丰满、容貌艳丽,想必与她小叔夜夜笙歌,滋润得很呀!卫侯爷一直不说话,是不是默认了啊?"

众人一阵大笑,魏清平皱起眉头,冷冷说出一个字:"脏。"

而站在城楼上的将士都捏紧了手中的武器,卫秋有些忍耐不住:"王爷,末将请

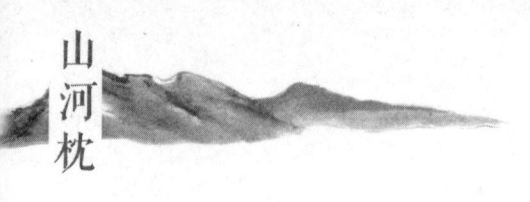

战！"

卫韫不说话，他收在袖中的手捏成拳头，目光紧盯着沙场上的局势，冷静地道："不允。"

城楼下仍是污言秽语，楚瑜和魏清平走到卫韫身前来，四周的人均是恭敬行礼。卫韫抬起头来，看见两个女子，克制着情绪道："你们先回去吧。"他明显是带了火气，"等一会儿沈佑来了，我宰了这些人。"

"王爷不必大动肝火，"楚瑜抬起手，单膝跪下，双手交叠拱向身前，神色冷静，"末将请战。"卫韫没说话，下面的话越骂越难听，楚瑜平静地继续道，"只是与那将军交手几个回合，王爷不必担心。"

卫韫静静地瞧着她，只见她神色坦荡从容，难听的话对她似乎没有丝毫影响。卫韫的内心平静了许多，许久后，他终于道："再等一刻钟。"说着，他抬头看向前方，"再等一刻钟，沈佑大概就来了。"

楚瑜点点头，站到了卫韫身边。她一出现，对方起哄得更是厉害。一刻钟很快过去了。"我去！"楚瑜提了声音，一锤定音。魏清平平静地上前一步："我也去。"卫韫抿了抿唇，冷着神色道："时月，跟着。"

不一会儿，城门慢慢打开，众人只见两个白衣女子驾马并行领军而出，场面瞬间沸腾起来，赵军大笑："来了两个女人？卫家军是无人了吗？！"

"若是女人都打不过，"魏清平冷着声道，"怕你们才是丢脸。"

"好大的口气！"为首之人怒道，"且报上名来！"

"卫氏楚瑜。"

"魏氏清平。"

——迎战！

说话间，两人驾马俯冲而去，拔剑出鞘，直直冲向中间喊话的三位大将。那三位大将一人提刀，一人持锤，一人长枪威风凛凛，见两个女子从两边而来，大喝着便迎了上去。其中两人攻向楚瑜，另一人刺向魏清平，秦时月静静地等在一边，随时准备出手。

然而或许是没想到女子的战斗力亦能达到如此地步，两个女子以二对三，竟不输分毫，两个回合下来，气势上三人便已落了下风。楚瑜和魏清平走的都是轻巧的路子，对方虽然未被逼退，却是连她们的衣角也没碰到。

卫韫在高处静静地看着，卫夏有些着急，责怪道："这秦将军是怎么回事，就看着她们打，还不出手？"卫韫平静地开口："不需要。"卫夏颇有些埋怨："王爷，大夫人乃千金之躯，要是被这些莽汉伤到了，到时候心疼的还不是你？"

听见这话，卫韫斜睨了卫夏一眼："你也太小看她了。"说话间，众人只听楚瑜一声大喝，突然反守为攻，朝着提刀的那人就猛地横劈而去！她那一剑来势极猛，如泰山倾压而下，震得那大汉持刀之手瞬间发麻。然而楚瑜却是不停，手中长剑迅猛如雷，又狠又快，魏清平也迅速加入进来，楚瑜的剑斩得狠辣，魏清平的剑则又快又刁钻。

几个大汉本就是使用的重型武器，一开始几个回合便消耗了体力，如今哪里扛得住这样的折腾？来回不过三十招，便听场上暴喝而起，却是楚瑜一剑斩下了持刀大将的头颅，猛地一甩，稳稳落回到自己的马上。鲜血溅在楚瑜的脸上，女子白衣猎猎，如蝶舞，如鹤起，优雅中沾染了血色，看得城楼上的众人心潮澎湃。

卫韫不自觉地站起身来，手扶在城墙上，看着那女子神色张扬，眸色如星，一仰头一弯眉都带了摄人心魄的魅力。最后一个大汉倒下，楚瑜足尖一点，同魏清平一前一后回到自己的阵前。

楚瑜提剑立于马上，抬手抹了一把脸上的血，高喝出声："还有哪位英雄，敢与楚瑜一战？！"卫家军上下热血沸腾，跟在她身后，纷纷举起手中的武器，齐齐高喊出声："战！战！战！"

楚瑜在烈日之下，看着这沸腾的军阵，感觉风卷着血气而来，在午后的阳光中蒸发出腥甜之气。她转过头去，看着面色依然平静的魏清平，忍不住笑开。她的声音不大，魏清平却听得清楚——"你知道吗，五年前我守凤陵，身边常带一个酒坛，烈酒洗剑，最适合不过。"

魏清平闻言，想了想，认真地道："没带酒，可惜了。"

楚瑜扬起笑声，正是这时，一个声音从前方传来，平静又冷漠："左前锋沈佑，向卫大夫人讨教。"楚瑜的笑声戛然而止，她回过头去，看见了那张介于北狄人和大楚人之间的面容。

片刻后，她轻轻一笑："沈将军，我等您，可是等了好久啊。"

二十九　左前锋沈佑，愿降

沈佑抬了抬眼皮，二话没说，提着大刀便驾马俯冲而来。楚瑜持剑相迎，刀剑相交之时，楚瑜感到对方的力道蛮横无比，只一击就让她双手发颤。战马发出嘶鸣，楚瑜笑出声来："沈佑，你这不忠不义不仁不孝之徒，武艺倒还是不错！"

沈佑没有说话，第二击再次冲来。这一次楚瑜不敢硬接，她的剑走的不是这种重器路子，沈佑熟悉她的风格，大刀十分蛮横，再加上马上交战，长武器本就有优势得多，因此她不想和沈佑交缠。她一面躲闪着沈佑的强攻，一面道："沈佑，你当真要效忠赵玥这样的狗贼？你难道就不会良心难安吗？！"

"陛下救我于水火，"沈佑的声音平静，"我报效陛下，又有什么错？"

"为了一人恩情，置天下人于不顾，这就是对了？"

沈佑不说话，他的刀急了些，楚瑜额头上开始冒出冷汗。沈佑本就不是泛泛之辈，楚瑜若是一对一与他交手或许还有几分胜算，但是她方才已经战过一轮，早已有些力竭，不免接招勉强。

卫韫在城楼上方静静地看着，忽地回头："六夫人可请过来了？"

卫夏有些犹豫，看了一眼战场，抿了抿唇："在路上了。王爷，大夫人……"

话没说完，只见卫韫站起身来，往城楼下走去，吩咐道："鸣金。"

卫夏早等着这句话了，立刻喊道："鸣金！快鸣金！叫大夫人回来！"

而另一边，王岚坐在摇摇晃晃的马车里，心里还有些犹豫。

"王爷说，这次劝降沈大人，还请您务必尽心。但是您也千万别委屈了自个儿，尽力就好。"

王岚没说话，她掀开车帘一角，看着巍峨的城楼越来越近，心越跳越快。她从未这样靠近过战场，不由得抓紧了车帘，艰难地道："我尽量试试吧。"沉默片刻，她忍不住又道，"若是劝不成呢？"

二十九 左前锋沈佑，愿降

"劝不成？"卫浅皱起眉头，慢慢道，"应当就杀了吧，沈佑毕竟是个人才，若不能为王爷所用，还是要斩草除根才好。"

王岚愣了愣，她脑子里蓦地划过一个月前他送她出城，挑起帘子的那一刻。她感觉自己的心沉进了水里，水浸没了她的心脏，让她再听不见任何声音。

战场之上，楚瑜骤然听得钲鼓之声，急急往后撤退，已然是奔逃姿态。然而方才几员大将溅落到她身上的鲜血未干，沈佑若是就让她这样走了，怕是不好交代。于是沈佑驾马追上来，楚瑜往城门方向疾驰，沈佑紧追不舍。魏清平和秦时月着急地迎上前去相助，赵军中立刻有两将冲了出来，同魏清平、秦时月纠缠起来。

是时战鼓声骤然擂响，城门大开，随着喊杀之声，枣红色骏马驮着一名身着银色盔甲、手持红缨银枪的将军带兵冲出，赵军军鼓之声也随之擂响，两军在各自将领的带领下冲向对方。

而两军中间的沙场之上，沈佑眼见就要追上楚瑜，他干脆猛地跃起，弃马前冲，提刀从天而落。楚瑜的马惊叫而起，她被迫翻身往地上一滚，第二刀随之追来。也就是此刻，红缨枪破空而来，带着森森寒意逼得沈佑疾退，随后稳稳落在楚瑜面前，枪头入土三分。

就是这片刻的迟疑，白衣银甲的青年已疾掠到沈佑身前，单手拔枪，行云流水般的枪法直逼沈佑而去。沈佑被逼得连退几步，然而对方速度又快，力道又狠，沈佑勉力阻挡，几乎无法呼吸。

"二十九年前，你母亲被俘。"卫韫的声音平淡，手中舞动长枪不停，仿佛这一场激战没有影响他半分，"她在北狄受尽凌辱，继而有孕，生下你来。"

"闭嘴……"沈佑神色一动，刀法不由得凌厉了几分。卫韫侧了侧身子，闪过他的进攻，继续道："你十岁时，与你母亲路遇山匪，是赵玥救下你，也救了你母亲。为了回报他，你按照他的话去了姚勇身边，成为死士。那时候你图的是什么，你还记得吗？"

沈佑没说话，大刀狠狠劈下，卫韫的长枪缠上他的刀，随后狠狠压下去。卫韫抬眼看他："赵玥当年曾许你大楚盛世，北狄再不来犯。"

"打就打，你哪里来的这么多废话！"沈佑喘着粗气，明显有些浮躁。卫韫神色不动，由他一记重腿踢来，一面躲一面接着道："你这半生，都在为此努力。可当年白帝谷一战，你被赵玥利用，传了错误的信息，害死大楚七万精锐将士，让大楚国土沦陷，华京差点被平。沈佑，你不觉得可笑吗？！"

"闭嘴！"

"你耗费半生，想求天下太平，结果却是你一手将大楚推向万劫不复，眼看着大楚山河飘零，百姓流离失所，女子如你母亲一样受尽屈辱。而你的主子赵玥如愿登基……不知

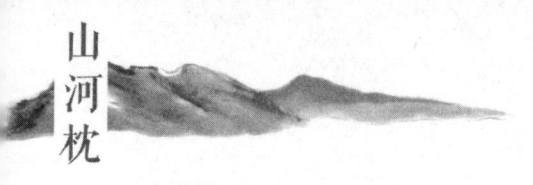

你可曾后悔过？"

"我没有！"沈佑咬牙道，"消息，不是我故意传错！"

"你如今还信是北狄骗了你？"卫韫嘲讽地笑开，"那北狄如何知道你是细作的？北狄是如何算准了局势的？我如今为何反，天下为何反，难道你还要骗你自己吗？！你效忠的君主，为了皇位，不惜和当年欺辱你母亲的北狄人联手，借你之手杀我大楚将士，害我大楚百姓！沈佑，你有罪！你愧对于那七万英灵，愧对于我卫家，愧对于大楚，也愧对于你自己！"

沈佑不说话，他咬着牙，强攻向卫韫。然而如今他早已是强弩之末，卫韫猛地一脚踹过去，将他狠狠踹飞开去。周围全是两军的士兵交战之声，沈佑翻身起来，再次冲向卫韫，卫韫道："我说得有错吗？你用你这大半生毁了大楚，开心吗？更可笑的是，"卫韫抓住沈佑的头发，将他整个人狠狠砸进土里，按着他道，"当年赵玥救你，也是假的。那些山匪，本来就是他的人。"

听到这话，沈佑骤然睁大了眼睛："不可能……"他不知道哪里来的力气，握着自己的刀，猛地向卫韫反砍了过来，嘶吼出声，"不可能！不可能！"

他如今二十八岁，他曾经最大的梦想，就是让大楚免于战火，再也不要有他母亲那样的人出现。然而，是他亲手葬送了大楚最精锐的部队，也是他一手将大楚推向万劫不复。他走在那条路上，只能告诉自己，他是为了报恩，是为了效忠。人一生无非忠义，他虽已对大楚不义，至少他还能做一个忠臣。可如今又怎么能告诉他，一切都是假的？！所谓的恩情是假，支撑他的所有，都是假。

沈佑翻身而起，手中的大刀挥舞得虎虎生风，卫韫的长枪划过他的身子，他也浑然不觉。他被卫韫踹开，又站起来，被砸进土里，又站起来。他的脸被打到血肉模糊，神志逐渐变得恍惚，可他还是一次又一次站起来，沙哑地出声："不可能……"再一次被踹翻过去，他呕出一口血来，却还是撑着自己又一次站起来，艰难地道，"不可能……"

周边只剩下喊杀声，一个又一个大楚人倒下，他感到自己身上有什么东西在流失，可他必须站起来，他得撑住。

"沈佑，"卫韫声音依旧平淡，"你做错了，不知悔也就罢了，难道还要一错再错吗？"说着，他抬起长枪，指向沈佑的胸口，"降了吧。"

沈佑睁开眼，鲜血模糊了他的视线，他艰难地笑出声来："您杀了我吧。"

卫韫面色不动，长枪静静地指着他："一心求死？"

"我不会降。"沈佑轻咯出血来。他身上全是伤口，俨然已经提不动刀了，他喘息着，垂下眼眸。卫韫抿了抿唇，终于还是抬起长枪，然而也就是那一刻，一个女子的惊叫

二十九 左前锋沈佑，愿降

之声响了起来:"沈佑!"

沈佑猛地抬头,看见远处穿着鹅黄色长裙的女子,她在战场上十分耀眼,如同一朵娇花落在寒刃之上,周边都是金戈铁马,唯她手无寸铁,却还是朝着他狂奔而来。她似乎十分着急,提着裙边不顾一切地朝他的方向奔来,沈佑睁大了眼,第一时间反应过来。他用最后的力气提刀起身,朝着王岚迎过去。

她怎么会来?她怎么能来?!这战场是什么地方,有多危险,她不知道吗?沈佑心中焦急,一面砍杀从旁阻拦他的士兵,一面朝王岚赶过去。

王岚这辈子都没见过这样的景象。视线所及全是血,全是尸体,刀剑随时可能落下来。然而正是因为如此,她在看见那个伤痕累累的人时,突然就生出莫大的勇气,朝他奔了过去。一片兵荒马乱之间,侍卫跟在王岚身后几步,难免护卫不周,眼见着刀影在她身后落下,沈佑心中一急,猛地扑了过去,就替她挡住了那一刀。鲜血落了王岚满眼,沈佑扶住她的肩头,支撑着自己,咬牙道:"我送你回去。"话音刚落,卫韫的长枪已从他身后探来。沈佑艰难地侧过身,被一脚踹翻在地,眼见着银色枪尖直刺而来,王岚却猛地挡在了沈佑身前。

卫韫止住动作,皱了皱眉:"六嫂……"

"别杀他……"王岚颤抖着声音,含着眼泪沙哑地道,"小七,别杀他……"

卫韫面色不动,他垂下眼眸:"六嫂,他是罪人。"

"有罪,他不能赎吗?他本就只是一颗棋子,再有天大的罪,他一辈子慢慢还不好吗?!哪怕他还不了,我也来替他还……你留他一命。"

"六嫂!"卫韫提了声音,"让开!"

王岚不说话,她挡在沈佑身前,颤抖着身子,却没有退让一步。这个一贯软弱的女子,在这一刻似乎爆发出了超出她本身太多的力量。她面对着卫韫的利刃,僵持了片刻,终于颤抖着声音道:"你若执意杀他……且先杀了我。"

"六夫人……"沈佑沙哑出声,"你……"

"你闭嘴!"王岚骤然扬声,仍然背对着沈佑,"在卫府门口守了五年,你怎么就不守了呢?你每年都来,每年都守……"说着,她的眼泪滚落下来,"说来就来,说走就走,怎有你这样的?!"

"六夫人……"沈佑捏紧拳头,"沈某是罪人。"

"是罪人就赎罪!"王岚扭头看向他,眼泪滚滚而下,咬牙道,"一死了之,你以为就有人原谅你了吗?沈佑,你活着,拿一辈子赔给我,赔给那些死去的人,这才有价值。你死了,我们要一具尸体来做什么?你有这么怕认错吗?死都不怕,却这样怕认错、怕

赎罪、怕承认一句你错了？若你怕，那你也得给我活着，我帮你赎罪，我替你去死，可好？"

沈佑没说话，王岚回头，展袖叩首，沙哑地道："王爷，王岚愿替沈将军一死。"

"六嫂，莫要荒唐了。"

"我不荒唐。"王岚抬起头来看着卫韫，"我软弱糊涂了一辈子，没有任何一刻，比此刻更清醒。"

沈佑在她身后微微一颤，接着一只冰冷的手握住了他。她拉住他，冷着声音："跪下。"沈佑的睫毛微微一颤，王岚抬眼看他，"你当真是要逼死我吗？！"王岚从未这样强硬过，她站起来，费力地拽过沈佑的身子，一脚踹在他的小腿窝里，逼着他跪在了卫韫面前。

沈佑低着头，王岚从身后的卫浅手中猛地夺过剑来，抵在了自己的脖子上。"沈佑，"她含泪看着他，"你降，我嫁你；你不降，我替你死。你降不降？！"

听得这话，沈佑闭上了眼睛。他脑海里闪过无数画面。他似乎走了很长的人生路，可是一步错，步步错，他要的太平盛世，被他亲手葬送；他要的忠君报恩，却是他人的精心谋划。这一辈子，什么才是真的呢？他想起了假山后面的那一双含着眼泪的眼，那是他第一次体会到，南方娇花之美艳。

他低笑出声来，片刻后，听得女子又问："沈佑，我最后一次问你，你降还是……"

"我降。"话没说完，男人便开口打断了她。王岚微微一愣，沈佑睁开眼来，眼里含着水光。他低头跪俯下去，"左前锋沈佑，愿降！"

他的这一声"愿降"说得极为响亮，周围的士兵愣住了，随后一个声音响了起来："沈将军，我跟你走！"随着这一声追随，沈佑高喊起来："左翼军听令，随我入城！"说完他便站起身翻身上马，往城门冲去。

场上的士兵犹豫了片刻，陆续有人跟随沈佑而去，场面一时混乱起来，分不清敌我。后方元帅李昭见状，大吼出声："逃军当斩！逃军当斩！"然而这时阵前已经彻底乱了，反而是卫家士气高涨，战鼓之声擂响，卫韫翻身上马，已领着士兵迎战而去。

两军相交，一面士气已萎，连连退后，另一面却是声势如虹。李昭骑在马上，咬牙道："沈佑这狗贼，坏我大事！"旁边的副将一面抵挡着进攻，一面同李昭道："将军，先退吧！"李昭心下了然，两军交战，最终拼的就是士气，人心不齐，一旦开始散乱，哪怕拥有再多的兵，也是一盘散沙。如今沈佑带着亲兵离开了战场，剩下的人中逃兵便一个个浮现出来，哪怕如今他带着二十万大军，数倍于卫家军，这一场他也是不敢硬攻。李昭咬了咬牙，终于是抬手鸣金，带着士兵撤了回去。

二十九　左前锋沈佑，愿降

卫韫也没有再追，如今城中只剩五万守兵，他只要守住城就足够了。他和顾楚生有约定，除了取下姚勇的青州，所有的仗，能不打就不打。如今是赵玥攻给天下人看的第一战，能赢这一战，已经足够。

远远看着敌军退去，卫韫舒了口气。楚瑜提着剑来到他身边，笑了笑："赢了。"卫韫跟着她笑开，打量了她片刻，夸赞道："剑法漂亮。"

士兵开始清理战场，所有人都累了，楚瑜和卫韫一同回到府中时，上下已经忙成一片，到处都是伤患。魏清平已经带着大夫去看诊了，楚瑜和卫韫梳洗之后便匆匆去了沈佑的房间。

沈佑躺在床上，伤口已经处理完毕，似乎是昏睡了过去，呼吸沉重绵长。王岚坐在一旁，还有些呆愣。卫韫走到她面前，颇为担心地道："六嫂？"王岚一下回过神来，站起来给卫韫行礼。楚瑜上前扶住她，打量了她片刻，有些忧心地道："没受伤吧？"王岚摇了摇头，楚瑜扶着她坐下来，笑道："想必也是吓怕了。"

王岚叹了口气："倒也的确是吓到了。"

楚瑜给她倒了茶："沈将军情况如何？"

"失血过多，晕过去了。但郡主说没有大碍，未伤筋骨，让我放心。"

楚瑜点了点头。卫韫站在床前看了沈佑片刻，确认他无事，才回过头来瞧向王岚："嫂嫂在战场上说的话，可是当真的？"王岚愣了愣，卫韫皱起眉头，"我希望嫂嫂劝降，但并不希望嫂嫂以自己的终身幸福来换……"

他的话没说完，王岚眼里就盈了眼泪。卫韫不忍再说，楚瑜温和地道："王爷先去休息吧，我陪陪阿岚。"

沉默了片刻，卫韫终于道："是我鲁莽，若我有什么说得不对的，还望六嫂见谅。"说完，他拱手行礼，先行离开了。

楚瑜坐在王岚身边，自个儿端了茶，轻笑起来："我就不明白了，你和阿纯，一个二个的，怎的这样纠结？"王岚抿唇不语，楚瑜抬眼看她，握着她的手柔和了声音道，"你是喜欢他的吧？你到底是怎么想的，多少也同我交个底吧？"

"我也不知道……"王岚的眼泪扑簌而下，"我喜欢他是真，可是当年阿荣的死，多少与他有关系。若他是个坏人，当年他是有心做了这件事，那还好，我便一剑捅死他算了。可他偏生又是个不知情的，这么多人死去，这么些年，他又何尝好过？"王岚说着，握着楚瑜的手用了力，"五年前我就已经决定再不见他一面，再不同他说一句话。有时候我也在想，我到底是做错了什么，阿荣去了，我喜欢的人偏偏又是这样，这到底是在罚我，还是在罚他？喜欢不能喜欢，放下又难以放下，今儿个我眼见着他差点死在我面前，

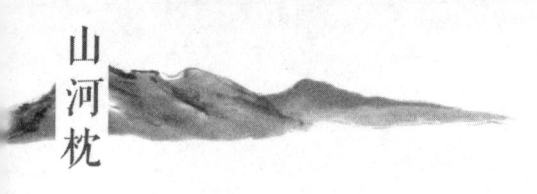

甚至觉得大家一起死了罢了。"

"那你……"楚瑜抚摸着茶杯，慢慢道，"如今是如何打算的呢？"

"有什么打算呢？"王岚苦笑，"话已经说了，嫁就嫁吧。"她的声音慢慢平静下来，"嫁了，能少死几个人，便少死几个人吧。"

"你嫁了，会开心吗？"

这次王岚没说话，许久后，她艰难地笑开："我已经不想去想开心不开心了，我这命就这样……"说着，她低下声去，"就这样，随这老天爷的吧。"

楚瑜没说话。她没法开口。她不是当事人，没法看得开、看得透。许久后，她拍了拍王岚的手，温和地道："去休息吧，别多想了。"王岚应声，站起身来，回了自己的房中。卧榻之上，沈佑动了动眼珠，眼泪从眼角滑落下来。

楚瑜听出沈佑呼吸声的改变，她站起身来，轻叹了一声："人一辈子，少不了犯错，有些能回头，有些不能回。沈佑，你的错不至于以死相抵，更不至于不能回头。若无赵玥，你又有何错？"沈佑没说话，喉头却是上下动着。楚瑜放下茶碗，留下一句"好好休息"，便走了出去。

出了长廊，转过转角，楚瑜刚一回房，便看见卫韫在房中等她。如今不在白岭，卫韫安排了亲兵在房中，无须避讳柳雪阳，便如同已经成亲一般，直接住进了楚瑜的住所。他正在看各地发来的线报，听得楚瑜进来，他平静地道："北狄如今又有异动，我怕把赵玥逼急了，他会与苏家那两兄弟联手。"说着，他抬起头来，朝着楚瑜招招手，"过来我抱一会儿。"

楚瑜笑着走到他身前，卫韫一手抱着她，低声道："六嫂是如何想的？我不大明白。"

"当年的消息毕竟是沈佑传出去的。"

卫韫轻叹了口气："沈佑在自己的位置上已经做到了他能做的最好，是赵玥卖了他，他的罪责……本也无甚。就算有罪，这五年来他的所作所为，也已经够了。"

"你倒是心宽。"

"我不迁怒。"卫韫的声音平淡，"冤有头债有主，我心中虽也有不喜，可我不能凭着一己之喜好做事。沈佑虽有不察之责，终究也是受害之人。他本有报国之心，一生致力于此，却被人算计，满腔抱负成空，反成罪人。这么多年的愧疚……我放得下。不过，各人的心本不同，"他将下巴靠在楚瑜的身上，"不便强求。六嫂放不下，这门亲事……我便去同沈佑解释一下吧。"

二十九　左前锋沈佑，愿降

如今开门一战胜了，消息迅速传到各地。赵玥收到战报，捏紧了拳头，神色阴冷："沈佑降了？朕如此对他，他就这样对朕？！"

"陛下，"谢尚书的声音平淡，"如今不是追究沈佑降不降的时候，而是该想下一步怎么办。"这话问在了赵玥的心里。第一战就输了，没能拿下卫韫，天下英豪纷纷有样学样，又能怎么办？一旁的顾楚生将双手笼在袖中，静静地听着。赵玥转头看向他，冷着声道："顾爱卿如何以为？"

顾楚生听得问话，抬眼道："如今打卫韫，还有什么意义吗？"

赵玥明白他的意思，冷声道："继续说。"

"天下都看着这第一战，第一战已经输了，天下士气大振，就算后面我们再把卫韫打下来，大家也已经知道，朝廷是会输的。如今各地举事者近百数，陛下虽有大军，也难平这百王之局。"

"尽说些废话！"谢尚书怒喝，"如今局面不利，还需你说？"

"所以，与其打，不若先退守华京自保。如今陛下手握重兵，诸侯不敢来犯，此后朝廷再不给前方一文银子，粮草军备统统自理。有些地方粮产多，有些地方士兵彪悍却粮产少，一旦无银，无须我们出手，各地自会起纷争，我们又何必同他们硬打呢？"

听到这话，所有人都沉默下来。顾楚生走到沙盘前，平静地道："如今华京有兵有粮，诸侯若无合纵连横之意，我们四处挑拨，坐山观虎斗，等到合适的时机再逐个击破，局面优势尽在陛下手中，不知诸位有何忧心？"

"爱卿说得是。"听着顾楚生的话，赵玥的神情放松了些许。谢尚书有些不放心地道："若他们联手呢？"顾楚生轻笑："谢尚书以为，纵横之术为何不成？"谢尚书愣了愣，顾楚生抬手指向自己的心口："人心。千年明月不变，人心又变了？谢尚书多虑。"

顾楚生的语调依然平淡，众人却都放下了心来。赵玥正想开口夸赞，却突然觉得眼前一黑，伺候在一旁的张辉连忙扶住他，焦急地道："陛下！快叫太医！"

尖锐的疼痛只是一闪而过，不多一会儿，赵玥的眼前又亮了起来。顾楚生站在不远处，仍是一副波澜不惊的样子："陛下太劳累了。"赵玥叹了口气，抬起手握住顾楚生的手，认真地道："楚生，幸好你与沈佑不同。"

顾楚生抬眼看他："陛下说得没错，我与沈佑不同。"——他与那一辈子都不清楚自己在做什么的沈佑，截然不同。说着，他垂下眼眸，"我还等着陛下打下卫韫，替我与卫大夫人赐婚。"

这话是用来安抚赵玥的。赵玥听了这话，心里本还有几分的疑虑瞬间打消，他拍了拍顾楚生的手，认真地道："多谢你了，楚生。"

611

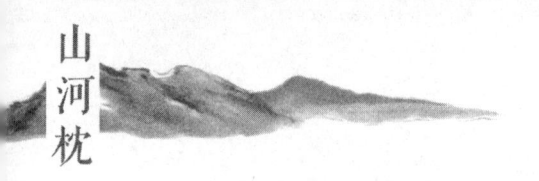

顾楚生的睫毛微微一颤。他低声开口："陛下不用同我言谢。"
——因为，日后，你不会想谢。

第一仗赵玥输了，所有人心里就都有了底。卫韫这块硬骨头朝廷啃不下来，各地的胆子也都大了起来。卫韫、楚临阳、宋世澜都在当地调整了税赋，卫韫在洛州向楚临阳买了大片土地，洛州产粮产马，昆州多矿，两地互通贸易，倒是解决了军备粮草的问题。而赵玥听取了顾楚生的建议，按兵不动，让李昭退了回来，一时之间，天下反而太平下来。

沈佑的伤休养了半个月才好，他下床之后第一件事，便是来到了卫韫的大堂之中。卫韫正在批阅文书，见沈佑来了，他抬头轻笑："坐。"

沈佑没有说话，只跪下身重重叩首。卫韫知晓沈佑的意思，他轻叹一声："起吧。过去的事，我放下了，希望你也能放下。"沈佑动了动喉头，卫韫已经换了话题，"伤势可好些了？"

"已经差不多了。"

"日后有什么打算吗？"卫韫抿了口茶，神色平淡，仿佛全然不在意一般。沈佑眼里露出一丝茫然，有些不确定地道："若我留在卫军之中……"

"可。"卫韫轻轻的一句话，让沈佑放下了心来。他正沉默着不知怎么开口，卫韫抚摸着袖子上的绣纹，谨慎地道："那日战场上，你和我六嫂的事，我本不该管，但是……"

"沈佑明白。"沈佑骤然开口，卫韫愣了愣，抬头看向他，却见这人艰难地笑了起来，"战场之上，夫人不过是想着将士百姓。沈佑虽然是个混账，也不至于迫人至此。六夫人的话，沈佑没放在心上，也请王爷别放在心上。"

卫韫心下明了，敲着桌子点了点头："其实我不过是希望六嫂能随心，你们说好就好。"

"也无须说了，"沈佑轻叹，"罪业未清，又怎有面目求娶她？等什么时候，我能干干净净地去见她了……"说着，他的面上带了苦笑，"再去见吧。"

听到这话，卫韫沉默不言。这本也不是他该管的事了。两人又谈论了一会儿各地的局势，沈佑便退下了。

夜里卫韫回房时，楚瑜和魏清平正在摇骰子。魏清平被秦时月下了禁酒令，楚瑜少了

二十九　左前锋沈佑，愿降

酒友，也被诳劝着没怎么喝了，两人便换了个玩法。如今已经是深冬，屋里被炭火烘得暖洋洋的，还没进屋，卫韫就听见了两个女人笑闹的声音。他不自觉弯了嘴角，转进屋里，含笑道："是在玩什么，这样开心？"

"卫韫你过来，"楚瑜被贴了满头的纸条，皱着眉头，"我怎么都摇不赢她！"楚瑜对面是冷着脸的秦时月，卫韫走进去，解下大衣坐到楚瑜身后，笑盈盈地将她揽进怀中，抬手拿起骰盅来。秦时月的眼神躲了躲，卫韫立刻觉得手里的骰盅不对，他摇了片刻，将骰盅放下，笑眯眯地瞧向秦时月和魏清平："这么欺负老实人，要脸吗？"

秦时月轻咳了一声，楚瑜一脸茫然。卫韫抬头看着她满头的纸条，好笑地道："输了这么多，都没觉得骰盅有问题吗？"楚瑜愣了愣，赶紧拿起骰盅在手里掂了掂。卫韫叹了口气，将骰子拿出来，抬手震碎了一个。楚瑜看着那骰子黑色的芯子，终于反应过来，拍了桌子就道："好啊你们两个……"

"我突然想起来还有病人在等我，走了走了。"魏清平一脸淡定地站起身，拉着秦时月就走。两人逃一样跑了出去，楚瑜还想去追，卫韫斜靠在扶手上，笑着瞧她。他的神色里全是纵容温柔，让楚瑜有些不好意思起来。卫韫将她拉回自己身前，抬手将她脑袋上的纸条一一撕下："时月这个人狡诈得很，你别看他老实，肚子里全是坏水，以后你欺负欺负魏清平就行了，别和秦时月玩这些。"

楚瑜有些狐疑："他竟然是这种人？"卫韫将最后一张纸条拿下来："我骗过你吗？"……好像也是，可楚瑜总觉得卫韫这话有些奇怪，目前与她接触过的所有男性，在卫韫口中仿佛都有一些问题。

房间里炭火烧得旺，楚瑜穿得不多，还如初秋一样，只穿了一件单衫。卫韫的手从她的广袖里抚摸上她的手臂，低头吻在她的脖颈上，低声道："这样的天气，怎么不多穿些？"说话间，他的手已经顺着袖子一路探到她的身体上。他的气息喷涂在她的脖颈上，带来莫名的触麻。如今他们身在淮城，加上与赵军的首战告捷，卫韫只得了空便同她在一起，仿佛是要将过去想要的全都弥补回来一般。少年初尝情事，哪怕是故作成熟克制，也免不了失态。楚瑜有些不好意思："天还亮着……"

卫韫煽风点火，含糊道："母亲来信了。最迟后日咱们回白岭。"

楚瑜面色潮红，低着头应了一声"哦"。

第二日，几人起程回白岭，楚瑜同王岚、魏清平共乘一辆马车。昨晚卫韫在楚瑜颈上留下了几道痕迹，于是楚瑜一路都披着毛领大衣，看上去十分怕冷。王岚不由得有些奇怪："阿瑜身子骨虽然弱，但也不至于如此，可是如今上了战场，消耗太过了？"

"大概吧。"楚瑜无奈地扭头看向窗外,她一贯不是会撒谎的。王岚叹了口气,也卷起帘子,看了外面一眼。远处,沈佑骑在马上,刚好落入她的视线。她愣了愣,放下了帘子,不再说话。魏清平正低头看医书,没察觉王岚的动作,倒是楚瑜抬头看了她一眼,没有多言。

　　沈佑不愿意娶王岚,这事楚瑜已经同王岚说了,王岚似乎是松了口气,并没有多说什么。然而楚瑜此刻却是看出王岚在担心沈佑的伤势,片刻后,她抬头道:"等一会儿休息了,让清平去给沈佑看看。"魏清平抬眼,应了一声:"嗯。"

　　马车一路摇摇晃晃,楚瑜觉得无聊,倒头便睡了下去。路上,车队停下休息整顿,魏清平便下去给沈佑看伤,只留了王岚和楚瑜在马车里。王岚见楚瑜头上出了些热汗,便上前去想要替她解了大衣。然而刚刚拉开大衣,楚瑜脖子上的痕迹便猛地落进了王岚的眼里。楚瑜也恰在这时醒了过来,迷迷糊糊地道:"阿岚?"

　　王岚着急地放下大衣,艰难地笑起来:"你这结绳也太难看了。"她的心跳得飞快,直觉自己似乎知道了什么不得了的秘密,可她必须装作什么都不知道,只能继续道,"我帮你再系一个吧?"

　　楚瑜看着王岚强笑的模样,以为她是被沈佑扰乱了心绪,拍了拍她的手道:"别想太多了,既然没有缘分,倒不如不要多想。"见楚瑜想错了方向,王岚舒了口气,顺着楚瑜的想法跟她聊了下去。不一会儿,魏清平回到马车上,抬眼同王岚道:"挺好的,你放心。"

　　三个人在马车里一路聊天闲谈,直到回到白岭,王岚的心都悬着,进了自己的府中,她仍然忍不住想起楚瑜颈上的那痕迹来。那痕迹是谁留下的?哪怕愚钝如王岚,也想起了起程那天早上楚瑜和卫韫都去补觉的事来。那也是她愚钝了,若是蒋纯这样心细的人,恐怕当时就要听出问题来。

　　——那蒋纯知不知道呢?王岚有些按捺不住,回府的当天夜里,她便去找了蒋纯。蒋纯才同楚瑜叙完旧,见王岚来了,笑着道:"你也来瞧我?"王岚上前同她寒暄一阵,聊了一会儿,才找理由将下人支开,道:"我来是有些话想同姐姐说。"蒋纯正低头喝茶,听见王岚的语气,疑惑地抬起头来。王岚强撑着笑道:"阿瑜似乎是在外有了喜欢的人,姐姐可知道?"

　　蒋纯顿了顿,有些捉摸不透王岚到底知道了多少。她迟疑片刻,还是问道:"你是怎么知道的呢?"王岚见蒋纯犹豫遮掩,干脆捅破了这层纸,深吸一口气:"可是小七?"蒋纯顿了顿,放下茶杯,平淡地道:"这些事,不是你我管得了的。"王岚猛地站起身来:"这……这怎么可以!长嫂如母,阿瑜一手护着他长大,这……这简直是荒唐!"

二十九 左前锋沈佑，愿降

蒋纯垂眼看着漂浮在水面上的茶梗，慢慢出声："阿瑜比小七也就只大一岁，哪里有谁护着谁长大的道理？他们不过是相互扶持罢了。我们卫府是怎样的情形，你不清楚？他们历经一路的磨难走来，有了情意，也是美事。"王岚反应过来："你是不是早就知道了？"蒋纯点了点头。王岚的脸上露出震惊："他们这样坏规矩，你竟都不阻的吗？！"

"阿岚，规矩的存在，是为了让人活得更好。让人活得好的规矩叫礼节，让人活不好的规矩叫礼教，一字之差，天壤之别。他们既然没有对不起谁，坏了别人心里的规矩，又如何呢？"

王岚摇着头，仍然不可置信："太荒唐了。他们，你……你们都疯了……"蒋纯站起身来，将一杯热茶递给她："你明白也好，不明白也罢，这终归是与你无关的事。藏在心里，别惹是生非，管好你自己就够了。"听到这话，王岚愣了愣，脑海里骤然划过沈佑的面容。喜欢谁，又哪里是谁能控制的？她突然泄了气，站在蒋纯身前，深深叹了口气，最终还是转身离开了。

回到了白岭，在柳雪阳的眼皮子底下，楚瑜不敢太过放肆，当天便同卫韫说好夜里不要过来，还是忍耐一些为好。然而等到夜里，楚瑜也不知道自己怎么了，就是睡不着。她总觉得自己身边似乎有个人，转身就能摸到，然而真转过身去，却发现没有那个人的时候，不只整个屋里空荡荡的，连她的心里也是空荡荡的。就这般辗转反侧到半夜，她竟是一直无法入睡。

她颇有些气恼自己，见夜色已经深，干脆起身披了件外袍，就潜到了卫韫的院子里。此时卫韫的屋里还灯火通明，她不敢惊扰，悄悄伏在树上，想等卫韫熄灯，周边的侍卫都离开后，再悄悄进去。然而卫韫似乎很忙，一直没有熄灯，她只能趴在树上，看着卫韫跪坐在案桌前认真地批阅文书。

他的神色很认真，灯火映照在他清贵的面容上，带着些许暖意。楚瑜看着那个男人平静沉稳的面容，看着灯光勾勒出的轮廓，不知不觉竟就有些困了。她自己都不知道怎么回事，高床软枕，竟然都不如在寒风中趴在树上看着他，更让她心安。她远远地看着，似乎就能得到慰藉，不知不觉便闭上了眼睛。

卫韫批阅完最后一份文书，仍然没有睡意。他抿了抿唇，将卫夏叫过来，犹豫片刻后还是问道："大夫人房里……"

"早熄灯了。"

"唔……"他叹了口气，有些无奈地道，"没良心的。"

然而话刚说完，就有轻微的鼾声从庭院里传了过来。这声音很小，对于卫韫这样的

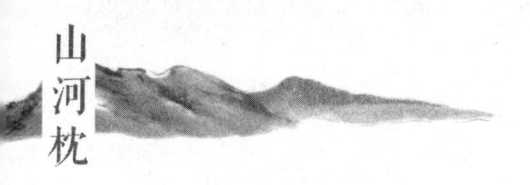

高手来说却是足够清晰。几乎是在同时，他的暗卫已拔剑而出，直刺向楚瑜！他连忙喝止："全都出去！"暗卫瞬间撤了出去，卫夏笑着往树上瞧了一眼，领着下人也都退出院子，带人将院子守了起来。

这里顿时就剩下了卫韫一个人。他单手撑住窗框跳过去，沿着长廊来到树下。楚瑜虽然睡得蒙眬，刚才也已经被卫韫那一声喝惊醒。她揉着眼睛撑起身子，看见青年正站在树下，含笑瞧着她。他仰着头，云纹压边月华色长衫坠地，白玉发簪将头发随意绾起，那似笑非笑的眼里带了些戏谑，看着她的眼神仿佛是在看一只猫儿一般。楚瑜慢慢清醒过来，一时不由得有些尴尬。白日里让他别来找她的人是她，如今悄悄躲在这里看他的人也是她。

"我睡不着……"楚瑜有些不好意思地解释，"随便过来看看，就只是看看。"

卫韫低笑出声。他的声音带了些许暗哑，像是宝石划过丝绸一般，听得人心都酥了起来。他伸出手："下来吧，天冷。"楚瑜低头瞧他，也忍不住笑了："我不下来，你要怎么办？"卫韫见她无理取闹，笑意更深："你若不下来，那我可就上去了。"楚瑜看了看这树枝，估摸着支撑自己一个人还好，卫韫再上来怕是要断，于是又道："那我若下来，你得许我一个好处。"

"什么好处？"卫韫笑着瞧她。

"你答应我一个条件，要什么我日后说。"

"行啊。"卫韫允诺得大大方方。楚瑜反而有些诧异："这么大方？"

"一身已予你，又有何不能求？"

楚瑜愣了愣，卫韫这样说话，她反而有些不好意思，不好再逗弄了。卫韫见她脸上泛红，知晓她已害羞，温和了声音再次唤道："下来吧，别冷着自己。"这次楚瑜也不矫情了，直直往他怀里落去，卫韫伸出手稳稳接住了她。

看着怀里的姑娘，她的脸上落着月光，还带着未褪去的潮红，看上去灵动又可爱，与在外稳重沉着的卫大夫人形象截然不同，卫韫的眼里又生出一些得意狡黠。如何看一个人是否爱你呢？那就是在你面前，她该是最真实的模样。看着这样的楚瑜，卫韫感到这姑娘不仅是落在了他的怀里，还落在了他的心里。他静静地瞧着她，忍不住低下头吻了吻她的额头。他靠上前，将人更紧地拉进怀里，叹了口气道："我们还是不分房了吧？我小心一点，你看可好？"

楚瑜只将脸埋在他怀里，没说话，卫韫以为她还有顾虑："若是真让母亲发现了，我们就认了，该如何就如何，好不好？"楚瑜仍然不说话，卫韫拉开她，叹道，"阿瑜，你如何想的，同我回个话。你这样一声不吭，我心里害怕。"

二十九 左前锋沈佑，愿降

"我一声不吭……"楚瑜有些扭捏，"不是不好意思嘛……"

于是同房睡这事便不再提了。尔后的时日，卫韫开始全力准备攻打青州一事，而楚瑜也开始筹备各种药材。如今距离青州那场地震已经没有多少时间了，她要多准备点救灾的物资。魏清平同她一起准备着，虽然她并不明白楚瑜做这些是为了什么，但她从来也不管闲事且信任楚瑜，因此楚瑜需要她做什么，她便帮忙。

除了公事，剩下的时间楚瑜便是在家里陪陪柳雪阳。柳雪阳看到她这般忙碌，心下不忍，时常劝慰，楚瑜总是笑笑，口头上应下，依旧该干什么干什么。一日，柳雪阳见楚瑜格外憔悴，心里有些难受，同桂姨道："我也不明白阿瑜这孩子是倔个什么劲，如今都是些打仗的事，还有小七在呢，她该休息就休息，操心这么些做什么？"

"大夫人毕竟是一个人，"桂姨给柳雪阳揉着腿，随口答着，"心里没牵挂，当然要找点事来做。"这话说到了柳雪阳的心里，她顿时颇有些忧虑："也是啊，阿瑜这孩子死心眼，一心要为阿珺守贞。她这样忙碌，也是心里苦。话说之前咱们去燕大人府上拜访的时候，那燕世子是不是还未娶妻？"

"是呢。"桂姨笑道，"那燕家也是昆白两州的望族，百年清贵门第，燕家大公子据说品貌双全，风流倜傥。照我说啊，大夫人也不是死心眼，只是眼界高了，男人自然不好挑。顾大人是与大夫人有过过节，若换一个优秀男子，也就不好说了。"

"你说得极是。"柳雪阳握着桂姨的手，想了想，"这样吧，你替我去递一份拜帖，就说我邀请燕大人和世子来府里一叙。"

燕家意与卫家结盟已久，答应得爽快。第二日，燕大人便携世子燕云浪来到了卫府。同一时刻，卫韫正在府衙里同下属商议作战之事，卫夏急忙进来，在他耳边低声报告了此事。卫韫的神色动了动，眼里迅速带了冷意。他直起身，扫了一眼周边，却是问："燕家世子是什么来历？"

"是燕太守燕云浪吗？"沈无双迅速回忆起一个人来。卫韫抬眼看过去，只见沈无双满脸肃静之色："昆州第一浪子，一代情圣，据说他看上的女人，就没有失过手的……"

"……"卫韫的脸色变了变，转身就走。沈无双也不知道自己说错了什么，诧异地道："王爷你这是要去哪里？"卫韫没回头，抓起外衫便疾步走出房间，冷声道："回府。"

沈无双愣了愣，抬眼看向对面的秦时月。

——他这哪儿是回家？明明是去找仇家啊！

燕云浪这个人，原在昆州是出了名的浪子。他出身名门燕家，乃燕家嫡长子，自幼天

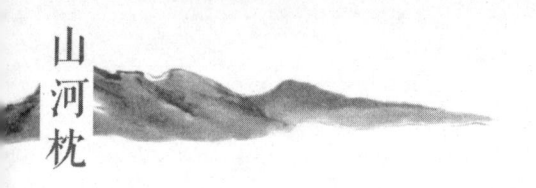

资过人，琴棋书画无所不通，十六岁连中三元，二十三岁任白州太守，这份履历不可谓不漂亮。然而这样有才华的男人，对仕途偏生没什么兴趣，他做官从来都是只做好分内的事，在女人的事上却是极其用心。燕云浪最出名的一句话是——家事国事天下事，事事不如美人事。他热爱所有美丽的女子，对所有认识的女子，无论老少，都十分体贴。然而这样一个花名在外的公子，却没有女子讨厌他，因为他虽然风流，却不下流，只在意女子的心，很少真正沾染谁。

卫府的帖子送来时，燕云浪刚打马从花街回来，天青色长衫猎猎飞扬。进得府门，父亲燕章秀便急忙从屋中出来："你这满身的胭脂味，又是去了哪里？！如今是什么时候了，平王已占白州，你可就不是土大王了，近来就收敛些吧！"

"父亲说笑了，"燕云浪行了礼，笑着跟着他往屋里走去，"我本就在王爷手下做事，我把事做好就成，王爷难道还能管我喜欢几个姑娘吗？"

"若是以往，当然不管。可如今王府来帖子了！你还记得王府的大夫人卫楚氏吗？"

"嗯？"燕云浪愣了愣。他是没见过楚瑜的，然而对楚瑜的仰慕却从来没有停止过。当年白州倾覆，他身为白州太守，被迫带着百姓一路逃亡，被困遥城。当时他绝望中本打算自刎殉国，却骤然听闻楚瑜以女子之身守下了凤陵，于是他咬紧牙关，带领百姓死守下了遥城。后来他一直想去见一次楚瑜，但楚瑜身份高贵，远在华京；而他身为白州太守，没有皇帝允准，不能随意进京，便一直不曾得见。此刻骤然听到楚瑜的名字，他克制住情绪道："父亲的意思是？"

"那卫楚氏啊，已经快二十二了，一直守寡。听说在平王府里她的地位极高，你若能娶到她，我们与平王府的关系不是更密切了吗？所以我花重金买通了王府里的下人帮我们搭条线。如今卫老夫人给咱家下了帖子，你也不想想这是什么意思！"燕云浪没说话，燕章秀赶忙又劝，"你也别嫌弃她是再嫁之身。别说我不疼你，我已经打听好了，当年她嫁进卫府当日，卫世子就上了前线，如今她还是完璧之身……"

"父亲说不得这样的话！"燕云浪骤然拍案而起，"她这般女子，不是这样辱得的。"燕章秀一下子被他砸蒙了，一口气没缓上来，刚要发作，陡然反应过来，听他的口气，似乎对这卫楚氏颇为仰慕。这燕章秀一贯宠儿子，于是憋了半天，终究只是说了一句："明天跟我去拜访卫老夫人，你给我规矩些！"

这次燕云浪不再耍嘴皮子，老老实实应下，燕章秀反而感到奇怪。好在只要儿子肯规矩，无论如何也是好事，他看了燕云浪一眼，转身走了。

第二日，燕云浪换了一件紫色华服，头戴玉冠，加上他那天生俊雅的面容，看上去倒是一位极让人有好感的贵公子。他跟着父亲进了平王府，由王府下人领进大堂。柳雪阳正

二十九　左前锋沈佑，愿降

坐在高位上同桂姨说话，燕云浪收了一贯的浪荡姿态，恭恭敬敬地给她请安。

柳雪阳见这燕云浪生得虽不如顾楚生那般俊美，但也算一表人才，加上他那一双带笑的眼睛，老人家看了就喜欢。且他并不轻浮，姿态端正，倒是极让她满意的，便让人去请了楚瑜出来。楚瑜听到柳雪阳叫她出来待客，倒也不奇怪。她当了多年的卫府大夫人，有贵客来，都是她接待。然而她询问了来人的身份，却有些不明白："母亲怎的就突然请了他们？燕家与我们是故交吗？"当然，这话谁都回答不上来，只能楚瑜自个儿去琢磨。

这日天气还好，楚瑜穿了一件白色单衫，外面笼了青色绣白花的华袍，又披了狐裘大衣，随意绾了发便来到前堂。燕云浪正与柳雪阳聊得高兴，他向来知道如何与女子打交道，无论老少，此时正说到他在昆州遇到的趣事，便听见一个女声道："母亲。"那女声稳重，带着笑意，燕云浪抬头瞧去，便见一女子踏门而入。

女子双手笼在袖中，气质清朗如月。燕云浪从未在任何一个女子身上见过这般坦荡的气质。她走进来时，每一步都是相同的步幅，长裙随着她的步伐滑动出涟漪，却是华京贵族最标准的姿态，高贵优雅，不落半分差池。

朗朗如月，亭亭如松，步若踏莲，袖带香风。燕云浪瞧着楚瑜，便想起当年他死守遥城时，在关于她的传说中想象出来的女子模样。他骤然发现，这女子比他想象中还要好上许多。他暗中调整着呼吸，楚瑜已朝他瞧过来，轻轻一笑，行礼道："卫楚氏见过燕大人、燕世子。"

既然是私宴，楚瑜也没有按照官场上的称呼来。燕章秀带着燕云浪回了礼，楚瑜便坐了下来。楚瑜没有贸然说话，但燕云浪是个能说会道的，楚瑜也并不想给谁难堪，不一会儿，气氛便热络起来。楚瑜没想到燕云浪是这样的坦率之人，倒觉得他颇有几分可爱。

柳雪阳见两人聊得好，便同楚瑜道："你们年轻人坐着也闷，阿瑜不若带燕世子去逛逛我们这园子。"楚瑜也不推辞，坦荡地应下："世子请。"燕云浪笑着起身，跟随楚瑜走了出去。少了老人家在侧，两个人的话题便跑散开去。燕云浪极擅长讨女子欢心，三两下就捉到了楚瑜喜欢的话题，一路询问过去。

另一边，卫韫刚迈进王府大门，就有一个卫夏手下的人上来小声道："王爷，大夫人领着燕世子去后花园了。"卫韫面色不动，转头就往后花园走。转过一条小径，却见楚瑜正和燕云浪站在水榭里，跟他说着沙城放天灯的情形。卫韫走在长廊上便已听见楚瑜的话，她的语气里带着几分向往："那场景真真是极美……"

"听大夫人如此说，燕某也忍不住有几分心动了。"燕云浪笑起来，"若日后燕某有机会去北狄，倒不知大夫人能不能屈尊当个向导？"楚瑜正要说话，卫韫已经掀了帘子进来。燕云浪和楚瑜同时看过去，便见卫韫面色不善地站在水榭门口。燕云浪愣了愣，倒是

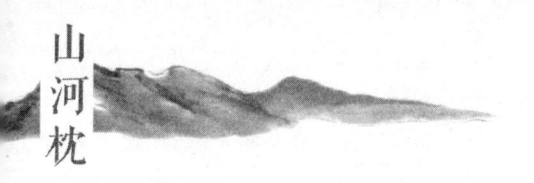

先反应过来，笑着行礼道："王爷。"

卫韫淡淡地瞟了他一眼，点了点头，随后走到楚瑜身后，淡道："北狄的天灯节，本王也曾看过，太守不如直接问本王，本王还能找一个当地人给你当向导。"

燕云浪看着站在楚瑜身后的卫韫，有些茫然。他瞧着两人的模样，总觉得有几分不对，却又说不出来。好在他一贯是会说话的，便笑着道："也好，到时候王爷不要觉得下官多事。"

"无妨。"卫韫冷然开口，随后低头瞧向楚瑜，声音里竟是带了几分暖意，"暖炉呢？出来怎的不带在手里？"如今燕云浪还在旁边，卫韫的言语就骤然这般亲密，楚瑜轻咳了一声，尴尬地道："今日天气好。"说着，她转头看向燕云浪，"世子，毕竟天寒，已逛了半日，不若我们就回去了吧？"

"也好。"燕云浪瞧着楚瑜纤细的身骨，眼里带了几分温情，"女儿家大多惧寒，大夫人还是要好好护着自个儿。"

"不是为了陪你游园子吗？"卫韫一句话怼了过来，燕云浪忍不住又看了他一眼，总觉得今日的卫王爷有点奇怪。片刻后他收回目光，叹了口气，含情脉脉地对楚瑜道："今日辛苦大夫人了。"

楚瑜也含笑看了他一眼。她从没见过这样的男人，眼里总是含了水一样，似乎见谁都深情。她想这大概就是天生的多情眼了，不免又看了他几眼。卫韫默默地将手放在了悬挂于腰间的刀上，一句话都没说。

卫韫一来，气氛就开始有那么一些说不出的压抑。起初燕云浪还强撑着与楚瑜又聊了几句，后来也不知道怎么了，大家都没了兴致，一路沉默着回了前堂。柳雪阳见卫韫也跟着二人回来了，不由得有些奇怪，卫韫笑着恭敬地道："听闻母亲设宴，我想家中都是女眷，恐不便招待，便特意赶了回来。"

这一句话差点把刚刚还相谈甚欢的柳雪阳及燕章秀怄死。卫燕两家并非世交，柳雪阳这样设宴说起来的确不算合规矩，但北境已战乱多年，许多事免了礼节，加上她本有意撮合，便越过了这层规矩。而且如今卫韫直愣愣的一句话说出来，倒让楚瑜有些诧异，听他的语气，卫家大概和燕家是不熟悉的。楚瑜看了一眼柳雪阳的表情，心里大概有了底，不由得又抬头看了一眼燕云浪。却见他正喝着茶，察觉到她的目光，他转过头来，弯了弯眉。

楚瑜愣了愣，突然觉得这位公子倒的确是个有趣的。

这时，柳雪阳尴尬地接着卫韫的话道："来得也好，那你同燕大人多聊聊……"卫韫笑着应下，起身坐到楚瑜身侧，随后主动同燕云浪聊了起来，言语间和善了不少。然而今

二十九 左前锋沈佑，愿降

日燕家父子的心思都不在和卫韫攀谈上，于是没说几句，燕章秀便主动告辞，领着燕云浪走了。

卫韫亲自送燕家父子出门，礼节倒是做得足够，等回到大堂，楚瑜已经回去，只有柳雪阳还在屋中。柳雪阳突然拍桌怒道："你这糊涂孩子，你差点就毁了你嫂嫂的好事！"卫韫的神色冷下来，坐到柳雪阳身边，平静地道："儿子倒不知母亲说的是什么事？"

"你看着聪明，怎么就不明白呢？今日我设宴请燕家父子来，不就是想给你嫂嫂相看相看吗？"

"相看？"卫韫冷笑出声，"就凭他燕云浪？"

"什么叫就凭他燕云浪？如今我还看上燕世子了，人家也是名门贵族，人又聪明上进，长得也好，脾气又让你嫂嫂喜欢，你倒同我说说他哪里不好？"

"就凭他那浪子名声，我就不会让嫂嫂去他那儿！"

"挑挑拣拣，你就知道挑挑拣拣！你倒给我挑拣出个好的来！当年我说顾楚生好，你说顾楚生身份低微。如今人家是内阁大学士了，你也没瞧上人家。你倒和我说说你瞧得上谁？你嫂嫂都多少岁了？再过几年，她就连生孩子都危险！我打从前就让你留意着，这么多年了，一个鬼影都没见着！你是打算让你嫂嫂守寡一辈子？！"卫韫抿着唇不说话，柳雪阳眼里带了眼泪，"小七啊，我知道你偏你大哥，可做人不能没良心。阿瑜待卫家不薄，你总不能存这样让她守寡一辈子的心思。"

"母亲，我没这意思……"听到柳雪阳的哽咽声，想到她也是一片苦心，真正将楚瑜视如己出，卫韫不禁软下来，有些无奈地道，"但病急不能乱投医，我给嫂嫂瞧着人呢。您就别乱找了，这燕云浪一看就不是个好东西，您不能把嫂嫂往火坑里推。"

"什么叫往火坑里推？这世上哪个男人不曾风流？这燕世子才华出众，就算风流一些，也从来没闹出过什么事来，比起那些纨绔子弟已经算是洁身自好得很了。你以为个个都同你一样，姑娘似的守身如玉？哦，别说你嫂嫂，倒说你……"话题转到了卫韫身上来，卫韫又被柳雪阳揪着说了一通。卫韫麻木地听着柳雪阳叨叨，突然发现，这些年来柳雪阳数落人的能力还真是越来越可怕了。

夜里，回到屋中，卫韫身心俱疲，他躺在床上，累得是一点力气都没有了。楚瑜侧着身子，撑着脑袋，不由得笑道："你这一脸生无可恋的，是怎么了？母亲说你了？"

"催婚的女人太可怕了。"卫韫转过身来，将她捞进怀里，不高兴地道，"给母亲找点事干吧，别让她天天盯着咱俩。"

"老人家，不想这些，想什么？"楚瑜梳理着他的头发，轻声安抚。卫韫沉默了一会儿，似是仍有些不高兴："我听说，你同燕云浪聊得不错？"

"嗯。"楚瑜想起白日里那个公子哥儿来，不由得笑了，"是个妙人。"卫韫抱着她的手收紧了一些，将脸埋在她的胸口，小声道："我是不是不会说话？"见她一脸疑惑，卫韫似是不甘地又道，"……我没有他会讨你开心。"

听到这话，楚瑜轻笑起来："你这是说的什么胡话？咱们卫家一家正直，就你最能瞎说。怎么，醋啦？"

"你严肃些。"卫韫将她的手拉住，认真道，"你答应我，以后离他远些。"

见卫韫要恼了，楚瑜只好认真地道："好好好，我逗你呢。你放心吧，你不说，我日后也会离他远些的。"

这晚两人歇息得早，子时，楚瑜依稀听见鸟扑棱翅膀的声音，有些迷蒙地睁开眼，便见一只鸽子落在窗户上，脚下还挂着一页香笺。她起身将那一页香笺取下，鸽子便振翅飞了。点上烛低头一看，却是一首情诗，文采极好，字也写得好，落款是一只画得精巧的小燕。这香笺上的香味很特别，一闻就是特意调制的，的确是花了心思。楚瑜低头又闻了闻，不由得笑了。活了两辈子，倒还是第一次被人这样追求。

床上的卫韫见楚瑜迟迟不回来，抬头一看，却见楚瑜正在烛光下低头含笑看着一张笺。他瞬间就醒了，急急从床上下来，走到楚瑜身后，目光落到她的手上，一下便克制不住地着急道："这是什么？"然后，他就看见了情诗和落款处的燕子。

卫韫这下倒是冷静了，楚瑜抬头瞧见他冰凉的眼神，赶忙摆手道："和我没关系，刚才鸽子送过来的。"卫韫冷笑："这王八羔子倒也不负盛名。别管他了，"他将楚瑜打横抱回去，"外面冷，赶紧睡吧。"

楚瑜应声，没有多想，便径直睡了。而卫韫睁着眼，最终还是没忍住，起身将那香笺扔在炭火里烧了。烧完了香笺，他心里还有几分委屈，瞧着楚瑜的模样，又不忍心吵醒她，只能自个儿转过身去，决定和楚瑜冷战一晚上。熟睡中的楚瑜对卫韫单方面开启的这场冷战毫无所知，第二日醒来时，卫韫已经单方面将这场冷战结束了。

卫韫想了想，这大概是他与楚瑜相好以来最出息的一次冷战了。算了算，冷战了足足三个时辰呢！

三十　我不惹事，可我也不怕事

卫韫自个儿和自个儿冷战了一夜，倒给自己冷病了，清晨起来一个接一个地打喷嚏，楚瑜见着不免有些奇怪，他一贯身强体健，怎么就病了？然而大家正急着商讨进攻青州一事，楚瑜也不好问，于是所有人就这么看着卫韫一脸正经地排兵布阵，时不时来一个喷嚏。

"赵玥给刘容递了消息，说是要借兵去打石虎，刘容信了，已经整兵准备动手，我们不管吗？"秦时月指着沙盘，询问道。

如今全国大肆举事不到一月，赵玥明面上不动手不表态，暗地里四处挑拨，各地僵持了几日，很快就如顾楚生所料，互相撕咬起来。赵玥本就是挑事的好手，许多本就只想趁乱捞一笔的，早就打了起来。小鱼吃虾米，大鱼吃小鱼，若是再有个枭雄领路，怕就会成长为一方势力，日后便又是卫韫要头疼的了。故而秦时月才这般顾虑，想知道卫韫如今是怎么想的。

然而卫韫摆了摆手，只是盯着青州道："青州和白州如今十城相接，其中六城都居山地。青酒、阳粟两城易守难攻，且姚氏已有重兵把守，我们便在郓城和惠城之间选一座进攻。诸位觉得先攻哪一座合适？"

众人各自思索，片刻后，楚瑜抬手指了指惠城道："惠城吧。"卫韫抬头，她继续道，"惠城地处白头江上游，青州境内最主要的水脉就是白头江，拿了惠城，大有好处。"

这理由让陶泉不住地点头："老夫认为大夫人说得是。"

卫韫皱了皱眉。其实比起郓城，惠城更难进攻一些，但想到顾楚生之前给的消息，加之楚瑜近来一直在收购药材，他便懂了她的意思。从惠城入青州境，下一个城池就是元城。再过了不了多久，地震会从元城开始，一路蔓延到洛州。按照顾楚生的说法，灾情会十分严重。楚瑜想取惠州，最重要的，大概就是对灾后救援的考量。想到此，卫韫便不再犹

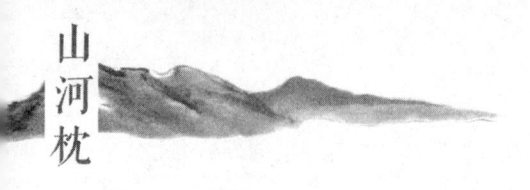

豫，将此事定了下来。

又商讨了半日，两人一同回到王府。楚瑜同他走在长廊上，突然顿住步子，卫韫有些奇怪，却见楚瑜抬手放在他额头上试了试，笑道："怎的就着凉了？是不是近日事多？你辛苦了。"卫韫不敢瞧她，目光往外瞟了去，不禁又暗自怪起那燕云浪来。要不是他，自己又怎么会和楚瑜置气，"冷战"了足足一晚呢？他心里不平，面上却是不显，转头却同楚瑜道："你心里记挂着后面地震的事，我知晓，不过到时候这事我去处理，你千万别去。"说着，他苦笑起来，"毕竟是天灾。和别人抢人我不怕，和老天爷抢人，我还是怕的。"

楚瑜愣了愣，却是莫名有些不好意思，她转过头去，低声说了一句："我怎么会有事？"

两人和柳雪阳等人一起吃了饭，卫韫便去和秦时月安排出征之事了。楚瑜独自在屋里清点备下的救灾物资，不多一会儿，就听到外面传来一阵笛声。她愣了愣，那笛声如泣如诉，一听便知是哪家公子在撩姑娘。楚瑜听了片刻，知那笛声就在外面，不由得走了出去，却看见一个青年坐在树梢上，手持竹笛，紫衣飞扬。

月光很亮，月下的青年俊美非常，楚瑜靠在门前，安心欣赏起那笛声来。然而那青年明知她来了，却没有回头看一眼，仍是认真地吹着笛子。只是笛声骤然一转，忽地就带了激昂杀伐之声，一瞬之间，楚瑜便不自觉地回想起了年少时光。她忍不住笑了，吩咐长月在院中备酒，扬声道："世子吹笛辛苦，薄酒一杯，以作相报。"

笛声未歇，直到一曲吹完，燕云浪才从树梢轻跃入庭，坦然入席，一口饮尽杯中的酒，抬头笑道："好酒。"

"埋了十八年的桃花笑。"楚瑜站在长廊上没下来，环抱着手臂，"倒配得上世子这般潇洒人物。"

"人面不知何处去，桃花依旧笑春风。"燕云浪叹了口气，"若早知这酒是桃花笑，燕某便不舍如此狠饮了。"说着，他抬起头来，又慢饮下一杯，笑着看向楚瑜，"大夫人若是觉得燕某笛声尚可，敝舍梅园明日正是梅花盛开的好时候，不知大夫人可愿一陪？"

"笛声是好，"楚瑜点点头，却是道，"不过，我心里有人了。"燕云浪愣了愣，便见楚瑜从长廊上走出，来到他对面，倒了一杯酒，坦然道，"世子是风流人物，我敬世子一杯。我与世子能当好友，但是其他，怕是不能。"

听到这话，燕云浪轻轻笑了，同楚瑜碰了杯："男欢女爱本是快乐事，燕某爱慕大夫人，是燕某的趣事，大夫人不必苦恼。这杯酒，燕某敬大夫人。"说完，他举杯饮尽，便

三十　我不惹事，可我也不怕事

一跃上树，朗声道，"大夫人，燕某受您三杯酒，便再吹一曲吧。"

楚瑜哭笑不得，而燕云浪这一次却是吹了一支情意绵绵的曲子。此时正好卫韫回来了，他刚一进门就听到了满院的笛声，且明显是一支求爱的曲子，不禁皱眉道："谁这么晚了还在府里吹这靡靡之音？"说着，他走到长廊间，恰巧听见一名侍女正小声地对同伴道："燕世子虽然没有王爷俊美，可真真是个多情郎啊。我若是大夫人，当立刻许了他！"

卫韫的脚步顿了顿，也不知道为什么，他竟就停在了原地，偷听那两个丫头说话。只听见另一个道："你当大夫人是你？大夫人这样稳重的人，当然是要考察一二的。"

"考察归考察呀，可燕世子这般追求，哪个女子不心动啊？"

卫韫有些听不下去了，他想训斥两个侍女，又觉得有些丢份，只能转身换了条道走。走到一半，他忽然转头同卫秋道："你带上人，把他给我扔走，明日若还来，见一次打一次。"

卫秋应声退下，片刻后，笛声没了，卫韫心里这才舒坦了一些。他来到楚瑜的院子里，见她正独自坐在庭院里玩弄着石桌上的酒杯，对面还有个酒杯，明显方才有人与她对饮过。听见动静，她微微一愣，抬起头来。

卫韫低着声，有些不忿又似乎有些心虚地道："……我会弹琴。你若喜欢这些，我可以弹琴给你听。他若再来，你把他打发走就是。"

"方才追着燕云浪去的，是你的人？"楚瑜反应了过来，朝卫韫招了招手。

卫韫坐到她身侧，没有说话。楚瑜握着他的手，轻轻摩挲着。他手上有许多伤口和茧子，与华京那些贵族公子截然不同。很难想象这样的一双手长在一个生得这般俊雅的青年身上，更难想象这样的一双手，竟也会做抚琴调香这样的风雅之事。卫韫毕竟出身高门，当年卫珺作为世子，对自己的要求高，对这个幼弟更是管教严厉。卫韫虽然年少时太过顽皮，只爱舞枪弄剑，那些贵族公子玩的东西，他一概不喜，要么不会，要么只学了些皮毛，不过好在有卫珺在，卫韫又聪明，六艺他多多少少都还是学了一些。只是十五岁之后，便再没了闲玩的时间。十五岁之后的卫韫练出了一手好字不让朝臣耻笑，学会了写好文章与那些文臣斗嘴，一柄红缨长枪再不离身，却再没有摸过一次琴，调过一次香。他不比燕云浪那样无忧无虑长大的风流公子，他的世界残忍得太多。

楚瑜摸着他的手："你同他比这些做什么？"说着，她笑起来，招呼晚月去房中将琴拿了过来。卫韫看着琴犯了难："真……真要啊？许久没练了……"楚瑜挑眉："你莫不是骗我？"卫韫立刻道："没有！我怎会骗你？"说着，他取过琴来，指尖抚过琴弦，认真回忆着当年自己是如何受教的。他本师从大师，虽然顽劣，不甚认真，基本功却还是在

625

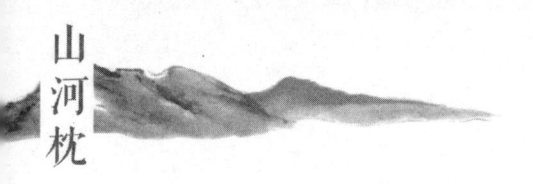

的。他垂眸，轻轻拨弄琴弦。

　　的确是许久没弹了，声音算不得流畅。但是卫韫弹得很认真，坐姿手势，无一不显示着他曾经有过怎样的好教养。楚瑜靠在他的肩头，听得他的琴声越来越流畅，看着那双手，轻声问道："怀瑜，以后，你会跟我走吗？"

　　"好。"

　　"竟都不问问去哪里的吗？"楚瑜不由得笑了。卫韫平静地道："你向来是重责任的人，你若要走，必然是这天下已定，我也没什么好牵挂的。你想去哪里，我随你去就好了。"

　　"到时候，你就有时间学琴了。"楚瑜的目光落在他的手上，"你可以像华京那些贵族公子一样，学琴、学画、学调香……"

　　这话一出，卫韫琴声一泻，楚瑜仍不察，抬起头问："是不是觉得很好？"

　　卫韫憋了半天，终于道："那个……阿瑜，我到时候要好好教孩子。"

　　好不容易躲过了这样的童年折磨，楚瑜爱折磨人，折磨孩子去吧！

　　楚瑜想了想，点头道："也是，到时候还要教孩子呢。"

　　卫韫心里松下来，然而，他突然反应过来——这是楚瑜少有的，同他提及未来。他忍不住扬起嘴角，想压住笑意，却发现全然无法做到。

　　有了楚瑜的一番安抚，卫韫虽然没有被戳穿，却也是消了气，不再同燕云浪置气了。没想到燕云浪却是个执着的，每晚都来，今日吹笛被赶，明日他就在远处点了孔明灯，上面写着楚瑜的"瑜"字，气得卫韫抄起弓箭将那些孔明灯统统射了下来。而燕云浪这样闹腾，柳雪阳自然是知道的，自然也就知道了卫韫总让人拦着。她不由得有些奇怪："你说小七这事办得，若燕世子是个坏种倒也罢了，好好的他这又是怎么了呢？明着递书信来邀约，小七拦着，放个孔明灯，小七也要给他射下来。近日他天天回府回得早，好似就要盯着燕世子一样……"

　　柳雪阳越说越不对味，突然道，"你说小七同阿瑜是不是走得太近了些？"

　　话刚出来，桂姨就吓得变了脸色，柳雪阳轻咳了一声，转头道："我也是糊涂了，算起来小七也是阿瑜一手带大的，阿瑜虽然只比小七大一岁，可是长嫂如母，这些年咱家可全靠她撑着……"说到这里，柳雪阳有些说不下去了。她想了想，终于是吩咐了桂姨道："你派两个靠得住的人，去大夫人和王爷院里，把两边都给我偷偷盯着些。"桂姨心里慌张，但毕竟是跟久了柳雪阳的，低声道："是。"说完便匆匆退下去了。柳雪阳独自站在庭院里，皱着眉头，合掌道："菩萨保佑了。"

三十　我不惹事，可我也不怕事

燕云浪想，自己这辈子是不会娶亲的。如果一定要娶，那就要娶一个当世无双的女子。而对楚瑜，他倒也不觉得自己有多深情厚意，只是他这辈子在情场上无往不利，第一次被人拒绝，倒的确有那么一番趣味。他知道卫韫不同意这门婚事，可是无妨，只要楚瑜心下欢喜，哪怕他娶不到她，他也不留遗憾了。大约姓燕的，都是浪子吧，更何况他的名字里本来就带着一个"浪"。

这些时日，卫韫阻止得厉害，他的手段却是层出不穷。一去二来，燕云浪追求楚瑜追求得很是开心，楚瑜也乐得看燕云浪闹腾，只是苦了卫韫，日里办公，夜里防贼。眼见着马上要出征，卫韫实在是放心不下，他沉下心来想了想，终于是让沈无双去找了十几位绝色歌姬，然后邀了燕云浪去听雨楼。

听雨楼是白岭最风雅的茶楼，卫韫包下顶层雅间，让人给燕云浪去了信。这事很快就传到了柳雪阳的耳朵里，她皱眉想了片刻，终于同桂姨道："你去把卫英找来，让他去听雨楼替我包下小七隔壁的雅间，别用我的名字。"

第二日，柳雪阳早早地来到听雨楼，快到卫韫和燕云浪约定的时间，她让人在墙壁上凿了个小洞，隔壁的声音从洞里传来，倒是十分清晰。隔壁开了门，陆续有人走进来，而后又有倒茶闲聊之声。又过了一会儿，一个男子的脚步声传来，却是燕云浪来了。

燕云浪只带了两个随从，都留在了门外。他推门进去，卫韫正坐着低头喝茶，他笑着上前行礼道："王爷。"卫韫低应了一声，指了指旁边："燕太守请坐。"

燕云浪笑着坐下，屋中炭火烧得旺，没有半分冬日的寒意，反而让人觉得有些燥热。燕云浪摇着扇子，听卫韫道："本王不日就要出征，燕太守想必已知。"

"下官已收到消息，"燕云浪笑眯眯地道，"王爷放心，白州的粮草调用……"

话没说完，卫韫就摆了摆手："这些公事，我在府衙中已经说过，便不必再说。今日我邀请燕太守来，是有一事相请。"

"不知王爷所为何事？"燕云浪的眸色动了动，小扇轻打着手心。卫韫抬眼瞧他："本王素知燕太守风流之名，也知燕太守爱美人，只是这世上美色虽多，却不是每一个，都能任君摘采的。"

燕云浪挑了挑眉，卫韫抬手一拍，旁边一直垂着的帘子突然被人拉开，十几位绝色美人出现在两人的视野里。燕云浪的眼中带了欣赏之意，便见女子踏着流云碎步有序入场，随

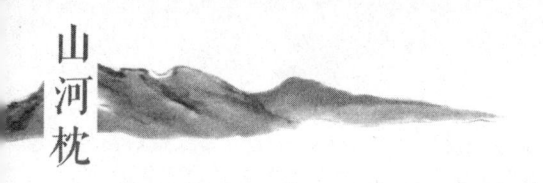

后丝竹管乐之声骤起，屋内轻歌曼舞，女子交替着出现在燕云浪眼前，似是给他挑选一般。

这些女子都是极美的，美得各有特色，举手投足间都带着良好的教养，明显是特意培养过。这样的歌姬待客一日，每一位都价值千金，如今十几位同时出现在眼前，若是普通人，怕是早已直了眼。然而燕云浪见惯了场面，面对这样的架势，却也只是笑笑，转头道："王爷这是什么意思？"

卫韫抬起头来，瞧着燕云浪，眸色渐深："这些都是我让人四处寻觅来的顶尖歌姬，今日便将她们都送给燕太守，只请燕太守日后……离本王的嫂嫂远些！"燕云浪微微一愣，皱着眉头道："王爷，燕某虽在您手下做事，可您在燕某的私情之事上管这么多，却也是越界了。您如此阻挠下官与卫大夫人，当给下官一个理由吧？"

卫韫抬眼看他，却是笑了："理由……我告诉你理由，你便会停手？"燕云浪沉默不语，用小扇轻敲着另一只手，似乎意识到了什么，却又有些无法相信。卫韫直起身子，来到他身前，曲起一只腿，单膝触地，半蹲在他身边，平静地道，"你要的理由，本王这就给你。我喜欢她。"

燕云浪惊诧地抬头，却见一把匕首猛地刺入桌面。卫韫静静地看着他，神色认真："我视她如妻，容不得他人觊觎染指。这个理由，够不够？"

燕云浪震惊地看着卫韫，无法言语。而隔壁雅间之内，柳雪阳死死地捂住自己的嘴，竟是连呼吸都觉得多余了。她努力不让自己发出声音，满脑子只有一个念头——荒唐！这逆子，太荒唐！

卫韫已经察觉隔壁有人，他却并无所谓。能包下听雨楼顶层雅间的人，本就该是达官贵族，什么话该说什么话不该说，那些人比他清楚。而燕云浪在片刻的震惊之后，慢慢回过神来。其实这件事情早有端倪，他本也是猜出了一分的，只是他没想到卫韫居然能这般坦荡荡地认下，不由得笑道："王爷也真是敢说，就不怕我传出去吗？"

"燕太守这样的聪明人物，想必不会做这样的事。"

燕云浪挑眉："若我说了呢？"

卫韫轻笑："那我便提前娶她。这件事，大家早晚会知道。"

"你巴不得全天下都知道吧？"燕云浪笑开。

卫韫倒也没否认。他私心里当然是巴不得全天下人都知道，可是一来时机不合，二来他还未征得楚瑜的同意，所以暂且只能忍耐。然而面对燕云浪的挑衅，他自然也不会容忍。此时燕云浪心里已有底，他叹了口气道："日后您会娶她吗？"

"必然。"

"那到时候，流言蜚语……"

"这又与她有什么关系？"卫韫抬眼看向燕云浪，"我嫂嫂乃端正人物，一切都是我的私心所致，大家当同情她为我所欺才是。"

　　燕云浪闻言苦笑："王爷，这天底下的污水，都是往女人身上泼的。"

　　卫韫沉默，一时竟也不知道说什么才好。燕云浪的话，他何尝不知，可是他难道要为了天下人的闲话，和楚瑜这样偷偷摸摸过一辈子？许久后，他终于道："天底下人怎么说，我管不了。但谁若当着我的面让她难堪，我就宰了他。"说着，他抬手收了刀，"话说到这里，你大概也明白了。燕云浪，你若真将她带走，本王的夺妻之恨，你确定你能扛吗？"

　　燕云浪瞧见卫韫的神色，犹豫了片刻，终于还是拱手道："王爷言重了，在下不过是仰慕大夫人已久。日后在下断不会再去叨扰大夫人。"

　　"太守大人明理，卫某在此谢过了。"

　　二人走后，柳雪阳坐在隔壁雅间中，好半天缓不过神来。直到她身边的卫英出声道："老夫人，王爷可能发现我们了，卫秋带人朝这儿来了。"

　　卫英是卫家上一代暗卫中最杰出的人物之一，说起来，卫秋、卫夏这些人还得叫他一声师父。前任镇国侯卫忠死后，卫英按照侯爷生前做好的安排，留在卫家专门听命于柳雪阳。只是柳雪阳平日里大大咧咧，也未曾用过暗卫的力量，此番鬼使神差地带了卫英过来，竟就派上了用场。柳雪阳有些慌乱，忙道："将此事遮掩过去！不能让小七知道我来过！"

　　卫英应声，将柳雪阳和桂姨等人送进内室，自己领着两个手下拿出早已准备好的人皮面具，倒上酒，等着卫秋来查。卫秋进得门来，抬头一看，却见是两个富商正在对饮，看见他后满脸诧异。方才听雨楼的老板已告诉他订下此雅间之人是城东一位姓陆的富商，倒是和眼前的情形相符。卫秋不疑有他，回去汇报给了卫韫。

　　回程的马车上，柳雪阳整个人都是木的。她拼命消化着方才卫韫的话，直到回到自己的房中，桂姨给她梳头时，她才慢慢反应过来，艰难地道："小七……喜欢阿瑜？"

　　桂姨手上一抖，但迅速镇定了下来。她早年从乡下来到卫府做事，这种事于她从来就不少见。穷苦人家，几兄弟娶一个媳妇的都有，更别提兄长死后为了省聘礼而干脆和嫂嫂在一起的。桂姨比柳雪阳冷静得多，她揣摩不出柳雪阳的心思，只能道："听王爷的意思，约是如此。"

　　柳雪阳有些着急，更多的话却是无论如何都没法说出口来。过了许久，她方才淡定些许。小七说的是他喜欢她，那这件事，或许还只是小七一人的事。只要两个人之间没有开始，便有转机。小七喜欢阿瑜，她是拦不住的。但只要阿瑜不回应，这份情意埋在心里，

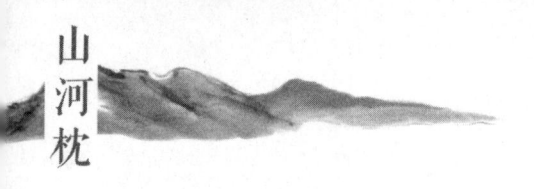

谁也别知晓，也就足够了。

想明白这一点，柳雪阳抬眼看向窗外："明日小七就要出征了吧？"

"是。老夫人要不要去看看王爷？"

柳雪阳点了点头。

卫韫正在书房里同大伙儿商量着明日出征的具体事宜，楚瑜在旁边听着，心里估算着日子。如今她已经不太记得青州地震开始的具体时间了，只记得前后震了将近一月，不由得心里发紧。可她心里虽然担忧，也不敢对卫韫太过催促，默默地坐在一旁听，时不时插上几句话。

一行人正说着话，外面来报柳雪阳来了。她进得屋来，目光从楚瑜身上掠过。她知晓楚瑜和卫韫常常在一起议事，以往从不觉得有异，今日瞧见了，心里却忍不住多了一些想法。她不是个藏得住事的，神情上有了变化，楚瑜和卫韫立刻察觉出来。卫韫扶她进屋，笑着道："母亲怎么来了？"

"你明日就要出征，我来瞧瞧你。"柳雪阳的目光落到卫韫身上，上下打量了片刻，又道，"在战场上切勿激进，胜败自有天命，以百姓安居为上，勿太过强求。"

"孩儿知晓。"

卫韫跪坐在柳雪阳对面，楚瑜上前添了茶，剩下的众人面面相觑片刻，纷纷识趣地退出了房间。柳雪阳看了一眼楚瑜，有些僵硬地道："此番，阿瑜也要去吗？"楚瑜愣了愣，心里不由得划过一丝担忧。柳雪阳一贯不管事，今日怎么问起了这些来？她面上不动，笑了笑道："我负责押送粮草。"卫韫瞧出柳雪阳有话："母亲可是有什么想法？"

"我……我就是觉得，刚来白岭，如今阿瑜要走，府里乱糟糟的，我心里担忧……"

这是要自己留下了。楚瑜听出来，卫韫也明白。他有些疑惑："家中庶务，不都是二嫂在打理吗？"

"你二嫂也就是打理一些杂事，家里的大事，还是要阿瑜来的……"柳雪阳说得磕磕巴巴，有些心虚，"我近来身体不太舒服，阿纯还要侍奉我，怕也没这么多时间……"

若柳雪阳不是存心要留楚瑜，便该明白这时候来打乱卫韫的安排是万万不妥的。然而她没松口，楚瑜的心就沉下去了几分，知她心意已定。她看着卫韫，卫韫似乎是在思考什么，低头不语。楚瑜想了想，也明白卫韫一向不愿意忤逆，便笑道："王爷，我也觉得战场辛苦，本不想去，如今有母亲相留，倒也正好了。便就如此吧，我留下侍奉母亲，王爷可将钱将军调来顶替我。我会将粮草清点好，你上前线后，由钱将军押运过去。"

卫韫仍不说话，柳雪阳偷偷看了楚瑜一眼，见她面上并无怒意，心里稍稍放松了一些:"既然如此,便好,我也放心了。我也没有他事,便先走了。"说着,她又看了楚瑜一眼。楚瑜心里明白她的意思,主动起身扶起她,温和地道:"母亲,我送你回去。"柳雪阳拍了拍她的手,似是感激。

如今已是寒冬,两人走到屋外,才发现雨水似乎都结成了冰粒,砸得雨伞噼里啪啦作响。两人走在长廊上,楚瑜低垂着眼,走了好久,才听柳雪阳道:"阿瑜,你在我心里,一直是很好的孩子。……我一直很惋惜,你这样好的姑娘嫁过来,阿珺却没有福气。这么多年来,我一直将你当成我的女儿……"说着,她的声音似已带了哭腔,"这些年,你帮着小七,帮着卫家,若小七有个亲姐姐,怕也就是如你这样的了。"

亲姐姐。楚瑜的睫毛微微颤动,骤然明白了柳雪阳的意思。柳雪阳见她不答,以为她不明白,接着道:"我一直想着给你找个好人家,想为你寻一门你喜欢的,又能让你终身无虞的亲事。我老了。这辈子,我什么都没有,只剩下小七一个儿子,和你这半个女儿。我没什么愿望了,就是希望能看到你和小七各自找到自己的终身幸福。我想看着你嫁人,看着他娶妻,看着你们一辈子过得稳稳当当。……别走歪路。阿瑜。老人家走过的路多,看过的事多,有些路不能走,走了就是万丈悬崖,你知不知道?"

楚瑜微微张唇。一瞬之间,她几乎想开口问——什么是万丈悬崖?是那些人言,还是他人的疏离?可是她不能问,她只能假作什么都不知道。她笑了笑,送柳雪阳进屋,强笑着劝慰道:"母亲今日怎的想了这样多?别想了。您身子虚,就是因为想得太多,您好好休息吧。"

说着,楚瑜同她告退,转身便去了魏清平的院子。

魏清平正在看书。她院子里养了一只鹦鹉,楚瑜一进来便开始叫:"美人来啦,美人来啦。"楚瑜听到这叫声便笑了,大步跨进房门,旋身直接坐在了地上,从旁边捞了个茶壶给自己倒了茶。魏清平皱了皱眉头,从书里抬起头来,冷淡地道:"你想做什么?"

两人在一起厮混这么久,楚瑜的脾气她是了解的,今日她这姿态,明显是有事。楚瑜抓了一把瓜子,斜斜地靠在桌边,嗑着瓜子道:"清平,你我是不是姐妹?"

魏清平愣了愣,坦然地点点头。楚瑜叹了口气,抬起头来颇为忧愁地道:"我犯了事,到时候想跑路,你可得带着我。"

"你犯了何事?伤天害理的事我可不容你。"

"我……"楚瑜叹了口气,抬起头来,哀怨地看着魏清平,"我们的事被他母亲知道了。"

魏清平:"……"

只片刻后,她站起身,冷静地道:"我现在去收拾行李,你也去,我们连夜出城,其

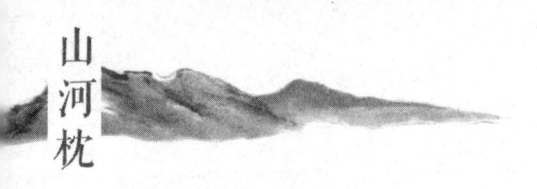

他的不管，先跑了再说。"

　　楚瑜站起来拍了拍手，又俯身将身上的瓜子拍干净。"先别跑这么快。"她悠悠地道，"我这都是猜的。等老夫人打上门来，再跑不迟。"看着魏清平一脸一言难尽的样子，楚瑜忍不住大笑起来。魏清平无奈，抿了抿唇，好半天才道："你是怎么知道老夫人知道了的？"

　　"她不是个藏得住事的人。她一贯不管战场上的事，今天却不顾小七的面子特意来拦我，不让我上前线。我曾独自领军守过凤陵，上战场也不是头一回了，她若不是有什么特别的理由，哪里会做这样的事？"

　　魏清平谨慎地道："会不会有什么误会？"

　　"所以我并不着急走。先当什么事都没发生一样，看看吧。"

　　"那，若不是误会呢？"魏清平皱起眉头，"你总不是当真要和我走？"

　　魏清平留在白岭，一来是为了秦时月，二来是楚瑜说不久后有一件事要请她相助。她知晓自己早晚是要离开王府的，但楚瑜呢？楚瑜是卫家的大夫人，她若离开卫家，对卫家来说就将是一场大震荡了。然而这样重要的事，楚瑜却像玩笑一般："我不走还留着做什么？受气吗？顾楚生离开白岭的那天我就想明白了，我同小七在一起，就没必要顾头顾尾。两个人在一起是为了过得更好，同他在一起我觉得幸福，那我们就一起往前走。若老夫人让我受了气，那我便离开。"

　　魏清平愣了愣，眼中露出几分不忍来："可是卫王爷……并没有做错什么。"

　　"所以我只是离开卫家，而不是离开他。"楚瑜轻笑，"每一份感情都要有所付出和坚持，我也不是只想着同他享受快乐。老夫人不同意，我也不愿在老夫人跟前受气，那我便离开王府，一年两年，总会等到老夫人同意的那一天。"

　　"如果这期间……他娶妻了呢？"

　　听得这话，楚瑜愣了愣，片刻后，她低笑出声来："那便是缘分尽了，我再另外找个喜欢的人就好。……没人规定谁就要喜欢谁一辈子，两个人在一起的时候美好过，那便足够了。"

　　魏清平没有回话，低头应了一声。楚瑜突然想起来："我这边药草都准备好了，你再看看单子，有没有要补充的？如果有一天发生地震或洪水，肯定会出现瘟疫，除了药材，我们还有没有什么要准备的……"魏清平听到正事，立刻回神，和楚瑜热烈地讨论起来。

　　两个人一直商讨到夜里，门口传来卫韫的声音。他含笑看她，身着月色华袍，头顶金冠，白色狐绒镶边的鹤氅披在肩上，双手笼在袖中。楚瑜回头，看见灯火下的人便笑了："回来了？"

"嗯。"卫韫的声音温和，仿佛担心会惊扰到谁一般，"来接你。走吧。"

说着，他挽住楚瑜一同走出房间。秦时月跟在他们身后，卫韫突然想起什么，顿住步子："明日就要出征，你陪陪郡主吧。"秦时月愣了愣，卫韫瞧着他的神情，想起顾楚生曾说过，当年秦时月就是抛下魏清平和她肚子里的孩子，死在了前线。他心里紧了紧，叹息道，"时月，人一辈子不长，每一刻都要珍惜，每一个人都要珍爱，你明白吗？"

秦时月抿了抿唇，也不知是明白还是不明白，只是和以往一样拱手道："是。"

卫韫带着楚瑜离开了。秦时月回过头去，看着站在门口面色清冷的女子，好久后才终于道："我明天就走了，你有没有什么想要的？"

魏清平没说话。突然，她朝他扑了过来，死死地搂住了他。她的话一如她本人一般干脆利落："我要你。"

秦时月愣了愣，垂下眼眸，好久后，他才终于抬起手，抱住了怀里的人。

卫韫和楚瑜一起回到房里，长月早就备好了水，楚瑜先梳洗过，而后是卫韫。卫韫的身材精瘦干练，他并不是那种武夫的强壮，但每一块肌肉都十分紧实，看上去便觉得有力非常，同时又带着一种流畅协调的美。楚瑜坐在边上，一面用皂角为他搓洗头发，一面给他舀水淋身："我如今见到老夫人，就觉得心虚，总有种自己拐了她儿子的感觉。我想老夫人必然是不再喜欢我的了，她大概觉得，要清平那样的女子，才配得上你。日后若真的说开了，我有的是罪受。"

"你怎么又说起这些来？"卫韫忍不住笑了，"我以为郡主这事翻篇了。"

"我就是想让你知道一下，"楚瑜抬眼，"为了睡你，我付出了多大的努力。"说着，她舀起一瓢水给卫韫冲洗头发，水模糊了他的眼睛，楚瑜捧住他的脸，轻轻拍了拍，"要不是为了你这如花似玉的小脸蛋，我犯得着吗我？"卫韫忍不住笑得更欢了，但他还是克制地轻咳了一声，握住楚瑜的手道："别张口闭口地说这些，轻浮。"

楚瑜笑开，而卫韫的心里暖洋洋的。看着面前笑得不遮掩不收敛的女子，体会着她的改变，看着她似乎一点一点从黑暗里将爪子探了出来，轻轻交到他手里，卫韫突然有一种很迫切的欲望。他迫切地想要拥抱她，想要和她的骨血融为一体，去证明自己的这份喜爱，去感受她的喜爱。在这件事上，卫韫有着一种令人惊讶的执着和强势，他对她的渴望仿佛是压抑太久后喷涌而出的急流。

他喜欢去贴近她，拥抱她，让他们的身子之间完全没有间隙。有时候他甚至觉得，感情也是如此，没有走到绝对相信的极致，他就会试图用各种来自外界的力量，去患得患失地捆绑、拥抱。而真走到最深的那一步时，外界的一切就再不重要了。

约是因为出征前夜,虽然这次去的时间估计并不长,可卫韫还是放纵自己做得酣畅淋漓。楚瑜也毫无收敛,两人一直折腾到深夜才停下来,气喘不已。他们互相抵着额头,交手而握,面对面地看着对方。楚瑜的心跳很稳,让这个夜晚显得格外安静。卫韫忽地想起了白日里柳雪阳的神色,想起了十五岁那年他抱着剑躬下身,在心里对大哥说的那声对不起,还想起了顾楚生跪在楚瑜身前痛哭流涕的模样,心里无端就有了那么一丝惶恐。

别人总夸他敏锐、聪慧,可有的时候,他最厌恶自己的,恰恰就是这份敏锐、聪慧。他靠着楚瑜的胸口,闭上眼睛,声音有些低哑:"我想听你说,怀瑜,等你回来,我就嫁给你。"楚瑜微微一愣,然后她看见卫韫抬起头来,神色里混杂着哀求与坚定:"阿瑜,等我拿下惠城,如期而归,我便将一切告知母亲,然后去你家提亲,好不好?"

楚瑜没说话,她扭过头去看着窗外,手指梳理着卫韫的头发,好久后,终于开口,语调里似乎没有情绪:"好啊。若是……老夫人同意,等你拿下青州,便去我家提亲。"

第二日清晨,卫韫走得很早,甚至没有惊动楚瑜。楚瑜醒来已不见卫韫的人影,她将双手笼在袖中,站在门口呆呆地往外望了好久,直到长月叫她,她才回过神来,低低地应了一声。

卫韫走后,整个白岭上下就都交给了楚瑜。卫韫在前线,楚瑜负责打理好后方。她其实并不太擅长这些,但当年跟顾楚生久了,自然也知道一些门道。后方最复杂的,便是人情世故。粮食、兵器、军中物资,从哪里来,怎么送到前线去,到处都是讲究;税赋如何征收,如何鼓励商贸,什么样的政策才能最大程度保证军资供应同时不扰民,这些都是楚瑜要去考虑的问题。大楚一贯轻商人,如今楚瑜却是一反常态,大力鼓励商贸,甚至鼓励商人将资金投入到农产上。这些商人比楚瑜聪明得多,只要他们愿意插手农产,有的是办法增收。

卫韫出去的这十几日,楚瑜几乎不回王府,直接歇在府衙。一来她不敢去见柳雪阳,二来她也的确没有时间。有时候她也会想卫韫,她就写信过去。卫韫回信很快,几乎每天都有他的信件回来。两人通信会让楚瑜想起最初卫珺出征的时光,那时是卫韫替卫珺写信回来。楚瑜将那些信都珍藏在一个小柜子里,放在自己的身边。想他了,她就抬起头看看那些信,便感觉好像这个人还在自己身边一样。而卫韫在前线也是如此。他会将楚瑜的信细细叠好,放在自己的胸口,每一次上战场前,他都会抬手摸一摸那些信,感觉好像那个女子就在身后,同他说——怀瑜,早回。

或许是思念太过急切,这一仗打得很快。当卫韫将枪头从北狄转回大楚,众人才再次看清,这位少年将才的能力从来不是吹嘘而来。整个惠城,从正式进攻到全城沦陷,

三十 我不惹事，可我也不怕事

也不过数日。这样闪电般的攻城速度，瞬间震惊了整个大楚。而那天楚瑜收到的信上也只有一句话——我很快回来。楚瑜忍不住想笑，她有心训斥一下他，却又想到，此时此刻他必然是带了些骄傲和急切的，训斥似乎不合时宜。于是，想了好久，她终究是只回了一句——等你。

卫韫要回来的消息柳雪阳和楚瑜几乎是前后脚收到的。楚瑜住在府衙这件事让柳雪阳有些不安。她也不知道楚瑜是怎么想的，有几次她想找楚瑜谈一谈，却又担心万一楚瑜不知情，未免太过难堪；而若楚瑜知情，那于卫家……将更是难堪。可这件事总要解决，柳雪阳急切地想知道楚瑜和卫韫到底发展到了怎样的程度。她本还在思索一个周全的法子，可前方迅速结束的战斗却逼着她做下决定。儿子的性子她是了解的，想做任何决断，都得赶在卫韫回来之前。她思前想后，愁得夜不能寐，桂姨看见了，终于道："老夫人这样压着自己又是何必呢？不若同他人商量一下？"

"商量什么呢？"柳雪阳叹息道，"我难道还要将此事宣扬得尽人皆知不成？"

"夫人何必明说呢？您不若先去对二夫人、六夫人提一提，看两位夫人如何反应。如果她们的反应不寻常，您再诈一诈，您看如何？"

柳雪阳没说话。于大局，她的确算不得一个称职的主母，但是在后宅里这么多年，她也不是个纯傻的。她以前不爱管事，如今事涉她唯一的儿子，她却是不能不管了。她几乎是把一辈子的脑筋都用在了这件事上，深吸一口气，让人先将王岚叫了过来。蒋纯的性子她清楚，蒋纯若是知道这件事，瞒了这么久，自然就是做出了选择，不会告诉她什么。这位儿媳是个顶顶聪明的人精，不愿意说的话一个字都诈不出来，只有王岚，是个不大精明的。

王岚被领了进来，柳雪阳面上没有显露半分异样，只是道："小七来信说要回来了，我夜里却做了噩梦，有些难睡，便叫你来说说话。"王岚对这样的理由有些疑惑，但她向来孝顺，便乖巧地劝慰了几句。柳雪阳叹了口气，面上带了些许担心，"我又梦到老侯爷和几位公子了，心里难过啊。"听到这话，王岚心里忐忑，忍不住想，她难道是知道了沈佑的事情，来敲打自己？然而柳雪阳又叹了口气，却是道，"其实几个孩子里，我最心疼阿珺。他打小懂事，几位弟弟都成亲了，他还守着婚约，一直等着阿瑜。我如今瞧着阿瑜，顶好的一个姑娘，若是阿珺还在，定然很是喜欢。他们夫妻之间，应该会很和睦吧？"

王岚听得这话，心里有了些底，然而心跳却是加快了。她绞着手帕，思索着柳雪阳到底是知道了几分，今日叫她来，又到底是想问出一些什么。她不是擅长遮掩的性子，一番举动都落在了柳雪阳眼里，柳雪阳心里便明白，怕就连王岚，都已经知道了。她暗暗捏

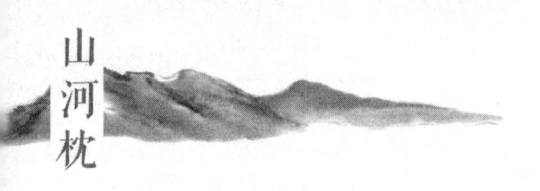

紧了拳头,笑着道:"阿岚,我心里是极喜爱阿瑜的。今日我有一个想法,想同你商量一下。"

"什……什么想法?"王岚说话都有些结巴了,柳雪阳压着心里的情绪,面上假作慈爱地道:"我想,阿瑜这孩子这样好,又早晚是要嫁人的,小七还没娶妻,不若她就嫁给小七,这样她就能一直留在卫府了,你觉得如何?"

这下王岚已完全确认,柳雪阳是知道了!她冷汗涔涔,不知是该说不该说,又该说到什么程度。柳雪阳闭上眼睛,猛地拍在了坐榻的扶手上,怒道:"到现在你还要这样包庇隐瞒?!你是怎么知道的,知道多少,统统说出来!"

"母亲!"王岚连忙跪下去,焦急地道,"这件事……这件事……我也不知道该如何说啊!"

"事情大体如何我已知晓。"柳雪阳冷着声,"你只将你知道的说出来便好。"

王岚犹豫了片刻,柳雪阳愤然起身:"连你都要如此欺瞒于我吗?!"

"母亲息怒!"王岚见柳雪阳已大怒,琢磨着她也瞒不下去了,便将在马车上看到的情形一五一十说了出来,"儿媳毕竟没有看到其他,全是猜测,或许是大夫人在外面有了什么人也未可知,故而儿媳不敢多嘴。"

柳雪阳没说话,她捏紧拳头,整个人微微颤抖。桂姨见状赶忙道:"六夫人,您先回去歇息吧,老夫人累了。今日的话,别再同他人提起。"王岚早就想走,听得这话,赶紧又劝慰了几句,便起身走了出去。出去后她也不知道该怎么办,想了想,急急朝着蒋纯的房间奔了过去。

王岚走后,柳雪阳将长袖往桌上狠狠拂去,桌上的东西瞬间砸了一地。她颤抖着身子,反复道:"不知廉耻……不知廉耻……"然而她也不知道自己骂的是谁。她突然觉得一切都变得格外肮脏恶心,她喘着粗气,想起了当年。当年楚瑜刚嫁进卫府,信誓旦旦地同她说不会离开卫家。当初她觉得楚瑜是赤子之心,可今日……

"他们是什么时候在一起的?是阿珺走后……还是……"还是早在此之前,就有了交集?!所以哪怕卫珺身死,她也不肯离开,反而在卫家,不顾生死,这么多年。如果真的是在卫珺身死之前……那时候,卫韫……卫韫也才十四岁啊!而卫韫等了她这么多年……

柳雪阳的眼睛通红,一想到这个可能,想到她那英年早逝的长子,她就几乎按捺不住自己。她一定要将事情搞清楚,她必须知道,楚瑜和卫韫,到底是卫韫一厢情愿,还是两人早有了首尾。她急切地冲出去,叫出卫忠留给她的所有暗卫,直直地朝着楚瑜的院子冲了过去。进了院子,她让人将大门关上,红着眼道:"找!所有和男人有关的东西,都找出来!"

三十　我不惹事，可我也不怕事

暗卫得了令，不敢不从，迅速四处翻找起来。不多一会儿，暗卫翻出来一个上了锁的柜子，柳雪阳让人砸开。只见柜子里面零零散散地放着一些物件，虽然看不出主人，却明显看得出来是有关感情之物。这些东西下面是一些信件，柳雪阳将信件打开，却是当年卫韫代替卫珺和楚瑜通的信。

柳雪阳一眼就认出这是当年卫韫别具特色的字体，看到落款日期，她整个人都颤抖起来。这时桂姨捧着一堆衣服走上前来。卫韫常在楚瑜这里过夜，楚瑜也会准备一些他的日常用物。看见桂姨手里的衣物，柳雪阳瞬间胸口气血翻涌。她一共就生了两个儿子，一个儿子洁身自好，从九岁守到二十四岁，就等着这个女人，可这个女人却这样不知廉耻，勾搭上了自己唯一剩下的儿子。她这是要毁了卫韫，这是要毁了卫家！

可是，饶是脑海中已经有了无数对于这段感情龌龊的推测，柳雪阳仍记起了那年楚瑜握着她的手，同她说"身是卫家妇，生死卫家人"的画面。她不能轻易判一个人的罪，若是冤枉，那就太让人寒心。她深吸了一口气，在夜色里抬起头来，冷声道："去请大夫人回来。"

而蒋纯早已在柳雪阳奔去楚瑜的院子时便让人去请了楚瑜。楚瑜尚未歇下，正和魏清平商量着去元城救灾的路线。虽然魏清平并不明白为什么楚瑜如此肯定青州会出现灾情，但她从来不质疑朋友，只是静静地听着楚瑜的安排。小厮来报时，楚瑜也已经说得差不多了，只见小厮焦急地冲进房中，跪在地上道："大夫人！二夫人派人来说，老夫人领着人去了您的房里搜查，让您赶紧回去！"

听到这话，魏清平愣了愣，猛地反应过来，怒道："她敢如此？！"随意闯入一个人的房中，这当真是莫大的羞辱了。然而楚瑜的面色却很平静，她似乎对柳雪阳来的这一招毫不意外。她甚至气定神闲地卷起地图交给魏清平，才淡淡地道："你休息一下，明日就起程吧，能快一点走就快一点走。我会追上来。"说着，她站起身埋了埋衣衫，便打算往外走去。

魏清平被她的举动搞得有些莫名，等她走到长廊边换上木屐时，魏清平才反应过来，焦急地拉住她："你现在还回去？她摆明是要找你的麻烦了。"

楚瑜没说话。她穿着淡青色广袖长衫，白色单衫在内，卷云纹路印在广袖边角。白色发带在她身后随意绾起，在夜里润了湿气，发带垂落在她的发间。她没有回头，双手笼在袖中，一派从容："她既然去了我房里，自然是打算同我摊牌。有些事，我是要同她说清楚的。"小雨淅淅沥沥，楚瑜抬眼，目光中带了一丝冷意，"我不惹事，可若事来了，我却也不怕事。"

说完，她抬手猛地撑开雨伞，步入风雨之中。那神态沉静如水，姿态自带风流。

三十一　阿瑜，我回来了

楚瑜回到王府时，正是风雨最大的时候。这件事柳雪阳不敢声张，她没有惊动他人，决定自己和楚瑜好好谈一谈。她让桂姨备好茶和点心，坐在大堂中一面喝着茶，一面等着楚瑜。这些年她身子骨越发不好，这样熬夜的时候已经少有了。她一辈子没怎么刚硬过，总是柔顺地躲在别人身后。当年卫忠还在时，卫忠护着她，卫忠死后，楚瑜撑住了卫家。她这一辈子，虽然见过不少风浪，然而那大风大浪实实在在拍打在她的脸上，却是第一次。

楚瑜进来时，柳雪阳的情绪已经平静了不少。她抬起头，打量着从长廊尽头撑伞而来的女子。这女子已经不是十五岁初嫁进来时的模样了。她身材高挑，眉目舒张，明眸皓齿，颜色姝丽，正是一个女人一生最美丽的时候。且她神色坦荡，眉目间不见艳俗之色，用男人的眼光来看，也当真是一个值得敬重的佳人。

柳雪阳静静地注视着她。楚瑜收起伞，来到她身前，朝她恭敬地行了个礼："母亲。"大堂中没有其他人，柳雪阳垂下眼眸，有些疲惫地道："先坐吧。"楚瑜应声，从容地落座，似乎什么都不知道一般。然而柳雪阳却清楚，楚瑜在卫家扎根这些年，此番自己闹出这样大的动静，她又怎会不知晓原因。她知晓，却仍是这样的做派，无非是因为她不在意罢了。

柳雪阳抬眼看她，苦笑起来："我去搜查了你的房间，此事你知晓了吧？"

"知晓。"

"那你面对我，没有什么想说的？"

楚瑜没说话，她静静地注视着柳雪阳，片刻后，她却是问："这话该我问您。您就没有什么想问的？"

柳雪阳深吸了一口气，从旁边拿过一个小木柜，里面都是楚瑜珍藏的东西。柳雪阳的手有些颤抖，眸中泛起水花，艰难地道："这些东西……你是否当同我解释一下？"

三十一 阿瑜,我回来了

楚瑜愣了愣,却没想到柳雪阳搜查得这样彻底,竟是连这些旧物都搜了出来。柳雪阳见她不说话,以为她不敢说,便直接地道:"我只问你一句——你同小七,是否有私情?"

楚瑜迎着柳雪阳的目光,不躲不避,平静地道:"有。"

柳雪阳的呼吸骤然急促起来:"什么时候开始的?是在阿珺……阿珺……"

话没说出口,眼泪却是先落了下来。楚瑜呆了呆,随后猛地反应过来,急切地道:"卫韫喜欢我一事,我也是在他回华京时才得知!我嫁于卫世子时清清白白,与卫韫并无半分私情!那些书信是当年卫韫代笔所写,我之所以珍藏,也不过是因为它们是世子留给我的少有的东西。老夫人,"楚瑜的声音沉下来,"我与卫韫有情不错,但若是卫珺还在,我绝不会让这种事发生。我与卫韫的感情或许世俗不容,却从未如此龌龊难堪。"

她对柳雪阳的称呼,已经从"母亲"换成了"老夫人"。然而柳雪阳却没注意到,她听得这话,只是在心里暗暗松了口气。她抬头看着楚瑜,眼里带了担忧:"你既然也知道世俗不容,为何不打住呢?"她面露疲惫,低头看向那些旧物,"阿瑜,一直以来你都比小七懂事。小七看着聪明,可终究只是个孩子。你虽然只比他大一岁,可我心里明白,你比他成熟得多。"说着,柳雪阳再次抬头看她,眼里带着真切的关心,"有些路,得你长大,走得长了、看得多了,才会明白。不该走的路不能走。我当年将卫家全权交予你,就是看重你的品性,你怎么能也同他这样一起胡闹呢?"

楚瑜没有说话。柳雪阳的意思,她是明白的。最初她一直抗拒这份感情,便是因为这句话——人生路走得长了,便会知道哪些路特别难走。可是如今她已经走上去,就没有想过回头。于是她笑了笑,只是道:"老夫人说的这些话,我都想过。当初卫韫同我表露心意,我并没有应下,便是因为如此。可是,感情这种事拦不住的。卫韫为我付出的,我看在眼里,他喜欢我,我也喜欢他,那我们在一起,又有什么不可呢?"

"你的意思是,"柳雪阳剧烈地喘着粗气,"是他纠缠你吗?"

楚瑜的神色带了些冷意,她端起茶杯,淡道:"是我允许他纠缠我。"

"荒唐!"柳雪阳再也克制不住,她猛地起身,提了声音道,"如今小七是什么身份,你是什么身份,你不清楚吗?如今正在举事之际,这天下有才之人最看重的是什么?名声!你们骂赵玥寡廉鲜耻,那你们这事若传出去,又是什么?叔嫂私通……就算我信你们是阿珺去后多年才萌生的情意,可别人呢?这世上跑得最快的就是这些风言风语……楚瑜,你还要名声吗?"

听到这话,楚瑜轻笑出声来:"老夫人,我为他连命都可以不要,我还要什么名声?"

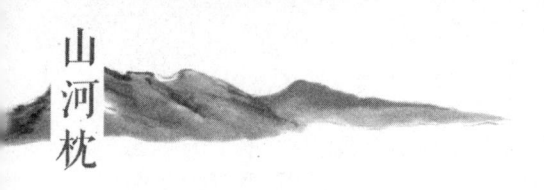

"那他呢？"柳雪阳捏着拳头，"我儿卫韫，这一生都没半个污点，我卫家高门，出去从来都是清贵门第。你要让他，让我卫家，因为你一个人蒙羞吗？！你不在意，你就当他不在意，当我卫家都不在意吗？！"

楚瑜握着杯子的手紧了紧，好久后，她将茶一口饮尽，抬起头来，神色平静："所以，我什么都没说，不是吗？"说着，她慢慢站起身，"我知道如今是举事的关键时刻，我知道卫韫需要名声，我也知道卫家容不下这件事。所以，从头到尾，我什么都没要过，什么都没说过，不是吗？"她的话融进雨里，神色间没有半分抱怨，温和地道，"老夫人，您说得对，我和小七不一样。他要一份感情，就不管不顾，敢与天下人对抗。而我要一份感情，又怎么舍得让他去面对千夫所指。所以他要什么，我给什么。他要我回应，我便给他回应，他想同我像一对普通恋人一样相爱，我便与他相爱。可三媒六聘我没要，一生一世我没要，将这段感情公之于众，我也没要。您所担忧的，亦是我所担忧的。我对小七的感情，或许比不上您作为母亲舐犊情深，可我总是盼着他好的。"

"阿瑜……"听着楚瑜平静的言语，柳雪阳喉头哽咽，眼泪落了下来。她握住楚瑜的手，沙哑地道，"一份感情委屈至此，又何必呢？你换条路，换个人，不好吗？"

楚瑜无声地笑开："老夫人，换哪一个人，又会是一帆风顺呢？一段感情总有挫折，小七从来不肯放弃，我又怎么能随意放弃？"

"那你……"柳雪阳呆呆地抬头，"你要如何？"突然，她似乎明白了什么，猛地往后靠去，焦急地道，"我绝不会同意你和小七的婚事！"

楚瑜叹了口气："您不同意，也就罢了。"说着，她看了看天色，回到坐榻上给自己倒了杯茶。随后她举起茶杯，温和地道，"母亲，这最后一杯茶，我敬您。"

"你这是……什么意思？"柳雪阳的手开始颤抖。

楚瑜轻轻笑开："五年前，小七代他大哥写下放妻书的时候，我便不再是卫府的少夫人了。"

听到这件遥远的往事，柳雪阳的脑子"嗡"地一下，她恍惚想起，当年楚瑜似乎是亲手拿到了卫韫写的放妻书。

"当年我留在卫家，是因为卫家风雨飘摇。卫家这样的英雄门第，我见不得它受人羞辱。那时候我便想过，等日后卫家振兴，便该是楚瑜离开之时。我与小七，说来不该是叔嫂不伦，而应是无媒苟合，虽然在您眼中伤风败俗，可我们其实没有干扰任何人。我喜欢他，愿与他在一起，我便不觉得这场感情对不起谁。说句让您听着心烦的话吧……"楚瑜抬眼看向柳雪阳，眼中带着笑意，"在我心里，从无礼教，只有道理。我行事，只问是否伤害他人，若这份感情未曾伤害谁，我又做错了什么呢？"

三十一 阿瑜，我回来了

看着楚瑜明亮清澈的目光，柳雪阳心里有些许动摇。而后便听楚瑜又道："走到今日，我并无后悔。只是如今，也确实到了该走的时候了。"

"阿瑜，不可！"柳雪阳骤然反应过来。然而唤出这句话后，她却又不知，不可什么。只是她早已习惯了有楚瑜在的卫府，她不知道没有楚瑜的卫府，会是个什么样。楚瑜似乎知道柳雪阳的心思，笑了笑道："如今府中庶务几乎都是二夫人在打理，与外交往之事，我也大多已交代好，家中账目也已经清点好。楚瑜虽走，对卫府却不会有什么影响，老夫人大可放心。"

"我不是说这个……"柳雪阳哭出声来，"在你心中，我如今担忧的，就是这些吗？"

楚瑜看着这个哭得停不下来的妇人，轻叹了一口气。她清楚，柳雪阳对她不是没有感情，可这份感情和她对幼子的感情，却是完全无法比较的。她再觉得自己好，自己也终究是个外人，甚至是一个可能害了她孩子的外人。除非楚瑜彻底放弃卫韫，否则她与楚瑜之间的矛盾根本就无法调和。

楚瑜举杯，仰头将茶水饮尽，随后道："老夫人，保重。"

柳雪阳看着她抱毅然离去，猛地出声："阿瑜！"楚瑜停步转身，只见她颤抖着身子，恭敬地跪了下去。她双手放在身前，朝楚瑜深深叩首，沙哑地道："这些年，卫府多谢你了。"

楚瑜愣了愣，片刻后，她轻笑出声来："我没想过要这句谢。若是想要，大约我也不会为卫家付出这些年了。……还有，老夫人，日后，任何时候，都不要再随便碰别人的东西。"

卫韫正在赶回王府的路上。夜里大雨倾盆，卫夏焦急地道："王爷，您还有伤在身，歇歇吧！"

"不用了。"他扬声，"很快就到了。"

"王爷，"大雨被风夹杂着打过来，砸得卫夏的脸生疼，他有些不能理解，"您赶这么急是做什么？沈大夫说了，您这伤要静养的。您到底是图个什么啊？"

卫韫没说话，只是抿了抿唇。片刻后，他终于没有忍住，抬起头，眼里带了笑。那压不住的感情从他漂亮的眼里倾泻而出，笑容在风雨里带着暖意。他大声回答卫夏："我想

她了！"

卫夏微愣，看着那仿佛带着少年气的青年，笑着再一次说："我想见她，等不及了！"

这句话直白又简单，如同他的感情——从来都是单刀直入，坦率认真。

楚瑜回到屋里，屋中一片狼藉。晚月、长月正在收拾东西。长月面露愤恨之色，见楚瑜来了，顿时上前一步，将手里的东西猛地扔到地上，怒道："小姐，咱们回楚府去吧！"晚月上前来一把拉住她，拼命朝她使眼色。

楚瑜不说话，看了看屋子，走到书桌边，将掉在地上的一本话本捡起来，掸了掸上面的灰。"小姐，"晚月走到她身后，"如今咱们如何打算？"她也跟着长月改口唤楚瑜"小姐"，便已经表明了她的态度。楚瑜笑了笑，抬眼道："收拾东西吧。我平日的细软用度，长月送回我大哥那里。你同我一起跟上清平郡主去青州。"

"我就说小姐一定会走！"听到这个吩咐，长月舒了口气。她有些得意地看了一眼晚月，"就你婆婆妈妈，还说什么等小姐吩咐。"

楚瑜没什么好收拾的，她最珍贵的东西都在那个小木柜里。最初不过是想留下卫珺的一些痕迹，毕竟他是她最敬重的一任丈夫，虽无爱慕，却有敬仰。然而后来这个柜子里珍藏的东西，就慢慢都变成了卫韫的。她低头从那些信件里拿出那一封放妻书，看着卫韫稚嫩的字迹，无声地笑了起来。她从没想过会真有用到它的一天。当年，她也曾经真心实意地想在这个府中安心待上一辈子。哪怕面对柳雪阳时她表现得再从容，五年的付出一朝变成一片狼藉，她也并不是真的无动于衷。

这时，蒋纯急走进来，似乎是等了许久，焦急地道："母亲如何说？"话音刚落，她已看见长月和晚月收拾出来的东西，瞬间苍白了脸色。她颤抖着唇，抬起头来，不可思议地道："你要走？"

楚瑜点了点头："老夫人容不下我，我便走好了。"

蒋纯静静地看着楚瑜，喉头哽咽。她想说什么，却是不敢开口。好久后她才沙哑地出声："你知道吗，当年，小七头一次对我说他喜欢你的时候，我就担心着会有这一天。……我没有家，是阿束给了我家。他走之后，我本无处可去，无根可寻，是你给了我命，又重新给了我一个家。"说起这些，蒋纯红了眼眶，似是有些难堪。她艰难地笑起来，抬手用帕子擦拭眼泪，忙道，"说这些矫情话，让你见笑了。我本就不是个坚韧的人，总得找个什么人靠着，才立得起来。你来了，我便觉得咱们是一家人，一家人在一起，风风雨雨都能走过。可是小七同我说这话，我便知道，早晚会有这一天。"

三十一　阿瑜，我回来了

　　蒋纯已经很努力了，可她的声音还是变得含糊。她的眼泪越来越多，似乎是太过痛苦，她的身子都有些佝偻。楚瑜走到她身前，将她搂进怀里，叹息出声："阿纯，我一直是你的家人。"

　　蒋纯再也克制不住，整个人依靠着楚瑜，号哭出声："最艰难的时候都走过了，为什么如今大家都好好的，却就要散了呢？生死咱们都扛过去了，国破咱们也扛过去了，怎么如今就扛不过去了呢？"她大口大口地喘息着，死死捏住楚瑜的手腕，仿佛是难过到了极致。蒋纯一贯隐忍，却似乎将多年来的所有情绪都发泄到了这一刻。楚瑜垂下眼眸："大概是因为，这世上最难扛过的，便是人心吧。你可以与猛虎搏斗，却很难扛过蚂蚁吞噬。有的时候，你甚至不知道一拳打过去，该打在谁的身上。"

　　她一遍一遍地安慰着蒋纯，也似乎是在劝自己。直到晚月的声音响起："小姐，东西收拾好了。"蒋纯慢慢缓过神来。她艰难地站起身，静静地看着楚瑜。两人相对无言，好久后，却是蒋纯先出了声："我送你吧。"

　　楚瑜来时就只带了长月、晚月，如今走了，也没有多少东西可带走。马车摇摇晃晃，她掀起帘子，看见风雨中王府大门上方的牌匾，灯火下，那金字流淌着淡淡的光泽，贵气非常。她看着它们彻底消失在自己的视线里，似乎有什么东西慢慢消散在了心里。她放下帘子，听见蒋纯问道："之后打算去哪里？"

　　"去青州。"

　　"和小七怎么办？"

　　楚瑜微微一愣，片刻后，她无声地笑了，垂眸遮住自己眼中的神色："就这样啊。我有事就去做自己的事，我想他就去见他。我只是放弃了卫家大夫人的身份，并不是放弃他。"说话间，已到城门前，楚瑜抬头看了一眼外面的天色，叹了口气，"雨大，你便不必多送了，他日我若路过白岭，会来找你饮酒。"

　　蒋纯终于笑起来，眼里还含着泪："那我便等着你来。"

　　楚瑜点点头："回去吧。"

　　然而，蒋纯走后，楚瑜仍坐在马车里，久久地摩挲着当年卫府送过来的玉佩。

　　就在楚瑜行出东门之时，卫韫扬鞭打马，刚刚回到王府。他欢喜地上前亲自敲开大门，没看见管家惊慌的神情，直接朝着大堂走去："我提前回来了。母亲呢？大嫂呢？"说着，他意识到自己似乎问得直白了些，又道，"二嫂和六嫂呢？"

　　管家没说话。卫韫又往前走了两步，凭直觉感到有些不对，今夜的王府，似乎过于安静了。他顿住步子，皱起眉头，猛地转身厉声道："大夫人呢？"管家吓得跪了下去，卫

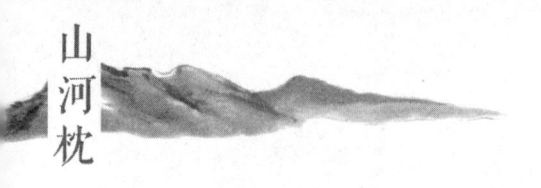

韫抽出长剑,直抵在管家的脖子上,"说!大夫人和我母亲呢?!"

"我在这儿。"一个疲惫的声音传了过来。卫韫猛地回头,大堂中央,柳雪阳正端立在大堂中央。她的神色疲惫,眼睛哭得红肿,沉默着坐在了主座上。卫韫愣了愣,随后便见四处——点起了灯来。

"母亲,您这是作甚?"说着,卫韫心里无端有些惶恐起来,下意识地道,"嫂嫂呢?"

"你是问阿瑜吧?"卫韫还没来得及想这称呼里包含着什么意思,便听柳雪阳道,"她走了。"

听到这话,卫韫睁大了眼睛。然而片刻后他便反应了过来,立刻转身朝大门走去。柳雪阳怒道:"站住!"卫韫停住脚步,柳雪阳的声音继续响起,"她走了,便是走了。你若真为她着想,若还有半分廉耻之心,今日便回去歇着!"

卫韫仍背对着柳雪阳,沙哑地道:"我走之前嘱咐过她,不要同你起冲突。"柳雪阳的手微微一抖,闭上了眼睛:"小七,你还小。"

"这句话我听过太多次了。"卫韫回过头来,神色里带着疲惫,"顾楚生说过,二嫂说过,阿瑜说过,沈无双说过……太多人,都同我说过这句话。可我年少怎么了?我年少,所以我爱一个人就不是爱,所以我想要什么,你们说不给就不给,是吗?"

柳雪阳没说话,和楚瑜的对话已经耗尽了她所有的力气,此刻面对红着眼的卫韫,她已经再没有任何力气去阻拦他。她不敢看他,只能垂着眼:"不能去,就是不能去。我是你的母亲,你难道还要同我的人动手不成?"

说话间,两列暗卫从长廊两侧小跑出来,停在卫韫两侧,每人手里都提着一人高的长棍,目光平静又冷漠。那些长棍,是从前卫家施行家法时用的。卫家已经多年不曾行过家法,柳雪阳抬起头,冷冷地道:"我不能放纵你们,让你们将卫家的名誉毁了。"

"名誉?"卫韫忍不住笑出声来,"若是没有她,你连命都没了,还有机会站在这里说什么名誉?!"说着,他的声音冷了下来。他头一次失了理智,再不想克制和平衡,他定定地看着柳雪阳,嘲讽道,"您这样的行径,与那些忘恩负义的小人,有什么区别?!"

"你放肆!"柳雪阳怒喝,"莫要再胡言乱语!你给我回屋去!"

"我不会回去。"卫韫转过身平静地道,"今日除非你打死我,否则我一定要去找她。"

就在他提步的瞬间,一名暗卫手中的棍子便狠狠砸了下来。卫韫背上挨了这一棍,被打得一个踉跄,差点跪了下去。卫夏焦急地道:"老夫人,王爷身上有伤!"

三十一 阿瑜,我回来了

柳雪阳没说话。她咬着下唇,眼泪簌簌而落。她不明白。她是真的不明白。不过是少年人的情意,过几年就忘了,再过些时候就散了,何必这样执着?有什么情意会比名声更重要,比清誉更重要?

她不喊停,暗卫们便不敢停。卫韫每往前一步,大棍就会落下一次。他撑不住了,摔倒在地,又撑着自己站起来。大棍再次落下,他再次被击倒,却还是要站起来。视线有些模糊,连呼吸都觉得疼。渐渐他从走变成了爬。他听见了卫夏的求饶声,听见了卫秋的争辩声。他一梯一梯爬过王府门前的台阶,喘息着站起来,那时他已经什么都听不到了。

门外大雨滂沱而下。而后他便看见了刚刚回来的蒋纯。蒋纯呆呆地看了他片刻,猛地反应过来,急道:"她去青州了,从东门出去的!"

卫韫来不及回应,他依靠本能翻身上马,便朝着东门奔了过去。

卫韫整个人趴在马上,感觉胸腔处疼得让人发抖。他死死地抓着缰绳,一路冲出白岭,上了官道。算了算行程,他掉头上山,抄着近路急赶。卫秋和卫夏追在后面,然而卫韫打马极快,似乎完全忘记了自己身上的伤。许久之后,他的视野里终于出现了一辆摇摇晃晃的马车。

卫韫从山坡上俯冲而下,将马稳稳停在马车前方,逼得马车急停。楚瑜坐在马车里,心里咯噔一下。她卷起车帘,便看见了坐在马背上的人。他的衣衫凌乱,还沾染着血迹。他就这么静静地看着她,漂亮的眼里无数情绪交杂。

两人在夜里无言地对视,车盖檐下的小灯笼在风雨中轻轻闪烁着。卫韫看着楚瑜素净平和的面容,好久后,才沙哑出声:"我回来了。"

——阿瑜,我回来了。

听到这句话的瞬间,楚瑜的手忍不住颤抖了一下。可她克制住自己,只是笑起来,温和地道:"你怎么回来得这样快?"

"……我想你。"卫韫艰难地笑开,雨水打湿了他的衣衫,冲刷着他身上的血迹,"战事一歇,我就想你,所以我没有休息,一路赶了回来。我想早早见到你。"他红了眼睛,撑着笑容,"你看,我这不是见到你了吗?"

楚瑜没说话。马上的青年强撑着笑容,等着她的回答。突然,他似乎是再也撑不住了,颤抖着声音,慢慢道:"阿瑜,今夜雨太大,我们回去吧?"

然而说完这句话,他却是先哭了。他抬手捂住自己的脸,趴在马上,低鸣出声来。其实他不需要她的回答,在听到她已离开时,他就已经知道了她的答案。楚瑜的性子他清楚,她走了就不会回头,若是要回头,当初她便不会走。

645

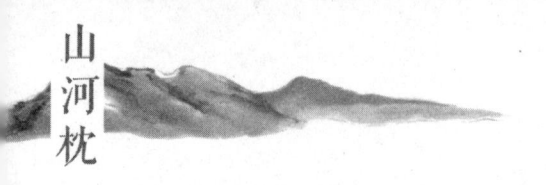

可他还是追了过来，还是想将这句话问出口。哪怕得不到她的回应，甚至被她拒绝，他都还是想要告诉她。他想留下她，他不想她走。

"我若真的为你留下，你会让我留下吗？"卫韫微微一愣，楚瑜温柔又无奈的声音传来，"我会留在卫府，日日受着你母亲的气；我会因她是长辈而敬重她，不忤逆她，却会将所有的怨气放在心里。一日，两日。一年，两年。"说着，楚瑜低笑出声来，"怀瑜，这样的生活，上辈子我已经经历过了。再美好的感情在这样的蹉跎之下，都会变得面目全非。我很喜欢现在的你，我也很喜欢现在的自己。我并不是离开你，怀瑜。我只是想换一种方式和你相爱而已。"

卫韫没说话，他慢慢抬起头来，通红的双眼看着楚瑜。楚瑜叹了口气，放下车帘，同车夫道："起程吧。"

马车摇摇晃晃，在与卫韫擦身而过的瞬间，他猛地回头，跳到了马车上。马被惊得高高跃起，卫韫冲进马车，一把抓住楚瑜的手腕。楚瑜抬头皱眉，训斥的话尚在口中，就听见卫韫沙哑地开了口："你答应我……你答应我，你会等我。"

楚瑜轻笑："我当然会等你。"说着，她抬手梳理卫韫的头发。卫韫在她的怀里，闻着她身上的气息，听着她平和又从容的声音传来，"怀瑜，我本来也不该是留在内宅里的人。等待都是双方面的。你等我，我也会等你。想你的时候，我会来见你。"她似乎是一个温暖的来源地，在雨夜里给了他无数慰藉的力量，"你想我的时候，也可以来找我。我喜欢你这件事，不会有任何改变。"

卫韫静静地抱着她，许久后，他终于出声："好。"说着，他似乎是怕自己会后悔一般，猛地站起身，掀开车帘走了出去。楚瑜听见车外传来马的嘶鸣，过了片刻，她终于有些麻木地问："人走了？"

没有人回答。楚瑜有些奇怪，她卷起车帘，然而也就是那一瞬间，一股巨大的力从外面抓住她的手，猛地将她拽了过去。随后一个温热的唇就印了上来，他坐在马上，按住她的头，缠绵又粗暴地吻着她。顾不得周边有多少人，顾不得正有大雨倾盆而下，雨水沾湿了她的睫毛，她闭上眼睛，承受着他所有的力道，感受着那唇齿之间的眼泪和不甘。许久后，她甚至觉得唇上都有了痛意，他才放开她。他将额头抵住她的额头，认真地道："楚瑜，我许你——他日我入华京，必十里红装，上门求娶。"

楚瑜睁开眼睛，笑了开来。她的眸色深沉："你若敢来，我便敢嫁。"

"好。那便等着吧。"卫韫看着她的笑容，声音温柔下来。他抬手覆在她的脸上，面上亦含了笑，眼里却全是不舍，"你放心，你回来时，你顾虑的事情，我都会解决好。"说完，他看了看天色，怕再耽搁下去，自己就再舍不得走了。他闭上眼睛，"保重。"而后

三十一 阿瑜，我回来了

便转身扬鞭打马，疾驰而去。

楚瑜站在马车车头，回头看着那在夜色里没有回头的青年。许久后，她抬手抹了一把脸上的雨水，回到了车里，平静地道："走。"

卫韫刚回到王府，便看见卫英站在门口等他。算起来卫英也是卫韫叔叔辈的人了，虽然是家臣，但卫韫平日也是给足了他面子的。他似乎是等了许久，卫韫刚一进门，他便道："老夫人哭晕了。"卫韫一愣，片刻后，他冷静下来，立刻转身朝柳雪阳的房间走去。

柳雪阳正躺在床上，桂姨给她喂着汤。见卫韫来了，她挣扎着想起身说点什么，话却戛然止于卫韫的神色。他的神色很平静。他明显是哭过，可此时此刻，他面上却已经是什么表情都没有。这样的平静让柳雪阳害怕，她颤抖着唤道："小七……"

卫韫没有回答，他手里握着鞭子，走到她身前："我知道，您觉得我和阿瑜有错。您是我母亲，我不能忤逆您，可我也不能忤逆自己的心。我犯了错，那就该罚，罚完之后，还请母亲……宽恕儿子。"柳雪阳的眼里带了惶恐，卫韫的神色却依旧平淡，"我与阿瑜的感情，错都在我。若是当罚，亦当是我。是我对不起大哥，先喜欢了阿瑜，此乃一错。"

说话间，卫韫猛地扬鞭，抬手就打在了自己身上。柳雪阳惊得睁大眼睛，慌忙去拉他："你这是做什么？！"

卫韫神色不动，只是让人将她拉开。卫秋和卫夏犹豫了片刻，卫夏刚上前两步，两边的人顿时剑拔弩张。这时却是侍奉在柳雪阳身边的蒋纯站起来，握住了柳雪阳的手。

卫韫垂下眼眸，接着道："喜欢了不能克制，想要惊扰她，这是二错。"

卫韫一条一条数着自己的罪状，鞭子一下一下地抽上他的身子。惊扰她是错，逼她是错，让她也喜欢上了他是错，偷偷摸摸藏着她是错。没有三媒六聘娶她是错，隐忍也是错……他有千错，有万错。可是与她在一起，却是没错。

他身上的衣衫裂开，血肉露出来，伤口狰狞，鲜血淋漓。他面色苍白，柳雪阳在一旁看得哭闹不止。蒋纯死死地压住了她，神色亦很平静："母亲，这是小七的选择。"

"什么选择？！"柳雪阳猛地回头，"他这是在认错吗？他这分明是在罚我！"他知道他是她唯一的儿子，知道他是她生命里仅剩的意义，他不能与她动手，就用这样的方式，伤她三分，却自伤七分。柳雪阳常听别人说卫韫狠，可这是她头一次发现，原来自己的儿子，是真狠。

蒋纯不再劝，垂着眼眸，压着柳雪阳，眼看着卫韫抽完了九十九鞭。当年卫忠在的时

647

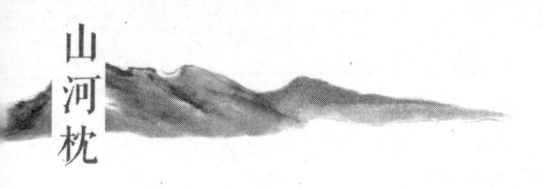

候曾定下规矩,九十九鞭,这就是他们卫家几位公子在家法中能受到的最重的惩罚了。

受了九十九鞭之后,卫韫已经没有任何力气,血肉混杂着落在地上,他喘息着,撑着自己慢慢站了起来。"我的错,我认……我认完了我的错,"说着,他静静地直视柳雪阳,"母亲是不是也该认错了?"

柳雪阳没说话,卫韫轻笑起来,神色里已带了几分苍凉:"父亲当年说过,错了不要紧,怕的是不知自己的错,更怕知错却不改。我们卫家没有这样的人。您是卫家的老夫人……不该以身作则吗?"

柳雪阳颤抖着身子,好久后,她突然从卫韫手里抢过鞭子,猛地抽在了自己身上!屋里惊叫一片,柳雪阳咬牙睁开了眼睛:"忘恩负义,是我的错。我当同她说声对不起。"

"同谁说?"卫韫步步紧逼。柳雪阳捏紧了鞭子,一字一句地道:"楚瑜。"

听到这话,卫韫仿佛是突然累了一般。他点点头,转过身,没再说一句话,只是疲惫又狼狈地朝外走去。众人没有料到他的反应,一时竟无人上前阻拦。柳雪阳终于没忍住,叫住了他:"小七!"卫韫顿住步子,"你做这些……就只是为了给她讨个公道吗?"

"不仅是为她讨个公道。"卫韫抬头看向屋外的天空,语调轻飘飘的,仿佛在说着什么无足轻重的事,然而那言语的分量,却让众人沉默了下来,"……也是为了堂堂正正去爱她。过去做错的,我负责。母亲,我爱她这件事,从今日开始,堂堂正正,正大光明。谁都不能阻拦,您也不能。"

卫韫拖着自己的身子走到楚瑜的房间门口,让人留在门外,自己走了进去。

房间里还留着一片狼藉的模样,他坐在床前的台阶上,沉默不语。他也不知道自己还能做什么。他在这夜里静静地看着屋子里的月光,好久后,他挣扎着爬上床去,想象着楚瑜仍躺在自己身边,闭上眼睛,伸出手去,装作是在抱着她。然而过了许久,他终于还是忍不住蜷缩起身子,无声地哭了出来。

卫秋和卫夏站在门外,卫夏忍不住小声道:"要不劝劝王爷先把伤口包一下……"

卫秋抬头看了他一眼:"你去。"

"你这混蛋,所有难办的事都要推给我!"

终于卫夏还是看不下去,摔袖去找了沈无双。沈无双赶来时,卫韫已经昏死过去。沈无双低骂了一声:"我这是做了什么孽,认了他当主子?!"说完,他的针就扎了进去。

折腾了一天一夜,卫韫才悠悠转醒,柳雪阳坐在他床边哭道:"你这是做什么?你就拿自个儿这么逼我吗?"卫韫见到是她,只是疲惫地闭上眼睛,什么话都不说。柳雪阳也知晓此刻卫韫不想见自己,见到他醒来,也不好多留,咬紧唇起身走了。卫韫这才终于开口，却是问沈无双："要养多久？"

"皮外伤不是大事。"沈无双见惯了大风大浪，淡道，"但最好内调一下。你挺厉害啊，九十九鞭，没把自己抽死？"

"我自己动手，有数。"卫韫的声音平淡，转头看向卫夏，"准备一下，明日起程回惠城。"

"王爷！"卫夏终于忍不住跪了下去，"您可好好消停着吧！"

"不用赶得太急，我可以在马车里养伤。但惠城刚打下来，不能松懈。我与顾楚生有约，五个月内必取青州，拿下姚勇，不能再拖了。"

众人知他说得在理，都沉默了下去。沈无双笑了笑，露出一口白牙："别担心，你们王爷身强体健，厉害着呢，再来九十九鞭都行。"说完，他站起身，也摔袖走了。他走出门没几步，屋里就听到了他的大骂声，"老子不管了，爱死去死吧！"

魏清平并没有刻意放缓速度等楚瑜，楚瑜追上她时已经到清水镇郊外了。清水镇距元城不远，不过一天路程。这个小镇地处山谷之中，与世隔绝，却也是从白岭去元城的必经之路。

魏清平随意找了个茶舍喝茶取暖，不承想刚坐下不久，楚瑜便到了。楚瑜的马车狂奔而至，魏清平就像知道她此刻会到一般，抬手给她倒了一杯茶："等一会儿你带着我们入城？"如今元城还是姚家的地盘，楚瑜准备的新身份刚好可以用上。

如今已经接近冬末，很快就要到春节，茶舍里人本来不多。但楚瑜和魏清平的人一来，顿时就挤满了整个茶舍，老板亲自出来招呼她们。老板一边忙着上菜，一边跟两人攀谈："最近这一带贵人多，不知道是发生了什么事，两位姑娘要小心啊。"

听到这话，两人对视了一眼。魏清平问道："什么贵人？"

"不知道啊。"老板低着头忙碌，"前两天有一批人，看着像华京来的，火急火燎的，喝了一口茶就继续往元城去了。"

楚瑜思索片刻，接着问道："为首之人可是一位长得颇为俊美的红衣公子？"

"您怎么知道？"老板有些诧异。楚瑜笑了笑："故人罢了。"

等老板走远，魏清平皱起眉头来："华京的人来这里做什么？"

"无妨。"楚瑜淡道，"是顾楚生。"

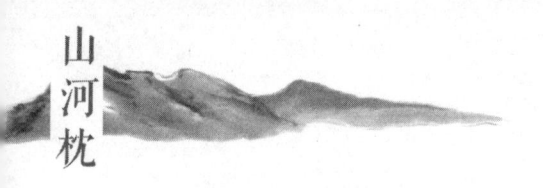

"顾楚生？"魏清平更加疑惑了，"他来这里做什么？"

大概……是来救灾的。当年这件事是顾楚生一手处理的，对于地震的细节，顾楚生比她清楚得多。如今青州被姚勇控制，也就变相属于赵玥，顾楚生自然要来护着。护好了，赵玥继续让他升官发财也说不定。而且顾楚生那人，百姓于他而言总是有分量的。他既然也是重生而来，不可能眼睁睁看着百姓受灾。

对于楚瑜的沉默，魏清平虽然有些奇怪，却也没有追问，知她有自己的考量和安排。两人又就着其他事聊了一下，便再次起程，一同往清水镇赶了过去。

如今已经接近夜里，按理说当地人都该回家了，却陆续有人从清水镇出来。他们大多背着行李，走得匆忙，看见楚瑜一行人，都向他们投来怪异的眼神。最初遇到几个，两人还只是觉得奇怪。等走到城门口，竟看见大批人都收拾了行李，正被官兵驱赶着出城，楚瑜便叫住人马，上前去询问："大娘，这些官兵是在做什么？"

"不知道咧。"那个年迈的女人委屈地道，"突然就来人让我们走，说是地龙要动了咧。可咱们这里好好的，从来没有地龙动过，谁知道官家是要做什么。怕是要打仗了，他们想要抢我们的粮食和地，找个借口罢了。"

这个女人这么想，其他人也会这么想。山下的士兵和一些年轻力壮的村民吵嚷着不肯走，官道上拥堵成一片。楚瑜皱起眉头，抬头看了一眼这里的地形。当年青州灾情具体严重到什么地步，一直是朝廷的机密。然而根据事后灾民的形容，这一场地震所造成的灾害是史无前例的。清水镇紧挨着当年的重灾区元城，而且这里又位于山谷之中，若是真的发生地震，后果怕是不堪设想。

这些事楚瑜能想到，更不用说顾楚生了，这才有了如今官兵要赶百姓走的事情。楚瑜想了想，低头道："大娘，我就是从华京来的，实话和您说，如今要变天了。"大娘愣了愣："变天？"楚瑜看了看四周，小声道："华京里祭司说的，这里马上会有大灾，能跑就赶紧跑吧，您可别告诉太多人，到时候各地都是逃出去的人，没有您的地儿了。"

听到这话，大娘顿时变了脸色。比起官府含糊其词的说法，这种从祭司嘴里透露出来的鬼神之说向来更令村民信任。而且这样的窃窃私语，更让传言增加了几分可信。大娘连连点头，和楚瑜分开后，她立刻找到自己的弟弟，小声道："走快着些吧，刚遇到一个华京来的贵人，说这次是真要出大事儿了！"

楚瑜刚和大娘说完，魏清平便来到她身侧，不远处的士兵开始喊道："到时候了，走了！"整个山谷里都回荡着士兵互相呼应的声音："到时候了，走了——"

楚瑜心头一凛。看来顾楚生是给他们规定了撤退时限的，这证明地震很快就要来了。还有一些百姓仍在和士兵纠缠，士兵不耐烦地道："你们想死就留下吧，我们先走了！"

三十一 阿瑜，我回来了

说着，士兵们开始拼命地想要往外跑。

楚瑜环顾了四周一圈，转头对魏清平说："你带着你的侍卫去将百姓往外撤，能带走几个是几个。"魏清平皱起眉头："什么？那你呢？"楚瑜笑了笑："你且等着吧。"说着，楚瑜已经拔腿往另一头跑了过去。

魏清平一脸疑惑地站在原地，看着百姓纠缠着不肯出城。过了片刻，一个男人正大声地骂着："这些官兵什么时候说话不骗人的？我就不信了……"话没说完，就听"轰隆轰隆"几声巨响，却是旁边一座小山上一块巨石翻滚着落了下来！这一声响惊动了众人，这时才有人高喊："跑！地动了，快点跑啊！"人群一下乱了起来，所有人都在慌不择路地四处乱窜，魏清平却看见方才那巨石滚落下来的方向隐约有一个熟悉的身影。她这才算是明白了楚瑜的把戏，赶忙冲上去领着侍卫排在两边，费劲地组织百姓有序出城。

楚瑜站在小山山顶，脚下是个巨坑。方才那块大石头就是她撬下去的。她远远看着人流疏散出城，魏清平转头朝她遥遥大喊："别闹了，回来吧！"

"来了！"楚瑜回应了一声。然而也就是在这时，山里突然奔出无数动物，飞鸟腾空而起，接着地面就突然颤动起来。魏清平和楚瑜的脸色都一白，楚瑜大喊："跑！"

顷刻间，天崩地裂，地动山摇，谁都顾不上谁，只见泥土尽数从清水镇四周的山上倾滚而下，山崩如急流，朝着山下的人群冲了过去。人群惊叫，恍如末日瞬间袭来。魏清平被人群裹挟着一路狂奔，直到奔出数里，来到一片开阔的平地，她才顾得上回头去看那已经塌了半边的山。她猛地反应过来——楚瑜还在那里！

元城，地震开始之前，顾楚生已经尽量说服百姓出城，来到安置点。然而当动物开始奔逃，地面开始震动，人群还是慌乱了起来。顾楚生被侍卫围着，再一次感受着这来自自然的力量，心跳得飞快。他敢赌，但他不是不怕死。他还有许多事情没有做，重生回来，他还有一个人放不下。这辈子，他还不甘心死去。他这样早已经历过一遭生死的人尚且如此，更不要提那些普通百姓了，哭声和惊叫声一瞬间就淹没了这个城池。

顾楚生站在人群中，捏紧了拳头，深深地呼吸着。突然，地面断出一条裂缝，站在边上的人瞬间掉了下去，惊叫声更大了。生死终于再次变得如此清晰，顾楚生的手忍不住微微颤抖。

地震的时间很短，然而对于当地的每一个人来说，却十分漫长。等到大地终于平息，有些人瘫软下来，有些人抱在一起痛哭流涕。顾楚生的面色有些苍白，周围的侍卫也都面露后怕，颤抖着声音道："大人……"

"吩咐下去，今夜都不能进城，还会有余震。让甲组领着大夫队伍去看伤患，乙组统计死亡人数和需要救援的人数。"他的声音平稳，在夜里仿佛一根定海神针，让众人冷静了下来。当夜，大家都没敢再进城，顾楚生坐在人群里，听着哭声，听着那些因亲人受伤或者死亡而发出的哀号，感到自己再一次身处炼狱之中。神不度众生，佛不度众生，唯有众生自己，以血命来度，过此苦海无间。

那一夜，青州、洛州相继大震，周边多地均有震感，大楚上下无不陷入巨大的惶恐之中。百姓私下里纷纷传言，德不配位，天降灾祸。

地震发生时卫韫刚刚到达惠城。惠城也是重灾区之一，因为有顾楚生的提醒，他也早早做了安排，找了理由将百姓都带了出来。第二日他便着手清点受灾人数，并派陶泉计算粮草、药材的库存。他身上的皮肉伤已经好了许多，只是还在结痂。陶泉同他汇报了物资分配情况，叹了口气道："事情已经安排妥当，王爷也不用太过忧心，还是养伤要紧。"

两人正说话间，卫秋急急地进帐来报："王爷，出事了。"他的声音里带了些颤抖，"昨晚清水镇发生泥石流，全镇都被埋了。"

"死伤多少？"

卫秋单膝跪下，艰难地道："暂无死伤人数统计，但是，大夫人在那里。"

"你说什么？！"

"我们的人昨夜赶回来回话，他们说，地震时大夫人正在清水镇救灾，百姓都出来了，大夫人没来得及……"

卫夏的话没说完，卫韫已经冲了出去："备马！带上沈无双，点天字组的人跟我走！"陶泉慌忙跟上，语速极快："王爷！此事急不得！如今元城还是姚勇的辖地，您千金之躯……"

"陶先生，"卫韫回头握住陶泉的手，认真地道，"惠城我交给您，我必须亲自去找她。"他的神色太认真，陶泉不禁愣住了。很快，他明白强争无用，叹了口气，拱手道："微臣领命。"

卫夏已经牵了马来，沈无双也背着小药箱赶到了，还不住地喘着气，然而卫韫已经等不得他们，翻身驾马便赶了出去。

三十二　这天下，只喜欢你一个

魏清平留了人去找楚瑜，自己赶了一夜的路，终于来到元城。她在这些事上没经验，无人可求助，想到之前是顾楚生预见到的地震，便毫不犹豫地找他来了。她赶到元城时，顾楚生正在听属下汇报灾情，她的突然出现让他有些诧异："清平郡主？"

"你这边的人够用吗？"魏清平喘着粗气，"借几个搜救好手跟我去找人。"

"您要找的是……"顾楚生有些犹豫。魏清平并不清楚他与楚瑜的关系，只当他与卫韫之间有协议，便压低了声音道："楚大小姐……就是……卫大夫人。"谁知，顾楚生闻言猛地抬头盯住她，声音都带了颤抖："你说谁？"她继续小声道："楚大小姐楚瑜，她昨夜与我一起在清水镇救灾……"话没说完，顾楚生已经把手中的册子往侍卫手中一扔，迅速交接了手头的事务，便直奔清水镇而去。

魏清平不明所以地被留在了元城协助赈灾，顾楚生则领着人一路追到了楚瑜失踪的地方。此时这里已被黄土掩埋，一片狼藉。顾楚生站在空无一人的山谷里，大喊出声："楚瑜——"声音在山谷里飘荡开去，然而，这里仿佛一个巨大的坟场，没有任何人回应。

搜救的队伍领着猎犬一寸一寸嗅探，顾楚生就跟在他们身边，一声一声叫着楚瑜的名字。周围的人看不下去了，一个跟来做向导的老者叹了口气道："顾大人，遇到这种天灾，活下来的都是万幸，您别……"

"万幸？"顾楚生的喉咙已经哑了，因一夜未眠，眼里还带着血丝。他盯着那老者道，"元城这么多人活下来了，清水镇这么多人活下来了，大家都活下来了，怎么到了她这里，就是万幸？！"他说着，有些茫然，捏起拳头，手微微颤抖，"……她该活下来。她这么好的人，谁死了都不该她死。该死的人是我……该死的，是我这样的人……"

"顾大人……"那老者看着他的模样，心中实在不忍，"我们还活着，都是因为您在啊。都是托您的福……"

"因为我在……"顾楚生呢喃着这句话，看看那早就变了样貌的山谷。这一场地震，震中其实是在清水镇，上一辈子受灾最严重的，也是清水镇。全镇上下五百多户人家，几乎都埋在了里面。因为是全镇绝户，当年朝廷根本没有来赈灾，因为清水镇已不需要救，也没办法救。反而是灾情相对不那么严重的元城，才是当年朝廷赈灾力量投放的主要地方，因为在元城至少还能回来几个人。

此时此刻，他站在这里，站在当年被他和朝廷放弃了的地方，看着山脚下已经被泥土掩埋的村庄。当年死去的人，这一次都活下来了，她却没有，因为他不在她身边。他救下来那么多人，却独独没有管到她。愧疚和绝望一起涌上来，顾楚生疼得有些佝偻。

——她一定是逃出去了的，他安慰着自己。她多么有福气，她是个多么厉害的人。她无数次地面临绝境，又无数次地爬了出来。想到这里，顾楚生站起了身子。

泥石流冲下来时，想要逃生肯定得往两边跑，顾楚生朝着右边高一点的山走去，侍卫焦急地道："大人，别走太远……"也就是这一瞬间，地面突然开始颤动，顾楚生毫不犹豫，几乎是凭借着本能就朝着最近的高处冲了过去！众人也都开始本能地四处奔逃，想找到一个安全的地方。

顾楚生刚刚攀到高处，第二波震动刚好袭来，他脚下一个不稳，便顺着斜坡滚了下去！他滚到一处崖边，衣服挂住一根树枝，一只手死死地抓住一块石头，整个人悬在了半空中。手中的石头随着地面一起震动着，随时可能掉落，顾楚生咬紧牙关，想要去抓更多的东西。然而也就是在这一刻，石头无法承受他的重量，终于彻底崩离了泥崖。

顾楚生快速坠落下去，他似乎猛地撞上了什么东西，下意识地用手臂和腿护住了自己。只听"咔嚓"一声，他又接着下坠。剧痛从腿上传来，即将落地的一瞬间，一道马鞭突然卷到他的腰上，有人将他拉扯到了半空中。他喘息着抬头，看见一个姑娘一手提着马鞭，另一只手握着剑柄，剑身直直插入两块大崖岩的缝间。她踩在两块石头上，正笑眯眯地看着顾楚生。

她穿着黑色的长裙，但广袖已被布带卷起，束成了干净利落的劲装。她站在高处，脸上还带了些土，看上去颇有几分狼狈。然而她的笑容明朗如斯，犹如云破日出，看得人心瞬间亮堂了起来。

"阿瑜……"顾楚生睁大了眼。楚瑜笑起来："哟，顾楚生，是你呀。"说着，她将鞭子松开，顾楚生落到了地上。她从高处跳下来，将鞭子收回腰间："你怎么来了？"顾楚生的脸色苍白，楚瑜半蹲下来，看见他捂着自己的膝盖，忧心地道："伤着哪儿了？"

"小腿。"顾楚生吸了一口气，随后道，"我们赶紧先走，这里危险。"楚瑜应声，径直将他背了起来，赶紧往开阔的地方走去。看见她的行动矫健有力，顾楚生放下心来，知道她定是没有事的。楚瑜一边背着他往远处的河边走去，一边道："你不是应当在元城救灾吗？来这里做什么？"

"魏清平来找我，说你出事了。"顾楚生的声音平静，也听不出这伤势对他的影响。他只是有些奇怪，"你怎么会在这里的？"楚瑜笑了笑："地震来的时候我刚好在山顶，当时山顶在往下塌，我一路躲着跑，结果就躲到了这断崖来。"

顾楚生听着，有些疲惫地松了口气："你没事就好。"

这话让楚瑜一下子没法接，她沉默了很久，终于才道："其实你不用亲自来找我的，你要是出了什么事，后面赈灾的事情谁来处理？"

"这时候你还能操心这些，"顾楚生嘲讽道，"大夫人真是为国为民。"然而他刚说出口，又有些后悔，疲惫地靠在楚瑜背上，好久后才重新开口道，"我听说你离开卫府了？"

"嗯。"楚瑜已经背着他来到河边，应了一声，便将他放了下来，"我先去找几根树枝来给你固定住腿骨。你饿不饿，待会儿我抓条鱼给你吃？"顾楚生低着头不说话，楚瑜抬眼看了看四周，又道，"那就这样安排吧。吃了东西，我们继续往上游走，走一段路应该就会有村子了。"说着，她便去找来树枝，用随身带的匕首划开他的裤腿，检查了伤势，接着又为他处理伤腿。

顾楚生静静地看着她。整个过程里，楚瑜的神色坦坦荡荡，没有半分促狭，也没有温情。她像是面对着一个再普通不过的朋友，他受了伤，她帮助他，仅此而已。接着，楚瑜站起身，提步去了河边："我去抓鱼。"

顾楚生没说话。他的目光落在她身上，看着她走到河边，用匕首将树枝削成尖头，做成一柄鱼叉。他骤然发现，她是真的走出去了。这一段感情里，她已经脱身得干干净净，甚至连怨恨都不剩了。她与他之间，已经没有任何瓜葛，只是他还独自停留在原地，作茧自缚。

楚瑜叉了鱼上来，生起火烤着。顾楚生静静地看着她，一言不发。不一会儿，楚瑜将鱼递给他，抬眼道："……我死了之后，你过得好吗？"顾楚生刚接过鱼的手微微一颤，随后垂下眼眸，有些嘲讽地笑开："若是过得好，我还会在这里吗？"

楚瑜微微一愣，随后却是笑了："你是怎么过来的？"他的声音平淡："被卫韫杀了之后，睁眼就是十六岁。"闻言，楚瑜却是好奇了："你是被卫韫杀了？"顾楚生似乎也不曾觉得不堪："嗯。你死后，我又活了三十年。我几乎熬不住了，也不知道自己活着还有什么意义。皇帝昏庸，卫韫意图谋反，我力保陛下，最后被他所杀。"

顾楚生力保赵氏而死，楚瑜倒不觉得奇怪，他们顾家一向对皇室正统血脉忠心。顾楚生虽然和顾家人不太一样，骨子里仍旧是个地道的保皇派。楚瑜皱起眉头："那如今，你

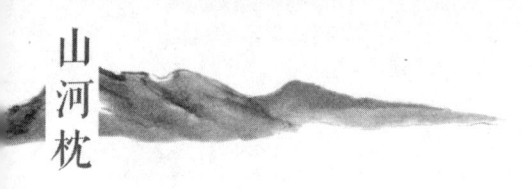

却要反了赵玥？"

顾楚生没说话，他看着跳跃的火种，神色冷漠。片刻后，他说："阿瑜，我的忠诚不是没有底线的。为着朝廷，为着他们赵氏，我已经努力了一辈子。重生回来的时候我就想，这一辈子，我只为你。"

楚瑜呆了呆，她垂下眼眸，转动着手中串着鱼的树枝，好久后，终于道："楚生，人一辈子从来不是为了哪一个人，而是为了自己。你活着，便该学着为了自己而活。一个人有所求，但也有其责任。你承担自己的责任，你不伤害别人，做到以上两点之后，你就可以求你所求。你喜欢做什么，便去做什么。"

"我喜欢你。"顾楚生执着地看着她，"那我当如何？"

楚瑜抬眼："那你就喜欢。可你要知道，你的梦想、你的责任，你当做的、不当做的，不会因我而发生任何改变。喜欢是一件很纯粹的事，我不介意你喜欢我。只是，这份喜欢你该放在你自己的世界里，我不会回应你，你也不能强求。而你也不必为了我去改变你的人生，你依旧是你。"

"那又算什么喜欢？"

"你知道我离开卫府是为了什么吗？"

"为什么？"

"因为楚瑜志不在后宅，更不会向谁低头。我喜欢卫韫没有错，可我不会为他改变自己，不会委曲求全。顾楚生，你喜欢谁不喜欢谁，与我无关。只是，认识你这么多年，我希望你过得好。"

顾楚生静静地看着楚瑜，好久后，却是道："可是除了你，我无所求。"楚瑜笑了笑："那么，等日后，你再同我说这句话吧。"说着，她站起身将他背起，淡道，"走吧，我带你出去。"

顾楚生靠在楚瑜的背上，听着她的心跳，想起了那些年，好多次，她都是这么背着他。他顾家本就是书香世家，骑射舞剑他也就学过一些皮毛，摆摆花架子还行，和楚瑜这样从小打磨出来的人却是完全不能比的。当年在昆阳当县令，他结下太多仇家，好几次被追杀受了伤，就是楚瑜这样背着他跑，一路跑一路骂，骂他惹事，骂他又给自己找麻烦。

那时候无论她怎么骂，他都知道，安全了。楚瑜从来不会背叛他，也不会抛下他。然而如今，她背着他，却不再骂他了。顾楚生不由自主地捏紧了拳头："阿瑜，你说句话吧。"

"上辈子，我死了之后，发生了什么？"楚瑜随口问道，"和如今相比，变化大吗？"

"也不大吧，"顾楚生闭着眼睛，"北狄被卫韫打到几乎灭族，剩下的人一路往西走,后来联合陈国又打了回来。有人举事,有人叛乱,一直打来打去,没有消停过。其实,大楚本就积弱,要不是卫韫硬撑,早就完了。后来辅佐幼帝登基,我和他共同摄政,终于安定了几年,但幼帝很快长大,被宦官怂恿亲政,卫韫还权之后,小皇帝就开始作死。好不容易稳下的江山又开始动荡,卫韫便举事了。"

顾楚生慢慢说着上辈子的事,楚瑜静静地听着。就在两人赶路的同时,卫韫也到达了清水镇。如今的清水镇根本看不出任何活人的踪迹,他们站在一片泥泞中,都觉得胆寒。自然的力量,比任何一支军队都更可怕,见着这让尸骨都不见的力量,卫夏忍不住道:"王爷……这……"

这救不回来了吧?卫夏的话没说出口,众人却都明白了他的意思。卫韫看着眼前的景象,却是道:"她还活着。"说完,他转过身,迅速朝高处找去。卫秋着急地唤他,他却不答,一路奔到山顶,仔细勘察着凌乱的足迹,终于找到了顾楚生落崖的地方。他看了一眼泥崖下面断落的树枝,转头对跟上来的人吩咐道:"卫秋,你带猎犬留在这里找人。卫夏,你带人去找到这泥崖下面的出口,在出口等我。"卫夏愣了愣,随后便听卫韫又道,"找根绳子来,我下去看看。"

"王爷,我去吧。"卫秋连忙出声,卫韫抬眼看了看他,他明白卫韫的意思,皱着眉头,却是不敢说话。

拿来了绳子,卫韫将绳子一端绑在自己身上,另一端绑在附近的一棵大树上,便顺着泥崖爬了下去。泥崖边有藤蔓,他抓着藤蔓和石头,借着轻功快速下落。不到一刻钟,他便到了崖底,首先看到的就是楚瑜的剑在崖壁上留下的痕迹。他克制住激动,解开身上的绳子,顺着足迹找了过去。赶了约莫半天的路,他终于看到一个背影,那人似乎还背着一个人,两人正在说着什么。卫韫叫出声来:"阿瑜!"

楚瑜顿住步子,回过头去,便看见卫韫站在她面前。他身上的衣衫被挂得破破烂烂,大氅上也沾了树叶,头发凌乱,看上去狼狈不堪。然而他看着她,眼里溢满了欣喜。楚瑜轻轻一笑,温和地道:"你怎么也来了?"说着,她放下顾楚生,直起身来,"你……"

话没说完,青年大步走来,猛地将她抱进了怀里。他没有说话,可他抱着她的双臂是那么用力,仿佛再一放开,就会失去。楚瑜靠在他怀里,好久后,终于抬起手来,轻抚着他的背,柔声道:"我没事。"卫韫不语,她反复道,"我很好,我没事,你别怕。"

卫韫在楚瑜的反复安抚下终于停止了颤抖,慢慢放开了她。他上下打量着她,好久后才松了口气。他似乎想说什么,最终却转头看向顾楚生,有些诧异道:"顾大人?"

顾楚生正闭着眼睛坐在地上,听见卫韫叫他,慢慢睁开眼睛,平静地道:"卫王爷。"卫韫本想问他为什么在这里,然而还没开口便反应了过来。自己身在惠城都赶过来

657

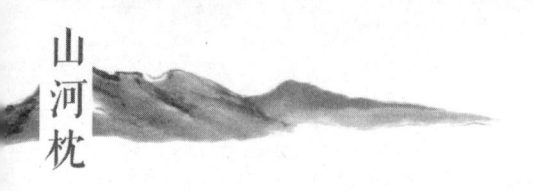

了，更何况是身在元城的顾楚生？他抿了抿唇，终于道："我背顾大人回去吧。"

顾楚生没有应声，卫韫背起他，转头同楚瑜道："卫夏在山谷外面等我们，我们走吧。"楚瑜笑了笑，跟了上去，完全压不住唇边的笑意，询问着卫韫惠城的情况。她突然想起了什么，转头问顾楚生："顾大人为何会亲自来赈灾？"

顾楚生睁开眼："我怕我不亲自来，下面的人不听话。而且，赵玥若是知道了灾情，怕会为了逼你们就范而不肯赈灾。所以……我把给姚勇的军粮弄了过来。"听到这话，楚瑜大为诧异，卫韫也皱起眉头："那你怎么办？你这样做，赵玥不会放过你。"顾楚生冷笑："他又能把我怎么样，还能杀了我不成？我押送军粮，半路救灾，我有错？"

楚瑜有些担忧："但，日后赵玥恐要提防你了。"顾楚生的声音冷漠："他如今就不提防我？他那样的人，这辈子又信得过谁？他只信利益。"卫韫和楚瑜一时无言。许久后，楚瑜叹了口气："好了，别想太多。你先休息吧。"

路比想象中的更加漫长，走到黄昏，他们也没有看见卫夏，倒是见到了一间茅庐立在远处。卫韫看了看天色，同楚瑜道："怕是有雨，我们先歇息吧。"楚瑜点点头，同他一起走了进去。敲响大门，却是一个老者开了门。

老者头发雪白，身形佝偻，看上去已是古稀高龄了。卫韫恭敬地说明来意，又想给老人银子。老人看了银子一眼，摇了摇头道："你们进来吧，能自己做饭就行。"三人连连道谢，进了茅屋。

卫韫常年在军营，走到哪里都和属下一起动手生火做饭，此刻便钻进灶房忙活起来。楚瑜安置好顾楚生，坐下来同老人聊天。房屋不大，老人的声音清晰地传到灶房中："我叫李谋，以前是元城郊外种地的。我有三个儿子，八个孙子，还有重孙，年纪大了，记不太清……"楚瑜好奇："那他们人呢？"老人轻叹一口气，没有说话。顾楚生皱起眉头："莫不是他们遗弃了您？……我去找他们，一定要按律处置！"

"抛弃？"李谋愣了愣，随后赶紧摆手，"不不，我不是被抛弃的，我是自愿出来的。……我活得太长了，八个孙子里五个充了军，重孙也都上了战场，家里就剩几个女眷和老人，我还留在家里做什么？税赋重，天天打仗，家里的孩子都吃不饱，我不想麻烦他们。反正已经到这个年纪，我死了也没有遗憾，便自己出来了。这屋子我也不知道是谁的，见它空着，便占了来住。我还干得动活儿，屋外栽了些小菜，我就等着自己什么时候能死，但是等啊等，我还在这儿。"

"他们不来看看您的吗？"顾楚生皱眉。李谋愣了愣，片刻后他苦笑起来："这兵荒马乱的，看了又能做什么？经常来看，万一什么时候不能来了，我心里还难过，倒不如一开始就不要来。"

三十二 这天下，只喜欢你一个

听到这话，灶房里的卫韫顿住了手。他看着外面阴暗的天色，好久没有动作。顾楚生和楚瑜也沉默了下去。老人见到几人的神情，却是笑了起来："你们这些年轻人，多大点事儿就愁眉苦脸的。这不是什么大事儿。"说着，他慢悠悠地站起来拍了拍顾楚生的肩，"生死之外，均无大事。哪怕是生死，于这世间，也是了无痕迹的。"

老人的这番话并没有安慰到他们，吃饭的时候，几人都沉默着。好在这一顿饭里有楚瑜打上来的鱼，老人吃得高兴，连连说好久没吃到肉了。夜里，因为只有两间屋，便是顾楚生睡一间，老人睡一间。卫韫和楚瑜就在外间随便打了个地铺睡下了。

夜里冷，卫韫将大氅都盖在了楚瑜身上，又将她揽进怀里。两人即将入眠时，卫韫突然开了口："……希望这一仗早点结束。希望大楚早日迎来一个安稳的朝廷，谁做皇帝我都无所谓。我希望这天下的老百姓都有饭吃，希望这位老人家的孩子都在，有一天能接他回去，再不因为缺少粮食而让他自愿到山野里来。希望他们能想见面就见面，不用担心哪一天再也见不到家人了。……我希望，他们都能好好的，"说着，他抱着楚瑜的手紧了紧，"我们也都好好的。"

"快了。"楚瑜闭上眼睛，"小七，快了。"

休息了一晚，第二天清晨三人便重新起程。老人家送着三人出来，还给了三人一些小菜。顾楚生连连推辞，老人却还是交到了他手里，高兴地道："公子，元城边上的长乐村里，有一户家主名叫李乐的，拜托您同他们说，我都好，让他们别担心。"顾楚生点头道："老人家，您放心，我一定保证你们家粮食够吃，让他们来接您回去。"李谋叹了口气："接我回去就不必了，这世道不好，接回去了，没多久我还得再回来。公子，"他拍了拍顾楚生的手，语重心长，"乱世里，要保重啊。"顾楚生没说话，掂了掂手中的小菜，突然觉得有万斤重。

卫韫背着顾楚生，领着楚瑜走了很久，突然听到人声，三人抬头，便看见卫夏等人打马迎了上来。卫韫舒了口气，吩咐沈无双上来给顾楚生看诊，又安排了马车给他乘坐。他和卫夏确认了一下情况，再往前走就是元城了，抿了抿唇，转头看向楚瑜，突然笑了，伸手握住她的手，柔声道："我要回去了。……你接下来怎么安排？"

楚瑜本以为卫韫会请求她跟他一起走，听到这话，垂下了眼眸："我想留在元城协助顾大人赈灾。他截了姚勇的粮草，怕是会遇凶险。"卫韫没说话，只是握着她的手，好久后，才抬眼看她，眼里带了无奈："那你好好保重，别再这样犯险来吓唬我。"楚瑜愣了愣，悠悠看向他的眼睛。他的眼里明明带着思念和请求，他却将它们全都压了下去。他克制着自己的爱，没有任性，也没有要求她妥协。许久后，她小心翼翼地道："你……不带

659

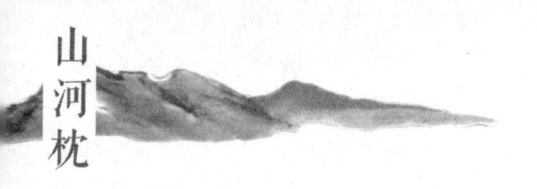

我回去？"

"你若说愿意，我此刻就带你回去。"卫韫伸手将她揽进怀里，闭上眼睛，"我怎么不想带你回去？我都想抢你回去了。只是，阿瑜，我知道，你不愿意。……你不愿意，我又怎能强求？"他顿了顿，终于道，"你想去哪里都可以，阿瑜，只要你记得回来。"

楚瑜笑出声来："说得好像我在外面花天酒地，你在家里独守空闺一样。"卫韫被她逗笑了，放开她，伸手扶正了她头上的发簪，而后双手笼入袖中，温柔地瞧着她："去吧，我送你离开，我再走。"

楚瑜低低应了一声，转身朝着马车走去。卫韫静静瞧着她的背影。然而她往前走了几步，突然顿住脚步，回头朝他冲过来。她伸手抱住他的脖子，逼得他微微弯腰，而后他便感到她温热的唇在他的脸颊上使劲亲了一下。楚瑜抬眼，认真道："卫韫，这天底下，我最最喜欢你，唯一只喜欢你。"说完，她便放开他，干脆地登上了马车。卫韫看着马车摇摇晃晃起程，呆呆地抬手覆在自己被亲过的脸颊上，好久后，他低下头，抿唇笑了起来。

马车里，楚瑜感觉自己的心跳得飞快。她靠着车厢，抬手扇着自己有些发热的脸。顾楚生低头发着呆，好久后，他才抬眼看向这个像小姑娘一样红着脸、亮着眼的女子，突然觉得她前所未有的漂亮。如果说她的上辈子活得促狭无知，这辈子的开始压抑阴沉，那么此时此刻，她就是将上辈子的那份洒脱和历经世事的包容与智慧，巧妙地融合在了一起。那是走过千山万水后的善良，也是历经黑暗绝望后的光明。

顾楚生突然很想知道，如果自己也能像楚瑜一样，走过、放下、圆满，那么他会变成什么样子？那个带着少年热血，又带着时光给予的沉淀的顾楚生，会是个什么模样？

"阿瑜……"他唤道，"你能不能，带我去看一看，这世界是什么模样？"——用你的眼睛，你的灵魂，带着我去看一看，走出了自己给自己画下的圈后，世间本该是个什么模样。

楚瑜愣了愣，随后笑起来："好啊。"

"十三岁左右的你，其实是个很心软的人。"楚瑜直起身来，眯着眼回想当年，"那时候我调皮，记得那年我和楚锦去你们家做客，我发现了一个蚂蚁窝，蹲在树底下捅它。你跑过来对我说，让我放了它们。你说，它们既然活在这个世上，便该有一条活路。"

"是吗？"顾楚生听着，想起自己的少年时，恍然觉得已经走过格外漫长的时光，特别遥远。楚瑜说的这些往事他只隐约记得，他能清楚地记得的事，大概都是从十六岁那年开始的。那一年顾家落难，为了保住家族，他亲自将父亲送进宫，然后又送上了断头台。父亲被斩杀那晚，他跪在淳德帝面前，面带笑意地俯首称臣。然而回家的一路上，他一个人躲在马车里，却是哭都不敢哭出声来。从那时候开始，顾楚生便告诉自己，做人不能付出太多感情。他不知道自己哪一天就要背叛，哪一天就要失去。人要冷漠一点——不付出感情，把自己当成最重要的，才能活得好。

无论如何，他本就是这样的人。一个能将亲爹送上断头台的孽子，这一辈子，又谈何仁义？他甚至有些记不清，到底是怎样的少年经历让他走到了今天，还是因为他本就是这样的一个人，所以才会拥有这样的过往？

马车摇摇晃晃，终于到了元城。楚瑜低头看着顾楚生手里的小菜，却是笑了："你要不要去找这位老伯的家人？"顾楚生一愣，犹豫了片刻，楚瑜却为他做了决定，"去找吧。"说着，她已为他撩起帘子。元城灼热的日光落进马车里，楚瑜回头看他，温和地道，"我陪你去。"

侍卫将顾楚生从马车中背出来，和楚瑜一起进了临时搭起来的"府衙"。此时百姓已经陆续回到城中，因为早有准备，此时临时府衙尚算完备，城中民居却塌的塌毁的毁，人员虽然伤亡不大，却有不少百姓在家园的残骸上痛哭出声来。这世道本就不易，一场天灾虽然只让他们损失了财物，但如今物比命贵，对于有些人家来说，已是浩劫。几人一同走在官道上，听着四处此起彼伏的哭声，楚瑜叹息出声，艰涩地道："顾大人，且好好听听这些哭声吧。"

顾楚生没说话。上辈子，他从来没有这么认真地去感受过百姓的痛苦，他从来不敢去听。他怕午夜梦回，会回想起那声音，无法安眠。然而如今，他却发现，这哭声和他想象中的尖利怨恨并不一样，而是一种深入骨髓的绝望和无能为力。在家国、命运面前，这些百姓的力量的确太小太微薄。他们无法躲避天灾，无法预知人祸。顾楚生头一次发现，原来和他们相比，自己早已成长为一个手握利刃的人；他们只能哭号，自己却已经有了抗争的资格。

几人来到府衙，魏清平已经在这里开了义诊堂。元城的人员伤亡虽不严重，但仍有许多人在强震中受伤，患者排成了长队。魏清平组织着侍卫安排他们有序问诊，顾楚生的侍卫走上去，有些焦急地道："郡主，您看看我们大人……"

"先去分诊。"魏清平头都没抬，"命无尊卑，重症先诊。"

"郡主！"

"就这样。"顾楚生开了口，他笑了笑，从容地道，"我们去排队吧。"

顾楚生的伤势并不算重，加之路上楚瑜已经给他做了很好的处理，此时便安心等在一边。下属过来向他汇报灾情，他一边听着，一边却是忍不住皱起了眉头。

楚瑜一直在外面帮着镇压骚乱、分配赈灾粮，到了夜里，正准备歇下，有人来报："楚大小姐，顾大人有事相请。"楚瑜愣了愣，看看天色，本想拒绝，然而想到白日里曾见顾楚生神色严肃，便知他定是有什么不能当着众人说的难处。她犹豫片刻，终是站起身，跟着侍卫走了出去。

顾楚生的腿此刻已经上了夹板，搭配着他的一身华衫，看上去颇为滑稽。楚瑜进来瞧见他的模样，笑出了声："不是断了吧？"顾楚生也笑了，摇着头道："托你的福，没断，休养半月就好。"说着，他将一本册子递到楚瑜手里，"这是如今元城的存粮。"

楚瑜打开册子，很快就皱起了眉。"元城的粮库几乎是空的，"顾楚生叹了口气，"粮食都被姚勇运走了，如今应当在青城作为军用。我这次带来的粮食，赈济一个元城还可以，但要赈济一个青州……"他有些发愁。

楚瑜静静地看着。青州是大楚境内受灾最严重的地方，接壤的白州、昆州、洛州都有不同程度的震感，但都不至于出现青州这样的灾情。可是，如果仅仅是受灾，青州不至于此。"一城粮库都被搬空……"楚瑜忍不住气笑了，"姚勇能耐啊。"说着，她很快反应过来，"那赵玥呢？你可写信了？青州他不管了？"

"他会管吗？"顾楚生抬眼，冷笑道，"他不再来制造些灾祸就已经不错了。"楚瑜知道顾楚生已是气极，没说话。片刻后，她道："我去借粮。"顾楚生一听，紧皱起眉头："现在谁借给你？总不能让卫韫、你大哥借给你吧。现在人人都看得明白，赵玥是打算用青州耗死你们，如今粮食就是命，还是想想其他办法。"

"若是只靠我大哥和卫韫，那的确是勉强了。"楚瑜笑起来，"但若如今自立为王的各地诸侯每一家都借给我们一点呢？你从赵玥手里拿了姚勇的这份粮，就当是赵玥出的，我向我大哥、卫韫、宋世澜再各要一份，剩下的，我再想办法。"顾楚生有些诧异："你有什么办法？"楚瑜摆了摆手："这你就别管了。你只管统计个数目给我，要多少粮食，你说。"

顾楚生被楚瑜堵得一下子说不出话来，憋了半天，终于忍不住道："你别把自个儿给折腾死了！"话刚出口，两人都愣了。楚瑜瞧了他片刻，站起身，笑出声来："可算有点以前的样子了。不同你说了，我先睡觉去，明日我就起程。"说着，她往外走了两步，突然又想起，"对了，姚勇不会来找麻烦吧？"

"找什么麻烦？"顾楚生冷笑，"他若敢来，我就跪着求他救百姓，我看是他不要脸

三十二 这天下，只喜欢你一个

还是我不要脸！"虽然姚勇把元城的粮食搬空了，但作为青州军的首领，青州是他母族之地，他若真的不闻不问，确是过于难看了。然而楚瑜还是有些不放心："他要真比你不要脸，怎么办？"这回顾楚生也不逗她了，只是道："放心吧，赵玥不会让他来。赵玥如今应是决定了对青州撒手不管，他知道你们会管。"

听到这话，楚瑜叹了口气："好人难当。……那，你好好养伤。"说着，她再没回头，转身走了。

楚瑜回到屋中，一直没睡着，想了想，她爬起来开始给卫韫写信。如今通信不便，她也不知道这些信什么时候才能送达，却还是写了许多，事无巨细，似乎每一点每一滴都想同他分享。写完，她将信贴在心口，总算觉得安心，闭上眼睛睡了。

没想到这一夜楚瑜竟是睡得很沉，第二日一早，她是被魏清平推醒的："别睡了，赶紧起来，攻城了！"楚瑜仍然迷迷糊糊："攻……攻城？"魏清平一巴掌拍在她头上，焦急地道："你家卫韫打过来了！"楚瑜有些蒙。卫韫在惠城，接下来打元城……不也是理所应当的？她打着哈欠起身："他打过来，我们急什么急？"

"他一来，姚勇的人都跑了，剩下没跑的也被顾大人给按住了。顾大人给卫王爷开了城门，现在他已经进城，你赶紧洗洗梳妆，难不成你要这样见你的心上人吗？！"

楚瑜愣了愣，转头看向魏清平。上下一打量，她才发现魏清平头上戴了发簪，面上上了精致的淡妆，明显是好好收拾了一番的。她呆愣了片刻，指着魏清平笑道："都这时候了你还有心情谈情说爱……"魏清平认真地想了想，起身道："谈感情又不耽误事！我先走了，还有好多人在等着我呢……"

"唉！等等！"楚瑜一把抓住她，她回头，便看见楚瑜觍着脸道："那个……借盒胭脂呗。"说话间，外面已经传来脚步声，魏清平淡道："怕是来不及了——"

话音刚落，脚步声便顿住了，青年站在门前，身着青衣狐裘，双手笼在袖中，含笑看着屋内。楚瑜扯过魏清平的袖子遮住脸，魏清平强行将袖子拉开，提步便往外走。楚瑜翻滚到另一边，捂着脸不说话。周边的人都退了下去，卫韫走进来，静静地坐到床边。楚瑜半天没听见动静，转过头来，便看见了卫韫含笑的眼眸。她愣了愣，随后抬手拍到自己的脑门上，有些泄气地道："啊——魏清平那个小人，这时候叫我有何用？！"

卫韫有些好笑，静静地瞧着她。楚瑜坐起身来，奇怪地道："你怎么来得这么快？"卫韫淡淡地答："趁着顾楚生还在元城，便赶紧过来了。"楚瑜点点头。此时的元城刚刚遭遇天灾，军队松懈，城墙有损，他来得倒也时机恰当。卫韫抬手给她梳理头发，"当然，还有一点就是……"说着，他笑出声来，"想你了。"

看着卫韫满脸的顺理成章，楚瑜却是愣了愣。接着，他一面站起身去给她翻找衣服，

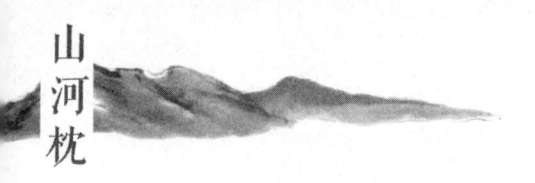

一面道："先起来用饭吧。刚才顾楚生已经同我说了城内的情况，他说你有法子让各地诸侯跟着出粮食，你同我说说？"楚瑜懒洋洋地起身，任由卫韫替她披上外衣："我？我没你们那么聪明，他们不给我就抢啊。"卫韫有些无奈地笑了，替她系上腰带："我还以为你有多么绝妙的主意。这么多人，你抢得过来？"

"咱们一次不用抢这么多。你联合我大哥、宋世澜发一份文书，要求各地送粮食往青州来，而且写清楚各送多少。这粮食还不能要太多，就是个破财消灾的量，不能让他们太心疼。分成四轮送，每轮附一份名单，凡是这一轮里最后到或不到的，咱们就发兵讨伐其'不义之举'。第一轮名单别太长，不肯配合的，我带人抢一遍，差不多了。"

这算不上个聪明主意，甚至有些荒唐。然而卫韫想了想，却明白，这大概是当下最直接有效的了。如今诸侯中就数卫韫、楚临阳、宋世澜兵粮最多，剩下的王家、谢家，甚至魏王等，都在观望局势，因而才让赵玥、姚勇如此忌惮。而他们三家若是联手，对于任何一个诸侯来说都是灭顶之灾。如今他们就是一把利剑，悬在各地诸侯头上，只要肯交出一些粮，这把剑就不会落下；若不交，虽然这把剑没办法把他们铲平，可是面对实力强大又背水一战的卫韫，一般人却也是不敢赌的。这就是一场博弈，个人对个人的博弈，或许有输有赢，然而一群人博弈，每个人都会做出一个对自己更为有利的选择，最后反而成为对群体最为糟糕的选择。

卫韫还在思考着，楚瑜已经洗漱完毕。她回到他身前，似乎有些不好意思："……你这次要在元城待多久？"

"不会很久，"卫韫自然地伸出手拉住她，转头带着她慢慢往外走去，声音平和，"元城安顿好，我就准备攻打酒城。而且我也得为日后做准备，我们这次若是拿到了粮食，赵玥怕不会这么容易放过青州。"

"可顾楚生说……"

"他如今已经在这里了，"卫韫摇摇头，轻笑，"从他劫了粮草来到元城的那一刻起，对于赵玥来说，他其实就已与弃子无异。只是，赵玥不会太轻易地放弃他。但凡还有一丝争取他的机会，赵玥都不会放过。"

"那如今怎么安置他？"楚瑜皱起眉头，"他让元城降了，总不能让他就这样回华京……"

"今早我和他演了一出戏，他并没有投降，而是让一个被扣下的姚勇的人去开城门。他自己大义凛然地说要和元城共生死，现在已经被我'关押'起来了。我等一会儿就给赵玥写一封信，让他用粮草来换这位'忠臣'。"

"赵玥怎么可能换？"楚瑜笑。卫韫也笑起来："顾楚生还写了一封闻者伤心见者落泪的忠臣血书，赵玥若不救他，必会落下一个骂名。换不到粮食，骂骂他也总是好的。"

"你们真是……"楚瑜哭笑不得，她突然意识到，果然卫韫和顾楚生这种人最难对付。她自己不过是动动刀枪，而这些人，嘴皮子就是一把刀，刮一层皮下来，再白马银枪地把人捅个对穿。

两人来到临时府衙，顾楚生正在处理公务。他抬头看见两个人牵着的手，愣了愣，抿紧了唇，好久后才低下头去，继续看公文。刚拿起的这份公文汇报的是缺少的药材和部分死伤情况。他早上已去魏清平那里看过，四处是哀号的声音，公文上的文字，都曾是一条条鲜活的生命。看到这些文字的瞬间，方才的嫉妒和不甘被悲痛掩埋，他迅速冷静下来，开始同下属讨论接下来的工作。

卫韫并未打扰，领着楚瑜坐下来等待。顾楚生对一名下属嘱咐完最后一句，将卷宗放下，才终于朝卫韫轻轻点了点头："卫王爷。"

"方才我和楚大小姐商量了借粮的事，有些事情需要顾大人帮忙。"卫韫将楚瑜的想法快速说了一遍，"我想同顾大人商量的是，每个地方产粮能力不同，同哪一位借多少、借些什么，该如何定夺？"顾楚生位居户部尚书多年，又常年打理民生相关庶务，对各地税收产粮的能力最清楚不过。他点了点头："我会尽快整理出来。不过，这件事的领兵之人该是谁？"

这位能够让宋世澜、楚临阳同时借兵过来，又能于各地机动游走的将领……众人正想着，就听一声杯子轻轻落下的声音，楚瑜笑着道："我啊。"卫、顾两人沉默了，片刻后，顾楚生犹豫着道："终究是劳苦活儿……"楚瑜笑起来："顾大人这话就不大中听了。人这辈子，有多大的权利就得背多大的责任，哪里有天天坐着就能不劳而获的？又想要自由、权利和尊重，又不愿意付出，怎会有这样的好事？在这件事里，我能做点什么，我很高兴，这样我才不算白白辜负此生。"

顾楚生没说话，静静地望着她。他似乎看见楚瑜身上散发出零碎的光芒，一时间，一股无形的力量环绕在自己身上。卫韫抿了口茶，慢慢地道："那我这就给楚大哥和世澜兄去信，今日我便会将征粮书写好，不知顾大人什么时候能算出数目来？"顾楚生眯了眯眼："明日午时。"卫韫点点头，拱手道："怀瑜恭候。"

顾楚生听到这个名字，微微一愣，他张了张口，好久后，却是什么都没说，只低头道："若是无事，王爷就自便吧。如今元城还乱着，王爷怕是有得忙。"卫韫应声，起身转头同楚瑜道："大小姐今日有何安排？"楚瑜犹豫了片刻："我留下帮顾大人吧。"卫韫垂下眼，点了点头："那我先去忙了。"说完，他便转身走了出去。

楚瑜来到顾楚生身边，拍了拍他的肩："我留下来帮你，够义气吧？"

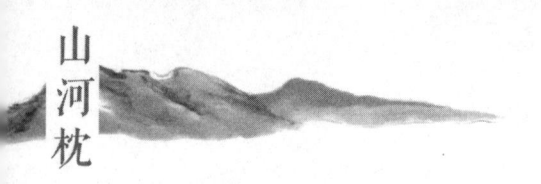

顾楚生抬眼看向她，没有说话，片刻后才道："行了，把边上第三行第四列卷宗给我拿过来……"

帮着顾楚生算粮，不知不觉就到了深夜。楚瑜回来时，帐里已点了灯。卫韫坐在桌前，正认真地写着什么。楚瑜走到他身后，便看见了那横折撇捺之间都带着风骨的字迹。他正在写征粮书，起笔便书大义于天下，看得人热血沸腾，也不知这是他骨子里的热血自然流露，还是他真的工于言语。

楚瑜静静地站了一会儿，卫韫抬手蘸墨，才发现落在桌角的影子。他的笔在砚台上方顿了顿，而后抬起头来，笑着道："回来了？"楚瑜坐下来，一边抬手给他研墨，一边夸赞道："我家怀瑜的字真好。"

卫韫低头笑了笑："总不能还像小时候，拿狗爬一样的字去见人。"青年的眉眼像是笔墨描绘出来的，在柔和的烛光里被晕染了边界，和光融在一起，温柔又明亮。楚瑜起身从旁边取了一本小书，靠在卫韫的大腿上，举起书道："我看书，等着你。"卫韫抿抿唇，压着笑意："好。"

楚瑜其实也累了，才翻看没几页，书"啪"一下落在脸上，她已闭上眼睡了过去。卫韫无奈，抬手替她取了书，烛光晃在她的脸上，她微微皱眉，卫韫便抬起手来，盖住了她的眼睛。手上的温度和黑暗让楚瑜安静下来，卫韫便保持着这个姿势写完了征粮书。

卫韫将楚瑜送到榻上，楚瑜在暗夜里迷迷糊糊地抬眼寻他，却见他一边用手梳理着自己的头发，一边低头看着自己，温和地道："你离开的那晚，我睡在你的房里，想了很多。阿瑜，你一定很委屈。"他的神色里带了几分苦涩，"我总说要把这世上最好的给你，却又总忽略了一点。你与我不一样，你毕竟是个姑娘。很多事情，是我莽撞，是我无知，是我孟浪。那时候我总怕你走，"他低头将脸埋进她的颈窝，"我太想抓住你，太心急，于是恨不得永远同你连在一起。所有能与你在一起的事，我都想去做。这几年来，我总以为再不会有我做不好的事，你走后我才发现，很多风雨，都是你在替我挡着。"

"我……"

"我当娶你。"他的声音微微颤抖，"我当让你光明正大地从卫府离开，然后三媒六聘、十里红装，将你正儿八经抬回我卫府。我不该让你的清誉受损半分，更不该因你纵容就无知、糊涂。……我当初总怕你离开卫府就不再回来，于是一遍又一遍地同自己说时机不合适。可如今想来，哪里有什么时机合适不合适……"说着，他艰难地笑开，"端只看，你心里想不想，要不要。如今你离开了卫家，天下皆知，又如何了呢？"

楚瑜没说话，片刻后，她叹息一声，将人抱在怀里，温和地道："这条路是我自己选的。小七，其实我走得很高兴。我原本以为这条路会更艰难，但我没想到你这么好。人这

三十二 这天下，只喜欢你一个

一辈子，有付出有失去，喜欢你这件事我不后悔，同你在一起我很高兴。选择你的时候，我就没在乎过什么清誉了，因此你不用多想，"她低头亲了亲他，"你做得很好了。"

卫韫闭着眼，靠在楚瑜胸前："其实，当初你、顾楚生、二嫂，都说得对，我终究还是太年轻。"说着，他睁开眼，握住楚瑜的手，"被现在的我喜欢，我真的心疼你。"

"若你不喜欢我，我才心疼我自己。"楚瑜回握住他，笑出声来。卫韫却摇摇头："我从十五岁开始喜欢你，会一直喜欢你到我五十岁，到我变成一个老头子。可我现在不够好，"他垂下眼眸，声音里带了些惋惜，"若是等我再长大些，能想明白这世间的弯弯道道，再来喜欢你，你大概也不会受这么多委屈。"

"若是这样，我为什么不喜欢顾楚生呢？"

卫韫一脸呆呆的样子："也是……"

楚瑜拍床大笑起来，卫韫有些无奈，正要去拉她，却不想女子突然翻身压住他："卫王爷，我说句实话——"她抬手拍了拍卫韫的脸，"就您这姿色，就算是露水姻缘，我也是极欢喜的。"

卫韫愣了愣，片刻后，他一脸羞恼地道："什么乱七八糟的……睡觉！"

第二日一早，两人一起用了早饭，卫韫便领着楚瑜去了临时开辟出来的校场，点了人马给她。此前在白岭，楚瑜便和卫家军打过交道，大多已见过，这一次卫韫派来配合她的是左前锋孙艺。

孙艺被卫夏领到楚瑜面前，见到她，孙艺颇有些激动："大……"然而话没出口，卫韫淡淡地看过去，孙艺的话就止住了，艰难地改了口，"……大小姐。"楚瑜抿唇笑起来，用鞭子拍了拍他："行了，既然此番是我领军，你便当叫我一声将军。"

"是。"孙艺拱手，高兴地道，"将军！"

楚瑜满意地点了点头，转头同卫韫道："你且先去忙你的事吧，我同他们熟悉一下。"卫韫应声，倒也没有多话，又嘱咐了几句，便转身出了校场。卫夏有些不放心："王爷，您不在这里看着些，这些兔崽子造反怎么办？"

"他们若要造反，就在这里造。"卫韫平静地道，"这里被压着，去了前线才造反，才是真要出事。"卫夏愣了愣，随后便明白过来，点点头："王爷说得是。"

练兵这件事，卫韫倒不担心楚瑜。刚回到府衙看了几条战报，顾楚生便来找他了。这

667

次卫韫派出三路兵马同时进攻青州，除了他自己领兵攻打的惠城和元城，沈佑那边也已递了捷报过来。他抬头看向顾楚生："顾大人是来送粮草数目的吗？"

顾楚生点点头，被人搀扶着走进卫韫的帐中。他将一沓纸交给卫韫，平静地道："第一轮要粮，我选了几个硬钉子，数量不多，但都是近来的风头人物，兵强马壮，肯定有几个不服的。阿瑜若能抢了这一轮所有的粮食过来，应该能撑一段时间，还能对众人有所震慑。而且这几处离青州也近，打下来后直接归附到你名下，你多送些财帛给宋世澜和楚临阳，想必他们不会多心。"

卫韫扫了一眼名单，点点头，交给卫夏："将征粮书发号天下，催粮之事也照顾大人说的办吧，五日之内，我要见到粮食。"卫夏应声领命，退了下去，帐中只剩下了顾楚生和卫韫。卫韫亲自给顾楚生煮了茶，顾楚生接过轻抿一口，却是道："你对我倒也坦荡。"

"顾大人都能从容坦荡，"卫韫吹开漂浮在水面上的茶叶，神色不变，"本王又有何不可？"顾楚生顿了顿，问道："何时去楚家下聘？"

他曾经以为，自己一辈子都不会说这样的话。又或者是，说这句话时，他会生不如死，绝望又难堪。然而真将这句话说出口，他突然发现，其实并没有那么困难。他就像是被煮在温水里的青蛙，经过两辈子的熬煮，他慢慢发现，这世上的悲痛，人都能逐渐习惯。当然，他也不知道到底是已经习惯，还是他此刻真的太累了。他已经很久都没好好睡过一觉，一直在为各种庶务奔走。这次来了元城，哭声就未断过，伤亡汇报不断被送到他的面前。而且元城尚算好的，更有其他他没能亲自去到的地方，官员懈怠，伤亡人数触目惊心。虽然这次已经比上辈子好上太多，但上辈子他来赈灾的时候，各地官员早已将一切黑暗、肮脏的血腥掩埋，哪里有如今这样赤裸裸？他说："我的伤养好，就要赶去下一个地方了。现在许多小乡镇，姚勇完全不管，我得过去。"

"嗯。"卫韫也收到了伤亡报告，他沉默了片刻，终于举杯，"顾大人，撇开你我的私怨，你乃国之重器，还望珍重。"顾楚生抬眼看他，神色复杂，许久后，他亦举杯，轻轻碰在卫韫的杯上，以茶代酒，平静地道："卫王爷，您也是。"

两人喝了茶，顾楚生便退了下去。卫韫坐在帐中，过了片刻，他将卫夏叫了进来："你让卫浅回去找二嫂，让她现在就着手准备……"然而，话未说完，他却道，"算了。"卫夏有些奇怪："王爷，您想做什么？"卫韫抿抿唇，想了又想，终于才道："我想下聘。"卫夏不明所以："那为什么算了呢？"卫韫瞪了他一眼，有些气恼："没钱！"如今粮食都要出去抢，哪里还有钱给楚瑜风光下聘？本来也没想这么快，但今日顾楚生一问，他心里就有点焦急了。

三十二 这天下，只喜欢你一个

楚瑜白天在校场打了一天的架，心情格外好，夜里话就多了些。而后她就发现，卫韫今夜的话格外少，不由得连连追问他是怎么回事。卫韫翻了个身，低声道："上辈子，顾楚生给你下聘时，聘礼多少？"楚瑜一愣，有些不好意思："我和他……哪儿来的下聘啊？我提了剑就奔去了昆阳……"卫韫皱了皱眉，楚瑜有些忐忑，"你不是现在想起来翻旧账吧？"

"那……"卫韫不答，抿了抿唇，"当初我大哥给你下聘，又下了多少？"那时卫家正值鼎盛，出手大方，装聘礼的担子都排了一条街，流水一样抬进楚府。说起来，领着这些东西送去楚府的，正是卫韫，只是当时卫韫还小，只顾着看热闹，没管过东西究竟有多少，他只记得他站在门口等得都有点不耐烦了。

楚瑜其实也不记得有多少，只拣着她记得的说："你家特别大方，白银就有十万两，鎏金十二祣珍珠凤冠一个，耳环……"楚瑜扳着手指说着，卫韫的脸色越来越差，等楚瑜说完，卫韫已经平静下来了。楚瑜这时候才想起来，"你问这个做什么？"

"没什么。"卫韫拉了拉她的被子，"先睡吧。"说完，他转过身去，睁着眼睛对着墙，开始思索——如今兵荒马乱，他去哪里搞这么多钱？！

楚瑜想了片刻，终于反应过来，转身扒拉他，高兴地道："你该不是在想给我下聘吧？"卫韫背对着她，低低应了一声"嗯"。楚瑜乐得笑出声来："哎呀这事不还早吗？你想这么多，你娘同意了？"

"你管她？"卫韫的声音闷闷的，"我先把聘下了，把这事定下来，成婚前我会想办法说服她。"

"别，"楚瑜赶忙道，"说服不了还得退婚，可别耽误大家伙儿工夫。"

卫韫不说话了，片刻后，他低声说一句气话："反正我不退婚！"

楚瑜被他逗笑了，她想了想，起身凑到他耳边逗他："是不是顾楚生来气你了？哎哟卫韫你口是心非的伪君子，你还不承认！"说着，她见夜色已深，重新躺下抱住了他，"好了，我逗你玩呢。我要什么聘礼啊？现在这年月……"她将头抵在他的背上，声音温柔，"你平平安安在，就够了。"

卫韫没说话，伸手握住了她环在自己腰上的手。他想，就凭她这句话，他就得给她最好的。当年卫珺下聘掏了大半个卫府，这次他下聘……就把整个卫府交给她。

669

三十三　没有辜负对方，亦不曾亏待自己

征粮书挂出去后，楚临阳和宋世澜率先响应，敲锣打鼓地将粮草往元城送了过来。而后诸侯震动，天下皆惊。

很快就到了第一轮交粮的最后期限。这一日，卫韫在城内设旗，等待被点了名的诸侯到来。第一轮一共点了七家，这七家离元城都不远，太阳升起时，他和楚瑜便坐在了旗下，手边各自放了一杯茶。楚瑜红衣在里，外着轻甲，马尾高束，看上去英姿飒爽。卫韫则单穿一件月华色华服，披了大氅在外，玉冠镶珠，自带清雅。两人坐在旗下，时不时抬头交谈。来围观的老百姓不由得有些诧异，不明白的人低声道："那位是卫王爷吗？他身边的女子是谁？"

有人说她是楚大小姐，也有人说她是卫大夫人。百姓议论纷纷，终于有知道原委的人站出来，小声道："那位原是卫家的大夫人，原卫世子之妻。半月前她离开卫家，回了楚家。不过她还是卫家军中的北凤将军，所以如今还在军中。"这话让众人更加不解："都和离回去了，如今还同卫王爷关系这样好吗？"知情人露出不怀好意的笑容："守寡都守足这么多年，如今卫王爷已弱冠，又称了王，她突然离开卫家是为的什么，你们还不清楚吗？如今卫家上下能代替已故的世子写放妻书的人，还不是座上那位？写那放妻书又是为了什么，怕也就是座上那位心里清楚了。"众人发出唏嘘之声，有些皱眉，有些眼露鄙夷，有些则连连叹息。也就是几个不懂事的年轻人会感叹上一句："他们两人看上去真般配啊。"

从早上等到日落，一共收齐了四家的粮。还有淮扬侯易、滨城江永、洛河陈淮三家未到。卫韫转头笑着看了一眼楚瑜："怕是要麻烦你了。"如今缓过神来，姚勇与卫韫以元城为界分庭抗争。这次灾情最严重的地方就在青州境内，按照卫韫等人的判断，姚勇虽然顺走了元城的粮，却不可能全部豁出去救灾，而赵玥弃青州不顾，逼卫韫来救，姚勇必不可能毫无顾忌地放行。

三十三　没有辜负对方，亦不曾亏待自己

楚瑜担忧姚勇不放粮，卫韫却是抿了口茶，慢慢地道："若姚勇真不出手，我倒高兴了。你想，那些灾民走投无路，会怎么办？"说着，他抬眼看向楚瑜。楚瑜顿时反应过来——姚勇不敢不尽力救灾，甚至还要来向他们借粮。如今卫家大军压在青州边境，若姚勇的辖地百姓里应外合捅出乱子，那他才是腹背受敌。其实，卫韫完全可以不赈灾、不给粮，以此相逼。只是这样做，苦的是百姓，卫韫终究不是姚勇和赵玥这般拿百姓当刀使的人。

明知有捷径却不走，明知前路有虎仍前行。楚瑜静静地看着卫韫，他转过头来，一脸疑惑。"小七，"她弯了眉眼，"我真的觉得，你比我预期的还要好。"卫韫愣了愣，片刻后他明白过来她的意思："为官为将，当为百姓先。"说着，他伸手拉过楚瑜，话锋一转，却是问，"明日就出发？"已经确定要去找麻烦，便是择定时间出发了。然而楚瑜却是摇了摇头："不，即刻就走。"

"即刻？"卫韫有些诧异。此时天色已晚，街上人来人往。楚瑜看着他的神色，抿唇笑出来："粮草、军备我都准备好了，兵将也已点好在城外，你总不会以为，今日我穿着铠甲，是过来耍威风的吧？兵贵神速。这三家拒不借粮，一定知道我们会去找麻烦，必然都在备战。陈淮是离我们最远的一个，他会以为我们最后才去收拾他，他现在定然是最松懈的。我今夜就带轻骑出发，不带粮草，过山路夜奔急行，黎明前就可到达洛河。我和你打个赌，"她的眼神闪亮，"明日太阳升起之时，我必在洛河换上卫家大旗。"

听到这话，卫韫笑着瞧她，反问："怎么不是楚家大旗？"楚瑜一愣，卫韫朗笑出声。她瞬间反应过来，有些不好意思，转身道："行了，我走了。"

"等等。"卫韫叫住她。楚瑜回头，那一瞬间，温热的唇滑过脸颊，楚瑜愣在原地，看见卫韫双手笼在袖中，直起身来含笑道："上次你亲我，如今还你。"

楚瑜低头一笑，没有多言，转身甩出马鞭翻身上马，打马便冲出了城去。卫韫目送着她的背影消失，许久后才回过神来。卫秋上前低声说："王爷，姚勇派人送了信来，约您明日在元城城门前公开宴谈。"元城下面就是宋城，如今姚勇已经赶到宋城，元城城外是一片平原荒地，四周没有任何障碍，姚勇要求设宴在那里，便是怕卫韫设埋伏。卫韫冷笑一声："他那鸡胆子倒是一辈子不变，那便应下吧。"说着，他眼中带了嘲讽，"我若设宴在元城城内，怕他兵马十万都不敢入城。"

城外停着一辆马车。楚瑜打马经过，看见车中人扬起车帘，静静目送着她。他的目光平静又郑重，无须言语，便已道出了所有担心。楚瑜摆摆手，扬眉一笑，脸上俱是得意。坐在车里的贵公子愣了愣，随后摇摇头，无奈地放下车帘来。

671

"一辈子都这焦躁性子。"顾楚生笑着低骂了一声，随后同等在车外的侍卫道，"姚勇是不是给卫韫带信了？"侍卫低声答："今日粮草一到，姚勇的人就来了。"顾楚生冷笑出声："我便知道赵玥坐不住。"

楚瑜同顾楚生打完招呼，快马加鞭，没一会儿便追上了提前赶出城的孙艺。她早同孙艺交代过，一旦弄清哪家拒不交粮，就直接奔着最远的一家赶过去。她与孙艺并肩，高声道："韩先生给你的东西带了吗？"孙艺大声答："按您的吩咐，每个人带了一卷。"楚瑜点头："到时候听我的命令！"

这支队伍全是轻骑，每个人都带了韩秀送过来的火药，几乎搬空了韩秀的一半库存。但楚瑜要的就是一鸣惊人，她要用最快的速度，在整个大楚猝不及防之时，攻破他们认为最难攻下的城池。而所有人都清楚，这一仗如果不能尽快解决，粮草都没有的他们，必败无疑。

楚瑜带队日夜兼程，没有半分停歇，在启明星亮起来时，便已到达洛河郊外。他们在林中休整了一刻钟，随后击鼓扬旗，随着一阵"杀"的呐喊，三千兵马冲向了尚无任何准备的洛河城。

"警戒！警戒！"城楼上敲响了大钟。然而楚瑜的队伍里全是精挑出来的骑兵，进攻速度太快，洛河守军刚上城楼，他们已经攻到城下。楚瑜大喊："火箭——"话音落，便看见燃着火的箭如雨一般射向了城楼。流星一般的火光照亮了城楼外的景象，那亮着眼的女子领着银甲骑兵如潮水般涌过来，高喊着："孙艺，第一队跟我走！剩下的，扬盾冲！"

"第一队！第一队！"孙艺大喊出声，十几个人应声翻身下马，迅速跟着二人朝城门冲去。这一队人都是轻功好手，灵巧地躲开城楼上射下的箭，顷刻间就来到了城楼底下。他们将各自背上的火药放下，便迅速退了回去。直到这时，守将才意识到不对："他们在做什么？！"然而已经来不及了，他们眼睁睁看着城楼下那女子突然带兵疾退，而后拉开长弓，点燃箭头。火箭落到他们堆积好的火药上，只听"轰"一声巨响，整个城楼都颤动了一下。

"这是什么……"洛河守军还在震愕之中，楚瑜已领着人如鬼魅一般冲进了城里。他们这才看清，城楼被炸出一个缺口，守门的士兵已被斩杀。卫家军高吼着冲进城来，也不知道是谁一声大喊："城破了！逃啊！快逃！"一时之间，城内叫声哭声惊成一片。楚瑜扛起军旗冲上城楼，孙艺跟在她身后与洛河残兵厮杀。晨光从山背后跳出来，楚瑜取下军旗，抖动开来。一个大大的"瑜"字飞扬在朝阳之中，她低笑一声："便宜你了。"说着，她扬手将一个试图冲过来的士兵扔下楼，而后转身又带着人一路从城楼下杀过去，直奔洛王府。

三十三　没有辜负对方，亦不曾亏待自己

如今大楚境内自立为王之人数不胜数，这洛河陈淮便是其中之一。军心已散，无人指挥的士兵成了一盘散沙，楚瑜进入洛王府府中时，陈淮已经被人押着跪在地上。楚瑜提剑，平静地道："我所来为了何事，你当知道？"

"我知道。"陈淮面露阴狠，"楚瑜，你们如此行事，有违天道！你们要粮，不给你们就杀，顺你者昌逆你者亡，你们与赵玥又有何区别？！"楚瑜猛地提高声音："自有区别。我等心有百姓，你们没有，这就是最大的区别！你当我要粮是为了什么？"她一把抓住陈淮的头发，迫他看向她。陈淮拼命挣扎，楚瑜冷着声，"我是为了救人！而你们留着粮又是为了什么？"她一巴掌抽在陈淮脸上，"是为了杀人！"说完，楚瑜站起身，一脚踹开他，平静地往外走去。走到门口，她顿住步子，转头看向陈淮，"洛河的粮食全部搬走。放消息出去，洛王全家上下，一个不留！"

听到这话，陈淮猛地缩紧了瞳孔，怒喝："楚瑜！你丧尽天良！"楚瑜冷下声："你既然知道，又连累他们做什么？！"孙艺有些犹豫，不禁劝道："将军……此事传出去，于卫家军声誉不好……"楚瑜的声音平静："记住一件事——事是我干的，和其他任何人都没关系，包括卫王爷。城头立的是我楚瑜的旗，不是其他任何一家！我楚瑜做事就是这么没规矩——"说着，她将目光落在陈淮身上，"别把我当那好脾气的卫王爷糊弄！"

孙艺愣在了原地，一旁的晚月却已经是明白了楚瑜的意思，立刻带人将陈淮拖了下去。楚瑜看着孙艺还有些难过的神情，挑眉道："孙将军还在顾虑什么？"孙艺有些为难："楚将军……您顶着这样不义的名声……"楚瑜轻笑："我又不是真要杀了他。先关他几日，日后事成，再放他出来，还有什么不义的？"

孙艺呆呆地抬起头，楚瑜坐下给自己倒了杯茶："如今他们就是欺负我们王爷正人君子脾气好呢。总得有个人当坏人。我们再多'杀'几家，他们就安分了。"

楚瑜的这个"杀"，孙艺这才明白过来。她并非残暴之人，不可能做出这般杀人满门的事情。他应声道："将军放心，这事儿我会办妥。"

就在楚瑜攻下洛河时，卫韫让人绑了顾楚生，等在了和姚勇约定的地点。顾楚生腿上伤势好了许多，却也不宜跪着。然而卫韫如今要见姚勇，当着众人的面，若是再善待他几分，他便真再没回去的理由了。顾楚生在华京同盟者众，他不回去，华京怕不久后就将人心不稳，他苦心布置下来的一切便会功亏一篑。更何况，哪怕是为了救灾一事，他也得回去。于是他果断道："我便跪着。如今我的样子，越惨越好。"

卫韫点点头，皱眉："跪着怕伤了你的骨头，日后恐复原不易……"

"你不必为我着想……"

"还是吊起来吧。"

顾楚生抬头，卫韫的目光里毫无愧疚。片刻后，他面无表情地道："王爷琢磨这个很久了吧？"卫韫叹了口气："顾大人怎能如此想我？"顾楚生冷笑："你这样小肚鸡肠的人，你当我不知道？"卫韫低头喝茶，面露惋惜。顾楚生以为他要否认，没想到他无奈地道："竟让你看出来了。那我也不掩饰了。"说着，他弯了眉眼，"看见你被吊起来，我肯定挺开心的。"

顾楚生："……"

于是，姚勇来到元城城外，就看见顾楚生被高高吊在树上，面色惨白，似乎受尽了折磨。姚勇赶紧过去焦急地道："顾大人！"说着，他转头怒喝，"卫小贼！顾大人乃我大楚国之栋梁，你竟如此对他，还有半分道义可讲？！"

卫韫没说话，反而是站在他身后的卫夏没忍住，"扑哧"一声笑了出来："姚大人说得有意思了，两军交战，敌军之臣，我们不杀，您还要怎样？"姚勇冷下脸："卫韫，你当真反了？"卫韫抬手给自己倒茶，淡道："坐。"

姚勇面色不太好看，僵硬地坐在了卫韫对面。卫韫穿着广袖大氅，倒茶时虽不比京中那些贵公子潇洒，却也有着一股独属于他的清贵优雅，与如今这一批虎狼之兵比起来，仿佛完全不是一路人。然而卫韫越是这样从容平和，姚勇就越紧张。如果说卫家有一个姚勇最惧怕的人，那就是卫韫。姚家和卫家明争暗斗多年，对他而言，卫家的其他人都是直肠子，唯独这个卫韫，这么多年来，姚勇自己也好，淳德帝也好，甚至是赵玥，都不一定将他看明白了。

卫韫平静地抿了口茶，抬头看向对面满脸严肃的姚勇，似乎有些诧异："姚将军为何不饮茶？"姚勇冷着声："不必了。我如今来，是与你谈赈灾之事的。"卫韫点点头，平淡地道："是了，如今青州受灾，朝廷不给粮，姚将军自己不舍得粮，可不是要来向卫某借吗？"

"那是你的粮吗？"姚勇冷哼一声，僵着脸，"你同天下讨粮，那些粮食过你的手再到我手里，不知道还剩下多少。这种小算盘，你以为我不知道？废话别多说，如今粮食已经到了，你便交出来，我也好早日带回去分发给青州百姓。"卫韫没说话，只低头拨弄了一下茶叶。姚勇冷着脸："你是什么意思？"卫韫抬眼看他，唇边含笑："姚将军，你就是这样来同本王借粮的吗？青州是你的地方，如今元城也受了灾，本王借粮给你是情意，难道你还真当本王求着你？"

姚勇没说话，他脑中闪过赵玥的来信。信中赵玥交代得清楚，卫韫一定会救青州，所以他要逼卫韫，任何条件都不能答应。于是他站起身，冷声道："你又当我在乎这些蝼蚁的性命？卫王爷不借就罢了，我这就回去，让那些人自生自灭吧。"说着，他转身便要离开。

这时，顾楚生开口了，他的声音有些虚弱："姚将军，不可啊——"姚勇顿住步子，转过头咬牙道："顾大人，今日并非姚某不愿救，着实是这卫韫太可恨了！"顾楚生喘着气："姚将军，今日你若不拿到粮食，怕是青州要乱，日后你要如何同陛下交代？"姚勇心里其实已想到这一点，顿了顿，顾楚生面露痛色，"大人……三思啊！"

这一声"三思"，包含了许多未尽之意。顾楚生眼中全是担忧，无须他说，姚勇也明白。姚勇沉默下来，顾楚生赶紧道："王爷，您要什么且直说，姚将军不是将百姓当蝼蚁的人，只要能做到，姚将军必然答应！"听到顾楚生的嘲讽，姚勇脸色不太好，卫韫的目光落到他的面容上，平淡地道："我要派五百人护送清平郡主及粮草入青州赈灾，并且，清平郡主要公开查账。"

"卫王爷这是信不过我？"

"你是忘记你做过的事了吗？"卫韫眼里带了冷意，平静的声音却仿佛利剑一般剥开了他的脸皮，"你还有脸同我说信任？"姚勇一愣，骤然想起，面前这个人，是卫家人——是六年前因为他的胆怯退兵、一己私心，而满门被灭之人！只见卫韫站起身，动作优雅平和，姚勇的心提到了嗓子眼。"方才说的，只是第一个条件。那是公事。要我给粮，我还有第二个条件。"姚勇故作镇定："你要什么？"卫韫平静地道："你跪下，自赏一百个耳光。"

"你！……"

"姚大人！"顾楚生开口，"切勿冲动。"姚勇气得喘粗气，他盯着卫韫，卫韫也静静凝视着他，没有半分退让。"话，我放在这里。我踏入城门之前给我答复，城门关了，我就当姚大人打算自行解决青州之事了。"说完，卫韫便转身朝城门走去。

姚勇见他头也不回的果断模样，焦急出声："卫忠怎的生出了你这样的儿子？！你看看你这是做的什么事！"卫韫顿住脚步，转过身来，平静地看着他，声音冰冷："问我做了什么事之前，你先想想你做过什么。你和赵玥别以为我顶着卫家的名就一定会帮你。"说着，他勾起嘴角，"姚勇，我活下来，就和那些死去的人完全不一样了。"

这句话惊得姚勇久久不能回神，他愣愣地看着卫韫。他不在意那些百姓。他和卫忠、卫珺，和他算计过的那些卫家人，完全不一样。而卫韫这个人……和他们没有区别。大楚的风骨果然没了，大楚的脊梁果然断了。姚勇说不上自己是什么情绪，有那么一瞬间，他竟然觉得有些后悔。可那只是一瞬间，那些年过得太快，当年被赶去后方数粮草的少年已经成长为一方诸侯，他已经没有任何机会去后悔。

675

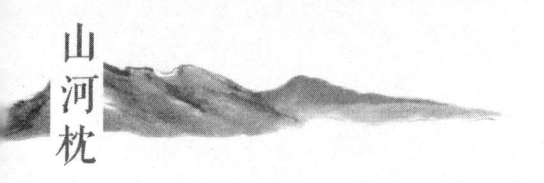

他看着卫韫的背影，听着顾楚生的怒吼："姚勇你傻了吗？他巴不得你拒绝，那粮食就顺理成章到他手里了！如今陛下就留下了青燕两州，你若失了青州，你可赔得起陛下？！"姚勇没说话，他心乱如麻。粮草他一定得要，可要让卫韫五百人护送清平郡主进青州，而且自己还得跪下……他心中拼命挣扎，眼见着卫韫便要步入城中，他终于没能撑住，大喊出声："好！"

卫韫转身，平静地看着姚勇。片刻后，他转头同卫夏道："去将我父兄请来。"说完，他回到座上，看着满脸愤恨的姚勇，淡道，"粮食本王现在就派人去点。"姚勇捏着拳头，内心的屈辱翻腾不已："你让我……如何跪？"卫韫抬手止住他："姚将军稍等。"

片刻后，七个卫家家兵端着七座黑色的灵位小跑而来。他们将灵位一排放好，卫韫站在一边。姚勇看着那一排名字，张了张口，却是什么都说不出来。卫韫端起茶，往七座灵位下泼去，随后他的声音变得柔和："父亲，哥哥……小七让姚勇来给你们请罪了。"

听到这话，姚勇的脸色变得极为难看。顾楚生还被吊在高处，手疼得像要断了一般。他在风沙中眯起眼，看见姚勇对着那灵位，慢慢跪了下去。

"打！"卫韫开口。姚勇抬手抽了自己一耳光。卫韫平静地道，"重一些。"又是"啪"的一声。卫韫猛地提了声音，"再重一点！"

"啪——啪——啪——"

耳光声一声一声响起，卫韫抬头望向天空。天空碧蓝如洗，偶有苍鹰盘旋而过。父亲，哥哥——卫韫想，早晚有一日，他要让所有犯下错的人，提头来见。

姚勇的脸肿了起来，唇边渐渐带了血。在场的众人都知道，此刻姚勇受这些耳光是为了什么。卫韫当初在华京击鼓鸣冤，早已让那段往事天下皆知。姚勇做过什么，赵玥做过什么，如今在大楚已不是秘密。没有人敢在这时候出来阻止，更没有人敢站出来说一句："卫王爷，够了。"一百个耳光打在脸上，姚勇捏紧拳头，咬牙看着卫韫，克制着自己的愤怒，慢慢道："卫王爷，可够了？"

卫韫没有回答，他弯下腰，将卫忠和卫珺的灵位抱起，疲惫地道："你去清点粮草吧。为了百姓，顾大人本王不杀，你领回去吧。"得了话，卫秋上前将顾楚生放了下来。顾楚生虚弱得站都站不住，姚勇的人赶忙上前扶住他，一名谋士焦急地道："顾大人，您可还好？您为国为民，卫贼却如此对您，真是寒了天下百姓的心啊！"这谋士明显比姚勇更懂得相看时机，顾楚生抬眼看了他一眼，笑了笑，似乎十分疲惫，没有点头也没有摇头，只叹了口气："我等姚将军，等了许久了。"

说话间，卫韫已经带人走远了去，一队士兵跟着魏清平，押着粮草来到城外。魏清平乃魏王之女，如今魏王还是中立，如果动了魏清平，那就是把魏王逼到了另一边。正是出于这样的考量，魏清平才成了这次去青州赈灾的最佳人选。她走到城门前，看了一眼顾楚生，将手搭在他的手上，皱眉道："怎么折腾成这样子？"顾楚生艰难地笑笑："劳郡主挂心，无大碍。"魏清平犹豫片刻，点头道："行，我们便起程吧。"

卫韫回到城中，转头看向秦时月："人马准备好了？"

"已准备妥当。等王爷下令。"

"追去吧。"卫韫淡道，"你领军追着他打，反复骚扰，不要正面对战。我领主力去攻打青南。"

"是。"

在用兵习惯上，卫韫与楚瑜并不太一样。楚瑜重在快，卫韫重在奇。如今他就是打算明着让秦时月去打姚勇，暗从南边占领青南。秦时月此番一去，姚勇必会抽调青南兵力驻守自己所在的蓉城，卫韫立刻带着真正的主力攻打青南，到那时，攻下青南便如探囊取物。青北已经被沈佑占下，等青南到手，就可以同时夹击渝水。渝水是青州境内最难攻克的一道天险，渝水一破，青州便如履平地。而这一战的要点就在于，能不能争取到时间差。姚勇并不是傻子，因此最开始的骚扰他得拿出主力，等姚勇发下调令，他如何及时带主力在姚勇反应过来之前赶到青南，就成了胜败的关键。

卫韫去看了看路。早在来元城前，他便找到当地猎户，寻出一条连接元城和青南官道的捷径。那条路原来是一片丛林，不易行军，只有一些老猎户知道，如今被清理出来，便于马匹物资行走，就等着卫韫出发。

这边，秦时月得了命令，立刻带兵追着姚勇去了。姚勇回程行至一半，感到地面微震，刚以为又是地震，一回头，却见远处尘烟滚滚，却是秦时月带着人杀了过来！"卫韫这言而无信的小人！"姚勇怒喝，然而骂完了才想起，卫韫从未说过不会趁机攻打他。此时已来不及多想，他只能高声道，"撤军！快回蓉城！"

军队得令，飞快地朝蓉城奔驰而去。秦时月紧追不舍，一路斩杀掉队的士兵，一直追到蓉城城门前才停下，而后在城外驻扎下来。姚勇被追得狼狈，他本就带伤，喘着粗气，内心怒极："这小儿……这小儿……"他找着形容词，却是半天不知道该如何骂才好。顾

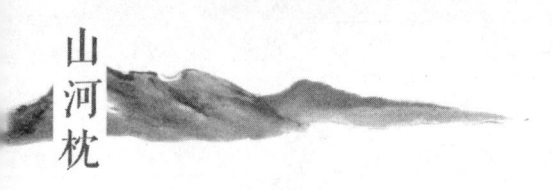

楚生站在旁边，淡道："姚将军不必忧心，蓉城虽受天灾，但城池坚固，姚将军只需要死守，他们粮草耗尽，自然就退了。"

姚勇没说话，他看了一眼顾楚生，心里敲起了小鼓。他去元城之前赵玥便说过，顾楚生必力保，但他的话也要反复思量。他转头对一个侍卫道："你上城楼去看看，外面有多少人。"侍卫应声，跑到城楼上。此时已是入夜，城外营地的火光星星点点连成一大片。片刻后，他回来对姚勇低声道："将军，怕是至少有八万军。"听到这个数字，姚勇大惊，认真思索了片刻，皱起眉："那卫韫的主力怕是都在这里了。他若围城，我的确突围无门。……不行，你即刻传令，我要从各处调兵过来。"第二日，卫家军果然围城。姚勇倒吸一口凉气，不由得庆幸昨夜已将求援的人派了出去。他抹了把汗，抬手道："死守，绝对不要开城门！"

姚勇和卫韫之间的斗争对魏清平和顾楚生影响不大，他们一入蓉城，便有序开始了赈灾的工作。蓉城没有顾楚生坐镇，灾情比元城严重得多，且姚勇花了大量银钱在建设官家府苑上，民生不兴，百姓的房屋大多老旧，因而如今城内四处残破不堪，哀鸿遍野。好在两人带够了粮食，顾楚生负责粮食的分发，魏清平负责看诊。

顾楚生曾以为，失去楚瑜的痛苦会将他吞噬，让他什么都不剩。然而在蓉城，他忙得几乎饭都来不及吃，就算顾得上吃一两口，也没有人专门为他准备饭食，他只能跟着灾民一起坐在棚子里喝米粥。这时候，他发现，自己居然已经很久没有想起那份痛苦。甚至于这些怀念的念头，也是夜深人静，他睡在硬邦邦的床板上时，才恍惚想起来。

卫韫围困蓉城的消息很快传了出去，与此同时，传遍天下的，则是楚瑜残暴的名声。她不仅一连端了滨城江永、洛河陈淮两家的老巢，甚至连他们的老幼家眷都没放过。楚瑜所过之地，不仅一颗粮食都没剩下，人也没有剩下。这样的不义之举顿时引得天下声讨，然而声讨之后，却是那不肯交粮的三家之中最后一家，淮扬侯易，亲自领着粮送去了元城。

就在侯易走在去元城的路上之时，卫韫则带着人赶往了青南。楚瑜此时已经带兵走在去往淮扬的路上，孙艺跟在她身后，不解地问："将军，侯易已经交粮，我们为何还要攻打？"

"他不按时交粮，就该付出代价。你以为我们为什么打这三家？"孙艺也没多想："为了震慑？"楚瑜头也不回，看着前方："对。所以，如果不按时交粮，补交即可，那其他诸侯都拖延，还算得上什么震慑？只是这次侯易既然已经交粮，我不动他的家人即可。"

正说着，远处似乎传来马蹄声。楚瑜皱皱眉，抬起头，却见远处是另一条官道。那条官道应是从元城去往青南的必经之路，如今卫韫还在围困姚勇，此时会从这条路上过的军队是谁？！楚瑜心中警戒起来。然而当朱雀包裹着的"卫"字映入眼帘时，她不由得睁大了眼睛。

两条官道之间隔着带冬雪的草野，远处的青年身着银白铠甲，手提长枪，马奔得飞快。她隔着荒野，看见对方似乎是笑了起来。两路人马都在争分夺秒地赶路，楚瑜心跳得飞快。一瞬间，她便明白了对方的计划，知晓此时一刻都不能耽误，然而拼命跳动的心却无法停下。

——看一眼。她想再看一眼。若是以前，她或许还会克制，然而这一日，她不知道自己是怎么了，只觉得热血在身体里滚动不已，让她像一个少年人般想要任性一回。她猛地勒紧缰绳，同孙艺道："你们先走，我去去就回！"说着，她调转马头，往卫韫军队的方向冲了过去。

没跑出去多远，楚瑜便遥遥看见那银甲青年也朝她奔了过来。她扬起微笑，扬起马鞭，加快了速度。那人似乎心领神会，他们踩过带着冰雪的泥土，在相会那一刹那双双勒紧了缰绳。她低低喘气，快速地道："我要去淮扬，侯易的事不能就这么算了。"

"我知道。"卫韫口中呼出热气，在空气中凝成白雾，"我要去青南，取了青南，和沈佑夹击渝水。"

"我明白。"说完，两人沉默了片刻。他们似乎有很多想说的，可是行程太匆忙，他们只来得及将最重要、最急切的信息告诉对方。然而，这片刻的沉默都让卫韫觉得浪费，他打马上前，猛地抱紧了楚瑜。这个拥抱特别紧，特别用力。他的温度让这个冬末变得格外炙热，楚瑜感到有热气升腾上来，催得她眼眶发热。

楚瑜抬眼看他，那一眼十分贪婪，似乎要将这个人刻进骨子里。而后她转身，打马离开。她来得果断，去也如疾风。卫韫看着她的背影远去，片刻后，他也转身，疾驰而去。

哪怕背道而驰，却是两心相向。没有辜负对方，亦不曾亏待自己。

元和五年冬末，青州大震，洛州、白州均有震感。卫楚宋三家联发征粮书向天下讨粮赈灾，遣北凤将军楚瑜领军征讨拒缴者。楚瑜半月内连灭淮扬侯易、滨城江永、洛河陈淮三家，天下皆惊。尔后缴粮再无人敢拒。此间，卫韫发兵青州，取青南青北；楚临阳取谢家临邑，宋世澜得王氏三城。

山河枕

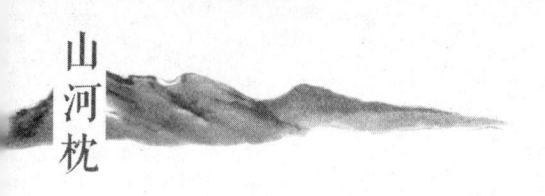

那一年冬天很冷，地震和严寒双管齐下，加剧了青州的灾情，好在粮食上没有太大的短缺，青州总算是稳固下来。报安的折子到达华京那一日，赵玥正坐在御书房里，让太医问诊。他近来总觉得力乏，他是个小心的人，唤了许多御医过来。

太监张辉给他念完青州来的折子，等在一旁的一名将军道："如今因着青州赈灾，卫韫这些人在民间的声望可是越来越高了。陛下，我们要不要也对各地震慑一二？"卫韫、宋世澜、楚临阳这些个硬骨头难啃，打打那些小家族却是无妨的。赵玥揉着脑袋，闭着眼："顾楚生还不打算回来？""姚将军没说。"赵玥低低应了一声，随后道："青州毕竟是姚勇的地方，把青州彻底搞乱了，最后麻烦的还是姚勇。凡事不能做绝，他们要救就救吧。不过，写个告示下去，就说卫韫劫了我们赈灾的粮草，且把他骂一顿。"

听得这话，殿中的几人愣了愣，随后便反应过来。青州有难，首先该出手赈灾的便是朝廷。如今是朝廷没有拨粮，才逼得卫韫出手。这事若真如此定了板，这朝廷在百姓心中的声望也就完了。如今华京倒打一耙，说卫韫劫了赈灾粮，一来能向百姓表明自己也在帮忙赈灾，挽救民心，二来便可将卫韫赈灾的行为说成是一场作秀。一个大臣笑起来："还是陛下高明。"赵玥没说话，他觉得脑子太疼，只是道："方才是不是说，白州哪个村发生瘟疫了？"

"是靠着青州的一个叫董家村的村子。这次瘟疫蔓延得厉害，如今青州附近几个村子都有疫情，姚将军正在处理。"赵玥睁开眼，有些疲惫："你把地图给我拿来。"张辉去取了地图来，大臣指给赵玥看："陛下您看，就是这里。"赵玥盯着那董家村看了许久，慢慢道："它旁边似乎就是南江。"

南江是贯穿白州和华州的一条长河，从白州发源，在华州入海，算是华州境内的主要江脉。大臣并不明白赵玥的意思，只道："是，江白城就在它边上。"赵玥没有说话。他盯着地图，好久后才突然道："立刻调兵支援姚勇，不计一切代价，取下江白！"

"陛下？"那将军不明白赵玥的目的，江白并非要地，又没有特殊物资，为何值得不计一切代价去取？"再从燕州调集兵力二十万，"赵玥不答，只敲打着扶手，继续吩咐，"绕过牛城，直逼白岭。"将军皱起眉头："陛下，如果不打牛城，直接攻白岭，到时候卫韫领兵回来，和牛城的兵马夹道反击，怕是我们胜算不大。"

"攻下白岭后不要停留，"赵玥闭着眼揉着脑袋，"带走卫韫的家人。"这话一出，将军才明白过来。这位帝王不是一个有军事才能的人，却在阴狠权术上更有"建树"。争一个城从来不是因为它是军事要地，它有怎样的物资，仅仅只是因为，那里有对方主将在意的人。当年他让北狄在白帝谷赢了卫家，利用的是姚勇的懦弱以及卫家的正直，如今他想做的，仍是如此。

那将军领命，退了下去。赵玥睁开眼睛，看着旁边跪在地上给他号脉的太医道："高太医，可有结果了？"高太医有些忐忑："陛下……您大概是忧思太过……"

"朕近来总觉疲惫。"

"您的确是太过疲惫了。"

赵玥沉默了片刻，终于站起身，往梅贵妃的宫里走去。

李春华正指挥着人在梅树下挖坑。如今梅花大多落了，只留下几株，零零散散地开在树林里。赵玥遥遥看着李春华，见她神色平静地指挥人将几坛酒放到了梅树下。赵玥一直没出声，等她将酒埋好，侍女才提醒道："娘娘，陛下来了。"

李春华抬头，看见赵玥站在树边。见她发现了自己，赵玥走到她身前，替她理了理衣衫，温和地道："做什么呢？"她笑起来："埋了几坛酒。等明年冬天，就可以挖出来喝了。"赵玥伸手握住她的手，她的手冷得如冰雪一般，赵玥笑道："明年太子就出生了，我陪你喝。"

李春华含笑，没说话。赵玥牵起她往宫里走去，疲惫地道："如今天下都乱了，卫韫、宋世澜、楚临阳……没有一个让人省心。"他在屋里坐下，让人端了热水过来，亲自给她擦着手，低声道，"不过你也别太担心，我会收拾好一切。等咱们孩子长大了……"他抬起头，看见她就笑了，抬手覆上她的发丝，神色里带了温柔和郑重，"我会把一个稳稳当当的皇位，送到他手里。你会是皇后，以后是太后，你一辈子，永远都会是这世上最尊贵的女人，不会再受半分委屈。"

李春华心里微微一颤。她垂眸，好久后，终于低低应了一声："嗯。"赵玥轻轻靠上她的肩头，就像从前在李氏府里一样，依赖着她："我做任何事，都是为了你和孩子。你别怪我。"李春华没说话，静静感受着肩头传来的温度。他近来精神越来越不好，偶尔还会眼前模糊。她知道这是为什么。她感受着他的虚弱，清楚地意识到他生命力的流失。此刻她脸上带了少有的宽容，握住他的手，慢慢道："阿玥，人一辈子是要讲福运的，你为我和孩子积点德吧。"

"你别担心。"他抱着她，低低笑了，"地狱我下，你和孩子，都会好好的。"李春华握着他的手紧了紧："阿玥，何必呢……"赵玥感到了她的不安，抬起头看着她，眼里带了苦涩："有些路我走上去，就回不了头。卫韫不会放过我的，你明白吗？"李春华愣愣地瞧着他，赵玥压抑着情绪，艰难地道，"从我为了复仇而逼死卫家的那一刻开始，我就回不了头了。我和卫韫之间，必须死一个。不过你放心，那个人不会是我。"

赵玥的命令层层往下传时，卫韫刚拿下青南。他先回白岭部署了一番，又联系沈佑，

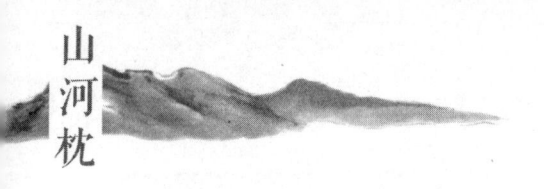

准备联手夹击渝水。一旦取下渝水，踏平青州便指日可待。这一日，楚瑜刚回到元城不久，晚月的声音传了过来："小姐，外面有人求见，说是来找顾大人。"楚瑜愣了愣，顾楚生已经离开元城多日了，还有谁会来这里找他？然而她也不多想，起身道："我去看看。"

楚瑜在城门口看见了那个妇人。那妇人看上去十分年轻，穿着破布衣衫，怀里还抱着个孩子。楚瑜上下打量了那妇人一眼，恭敬地道："是您要找顾大人？"那妇人看见楚瑜便上来要跪，楚瑜赶忙抬住她。两人寒暄一番，那妇人道："不瞒您说，并非我要找顾大人，而是有人告诉我，顾大人在找我。"

"您是？"楚瑜皱起眉头。那女人叹了口气："我是李家妇，听闻顾大人在找我公公李乐，妾身便寻了上来。"楚瑜隐约想起了妇人口中的李乐，是山里那位帮助过他们的老伯的儿子。她想了想，如今粮食都从元城入青州，她便让人知会了孙艺，自己领着这妇人，押上粮食往青州赶去。

此刻顾楚生和魏清平正在一个叫泉涌的小镇赈灾。楚瑜带着妇人行了五天的路，才到达泉涌。路上楚瑜和妇人交谈，才知她叫陈九儿，是李乐的儿媳。李乐有两个儿子、一个女儿，早先征兵，大儿子去了战场，便再没回来。后来税赋太重，二儿子因那年收成不好，无法按数缴税，被官兵毒打后死在了病床上。再后来，小女儿因家贫，早早卖身入了一位富商府中为奴，如今也不知道去向，就留下陈九儿照顾剩下的三个孩子。然而兵荒马乱，又遇地震，三个孩子病去了两个，只剩下陈九儿的小儿子，也不知道还能撑几天。

找到楚瑜时，陈九儿已经没了奶水，那孩子也只能喝一些赈灾发的米汤。也就是在去泉涌的路上，陈九儿吃上了肉，才终于有了奶。

泉涌是如今最后一个需要赈灾的城。其实泉涌受灾极其严重，然而官员不报，顾楚生知道的时候，已经太晚了。楚瑜和陈九儿到达泉涌，便看见四处是残垣断梁，尸体被人用车推出，按照魏清平的要求统一拖出去焚烧。与其他地方不同，泉涌整个镇子都特别安静，带着一种无须言语的阴郁，压得人心中沉闷。陈九儿抱着孩子跟在楚瑜身后，有些胆怯："大人……"

"无妨。"楚瑜淡道，"你且随着我就是了。"说着，她让官兵领路，将粮食押了过去。泉涌人很少，到了存粮的地方，甚至都没人来帮忙卸货。楚瑜只能亲自卸了货，又寻了人，问着顾楚生所在的地方。

按着路人的指示，如今大多数人都在医庐，楚瑜便先领着陈九儿去医庐。医庐附近是一片哀号声、哭声、慌乱的脚步声。走进医庐，一排一排伤患排列起来，许多人往来穿梭在他们之间，替他们包扎，给他们喂药。

三十三 没有辜负对方，亦不曾亏待自己

楚瑜老远就看到一个红色身影，头发用布冠勉强束起，华服上沾满了泥土。一条已看不出颜色的药裙裹在他身上，他手里端着药碗，急急忙忙跑到一个老人面前。起初他还很有耐心地给老人喂药，然而对方突然开始急促咳嗽，鲜血从口里流出。顾楚生慌了神，开始疯了一般地叫："魏清平！魏清平！"

然而伤患太多了，魏清平还在另一边给另一个人施针。顾楚生熟练又颤抖地翻出针来，扎在魏清平教过他的穴位上，另一只手抓了旁边医童送过来的药，塞进对方嘴里。"您撑住……"他颤抖着声音，"大爷，您撑住，您儿子马上回来了，您一定得撑住！"他似乎很慌乱。楚瑜慢慢走过去，看着他正拼命抢救的老人。然而老人还是慢慢没有了气息，哪怕顾楚生拼尽全力，他还是闭上了眼睛。

顾楚生跪在原地，呆呆地看着那个老人。好久后，楚瑜抬手拍在他的肩上。"顾大人，"她轻声开口，"人已经走了。"顾楚生慢慢回头，仰头看着身边的女子。她一身黑衣劲装，腰上挂了一条皮鞭，头发高束而起，整个人干练又张扬。然而她的笑容里又带着岁月独有的温柔和宽容，神色中含了些许安慰，"你休息一下吧。"

顾楚生终于缓过神来。他慢慢笑了，叫出她的名字："阿瑜。"说着，他抬手由旁边的医童扶着站了起来。已有人过来处理老人的尸体，顾楚生没有去看，同楚瑜道："许久不见。"楚瑜上下打量他片刻，道："你在找李乐？这是李乐的儿媳，你来见见。"顾楚生的目光落在抱着孩子的陈九儿身上，陈九儿低着头，不敢抬眼看他。

只一眼，顾楚生便明白了。他紧握着拳头，好久后，他深吸一口气，艰难地开口："家里，还有其他人吗？"

这话问出来，连陈九儿都愣了。她仔细看了顾楚生片刻，仍不知道这个人与自己家中有什么关联。顾楚生看出她的疑虑，解释道："之前我见过你公公的父亲，他让我寻找你们，问问你们可好。然而如今只有你一个妇人来见……"顾楚生抿了抿唇。陈九儿反应过来，她红了眼，低着头道："家中……确实没有其他人了。"顾楚生没说话，片刻后，他叹了口气："我明了了，你先下去吧，我让人安排你歇着。"说着，他转头看向楚瑜，"如今人多事杂……"

"无妨，"楚瑜摆手，"我来帮忙吧。"

如今泉涌的确人手不够，伤患比四肢健全的人多，楚瑜跟着顾楚生给魏清平打下手，到半夜两人才回到府衙。魏清平倒头就睡，顾楚生洗漱之后，便去见陈九儿。如今是半夜，顾楚生不好单独去，恰好楚瑜也没睡，便叫上了她一起。顾楚生听着陈九儿述说家中发生的事，心一分一分地沉了下去。九儿说完，他叹了口气："既然家里没人了，我便不

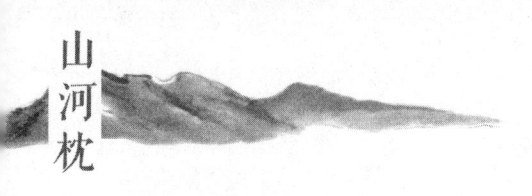

给老伯带消息回去了。"

怀抱着希望，总比白发人送黑发人的绝望要好。陈九儿抿了抿唇，顾楚生又安抚了她几句后，便站起身，领着楚瑜出去。然而走了没几步，陈九儿道："顾大人！"顾楚生顿住脚步，回头，看见陈九儿正含泪看着他，"顾大人，民女可否私下与您说几句话？"

顾楚生迟疑了片刻，抬头看了看楚瑜。楚瑜主动走开，留下两人在屋中。陈九儿将怀中的孩子抱起来："顾大人，民女有一不情之请。民女知道大人仁义心肠，这个孩子，是李氏唯一的血脉，如今乱世流离，民女无力抚养……"

"你想要我收养这个孩子？"顾楚生皱紧了眉，陈九儿迟疑片刻，终于还是道，"还望大人应允！"

"荒唐！"顾楚生叱喝，"你身为人母，尚在世间，哪里就有将孩子送出去的道理？"说着，他转过身便打算出去。陈九儿站起身，颤抖着道："顾大人的意思是，因为这孩子还有母亲，所以您不要他，是吗？"顾楚生认真地看着她："你是他母亲，他便是你的责任。不过你放心，"他看着那浑身颤抖的女人，放缓了声音，"我会派人送银与你，你带着孩子，回去将李老伯接回家，好好过日子。"

"若他没有母亲呢？"陈九儿固执地问。顾楚生："你到底想说什么？"陈九儿冷静下来，盯着顾楚生："若有一日，我出了意外，那么，这个孩子顾大人可否收留？"

顾楚生看着她。他想，她一个女子，在乱世漂泊，或许也只是想给孩子求个依靠。于是他点头道："可。"陈九儿舒了口气，躬下身，抱着孩子跪在地上，认认真真地对顾楚生说了一句："民女谢过大人。"

顾楚生转身离开。楚瑜抱着剑在外面等他。两人一起走出残破的院子，顾楚生固执地要送楚瑜回帐。"她同你说了些什么？"楚瑜倒也习惯了顾楚生的这份风度，随口找了话题聊天。顾楚生心中仍然觉得不安，慢慢道："她问我是否能收留……"话没说完，他猛地反应过来，大叫一声，"不好！"随后他便朝陈九儿的房中冲了过去。楚瑜愣了愣，也追着往回跑。

才刚回到院中，两人便听到婴儿微弱的哭声。顾楚生冲在前面，一脚踢开门，随后便看见血漫了一地。陈九儿倒在血泊里，胸前插着一把利刃。孩子就在她身边，他似乎已经感知到什么，张牙舞爪，用着最后的力气哭得撕心裂肺。

顾楚生跑过去，从袖中拿出药和碎布，近来的急救让他已经十分熟练。楚瑜转头就去找魏清平。顾楚生留在屋中，往陈九儿的伤口撒了药，按压着出血的位置，满脸慌张。

陈九儿艰难地笑了："大人……这个孩子，还没有名字……您……好好照顾……"

"你才是他的母亲！"顾楚生怒吼，"怎么会有你这样的母亲？！"眼泪从陈九儿眼中慢慢流下来，她艰难地笑开，声音轻如浮萍："贱民之苦，贵人安知？一条命……"她喘息着，血疯狂地从顾楚生指缝中奔流出来，顾楚生整个人都在颤抖，"换我儿……半生平安……也是值得。大人，"她的眼前已慢慢黑下去，"这大楚……什么时候……才能安定啊？"

说完，她整个人似乎也伴随着这个问句，慢慢枯萎了下去。顾楚生咬着牙，浑身抖个不停，手一直按着她的伤口，试图给她止血。孩子就在他身边，仿佛是知道母亲的离开，哭闹不停。

魏清平跟着楚瑜冲进房中时，陈九儿已经冷了下去。顾楚生跪在原地，还保持着救人的姿势。魏清平冲到尸体边，片刻后，她摇了摇头，站了起来："顾大人，人已经没了，送走吧。"顾楚生还是不动，楚瑜上前将孩子抱在怀中，拍了拍他的肩："起来吧。"

顾楚生这才有了些许反应。他呆呆地站起来往外走去，手上还染着血，走得跌跌撞撞。楚瑜见他情况不对，赶紧跟了上去。她吩咐人去给顾楚生准备一碗安神汤，而后才抱着孩子跟进他的帐中。顾楚生坐在暂时被当成床的草堆边，用染血的手环抱着自己，呆呆地看着洒进来的月光。

"其实我该早知道的。……我早该想到，她为什么要问我那些话。我也早该明白，她吃了这么多苦，她的世界，比我想象的要难得多了。她一个妇人，带着一个孩子，要过下去，太难了。"楚瑜抱着孩子来到顾楚生身边，坐下听着他继续道，"她活不下来。哪怕有我帮忙，可我又能帮她几年呢？我不在她身边，或许不久后，就没人再记得她了。"

"楚生，"楚瑜叹息，"这不能怪你。"没有任何人想到，这个妇人会有这样的打算。

"她想的是，如果我不帮她，她和孩子都活不下来。所以她一定要逼着我要这个孩子。可是，为什么她会活得这么绝望？"顾楚生慢慢转过眼来看着楚瑜，"为什么，我大楚百姓，会觉得自己命如蝼蚁，如果没人相救，便活不下去？"

"楚生……"楚瑜被他眼中的泪光骇住。他看着她，颤抖着身子，沙哑地道："她问我大楚什么时候才能安定？这话我也问过，上辈子，这辈子，我问了两辈子……可大楚为什么不安定？"他站起来，佝偻着，盯着楚瑜，上下牙齿打着战，"我大楚有最广阔的土地，最英勇的儿郎，最努力的百姓，为什么还不安定？因为人心……"他抬起手放在胸口，怒喝，"因为赵玥那贼子狼心狗肺！因为淳德帝那蠢货不分是非！因为姚勇那狗贼一心为己！因为我……"他闭上眼睛，艰涩地出声，"因为我……懦弱无能。"

"楚生，"楚瑜轻拍着婴儿的背，"别把一个国家，扛在自己一个人的肩上。"

"我最近，每天都在看着人死。"顾楚生的声音哽咽，"我每天都会看着他们死在我面前。我努力救每个人,但我谁都救不了。生死我管不了,天灾我挡不住,便就是人祸,我也毫无办法。"眼泪滚落而出,他闭上眼睛,"我食百姓之食,穿百姓之衣,任内阁大学士,可我仍毫无办法!阿瑜……"他慢慢跪倒在地上,捂住自己的脸,仍由眼泪落在手上,化开鲜血,"我毫无办法啊——"

他的两辈子,于自己,他所爱难求;于国家,他所护难安。他眼睁睁看着他想要的一切失去、离开、毁灭、崩溃,却毫无办法。无数压抑的情绪在这一刻,在这个女子面前,奔涌而出。他跪俯在她身前,号哭出声。

楚瑜静静听着他的哭声,看着月光,感觉那哭声仿佛是一条长河,它将身边这个人,在这一夜里,一点一点洗刷干净。她抬起手,轻轻拍在他肩上,好久后,等他哭声渐歇,她慢慢道:"擦干眼泪,去好好睡一觉。"她的声音平静从容,"你以后,便是当父亲的人了。"

听到这话,顾楚生慢慢抬头,看向楚瑜怀里的孩子。那孩子睡得香甜,楚瑜将孩子递给他。顾楚生接过孩子,低头看着他。

"其实你并不是毫无办法,"楚瑜看着他的神情,笑了笑,"想要改变一个国家的命运,需要许多人的力量,每个人都做出一些改变。顾楚生,其实你做了很多,不是吗?大楚会安定下来的。"顾楚生抬起头,看着楚瑜的眼睛,听她认真地道,"这一辈子,我,卫韫,我大哥,宋世澜,魏清平……还有很多人,我们一起努力。"

顾楚生没说话,好久后,他慢慢笑了。"好。"他含着眼泪,沙哑地道,"我们一起。"

上辈子,他没能和她并肩。这一辈子,能站在一起,他也知足。

三十四　卫家军楚瑜，在此守城迎战！

　　魏清平检查完陈九儿的尸体走出来时，顾楚生已冷静下来。他从楚瑜怀中接过孩子，孩子已经在楚瑜的安抚下睡了过去。他静静看着那孩子，却是道："你对孩子，倒的确有一套。"楚瑜笑了笑，没有回答，顾楚生骤然想起，楚瑜毕竟曾是一位母亲。——曾经是他的孩子的母亲。他抱着孩子，垂着眼眸。楚瑜知晓他在想什么，笑着道："给孩子取个名字吧，日后无论你有没有孩子，他都是你的第一个孩子。"顾楚生静静看着怀里熟睡的孩子，笨拙地抱着他，好久后，他抬起头，看着楚瑜，慢慢道："我可以叫他颜青吗？"楚瑜微微一愣。这是上辈子他们的孩子的名字。而楚瑜甚至没有听到过那孩子叫她一声母亲。她离开他时，那孩子还在牙牙学语，她再见到他时，他已与她形同陌路。

　　楚瑜呆呆地看着顾楚生。顾楚生的声音平和："两辈子以来，我亏欠最多的，就是你和颜青。为人丈夫，我没能好好待你；为人父亲，我对颜青太过疏忽。这一辈子我赔给你，可颜青却不会再次出现。"他认真地说出承诺，"……这个孩子，我会好好养他。我会亲手教导他，我会陪伴他长大。当年我没做好一个父亲，这一辈子，我会好好当一个父亲。我欠颜青的……"他的声音顿了顿，"我想还回来。"

　　"楚生，过去的事情，不是每一件都能够弥补。"听到他的话，楚瑜声音温和下来，"往前走就可以了。这个孩子，你本就该如此对他。这不是对颜青的弥补，这本就是他应得的。"顾楚生抱着孩子的手紧了紧。他觉得楚瑜的话意有所指，是她不愿意他将感情放在她身上。然而他没有回话，没有争辩，只是抱紧了孩子，道："你如今送了粮食和草药过来，便不要在青州停留太久，该回去就赶紧回去吧。……赵玥阴险，我怕他对你动脑筋。"

　　"你放心，"楚瑜摆摆手，"我来青州这件事几乎没有人知道。我也就是过来看看你和清平，如今你们好，我也就没事了。"顾楚生点点头，魏清平在旁边看了他一眼，提醒道："赶紧给孩子找个奶娘，没有奶娘就找只母牛或母羊，先把孩子养活。"他这才反应

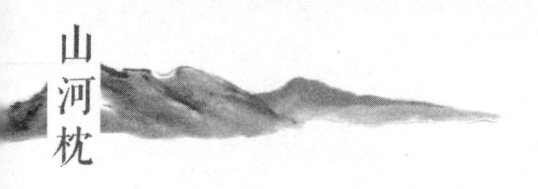

过来，忙吩咐人去处理陈九儿的尸体，又去给孩子找奶娘。

楚瑜和魏清平一起回了帐中。魏清平给她大概交代了一番青州目前的情况，淡道："如今灾情差不多都已控制住，我比较担心的，就是后续的瘟疫。一般大灾之后都会出现瘟疫，如今一天没有报上来消息，我心里不安。"楚瑜点点头，她回忆了一下，上辈子地震之后的确连发了好一段时间瘟疫，便道："我会让人仔细打听各地的消息，你别担心。"

魏清平应声，想了想又道："你如今倒很是威风。到处都在传你的事，我的耳朵都快听出茧子了。"楚瑜笑起来，开始脱外套："那不正好吗？我便不用同你重复了。"魏清平沉默了片刻："你近日见过时月吗？"楚瑜含笑转身，颇有些得意地道："我便知你要问这个。"魏清平面色平静："他是我的情郎，不问他，难道我问你家王爷吗？"

"是是是，"楚瑜从衣衫里抽出一沓信来。这些信都是之前她派人去同秦时月要来的，就想着哪一日见到魏清平，便可以将信转交给她。她将信扔给魏清平，转身又道，"你就好好感激我吧。"魏清平抬手接过，忙将信打开，看了几眼信里的内容，便抿唇笑了。楚瑜瞧了她一眼，撇撇嘴，站在床边，"你晚上是回自己帐里，还是同我睡？"

魏清平抬眼看了她一眼，目光又回到信上："你明日走？"楚瑜坐到床沿上："粮草和药物我都已经送到了，还留在这儿做什么？"听到这话，魏清平将信放入自己怀中，走到她身边高兴地道："那我同你一起睡，我们还能说会儿话。"楚瑜抱臂笑而不语，魏清平上下扫视了她一眼，突然道，"你最近打了这么些仗，怎么还胖了？"

"嗯？"楚瑜愣了愣："我胖了？"

"你没觉得？"魏清平的目光落到她的小腹上，稍加注意，便能发现她的腰部似乎的确是胖了。然而她的面颊依然消瘦，全身上下仅小腹有些凸出。魏清平认真打量了她片刻，突然道，"来，转一圈。"楚瑜有些发蒙，不过她对魏清平的医术绝对信任，便依言转了一圈。魏清平皱起眉头，拉着她坐下，将手放在了她的手腕上。楚瑜觉得事情似乎有些不妙，她屏住呼吸等着魏清平的诊断，等了许久，魏清平突然问："你上一次来葵水是什么时候？"

楚瑜愣了愣，沉默着想了很久。魏清平抬眼看了她一眼，便知道了结果："忘了？"楚瑜赶忙赔笑："近来发生了太多事情……"魏清平换了一只手给她诊脉："你上一次和王爷同房是什么时候？喝过避子汤吗？"

楚瑜听到这话便又愣了。一直以来，她和卫韫都很小心，加之她知道自己的体质极阴，不易受孕，上辈子便是费尽心力才有了顾颜青，所以并没有太上心。唯一一次……楚瑜认真思索着，似乎就只有卫韫封王的那晚了。那晚两人都有些失态，她并没有按时服下避子汤,谁都没想过,竟然就会这般巧合。只是,上辈子她和顾楚生要个孩子是那般艰难,怎么如今和卫韫……她不由得想,莫非上辈子,是顾楚生的问题?不过她的那些乱七八糟的想法魏清平是不知道的,魏清平看着她的表情,更加确定了自己的判断,慢慢道:"还好你习武,身体好,真气护体才保住了这孩子,要是寻常人,早就没了。"

楚瑜终于缓了过来:"等等……你的意思是,我当真有孩子了?"魏清平抬眼:"不然呢?"随后她起身抓起纸笔,抬头看楚瑜,"这孩子是留还是不留,你给个话。"

楚瑜整个人是呆的,好半天才忙道:"不对啊,我这个体质……我……我这极阴的体质,不易受孕的……"魏清平似乎有些不耐烦:"你喝了五年的药,食补也补了五年,卫韫还让我给你开过方子。你只是宫寒阴虚,五年来早就调养好了。"说着,魏清平有些奇怪,"你怎么就这么肯定自己不易受孕?你这身体,好得不得了。"

楚瑜呆呆坐着,这才恍惚想起来,她的确已经调养了很多年。一开始是她自己要求的,后来那些汤药变了味道,不再苦涩难喝,就像是各家夫人饭后都会喝上一碗的银耳汤、燕窝、桃胶之类的滋补品一样。于是她每日一碗,便几乎忘了自己还在调养这件事。再后来卫韫回京,战乱又起,这么多事叠加在一起,她又哪里来的时间思考这些?

过了许久,楚瑜才消化了这个消息。她笑出声来。如果是以前,她或许还要顾忌柳雪阳和卫家,如今她独身出来了,又还要顾忌什么?她抬起头,果断地道:"留。"她盘腿坐下,认真地道,"我想好了,要是我和卫韫没有缘分,我就把这个孩子带回去,我自个儿养他。他要是个男孩子,我就给他取名叫楚……"

"好了好了,"魏清平见多了知道自己怀孕后高兴坏了的妇人,赶忙抬手阻止她,"我对你打算怎么处置这个孩子一点兴趣都没有。你要这个孩子,我就给你写方子。回去的路上别骑马了,也别太赶。别仗着自己底子好就作死。"楚瑜很是高兴,接口道:"行!我得给小七写信……哦不,"她顿住声音,"我要亲自去告诉他!他知道我有了孩子,一定很高兴……"

魏清平握着笔的手顿了顿,犹豫了片刻,终于道:"叔嫂相恋,未婚先孕,阿瑜……你要面对的,你都想好了吗?"

听见这话,楚瑜却是笑了:"我要面对什么呢?我若怕人言,便不会同卫韫在一起。我既然同卫韫在一起了,担上一个罪名还是两个罪名,又有什么区别?而且,这不仅是卫韫的孩子,也是我的。这辈子哪怕没有卫韫,能有一个孩子,我也很欣喜。……女子的悲哀,主要在于无能。如果我养不活这个孩子,如果我的下半辈子指望着再嫁一个男人来得到富裕生活,指望着依靠家族或者任何人,那我当然要在意人言。可是我不需要。有没有卫韫,有没有楚家,我都能养活这个孩子。"说着,楚瑜笑出声来,"再不济,我也能当

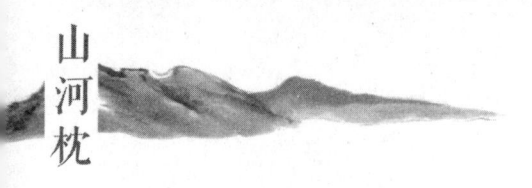

个山大王,你说是不是?"

　　魏清平点点头,听到楚瑜这番话,她也就放心了。楚瑜并不奇怪魏清平的态度,上辈子她便是未婚先孕,而秦时月战死沙场,临死前嘱托卫韫照顾好她,卫韫为了兄弟情义,想要保住魏清平的名誉,才同她成了亲。可若不是秦时月和魏王,魏清平怕也不会在意这些,自个儿将孩子养大,对她而言并没有什么。人生从来不会因为某一个点而万劫不复,真正让一个人万劫不复的,只有自己放弃了自己,任由自己淹没在淤泥里。

　　魏清平给楚瑜开好药方,又嘱咐了许多,两人才躺下。楚瑜很兴奋,但她的确也太累了,想着卫韫,又想着孩子,手不由自主地放在腹部,脸上扬起笑意,慢慢睡了过去。她在梦中回了白岭,见到卫韫跪坐在书房里,灯火落在他的身上,她站在门口叫他:"怀瑜。"卫韫执笔抬起头来,目光里落着星辰和她。她在梦里想张口,却不知道该怎么说才能展现自己的喜悦,于是她只是将手放在自己的腹部,高兴地道:"我有孩子了。"没有半分害怕,也没有什么不安,当孕育的是爱情时,一切风雨都变得无畏。

　　就在楚瑜在梦里看着卫韫时,卫韫正在白岭的卧房中熟睡。他在半夜里被雨声催醒,慢慢睁开眼睛,听见雨落在树叶上,落在树枝上,落在泥土里。他也不知道自己是怎么了,只觉得内心空荡荡的。他从床上下来,散披长发,袖垂双膝,赤脚走到窗前,推开了窗户。他看着雨落在树枝上,惊讶地发现那树枝不知什么时候已抽出了嫩绿的新芽。

　　卫秋走到他身边,恭敬地道:"王爷可有什么吩咐?"卫韫没说话,他静静地看着那一抹嫩绿,好久后,他摇了摇头:"没什么。"说完,他关上窗户,回到书桌前,提起笔,突然很想写些什么给楚瑜,然而落笔却又不知该写什么,才能让自己的笔触显得沉稳从容,不将这深夜惊醒的失态流露。

　　他不愿让自己的这份狂热的思念成为她的束缚,他只想告知她,这天宽地广,她可从容来去,不必担心无处可归,因为他在。他在,便任她独行万里,回首即是家乡。他将笔顿了好久,终于告诉她——

　　阿瑜,门外树枝又添新芽,不知你那里,可也是春暖花开?阿瑜,我欲取渝水,你接下来又要去哪里?若无他事……

　　卫韫的笔停住,好久后,他才再次落笔,问:

　　可能于渝水相见?

　　第二日醒来,楚瑜精神抖擞,立刻清点了人,怀揣魏清平的方子准备离开。如今有了孩子,她不敢乱来,让人准备了马车,打算坐马车离开。

三十四　卫家军楚瑜，在此守城迎战！

顾楚生和魏清平都来送她，魏清平给了她许多信和药，最后道："这些都是给时月的，你别自己私吞了。"楚瑜哭笑不得，抬手戳了她脑袋一下："你心里还有我这个姐妹吗？"魏清平面色不动，从一堆瓶瓶罐罐里拣出两个瓶子："一个保命，一个解毒，这就是我对你的情了。"

"你简直是……"楚瑜摇了摇头，抬头看向顾楚生。顾楚生怀里抱着孩子，有些担忧地看着她。两人什么话都没说，许久后，楚瑜叹了口气："顾大哥，保重。"这声"顾大哥"让顾楚生愣了愣，他压着心里的酸楚，垂下眸去，沙哑地道："保重。"

楚瑜放下车帘，马车摇摇晃晃朝着远方行去。顾楚生和魏清平对视了一眼，回头又奔向了属于他们的战场。

楚瑜最后一次接到卫韫的消息，是说他回了白岭。如今战乱，他随时可能去其他地方，楚瑜想亲自去找他，又不能奔波，想了想，最稳妥的法子，还是去白岭等。晚月不由得有些担心，给楚瑜端来汤药时小心地询问道："卫老夫人如今是不可能接受小姐的，小姐这时候回白岭，怕是不好吧？"

"我回白岭，关她什么事？"楚瑜有些奇怪，"你别以为我是要去卫家。我到了白岭，自个儿赁个房住下，等卫韫来了，我再和他商量。去见老夫人？"楚瑜抖了抖，摆手道，"可别吓唬我，也别吓唬你自己，我才不给自己找这个罪受。"

"可是您回了白岭，就算您不去找老夫人，老夫人大概也是要来见您的吧？"

"她要见我就来见。我是卫府的恩人，卫家军里的北凤将军，她能拿我怎么办？"楚瑜双手一摊，"反正我又不告诉她我怀孕了，我和她卫家一点关系都没有，她还能怎样，管得这样宽吗？"长月一听，高兴地道："是呢！我们家小姐爱见谁见谁，她管得着吗？"晚月推了长月一把："就你傻乐！"随后又转头同楚瑜道，"您说得虽然也不错，但还是得多想想。要不还是直接去找王爷……"

"你知道他在哪儿？"楚瑜抬眼看了一眼晚月。晚月顿了顿，说不出话来。如今卫韫行踪飘忽，若是他的方位这么容易打听出来，那才是真危险。楚瑜拍了拍她的手，安慰道："放心吧，我总不会被老夫人欺负了去。"

就在楚瑜的马车摇摇晃晃往白岭去时，卫韫已经带着人奔往渝水。他将给楚瑜的信发往元城，很快便接到了元城的回信，说楚瑜已经去了青州泉涌。他心里有些忧虑，然而泉涌是姚勇的辖地，他想送信过去并不容易，只能道："沿路发消息过去，若是遇见楚小姐，便告诉她我在找她。"

卫韫一边安排人去送信，自己一路直奔渝水城。此时沈佑已从青北往南攻打过来，秦

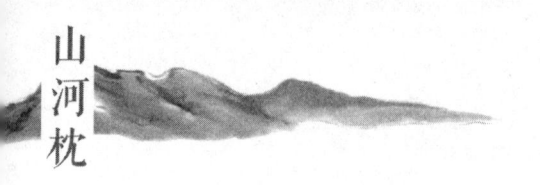

时月从青南往北攻打，而卫韫则是过元城长驱直入，直袭渝水。姚勇也知渝水乃青州唯一的天防，将所有兵力全部调集在此，卫韫到达渝水城外便整兵休息，与姚军隔江对阵，同时等秦时月和沈佑来会。

然而卫韫这边刚出白岭，赵玥的人便兵分两路，一支队伍从燕州绕过玖城直袭白岭，而另一支则重兵奔向江白。江白距离卫韫所在之地较近，江白失守之事隔日就传到了卫韫耳中。卫韫一时不太明白，卫姚渝水交战的关键时刻，赵玥取江白一个小城做什么？不过，无论赵玥在想什么，此时他也来不及调兵去支援，只能先拿下渝水，回头再去江白找赵玥的麻烦。

于是，就在卫韫于渝水河畔布阵时，赵玥的兵马已经离白岭不远。楚瑜此时还有半日就到，歇在白岭城郊的小镇，还没喝上一口茶，便听见路过的客人道："还好我们跑得快，不然如今怕已经是赵军刀下的亡魂了。"另一个人道："不对啊，赵军要进白州，至少要先打下玖城，那玖城重兵把守，怎么会这样容易就被打下了？"

先前说话的老头摆摆手："他们不是从玖城来的。他们绕过了玖城，直奔我们这儿，玖城现在大概才知道消息呢。"另一个客人道："不会吧，他们没有打下玖城，就算取了白岭，也守不住多久啊，到时候玖城和卫王爷两面夹击，他们怎么办？"

听到这样的对话，楚瑜不禁皱起了眉头。她端起茶碗，走到老头面前恭敬地道："老伯，您打哪儿来？"老头上下打量了楚瑜一眼，也没有藏着掖着："九仙镇。"说着，他摆摆手，"姑娘，你这样的长相，赶紧走吧。赵军是冲着白岭去的，您可千万别靠近那儿。"

听到这话，楚瑜顿时冷了脸色。她一想到顾楚生之前的提醒，立马反应过来，赵玥这一次不是要取下白岭，他要的，是卫家的人！她猛地转身，吩咐长月、晚月："跟我走，赶往白岭！"一众客人都愣住了，老头赶紧站起身："姑娘，去不得！去不得啊！"楚瑜此刻已经上了马车，头也不回，只挥手道："老伯不用担心，我乃卫家将军，当去守城去了！"

马车跑得极快，她的声音瞬间就散在了风里。片刻后，有人反应过来："卫家唯一的女将军，不就是卫家大夫人，北凤将军楚瑜吗？"有人又道："不不，她如今已经不是卫家大夫人了，她已经离开了卫家，是自由身了。"一位年轻书生站起来，欢喜地道："当真吗？刚才那位就是离开了卫家的楚大小姐？"

"当真，我当年见过！"茶馆里一下喧闹起来。那年轻书生高兴地道："女子巾帼当如是，他年我若高中功名，必当求娶她去！"屋中人大笑起来："小伙子，这样的好女儿，怕等不到你去求娶了！"书生摆手："无妨，如此女子，能得见一面，也不枉此生了。"

楚瑜留下的一句话，仿佛带着一种无形的力量，将茶馆中的不安都驱逐了出去。北凤

三十四 卫家军楚瑜，在此守城迎战！

将军从无败绩，这一点在百姓心中早已成了不成文的共识。在他们看来，如今楚瑜去了白岭，白岭也就无大碍了。而楚瑜并不知道百姓对自己的期望，她坐在马车里，只是同长月道："再快一些！"

九仙镇距离白岭不远，如果赵玥的这支兵马真的是去白岭，怕是就快赶到了。楚瑜的马车一路狂奔，然而刚到城外，老远就看到一支军队从远处赶来。楚瑜暗道不好，跳出马车，大声道："弃车走！"刚说完，晚月、长月已经扛上了重要的东西跟上，三人提剑斩断缰绳，各自纵身骑上一匹马，朝着白岭城门狂奔而去。

此时的白岭早就乱成了一团，没有人想到赵玥会绕开玖城突袭白岭，因此白岭只留下一个前锋副将钱勇守城。钱勇职级并不高，在接到敌袭通报的第一时间就通知了卫府。柳雪阳慌得在家中团团转，还是蒋纯领着一众老家臣赶上城楼，远远看见那数万兵马踏尘而来，故作镇定，下令道："先将城门关了！"

钱勇没有犹豫，高喊："关城门——"然而就在城门慢慢合上之时，众人便看见了那空旷的平原上，一辆四驾马车正朝着白岭飞奔而来。"这时候还往白岭冲，是来送死吗？"钱勇皱起眉头。然而话音刚落，便见一个红衣女子从马车中冲出，手起刀落斩了马绳，与身后的两个女子一起，一人一骑朝着白岭城冲了过来。

一袭红衣在平原上猎猎招摇，只见楚瑜一手提着长枪背在身后，一手拉着缰绳。她身后是数万兵马，仿佛是在追赶她，而她毫不在意，朝着城楼上的蒋纯仰起头来，露出明艳的笑容。蒋纯愣了愣，片刻后，她欣喜地大叫起来："别关！城门别关！大夫人回来了！"

钱勇立刻反应过来，高喊出声："楚将军来了！楚将军来守城了！城门给她留着！留着！"不仅是蒋纯和钱勇，所有认出楚瑜的人都纷纷激动得叫嚷起来。

楚瑜领着长月、晚月风一般掠入城池，之后大门便立刻"轰"一下猛地关上了。她一刻不停，翻身下马，三人直奔城楼。众将士亮着眼，纷纷高声道："将军！"

"将军好！"

"将军回来了！"

楚瑜见着这些笑容，也忍不住笑了起来。她三步并作两步冲上台阶，刚一上城楼，便拍了拍一名士兵的肩："弓箭手准备！火油投石准备！别给我懈怠了，快准备好！"说着，她来到蒋纯面前，又看了一眼旁边的钱勇，似乎有些不好意思，"我来得着急，此战……"

"全听将军指挥！"钱勇激动地道。"老钱，谢谢了。"楚瑜拍了拍他，随后从长月

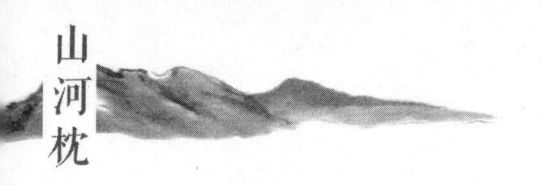

手中接过一面军旗，一步往前跨去，猛地将那旗子插上了城楼。金色的"瑜"字旗在风中张扬地飘动，楚瑜手提长枪，红衣猎猎，高喝出声——

"卫家军楚瑜，在此守城迎战！"

远远看见白岭城头"瑜"字旗扬起来，赵军便有些骚动。领军的将军符信是赵玥手下一员猛将，他并不是最擅长兵法的将领，但从赵玥还是秦王世子时就跟随赵玥，在诸将领中对赵玥的心思揣摩得最透。他对于赵玥此次出兵的目的也极为清楚，这也正是赵玥此次派他领军的原因。

"元帅，"副将驾马来到符信身边，担忧地道，"是瑜字旗，守城的怕不是钱勇，而是楚瑜。"符信冷笑出声："那正好，陛下就怕她不在。别多说，不惜一切代价，全力攻城！"说完，他一声令下，赵军便都往城池不要命地攻了过来。

楚瑜站在城楼上，一眼扫过敌军人马，心沉了下去。城楼下兵马至少有五万之众，而如今白岭之内，守兵不过三千。当年凤陵一战以少胜多，是因有凤陵城的地势以及城内城外的重重机关相助。如今白岭不过平原，没有地势便利，没有机关，甚至军备都不算充裕，要守住城池，实在是太难。

赵军士兵攀城而来，她抬眼看向阵前的主将。如今赵玥手下的将领她大多认识，认出领军者是符信，她心里更对自己的猜测多了几分把握。如今赵军虽然派大军前来，但他们绕开了玖城直逼白岭，就算攻下白岭，等玖城回过头来，反而会和卫韫呈夹击之势，在白岭对他们瓮中捉鳖。而符信这样不惜一切代价攻城的架势，明显也不是正常打法。也就是说，他们根本志不在白岭，白岭这个城，对他们而言一点都不重要。那么，以赵玥的心思，他要的怕不是白岭，而是白岭城里的卫家人！此事放在其他将领身上，或许会出现牺牲，然而对于幼年丧兄丧父、一个人带着卫家掀得天下大乱的卫韫来说，他不可能放弃。哪怕此战他真的不得已为了将士、百姓而为之，怕是也会心绪大乱，事后自刎谢罪也不无可能。

看到符信这势在必得的模样，楚瑜扬声道："符信，你不就是要绑个人去威胁卫韫吗？我跟你走！"符信骑在马上，听到楚瑜的声音，大笑道："楚瑜，你和卫韫什么关系？我绑你有个屁用！你将卫老夫人和卫家那六位小公子交出来，我立刻退兵。否则我入白岭，必让白岭鸡犬不留，寸草不生！"

三十四　卫家军楚瑜，在此守城迎战！

听到这话，楚瑜的眼神顿时冷了下来。攻城已经开始，敌军如蚂蚁一般拥上城墙，箭雨落下之处全都是人，他们仿佛不怕死一般，搭了云梯，不断地冲上来。楚瑜和符信冷冷对视，她提了声音道："符将军好大的口气！你前后左右都是我卫军之地，玖城守军早已得到消息，如今已在赶来支援的路上，不知道符将军可做好了准备？"

"对付玖城军队的准备我未必有，"符信大笑起来，"但拿下楚将军的准备，符某却是有的！"说话间，已经有人攀上来，城楼上厮杀成一片。楚瑜明白，此刻他们就已攀上城楼，白岭或许真的坚持不到玖城来援。然而，最可怕的还不是白岭守军与赵军的兵力天差地别，而是符信说的话——交出卫家，立刻退兵；不交卫家，入城之后，鸡犬不留！有这句话在，一旦有人觉得抵抗不过，怕就会为了保命而倒戈指向卫家。因此，这一仗不能拖得太久，否则很快就会有内贼出现。

楚瑜从来不对人心抱以太大的期望，她咬了咬牙，正要开口，却听到一声大呼："我跟你们走！"话音落，众人都愣住了，看向这个冲上城楼的女人。柳雪阳身着青衣，站上高台，嘶吼出声，"你们不就是要老身吗？！退兵！老身随你们去！"符信抬了抬手，赵军停住了攻城的动作，两边士兵对峙着。柳雪阳颤抖着走上前，看着符信，朗声道，"符将军，你让士兵退出一里，我立刻下城楼。"

"卫老夫人，"符信坐在马上，吊儿郎当地道，"您一个老人家，来了得有人照看啊。卫家不是有六位小公子吗，也一并带上吧？"蒋纯终于反应过来，慌张地冲上前一把抓住柳雪阳的袖子，焦急地道："母亲！您来这里做什么？您不能去，小公子也不能去！您去了，小七怎么办？"柳雪阳颤抖着，脸上雪白，但似乎已经做好了决定。她握住蒋纯的手，牙齿打着战："无妨。我不带那些小的，就自己过去。等白岭平安了，我不会拖累小七。"

听到这话，蒋纯便愣了，她明白柳雪阳的意思，睁大了眼："母亲！事情还没到这一步，您……"然而柳雪阳却是抬起头，目光落到了楚瑜身上。她静静看着楚瑜，楚瑜也看着她。她神色复杂，许久后，终于道："楚瑜……你终究还是回来了。"

楚瑜点了点头，抬手："老夫人，您先回去吧，这不是法子。"柳雪阳咬紧牙关："我不会拖累小七。我跟他们走，他们从白岭退兵，我……"楚瑜平静地看着她，温和地道："您若真这么做，那才是一辈子拖累他。"柳雪阳一愣，楚瑜叹了口气，"卫老夫人，您是他的母亲。若他的母亲以这样的方式死去，他这一辈子，怕都再难安稳睡下。"柳雪阳目露了然，抬起手指向赵军，红着眼："可还能怎么办？你守得住吗？"

楚瑜没说话，柳雪阳便知道了结局。她艰难地笑起来："若你守不住，我不能让白岭为我卫家陪葬！"

695

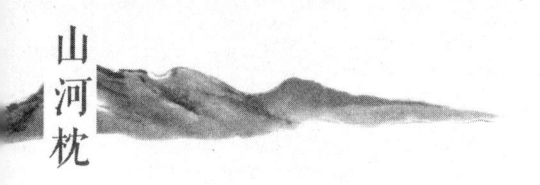

楚瑜静静地看着柳雪阳。她发现柳雪阳永远在做着出乎她意料的事。她虽然糊涂、古板、迂腐，甚至还有那么一些自私，但在大是大非上，她又有着一种莫名的原则。上辈子为了护住家中女子，柔弱如她可以面对士兵拔剑，试图保住卫府最后的尊严，最终被误杀而死；这辈子，她也愿意为了保住一城百姓站出来，奔赴这场必死之局。

"卫老夫人，"楚瑜轻叹一声，看着柳雪阳，真诚地道，"若他日你我还能活着相见，看天下太平，我还能不能再当一次您的儿媳？"没想到此刻楚瑜会问出这样的话，柳雪阳愣了愣，没有回答。好久后，她垂下眼眸，慢慢地道："我都已经死了，自然不会管了。你喜欢他，他喜欢你……"说着，她轻叹了一声，"罢了。"

楚瑜笑了起来："有老夫人这句话，我便放心了。老夫人说得是，这一城百姓，自然不能为了卫家陪葬。"她叹了口气，柳雪阳以为她是应下了，然而还没开口，众人只见楚瑜抬起手来，一个手刀便砸到了柳雪阳身上。柳雪阳当即晕了过去，楚瑜一手扶住他，对蒋纯示意："将她抬下去。"

"楚瑜！"一看见城楼上的动静，符信就急了，"你这是做什么？！卫老夫人你都敢动手，你是反了吗？！"楚瑜隔着人群看向对方，笑着道："符信，我不会让老夫人同你走的。她年纪大了，你这样凶神恶煞，怕是会吓着她。"

"你是不要白岭了吗？！"

"要！"楚瑜大声开口，"白岭，我要。可这里的人你只能带走一个。我知道赵玥要老夫人去做什么，无非就是威胁卫韫。我告诉你们，这里有一个人，你带去华京，卫韫绝对不会不管。"符信一愣，他身旁的副将已按捺不住，赶忙问："谁？"

"卫韫未过门的妻子！她如今已身怀六甲。卫韫今年双十有一，这是他的第一个子嗣，你说他管不管？"

听到这话，在场众人都愣了。比起六位小公子，卫韫的子嗣，还是长子——注定不是世子爷就是郡主的孩子——自然重要得多。可是，卫韫哪里来的子嗣？又哪里来的未过门的夫人？不过，其他人不知道，符信此刻心里却是有了底。出发前赵玥已经将卫韫的情况与他说得透彻，如今唯一能拥有卫韫子嗣的女人，自然是……

他正琢磨着，楚瑜已大笑起来："我——楚家大小姐楚瑜，代替卫老夫人随你入京，如何？！"

"谁知道你说的是真是假？"那副将大吼起来，"你和卫韫无媒无聘，你随便弄个野种来糊弄我们怎么办？！"

"放肆！"长月怒吼出声，"闭上你的狗嘴！"

"你……"副将还要大骂，楚瑜再次开了口："我肚子里的孩子是不是卫韫的，赵玥

三十四 卫家军楚瑜,在此守城迎战!

心里有数,符将军想必心里也有数。"说着,她似笑非笑地看了过去,抚摸着红缨长枪,盯着符信道,"符将军,今日你有两个选择:要么我跟你走,要么我们赌一把,看我能不能守城到玖城援兵到达。若你赢了,白岭一城权当送你,但我保证,卫家上下一个人都不会留给你,我看你拿谁去威胁卫韫,拿谁去向赵玥交差?!……而若我赢了……"她朗笑出声,"玖城官兵若至,我保证,今日你赵军兵马,一个都回不去!"

听到这话,赵军阵中出现骚动。符信紧盯着楚瑜,听她又道:"符将军,你可以慢慢想,你想得越久,我越高兴。不过,符将军可知,你如今最该想的是什么?"说着,她的目光扫向他身边窃窃私语的将士,笑着道,"你最该想,你的阵营里有多少士兵心里在害怕玖城援军随时会到达,已经做好了逃跑的准备!"

这话终于让那副将慌了神。军心涣散是沙场大忌,符信面上不表,心里却也有些犹豫。其实他并没有掌握白岭守军的确切数量。卫韫近日在几个城池间神出鬼没,究竟留了多少人在白岭,谁都不好说。而对于当年楚瑜守凤陵的具体情况,他虽然耳闻得多,却不知其中关键所在。此番他听命于赵玥,领了一支在数量上拥有绝对优势的军队来攻打白岭,他甚至都没想到楚瑜会在这里。楚瑜过去的战绩和此刻镇定的姿态让符信心中产生了一丝动摇。

楚瑜在城楼上坐下,开始擦拭自己的红缨长枪,漫不经心地等待着,甚至还和周围的几人有说有笑。"元帅……"赵军中有人扛不住了,他们一开口,符信终于做出决定,抬头:"好!你此刻出来,我们立刻退兵。"

"符将军爽快!"楚瑜击掌出声,从城墙上跳下,走到蒋纯身边。蒋纯看着楚瑜,捏紧了拳头:"母亲不是个聪明人,她若去了华京,能想到的办法也只会是自刎。你不一样,你有把握……"她的声音微微颤抖,眼里带着似乎随时会碎开的希望,"对吧?"

楚瑜没说话,她静静看着蒋纯,突然笑了:"宋世澜挺好的,你要是喜欢他,就去找他。不喜欢他……那就算了。"蒋纯艰难地笑开:"你说这些做什么?这些话,我们以后再来说。"楚瑜应了一声"嗯",似乎真如蒋纯所说,她不过是去华京走一趟,什么都不会发生。随后,她郑重地道,"那我走了。"

蒋纯垂下眼眸。她不敢看楚瑜,低着头,语速极快:"我会去找小七,他会去救你。我还会去找你大哥,去找宋世澜,他的要求我都可以答应。阿瑜……你要回来。"楚瑜没说话,她背对着蒋纯,好久后才终于回头,笑着道:"其实这些话我本不想说的……"她想了想,看向远方,慢慢道,"你同小七说,我已经把孩子的事昭告天下了,他得去我家,三媒六聘把我抬回来。要是运气不好,那也得把我的棺椁抬回来,放在卫家的墓地里。我在下面等他,百年之后……他再来与我合葬。"说完,她转身迅速朝城楼下走去。

697

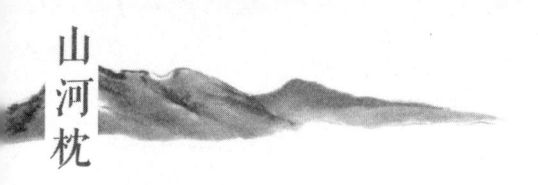

蒋纯在原地呆了很久，猛地反应过来。"楚瑜！"她疯狂地追了过去，然而楚瑜走得极快，正朝守门的士兵打手势："开城门！"

蒋纯追在楚瑜后面，总差了那么几步。她哭着叫楚瑜的名字："楚瑜！你站住！站住——"然而，她只看见那女子灵巧地从长梯上翻下，跑出了城门。她还想再追，钱勇冲过来抓住她，守门的士兵也关上了城门。她哭得满脸是泪，反身跑回城楼之上，便看见楚瑜背对着白岭，红衣银枪，独自走在平原之上。黄沙被风卷着飘散在空中，她含笑走向符信，没有回头。

符信让军医上前来为楚瑜把脉，证实她确怀有身孕，便未作纠缠，让人将她绑起来，立刻撤了兵。楚瑜被蒙住眼睛，又被灌下迷药，而后昏昏沉沉地睡了过去。符信不敢在白岭多作停留，匆匆将人马分为两批，一批小队带着楚瑜迅速出白州，另一批主力军走相反的方向吸引火力，正面迎战玖城援军。

他们一进白州就成了瓮中之鳖，这也是卫韫没有想到赵玥会绕过玖城攻打白岭的原因。他知晓赵玥的阴险，却也从没想过赵玥竟然愿意用这么多人换他的家人。然而赵玥就是这样做了。符信明白赵玥的意思，所以这一战最重要的就是把楚瑜和她肚子里的孩子安安稳稳送回华京，成为赵玥手中的人质。

符信退了兵，蒋纯的眼泪也终于止住了。如今楚瑜走了，柳雪阳已六神无主，她得和钱勇一起稳住白岭的大局。她抹了把眼泪，转头同钱勇道："钱将军，劳您重新整军布防，清点伤亡人数和物资，我先回去看看老夫人。等老夫人醒了，我立刻过来协助您。"钱勇点头："二夫人放心，这些事交给我就好，老夫人贵体为重。"得了钱勇的话，蒋纯立刻转身赶回王府，柳雪阳还没醒，她坐在床边，看着大夫给柳雪阳扎针。许久，柳雪阳才终于悠悠醒来，一睁眼便急声道："阿瑜呢？！"

"母亲，"蒋纯忍着哽咽，强作镇定道，"楚大小姐已被赵军带走了。"柳雪阳愣了愣："赵军走了？"随后她猛地反应过来，怒道，"他们带走她做什么？！当被带走的人是我！你莫要糊弄我，此刻他们可还僵持着？我过去……"

"她怀了孩子。"蒋纯打断了她。

柳雪阳停住动作，回过头来不可思议地看着蒋纯："你说什么？！"

蒋纯闭上眼睛，声音里带了颤抖："她怀了孩子——小七的长子——她却还在战场之

三十四　卫家军楚瑜，在此守城迎战！

上奔波。她顾念母亲，怕伤了小七名声，所以一直没有公告于世。她沉默是为了卫家，为了母亲，为了小七。如今她将这件事说出来……"蒋纯抬起含泪的眼看向柳雪阳，轻笑起来，那笑声里带着嘲讽，"却还是为了卫家，为了白岭百姓。"

"她从未想过自己。她这一辈子……"蒋纯一字一句地说着，突然呼吸急促起来，猛地提高声音，"嫁到卫家来，可有片刻想过自己？！而母亲您做了什么？您欺她辱她，怕她耽误您儿子的光明前程，逼着她离开王府，一辈子做暗中人。如今她一个人去了华京为人质，可赵玥是必死的，若赵玥不能自保，她还活得下来吗？！她不会用自己去逼小七……"蒋纯的眼泪终于流了下来，"她知道，若小七为天下而弃了您，便是他的不孝不义。而且，小七已经没有家人了。他还可以有下一任妻子，下一个孩子，您却必须活着。"

"阿瑜为了卫家鞠躬尽瘁，撑着卫家从泥地里一路走到如今割据一方，小七自立为王。而如今，她还要用自己的死去成全小七的名声……您说，她可曾有半点对不起卫家，对不起小七？！您总觉得她配不上卫韫，可您、卫家、卫珺、卫韫，又有谁配得上阿瑜的这份深情厚意？！"

一向稳重内敛的蒋纯此番几乎已是大吼起来，她似乎是要将自己多年来压抑着的情绪一股脑地倾诉出来。柳雪阳在她的怒吼中慢慢平静下来，静静地看着她："你在怪我。"蒋纯没说话，她的发丝凌乱地散在额边，脸上还带着之前在战场上沾染的血迹。她从未这般顶撞过柳雪阳，在柳雪阳审视的目光中，她慢慢开了口："……是。我在怪你。若她活着，所有的遗憾便可以弥补。若她死了……"她的眼神有些涣散，"您对她做过的所有错事，都会成为罪孽。"

柳雪阳没说话，她咬着唇，浑身颤抖着。蒋纯累了，叹息出声："母亲，我怪不怪您并不重要。您当上心的是，小七会如何作想。您如今无事便好，先休息吧，战后还有许多事要处理，我得去协助钱将军，便不耽搁了。"说完，蒋纯转身用帕子擦干眼泪，匆匆走了出去。

柳雪阳看着蒋纯离开的背影，惨白着脸，呆在了原地。好久后，她终于道："给……给王爷，去个信……"侍女上前来扶住她，她沙哑着声音，"问问王爷，我替他去楚家……提个亲……看他愿不愿意？"

白岭的消息传到卫韫那里时，他刚刚攻下渝水。这一战他联合秦时月、沈佑夹击强攻，渝水上下几乎被血洗，城破之时，卫家军上下激昂不已。卫韫下令晚间设宴，犒赏三军。大宴上，群雄高歌狂舞，沈佑站在人群中央，一手拎着酒壶给大家讲故事。秦时月和卫韫抛开了将帅之分，卫韫仿佛还是少年时的一个小将，秦时月也只是个家臣，两人一人一碗酒，靠坐在一起看沈佑的热闹。

"他一直这么能说的吗？"沈佑的段子一个接一个，众人笑个不停，卫韫忍不住开口，看向和沈佑合作了好几次的秦时月。秦时月低低应了一声："话多。"卫韫笑了，抬头看着天空："渝水拿下，青州也就不远了。等青州局势平定，昆、青、洛、琼四州联合，赵玥一死，一个燕州也就再不足为患。"秦时月叹了口气，看向远方："是啊，赵玥死了，天下就定了。"卫韫转头看他："到时候，你想去做什么？"

秦时月没说话。卫韫知道他寡言，转过头去慢慢道："我小时候总觉得，自己能当好一个将军就行。后来我又觉得，我不仅得当将军，还得当权臣。一个人只有掌控住自己的命运，才能得到他想要的。"秦时月喝了口酒："七公子要什么，属下都会为七公子取来。"卫韫笑了，抬起手拍了拍秦时月的肩："别这样说，时月，你已经是个威震一方的大将军了。"秦时月顿了顿喝酒的动作，转头看着卫韫，只见卫韫的笑容明亮，"等战事结束，我给你加官晋爵，提你去给魏清平求亲，怎么样？"

秦时月的身子僵在原地，卫韫大笑起来："怎么，害羞了？"秦时月一时慌张无措，卫韫转头看向沈佑。他喝高了，正在唱歌，唱的是北狄语。那歌卫韫在北狄听过，那时候他伤得重，楚瑜照看着他，背着他走过荒漠，踏过黄沙。"……那时候，"他的声音里全是眷恋，"我也要去给她提亲。我要三媒六聘，正儿八经地把她抬回来……"

话没说完，一个士兵急急忙忙跑了过来。他跑得慌张，卫韫一见便皱起了眉。士兵跪倒在卫韫面前，喘着粗气："王爷，白岭……赵军突袭白岭！"卫韫猛地站起："玖城呢？玖城破了？！"士兵摇头："赵军绕过玖城，只在白岭攻了半日城就走了！"这话说得众人愣了愣。哪怕赵军来了十几万人，半日里攻下白岭也不太可能。沈佑一听见有战报便醒了酒，走过来焦急地道："那白岭如何了？"那士兵还在大口喘着气："白岭没事……"众人松下心来，卫韫却直觉不好，只听见士兵又道，"但大夫人自愿为人质，被赵军抓走了。"

如今还能在卫家军中被口误叫作"大夫人"的人，只有那一位了。卫韫的脸色猛地煞白，秦时月皱着眉问："他们只带走了大夫人？"如果只是一个楚瑜，分量怕是不够。那士兵摇着头，急促地道："大夫人说，她怀了孩子，说……说……"他忐忑地看了一眼卫韫，"说是王爷的长子……"一时之间，全场都安静了下来。众人呆呆地看着卫韫，沈佑尴尬地一笑："大夫人真是机智，要不是有这个谎，老夫人怕也……"

"是我的孩子。"卫韫突然开口。沈佑的笑容维持不住，只见卫韫整个人都在颤抖，仿佛是拼凑而成的一个人偶，随时都会坍塌下去。他努力让自己镇定下来，捏着拳头，沙

三十四　卫家军楚瑜，在此守城迎战！

哑着声音，"大夫人，为什么……会在白岭？"然而这话刚问完，他自己却率先知道了答案。以楚瑜的性子，知道自己怀孕，肯定想要第一时间告诉他。如今战场太乱，她找不到他，只能去白岭。而到了白岭，偏生遇到这样的事，她不可能不管。

卫韫红着眼，脑中一片纷乱。秦时月悄无声息地扶住了他，冷静地道："王爷，世子还等着您去救。"卫韫回过神来，拼命地告诉自己——不能慌，不能乱，不能急。他得冷静下来，他得撑着，他得把她完好无缺地救回来。他暗暗倚住秦时月，慢慢闭上眼，拼命拉拽着自己的理智，终于开口问道："可知顾大人在哪里？"

泉涌离渝水不远，不过一夜的距离。如今泉涌刚刚恢复生机，灾情得到控制后，剩下的事便是让这片土地以它旺盛的生命力，自然地成长繁衍。魏清平和顾楚生经历了几乎是马不停蹄的两个月赈灾之路，终于休息下来。

这一夜下了一夜的春雨，顾楚生在屋中睡得不太安宁。他梦见了自己的上辈子。那时候他在昆阳当县令，府衙破落，夜里有雨，雨水就会落进屋里。楚瑜总会拿个木盆去接那些雨水，雨大的时候便能听见雨水噼里啪啦砸在木盆里的声音。他夜里睡不好，辗转反侧，然后就会有人用温热的手捂住他的耳朵。"你明天还要办公。"年少的她盘腿坐在他身边，眼里是亮晶晶的笑意，"我明早睡，你晚上睡，我守着你，好不好？"

年少的他差点被这样突如其来的温暖击溃，于是他拼了命地反击这份快要把他吞噬的欢喜。他冷冷看了她一眼，翻过身背对着她："我不喜欢，你别白折腾了。"她靠近他，笑嘻嘻地道："没关系啊，你不喜欢你的，我守着我的。顾楚生，我就守你一辈子，等什么时候我不想守了，我便不守了。你别担心我难过，喜欢你，我高兴得很。"

那时的他背对着她没说话。他在梦中很想转过身去，可是他不敢，他怕一转身，这梦也就不成梦了。雨水噼里啪啦砸落的声音从梦里蔓延到梦外，他醒来时，天色已然发白。他穿好衣衫，抱着书本，来到村中讲学。闲来无事，魏清平看诊，他就在村中开了私塾，给孩子们讲学。

"天地玄黄，宇宙洪荒。日月盈昃，辰宿列张。寒来暑往，秋收冬藏……"他领着孩子们在院子里读《千字文》，琅琅书声伴随着朝阳升起。这时，却有人从渝水而来，披星戴月，风雨袭身，终于在清晨时分走进了顾楚生教书的院落。孩子们停住声音，顾楚生回过头去，看见那青年白衣银冠，身上全被雨水打湿，然而那狼狈模样却不损他的英俊半分。

青年张了张口，终于出声："阿瑜被赵玥的人抓到华京去了，我要去救她。"他的神情麻木，目光涣散，似乎都不知道自己在说什么，只是机械地开口，"你开条件吧，顾楚生。只要她好好回来，我什么都舍得。"

听到这话，顾楚生微微一愣。片刻后，他便反应了过来。赵玥对卫韫的亲人下手，他并不意外。以赵玥心思之阴狠狭隘，他本就不会在正面战场上和卫韫硬碰硬。卫韫是磊落君子，赵玥却是真正的小人。所以卫韫和楚瑜永远想不到赵玥会做出什么样的事，顾楚生却可预料。他没说话，片刻后，他忍不住问："什么都能给？"

"能。"

"若我要你放手，和她分开呢？"

"能。"

"我要日后你永不入华京，我在内朝，你为我依仗呢？"

"你不作恶，就能。"

"我要你放过姚勇、赵玥，不报家仇呢？"

卫韫微抖了一下，捏紧了拳头，终于还是咬牙开口："能。"

顾楚生沉默了半晌，卫韫沙哑出声："我知晓你在华京必还有人。我如今若是直接入京，赵玥怕就真的要下手了。我想请你回华京，联手梅贵妃护住她，我再正面直攻。等我入了华京，一切便结束了。"

"那你为什么不直接和赵玥谈，他要什么，你给什么，不就行了？"

"我手下还有那么多人，这天下还有这么多人。"这一回卫韫答得毫不犹豫，"我可以不要我的一切。但我若拿了别人的性命和未来去交换阿瑜，她这辈子都会看不起我，我也看不起我自己。"

"那你为何同我谈？"顾楚生盯着他。卫韫抬眼："凭你此刻站在泉涌，我便愿与你谈。"

一个愿意千里迢迢亲自赈灾且一熬数月的大学士，再坏又能坏到哪里去？顾楚生心下了然，审视着卫韫，卫韫亦从容地回看着他。好久后，他抬头看向天边的朝霞，眨了眨湿润的眼："罢了。她出事，我怎么可能坐视不管？回去便回去吧。"闻言，卫韫从袖中取出一份名单和一块玉佩："这些人是我安插在京中的线人，必要之时，你都可以调动。"顾楚生扫了那名单一眼，点点头道："我这就去准备。"说着，他便转身要走。

"还有一件事。"顾楚生回头，面带疑惑，卫韫抬眼，目光里全是克制，"她肚子里的孩子……""她有了孩子？！"顾楚生猛地提高声音。卫韫不敢看他，目光落到面前的杂草上："她若愿意生下来，无论男女，日后都是我王府的继承人……"顾楚生的脸色变得极其难看，卫韫深吸了一口气，退后一步，展袖作揖，恭敬地道，"顾大人，卫韫的妻儿，都拜托您了！"

"你简直是……"顾楚生一时都不知道骂什么才好，看着恭敬地弯腰行礼的卫韫，

三十四 卫家军楚瑜，在此守城迎战！

他终于是甩了袖子，怒道，"生下来也未必跟你姓！你且不要再作他想，如今既然已经走到这一步，我也只能回去按你我的计划行事。一个月内，赵玥毒发，我会与梅贵妃一同执政，届时我们控制了他，向天下发出赦令，你便领兵直奔昆州，将华京上下全部换成你和楚、宋两家的人。"

交代完毕，顾楚生也不拖延，立刻收拾了东西，由卫韫派人护送着一路奔向华京。

楚瑜早顾楚生四日到达华京。她一路被喂了几次药，睡得昏昏沉沉，彻底清醒过来时，发现自己已被松绑，却被关进了一间漆黑的屋子。屋里没有一点光亮，伸手不见五指。她叫了一声："有人吗？"有回声传来，屋子似乎并不算大。她摸索着往前走去，没几步便摸到了一面墙，然后顺着墙用自己的脚步丈量过去，绕了一圈后，大概猜出了这个屋子的大小。她坐下来，在黑暗里抱住了自己。

在这样一个黑暗逼仄的环境中，不说话不做事，一开始还好，然而没多久，楚瑜就开始感到躁动。耳边似乎有猫抓在什么东西上的尖锐响声，她开始头疼，忍不住站起来喊道："有人吗？！有没有人？！"她不断叫着，许久后，一个方向终于隐约传来了脚步声。她猛地回身，片刻后只听见"咔嚓"一声响，门猛地被打开，光亮刺入眼中，她忍不住用手挡住了脸。陆续有更多烛光和脚步声跟了进来，等她终于缓过来，将手慢慢放下时，便看见赵玥正坐在她的面前。

他穿着明黄色袍子，撑着下巴，俊美的脸上似笑非笑，目光落在她身上，却似乎没有焦点。"楚大小姐。"他轻声开口，"我们又见面了。"楚瑜不说话，静静看着他。赵玥低笑了一声，"哦，不对，朕不该叫你楚大小姐。该叫你什么呢，世子夫人？"他抬手敲了敲自己的脑袋，随后露出恍然大悟的表情，"朕明白了，怀了平王孩子的女人，当是平王夫人吧？只是不知道，你是平王的第几位夫人呢？就算是第一位，也不知道什么时候才能叫你一声'平王妃'呢？"

"你说这些做什么？"楚瑜冷淡地开口。赵玥叹了口气："卫韫给朕不痛快，朕还不能同你找回来吗？可惜呀，"他靠向椅背，敲着自己的下巴，"夫人与朕的爱妃有旧，还怀着身孕，朕也不能做得太过。"楚瑜嘲讽道："陛下对梅贵妃情深义重，那何不看在贵妃的面子上，将我送回去呢？"

"她不会同意的。"赵玥笑着开口，眼里全是缠绵，"她纵使心软不让朕折磨你，却也绝不会帮你们。朕是她的夫君，是她孩子的父亲，就如同卫韫之于你。你敢为卫韫冒天下之大不韪，她也敢。"

楚瑜没说话，她直觉赵玥此刻的状态有些奇怪。沉默片刻后，她问道："梅贵妃还好吗？"赵玥一愣，反应似乎有些迟缓，过了一会儿才点点头，笑了起来："孩子快五个月了。朕听到胎动，便知道，这孩子一定是太子。"说完，他面带疲色，站起身来，"朕乏了，大夫人，你要是有闲情逸致，可以写一封信给卫韫，告诉他，只要他愿意退兵，将军队交给朕，独身上华京，朕就保你无虞。而他要是不听话……"赵玥转过头来，露出一个温柔的笑容，"朕不介意把你一截一截送回去给他。哦，还有你们的孩子。"他的目光落到楚瑜的腹部，那目光有些涣散，似乎没有温度，却像刀刃一般带着森森血气，"朕会把你的孩子剖出来，转交到他手里。这样，你们一家三口，就可以团聚了。"

"陛下，"楚瑜笑起来，"妾身真的好怕。请陛下留下笔墨，妾身得好好想想，这信要怎么写。"赵玥未答话，一甩袖子，转身走了出去。一名侍从呈上笔墨，转身也打算离开，楚瑜抓起笔敲敲砚台，"再给我上一盘酸辣凤爪。没有吃的，写不动！"侍从回头怒瞪着她："你！！！"楚瑜立刻迎上对方的眼神，将笔尖指向他："我可警告你啊，我是个孕妇，你要是把我吓出个什么三长两短，你们陛下可就没什么资本找卫韫麻烦了，到时候你们陛下会弄死你啊！"

这话倒也是事实，那侍从提着刀，一时砍也不是，不砍也不是。僵持了片刻，他终于怒喝一声，转身走了。楚瑜一边低头开始给自己磨墨，一边冲那背影喊道："别忘了凤爪！你不给我，我等会儿还要烦你们，烦死你们！"

楚瑜被关的第四天，顾楚生就到了华京。消息传到赵玥耳中，彼时他正在听张辉念折子。他现在几乎已经看不清东西了，太医陆续都来看过，却没看出个所以然来。他不能让任何人知晓这件事，只暗中派人去找江湖圣手玉琳琅，希望能将其请来宫里看诊。

听到顾楚生回来的消息，他冷笑出声："他倒是敢回来！"张辉低声："不仅回来了，声望还很高。听说百姓听到他入城，都自发去迎接呢。"赵玥冷哼了一声，不想理会，只是问："梅贵妃怎么样了？"张辉道："一切都好，近来在给皇子做衣服，昨个儿还问起陛下呢。"

听到这话，赵玥眼中带了暖意："宫里的地道挖通了吗？"张辉沉下声："就快通了。一旦出现任何差池，奴才一定会护送好梅贵妃和小皇子出城。"赵玥点了点头，却未说话，张辉迟疑了片刻，犹豫着道，"您今个儿要不要去见见娘娘？"

赵玥沉默着想了许久："……等她睡下后朕再过去吧。白日里见着她，她这么聪明，看出朕的异样来空担心，对她和孩子都不好。"说着，他在袖中暗暗动了动手指。这事他连张辉都没敢告诉——他好像有几根指头已经不能动了。

休息了不多一会儿，外面来报，顾楚生求见。赵玥让张辉在他身前拉起帘子，等着顾楚生进来。片刻后，顾楚生走进殿中，跪下给赵玥行礼，平静地道："臣参见陛下。"

"顾大人好胆识啊。"赵玥笑着开口，"劫了姚大人的粮草，丢了元城，如今还敢回华京？"顾楚生跪在地上，答得坦坦荡荡："臣并无过错，为何不敢回？"赵玥猛地一掌拍在扶手上，怒道："你还有脸说你没错？！你若无错，元城怎么会丢？且你不尊圣令，在青州待了那么久，又是在做什么？！"

"陛下，"顾楚生抬眼看他，"您是帝王，百姓有灾，该不该救？如果该救，那在非战时，事出紧急，臣挪用军粮救灾，小错虽有，大节无妨，又有何错可言？而后元城失守，是因将士弃城，臣乃一介文人，为百姓留于城中，被敌军所俘，侥幸未死，又怎能算错？陛下，臣如果有错，那唯一的错只是——臣。"

赵玥不言，他隔着帘子盯着顾楚生。其实他并看不清，此刻却无比清晰地觉得，对方如一头猛虎，就在帘子后面死死地盯着自己。两人的沉默仿佛无声的对弈，端看谁先输。他几乎想在这一刻叫人前来将顾楚生拿下，可这顾楚生在华京钻营多年，自己又对他恩宠颇多，如今他在京中的势力已是盘根错节。他甚至怕此刻叫人，出来的人里却大半是顾楚生的。摸不清顾楚生的底牌，他不敢贸然开战。他们仿佛各自拿了一把刀架在对方的脖子上，谁都不敢动手，只能僵持。

许久之后，赵玥吐出一口浊气，轻笑起来："顾大人说得是，是朕近来心情不好，迁怒了顾大人。不过，朕心中一直将楚生当兄弟，有一份礼物，朕想送给楚生。希望楚生得了这份礼物，看明白为兄的心意，日后便一心一意好好辅佐为兄，不要成为宵小帮凶才是。"顾楚生一时之间有些疑惑，赵玥往前探了探身，"楚瑜。"

顾楚生神情一凛，在袖中捏紧了拳头，面上却是笑了："陛下什么意思？"赵玥笑出声来："楚瑜此刻就在宫中做客呢。哦，她还怀了卫韫的孩子，想不到吧？他们叔嫂瓜田李下，行此悖乱之事，无媒苟合也就罢了，还弄出一个孽种来。楚生……"他叹了口气，"想必，你心里很不好过吧？不过无妨，等朕杀了卫韫，这个孩子，朕便为你取了，到时候朕亲自为你主婚，你看如何？"

顾楚生没有说话，他抬起头，言语间全是警告："你别动她。"赵玥低低地"呵"了一声，声音温和，慢慢道："朕动不动她，端看你怎么做了，顾大人。"

三十五　她不会背叛，也不能背叛

顾楚生从宫里出来时已是深夜。华京的春天比青州来得早，天气已暖和很多。他独自站在长廊上，片刻后，他深吸一口气，转身隐入了夜色之中。

他先去找了卫韫名单上的几个人，以玉佩为信物与他们对接，仔细询问了赵玥的日常作息，随后同人吩咐："你们明天夜里想办法联系上梅贵妃，我们协作将她从宫里带出来。"众人点头，规划出一条路线，第二天夜里，顾楚生如约等在了宫门外。

此时，一个盲眼的女子正被领着往宫中行去。这女子穿着月白长裙，虽眼盲，行走却与常人无异。进了赵玥此刻所在的偏殿，她恭敬地向他行礼，声音平和从容："玉琳琅见过公子。"

"起来吧。"赵玥的声音虚浮，玉琳琅耳朵动了动，站起身来。帘子被人掀开，赵玥在一片模糊中仅能看到一个影子。他勾起嘴角："听闻玉姑娘医术了得，却是天生眼盲。不知玉姑娘为何不治好自己的眼睛呢？"

"我若治好了自己的眼睛，公子还会让我站在这里吗？"玉琳琅含笑出声。赵玥亦是低笑起来："真是个聪明的姑娘。"说着，张辉已上前搭起手枕，恭敬地道："玉大夫，这边请。"玉琳琅也没让人搀扶，自己坐下，将手搭在了赵玥的腕上。赵玥悠悠地道："我这病，已经有许多大夫看过了。他们都说是因我太过疲乏，可我不信。玉姑娘觉得如何？"玉琳琅没说话，只换了一只手诊脉。接着她又仔细询问了赵玥的起居饮食等，而后便写下一个方子，让人将药汤熬制出来，再用银针扎入穴位，片刻后拔出针放入熬好的药汤之中。

药汤瞬间变了色，玉琳琅问："什么颜色？"张辉赶忙上前，却见那药汤颜色越来越深，最后竟彻底成了黑色。张辉惊慌地汇报，赵玥含笑："玉姑娘心中可是有答案了？"玉琳琅点点头，神情了然："的确如公子所想，您没有生病，而是患毒。"听到这话，赵玥面色不动，只听玉琳琅慢慢又道，"此毒少见，乃慢性之毒，从初次下毒至病症初显，

三十五 她不会背叛，也不能背叛

至少两个月。且此毒须由下毒之人作引，在房事前服用，可加剧对方的快感，两月之后，与其交欢之人始觉手足麻痹，双眼昏花，时常头疼；再过两个月，便开始口不能言，眼不能视，四肢麻木，动弹不得，最后彻底丧失意识，慢慢死去。"

张辉闻言顿时变了脸色，赵玥的目光有些恍惚、茫然，好久后，他问："除了房事，还有其他法子下毒吗？"玉琳琅低下头："使此毒须体液相交，任何形式的体液触碰交往，都有可能。若下毒者有耐心，长期以香味作引，也非不可，但那至少要用几年的时间，一般人不会有耐心。"赵玥慢慢笑了笑："那这毒……对下毒之人本身，可有妨碍？"玉琳琅只觉得这位公子的问题十分奇怪，然而拿人钱财，她还是点头道："对下毒者无碍，只会提升其在房事中的欢愉，所以有些贵人会将此物作春药使用。"

张辉焦急不已："那可有解？"玉琳琅仍低着头："一开始或许还有解，但公子中毒已深，我只能为公子减轻症状，解毒一事，怕是无法。"赵玥的声音平淡，对生死似乎毫不在意："能拖延多久？"玉琳琅犹豫片刻，终于道："这不好说。按公子如今的情况，快则半月，慢则一年。不过，我至少能保证公子体面地离开。"赵玥笑出了声："什么叫体面地离开？"玉琳琅淡道："让公子与平常人无异，不至于成为一个活死人，直到该走的那一天。不过，若是如此，公子的时间怕剩不太多了。"

听到这话，赵玥没说话，张辉却已是怒极，喝道："你胡说八道什么！你这庸医，说什么死不死的？！你必须治好我家公子，否则……"话未说完，赵玥淡淡的一声"张叔"让他僵住了声音。他红着眼，终是退了下去。"玉姑娘，"赵玥卷起帘子，蒙眬中辨出玉琳琅的身影，淡道，"我的孩子大约再有四个月就要出世，我若求一份体面，你能让我等到他出世吗？"

"这……"玉琳琅犹豫着，"我只能试试。"赵玥笑出声："那谢过姑娘了。"他弯着眉眼，如果不是那一身明黄，他面上温柔之色让他更像一个普通的教书先生。他轻叹道，"那么，就请姑娘，给我最后的一份体面吧。"

玉琳琅应下，唤了张辉回来，给了他一个方子。而后她将配制好的草药做成药包，用布条绑起覆在了赵玥的眼睛上："如此一夜，明日您就该能看见了。"

"谢过。"

送走了玉琳琅，张辉回到偏殿，便看见赵玥独自坐在金座之上。他身穿明黄色九爪龙袍，头顶华冠，白布覆在他的眼睛上，布结在他脑后垂落下来。他一直保持着微笑，静静坐在那里。张辉上前，犹豫了片刻，终于道："陛下不用听那江湖郎中胡言乱语，奴才再派人去找良医。"

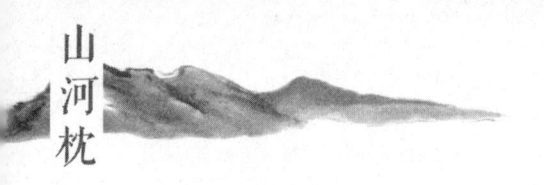

"她是不是在胡言乱语，你我还不清楚吗？"赵玥站起身来，张辉立刻去扶他。他摸索着往殿外走，慢慢道，"让人将熏香都撤了，以后朕身边的人不许带香。"张辉颤抖着声音："陛下……这么久以来，您只临幸过梅贵妃娘娘……"赵玥微微一愣，却笃定地道："不是她。"

"您曾杀死她的丈夫，杀死她的哥哥，又将她的独女远嫁番邦……"张辉一直在抖。他想说这些话很久了，可是这些话，包括他在内，谁都不敢说，谁都知道后宫里那个梅贵妃娘娘在赵玥的心中处在什么位置。然而走到如今，他却不得不说了，"如此深仇大恨……您觉得，娘娘放下了吗？"

赵玥没说话，他站在长廊上，夜风很温柔，带着春天的生机。许久后，他才慢慢开口："小时候我曾经觉得，这世上的所有，都很美好。我以为，人一辈子积德行善就能得到很好的回馈。可我的善良没有换来回报，只有欺辱。我是秦王府的世子，却无人敬我。嫡母和弟弟一次又一次想要杀我，一次又一次地羞辱我，父王却坐视不管。很多时候，我都觉得，只有我死了，对于所有人才是好事。"说着，他的嘴角噙了笑，"……只有她没有这样对我。她待我好，特别好。当每个人都看不起我，都觉得我是多余的那一个时，只有她护着我，陪着我。"他的声音低下来，"我曾想做一个好人的，张叔，在我拥有她的时候。我曾想，这一辈子，我守着她就好。可是后来……我忍让，我心软，结果却是她嫁给了梅含雪。所以我回了秦王府，当了世子爷，害死了梅含雪。你以为她不知道吗？她知道。我和她之间，隔着好几代人的血，我们早已是血海深仇。可秦王府落败时，她还是救了我。我还是一次次喜欢她，她还是一次次放过我。"

"……从年少到如今，每一次落魄，她都没有放弃过我。"赵玥一口气说了许多，顿了顿，终于低声道，"张叔，这辈子谁都会背叛我，她不会。如果连她都背叛了我，我又该信谁？"

她不会背叛他，不能背叛他。这一辈子，他唯一能信的，就是她。

"可人心会变的啊。"张辉焦急，"陛下，人能原谅一个人一次、两次，但不会……"

赵玥骤然提声："你住口！"

张辉僵住了动作。许久后，他闭上眼，跪下去，颤抖着声音："奴才知错。"

赵玥没说话，他似乎有些冷，拉了拉衣衫："地宫里那条通道……到时候，你别让她醒着，带出去了，护好她和小皇子。如果有其他什么意外……你就自己走吧。我在北狄给你和其他兄弟准备了新身份，过去好好活着。"

"陛下……"张辉的声音里带了哭腔。可他再说不出话来，他已经什么都说不出来。

三十五 她不会背叛，也不能背叛

他侍奉的君主，最后一刻，还是给他备好了退路。他不是不明白，而是明白了，却得装作什么都不明白，强行伸手去抓那个虚幻的梦境。

赵玥自从毒发后，便不怎么去李春华宫里了。顾楚生的人顺利联系上了李春华，在她的配合下，计划进行得异常顺利。顾楚生在宫门外等了没一会儿，乔装的李春华就急急出现在他面前，焦急地问道："怎么回事？"

"你先上车。"顾楚生放下车帘。两人在马车中坐定，他低声道，"楚瑜被赵玥抓了，用来要挟卫韫。如今我打算以你为质，交换楚瑜。"李春华微微一愣，立刻点头："他如今很在意孩子，虽然很少来见我，但经常让人来问孩子的情况。"顾楚生问："他如今身子怎么样？"李春华僵了僵，低下头："他经常头疼，开始忘事，也不太看得清东西了。他和张辉把此事瞒得很好，但我能看出来。他最近还在四处寻访民间名医，以为我不知道呢。"

"如今他就算找到名医，也救不回来了。不过，他若知道是你下的毒……"顾楚生皱起眉头。李春华轻笑出声："他后宫里那么多妃子，一个一个查，查得过来吗？"听见李春华的声音里带了冷意，顾楚生察觉到异样，抬头看了她一眼，淡道："别难过。"李春华笑起来，抬手将头发绾到耳后："顾大人说什么呢？我不难过。他能死了，我高兴得很呢。"顾楚生犹豫了片刻，终于道："我很好奇……你对他，当真没有情意了？"

"有，"李春华低笑，"怎么会没有呢？只是，顾大人，人生从来不是一条线。我爱他不代表我就不能想杀他。家仇是真，屈辱是真，他宠幸他人是真，不配为君是真……无论是为了我的家人、我的女儿、我自己，还是这黎民江山，我都要杀了他。……我不否认我爱他，这并不可耻。然而，这并不会改变什么。顾大人请放心。"

顾楚生没说话。他放心。上辈子李春华就是这么做的。哪怕爱着他，她却也果断地杀了他，然后封他为驸马，让他入皇陵。顾楚生垂下眼眸，李春华看了他一眼，了然地道："顾大人此番回京，似乎与从前有很大不同。"说着，她转头看向护国寺的方向，淡道，"佛门清净，我近来觉得心绪难安，便会诵经念佛。顾大人若放不下执念，不妨试试。"

"谢殿下提点。"

两人的马车朝着顾府去时，卫韫已攻下了青州最后一城。渝水破后，青州再无天防，卫韫知道赵玥不是真想攻打白岭，因此根本没有撤军，反而一路疾袭，和沈佑、秦时月兵分三路，迅速拿下了整个青州。与此同时，他发信给驻守洛州的楚临阳，让他带兵前来会合。

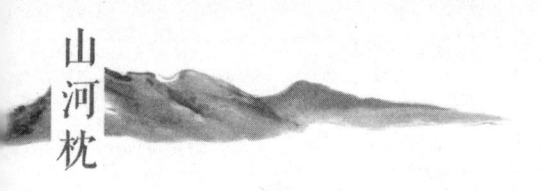

此刻，他看着赵玥的来信，冷着声音："他要我们退兵回渝水。自接信之日起算，每晚一日，他就送楚瑜一根指头回来。"

秦时月倒吸一口凉气："那怎么办？"

"楚大哥还有多久？"

"来信说今日午时便至。"

"准备拔营。楚大哥来了，将青州渝水以西全部给他，我们退回渝水。派人盯住华京里赵玥的人，飞出来的鸽子一律射杀。"

赵玥要求退兵是预料之中的事，将楚临阳叫到渝水，退兵一事他也就算做到了。如果没有飞鸽传书，等赵玥的第二封信到达，怕是又要大半月时间。而这大半月，足够顾楚生掌握华京中的局势。按照当初的计划，赵玥如今已近毒发，顾楚生和李春华联手拿到华京的掌控权，应该也就是这些日子了。他再次推演了当下的状况，随后道："退守渝水之后，领兵入昆州。"

"王爷是打算，只要顾楚生掌握军中局势，立刻攻入华京？"卫韫点点头，抬眼看向华京的方向，目光里带了几许温暖："我不能让大夫人和小世子留在那里太久，我得去照顾她。"秦时月愣了愣，随后笑起来："说起来，小侯爷已经是当父亲的人了呢。"卫韫听到这话，抿了抿唇，忍不住弯起了嘴角。他望向远方，好久后，终于道："是啊。"

顾楚生将李春华请入顾府，吩咐府兵全部准备好，便坐在屋中等着赵玥的人上门。

此时已近天明，赵玥将药包取下，模糊的视线一点点清明起来。张辉看见他的眼神有了焦距，高兴地道："陛下，可是看见了？"赵玥看不清事物已是许久的事了，今日突然得见光亮，他的心情也好了起来，适应了一会儿，朗声道："重赏玉姑娘！"说着，他站起身往李春华的寝宫疾步而去，"梅贵妃可起了？"

谁知，他话音未落，便见一宫女疾步冲了进来，慌张地道："陛下！"张辉叱喝出声："放肆！如此匆忙，成何体统？"那宫女也没有理会张辉，只焦急地道："陛下！梅贵妃不见了！"张辉还在犹豫着，赵玥却已瞬间冷了脸色："关上城门，自今日起，若无圣令，禁止出城。"随后，他又往御书房走去，吩咐道，"召大学士顾楚生入宫觐见！"

顾楚生就等着赵玥的召唤，他换上官袍，神色从容，即刻入宫。来到赵玥面前，他叩首道："拜见陛下。"此刻赵玥已屏退了众人，开门见山地问："梅贵妃人在哪里？"顾楚生抬起头来，露出疑惑的神情："陛下是什么意思？"

"少给朕装模作样！"赵玥怒吼出声，"你把人给朕弄哪里去了？！"

"陛下说得奇怪，梅贵妃在哪里，微臣怎会知晓？"

三十五 她不会背叛，也不能背叛

赵玥盯着顾楚生，微微喘息："朕让你见楚瑜，朕保证楚瑜没事，你把梅贵妃给朕送回来。"顾楚生含着笑，也不再同赵玥绕弯子："陛下向臣要人，却只打算用见一面来换吗？"赵玥敲着金座扶手，冷着声："你知道楚瑜是朕用多大代价换来的？你以为绑了梅贵妃，朕就会放了楚瑜吗？"

"陛下绑了楚大小姐，为的是让楚大小姐做人质威胁卫韫。那只要楚大小姐在华京里，便已经能让卫韫感到威胁，为什么她一定要在陛下手里呢？"顾楚生看着赵玥，叹息出声，"陛下，微臣并非想忤逆陛下，微臣只是担心楚大小姐。她如今怀着身孕，本就是危险的时候，微臣想亲自照顾她。"

"你对她深情厚意，"赵玥嘲讽地开口，"但人家未必领情。她如今已经是卫韫的人了，你还要为她与朕这般叫板吗？！"顾楚生静静地看着他："当初梅贵妃娘娘已有驸马，您又放手了吗？"这话让赵玥愣了愣，他看着面前的顾楚生，猛地反应过来。顾楚生不可能和卫韫联手……赵玥太清楚，顾楚生同他是一样的人，当年他恨不得吃了梅含雪，如今的顾楚生，怕也是早就想杀了卫韫，又何谈与卫韫联手？

然而，赵玥只犹豫了片刻，顾楚生已轻笑出声："微臣不与陛下说暗话。微臣心里只有三件事：百姓、皇权，以及楚大小姐。您别逼微臣。您总不想和微臣在华京里先内斗起来吧？"

"你威胁朕？"

"是陛下在威胁微臣！"顾楚生冷冷地看着赵玥，猛地提了声音，"微臣所提的要求，又有哪一步是坏了陛下之谋划的？！楚大小姐从小娇生惯养，如今又怀了身孕，陛下将她关着，她若有什么三长两短，陛下让微臣怎么办？！将心比心，梅贵妃娘娘在微臣手中，微臣一日见不到楚大小姐，您就一日别想见到梅贵妃。楚大小姐掉了一根头发，微臣就让娘娘十倍偿还！"

"你敢！"赵玥拍案而起，"你敢碰她一根手指头，朕就把楚瑜肚子里的孩子剖出来给你！卫韫的孩子，想必顾大人看到定会欣喜。"听到这话，顾楚生笑了："陛下说得极是。微臣瞧着卫韫的孩子，的确很是欣喜。就是不知道陛下见着自己的孩子，高兴不高兴？"

赵玥的面色变得煞白，顾楚生大笑出声，起身往外走去。赵玥见他一副浑不在意的模样，终于忍不住开口："你真将楚瑜放在心上吗？"顾楚生停住步子，许久后，他轻叹出声："若不是放在心上，微臣何必与陛下争执至此？"

两人谁都没说话，许久之后，赵玥终于道："朕让人将她送到顾府，从此你与她一起软禁。"

711

"陛……"

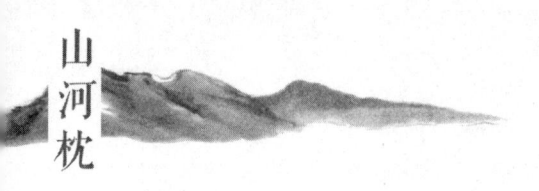

"这是底线！"赵玥提了声。顾楚生没说话，在心里盘算了片刻，点头道："好。微臣见到人，就将梅贵妃娘娘送回来。"说完，他大步走了出去。

顾楚生刚一出门，赵玥便一脚踹翻了桌子。张辉忙上前道："陛下！陛下息怒！"赵玥颤抖着声音："欺人太甚……欺人太甚！"

"陛下，"张辉小声道，"不如奴才带人跟去，只要娘娘脱身，奴才立刻……"说着，他做了一个割喉的手势。赵玥神色冷峻，冷笑出声来："在华京动手杀顾楚生？你知道他有多少人埋伏在华京里？他若是真反了……谁杀谁，还指不定呢。"

"那陛下……这是忍了？"张辉有些犹豫。赵玥没说话，许久后，他慢慢笑起来，眼中露出嗜血的凶狠："忍了？朕这辈子忍了多少事，如今朕都要死了，还要忍？"说着，他只觉胸中血气翻涌，双手撑在膝盖上喘着粗气，"他们不是在意这大楚、这天下、这百姓吗？朕不好过，他们就谁都别想好过！他们觉得如今的朕很坏？哈——那朕就让他们看看，人能坏到什么样子！"他招招手，将张辉唤到身侧，小声道，"你吩咐下去，让江白那边将染了瘟疫的尸体全部抛进河里！"

"陛下？！"张辉惊恐不已，"您这是……您这是……"

"怎么？张辉，"赵玥笑着靠到椅背上，"你也觉得朕荒唐了？"张辉一时不知道该如何劝说，赵玥一手撑着头，笑道，"那朕还想做另一件事呢。你派人去北狄，告诉苏查，朕愿与他里应外合，夹击白州，且朕还可以从青州单独给他顺出一条道来，让路与他直取华京，送他燕州。再告诉陈国同样的话，让陈国与朕联手夹击洛州。这大楚江山，任何一个国家，只要他们打得下来，朕全给他们！他们如今缺粮，朕便给粮，他们缺兵，朕便给兵。朕只有一个要求……把卫韫、宋世澜、楚临阳这些个乱臣贼子，全给朕碎尸万段！"

"陛下……"张辉的唇颤抖着，再说不出一句完整的话来。赵玥大笑："张辉，你觉得朕疯了吗？对啊，朕是疯了！可那又怎么样？！"他站起身，摔袖怒道，"朕就算是疯了，也是这大楚的帝王！是他们逼的朕！年少时候，这天下都欺辱朕，朕费尽千辛万苦坐上金座，他们又要这样处心积虑地反了朕。朕做错什么了？朕费了这样大的力气，做了这么多牺牲，好不容易当上皇帝，为梅贵妃修个揽月楼又怎么了？朕苛捐重税，还不是为了防着他们？他们若没反心，朕需要这般防备吗？！朕是天子，是君主！他们是臣，是奴才！"说着，他的声音慢慢低下来，"他们想杀朕便也罢了，却还想挑拨唯一对朕好的人来杀朕……他们已经把朕拥有的一切都夺去了，现在连朕唯一的、最重要的梅贵妃，他们都想抢！你说……"他抬眼看向张辉，"朕……朕错了吗？他们这样对朕，还容不得朕报复吗？！从他们逼朕的那一天起，他们就应当知道，自己得付出什么样的代价！"

张辉不敢说话，此时赵玥的神情几乎已恢复平静："你若不愿意，朕不逼你，你走就是了。你侍奉了朕多年，朕不会对你做什么。"说完，他转过身去，没有再看张辉。然而，许久之后，身后传来张辉的声音："奴才领命。"赵玥闭上眼睛，终于深深地舒了一口气。他摆了摆手："将楚瑜送走，去接娘娘，然后派人把顾府围了。"

张辉应声，带着人去了地牢。地牢里不分白天黑夜，楚瑜还在睡觉，迷迷糊糊的。张辉看着她，没好脸地道："出来，跟着。"楚瑜心里稍定，明白不是顾楚生就是卫韫的人来了。她笑着伸了个懒腰，从"床"上起身："张公公亲自来接，民女真是惶恐啊。"张辉没有理会她，只领着她出去，又将她绑好，送上了马车。

约半个时辰后，马车停下来，张辉道："下来。"说着，车厢帘子被人揭开，楚瑜抬眼看去，顾楚生正站在马车外。他面色平静，对她的出现似乎没有丝毫意外。倒是楚瑜一愣，随后高兴地呼出声："顾楚生？"

顾楚生轻轻笑了笑，伸出一只满是书生气的手，温和地道："我来接你了。下来吧，走慢些。"

侍卫解了楚瑜身上的绳子，她搭上顾楚生的手，借力下了马车。顾楚生转头看了张辉一眼，便让人将李春华扶了出来。李春华和楚瑜的视线相交片刻，她神色冷漠地朝二人点了点头，便跟着张辉离开了。

楚瑜立刻明白过来，悄声道："你将梅贵妃绑了来换我？"顾楚生低低应声，吩咐管家："将大夫领过来。"说完，他才平和地问楚瑜："近来身体可有不适？他们可对你做了什么？"楚瑜摇摇头。她认真地想了想，抬手放到自己的肚子上，却是笑了："也不知道是不是我的错觉，这孩子似乎大了些。"

顾楚生没说话，他背对着楚瑜，闭上了眼睛。沉默片刻后，他才平息了情绪，睁开眼，领着楚瑜往大堂走去："婚期是什么时候？"谁知，楚瑜耸了耸肩："不一定呀，谁知道呢。"

"荒唐！"顾楚生怒喝出声。他顿住脚步，提了声音道，"他做事心里都没有个底的吗？！"楚瑜一愣，随后有些不好意思地道："他倒是想早点成亲的，可我觉得不大好

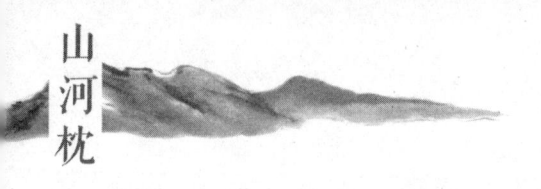

啊……他娘亲不喜欢我……要这时候让我嫁进卫府去，还不如我自己过呢。"说着，她的目光落在庭院里，漫不经心地道，"你不知道啊，不被主母喜欢，真的特别麻烦。"

顾楚生没有接话。这个庭院和上辈子顾府的庭院一模一样。楚瑜此番看着这个庭院，说着这些话，怕是又想起了什么往事。他张了张口，有那么一瞬间，他特别想说——不一样了。这辈子与上辈子，完全不一样了。她若能嫁给他，这辈子，他再不会让她受上辈子的那份委屈。然而，他不能说出口。这辈子不一样的不只是他，还有楚瑜。他克制着自己，终于叹了口气："先进来，让大夫给你检查看看。"

一名大夫提着药箱跟着二人进了大堂。号了脉，又询问了楚瑜一番，那大夫皱了皱眉头。"可有不妥？"楚瑜有些紧张，顾楚生也一脸担忧。大夫叹了口气："夫人得孕以来，周途劳顿，又服用了大量迷药，眼下虽然夫人身体康健，但这孩子怕是底子不好。近来夫人还是要好好休养，我给夫人开些调理的药，夫人每日须按时服用，切勿忧思太过。"

大夫退下后，楚瑜撑着下巴，叹了口气："你说，我会不会生出个傻子来？"顾楚生瞪了她一眼，她赶紧笑起来，"说着玩。快跟我说说，你与小七是如何商量的？将我救出来，下一步你们是如何打算的？"

"卫韫应已取下了青州，往昆州来了。梅贵妃如今已回宫，会找机会加大药量，等赵玥毒深不能动弹，我与她会联手控制内宫。到时候我直召卫韫回华京，他带兵入京，天下可安。"

"还是以前那条路子？"楚瑜点点头，想了想，仍有些奇怪，"这么久了，赵玥就没怀疑过？"顾楚生眼里带了些许冷意："他找了许多江湖郎中，怕是已有所察觉。据说他近日找到了玉琳琅，如今玉琳琅被看守在内宫里，我们正在找机会下手。"说着，顾楚生突然反应过来，"这些事你就别操心了，安心养胎吧。"

楚瑜点点头，问道："那眼下你能帮我联系上卫韫吗？"顾楚生沉默了片刻，悄无声息地捏紧了袖子，却是道："如今赵玥将你我都软禁了，等梅贵妃得手后再说吧。"说着，他收了楚瑜面前的瓜子，起身道，"别吃了。以后这些不清不楚的东西，都少吃。"

楚瑜有些莫名其妙，什么时候连瓜子都成了不清不楚的东西了？

李春华被领回宫中后，近身侍女迅速将内宫里发生的事向她汇报了一遍。

"陛下如今似乎能看清东西了，将那玉琳琅看得很重。"

李春华没说话。她垂下眼眸，却是道："你尽快让郭守借故调一批人到我的宫外值守，我们的人得跟他的人在同一个时辰同一轮班上，最好是夜里。"郭守是李春华安插在御林军中的人，蛰伏多年，如今在御林军中颇有些地位。宫女应声，李春华又道，"那玉

三十五 她不会背叛，也不能背叛

琳琅没法子了？"宫女低声道："陛下的人轮流守着，的确无法。"李春华点了点头，眼中露出一丝寒光："那我们须得快些了。"

华京里暗潮涌动，另一边，卫韫则刚领军来到昆州边界。他不敢靠太近，只在白州与昆州交界地带安静地蛰伏下来，等着顾楚生的信号。这样的等待是长久以来少有的安静时刻，沈佑与他一起眺望着远方，边喝酒边闲聊。

"王爷放心让顾大人去救大夫人？"沈佑皱起眉头，"女人总是慕强，若夫人对顾大人动了心，怎么办？"卫韫闻言一愣，提起酒壶，片刻后却是笑了："我也不知道。我本来想说……那就抢回来。可是，我没什么理由说这样的话。沈佑，这么多年来，每一个紧要关头，我都没有在她身边。当年凤陵一战，是顾楚生陪在她身边；如今，还是顾楚生。你说，一个丈夫做成我这个样子，有与没有，又有什么区别？"

沈佑没说话，卫韫轻轻放下酒壶，叹了口气："所以，若是我不能抢回她，不若战死沙场，也无遗憾。可这个方案也行不通，我若战死沙场了，她日后受了欺负，怎么办？帝王无能，北狄未灭，陈国亦蠢蠢欲动，我没了，大楚和她，难道就靠顾楚生那个书生吗？……所以吧，"说着，他转头看向沈佑，"我猜想着，若她真的喜欢上了顾楚生，我最能做的，就是在背后守她一辈子。"

"王爷……"沈佑轻叹，"那若是大夫人安稳回来了呢？"卫韫拍了拍他的肩，站起身，将双手笼进了袖中。他垂下眼眸，好久后才轻笑起来："要是这一仗她能安稳回到我身边来，我这辈子都不想再打仗了。……我守了这大楚江山这么多年，余下大半生，我想陪她。"

沈佑笑了笑："挺好的，还有人可以等，是件好事。"说着，他突然想起什么，话题一转，"宋王爷是不是去白岭了？"说到这里，卫韫忍不住扬起笑容："听到白岭被围，他立刻修书到白岭询问情况。他那边才把曹全的地盘打下来，转头就去了白岭，现在应当已经到了。上次离开白岭时候他还同我说，若二嫂不答应他，他不会再回来，如今还是绷不住了吧。"

此时宋世澜确是刚到白岭。他先去拜见了柳雪阳，蒋纯称病不见，他又借着去看望几位小公子的由头，转身偷跑进蒋纯的院子。蒋纯正一个人待在屋里写字，听到敲门声，刚一开门，却看见屋外露出了一张带着狐狸眼、笑意盈盈的脸。蒋纯立马想关门，宋世澜却伸手挡住了她："让我进去说话！"

"宋王爷，这于礼不合。"蒋纯暗暗用上所有力气抵着门。宋世澜仍不动，两人较了好久的劲，宋世澜终于先放弃了。"阿纯，"他无奈地道，"终究还是你赢了。……上次我说要去求娶清平郡主，是骗你的。"蒋纯手下一松，宋世澜却停在门外，并没有借机推门，"我这次将聘礼也带过来了。你要与不要，我都放在卫府。我不娶妻了，就等着你。"

蒋纯犹豫了片刻："你这又是何必？"宋世澜轻笑："你可以不嫁我，可谁也别想当着我的面，把聘礼抬上你家门来！是我先来的，你若想再嫁，也得有个先来后到，他们都排到后面去。"

听到这近乎耍浑的话，蒋纯愣了。她静静看着面前的青年，其实他们年岁并无相差，宋世澜只比她大了两个月，她已有一个十二岁的孩子，宋世澜却是从未婚配，甚至连一个侍妾都没有的年轻王爷。蒋纯垂了垂眼眸，急躁的心慢慢冷静下来。她没有楚瑜的那份热血和勇敢，她只是再普通不过的一个女子，从不把未来放在虚无缥缈的感情上。于是她平静地道："王爷是在说笑了。"

"让我进去喝口茶？"

"于礼不合。"

"那我在院子里同你说说话。"

"无话可说。"

"那我就强行进去了……"

"你……"

"你要做什么？！"一声暴喝传来，两人同时回头，只见刚练完武回来的卫陵春正站在长廊尽头，手里还提着长缨枪，长发单束，额头上的汗尚未拭去，脸上带着少年人的英气。他冷着声音："宋王爷，您站在我娘房门外做什么？我娘不想和您说话，您请回吧。"

"宋某见过大公子。"宋世澜顿了顿，他瞧瞧蒋纯，又看看卫陵春，笑着躬身，"那宋某也不便多扰了，什么时候二夫人想开了，愿意与宋某说几句话，宋某随时恭候。"

宋世澜转身离开了，蒋纯似乎有些疲惫，回到屋中，卫陵春也跟了进来。他将手中的红缨枪交给侍卫，顾不上擦一把额头上的汗："我今儿个听说宋王爷又来府上下聘，奶奶耳根软，被他一哄，还真把聘礼留下了。府上都说，您要嫁人了。"

"你别听他们瞎说。"蒋纯亲手绞了帕子递给卫陵春，"你先擦擦汗。"卫陵春接过帕子，垂眸道："娘，其实我觉得宋王爷人挺不错的。"蒋纯微微一愣，皱起眉头："你一个小孩子，想这么多做什么？"

"我不小了。"卫陵春认真地答道，眼神十分严肃，"我听说，七叔在我现在的年纪，就跟着爹上战场了。七叔答应过我，等我打赢了卫夏叔叔，就让我跟他上战场去。"

蒋纯心里"咯噔"一下,她张了张口,想说什么,却又不敢开口。看着儿子这张酷似卫束的面容,听着他说要上战场,她就不可抑制地想起了当年卫束离开的时候。沙场征战,是每个卫家男人必经的道路。若是卫陵春不愿意,她自会不顾一切让儿子弃武从文,可这么多年来,他一心一意跟随他父亲的脚步,所付出的努力她都看在眼里。于是,她什么都不敢说,什么都不能说。

见她沉默,卫陵春笑了起来:"我知道母亲在担心什么。只是,每个人生来就有自己的使命。能成为保护别人的人,哪怕是马革裹尸,我也并无怨言。我唯一只担心母亲……"

"你无须担心我。"只片刻,蒋纯已经调整好情绪,冷静地打断了他,"我是你的母亲,不需要你一个孩子来为我担心。"

"小时候,父亲曾悄悄同我说,母亲看似坚韧,其实和一个小姑娘一样,等我长大了,也要像他一样好好照顾母亲。"蒋纯微微一愣,卫陵春继续道,"父亲曾说,如果有一日他不幸去了,您若遇到喜欢的人,他希望我不要不高兴。他知道,哪怕您再嫁了,您心里也是爱着我,爱着他的。人生有不同的阶段,您在他活着时好好爱他,在他离开后好好结束,这才他最大的念想……"

"你别说了!"蒋纯忍不住猛地提声打断了卫陵春,却又意识到自己过于激动,只能抿紧唇,努力平息着自己的气息。"我没有再嫁的想法。你只管好好练武,日后跟着你七叔上了战场,好好护着自己,别想那么多不吉利的事。"说着,她抬眼看过去,"今日的兵法课完成了吗?"

"母亲,"卫陵春叹了口气,"您当真不喜欢宋王爷吗?"

"我……"

"您看着我,认真回答我……您当真不喜欢宋王爷吗?"

这一次,蒋纯再没有开口。卫束说得对,人生有不同的阶段,她当年的确是好好爱着他的,他走后,她也仍然爱着他。若未遇到宋世澜,这份感情,大概能延续一辈子。可宋世澜出现了。他与卫束截然不同,没有卫束的那份朴实,也没有卫束的那份认真,他以庶子之身走到如今,其内心和手段与卫束比起来,可谓不堪。然而,不可否认的是,那样的一个人,却也有闪光之处,于暗夜中引着人无法抑制地靠过去,犹如飞蛾扑火,奈何不得。她骗不下去。

卫陵春见着她的神情,轻叹了口气,起身道:"六婶四日后在后院设宴,请您过去。无事,儿子便退下了。"蒋纯由着卫陵春退下,闭上眼睛,抬手扶额,好久后,才轻轻叹息了一声。

宋世澜此番过来，不仅是来看蒋纯，也是来同白岭沟通商贸。白岭多矿，加上韩秀在这里，因而盛产兵器。宋世澜之前就已与卫韫说好，此番过来，便是特意来看订下的兵器。他在白岭逗留了一些时日，每日不是在韩秀那里，就是在蒋纯的院子外，倾尽所能地讨她欢心。周围来往的人指指点点，蒋纯尴尬，只能将他放进了院子来。

四日后，王岚设宴，恰巧宋世澜也要走了，众人便将这场酒宴当成是他的饯别宴。王岚拿出私酿的酒，招呼着众人，院子里热闹一片。大家正说着话，忽而外面来报，说是沈佑将军来了。王岚微微一愣，宋世澜却一笑："怕是来找我的。"王岚垂下眼，低低应了一声，宋世澜已站起身招呼了起来。

沈佑进得院子，看见众人，呆了呆，目光从王岚身上迅速扫过。随后他就像什么都没看见一样，恭敬地给柳雪阳、宋世澜等人行礼。宋世澜笑着指向小桌："坐下来说。"

其实沈佑本没什么要事，不过是如今战事稍停，卫韫又去了昆州，听闻宋世澜来了白岭，卫韫便派他来见见宋世澜。二人交流了一番近日各地的战况，便喝起了酒来。王岚和蒋纯不便离席，只坐在一边，沉默着不说话，还好家里孩子多，场面倒也不至于尴尬。直到宋、沈二人聊到尽兴，柳雪阳才让各人散去了。

蒋纯由侍女护送着往回走，她未喝多少，看上去还很清醒。然而当宋世澜出现在长廊尽头叫住她时，她却突然觉得，自己似乎是有些醉了。只听那人道："二夫人，我带你去看桃花，行不行？"蒋纯没说话，那人又道，"看星星也行。"蒋纯仍然沉默着。然而片刻后，她看着那人笑意盈盈的眼，也不知道为什么，就不由自主地慢慢答了出来："都行。"

宋世澜笑着走过来，领着蒋纯骑马出府，来到白岭郊外的山脚。两人拴好马，并肩爬上山顶。月光明亮，照得山河轮廓清晰。宋世澜指着远处的一条大道："等太阳出来，我就从那条路回琼州了。……等下次找着机会，我再回来看你。"

"不必……"

"来，你下来。"宋世澜伸手去拉蒋纯，蒋纯迟疑了片刻，却也没推开，顺着他的力道跳到一块石头上，跟着他来到崖前的大石边。宋世澜拍了拍身边，"来坐这儿，这儿风景好，看桃花看星星还是看着我走，都可以。"

蒋纯安静地坐下，宋世澜的手仍抓着她的手腕，接下来的话突然就卡了壳："二夫人，有人……给你看过手相吗？要不……我给你看看手相吧？"说着，他转头看她，月光下，年轻的妇人神色清冷又平静。蒋纯似乎很清醒地知道自己在做什么，却又似乎什么都不知道。"好。"她垂下了眼眸。

宋世澜将手滑下去，握住了蒋纯的手。她的手颤抖着摊开在宋世澜的手心，宋世澜低头看着那莹白的手，许久后，他慢慢笑了。"我知道你是醉了，"他的声音温和，抬起眼来，看着她的眼睛，"可我还是很高兴。蒋纯，这辈子，我总能等到你的，对不对？"

蒋纯没有说话，只是静静地看着他。这一刻，她突然感到内心特别安宁，特别平静。宋世澜合上手，温和地道："我回去后，会给你写信，你可否给我回信？……不给我回信也没关系，我还是会给你写的。"

"宋世澜，"蒋纯终于开了口，她看着他清澈又温柔的眼，认真地道，"你娶我，别人会笑话你的。"听到这话，宋世澜笑了起来，眼里神色却晦暗不明："我不娶你，我会笑话我自己的。蒋纯，我如果在乎别人的眼光……我一个庶子，又哪里走得到今天？我走过的每一步，都是险路，都是尸骨之路。人言于我，又算得上什么？"看着垂下眉眼的蒋纯，宋世澜突然有些好奇，"蒋纯，你为什么喜欢卫束？"

蒋纯愣了愣。她的思绪有些散漫。若是以往，她不会轻易谈起卫束，然而此刻，她却似乎是有了莫大的勇气，去回忆那个人的好。她笑了起来："从来没人对我这么好过，他是第一个。"宋世澜静静听着她慢慢说着卫束的好，似乎那人的好她永远也说不完。天终于亮了，蒋纯慢慢清醒，却突然想起——卫束再好，也已经没了。他仿佛是晨间的露珠，在太阳升起的时候，也要蒸发得了无痕迹。

她突然失去了讲述的兴致，起身道："你也该走了，回吧。"说着，她便回身想走，不想那酒劲似乎没有全散，她脚下一滑就往后倒去。宋世澜一把扶住她："没事吧？"说着，宋世澜发现她轻轻提着一只脚，愣了片刻，他蹲下身道，"我背你下去吧。"蒋纯不说话，宋世澜笑了起来，"你这个人，怎么一会儿一个样儿，别别扭扭的。我刚认识你时，你可比这会儿爽快利落多了。"说着，他将人突然一抓，蒋纯便靠到了他的背上。他灵巧地背着她往前一跳，回到山路上，高兴地道，"比坐轿子舒服吧？"

蒋纯靠在他的背上，仿佛是回到了十五岁那年。她闭着眼睛，听着他不停地絮叨。他的话特别多，有些话甚至还带着些孩子气。她静静地听着，突然就觉得，一切，似乎也没那么难了。宋世澜一路背着她走到山下，慢下脚步，她已在他背上昏昏沉沉地睡了过去。他听着身后人均匀的呼吸，忍不住笑了起来："……口是心非。"

走出山林，侍卫们早已将东西都收拾好，等在马边。为首之人见到他，正要开口，却被他用眼神止住了。他将蒋纯送上马车，替她盖上被子，看着她睡着的侧颜，他温和了声音道："我这就去了，你记得给我回信。有时间多出去走走，别太操心战场上的事。你现在还年轻，别把自己活得像个死气沉沉的老太太。"说着，他抬手将她的头发绾到耳后，"卫束待你好，我会待你更好。他待你好，是性格使然；我的性格没那么好，可是……"

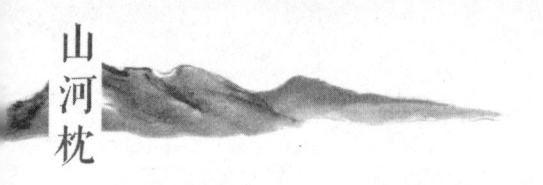

他低下头，俯在她耳边，轻声开口，"我喜欢你。"

——我喜欢你，愿意宠你，愿意爱你。蒋纯的眼珠在眼皮下动了动，宋世澜低笑一声，起身出了马车。车外传来众人打马远走的声音，蒋纯慢慢睁开了眼睛。

就在白岭一片安宁之时，卫韫已在昆州整顿好兵马，就等着顾楚生和李春华的消息。

"顾大人已经接回了大夫人，但他们被赵玥一起软禁在顾府中，且顾大人说，大夫人现在体质偏弱，需要静养，不宜妄动，还让王爷少安毋躁，等他们彻底控制住华京后再做打算。"探子汇报着从华京得来的消息，卫韫顿了顿笔，抬眼道："大夫人具体是怎么个情况？"

"说是怀孕期间周途劳顿，赵玥又对大夫人用了迷药，需要调理。"

卫韫垂下眼眸，压住眼中的情绪："梅贵妃那边怎么说？"

"娘娘说，现在皇帝叫了玉琳琅入京，几乎没怎么见她，怕是已猜到自己中毒之事。也不知道那玉琳琅的医术如何，娘娘让王爷做好最坏打算，必要时刻，带兵入天守关。而且，娘娘的意思是，王爷能不能想个法子，杀了那玉琳琅？"卫韫想了想，转头吩咐人去叫沈无双，又问道："还有呢？"

"图索来的消息，苏查似乎在整兵。"

"整兵？"卫韫抬起头来，皱起了眉。他脑中电光石火般猛地闪过一个念头，急切地询问道，"玉琳琅什么时候入华京的？"

"半月前。"

"图索的消息是什么时候发出的？"

"五日前。"

卫韫抿紧了唇。他算了一下时间差，沉下脸来，瞬间心里便有了打算。

他从来不吝于用最坏的方式去揣测对方，赵玥这个人，必要时会联合外敌，这一点他完全不意外，毕竟赵玥也不是第一次做这种事情了。况且，那赵玥若是知道了自己将死，怕更是会不顾一切，什么都做得出来。另一边，苏查早被他打怕了，如果不是大楚内乱，他早已平了北狄。如今北狄只留了一个图索牵制苏查，他本想收拾完赵玥再去打苏查，而他的心思，怕是赵玥、苏查都明白，所以苏查会不遗余力帮助赵玥，赵玥也必定许诺了苏查什么。可是，如今卫、楚、宋三家联手，青州已平，仅凭谢家和燕州的军力，就算再联手一个苏查，怕也不足以扳倒他们，所以赵玥一定还会想尽办法煽动外敌……

卫韫思索着，一旁的陶泉捻着胡须问道："王爷在想什么？"

"先生，"卫韫抬眼看向他，"您说，赵玥如今想要请人帮忙，会请谁呢？"陶泉笑了:"赵玥如今的敌人就是卫、楚、宋三家。宋王爷是墙头草,楚王爷以百姓为重,而您与他是血海深仇,所以,他首先要对付的,肯定是您。那,他必然是要通联北狄的。"

卫韫点点头:"还有呢?"

"楚大小姐与卫家的关系天下皆知,楚王爷又极看重家人,所以,他必要想办法牵制楚王爷。一方面,他已经绑了楚大小姐,另一方面,他必会煽动陈国,让陈国骚扰洛州,楚王爷才无法脱身。"

"若想让陈国出手去骚扰洛州,要怎么办?"

"陈国与洛州征战多年,本有世仇,许以重利即可。"

"不够。"

"那王爷是觉得……"陶泉有些疑惑了。卫韫的目光锐利:"陈国土地贫瘠,主要以旱稻和牛马为食,数次犯境,均是因国内灾年无粮。今年他们的粮产堪堪,我若是赵玥,想让陈国出兵,大可在其境内各地以雷霆之势高价购粮,等上面发现粮食不足,我再许以重利还粮给陈国国君,以此为条件要挟陈国出兵相助。"说着,他将手中的书信放在一边,站起身来,"咱们速度不能比他慢。他们高价购粮,我们就低价卖粮,保证陈国的粮食供给。"

二人说话间,沈无双走了进来:"王爷叫我?"

卫韫转过头去看着沈无双:"想请你帮个忙。"

"嗯?"

"杀个人。"

三十六　来世间走一遭，值得了

　　沈无双愣住了，卫韫平静地道："赵玥如今在四处求访民间名医，你也去给他瞧病。他这个人疑心重，你进宫之后千万别耍手段，好好给他诊病即可。之后，你以会诊之名去见玉琳琅。"

　　"玉琳琅？"沈无双诧异，"她去给赵玥看病了？"卫韫沉下声："她不能医好赵玥。你见到她，能策反最好，若不能……好好送她上路。"

　　"那我怎么回来？"沈无双愣了愣。卫韫沉默了片刻，抬眼看向沈无双："你带上一只仿鸟雀叫的信号哨，事成之后，找到藏身的地点，吹响信号哨，我的人会去接你。不过……我不能百分百保证……"卫韫的话没说完，沈无双却是明白了。他想了想，却是笑了："行。若我出不来，我就让赵玥一命换一命。看造化咯。"说着，他吊儿郎当地耸耸肩，随后又道，"那我这就去吩咐一下，将军中常用的药物都准备好，明早出发。"

　　听到这话，卫韫猛地想起了什么，突然叫住他："军中有什么必需的药材吗？"沈无双一愣，卫韫赶紧又问，"有什么药物，是军中必需、不可或缺的？"沈无双笑起来："当然有，有一味最基础的药，可用来止血的，还可以预防感染和瘟疫。最重要的是，这种药还便宜，你知道军中的药大多昂贵……"

　　"那你可知道陈国军中用药的习惯？"

　　"不难猜。"沈无双迅速答道，"基础药材一般都是由各地自己产出，一旦长途运输，就会变得昂贵，军资承担不起。陈国有一味叫'霜红'的药，就等于我们这儿的……""每年量产多少？"卫韫打断了他，就着这味药迅速问了下去。

　　沈无双虽不知道卫韫目的何在，还是老老实实地详细介绍了一番。说完药材的事情，卫韫还低着头，似乎在思考什么，沈无双便准备退下。然而刚走到门口，卫韫突然叫住他："无双！"他抬头看着沈无双，认真地道，"……保重。"

　　沈无双一愣，道："放心，不会出事。"说完，他顿了顿，"……其实，有时候做人不能太好、太为别人着想。要自私一点，想要什么就说，想做什么就做。一味地纵容，会让人不珍惜这份好，觉得都是理所应当。"卫韫没想到沈无双会说这样的话，只听见他继续道，"当年你断了腿还敢拔刀插在我桌上的样子，好像更有人情味一点。……行了，叙旧就到这里，哥哥我走了。"说罢，他摆摆手，转过身去，"别再叫我了，我真得走了。"

这次卫韫再没说话，他静静看着沈无双的背影离开，直到看不见了，才听陶泉道："王爷可是有了主意？"卫韫回过头来："我们要卖粮给陈国百姓，还要用粮换霜红，霜红换完就换马。"

"王爷的意思是，我们保证陈国不缺粮，陈国便不会出兵。若陈国还是决定出兵，却会发现他们缺药缺马，一旦开战，不久后他们必然溃不成军。但若陈国发觉……"

"所以我们要快。"卫韫果断地道，"立刻动手，买通官员、走黑市交易都可。"陶泉皱起眉头："可我们才经历过大灾，还要与北狄对战，粮食怕是……"卫韫打断他："我会写信给楚临阳，我们出一部分，楚临阳出一部分，最重要的是，还得去西宁借粮。"这话让陶泉愣了，西宁与大楚之间隔着一个陈国，的确是太远了。他想了片刻，还未反应过来，卫韫再次冷声开口，"我去西宁，还要同他们商讨伐陈大计。"

西宁与陈国常年交战，借粮不会容易，借了粮还要策动西宁伐陈，更加不是一件易事。然而卫韫心下已定，起身道："让卫秋准备一下，连夜起程。陶先生，这番我走以后，便全权由你主持军中大事。沈佑镇守白州抵御北狄，秦时月扛住燕州，其余将领由您安排。"说着，他退了一步，躬身道，"拜托了。"陶泉忙扶起卫韫："这本是卑职分内之事，王爷何必如此多礼。"卫韫平静地道："此去西宁，前路未知。若我未归，还望陶先生替我主持大局，迎大夫人平安归来，由大夫人挑选卫府继承人。无论如何，还望您好好辅佐。"

"王爷放心，"陶泉认真道，"卑职知晓。"

卫韫点点头，又与陶泉商议了一阵，而后便与他拜别，带着卫秋、卫夏星夜兼程，一路奔向西宁。他一路飞鸽传书，四处打听陈国粮价，同时指挥人将粮食运输到陈国暗桩的地盘上。此时赵玥已经动手，陈国粮价开始炒高，而卫韫那边疏通好了横跨整个陈国的地下运输渠道，这边终于到达西宁。他递交了国书拜见西宁国君，然而等了一日，对方却没有任何动静。

卫夏有些坐不住了："王爷，这西宁国君什么意思？把我们晾在这里一天了……"卫韫没说话，他闭着眼，双手笼在袖中，似乎在思索什么。卫秋冷笑出声来："明摆着西宁不想蹚浑水，根本就不打算见咱们。"卫夏有些头疼："他怕是知道咱们此番来这里的目的。若能见个面还好，要是面都见不到，怎么办？我们的时间也不多了……"

这时，卫韫慢慢睁开了眼睛："我听说，明日是春神祭，国君要上神女庙。"卫夏和卫

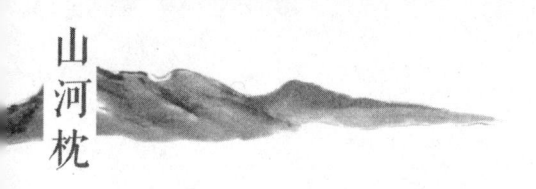

秋愣了愣，卫韫又说，"今日我便混入神女庙中，你们明日带人闯山门，在前方制造混乱，我趁乱挟持西宁国君。"说着，他的眼中带了冷意，"他不想谈，我就让他不得不谈！"

就在西宁暗流涌动之时，白州和琼州开始不断有人病倒。最初只是一两个人，可病很快传染了开来。魏清平是最先发现情况不对的人，她刚从青州回到白州境内不久，路经一个城池时，有人慕名前来截住她，请她去城外一个村子里看看。

"也不知道怎么回事，一夜之间，大家都病了。"村长一边咳嗽一边领着她往前走。他似乎是染上了最普通的风寒，旁人都不甚在意，唯有魏清平戴着药汤浸过的面纱和手套，暗暗和众人保持着距离。她知道地震后随时可能暴发瘟疫，因此一直以来都十分谨慎。那村长同她描述着村里人的症状，然而走到村里，魏清平一看见一个棚子里躺着的村民，心里顿时便有了几分慌乱。

村民们的症状，同前些日子她和顾楚生在青州处理的小规模瘟疫有着诡异的相似之处。按理说，这样的症状，就算暴发，也该在青州才对。而且，按照村长的描述，这种病症不到十天就可以让一个成年人死亡，这样的速度，比青州可快了太多。最重要的是，如果这场瘟疫真是青州瘟疫的变种……那么，到目前为止，根本没有任何治疗的方法。

魏清平心里揪了起来。听着整个棚子里起伏不已的呻吟声，她提步上前，用一根木杆挑开了一位病患的被子。流着脓的腐烂伤口暴露在魏清平眼前，她瞬间面色剧变！的确是那种瘟疫！然而，瘟疫没有在青州大规模蔓延，却暴发在了白州——在白州一个远离青州的城市，在江白城水源的下游！

魏清平脸色煞白。满地都是号哭的人，有人爬过来试图抓住她的裙角，她猛地退开一步，侍从察觉不对，疑惑地道："郡主？"魏清平强让自己镇定下来，转身道："立刻封锁村子，从今日起，这个村子里的人不准出去一步！"众人闻言惊诧不已，魏清平神色冷静，"大家不要害怕。我不走，我也在这里，我会给你们看病，一直到你们活下来，或者我死去。"说完，她不等众人反应，扬声道，"快！现在就开始建立和外界来往的岗亭，岗亭内的值守之人不能和外界接触。现在还不确定瘟疫传播的方式，我先开出方子，赶紧组织人去找药材……"

魏清平表情镇定，言语有力，众人看着她的模样，也跟着一点一点平静了下来。然而，在众人看不见的地方，她的手一直在抖。病患的症状严重到这个程度，已完全超出可控范围，可她作为医者，她没有办法，她如今是所有人的支撑，她只能扛着。

回到临时建起的医庐，魏清平迅速开始写药方，列出病患需要的基本生活物资，并派出药童去一一分辨村中已染上瘟疫的村民。开始戒严后，村外的士兵成了这个村子和外界

三十六　来世间走一遭，值得了

通信的唯一渠道，魏清平不允许他们和村里人接触，在岗亭外建起一道门，双方只将东西放在门口，严格喷洒药汤后再各自拿取，拿取东西的人也必须戴上浸泡过药汤的手套。

安顿好村里的事，魏清平又给卫韫去信，让他派人排查整个白州的瘟疫情况，调查感染原因，并通知全州戒严。忙完这一系列事情，看着信使即将离开，她犹豫了片刻，终于还是道："还有，此事得尽快告知秦时月秦将军。"信使停住脚步，她的声音里带了几分颤抖，"请告诉他，每个人有每个人的责任，我是医者，他是将士，他得做好自己的事，别来找我。若他敢来，这辈子，我都看不起他。"

那信使抿了抿唇，点头道："属下明白。"

白岭，陶泉接到魏清平的信，立刻安排开来。不过几日，白州各城均上报了疫情，陶泉猛地意识到，这场瘟疫，竟是沿江一路蔓延而来的！赵玥不顾一切取江白的那一役在他脑海中划过，他想起了卫韫走之前同他说的话——

"赵玥如今的敌人就是卫、楚、宋三家……"那，北狄牵制了卫家，陈国牵制了楚家，宋世澜呢？！赵玥就真不管宋世澜了吗？！想到这里，陶泉倒吸一口凉气，从江白出来的那条江，其流经之地最广的不在白州，而是在琼州和华州！陶泉猛地站起来，大喊道："来人！来人！替我传信于宋王爷！"

陶泉的信走的是飞鸽传书，同时送出十余只信鸽，以确保能第一时间到达宋世澜手中。宋世澜此时正在太平城中巡查。太平城近来许多人染上同一种病症，而这些人大多直饮过江水，当地官员认为是有人在上游投毒，宋世澜为安民心，亲自来查办此事。然而进了太平城，宋世澜才发现，情况比官员报上来的要严重百倍，县令已经跑了，宋世澜无奈之下只能亲自坐镇。

宋世澜向来是个亲力亲为的人，每日都去城里视察，甚至会同官员们一起做事，在当地声望颇高。而琼州、华州靠海，远离内陆，物产丰富又少有战争，民风淳朴，生活富足。因此，哪怕是在重兵之时，百姓还能苦中作乐，笑着欢迎宋世澜。

宋世澜很喜欢这样的感觉，他每天工作之余都会给蒋纯写信，描述琼州的美好，信后总不忘问上一句，什么时候能娶她到琼州。蒋纯很少回他信，宋世澜也不介意，每日仍乐此不疲。这日春光正好，副官跟着他走在人群中巡查，看着宋世澜含笑的模样，副官忍不住道："昨日又给卫二夫人写信了？"

"你又知道？咳……"宋世澜咳嗽了两声，随后抬眼，笑意却是遮不住，"这次她必然会回信给我。"副官不放心地道："王爷这几日似乎经常咳嗽。"宋世澜一脸漫不经心："大概是染了风寒吧。"副官也没多想，继续和宋世澜闲聊着。这时，一名侍卫急急

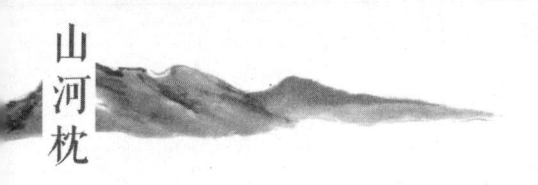

忙忙跑过来，手里拿着一封信："王爷！王爷！白岭来的消息！"

"这么快？"宋世澜愣了愣，然而他立刻意识到，这个时间，绝不是蒋纯给他来的回信。他沉下脸，迅速从侍卫手中接过信件。打开信件，他的脸色瞬间剧变。陶泉告知了他疫情之事，还附上了隔离及检查的方法。他呆呆看着那张信纸，片刻后，他沉下声音："吩咐下去……凡是有咳嗽、发热、腹泻、眼带血丝、皮肤溃烂的人，全都留在城里，手臂上有破损的人更是绝不能出城。其他人，立刻出城，迁移到郊区宋家村，一月后无事才能正常出行。城中一切，均按这张纸上所说的行事。"

众人各自领命退下，副官仍然一脸迟疑。宋世澜克制着情绪，垂下眼眸，将信递给副官："将这封信复刻下来，交给四公子宋世荣，告诉他，接下来要极力配合楚王爷和卫王爷的安排，不惜余力与他们携手扳倒赵玥。我宋家选了这条路，就不能退了。"

"王爷，这到底是怎么回事……"

"瘟疫。"副官愣了，宋世澜抬起头，"从今天开始，按户籍将未染病的百姓全部送出城，你也赶紧走。"

"那我们让大夫……"

宋世澜认真地看着副官，打断了他："此疫无解。"那副官一顿，点头道："好，我护送王爷出去。"

宋世澜没说话，片刻后，他慢慢笑了起来："我不能走。"副官抬起头，露出震惊的表情，看着宋世澜撩起了自己的袖子。他的手臂上有一块类似擦伤的小小伤口，仿佛还有轻微溃烂。副官呆呆地看着他，他却仿佛什么都没发生一样，放下袖子，平静地道，"你出去之后，传我的信，让宋世荣主持琼州大局，并立刻和陶泉密切通信。清平郡主在白州，一定会不惜余力想办法阻止疫情，我们便跟着白州学。其他地方如出现和太平城一样的情况，立刻以相同的方法严格处理。"

"王爷……"副官低着头，颤抖着声音，"您不说，没有人知道……"宋世澜将双手笼回袖中，朝着城门走去："我知道。但我的命不比谁的命更金贵。我本就是歌女之子，庶子之身，走到今日，已经足够。"副官焦急，提高了声音："王爷！那卫二夫人怎么办？！我护送您出去，我一人照顾您就好，若是我被感染，我就同您一起死。我们绝对不会传染给其他人，我带着您去找清平郡主，她一定有办法……"

"她若有办法，我能活着等到她。"宋世澜的神色平静，"她若没有办法，我就算出去了，也无济于事。而且，"他抬眼看向副官，"我一旦出去了，就是一个行走的感染源。你知道疫情的传染方式吗？你不知道。如果我呼一口气都会让他人感染呢？那么，我出去就是害了别人。"说到这里，他笑了起来，"兄弟，人一辈子要知足……"

三十六　来世间走一遭，值得了

"您还没娶到二夫人，您还没有世子，您不能放弃……"

这时，城门处已经聚集了不少百姓，士兵们大声道："一个一个来！一个一个来！"宋世澜抬眼看着人群，淡道："我没有放弃。我没有娶到她，她没有足够喜欢我，我也没有孩子和其他需要挂念的亲人，其实这样正好。来这世间来得干干净净，走也走得无拘无束。你若真的想救我……就去找到清平郡主和其他大夫，想尽办法救下更多的人。大家得救，我就得救。"

副官呆呆地看着宋世澜，宋世澜抬手想拍拍他的肩膀，犹豫片刻，还是放下了手，转身走向人群。百姓慌乱起来，大家似乎隐约意识到了什么，许多人高吼着："为什么不让我们出去？！""你们是不是想把我们锁死在里面？你们是不是不管我们了？！""你们想让我们死！想让我们死！"

突然，只听得宋世澜一声高吼："诸位——"众人朝他看过去，他跳到一旁的台子上，"诸位，我是宋世澜。"

"宋王爷？"

"宋王爷也在这里！"

"宋王爷来了？您要为我们主持公道啊！"

"诸位，"宋世澜平静道，"不瞒大家，此次病症，实为瘟疫，且来势凶猛，白州、琼州都在想尽办法诊治。我们从来不会放弃百姓，这只是为了避免感染更多人，食物、药材、大夫，都会正常入城。"

"说得好听，"有百姓大喊，"等你们出城了，城门一关，还有我们什么事？！说什么不感染更多人，患了病的达官贵人不也一样出去了？只有我们这些贫贱百姓被关在城里！"

这话一出，群情激愤。宋世澜沉默了片刻，忽地撩起了袖子。他手上溃烂的伤口出现在众人面前，大家都愣了，他神色平静："我不走。我已染瘟疫，会留在这里陪着大家。只要我还能站起来，就会尽我所能，照顾需要照顾的人。我在这里，以我为保，我宋家绝不会放弃一个不该放弃的百姓。我同诸位一样，我也想活下去，我也有爱的人。我想娶她，我已经下了聘，也为她备好了嫁衣，就等着她的允准。"宋世澜笑起来，众人都从他眼中读出了一分温柔，"我会活着出去，大家也都会活着出去。我恳请大家，让你们那些仍然健康的亲人、朋友离开，剩下的人，同我一起在这太平城里等待。我并不认为留下就是死路一条，你们也不该这样认为。我们会等到大夫、药材，等到我们活下来，大家陪我去白岭求亲！"

没有人说话，宋世澜仍站在高处，高喊道："李源。"李源不动，他又提了声音，"李源！"

"末将在！"李源红着眼从人群中走出。宋世澜的声音温和："你上前来。"李源颤

727

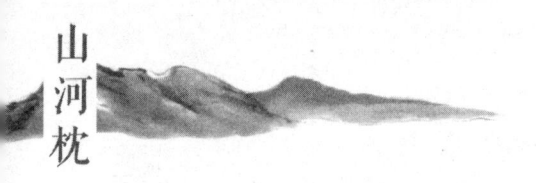

抖着身子走上前,宋世澜撩起他的袖子,他的手臂干净,没有半点伤痕。宋世澜抬眼看向他的眼睛,他含着眼泪,也直直地盯着宋世澜。宋世澜笑了笑:"男子汉大丈夫,哭什么。走吧。将信传出去。"

有了宋世澜和李源牵头,百姓终于有序地组织起来,以户为单位,一个一个往外走去。许多已出现症状的人自觉地退了回去,偶有想混过去的,都被一一阻拦。如此过了一天,城门前终于再没有人了。城门缓缓关上,宋世澜看着城门外的夕阳,也说不清是什么感受,只觉得这一日的太阳特别红,如同一片血色落在人心头,平添出几许绝望。他轻轻咳嗽了一声,同留下来的侍卫一起回了府衙。他的桌上还放着一封未寄出去的信,他看了那信一眼,忍不住就笑了。

远在白岭的蒋纯,几日没接到宋世澜的信,终于有些慌了。可她面上不能显,只好装作漫不经心地去找卫陵春打听琼州的消息。

卫陵春如今正跟着陶泉做事,听到蒋纯的询问,神情躲闪。蒋纯直觉不对,皱起眉头:"琼州可是发生了什么?"卫陵春尴尬地笑起来:"没什么……都……都挺好的,挺顺利的。"蒋纯面色不变,默默走了出去。片刻后,她将钱勇叫了过来。钱勇是个直性子,蒋纯叹了口气:"钱将军,宋王爷那件事……你知道了吧?"

"啊?"钱勇面露惊诧,"您怎么知道的?谁告诉您的?!"蒋纯面上露出哀戚之色:"你也别瞒我了,我大致都已清楚。我就是想知道,他如今的情况,可需要小王爷出手?"钱勇不疑有他,叹了口气:"您也别太难过……这瘟疫的事,都是天命。清平郡主已经在找解疫的法子了,宋王爷已把自个儿关在了太平城里,但他吉人自有天相……"

"瘟疫?!"蒋纯提了声音,"把自己关在了太平城里?!"

"是啊,太平城如今灾情可严重了。"钱勇仍然大大咧咧,"宋王爷说是要等着郡主拿方子,可如今这样子,有什么方子啊,拖得一天是一天……"他絮絮叨叨说着,蒋纯却是没了回应。看着蒋纯失魂落魄的样子,他终于察觉不对,诺诺道:"那个……二夫人,要不……我先走了?"

钱勇退下后,蒋纯一直枯坐在房里,从下午直到晚上。卫陵春回来后听闻她的情况,犹豫着来到她的屋里。月光落进屋里,借着月光,他看见母亲穿着一身白衣,手撑着额头,整个人似乎就是一尊雕塑。两人都没有说话,许久后,卫陵春才慢慢道:"您别难过,宋王爷是有福气的人,他不会有事。"说着,他想去点灯,蒋纯却突然开了口:"别。"卫陵春停住动作。他在黑夜里背对着蒋纯,不知道自己此刻该说什么。再如何早熟,他也只是个孩子。

三十六　来世间走一遭，值得了

"母亲，其实您也没有多喜欢宋王爷的……"

听到这话，蒋纯却是低低笑了出来。她抬起头，月光下，她的脸上全是泪痕，也不知是哭了多久。她看着卫陵春，反问道："没有多喜欢？你们都以为我不喜欢他吧……"说着，她站起身，走近卫陵春，"是不是连他都觉得，我不喜欢他？！对……"她似乎是在自言自语，"我是很讨厌他。我讨厌一个这么好的人出现，同我说喜欢我，要给我一个这么美好、这么让我欢喜的未来。我讨厌他，我更讨厌我自己！你父亲的疼爱，对我来说已经够了，我该怀念他一辈子。我有什么资格、有什么脸去对另一个人动心？！我这辈子……"她的声音已带着哽咽，"我这辈子，就该守着你父亲的灵位，守着卫家，守着你。我这辈子，就该是这样而已……我讨厌他，讨厌我自己，讨厌我放不下、舍不得、断不了、离不开。我讨厌我直到眼下这一刻……"她顿住声，盯着卫陵春，慢慢道，"直到这一刻，我都不敢去找他。"

卫陵春没说话。他静静看着蒋纯，好久后，他伸出手，抱住了母亲。少年的怀抱很温暖，他的手臂还很纤细，却很有力道，是习武之人特有的精瘦。蒋纯呆呆的，任由他将自己抱在怀中。只听见他温柔的声音传来："娘，我希望您过得好。父亲也和我一样，我们都希望您过得好。人死了就是死了，哪怕有下一世，也和这一辈子再没有关系。您去了之后，也不必去见父亲，您谁也见不到。不要把人生寄托在这样虚无缥缈的事情上。娘……我长大了，您大可放心去做您想做的事，就像您对我一样。我知道您不想让我上战场，可您依旧支持我。我也一样。"

说着，卫陵春收紧了手，眼泪在眼眶里打转："我很希望娘一直在我身边，我也很希望娘一辈子当卫家二夫人。可是，比起一个完美的母亲，我更希望您是一个快乐的母亲。"他闭上眼睛，"用爱我的名义束缚您自己，我受够了。"

蒋纯没说话。她被自己的孩子拥抱着，听着他稚嫩又直白的言语，感觉无数情绪铺天盖地地涌来。她依靠着他，骤然号啕出声："我想去找他……我是当真喜欢他！"卫陵春扶着她："那您就去喜欢！"

少年人永远有着超乎成人的勇敢和执着。想去找谁，就去找；想去见谁，就去见；想去陪谁，就去陪；想去喜欢谁，就去喜欢。那份炙热从卫陵春身上，一点一点传到了蒋纯心里。她哭得放纵，哭到力竭。近天明时分，卫陵春平静地开了口："能成为您的儿子，我很幸运。您很勇敢，您比我见过的很多母亲都勇敢。"

片刻后，蒋纯直起身，招呼侍女进来伺候她洗漱，而后径直去找了陶泉。如今疫情严重，白岭聚集了一群大夫专门研究疫情。蒋纯细细了解了一番，又整理了药材和各种用具，带上武器、几名侍从，以及大夫们研究出来的最新药方，便出了白岭。

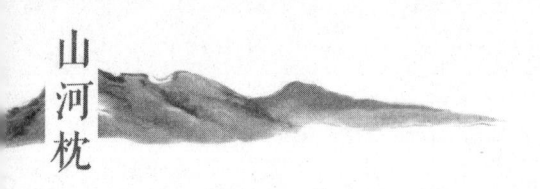

出城前，卫陵春来送她。蒋纯骑在马上，看着这个已经与她差不多高的少年，弯下身子替他整理好头发，温和地道："以后你就要自己照顾自己了，你能做到吗？"

"我可以。"卫陵春笑起来，"您放心吧，七叔像我这么大时，已经是一方人物了。"蒋纯笑了起来。她深深地凝视着他，好久后，她慢慢道："我会做好蒋纯。陵春，为娘也希望你能做好卫陵春。这一辈子，"她抬起手，放在自己的心口，"为娘都希望你能活得恣意潇洒，不违天理，不负本心。"卫陵春认真地道："母亲放心。我会的。"

蒋纯深吸一口气："生下你，真是我这辈子做得最对的事。……虽然当初我觉得你特别丑。"卫陵春愣了愣："娘！"蒋纯大笑，却没再回话，打马扬鞭，离开了白岭。

蒋纯一路星夜兼程，终于来到太平城下。彼时正夕阳西下，宋世澜登上城门往外眺望。如今他们与外界通信都是依靠一只吊篮，从城楼上用绳子将吊篮放下去，城外的人将物资放在里面，他们再将它吊上来。宋世澜每日都会上城楼来看看外面的情况。这一日，他远远便看见一个女子青衣束发，正驾着马车从官道上疾驰而来。

"清九，"宋世澜对侍卫笑道，"我的病情是不是又加重了？你看那边那个女子，像不像我家阿纯？"清九没说话，跟着他抬头看向远方，宋世澜轻咳了一声，"不过，不会是她。阿纯那样的性子，哪里会做这种事？就算要来，她也该由卫家侍卫护送着，送上拜帖……"

话没说完，他就听到一声女子的呼喊："宋世澜！"宋世澜微微一愣，那女子停住，翻身下马，仰头看着他，认真地道，"宋世澜，开城门！"

这一声喊终于让宋世澜清醒过来。他睁大了眼看着城楼下的女子。她依旧和往日一样，平静自持，神色间带着让人安心的镇定。她站在城楼下，静静地看着他。那一瞬间，他心如鼓擂。

不在意是假的，没牵挂是假的，在这城池中等死，所有的镇定和从容，都是假的。他本就是出身于泥泞的人，哪里来的那么多心怀天下？他还没得到她，还没得到许多，他也会在夜里辗转反侧，嘲笑天道不公。然而，当这个女子出现在城楼下，出现在他眼中，他终于觉得——值得了。

这一辈子做过的一切，这一辈子来这世上走一遭，值得了。

因魏清平及时发现、应对有方，白、琼、华三州的疫情在猛烈暴发后得到有效控制，

三十六　来世间走一遭，值得了

疫情沿江而去，没有往周边扩散。虽然诸多城池因此紧闭城门，三州药材紧缺，好在此时尚无战事，各地均未失秩序。同时，远在华京的沈无双已经混进了宫中。

不出卫韫所料，赵玥如今正在暗中寻找天下名医，所有医者都可以参加赵玥私下设立的考试，经过三试就可以见到赵玥。试题对于沈无双来说都是小儿科，他很快通过了三试。他伪装成一个脾气古怪的青年，借用了师兄林悦的名号。而后他被蒙住眼睛带进宫，按照卫韫的嘱咐，认真地给赵玥问诊。

三日后，赵玥再次宣他入宫。这次入宫再没人蒙住他的双眼，沈无双知晓赵玥这是放心了他。他跟在张辉身后走过空旷的广场，步入大殿，便看见年轻的帝王正坐在高位上，神色温和又平静。赵玥很消瘦，明显是毒发之后勉力压制的结果。沈无双叩拜在地，赵玥道："先生医术精湛，前几日给朕的药，朕服用后感觉好了许多。"

沈无双恭敬地道："陛下中毒已久，草民也不过是勉力医治。"

"先生的意思是，还是救不了了？"

沈无双沉默了。如果想尽办法去救，谁也不能说一定就救不了。可是这天下，如今又有哪位顶尖的医者会想尽办法救他呢？纵使玉琳琅愿意，可玉琳琅终究并非最顶尖的医者。

看见沈无双的神情，赵玥叹了口气："那，先生可知，朕还剩下多少时日？"

"五月光景，还是可保的。"

赵玥舒了口气，点点头："好，也好。"说着，他抬头看向沈无双，"先生可还有其他要求？"

"给陛下看病的医者，不知有几位？草民想与他们谈谈，了解一下陛下过往的病况。"

赵玥犹豫了片刻，终于还是道："好吧，朕亲自领你去见。"说着，他从金座上走了下来。他脚步虚浮，明明三十岁不到的人，却像一个老人一般，走得极慢。沈无双静静等候着，张辉上前扶住他。

走出大殿后，沈无双跟随在赵玥的轿辇后面。赵玥虽然气虚，仍尽力不冷落了他，断断续续地和他闲谈。赵玥谈吐文雅，学识广博，根本不像他印象中那个杀了自己的哥哥又祸害了大楚苍生的暴君。

"林先生能来，朕很高兴。有了林先生，朕又能多活几个月了……"

"多几个月，少几个月……有什么区别吗？"

"自然是有的。"赵玥垂下眉眼，言语中带了几分惋惜，"多几个月，朕就能多陪陪皇儿了。你知道吧……梅贵妃有孕了，"他的眉眼间是止不住的高兴，"如今已快六个月

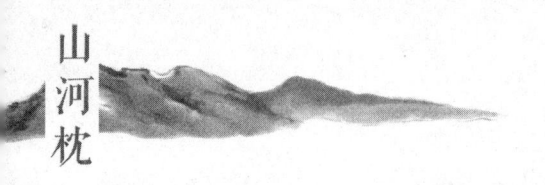

了。"他说起这些的样子，就仿佛一个再普通不过的父亲。沈无双没说话，只是静静地看着赵玥，突然觉得这人世间真是太过荒谬不堪。

两人说着，已走进冷宫的一个院落。院子里没有什么人，地上曝晒着许多草药，一个盲眼女人正带着药童在晒制草药。赵玥命人落轿，高兴地道："玉大夫。"玉琳琅闻声抬头，仿佛能看到一样，恭敬地给赵玥行了个礼："陛下。"赵玥的声音里是显而易见的欢喜："玉大夫，朕带了一个大夫过来。前不久你看过他的方子，他想同你交流一下。"

玉琳琅似乎并不感到奇怪，只平静地问道："来人是？"

"在下林悦。"

"林圣手。"玉琳琅点点头，笑了起来，"久闻不如一见。过去在江湖上未曾得见，却不想在宫里与林大夫相逢了。"

"玉姑娘。"沈无双没有多作回应，只是唤了一声便算是打了招呼。赵玥道："那你们先聊，朕就先回了。玉大夫，这次制好的药就交给张辉吧。"玉琳琅应声挥了挥手，一旁的药童便去屋子里拿了几个药瓶出来。

赵玥等人离去后，玉琳琅招呼沈无双道："林大夫里面来。"沈无双跟着她进了屋中，装作漫不经心地问道："玉姑娘方才给陛下的药是什么？"

"一些安神的药丸罢了。"玉琳琅淡道，"您也知道，陛下忧虑过重，难以入眠。"说着，她招呼着沈无双坐下。沈无双跪坐下来，面前的桌上已经放好一杯茶。玉琳琅道："我得了您的方子，便知道您是要来见我的。"沈无双笑起来："哦？玉姑娘如何知道？"

"林大夫可知道，您用药的路子与寻常医者差别很大。"沈无双的心提了起来，玉琳琅又淡道，"天下神医，多出于百草阁。当年因我眼盲，百草阁不曾收我，所以一直以来，我都是自学。我自学的法子很简单，熟悉当世名医们的药方，揣摩他们开方子的思路，这其中，自然也包括您。您的药方总喜欢另辟蹊径，十分冒险，故而您手下的病人若不能完全治好，便是早日归天。然而您有一位师弟……"

沈无双没说话。房间里弥漫起一阵类似于青草与兰花混杂的香味，他暗中握紧了自己袖中的暗器。

"这位师弟本是当年太医署医正的弟弟，在百草阁里也是天之骄子，后来远去北狄，便没了音讯。我曾花重金买到他在北狄时开出的方子，巧的是，他开方子的路数，正与你这次开的方子像得很。……林大夫不用紧张，"玉琳琅喝了一口茶，淡道，"我的房间里没有毒药，只有解毒的药。我知道您不是来杀我的——"

"何以见得？"

"沈大夫是侠义人物，总不会伤及无辜。"沈无双的手抖了抖，玉琳琅的语气依然平

三十六　来世间走一遭，值得了

静，"我听说，当年，沈大夫的哥哥是被当今陛下所杀。"沈无双冷笑起来："你既然已经知道了，此刻又和我谈什么？何不直接让人把我抓了？"玉琳琅沉默了片刻，她盲了的眼仿佛能将一切看得通透，只听她慢慢道："沈大夫，您是医者。我们医者，不杀人，不害人。"

"你救赵玥，就是在害人！不是手不沾血就等于没杀过人。你救了赵玥，那他害死的每一个人，都要算在你的头上！"说着，沈无双站起身来，靠近玉琳琅，冷着声，"玉琳琅，你还有赎罪的机会。"玉琳琅没有说话，好久后才又开了口："为什么你们总想杀他，却从没想过救他？……为什么你们只想怎么杀了坏人，却从没想过怎么把一个坏人变成好人？"

"他做过的坏事数不胜数，难道不该受到惩罚吗？！"沈无双低喝，"你他妈的和我说什么歪门邪道？！他杀了我哥，杀了那么多人，他的哪一条罪状不该死？我不管他经历过什么……"说着，沈无双已颤抖着手拔出刀来，"我只知道一件事，如果一个人过得不如意，就可以滥杀无辜，那么这世道，就只有坏人能活下来了。玉姑娘，我最后问你一次——你是不是一定要保赵玥？"

玉琳琅平静地道："我得保护我的病人。"话音刚落，沈无双的刀猛地割开了玉琳琅的喉咙！血瞬间四处喷溅，玉琳琅满面惊骇之色，只来得及发出一声"啊"，就被沈无双死死捂住了唇，而后迅速没了气息。

沈无双颤抖着站起身。这时有药童端着糕点站在门口道："姑娘，我可方便进去？"沈无双惊得立刻从窗户跳出去，匆忙躲进不远处林子中的一个石洞里，吹响了信号哨。不过片刻，惊叫声便响了起来。沈无双不住地擦着手上的血。他从未这么害怕过，他甚至不知道自己是在害怕什么。玉琳琅最后的模样一挥之不去，她的神情平静而坚定，"我得保护我的病人"这句话反反复复映现在沈无双的脑海中。

很快，外面似乎发生了争斗，有人大叫着："沈大夫！沈大夫！"沈无双赶忙起身往外跑，然而刚冲出洞口，就被血溅了一脸。随后羽箭落满他前方的草地，他呆呆看着一地尸体，一缕明黄出现在了他的视线里。

"可惜。"赵玥的声音冷淡。沈无双抬头，看见赵玥站在人群中，面上带着惋惜，似乎有些无奈地道："林大夫，是朕对你有何不好吗？……不，"他笑了起来，"方才朕似乎听说，应该叫你……沈大夫？"

沈无双没说话，他看着一地鲜血，有些回不过神来。赵玥走到他身前："你杀了玉琳琅？一个医者……"他用剑挑起沈无双的手，"竟杀了一个无辜的人？"

"她不……"

"她不无辜？"赵玥轻笑出声，"你说，玉大夫，一个救济天下的女子，只因为她不愿意违背自己作为医者的操守，所以她就该死，就不无辜？那你同朕说，这天下谁无辜？！……你若要杀，为何不来杀朕呢，沈无双？"

赵玥的话让沈无双感到震愕不已。就在这一瞬间，一名侍卫猛地出手，卸下了他的两只手臂，并迅速从他怀中掏出所有暗器和毒药，然后将他狠狠按在了地上。赵玥蹲下身子，看着他，温和地出声："沈无双，你杀不了朕。你的每一个方子朕都找人验过，朕身边全是高手，你根本没机会杀朕。你只能去杀无辜的好人，把自己变得和朕一样肮脏。朕要下地狱，你们也该下地狱，这世上谁又比谁更干净？杀了人就是杀了人，难道有了理由杀人就是对的？沈无双，你好好看着朕，朕就算活不了了，也会让你们陪葬。"

赵玥抬起手，拍打在沈无双的脸上："而你没有办法。当年朕杀了你哥，你没有办法，如今哪怕你把自己变得和朕一样，你还是只能看着朕毁掉你想要的一切，没——有——办——法！"沈无双奋力挣扎起来："赵玥！！！"赵玥站起身，平静地道："将他带去地牢，过刑。沈无双，朕给你一次选择的机会。医好朕，朕可以与卫韫议和，你们要的太平盛世，朕可以给。要不然，大家一起死。"说着，他笑出声来，"你记好了，朕把天下的选择权交给你，日后若天下大乱，就是因着你沈无双想要报仇的一己之私，你知道了吗？！"

"赵玥你个王八蛋……"沈无双咬牙出声，赵玥大笑着转身，往外走去。

然而刚走出门，赵玥就再也撑不住，一口血呕了出来。张辉扶住他，焦急道："陛下！"赵玥喘息着，慢慢道："不能这样下去了……他们杀了玉琳琅，朕撑不住了。这中间若再有任何闪失，朕都撑不住了……"

"陛下……"张辉慌乱道，"那怎么办……怎么办？"

"白、琼、华三州的疫情怎么样了？"

"沿江城市无一幸免，但清平郡主发现得早，现在已全部控制住，没有扩散。"

"魏清平……"

"不过有一个好消息，"张辉放低了声音，"宋世澜染了瘟疫，如今就在太平城里。宋四公子掌握了局势，他与咱们的人交好，且性子软懦。咱们只需要派出说客，以宋四公子的性子，怕是会为了保宋家而不出兵。"

"很好……"赵玥闭上眼睛，将喉咙里一口涌上来的血咽了下去，"按照玉琳琅的话，朕服用她的药也完全是强撑，已时日无多，若朕能只护着心脉睡下去，反而能多活一段时间。她今日给朕的药是应急之用，服下朕便可以清醒一些，但是……也顶多只有几日光景。"

三十六　来世间走一遭，值得了

"陛下您说这个做什么？"张辉有些着急。赵玥握住他的手，喘息着："北狄整兵需要时间，陈国出兵也需要时间，朕需要这份时间。今日起朕会停药，你立刻带着朕的密信出去游说各路诸侯，让他们在卫韫、宋世澜等人征战时出兵偷袭。让他们明白，这三家若真得了天下，便没他们的容身之处。朕会给他们每个人一封讨贼的檄书，这天下任何一位诸侯，都可替朕讨伐这三家。而你，就留在燕州，给朕留下一队亲兵，准备勤王即可。"

"陛下，您这到底是要做什么？！"

"你听朕说，"赵玥喘息着，"朕不行了，可朕得护着梅贵妃的孩子。朕会和北狄里应外合夹击卫韫，挑拨陈国纠缠楚临阳，然后引苏查占领华京。华京是大楚的根本，各路贵族包括卫韫一定会和苏查拼个你死我活。等他们彼此都耗尽力量，就算能再夺回华京，北狄也好，世家也好，卫韫也好，对朕的孩子来说，都已不足为惧。"张辉颤抖着，听出赵玥已经是在交代后事。他握住张辉的手，"以梅贵妃的魄力，你只要辅佐她稳住五年，她会想到办法。"

"若梅贵妃想不出办法呢？"张辉的声音沙哑。赵玥笑出声来，温柔地道："你太小看她了。她是被我折了羽翼。她那样的女子，你若将她放回天空，她就是苍鹰。你且信她，莫说是当太后，便就是女皇，她都当得了。卫、楚、宋三家完了，北狄受到重创，陈国元气大伤，我儿登基后，只动荡几年，便可得太平盛世。"见张辉只红着眼不说话，赵玥拍拍他的手，温和又郑重地道："张叔，别难过。只要朕的孩子还在，那就当是朕还活着。朕这辈子全心全意信任的人没几个，您是其中之一。"

张辉动了动唇，许久后，终于出声："奴才……必不辱命。"

"去吧。朕累了，想去看看梅贵妃。"

张辉退下后，赵玥在几个小太监的搀扶下来到李春华的宫中。这时已经是夜里，李春华正坐在镜前梳洗。见到赵玥此时前来，她吓了一跳。这是两个月来赵玥第一次来见她。隔着帘子，她迅速思索着，该如何向赵玥解释自己现在的模样。若是四个月不见怀，或许还能蒙混，可如今已近六个月了，她却还不见怀……平日里还能在衣服下面塞枕头，可赵玥如今已经能看到了，和她这般亲近的人，又如何瞒得过去？

李春华紧张地思索着，赵玥却就在帘子外面坐下了。他似乎仍然虚弱，比平日还更虚弱了半分。他似乎不想惊扰她，仿若从前他还是她的面首时那般恭敬守礼。这样的感觉让李春华无端安心了几分，她垂下眼眸，温和地道："陛下这么晚来可是有要事？"

"阿姐，"赵玥的声音里带了笑意，"我想你了，想来看看你。"李春华一愣。他许多年没这样唤她了。她没说话，赵玥也没求进来。他们隔着帘子，各自看着帘子对面的

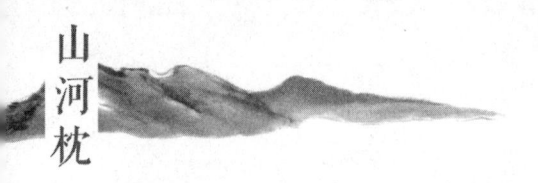

身影。然而，这却是这么多年来，赵玥觉得最心安的时候。

"阿姐，天下乱了。"赵玥温和道，"可是阿姐你别害怕，一切我都安排好了，你只要好好保护自己，保护孩子，就可以了。"李春华急问道："你安排了什么？"她没有看见，赵玥的目光有些涣散："阿姐，我最近觉得自己的身体越来越差，怕是没有几日了。……我经常想起小时候。也不知道为什么，我最近想往日，总觉得似乎就在昨天，离我特别近。阿姐记不记得，很小的时候，有一次咱们出去，有人欺负我，你就同他们打了起来。当时你一个人打好几个，我瞧着，觉得阿姐真厉害。有阿姐在……咳咳……"他低咳着，李春华禁不住捏紧了手中的梳子，好久后他才终于缓过来，慢慢道，"有阿姐在，我什么都不怕了。"

李春华不说话。赵玥痴痴地看着她的身影："阿姐为什么不说话？"

"都是旧事，"她慢慢开了口，"我不知该说些什么。"

"对于阿姐来说，这是旧事。对于我来说，这就是一辈子啊……"

一辈子唯一的温暖，唯一的心安。哪怕余生受尽屈辱，颠沛流离，哪怕之后荣登宝座，贵为天子，这些旧事却都深深刻在了他的脑海里，骨血里。

李春华还是沉默着。她静静看着镜子里的自己。镜子里的女人雍容华贵，带着一贯傲人的艳丽之色。曾有人说，她这样的长相乃克亲克友之相，那时候她还曾想过把那算命先生逐出华京。然而如今再想起，她却是忍不住笑了。

赵玥有些累了，他慢慢闭上眼睛："阿姐为何不出来见见我？"李春华沉默不言，赵玥勾起嘴角，"既然阿姐不愿见，那就不见吧。"说着，他撑着身子往外走去。李春华微微侧头，便看见了他消瘦的背影。犹豫片刻，她终于还是站起身，撩起了帘子："陛下！"

赵玥顿住步子回头，看见那女子赤着脚，朝着自己跑过来，猛地扑进了自己的怀里。他微笑起来，替她拢了拢衣服，温和地道："终究还是舍不得我。"李春华抬起头来，静静看着他，他们目光交织在一起。接着，她的眼里浮现出挣扎，开口道："你亲亲我吧？"

赵玥没有动，目光落在她的唇上，玉琳琅的话闪过他的脑海——此毒通过体液相交……他苦笑开来："怎么突然撒起娇来了？"李春华伸手勾住他的脖子："我想亲你……你不喜欢我了？"赵玥的笑容更盛，然而目光里却全是悲凉。他静静看着面前的女子，沙哑着道："喜欢啊，我一辈子都喜欢你。……那你呢，阿姐？"李春华僵住了身子，"阿姐，你说声喜欢我，我就亲你，好不好？"

她呆呆地看着他。他似乎在克制什么，似乎什么都知晓。有那么一瞬间，她几乎以为，他全都知道了。不然，他怎么会这般瞧着她呢？可若他真的知道，按照他那六亲不认的阴狠性子，早将她生吞活剐了。他眼里的悲哀藏不住，绝望藏不住，她似乎骤然被扔进了黑暗中，寒风凛冽而来，让她头一次萌生了退意。赵玥还在笑着催促："说啊，说你喜欢我。"

李春华闭上眼睛，叹了口气："罢了，陛下累了，便先去歇息吧。"说完，她放开手，转过了身。然而就是这一瞬间，赵玥猛地拉住她的手臂，将她一把拽进怀里，狠狠亲了下去。他的吻带着血性，舌头胡搅蛮缠，似乎是在极力与她交换着什么。那吻没有一丝与交欢相关的浓情，却铺天盖地全是绝望和痛苦。而后她尝到了血腥味，她开始推搡他，鲜血从他的口鼻中涌出。她呻吟着，然而他将她抓得死紧，最后她忍无可忍，下了狠力，才猛地将他推开。

赵玥狠狠撞在门上，砸出一声闷响。她怒喝出声："赵玥！"

"够不够……"他似乎在忍受着某种煎熬，"够不够……"

李春华愣在了原地。赵玥的眼前开始模糊，手脚也开始使不上力。他在地上摸索着，四肢并行地想要去找她。其实他想忍耐，想在她面前装作什么都不知道。他想假装他们之间什么都没发生，天下太平。可天生他就这般敏锐，想傻都傻不了。他终于克制不住，眼泪落了下来。他跪爬着摸索到她身前，抓住她的衣角，抬起头露出一张又是笑又是泪的面容，低声问她："够不够？"

把天下给你，把心给你，把命给你……把一切你想要、你不要的都给你，够不够？许多话他再也说不出口，一瞬间，她却仿佛全都读懂了。她颤抖着身子，看着他泪如雨下。她一生没见过他这样哭过，他抓着她，就像抓着生命里仅剩的东西："阿姐，这一次，你有没有喜欢我？"

幼年在李家避难，你有没有喜欢我？少年在秦王府当世子，怯生生将精心挑选的小花送给你，你有没有喜欢我？青年家门落魄，满门被抄斩，在你府中当面首，尽心尽力嘘寒问暖，你有没有喜欢我？如今将这薄命、这天下、这半生全送你，这一次，你有没有喜欢我？

这是积攒了二十多年绵长又炙热的深爱。问完这一句，他再也支撑不住，一口血呕了出来。李春华慌忙扶住他："来人！来人！叫太医过来，陛下呕血了！"

屋外顿时兵荒马乱，等到太医匆匆而来时，赵玥已经在李春华怀里彻底沉睡了下去。

众人将赵玥扶到床上，太医在一旁会诊、开方子。许久后，才有一名太医来同李春华说明情况。李春华哭着点头，心却是放了下去。到目前为止，所有症状都与顾楚生当初说的无异，赵玥再醒不过来了。如今，只等着太医下定论，她便对外宣称赵玥病重，由她接管朝政，而后联合顾楚生稳住华京，宣卫韫带兵入京。等到她"足月临盆"，赵玥便可以就此病去。

想到"病去"二字，李春华恍惚了片刻。她脑海里划过赵玥含着泪的脸。她有些茫然，等了许久，终于遣退前来问安的众人，她才坐到床边，静静看着赵玥的面容。他老

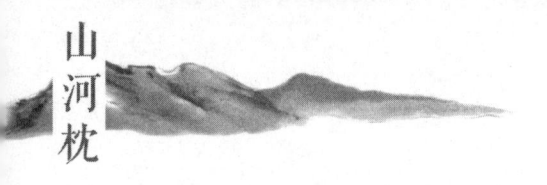

了。人都是会老的，哪怕他容貌依旧俊美，眼角却已依稀有了皱纹。她抬手抚摸上他的眼角，好久后，她低声开口："喜欢。"

然而这一声"喜欢"太轻太小，谁都听不到，除了她自己。

千里之外，西宁国中，卫韫已经混进侍卫队伍。他跟在西宁国君不远处，随众人一起踏上了神女庙的台阶。此时西宁早已是春暖花开，神女庙中桃花纷飞，诵经之声沿路而来，卫韫跟着众人一起躬身叩拜。

此时，山下突然闹了起来。仪式中断，西宁国君皱眉回头："怎的了？"

"有刺客！"有人惊叫起来。一时之间，人群大乱，侍卫们都冲上去护住主子，卫韫扫了一眼周遭，以这个距离，想要挟持西宁国君太过困难，而且，哪怕是此时此刻，他仍然极其镇定，一看就不好下手。卫韫立刻改了主意，猛地扑向站在一旁一个正不知所措的女子。女子十六七岁的年纪，方才卫韫跟了一路，几乎已经确定了她的身份，应当是西宁嫡长公主乌兰。他出手极快，乌兰离他很近，刺客之事让这位少女乱了手脚，她刚一扭头，便被卫韫一把擒住，扣住了脖子。

乌兰惊叫出声，侍卫们纷纷拔剑相向，卫韫低声道："都别动！"

"住手！"西宁国君和他同时开口，目光落到他身上，打量了片刻，才不动声色地慢慢道，"这般身手……大楚平王？"

"哦？"卫韫笑了笑，"您识得我？您别见怪。您不见我，我只能这样来见您了。"

"我不见你，是因为你想说的事，我不会答应。你们大楚的内战，西宁不会掺和。"西宁国君面色很淡，"西宁是小国，以大楚的国力而言，这不是我们该掺和的事。"

"您说得是。"卫韫点点头，"只是可惜，在下并不是来请您帮助的。相反，在下是来帮您的。"西宁国君抬了抬眼皮，卫韫温和地继续道，"陛下，在下来此，只说一句：三年之内，西宁必定亡国。"

听到这话，在场众人都愣了。西宁国君的面色冷了下去，卫韫放开乌兰，退了一步，恭敬地朝她行了个礼："冒犯殿下了。"乌兰吓得赶紧退到西宁国君身边，卫韫抬头笑了笑，又朝着西宁国君行了一礼，"话已经带到，在下也就告辞了。"说完，他果断转身朝山下走去，没有半分徘徊。

众人议论纷纷，西宁国君皱着眉，在卫韫即将走出山门时，他终于派人拦住了他："平王，请入宫一叙。"

三十七　许多人一辈子，连一次真正的喜欢都不曾有过

虽然被惊扰了，但参拜神女庙这事却还是要继续的。礼官领着卫韫下山，卫秋、卫夏等人还在和西宁侍卫们僵持，卫韫笑了笑，同人道："他们是我的侍从，还望海涵。"礼官点点头，侍卫才放了人，而后他们被遣回驿馆，只有卫韫跟着礼官进入西宁宫中。

午后，西宁国君领着朝臣回宫，在大殿中宣召了卫韫。卫韫入殿，恭敬地同西宁国君行礼，周边有若干大臣，应当都是在西宁朝廷上说得上话的人，卫韫扫了众人一眼，又一一见礼。

"方才平王说，三年之内，西宁必亡，是什么意思？"

"陛下以为，西宁与陈国，国力相差几何？"

"差不多。"

"非也。陈国位于西宁、大楚之间，与大楚对战多年，却仍能与西宁打个平手。陛下何以认为，陈国与西宁国力相当？"

"你放肆！"一个大臣大喝出声，西宁国君抬起手，平静地道："继续说。"

"陈国贫瘠，但骁勇善战；西宁富足，却十分保守。多年来西宁与陈国交战，都是以拉锯战为主，如果不是洛州楚家牵制陈国，西宁何以有今日？然而如今，赵玥为鼓动陈国出兵牵制楚家，高价收购陈国粮食，一旦陈国缺粮，陛下以为，陈国会做什么？"

"他要开战？"西宁国君皱眉。卫韫平静地道："陈国少粮，要么与洛州开战抢粮，以战养战，要么就是攻打西宁。而无论陈国做出哪一个选择，都与西宁息息相关。"

"好笑，"又一位大臣站出来，冷笑道，"陈国打洛州，又与我西宁有何关系？"

卫韫笑起来："诸位还不明白吗？陈国本就好战，若他拿下洛州，休养生息之后，西宁还何以为敌！唇亡齿寒，诸位难道连这个道理都不懂？！"西宁国君神色平淡，目光中带着审视："王爷说的这些，朕都想过。可是，朕赌大楚不会将洛州拱手相让。"

"所以，陛下打的是让陈国与大楚狗咬狗的主意？那陛下便死了这条心吧。陛下以为

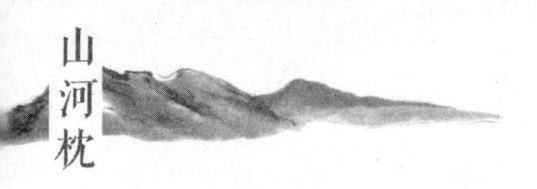

陈国为何会出兵打洛州，就因为没粮？没粮来抢西宁不可以吗，为何是洛州？那是因为我们大楚天子许诺了陈国，若打下洛州来，洛州便是他陈国的！陛下您大概不太清楚我大楚国君到底是个什么样的人物。当年他为了谋位，勾结外敌、陷害臣子，害得七万将士战死沙场，害得大楚被北狄一路逼至国都。这样的一个皇帝，您指望他为了国家尊严与陈国死扛到底？！"

西宁国君的神色动了动，卫韫抬起手来，神色恭敬："若陛下不做什么，三年之内，西宁危矣！"众人不说话，似乎都在思考，卫韫直起身，"不过，陛下其实不需要做太多。本王来这里，还有第二件事。"

"什么？"

"向国君借粮。"有了前面的一番铺垫，这下众人便明白了卫韫的意图，他继续道，"西宁之所以军队不济，主要是因国内少矿。而本王管辖之地白州多矿擅兵，此番本王向陛下借粮，将以相值的兵器相还。"

"陈国不会允许大批兵器过境……"

"这件事，本王会负责。"卫韫笑起来，"此番本王借粮，主要就是为了稳住陈国局势。赵玥高价收购粮食想引发陈国粮荒，本王便稳住陈国，同时用粮食换取陈国的药品等战时必需物资，哪怕最后陈国依旧选择开战，一战之后，本王也能保证他无力回天。届时，若陛下有意，可与洛州夹攻陈国，陈国土地，我大楚分寸不要。"

"那你要什么？"西宁国君皱起眉来，"你绕了这么大一圈，总不至于什么都不要。"

"马。"卫韫微笑，"本王要陈国战马十万匹。"

"这就够了？"

"本王与陛下打开天窗说亮话。大楚并非好战之国，攻打陈国只为牵制赵玥，解我大楚围困。所以，无论如何，本王都要借这个粮。这是陛下千载难逢的机会，失去了这个机会，陛下再想削弱陈国，那恐怕就要等到下一次，再出现一个如赵玥这般疯狂的君主了。"

这话让众人沉默了下来，卫韫静静等候着他们的答案。好久后，西宁国君开口道："若朕不借你粮，你当如何？"卫韫平静地开口："那就打下去。生灵涂炭，百姓遭殃，看谁能战到最后。……而届时，无论留下来的是陈国还是本王……"卫韫笑了，盯着西宁国君的眼，"都不会放过西宁。陛下，西宁想置身事外，可您也要看看，这天下已经乱了，谁又能置身事外？"

听到这话，众人震惊，西宁国君却是笑了："你说这样的话，不怕朕今日就杀了你？"

三十七　许多人一辈子，连一次真正的喜欢都不曾有过

"杀了卫韫，那陛下是要等着陈国来灭你西宁国吗？"

西宁国君面色不动，好久后，他出声道："好。"说着，他站起来，"朕会借你粮食，但你得答应朕一件事。你们大楚，要替朕同陈国打第一战，这一战后，朕会带兵突袭陈国后方，届时你我通力合作，战后朕取陈国十四城，你可得十万战马、两万牛羊，可否？"

"好。"卫韫平静地道，"事不宜迟，我即刻去点粮。"西宁国君点头，立刻让户部领着卫韫下去。众人皆知这件事必须快，于是当夜就点出粮食，由卫韫押送，走卫韫早就让线人疏通好的渠道，一路散粮入陈国。

陈国国小，由水路而去，不到一周，粮食便源源不断地输入全国。此时陈国百姓已经察觉粮食紧缺，而卫韫的粮食进入陈国后，不用钱币，必须以草药换取，同时，草药、马匹、粮食种子等均可以换取粮食和金银。这其中战马尤为价高，于是百姓纷纷入山寻药，而喂马的小吏则以肉马换战马，然后换粮换钱。

这些都是在陈国黑市中进行，没有惊动陈国朝廷，甚至不少底层官员也加入其中，不曾向上告发。如此交易盛行半月后，田间早已无人耕种，山中草药却几乎被采摘一空。这时朝廷大员下田视察，终于问及，而后勃然大怒，上报了朝廷。

如今卫韫从西宁国借来的粮食已散得差不多了，他带人清算了一番，同时听着由卫家军鸽传来的各地消息。

"陶先生说情况已经稳住了，但如今民心涣散，白州、琼州都需要休养生息，可用军力不超过十万。清平郡主正在研制新药，瘟疫虽然已得到控制，但按户籍来看，死亡人数已近二十万，不过白、昆两州的春耕已经按期进行。北狄整兵而来，逼近白岭，图索报称有二十万大军，几乎是倾国之力，沈佑却只报有十万军。华京之中，赵玥病重，谢尚书领兵强闯宫门，顾学士受陛下之邀入宫护驾，斩杀谢氏于宫门外。如今华京局势已经由梅贵妃和顾学士全面控制，目前已经开始往白、昆、华三州赈灾，并收编青州。还有……"对方顿了顿，卫韫抬起头来，皱起眉："还有什么？"

"顾大人说，大夫人胎相不稳，请王爷务必尽快回去，早日入华京……"

听到这话，卫韫愣了愣。卫夏有些担心地道："王爷？"卫韫收了神色，垂眸道："没事，方才沈佑说有多少北狄兵马在白岭？"

"十万。"

"还有十万呢？"然而，这话问出来，卫韫却猛地反应过来。他睁大了眼，"快，将地图给我！"卫夏赶紧将地图给卫韫递了过去，他展开地图，手点在如今赵玥还剩下的几个城池之上。这些城池都是赵玥死守之地，他的手指一路指过去："赵玥既然和苏查做了

741

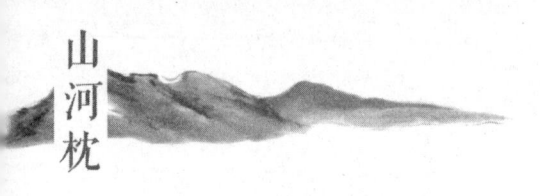

某种交易,这十万兵一定是赵玥藏了起来。他要拿去做什么……"说着,卫韫的手指继续在地图上滑动,最终他沉默了下来。

赵玥死守的几个城池,以华京为转折点,连接了燕州和大楚边境。如果赵玥彻底不要祖宗、不要大楚,将北狄军引进来,一路占了华京,那他就可以逆着天守关,与燕州合力进攻昆、白两州。到时候昆、白两州将会被三面夹击,更重要的是,他们若还有力反击北狄,就要逆着天守关这样的天险往上打!

赵玥会这么做吗?将祖宗基业、大楚都城,乃至大楚的颜面,就这样交给外敌?!卫韫不自觉地握紧了拳头——他做得出来。七万将士的血、大半江山的沦陷都能成为他帝王路上的一步,三州千万百姓的命都能成为他制衡政敌的棋子,这番不过是将大楚都城送出去,又有什么奇怪?但是,一旦华京被送出去了,楚瑜……

想到这里,卫韫猛地抬头,正要张口,只听见门"啪"的一声被人推开,卫秋闯进来大声道:"王爷,宫里传来消息,有人将事情报到陈国国君那里去了!"

"收拾东西,立刻出发!"卫韫提了声音,高声道,"什么都别留下!"

说着,众人迅速收拾好东西,一把火烧了宅子,连夜冲了出去。陈国境内所有暗点接令连夜搬迁,卫韫一行人不敢在陈国国境内停歇,只能一路狂奔,几乎是不眠不休,终于赶在陈国国君下令追捕之前出了陈国。

进入洛州,卫韫便立刻赶到楚临阳的府中,同他将事情大概交代了一遍。楚临阳其实早有耳闻,点了点头道:"那你判断,陈国如今会不会打?"

"我若是赵玥,必在陈国朝廷里安插了人。如今陈国打不打,端看这些人的挑拨。"卫韫冷静地道,"不过陈国如今已经不足为惧,他若要打,你就打。如今我担忧的是华京。若真如我所想,赵玥应该是派人引了十万北狄军攻向华京。"

"那你打算如何?"楚临阳皱起眉头,"派兵镇守华京?"

"不够。"卫韫答得果断,"如今宋四公子死守不出,宋世澜生死未卜,你这边也不能懈怠,随时要提防陈国。以我一人之兵力,同时抵御北狄十万兵马以及赵玥在燕州的七万兵马,还要派兵去救华京,根本不可能。我若调兵,要么失了昆州,要么失了白州。但是,这两州于我而言都是根基。"

"那你打算怎么办?!"楚临阳有些焦急。卫韫沉默了片刻,抬眼道:"让清平郡主去琼州,尽力救下宋世澜,我也会尽量说服宋四公子出兵。不过,我们也要做好宋家什么都不做或是什么都做不了的准备。在此之后,我会去稳住华京,尽全力保住华京里我们的人。沈佑和图索合力牵制北狄十万军,秦时月对抗赵玥的七万军。你在这里等七日,七日后,若陈国百姓不出逃,你就撤兵回去救华京。若陈国百姓出逃,你立刻攻打陈国,一战

三十七　许多人一辈子，连一次真正的喜欢都不曾有过

之后，西宁会从后方偷袭来援，你留下一半军队守城即可，另一半来华京与我会合，我们与秦时月、沈佑一起救下华京。"

楚临阳愣了愣："那你不如在前线……"

"阿瑜在华京。"卫韫的声音依旧平稳。楚临阳沉默了下去，片刻后，他慢慢道："于我们而言，先有国，才有家。"

"于卫韫而言，须得有国有家。"卫韫垂下眉眼，"赢下一场战争靠的不是某个猛将，白岭有陶泉坐镇，我很放心，如今唯一让我忧心的，其实就是华京。……我是这个国家的将军，可我也是阿瑜的丈夫。"说到这里，卫韫突然笑起来，他抬起手，有些苦恼地道，"我都忘了，我还没给她下聘……"

这一次楚临阳没骂卫韫。他沉默地看着卫韫，只见卫韫抿了抿唇，眼里露出一些懊悔来，叹了口气："是我对不起她。每个人都有很多身份，我要对每个身份负责。所以，楚大哥，我得去。"

楚临阳没说话，好久后，他终于露出一丝苦笑道："你去吧。对这天下的责任你尽完了，去好好陪着她。"

连着赶了两天的路，卫韫几乎撑不住了，从楚临阳那里出来后，他去睡了两个时辰。而后他换上软甲，背上自己的红缨枪，便一人一马连夜出城，朝着华京赶去。一连赶路三天，卫韫终于到达华京。而就在那日清晨，北狄的军队已到华京城池之下。

楚瑜如今开始显了怀，总觉得自己有些笨拙。她总是犯困贪睡，每日大半时光都是睡过来的，然而那日她却醒得特别早，甚至能听到屋外的雨声。她撑着身子坐起来，长月走进来，有些疑惑地道："夫人今儿个怎么醒得这么早？"

"我也不知道。"楚瑜随口一答，让她给自己梳妆。长月想了想："夫人今儿个打算梳个普通的呢，还是好点的？"楚瑜笑起来："平日你都不问这个的，今日是怎么了？"长月一手挑着她的发，笑着道："因为今天夫人起得早，有时间啊。"楚瑜一听，懒洋洋地道："那怎能辜负了你？就梳个好看的吧。"

长月应声，给楚瑜做了个复杂的流云髻，又给她贴了花钿，换上一身白色绣水蓝蝴蝶的广袖大衫，这才去了前厅。顾楚生在前厅见到这番装扮的楚瑜，微微一愣，随后便笑起来："今儿是什么日子？"楚瑜抿了抿唇："醒得早，有时间而已。今日可有卫韫的消息？"

顾楚生已经习惯了楚瑜每日发问，一开始他还有些恼怒，如今却已经没多大的感觉，只淡道："他三天前到洛州，见了你大哥一面……"

山河枕

两人一边絮絮叨叨,一边吃饭,众人也都习以为常。饭毕,顾楚生道:"等一会儿大夫再来给你请脉……"然而他的话没说完,楚瑜便道:"别说话!"顾楚生一愣,随后便看到她趴了下去,耳朵贴在地面上:"有大军来袭!"顾楚生顿时变了脸色,迅速道:"你立刻带人出城,我去看情况。"说完,顾楚生便疾步走了出去。

楚瑜几步跨到剑架旁取下剑,却见奶娘抱着一个孩子着急地赶了过来:"夫人,大人说让我、我和您带着大公子一起走!"楚瑜低头看了顾颜青一眼,如今顾楚生完全将他当作自己的孩子养,她要走,自然是要带上他的。她将剑悬在腰间,穿上软甲,随后抱过颜青,疾步走了出去。

来到屋外,街上已是兵荒马乱一片,百姓匆忙跑过,大声叫嚷着:"北狄打过来了!北狄打过来了!快跑啊,他们要屠城的!"喊声哭声交织在一起,楚瑜抱着孩子上了马车,晚月便打马冲了出去。此刻她们也来不及思考眼下的情形到底是怎么一回事,楚瑜抱着手中的孩子,只知道以她如今的身子,必须尽快去到一个安全的地方才是。

然而,刚出城不久,几人便听到了战马嘶鸣。她掀起帘子,发现北狄此次来的全是骑兵,速度极快,与她们的马车不足百丈,已经呈扇形铺开,直逼华京城外!楚瑜脸色大变,高声道:"退回去!"话音未落,羽箭便如雨而落,砸在车上,甚至贯穿了周围几个百姓的身体。楚瑜抱紧孩子,再次大喊起来:"回去!立刻回城去!"晚月、长月迅速反应过来,晚月驾车,长月护住车门,马车掉头就朝着城门而去。怀中的小颜青惊哭出声,楚瑜轻拍着他的背部,眼中泛起冷意。

这辆马车太过迅速的反应引起了北狄军的注意,苏查远远看着,笑着同旁人道:"那马车里的女人,我似乎见过。来人,给我抓起来!"数十轻骑立刻直袭而上,在她们身后紧追不舍。长月握紧了剑,只见一个北狄士兵排众而出,举起弓箭,对准了马头,羽箭直射而去!晚月勒紧缰绳,将马头死命一偏,勉强躲过这一箭,然而马惊叫而起,维持不住平衡,朝着地上就摔了过去。

车里的楚瑜只感到身子猛地失衡,她一手撑住车壁,一手抱紧孩子,闭上了眼睛。然而,就在马车即将摔下的片刻,一把长枪猛地挡在马车车壁之下,被人用力一挑,马车便重新立了起来。众人都愣住了,随后只听一个清朗又沉稳的男声开口:"回去!"说完,对方便提着红缨枪朝北狄追兵冲了过去。马车重新稳稳地驶向城门,楚瑜呆呆地抱着孩子,似乎还没反应过来。片刻后,她猛地扑到车窗边,掀起车帘,随后便看到了那青年。

他似乎瘦了许多,素白的布衣上染了尘土,长发高束,银枪在日光下流光溢彩。他且战且退,在战场上游刃有余,对方根本奈何他不得。又一波箭雨落下,他疾步退开,足尖轻点,便落在了马车车顶之上,红缨枪在手中抡得密不透风,只听叮叮当当,他却就将那

三十七　许多人一辈子，连一次真正的喜欢都不曾有过

箭全部挡了回去！

楚瑜的心跳得飞快，她知道那个人就在上面，就在她身边，在护着她！她不知道自己一瞬间是怎么了，明明欢喜至极，却有一种想哭的冲动。她克制着自己，紧咬着下唇，感觉身边的喧闹逐渐远去，随后便听见那青年朗声道："关城门！关城门！"

城门缓缓关上，马车慢了下来。过了许久，马车停住，周围没了声音。楚瑜抱着孩子，没敢动弹。片刻后，车帘被人卷起，露出青年带着笑意的面容，他朗声开口："我都来了，还不出来见我吗？"楚瑜呆呆地瞧着他，一时竟觉得，平日他身上的沉稳大气，此刻似乎都不在了。她一手抱着孩子，一手伸出去，搭在了他的手上。她握着他的手，握得特别紧。她一步一步从马车上走下来，晚月上前道："夫人，将顾大公子交给我吧。"楚瑜点点头，将孩子放进晚月怀里，随后走到马车边上。

卫韫低头瞧她，含笑道："许久……"然而他的话没说完，楚瑜就猛地扑进了他的怀里。这般的猝不及防，他甚至被撞得往后退了一步。卫韫愣了愣，失笑片刻后，一种莫名的温情从心中涌了上来。他抬起手拥住她，温声道："我来了。这次我就守在你身边，不走了。"

楚瑜不说话。她知晓，以卫韫的身份，说这样的话不过是安慰。可也不知道为什么，此刻他这般说，她就觉得应当信。他们两人静静拥抱了片刻，一辆马车疾驰而来，急停在两人身边。顾楚生掀开帘子，怒道："都什么时候了还在这里卿卿我我？送大夫人回府去休息，让大夫来请脉。卫韫你滚上来，随我去城楼！"

卫韫和楚瑜都有些尴尬，两人对看一眼，卫韫摸了摸鼻子，轻咳了一声："你先好好休息，我去了。"楚瑜笑着应了一声，道："去吧，别担心我。"卫韫也没耽搁，转身便上了顾楚生的马车。

顾楚生见他上来，冷哼了一声，闭上眼睛。卫韫笑了笑："顾兄对我似乎很是不满？"顾楚生睁开眼，冷声道："叫顾大人。谁与你称兄道弟？"

"自淳德帝至如今，我与顾兄也算出生入死，肝胆相照……"

"你歇一下，"顾楚生抬起手，认真地道，"麻烦卫王爷看看清楚，卫王爷于我有夺妻之仇，我与卫王爷一直以来只是利益合作。你要说什么就赶紧说，千万别同我说这些有的没的。"闻言，卫韫苦笑了一下："好吧。我只是觉得如今国难关头，想与顾大人携手并进。"顾楚生没说话，只盯着车窗外，冷声道："不用你说，自当如此。"

马车很快进了城门，顾楚生领着卫韫爬上城楼，两人一面往上走，一面交换着各地的战报。站在城楼之上，面对着已兵临城下的浩浩荡荡的北狄大军，顾楚生捏紧了拳头："所以，你的意思是，这里的北狄军，有十万之众？"

"对。"

"我们没有援军?"

"是。"

"那你来做什么?!"顾楚生怒吼出声,"你这样的将才,来同我们一起送死吗?!"

卫韫没说话,他将双手笼在袖中,平静地道:"你若是我,你不来吗?"

顾楚生愣了。他呆呆地看着卫韫。他明白,他若是卫韫,妻子、孩子都在这里,哪怕是来赴死,他也当来。卫韫瞧着顾楚生的神情,轻叹了一口气,拍了拍他的肩,道:"顾兄,别多想了,且想想如今我们该做什么吧。"说着,他转过头去看向城外正笑着瞧他的苏查。

"能守城吗?"顾楚生捏紧了拳头。卫韫点点头:"能。"

"能守多久?"

"三天。"

"三天之后呢?"

"依着苏查的性子,必定屠城。"

顾楚生整个人身子一凛,震惊地看向卫韫。卫韫神色平静:"边境一直都是如此。"

北狄军之残暴,素来如此。投降可以保住城池,可换来的就是屈辱和蹂躏。拼死抵抗,要么赢,要么死。这是华京,以及被边境那堵人肉筑起的长城所保护着的人永远体会不到的残忍。然而此时此刻,这传说中一直是人间天府的华京,这风流了几百年、醉生梦死了几百年的华京,却一样面临着这般威胁和屈辱。犹如一个面对暴戾荒淫之人的貌美女子,要么以死保住忠贞,要么脱了衣服,苟且偷生。

顾楚生脑子里一片混乱,只听见苏查高喊道:"卫韫,你也来了?"

"苏查,"卫韫笑起来,"没想到啊,你居然能出现在这里。"

"受楚帝相邀,在下却之不恭啊。"苏查大笑起来,"只是,怎么我来了,你们还关着城门?你们皇帝都让我进去坐坐,你挡着我,是要违背你们皇帝的意愿吗?!"

"陛下的意思,我们自然不敢违背。"卫韫轻笑,"可是,我们陛下怎么可能请你过来呢?为了来我华京混口饭吃……"卫韫猛地提了声,"北狄人都他妈这么不要脸的吗?!"

"混账!"苏查怒喝出声。北狄军中不知是谁用北狄语怒喝起来:"杀卫韫!杀卫韫!杀卫韫!"接着,十万北狄军手持兵刃,整齐划一地跟着高吼起来。卫韫单腿踩在城墙上的一块大石上,听得城外震天的杀喊之声,面上却毫无畏惧,大笑出声:"十万人喊

三十七 许多人一辈子，连一次真正的喜欢都不曾有过

着要杀爷，不就是因为爷砍得你们站都站不起来吗！今日人多了，是不是才壮着狗胆，敢当着爷的面来喊那么几句了？"

"你少说两句。"顾楚生闻言皱起眉头，"怕破城后他们不杀你吗？"卫韫笑意盈盈地看过去："我巴望着呢。"下面被卫韫骂得一片骚动，苏查冷笑："卫韫，你等着，我一定要让你跪下来，叫我爷爷。"卫韫提着长枪笑而不语，苏查被他连回应都懒得给的态度搞得怒火燃起，正要再度开骂，一旁突然走出来一个熟悉的面孔，竟然是张辉。他阻止了苏查，道："北皇，您答应过我们陛下的。"

苏查深吸了一口气，摆了摆手："我知道，你别叽叽歪歪。"说着，他抬起头，"卫韫，我给你一个机会，你们将梅贵妃和楚帝交出来，我可以饶你不死。"卫韫闻言轻笑："我大楚天子说交就交，你当我卫韫是吃素的呢？"张辉驾马走上前："卫韫，我知道你对自己的生死不在意，那么楚瑜的生死你也不在意吗？"卫韫和顾楚生神色一动，张辉平静地继续道，"将陛下和梅贵妃交出来，我们可以让你看着楚瑜出城，我保楚瑜不死。……战争是男人的事，"说着，他抬眼看向卫韫，"你一定要把妻儿都搭上吗？"

卫韫沉默着，许久后，却是顾楚生开口道："你如何保证楚瑜安全离开？"

"顾大人若不放心，可以跟着楚瑜一起出城。只要将陛下和梅贵妃交出来，你们都可以走。"

"我也可以？"卫韫嘲讽道。张辉点头："自然。"

——然而，一个弃城逃亡的将领，就算成功逃走，这一辈子的声誉也就完了。顾楚生和卫韫互相看了一眼，片刻后，卫韫道："我们商议一下。"张辉依旧冷静："一天为限。一天之后，我们攻城。"卫韫冷下脸，站起身来，果断地走下了城楼。

顾楚生跟着他下了城楼，道："我们去找梅贵妃商量一下……"

"无须商量。"卫韫走得极快，"即刻挑选精兵，明日你们护着楚瑜出城。张辉是赵玥的走狗，只要控制住赵玥，看在赵玥和梅贵妃肚子里那个'孩子'的分上，他就不敢动你们。你将楚瑜送到……"说到这里，他顿住了。一时之间，他竟发现，这天下之大，他竟不知道将楚瑜送到哪里才算安稳。"白州被北狄所扰，昆州与燕州僵持；琼州、华州在宋四手里，早晚被人吞噬；洛州被陈国拖着，其他各州诸侯林立，战火纷乱，我想让她躲，又能躲到哪里去？"

顾楚生明白卫韫此刻的心情，沉默着不说话。好久后，卫韫抬眼看向顾楚生："去白州。你们在白州等着我，我在白州已有安排……这天下，总有太平的一日。"

他与赵玥，都给各自珍爱的那个女子留了退路，无论是他赢还是赵玥赢，这天下终会有一个结局。

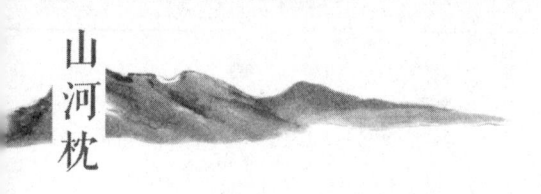

"那你呢？明日你会与我们一起出城吗？"

卫韫提着长枪，他似乎是愣了愣神，片刻后，他笑了起来，声音温和："不了。我太了解苏查了。他恨我入骨，我若走，他一定会拿华京的百姓泄愤。我不能走。"

顾楚生没说话。许久后，他终于道："你会死。"

卫韫发着愣，也不知是在想什么。他来时就知道今日将发生的一切，也做好了准备。片刻后，他面色不动，讷讷地开口："我知道。可是，那又怎么样？我有得选吗？"这一辈子的路，哪一次，他有得选？他转过身，笑着道，"顾兄，走吧，我们先回府上，好好吃一顿。"

顾楚生不说话也不动，卫韫抬手去搭他的肩，仿佛哥儿俩好一般："顾兄，以后要麻烦你……"

"放开。"顾楚生抖开他的手，"我不和你称兄道弟。"

"顾兄……"

"滚！"

"好吧，顾大人……"卫韫叹了口气，言语中带了哀求，"我有一个忙，想要你帮一下。明日阿瑜就要出城了。我想，今晚能不能在顾府里举行一场喜宴？"说着，他的目光里带了几分柔和，"我一直同她说要娶她，怕来不及……就想着，能不能先跟天地说一声。人一辈子做过什么事，总该有个仪式，有个见证。"

"你当我顾府是什么地方？"顾楚生的声音里带着冷意，卫韫没说话，只静静地看着他。那一瞬间，顾楚生不知道为什么，骤然就想起了上辈子。上辈子的卫韫，似乎和如今的他截然不同。上辈子的卫韫喜欢穿黑衣，如今的卫韫喜欢穿白衣；上辈子的卫韫走到哪里，哪里就是人间地狱，如今的卫韫站在哪儿，哪儿便是春暖花开。可从未变过的是，无论是上辈子还是这辈子，这个人都没有放弃过大楚，没有放弃过百姓。他其实完全可以走，不过是留下一个骂名。一辈子的骂名又算得了什么？上辈子多少人骂他残暴，他不也一样过来了吗？名声哪里比得上性命？这一城百姓，又与他有什么干系？

顾楚生想斥责他，然而却在对上对方清明的眼时，什么话都说不出口。他有些不忍去看卫韫的眼睛，摔袖转身，然而走了几步后，他终于顿住步子，冷着声道："我让人先去问问阿瑜。"说着，他疾步继续往前走去。卫韫愣了愣，高兴地笑开，跟上前去欢喜地道："顾兄，我便知你是个好人……"

回到府中，顾楚生知道自己终究是问不出口的，便派了个人去找楚瑜。此时楚瑜正在屋中听人汇报今日城外的情况，顾府管家走进来，面上有些哭笑不得地道："大小姐，我家大人让我来问问您，今夜想为您办一场婚宴，您方便吗？"

三十七　许多人一辈子，连一次真正的喜欢都不曾有过

楚瑜愣了愣："婚宴？"

"是。是卫王爷托我家大人来问的，说今夜举行一场婚仪，虽然简陋些，但好歹也是大家伙做个见证，王爷问您愿不愿意？"楚瑜一时反应不过来，呆呆地看着管家。她本想问为什么要着急在此时举办婚宴，却骤然想到了城外的十万北狄铁骑。卫韫要在此时办婚宴，怕是已存了和华京共存亡的心了。想明白了这一点，楚瑜低头笑了笑，道："好。"

楚瑜应下，众人立刻开始张罗起来。顾楚生早就准备好了一套嫁衣婚服，让人拿出来紧急改了改嫁衣腹部的尺寸，交给楚瑜。卫韫也在一间屋中更换婚服，顾楚生站在他身后，卫韫小声道："顾兄，这件衣服是不是小了一点……"

"我的尺寸。"顾楚生冷冷开口。卫韫愣了愣，抬起头看着顾楚生，眼神意味深长。顾楚生讥讽地一笑，转过了头去，"一切从简，拜个天地喝个喜酒算完事了。"卫韫的脸上骤然绽开笑意，停不下来，连连应声："这事儿我没经验，都听顾兄的。"顾楚生刚准备往外走，脚步微微一顿，转过头来冷着声道："把喜服给我脱下来！"卫韫赶紧一阵赔笑："我错了。我没有其他意思，我错了……"

顾楚生冷着脸回头，领着卫韫一路往前去。两人走到庭院中央时，楚瑜已经早早候在那里。她穿着合身的喜服，头上盖着盖头，静静地站立在那里，就带了一种让人安定的力量。卫韫看着她的模样，突然就不敢上前了，还是顾楚生开口道："怕了？"卫韫回过神来，笑了笑："情怯而已。"

说着，他走上前，来到楚瑜身前。楚瑜手里握着红绸，他握起红绸的另一端，楚瑜躲在盖头下，忍不住颤了颤。算起来，这是她第三次嫁人了。然而直到这一次，她才第一次感受到那种欢喜的、圆满的、带着期许和说不清的温柔的情绪。在卫韫握住红绸的那一刻，她觉得，这一辈子，就该是这个人了。

第一次嫁人的时候，她还年少，莽莽撞撞喜欢一个人，也不确定对方喜不喜欢自己，于是成婚的时候，她忐忑不安，又茫然又高兴，还带了些担忧和恐惧。第二次嫁人的时候，她心死如灰，那一场婚于她而言，更多的只是责任和救赎，她仿佛是完成任务一般，却又从那场任务里，体会出了几分温暖和善意，好像一个对世界彻底绝望的人，从一片废墟中，扒拉出了那么一点可怜的颜色。

而这一次嫁人，她终于明白，一份喜欢，一场爱情，一段姻缘，应当是什么样子。

她跟随着他的脚步，他如同当年的卫珺一样，小心翼翼地走在她前面，似乎怕她随时会摔倒一般。走过门槛时，他还要刻意停下脚步，小声说一句："小心脚下。"而后他搀扶着她走进屋中。楚瑜低着头，在盖头下她看不见卫韫的模样，却猜想着这个人必然同自己一样，嘴角的笑意压都压不住。

没有长辈在场，二人就对着前方的高座虚虚一拜，然后又转过身，拜了天地。等到夫妻对拜时，卫韫静静看了楚瑜许久，才郑重地弯下腰来。两人额头轻轻碰了一下，都僵住了身子，随后卫韫笑起来，那笑声传到楚瑜耳里，她也忍不住笑了。

晚月、长月扶着楚瑜进了洞房，其他人便拖着卫韫上了酒桌。一群青年喝喝闹闹，就连顾楚生这般矜持的人，都忍不住多喝了几杯。然而直到众人都有些醉了，卫韫却还很清醒。顾楚生坐在他对面，眼里有些迷蒙，突然就开了口："两辈子来我都没想过，我会参加她的婚礼。"卫韫抬眼看他，顾楚生一手撑着头，低低笑起来，"我一直以为，我和她的结局，要么白头偕老，要么不死不休。……卫韫，你好好待她。"

"顾兄，这句话，当我同你说才是。"顾楚生愣了愣，抬眼看向卫韫，只见卫韫的面上带着笑容，举起酒杯来，语气温和，"顾兄，日后好好待她。……你与她只是错过而已。你们没在最好的时候遇见对方，那时候你和她都太年少。日后好好珍惜彼此，会好的。"说完，他将手中的酒一饮而尽。

顾楚生愣怔了许久，终于开口："卫韫，你同我说这些话，若他日你回来了，你会后悔。"卫韫笑着看他："我有什么好后悔？顾兄，其实喜欢一个人吧……她喜欢过我，这就够了。最重要的是她过得好。我若能回来，她真要选你，我也祝福。"说完，他摆了摆手，"春宵一刻值千金，我先回屋去了。"

顾楚生无言地看着卫韫踉踉跄跄离开，好久后，他亦抬手，将杯中酒一饮而尽。

回到新房门口，卫韫甩甩头，左右闻闻自己身上，又抬手往手心里哈了口气，直到旁边传来侍女的笑声，他才觉得有些尴尬，推门走了进去。楚瑜独自坐在房里，头上顶着盖头，她似乎也有些紧张，手不自觉地抓紧了衣袖。

看见楚瑜这般局促的样子，卫韫竟觉得放松了许多。成婚这件事，他是头一遭，而楚瑜却已经是经验丰富了。两人第一次接吻时，楚瑜笑话他的样子他还记得，如今便怕失了颜面。他又将流程在心中默念了几遍，定了定神，这才走到楚瑜面前。他想起众人之前交代过，回来了得先问问新娘子等了这么久饿不饿，才能显示出他的体贴。于是他轻咳了一声，温声道："你饿不饿？"

听到这话，楚瑜"扑哧"一声笑了出来。卫韫僵了僵，有些不自然："你笑什么？"楚瑜当然不好告诉他，当年顾楚生进了新房，第一句话也是这个，后来还同她招供，说是别人告诉他这样做才显得老练。她摇了摇头，小声道："没，就想到些好笑的事。"

卫韫不自在地应了一声。过了片刻，他干脆忘了自己到底该做什么，便只能走过去，僵着声音道："那……我掀盖头了？"

"嗯。"楚瑜低低应声。卫韫抬手握住盖头一角，一瞬间他突然有几分害怕，也说不

三十七　许多人一辈子，连一次真正的喜欢都不曾有过

上来这害怕来源于哪里。好久后，他深吸了一口气，才缓缓掀开了盖头。盖头下露出楚瑜的面容，她化了淡妆，垂着眼眸，长长的睫毛轻轻一扇，仿佛是刷在了他的心上。

卫韫愣住了。楚瑜久久不见他回应，便抬起头来，有些好奇地看向他。此刻她的眉眼弯弯，和当年一身嫁衣驾马拦住一支军队的女子有些许相似，却又似乎大为不同。此刻她的眼里汪了温柔的秋水，带着欢喜和明朗。他呆呆看着她，好久后，听到她问："你怎的了？怎么不说话？"

"阿瑜……"他单膝跪下，将头埋在她身前，低着声音道："我终于娶到你了……"楚瑜的内心顿时彻底软了下去，她抬手抚在他的发间，温和地道："抱歉，让你久等了。"他摇着头，像个孩子一般："不久……你来就好了，多久我都能等。"楚瑜低笑，卫韫仍靠着她，"我从十五岁……得知你独自去了凤陵时，就想……我大概是喜欢上你了。我一直在等，一直在想，一年又一年。还好……"他闭上眼睛，"我等到你了。"

"要是等不到呢？"楚瑜忍不住问。卫韫低笑起来："等不到，便等不到吧。不是每一份感情都要被回应的。"卫韫的声音朦胧，"我不小了，我明白这个道理。"

楚瑜沉默着，感受着这一刻整个房间里的平静和安定。他们喝了交杯酒，并肩躺在床上。楚瑜已经有孕，他们也做不了什么，便靠在一起静静说话。说着说着，两人便亲在了一起，亲了一会儿，又继续说，直到卫韫困得不行，沉沉睡去。

此番卫韫从陈国赶到洛州，又从洛州直奔华京，很多天来几乎都没好好睡过。此刻睡在楚瑜身边，他终于感到自己安稳下来，便再也抑制不住困意。楚瑜静静看着他的睡颜，他在她面前，似乎一直像个少年一般，干净澄澈，毫无防备。许久后，她低下头，轻轻吻了吻他的额头。他们似乎很少说爱，因不必言说。

第二天清晨，楚瑜还在睡，卫韫已醒。他轻轻起身走到院子里，顾楚生已经等在那里。他领着卫韫上了马车，平静地道："我已经通知了梅贵妃，她正在宫中做准备，就等我们过去，送她和楚瑜出华京。"

卫韫点点头，跟着顾楚生来到宫中，进了大殿。大殿之上，李春华正坐在高位上，对一众朝臣一一嘱咐着什么。朝臣中有些人年轻，有些人年迈，面上却都十分坚定，没有丝毫慌乱之色，似乎城外的北狄铁骑对他们没有半分影响。见到这样的场景，顾楚生有些诧异："诸位大人……"为首的老臣开了口，正是内阁首辅高文："我等前来听候梅贵妃娘娘的吩咐。""无论生死，我等都将辅佐陛下的皇子，与华京共存亡。"

顾楚生没说话。这些同僚他是十分熟悉的，他们上辈子同他斗，这辈子同他斗，斗了已经足足两辈子。今日在场的朝臣，许多是高文的门生，也有许多是顾楚生的人。朝堂之上，他与高文呈龙虎之势已久，许多人都知道，未来若他不死，必将接了高文的位子。

在顾楚生的印象中，高文一直是个不太讨喜的老头子，然而此刻站在这里，这个老者却没有一丝退缩。沉默片刻后，顾楚生终于道："张辉领人围在城外，说要接梅贵妃和陛下走。"高文怒骂："张辉这贼子！"卫韫讥笑道："谁是贼子，大家还不明白吗？"这话让在场众人都沉默了下来，片刻后，高文淡道："纵然陛下无德，那也是陛下的事，哪怕废立，也得保住皇室血脉。"

"张辉不会动陛下与我。"李春华淡然出声，"此番他来，便是想接我们走。诸位，华京此次被困，怕本就是陛下的一个局。以华京为祭，让北狄平了此次我大楚的诸侯之乱，各位还不明白吗？"

在场都是九曲玲珑心的人物，听着李春华如此直白的言语，哪里还有不明白的道理？高文叹了口气，闭上眼睛，哀叹出声："祖宗基业啊！"顾楚生冷然道："高大人不必再感慨了，当务之急是送梅贵妃和陛下出去，保住皇室血脉，日后再做打算。"说着，他抬头看向众人，"谁愿与我一起护送梅贵妃和陛下走？"

众人看着顾楚生，都一言不发。顾楚生皱起眉来："出去就能活下来，你们死守在这里，有什么意义？！"高文终于再次叹息："顾大人，您护送陛下和梅贵妃先走吧。我们想留在这儿。一国该有一国的气节，北狄可以攻下城池，也可以杀了我们，可我们不能毫不抵抗，就将国都拱手让人。我等将在这里，与众将士和百姓死守华京。"顾楚生愣了愣，他未曾想过高文会说出这样一番话来。只见高文摆了摆手，又道，"顾学士不必再说了。武将是一国的热血，文臣是一国的气节，保护陛下和皇子是顾大人应当做的，我等无用之人，就留在这里，陪着百姓和华京吧。"

"可是……"

"顾大人，"这次是李春华出声止住了顾楚生的话，她抬起眼来，冷声道，"可都准备好了？""好了。"顾楚生的语气有些虚浮，他似乎还想说什么，却见李春华已经站起了身来。她身着金凤华裳，一步一步从高台之上走下来，而后转过身，朝着众臣深深作揖道："诸位大义，本宫谢过。"

"梅贵妃娘娘，"高文眼中带着欣慰，"请好好保重。"李春华应声："高首辅放心，我会照看好陛下和皇子。"说完，她毅然转身对顾楚生道，"走吧。"

得了李春华的这一句话，众人便跟在她身后，一一走出了大殿。

楚瑜是被晚月叫醒的。她已经连夜收拾好行李，便摇醒楚瑜，温声道："夫人，王爷让您去宫门前等他。"楚瑜愣了愣，有些不明白："王爷可说是为什么？"晚月垂下眼眸："未曾。"楚瑜笑了笑："那便去吧。"

三十七　许多人一辈子，连一次真正的喜欢都不曾有过

她让晚月给她梳了妇人的发髻，又戴上金色的发簪，面上笑意盈盈，仿佛是个再普通不过的新妇。随后便坐上马车，摇摇晃晃地来到宫门外。等候了一阵子，宫门开了，楚瑜欢喜地探出头去，才发现来者并不是卫韫一人。一群人浩浩荡荡，护着赵玥和李春华出得宫来。顾楚生和卫韫一左一右，皆笼袖跟在二人身后，再之后便是跟随而来的众臣。

一行人走到宫门边，李春华将赵玥扶上龙辇，众人跪了一地，而后顾楚生和卫韫便朝楚瑜走了过来。

"你们这是在做什么？"楚瑜直觉不对，抬眼看向卫韫。卫韫笑了起来："等一会儿，顾楚生会先护着梅贵妃和你出城去。你别担心。"楚瑜一惊，一把抓住他，盯着他的眼睛："你说清楚。"卫韫垂下眼眸，站在一旁的顾楚生淡道："张辉也在城外，要我们送赵玥和梅贵妃出城。作为交换条件，他答应把你也放出去，你还可以带上几个人。"

"带几个人？"

"我。"

"还有呢？"

顾楚生顿了顿，回过头扫了一眼站在赵玥和李春华身后的臣子："再没人跟我走了吗？"

没有任何人说话，哪怕是奴婢，此刻都不敢上前。顾楚生等待了片刻，面无表情地转过身来看着楚瑜："没有了。"

楚瑜呆呆地抬头，一一看向在场的每一个人，他们都目光坚定。片刻后，她的目光落回卫韫身上，不可思议地道："你也不走？"见卫韫沉默，她猛地提了声音："你们都不走，为何就要我走？！"

卫韫伸手握住楚瑜的手，温声道："阿瑜，想想孩子。"楚瑜红着眼："你昨日才同我说过，这次回来，你守着我，便不走了……"卫韫的手微微一颤，楚瑜的眼泪已掉了下来，"你昨日才同我成亲，才同我在一起。如今……如今大楚的国都和根基危在旦夕，你要留下，我明白，可你为何要我走？！"说着，她一边挣扎着想要下车，一边怒道，"我不走，我凭什么……"

她的话没说完，卫韫便猛地抱紧了她。这个拥抱让楚瑜安静了下来，无声地传达着某种力量。卫韫的声音沙哑："阿瑜，我可以把我的命留在这里。可你比我的命重要。你要活下去。你不是一个人，你还有孩子。你别怕，我会想办法活下来。"说到这里，他连身子都微微颤抖起来，似乎终于做下了某个决定，"我会不惜一切代价活下来，你放心。"楚瑜愣愣地瞪大了眼睛，听着卫韫的声音继续传来，"你得回去。你的父母需要你，你的兄长需要你，你的妹妹需要你。卫府需要你，我母亲需要你，孩子需要你，卫家

753

那么多将士都需要你。阿瑜，活下去！"

"卫韫……"楚瑜也跟着颤抖了起来，"你怎么可以……怎么可以这样……"

死很容易，可活下来，却总是比死难上太多。然而，他却去做了最容易的事，让她去承担最难。卫韫明白她的意思，轻轻笑了起来："阿瑜，信我。"

听到这话，楚瑜终于闭上了眼睛——信他。除了信他，她又有什么办法？"卫韫……"她咬牙开口，声音越发低沉，"你要是不回来……我就挖了你的坟，鞭了你的尸，将你挫骨扬灰，这辈子，下辈子，我们都别再相见！"

卫韫愣了愣，片刻后，他温和地道："好。"说着，他放了手，替她将头发绾到耳后，轻声道，"去吧。"

楚瑜僵着身子回到马车里。她死死抓着自己的裙角，咬紧了唇。随后顾楚生也踏上了马凳，然而他还是没有忍住，转过头来，弯下腰，压低了声音对卫韫道："这城里近百万百姓，你打算怎么办？且先和我交代一声。"卫韫动了动眼眸，顾楚生低喝，"说话！"

"降……"卫韫挤出了这个字。顾楚生一愣，卫韫慢慢睁开眼睛，似乎已是定了心神，"土地不是国，朝廷不是国，唯有百姓，才是国。"顾楚生震惊地看着他，四周传来催促声，顾楚生不得已，只能愣愣地登上马车，在楚瑜对面坐下。马车朝着城门缓慢驶去，听见城门"吱呀"一声被打开的声音，楚瑜终于再也忍耐不住，号哭了出来。顾楚生呆呆地看着她，掀起车帘，探头出去，却见卫韫正领着数百朝臣，站在城门之内，手持笏板，静静地目送着他们。

顾楚生说不出话来。那一瞬间，他的脑海中闪过无数画面，那些曾在朝堂上与他对骂撕咬的政客，青州医棚外遍地的尸体……他这两辈子，经历过战争，经历过灾难，看见过生灵涂炭，也目睹过太平盛世，而当城门缓缓关上，众人犹如记忆中的画面慢慢褪去颜色之时，顾楚生猛地惊醒。

"我不能走……"他颤抖着声音。楚瑜愣愣抬头，看见顾楚生正静静地看着她。"阿瑜，"他突然笑了，"我以为我能带着你走，我以为……卫韫能死，我会很高兴。我这一辈子执着的是你，我以为只要得到你，我便会觉得人生圆满。可是，阿瑜，我明白了，我做不到。"

"顾……楚生？"楚瑜迟疑着开口。

"阿瑜，你一定很喜欢他吧？"顾楚生的语调依然平静。楚瑜没答话，然而那满脸的泪痕却已将她的心思昭告。顾楚生抬手抹开她的眼泪，温和地道，"上辈子他是大楚的脊梁，大楚的气节。这辈子，他也当是如此。阿瑜……"他笑了笑，"我得回去了，你好好保重。"说完，他像一个莽撞的少年一般，猛地低头亲了她一下，随后便叫停马车，在众人惊诧的神色中跳下马车朝着城门奔去。

顾楚生返回城中之时，众朝臣都已经跟着卫韫上了城楼，目送着龙荤领着马车缓缓离开。风吹得卫韫的白衣猎猎作响，听见一阵急促的脚步声，他从容地转过头来。而后他便看见了气喘吁吁的顾楚生，绯红色官袍在阳光下艳丽非常，俊雅的眉眼间带着焦急。他轻轻笑开："你回来做什么？"

"我知道你要做什么。"顾楚生抬手擦了一把额头上的汗，喘着气道，"可是这件事你做不好，只能我来做。"卫韫听到这话，笑容里带了苦涩："你以为我要做什么？"顾楚生静静地看着他："降臣你不能做。卫韫，若连你都折了风骨，未来大楚百姓还要仰仗谁？谁都能弯腰，你不能。谁都能叛国，你不能。……卫韫，"说着，顾楚生声音里带了笑意，"这千古骂名，我来扛。"

卫韫也笑了起来："你不是一直想同她走吗？两辈子的梦想，就这样放下了？"顾楚生有些无奈，风几乎要将他的声音吹散在空中："人这一辈子，也不是只有爱情的。我喜欢过她，这一生，已无遗憾。"

喜欢过这样好的人，这一生，已无遗憾。

许多人的一辈子，连一次真正的喜欢都不曾有过。

三十八　你在之处，便是漫漫余生

　　卫韫听着顾楚生的话，许久没有言语。
　　顾楚生上前一步，继续道："苏查自大暴戾，喜听谗言。我绑了你献给他，再同他谈判。救兵到达之前，你必须尽量稳住他，千万不要激他下屠城之令。"见卫韫依然不说话，顾楚生有些着急，"这件事谁做都不合适，只有我来。大家都知道我本就不是什么好人……"
　　"可之后呢？"卫韫突然开口，顾楚生愣了愣，卫韫定定地看着他，"华京早晚要回来，那时，你作为一个降臣，你知道你要面对的是什么吗？你会遗臭万年，人们会辱骂你、折辱你，比对待北狄人更残忍地对待你，他们甚至会杀了你。"
　　顾楚生听着卫韫的话，眼神慢慢镇定下来。等卫韫说完，他转头看向城墙外面仍然等待着攻城令的北狄军阵，笑着道："那又怎么样呢？总有人要做这件事，我总不能看着高文他们带着这满城百姓去死。他们是成全了忠君爱国之名，可百姓呢？我敬佩他们的气节……"他收回目光，"可是，卫韫，我经历过太多了，我拥有不起他们的那份信仰和执着。于我而言，我只想让百姓好好活着，能多活一个是一个。我在青州时，曾看过许多人死在我面前，天灾我管不了，至少这次人祸，我得挡住。"
　　说完，顾楚生笑了起来："你同我想得一样，你说'降'的那一瞬间，不就是这个意思吗？可是，你是卫韫，你怎么能降？我降了，那是理所应当。你若降了，对于这天下、这百姓而言，就意味着大楚完了。如果那个被称为大楚战神、江北卫七郎的男人都降了，你觉得，还有多少人能保有战意？有多少人能撑住不降？"
　　卫韫静静地看着顾楚生，许久之后，他抬起手摊开在顾楚生面前："顾楚生，不知道这时候来交你这个兄弟，晚不晚？"顾楚生一愣。他两辈子混迹于文臣之中，头一次听到这样的话，片刻后，他笑开来，抬手握住卫韫的手："也不晚。"

三十八　你在之处，便是漫漫余生

　　两人又商议了一会儿，卫韫给顾楚生简要地交代了后续事宜："北狄苦寒，其实没见识过真正的奢靡，城破后你极尽阿谀奉承之力，以乱他们的心智。

　　"他们常年以鹰传信，用一种引鹰香来训练，图索的人有办法在城外用这香将鹰引下来，你便篡改战报内容，伪赵玥之名让他们等消息。

　　"北狄人好酒豪爽，你挑几个会说话的士兵专门去和城门下的北狄兵套近乎，等援军到来之时，抓住他们不防之机，直接杀了。

　　"北狄人不擅巷战，一旦援军入城，他们肯定四处逃窜，你得提前让百姓准备好，一旦发现北狄兵，千万不要怕，巷战之中，他们未必有平民百姓强……"

　　卫韫对北狄十分了解，交代起来语速极快，顾楚生也迅速记下。没多久，城外传来战鼓声，顾楚生冷下神色，拍了拍卫韫的肩，转身迅速下了城楼。喊杀之声从城外传来，卫韫手提长枪，静候在城楼之上。

　　顾楚生一口气跑到城楼下，高文正领着数百朝臣，梗着脖子等着城破。顾楚生冲过去就朝着守城的侍卫大声道："开城门！"侍卫一时愣住了，顾楚生大吼，"开城门，降了北狄！"

　　"顾楚生？！"高文闻言猛地站起来，怒道，"你这竖子，你说什么？！"

　　顾楚生转过身来，死死盯着高文："我说——开城门，降北狄！"

　　"你混账！"高文举着笏板冲上前来，扬手就要打，顾楚生一手抓住他的手，神色哀切，"高大人，城守不住的！"说着，他转过头去吩咐道，"将百姓都叫出来，想活命的，全都跪到这里来！"

　　没有人敢动，顾楚生闭上眼定了定神，又睁开眼睛平静地看着高文："高大人，这一战就算打到最后，我们还是躲不过城破。城破之后，你以为是什么在等着我们？北狄对抵抗的城池从来妇孺不留，你不知道吗？！"

　　"那又如何！"高文嘶吼出声，"我等与华京共生死！"

　　顾楚生咬紧了牙："可你问过百姓想不想死吗？！高大人，我不惧死。此刻站在这里的大楚臣子，哪一位惧死？若是惧死，方才跟着梅贵妃出城不就可以了吗？！可我们死了，有任何意义吗？！人活着才有未来，今日我们降了，等日后卫韫的军队来救华京之时，我们与其里应外合，才是正道！我们是臣子，我们由百姓供养，为国而生、为国而亡是我们的责任。可国不是一座城或一个帝王，千万百姓，他们才是国啊！如今百姓还活着，国还未亡，我们不好好护着他们，一心求死做什么？"

　　这话让许多人露出茫然的神色来，顾楚生放开高文，转头向周围一脸错愕的众人高声吼道："我们为臣是为何，为官又是为何？不就是求盛世清明、四海太平，不就是求百

757

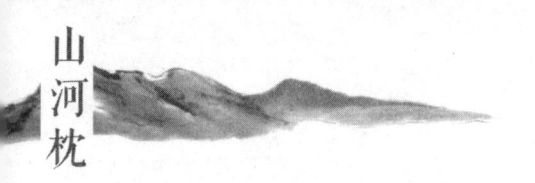

姓安居乐业吗？！可如今你们在做什么？你们在为了你们的气节，为了你们可以青史留名，拖着所有百姓一起去死！你们死了，你们的名字会被记上史册，可这满城百姓呢？他们用性命成全了你们的大义，他们又得到了什么？！"

陆续有百姓从自家屋中走出，被士兵领到城门前。城门一次次被城外的北狄兵撞击着，仿若地狱一般的喊杀之声不停响起。顾楚生死死盯着在场被骂呆了的众臣，咬着牙道："又是谁给了你们的权利，带着这满城百姓赴死的？"说着，他转头看向那些面露怯意的百姓，提高了声音，"你们谁想死？！"

"我……我不想……"终于有一个孩子怯生生地举起了手。他的母亲面露惊恐之色，赶忙捂住了他的嘴，然而他却是再也控制不住，哇哇大哭了起来。那女子慌忙跪在地上，拼命叩头："大人，您饶过他，他还是个孩子，他不懂事的！"

"我不想死，我不要死，能活为什么要死？我害怕……"孩子的声音一直回荡着，顾楚生走过去，半蹲下身子，盯着那孩子的眼睛道："孩子，你同我说，如果今日要你向北狄人跪下，要你叫城外那个人做陛下，你就不是大楚人了吗？"

"我为什么不是大楚人？"那孩子有些迷茫。顾楚生却是笑了，他站起来，抚摸着孩子的头，同众人道："今日我等降了又如何？降了，我等就不是大楚人了吗？！"没有人说话，顾楚生从旁边一个侍卫的腰间猛地抽出剑来，指着众臣，压低了声音，"我今日就跟大家说说明白。今日谁不降，谁就是拿他人的性命不当回事，那就休怪我拿他的性命不当回事！我最后问一次——"他猛地提高了声音，"降是不降？！"

依然没有人说话，顾楚生转身抬手："同我上楼挂降旗！"士兵们你看看我、我看看你，一个大汉咬了咬牙，突然排众而出："顾大人说得没错，留得青山在，不愁没柴烧！我跟顾大人走！"

有人出了头，许多士兵便纷纷跟在了顾楚生身后。顾楚生冲上楼去，急急来到军旗旁边，不顾守城士兵的阻止，迅速将一方白色旗帜从藏好的地方取出。白旗升起，顾楚生扭头朝城楼下大喊："苏查陛下！华京愿降！"

北狄军阵里人们面面相觑，金鼓之声响起，北狄人陆续停了手。顾楚生领着人走到卫韫身前，静静地看着他，冷声道："绑起来。"没有人敢上前，顾楚生咬着牙，自己找来绳子，干脆利落地将卫韫绑了起来。卫韫没有反抗，任由顾楚生绑住自己，又被他拉扯着走下了城楼。

"开城门！"

城门缓缓打开，顾楚生和卫韫一红一白站在前方，卫韫的面色极其平静，顾楚生亦是神色镇定。二人看着骑在马上的苏查慢悠悠出现在城门之外，顾楚生当即行了个大礼，

三十八　你在之处，便是漫漫余生

恭敬地跪了下去，深深叩首，以似乎极其激动的声音大喊着："臣顾楚生，恭迎陛下入京！"

这样谄媚的姿态，连北狄人都看得愣了。而顾楚生身后的大楚朝臣，皆忍不住捏紧了拳头。苏查亦是愣了片刻，随即大笑起来："一直听说大楚人极有风骨，没想到竟出了这样一个软骨头。顾大人，我入华京，你就这么高兴？"

"陛下乃天命之子，圣明之君，"顾楚生抬起头来，面上带笑，眼里全是仰慕，"我等受赵玥践踏，渴盼陛下入京久矣！自此之后，我等便是北狄的臣民，在圣君庇佑之下，必得光明前程！陛下万岁！"

"哦——你说我是你们的圣君？"苏查抬头看向仍然站着的众人，眼中带了狠意，"我看你身后的百姓，可不这么想吧？"顾楚生头也没回，笑着道："陛下，他们在等您答应成为我们的国君呢。您来了华京，那就是解救我们于危难，我们为奴为仆，都愿意效忠陛下！"

苏查沉默着，只是盯着顾楚生。片刻后，他笑起来，翻身下马，身后赶紧有人送上椅子。坐下之后，苏查拍了拍自己的左腿，笑着道："我们北狄人向来大度，你们愿意降，我可以给你们这个机会。只是，我不知道，你说的为奴为仆，究竟有几分诚意？不知顾大学士，可愿过来，为本王擦鞋？"

听到这话，众人都咬紧了牙关，然而顾楚生却是面色不变，甚至脸上的笑容更甚，赶紧磕了个头道："这是臣的荣幸！"说着，他便想站起来。谁知苏查却又道："爬过来。"顾楚生僵硬了片刻，卫韫的目光落在他身上，只见这个素来高傲的男人在众人的注视下，含着笑，一步一步爬到了苏查面前，用自己的官袍一点点擦干净了苏查的鞋面。卫韫闭上眼睛，不忍再看。

百姓之中已有人红了眼睛。苏查大笑不已，一脚踹开顾楚生："好，好得很，大楚人果然有一套，伺候得本王十分畅快！那本王就给你们一个机会，跪下的就活，站着的……"苏查没有继续说下去，但众人已经明白。在一片沉默之中，顾楚生突然大喊了起来："跪下！统统跪下！"

得了这一声"令"，从百姓开始，一个接一个，人们如浪潮一般跪了下来。百姓跪完了，官员之中也开始有人跪下。直到最后，黑压压的人群中，只剩下了卫韫一个人。他一身白衣染血，站立于人群之中，风姿翩然。他的手被麻绳绑着，面上却是沉静如水，带着一股无畏生死的从容和桀骜，仿佛谁都奈何不了他。

众人的目光落在他身上，苏查冷笑出声："怎么，卫王爷是不想活了吗？"卫韫没有看他，只是静静地看着城门外，似乎是没有听见一般。苏查被他的态度激怒，猛地抽刀架

759

在他的脖颈上："你以为我不敢杀你？！"

"那你就杀。"卫韫的目光落在苏查的脸上，冷静地道，"动手。"

"陛下！"顾楚生着急地上前来，"您中圈套了！"苏查转头看向顾楚生，顾楚生叹了口气，"陛下，死是很简单的，卫王爷正求着您杀他呢。"

苏查一愣，他看了看卫韫，又看了看顾楚生，片刻后，他笑起来："你说得是。死很容易，可活着……"说着，苏查伸手拍了拍卫韫的脸，"才是最难。"

"是啊，"顾楚生跟在苏查身后谄媚道，"臣倒是觉得，您不必杀了卫王爷，您该将他留下来，让他好好活着，再一点一点折磨他。"苏查大笑，转头看向卫韫："对！我不杀你，卫韫。我要让你活着，好好活着，我要羞辱你，折磨你，让你看一看，这些年来你的信仰，你所保护的，都是些什么狗东西！"他两步走到卫韫身前，猛地抓起卫韫的头发，冷着声道，"我要你跪着求我，像狗一样活着！"说着，他猛地一脚踢在卫韫的小腿骨上，怒道，"跪下！"

卫韫踉跄了一下，却挺住了没有跪下。苏查退到一边，看向大楚百姓，冷着声："把那些孩子、女人抓过来！"北狄士兵冲上去抓住几个女人和孩子就拖了过来，命令他们跪成一排。苏查在一旁坐下，撑着下巴看着卫韫："一刻钟后，他若跪不下来，我就开始数数，数一声，我杀一个人。"

一听这话，刚被抓过来的孩子和女人都哭了起来。人群一片慌乱，不断有人磕头，求着苏查、求着卫韫。苏查静静地看着卫韫："怎么，卫王爷的一跪，比人命重要这么多？"

卫韫没说话，他闭上了眼睛。那几个女人和孩子的家眷纷纷冲了过来，围在卫韫身边，他们哭泣、叩首，拉扯着卫韫的衣角。

"卫将军，求求您了！"

"七公子，求您了，我以前在卫府外卖过花，我儿才七岁啊……"

"卫王爷，卫大人……"

人们的声音仿佛利刃一般对卫韫处以凌迟，然而他依旧傲然挺立，没有倒下。

"卫韫！"终于有人尖厉地叫出声来，"在你心里，人命还不如这一跪吗？！"

卫韫颤了颤，慢慢睁开眼睛，艰难地挤出了几个字："对不起……"

可是，他仍然不能跪。这满华京的人都已经跪了，所以他不能跪。正如顾楚生所言，他与这些百姓不同，他与这些普通臣子不同，他是大楚的气节、大楚的脊梁，他若是跪了，后面的仗便再也打不下去了。人人都畏死，这本无错。可沙场将士若也畏死，又有谁能护住身后的山河？

三十八 你在之处，便是漫漫余生

所以，谁都能跪，他不能跪。哪怕是死，他卫韫也得让天下人看着，他没有认输，大楚没有输。

"唔，只剩一半的时间了。"苏查提醒着，"看来你们是劝不动你们的卫将军了。是了，他这样有骨气的人，又怎么会将你们这些贱民的性命放在眼里？"

这话激得一个正跪着向苏查求饶的男人红了眼，他瘦弱的身躯突然立了起来。"卫王爷，"他咬着牙，"我妻儿都在那里，对不住了。"卫韫闻言睁开了眼睛，静静地看着对方，神色平静中带着几分歉意。他什么都没说，甚至，他的眼中已经带了原谅。男人不敢再看卫韫，他冲上前一脚踹在卫韫的腿上，大声道："跪下！"

卫韫咬着牙没动，陆续又有人加入了这场暴行。他们拖拽他，他们踹他，他们厮打他。他们一次又一次将他按到地上，他却一次又一次地站起来。随着时间的临近，人们的动作越发疯狂，哭声、骂声，许许多多声音混在一起，卫韫耳边嗡嗡一片。似乎有雨落在他的脸上，他被人推搡在地，血从额头流了下来，他蜷起身子，手仍然被绑在身后，他甚至无法伸手护住自己。

恍惚中，他听到越来越多的人在哭着叫喊："跪啊！卫韫，跪下啊！"他的身子轻轻颤抖着，一瞬间，他仿佛回到了小时候。他的哥哥，他的父亲，乃至他的叔叔们，都站在他的前方，横刀立马，红缨缠枪。

"我卫家从来没有逃兵，也从来不做降臣。"

"我卫家为国为民，马革裹尸，亦无憾矣。"

"每个人都有他的责任，生为卫家子，当作护国人。"

许多声音缠绕在他耳边，在那些金戈铁马、热血激荡之中，剧痛从他身上传来，他却隐约觉得似乎有人在拥抱他、陪伴他。上一次拥有这般熟悉的感觉，似乎已是很多年前了。那年他从宫门里走出来，她跪在宫门前，身后是上百灵位，大雨浸透了她的衣衫，她的神色却平静又坚韧。那时候，他静静地看着她，便觉得是有人为他撑起了天幕，遮挡了风雨。

从那以后，她便一直陪着他，每一次她都会在他最艰难的时刻及时出现。在凤陵城，他第一次死死抱住她；在北狄，她背着他一路穿越戈壁；回归后，她同他一起谋反……她说，这条路，我陪你。这条路，千难万难，万人唾骂，白骨成堆，我都陪着你。他记得那些时刻，记得他们无数次的拥抱，那些他人生中最温暖的点滴，在这一刻汇聚起来，成为这巨大绝望中，助他抵御阴暗的那一缕微薄又坚韧的光芒。

"河关九百里……"

百姓将他抓了起来。他低喃出声。

"烽火十二台……"

"扶起来！腿压下去！"

"宁拆骨作刃……"

"按住！将头按下去！"

"白马化青苔……"

"陛下！"一个大汉扑在苏查脚下，含泪道，"跪下了！他跪下了！"

苏查没说话。众人都静静地看着那似乎早已经失去神志，满身是血的男人。他似乎被人折断了腿骨，以一种扭曲的姿态跪在苏查面前。然而在场没有任何人觉得，这一跪是羞辱，是屈服。众人皆清醒地明白，这个人的内心，从未跪过。哪怕被他所守护的臣民背叛，哪怕被人强行折断腿骨，似乎都不损他的半分风采。

苏查看着这一幕，一时之间，竟觉得失去了趣味。他烦躁地摆了摆手，起身道："罢了，将他拖下去，别弄死了。"说着，他转过头同顾楚生道，"顾大人，要不，我就封你当丞相，我也当个大楚皇帝试试？"

"谢陛下！"顾楚生对眼前的一切来不及震惊，赶忙再次跪下谄媚地道，"陛下气宇轩昂，既有北方之豪情，又具南方之风流，无论北狄还是大楚，陛下皆乃天下之主！"

这一番吹捧让苏查极为高兴，他大笑着，领着顾楚生离开了。

苏查走后，一众百姓纷纷冲向自己的家人。卫韫倒在地上，微微睁开眼，雨水落在了他的眼里。

"阿瑜……"他低喃出声。

阿瑜，你已出城，应当，安好吧？

楚瑜跟着李春华出了城，刚到北狄军前，张辉便领兵迎到龙辇前方，恭敬地道："陛下，娘娘，我们先退回云城吧？"云城是仍听命于赵玥的城池中距离华京最近的一个。李春华梳理着赵玥的头发，平静地道："可。"

军队迅速朝云城赶去，楚瑜已在马车里慢慢冷静了下来。她哆嗦着抱住自己，片刻后，她深吸一口气，擦了擦眼泪，卷起帘子，问晚月和长月道："我们这是去哪里？"

晚月压低了声音："听张辉说是去云城。"

"你下去,说我要求见梅贵妃。"

长月应声,立刻打马前去通报。过了片刻,便有侍女来领楚瑜前去龙辇。

楚瑜登上龙辇时,李春华似乎正在思索着什么,一只手还在给赵玥梳理着头发。楚瑜来到她身前,压低了声音:"殿下,我不能落到张辉手里。"李春华抬头看了她一眼,眼中带着冷意:"我知晓。咱们得走。"

"殿下如何打算?"

"张辉手下,有一个我的人。"李春华慢慢道,"我方才已经让人去问过,今夜丑时,我们扎营休息时,由他值班护卫,届时我们就逃。"

"那赵玥怎么办?"楚瑜看了一眼赵玥。李春华抿了抿唇,果断地道:"杀了!"楚瑜不言,只静静地看着她。李春华似乎也知道楚瑜在想什么,抬眼看着楚瑜,冷静地道,"既然他已经精打细算着将北狄引入华京以解自己的围困,那么如今他这个样子,怕也不是真的。张辉用这样大的代价将这个活死人捞出来,怕是另有打算。我纵使想留他,也不敢留了。"

"殿下能下定决心,"楚瑜点了点头,"那自是再好不过。"

两人又商议了一会儿,张辉便出现在了龙辇外:"娘娘,您贵体保重,是否该休息了?"

"谢过张公公。"李春华面色不变,"本宫这就让楚大小姐回去。"

夜里,军队安营扎寨,楚瑜和晚月、长月单独住一个帐篷。收拾好东西后,三人便只悄悄等着丑时到来。而另一边,李春华刚安顿好没多久,张辉便不请自来地走了进来。李春华一步也不敢离开,守着赵玥的身体,冷静地道:"张公公深夜前来,所为何事?"

"陛下龙体欠安,奴才特意过来送药。"

李春华的目光落在了张辉手里的药碗上。她神色平静,这一瞬间她已经确定,这一切果然是赵玥早就算计好的。她抱着赵玥的躯体,面露警惕之色:"你这药是谁开的方子?要做什么的?"

看见李春华这副模样,张辉沉默了片刻,才又慢慢开了口:"其实奴才不喜欢殿下。"李春华愣了愣,张辉的声音继续慢慢传来,"打从陛下还是世子起,奴才就觉得,对于陛下而言,您便是一场灾祸。"李春华没想到张辉会突然说这些话,不禁皱起了眉头:"你同我说这些做什么?"张辉静静地看着她:"其实奴才知道,陛下并不是一位好皇帝。可平心而论,陛下是一个好丈夫。陛下辜负了天下人,却始终未曾辜负您。所以,娘娘……"他轻叹了一声,"谁都能辜负陛下,但您不能。"

李春华没有说话,片刻后,她苦笑起来,抬起手将几缕发丝绾到耳后:"张公公多虑了，陛下便是我的天，我这样的奸佞宠妃……陛下去了，我又能依仗谁？"

张辉沉默了，许久后，他走上前来恭敬地道："请娘娘给陛下喂药吧。"李春华看着那汤药，以及张辉脸上诡异的神情，明白此时此刻她不能让张辉看出端倪，于是她只能接过药碗，一勺勺给赵玥喂了下去。

张辉退下后，李春华便让侍女熄了灯，同赵玥一起躺在床上，静静算着时辰。不知道过了多久，外面终于传来侍卫换值的声音，她起身同侍女道："海棠，把我今日喝过的甜汤给楚小姐送过去，助眠的。"按照早些时候两人商定的计划，甜汤便是信号，届时楚瑜会去偷马，在营地前与李春华等人碰面。

听着侍女的脚步声远去，李春华立刻从床上下来，换上一身便服，简单绾起长发，将剑和匕首佩到腰间，又带上了一只药瓶。然而就在她忙碌着时，突然听到一声虚弱的呼唤："阿姐？"她豁然回头，便看见赵玥正撑着自己从床上直起身来。李春华立刻扑了上去，刀锋直逼赵玥的脖颈，冷着声道："别出声。"

赵玥冷下了神色，他明显还很虚弱，目光里却带着丝毫不让人的冷静："你这是要做什么？"外面吵闹起来，李春华从身后抓来一条绳子，三两下便将赵玥的手迅速绑了起来，随后跑到门边，却发现是楚瑜偷马惊动了士兵。李春华想了想，回身将赵玥一抓，用刀抵住他的脖子，拖住他就往外走。赵玥才刚醒来，还摸不清局势，只能顺从地跟着李春华，一边在心里迅速盘算着眼下的情况。

两人来到帐外，李春华一声大喝："全部停下！"看见被人围着的楚瑜等人，赵玥立刻便反应了过来。"梅贵妃，"他的声音平静，"我知道你是要放楚瑜出去。你放开朕，朕让她走。"

"陛下，"李春华轻笑，"你以为我会信你？"

"我何曾骗过你？"

"你骗我还少吗？"

赵玥沉默了，李春华挟持着他继续往前，张辉着急了："陛下！"还是赵玥抬手止住了他的动作："你先别闹，小心孩子。"李春华没说话，只胁迫着赵玥走到马前，冷着声音："上马。"赵玥被她用剑抵着腰乖乖爬上了马，接着李春华也翻身上马，对着楚瑜吼了一声："走！"

"你想做什么，你同我说，我都依你。"赵玥平静地出声，"你这样对孩子不好。"

"你给我闭嘴！"李春华已经彻底撕破了脸，一耳光扇在他脸上，怒道，"轮得到你说话吗？！"赵玥抿了抿唇。李春华将他揽在怀中，拼命打着马。谁知，赵玥竟暗中直接折了自己的手骨，悄无声息地将手从绳子里滑了出来。他向来是什么都做得出来的狠人，对别人狠，对自己更狠，饶是这样的剧痛，他面上仍是不动。

他此刻还虚弱，根本反抗不了太多，只能忍着剧痛，思索着自己该如何重新控制住局势。而张辉眼睁睁看着他们离去，怒到不行，领着追兵就冲了上去，咬牙狠狠盯住了李春华。

"公公，我就知道那个女人不是好货！"一个副官怒喝出声，"看我这就斩了她！"话音刚落，那副官拉弓引箭，箭矢朝着李春华就冲了过去！

张辉大骇："住手！"楚瑜也惊得回头大喝："殿下！"一切已然来不及了，李春华不过会些三脚猫的防身功夫，根本来不及躲闪。然而，也就是那一瞬间，赵玥猛地侧身，将李春华一把抱住，转了个方向就朝旁边摔了下去。箭矢"扑哧"几下扎入赵玥的身体，他苍白着脸色，抬眼看她："你没事吧？"

李春华惊愕不已，来不及回应，凭着本能将赵玥一把拽起，扛在背上便重新上了马。她明白，如今赵玥还在，张辉的人就已经敢放箭，一旦没了赵玥这块保命符，她们怕是真就跑不出去了。

而赵玥本就虚弱，自断了手骨，又受了这一箭，再被马这么一颠，顿时觉得五脏六腑都翻滚着疼，根本没了力气。他只能伸出手，努力抱紧李春华，艰难地道："往密林里跑，我不行了，张辉不会放过你……"他已经来不及问她为什么要跑，也不知道到底发生了什么，只觉得此刻他抱着这个女子，风凛冽而过，竟就有了一种亡命天涯的错觉。他感到自己身体开始冰冷，无端端就产生了命尽的宿命感。他想抱得更紧，却又怕伤到李春华腹中的胎儿。

也就是想起孩子的一瞬间，他突然意识到不对。六个多月的孩子……为什么李春华的腹部这样平坦？！他猛地明白了什么，疯了一般问她："孩子呢？！"李春华不答，仍驾马在林中急奔，赵玥怒道，"孩子呢？！是不是有人害了你？是谁害了你？！"

李春华愣住了，这次她终于反应过来赵玥的意思。她看了他一眼，却发现他面色惨白，身上已被鲜血浸染。她骤然生出一种惶恐，不敢看他，只能转过头去，心中一片慌乱。

"是谁害了你……"赵玥趴在她的背上，急促地喘息着，"你别怕，你同我说，我去杀了他！谁都不能害你……"

赵玥反复念叨着，声音越来越虚弱。李春华亦是越来越茫然，她预感到了什么，她背着他，听着他叫嚣，终于开了口："阿玥，没有孩子……"

"闭嘴……"赵玥一愣，随后剧烈地颤抖了起来。李春华知道，如赵玥这般聪明的人，只要给他一点蛛丝马迹，他就能窥探全局。然而，这一次，她却想告诉他。她不知道自己是为了报复还是为了什么,她就是特别想告诉他,告诉他所有,一切。

"没有孩子。"她笑着出声,"都是我骗你的。"

"闭嘴!闭嘴!"赵玥怒吼,"有孩子,你有!"

"我没有,"李春华的声音平静,"我只是为了在毒杀你后稳住局势,便谎称有了孩子。你死后,我会随便找个孩子,对外称是你的孩子。……毒是我下的,局是我布的。你最大的敌人,从来不是顾楚生,更不是卫韫,而是我。"

"为什么……"赵玥不可置信地开口,声音艰涩无比,"为什么,要这么对我……"

"赵玥,"李春华眨了眨眼,眼眶发酸,"我不是为了爱情放下一切的人。你杀了我的哥哥和我的丈夫,送走我的女儿,毁了我的家国,之后,你还以为,我会原谅你吗?"

"你当初不是已经原谅我了吗?在我杀了梅含雪之后……"

"我那时不知是你杀了他。"李春华笑起来,"赵玥,如果你能控制你的欲望,你我走不到今日。"

"控制欲望……"赵玥有些昏沉,缓缓闭上眼睛,"就什么都得不到。就只能眼睁睁看着你嫁给别人,看着自己家破人亡,一无所有,看着你和其他男人调情却无法阻止……你以为我为什么要当皇帝?我要复仇,我要得到所有我想要的,我的后半生,都不要再经历过去的屈辱。"

听着赵玥的话,有那么一瞬间,李春华脑海里突然闪过小时候的赵玥。那时候他文静又天真,善良得几乎有些奇怪。他会将蚂蚁一只一只送回家,会拦住她,怕她踩死一只虫子。

"可是,我没有喜欢其他面首。我找他们来只是挣个面子而已。"李春华愣愣开口,"我喜欢你,可我的年纪比你大这么多,只好假装自己只是在照看一个弟弟。你来了我府上后,我喜欢你之后……我再没碰过任何人。"

赵玥愣了愣,他想回话,可他已经没有力气。他说不清此刻自己心中是什么感觉,只感到有无数情绪涌了上来。后悔吗?痛苦吗?他不知道。他只是觉得,如果再一次……再能有一次……

他的沉默让李春华感到害怕,她一边拼命打马,一边开始说起从前。她说他的不好,他有多坏,然而身后的人却一点回应都没有。

李春华就这样跟着楚瑜一路穿过密林,天亮时分才终于停下来稍作休息。看见李春华的模样时,楚瑜愣住了。只见赵玥在她身后,下巴靠在她的肩窝上,手死死环着她的腰,他的血染了她一身。她神色平静,然而满脸都是泪痕。她翻身下马,赵玥便直接倒在了马上。

三十八　你在之处，便是漫漫余生

然而李春华没有回头，提着马鞭直直往前走。楚瑜犹豫："殿下，赵玥……如何处置？"李春华顿住步子，张了张唇，想要说什么，却一句话都说不出来。她站在原地，不敢回头，许久后，楚瑜才听见她仿佛挣扎般挤出来的声音："埋了吧。"说完，她挺直了腰背往前走去，姿态特别骄傲，仿佛毫不在意。

趁着李春华和楚瑜休息的工夫，晚月、长月用剑挖了个坑，将赵玥埋了进去。楚瑜打了一壶水送到李春华身边，犹豫着问道："……要立碑吗？"沉默了片刻后，李春华苦笑起来，目光看向远方："他这样的人，若是有了墓碑，怕是会尸骨无存。……算了吧，能入土为安，已经很好了。"

七日后，楚瑜一行人终于赶到了白岭。刚下马车，便看见陶泉已经带着沈佑、秦时月、柳雪阳、王岚以及六位公子站在城门前等她。她一出现，众人便跪了下去，扬声道："恭迎大夫人归来！"

楚瑜一愣，片刻后，她扬起笑容，抬了抬手道："起吧。"见她没有拒绝"大夫人"的称谓，众人都松了口气。随后她将李春华领下马车，众人再次拜见后，这才一同入了城。

楚瑜和柳雪阳、王岚同乘一驾马车，一路王岚便细细同楚瑜说了蒋纯的事，叹了口气："也不知如今她是生是死了。"楚瑜没说话，气氛有些尴尬，许久后，却是柳雪阳慢慢开了口："阿瑜啊……"楚瑜抬眼看她。柳雪阳似乎苍老了许多，静静地看着楚瑜，有些踌躇地道，"过往是我狭隘，对不住你。我若对你认错，你……可能既往不咎？"

楚瑜没想到柳雪阳会将姿态摆得这般直接，愣了愣，她倒也不扭捏，坦率地道："如今最重要的便是小七能回来。我们经历了这么多，其他的事情都不重要了。"听到这话，柳雪阳一瞬间便红了眼，连连点头："小七最重要。"

回到王府，楚瑜同柳雪阳等人拜别，便立刻将陶泉等人召集过来，了解各地战况。

陶泉汇报道："如今楚王爷虽然被陈国绊住，但七日之内应该就能拿下此战。不过，华京有十万北狄军，仅凭楚王爷一个人的军力去支援，怕是不敌。"沈佑也皱着眉头补充："近十万北狄军压在边境已经让我们应对得很吃力了，更何况还有赵玥的七万燕州军和秦将军纠缠，我们根本没有余力再去支援华京。甚至，如果再这样拖下去……"说着，他看了一眼陶泉，"加上瘟疫，我们可能撑不了多久。"

"治疗瘟疫的方子还没出来？"

"郡主说快了，但还差很关键的一味药没试出来。"

楚瑜点点头，想了想，起身道："我再想想，大家先休息，明日我们再议。"

767

众人应声散去，陶泉看了一眼楚瑜的肚子，忧心地问："小世子……还好吧？"楚瑜一听人问起孩子，便不自觉地将手放在了肚子上，含笑道："挺好的，没有给我添太多麻烦。"陶泉舒了口气："王爷一直盼着他出生。等到那日，王爷一定很高兴。"

楚瑜抿了抿唇，没有多言，只是由晚月扶着站起身来，又同陶泉闲聊了一会儿白岭的近况，便出门去了。这一次战局的核心其实在于宋世澜，只要宋家肯出兵，便会好办许多。可想要宋世澜出兵，就得先解决瘟疫。而这场瘟疫……楚瑜皱起了眉头。上辈子地震后也出现了瘟疫，且同样是魏清平试出的方子。那方子里有一味很特殊的药，楚瑜当时正怀着顾颜青，因体质特殊，她的安胎药里正好就有。因为可以治疗瘟疫，这种药材一度被抢购到脱销，她记得自己曾四处寻找，找得颇为辛苦。想到这里，她叫停马车，探出头去："去药铺。"

来到药铺，楚瑜开始一一扫视药匣。她找到药铺大夫，将自己当年的病情描述了一遍，让大夫试着给她开方子。大夫开了一个又一个方子，楚瑜一遍一遍地回忆着。她有印象。她一定有印象。拼命回想着，方子开了十来个，她终于看到了一个熟悉的名字。楚瑜猛地站起身来，焦急地道："快去，告诉清平郡主，让她试试白芷！"

终于找到了药材，楚瑜这才安心休息了一夜。第二日一早，楚瑜便往韩秀的兵器所赶去。如果魏清平能成功配出药方，并且救下宋世澜，那么宋家联合楚家，攻下华京也就不难了。可是，若宋世澜没保住，那卫家就必须尽量保存实力，再同楚临阳联手攻入华京时，他们才能保证五分的胜算。

而卫家实力的核心，就在于韩秀如今造了多少武器出来。楚瑜一边在脑海中盘算着后续的调兵计划，一边来到了兵器所。如今正是战时，韩秀忙得团团转。楚瑜已经进来了，他才急急忙忙从冶铁室跑出来，行了个礼道："大夫人。"

楚瑜跟着他走进库房，韩秀汇报了改良羽箭、弩、盔甲等装备的制造进度，最后推开了密室门，带楚瑜进去查看火药的数量。他站在门边，有些不好意思地道："火药制造成本高，时间长，您上次用完后，如今也就只来得及准备这些。不过它们都是经过改良的，比以前威力大很多。"

"怎么个大法？"

"我给您打个比方。同样是这么多火药……"韩秀一边说一边比画着，"以前火药放到雪山上，也就能炸出几个坑来，现在的不仅能炸出坑，还能引发雪崩。我再举个例子啊……"楚瑜本来还在琢磨着那些火药，听到韩秀的话，脑子里有什么念头猛地闪过。她打断韩秀，皱着眉问道："你方才说什么？雪……雪崩？"韩秀一时不明白，还在发愣，楚瑜却已经猛地反应过来，"是了！你确定这个东西能引发雪崩？"见韩秀还一脸的莫

三十八　你在之处，便是漫漫余生

名其妙，楚瑜赶紧拖着他来到密室外的地图前，抬手在地图上画出一块地方，你知道吗？"

韩秀稍回过神来，看了看地图，随后满不在意地道："雪岭嘛，知道。"

"这地方，能炸崩吗？"

韩秀见楚瑜问得认真，也不敢贸然作答，抬手道："稍等，我算一下。"说完，韩秀便转身出去找了另一个人来，两人在一起比比画画算了许久，才终于点头道："全用上，能。"楚瑜闻言忍不住击掌："好！你们近日加紧准备，这些东西我随时要用。"说完，她便急匆匆地赶回了王府。

王府里，楚瑜在沙盘前比画起来："如今沈佑手里有八万人马，时月手中有五万，我们还要尽量抽出人手去支援昨京。如果像现在一样胶着，我们根本没有胜算，我想兵行险着。我计划将沈佑手中的人马抽调六万去昆州，协助时月一起围剿了赵玥在燕州的六万兵马，届时时月手中的人马接近赵玥两倍之数，哪怕是苦战，战后也应当至少剩下一半。然后与我大哥兵马会合，直取华京。"

"那白州怎么办？"沈佑皱起眉头。楚瑜冷静地道："立刻传信去向图索借两万人马，白州这边，你派出一支小队，将北狄人引到雪岭去。韩秀已经着手在雪岭埋火药，火药被引爆后会引发雪崩。雪岭地势呈长条形，两头各通向北狄境内和大楚境内，图索的人和你的人各守一头，剩下的人埋伏在通往大楚的山口。他们经历雪崩，哪怕死里逃生，也已军心混乱，出来一个杀一个，剿干净为止。"

众人皆听得一愣，还是秦时月先道出了疑问："那去雪岭的人，岂不是都会死？"楚瑜没说话，只是垂下了眼睛："所以去雪岭的人不能多。"秦时月眉头紧锁："没有一支足够有分量的军队，北狄人不会上当的。大夫人，就没有其他方法了吗？"楚瑜面色凝重，抬眼看他："如果有其他办法，我还会这般安排吗？"听到这话，众人再次沉默下来，便就是这个时候，一个平静的声音响了起来："我去吧。"

楚瑜抬起头，看向站在一旁的沈佑。他的神色很平静："北狄对我这个'叛徒'恨之入骨，我对他们倒是很了解。我带着小队人马伪装溃败逃走，将他们引进雪岭。"楚瑜不语，秦时月的眉头皱得更紧了："沈兄……"沈佑却依然平静："我什么都没有……没有父母，没有兄弟姐妹，更没有妻子孩子。我孑然一身，无所牵挂。我去，最合适了。"

"可是……"

"好。"楚瑜打断秦时月，果断地应了下来，"但是，仅凭你还不够。你们手上可有能利用的北狄探子？"陶泉答道："有一个，一直在盯着。"楚瑜点点头："给他传一个

769

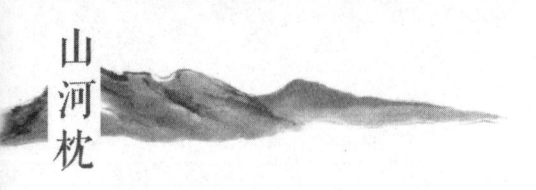

假消息，就说沈佑打算兵分两路，正面六万军，背面四万军，从梅子林偷袭他们。北狄军一定会先去梅子林拦截沈佑，梅子林距离雪岭很近，沈佑把他们引进雪岭，韩秀会引燃炸药。"

沈佑点头："明白。"

"半月后行动吧。明日就着手往昆州调兵，动静要小。半个月后，沈佑行动，时月同时围剿赵军，两条战线同时推进，要保证我们围剿华京时苏查来不及应对。"

"是。"众人领命。

秦时月坐在书房里，一张一张临摹魏清平的字。魏清平一直嫌弃他的字写得丑，嫌弃他闷，曾经他心里还不大高兴。然而如今临摹着魏清平的字，他居然觉得，其实，就连骂人，她也是极好的。只要她回来，他愿意被她骂一辈子。只要她回来，就算他会被魏王揍死，他也要上门去提亲。这般想着，又过了许久，秦时月抬起头来，看向远处。魏清平——他在心里默念着这个名字——我们都会好好活着。

百里之外，魏清平正观察着刚用了新药的病人。早上她接到楚瑜的飞鸽传书，立刻尝试了这个方子，病人竟然明显有了好转。她站起身来着急地道："赶紧将方子送去太平城！"楚瑜在信里已经详细描述了如今的情况，宋世澜是此战之关键，因此无论如何，最优先要抢救的人就是宋世澜。

当魏清平送出的军鸽扑腾着飞往太平城的方向时，沈佑则是又一次站到了王岚的房门口。他每次出征前都会站到王岚的门口，以往他一贯是站一夜就走了，从不说话，从不出声。然而这一晚，他却低低地唤了一声："王岚。"

王岚坐在屋里，如往常般假装不知道沈佑在门外。她手里正绣着花，听到沈佑的一声唤，禁不住就手抖了一下。针扎在食指上，她赶紧吮吸伤口，接着便听见了屋外传来沈佑的声音："我要去战场了。"

王岚垂下眼眸。

"我知道你不想见我，其实我也不知道见到你之后我该做什么。我一直在想，这辈子到底要怎么样，我才能和你在一起。可我明白，做错了就是做错了，错了就是一辈子。无论这个错是有意还是无意，这辈子，我都洗不干净。"王岚静静听着，整个人都颓了下去。沈佑坐在她屋子门前的石坎上，声音里带着笑意，"现在回想起来，我这辈子最开心的时刻，就是初见你之时。那时候我觉得，你这姑娘真是太可爱了。"

沈佑低笑着，说起了他们的过往。他们的交集其实很少，这么多年来，更多时候，就是一个在门外等，一个在门里等。他们之间有一条长河，两人都永远跨不过去。

三十八 你在之处，便是漫漫余生

"你记不记得，你当时还送了我一块暖玉？我那时觉得，你好有钱，我这辈子还没见过出手就是暖玉的姑娘呢。……王岚，"天已经亮了，沈佑叹息出声，"你说，如果过去的一切都没发生过，多好。"

要么不要有恩怨纠葛，要么不要有爱恨牵扯。

王岚没说话。这么多年，她已经习惯在门内静静与他一起等天明了。沈佑叹了口气，站起身来，温和地道："王岚，保重。"

王岚愣了。这是他第一次同她说保重。过往他一直说的是——再会。她无法去问这两个词有什么区别。而沈佑在门前又呆呆坐了很久，才终于站了起来。

白岭离大楚和北狄的交界地带不远，沈佑只花了一天就到达目的地，立即开始整军。同一时刻，蒋纯在太平城接到了魏清平给来的方子。她赶忙让人配了药熬制好，端到宋世澜门前。

宋世澜已经将自己关在房间里三天了。他的病情开始恶化，拒绝蒋纯再靠近他，每天只通过一扇小窗拿药、领饭。蒋纯端着药，在门外不停地拍宋世澜的房门："世澜，这是魏清平给来的方子，你有救了，你开门，开门啊！"

宋世澜还在犹豫着。此刻的他很狼狈，身上全是溃烂的脓包，他不愿意蒋纯看见自己这般模样。这些时日，他目睹了太多人死去，人们大多死得面目狰狞，痛苦不堪。他预感到自己马上要走到这一步，他不愿让蒋纯看到，他希望在蒋纯的记忆里，自己一直是那个同她玩笑的翩翩佳公子。

如今，骤然听到有了魏清平的方子，他产生了几分不真实的感觉。他轻咳两声，只同她道："将药放在小窗上吧。"

蒋纯明白，他这样骄傲的人，决计不会让自己看到他如今的样子，尽管她早已偷偷看到了好几次。于是她开始每日去给他熬药，然后端到他的窗前，偷偷躲到角落里，看着一只长满脓疮的手伸出来，将药接进去。这次的药见效很快，没几日宋世澜便明显感到体力好转，连声音都清朗起来。他不再拒蒋纯于千里之外，两人隔着门，竟开始轻轻说起了未来。到了第四天，宋世澜停止了发烧、咳嗽、腹泻，身上的伤口开始结痂。他终于从门里走出来。这一日阳光明媚，万里无云，蒋纯站在门口，笑意盈盈。

而这一日，正是沈佑与北狄开战的日子，也是秦时月与赵军开战的日子。此时苏查已经被顾楚生哄得服服帖帖，顾楚生整日带着他流连于华京的青楼、酒肆、赌坊。这位从北狄来的君王头一次见到这般风流奢华的盛京，根本无法克制，连带着整个北狄军队都陷入无昼无夜的狂欢之中，而顾楚生就是他们最好的引路人。

因为得到了苏查的信任，顾楚生迅速与北狄人拉近了距离，当众人都活得战战兢兢时，顾楚生却是如鱼得水。楚瑜很快便与他联系上了。得到楚瑜的消息，顾楚生心里有了底，将华京的情形迅速给楚瑜梳理了一遍，并告知她——"我会护住卫韫，你们尽管攻城。"

楚瑜收到顾楚生回信的那日，正静静地坐在庭院里。她手边堆了一沓战报，来自天南海北，都是最新的消息，仿佛整个大楚都是喊杀之声。一边是沈佑已经冲进了雪岭，一边是秦时月正和赵军拼死挥砍，还有病愈的宋世澜带着人冲进了琼州王府，将宋四踩在了地上："哥哥让你好好配合卫世子，你为什么就不听话呢？"他将长剑悬在宋四头上，一脸温和，"哥哥还没死呢！"

这一日，埋在雪岭山中的火药骤然炸开，厚厚的雪被倾崩而下，沈佑翻身蜷进一个角落，死死捂住了心口。那里藏着当年王岚送给他的暖玉，也是这一辈子，王岚送过他的唯一的东西。同一时刻，远在白岭的王岚骤然心跳得莫名的快，她直起身子，赶紧冲出院子去寻楚瑜："阿瑜……"

楚瑜正在思考该如何把这件事告诉王岚，此刻见到她的失态，也知道瞒她瞒不住了。她喝了口茶，慢慢道："沈佑在雪岭引爆了火药，大概……已经和北狄军同归于尽了。"听到这话，王岚猛地睁大了眼，片刻后，她毫不犹豫地冲了出去。楚瑜没有去追，只听"砰"的一声响，屋外顿时传来数声焦急的呼唤："六夫人、六夫人……"

跑出王府，王岚叫来马车，一路奔向雪岭。她赶到时，战役已经结束了，大雪埋葬了大楚的将士，也埋葬了北狄人。现场不时能看到人的手臂从雪中伸出来，十分可怖。她一步步踩在深深的雪里，大声喊着沈佑的名字。

"沈佑——"

"沈佑——"

整个雪岭安静到诡异，只有她在一面喊，一面哭。终于找到山边的火药引爆点，一片熟悉的衣角映入了她的眼帘。她认出来，那是沈佑军服的颜色。她愣了愣，赶忙蹲下身，开始拼命刨开厚雪。

雪冻得王岚满手通红，兵刃划破了她的手，血混杂在雪里，绽出一朵朵红色。接着她便看到了头发，然后是那个人的面容。沈佑躲在一块支出来的大石底下，雪堆在大石周围，仿佛一个茧子一般，将他护在了中央。王岚不敢停，哪怕她的手上全是血迹，仍在努力地挖着。就在她即将筋疲力尽之时，终于将沈佑挖了出来。她的双手一直在抖，用上全部力气将他拖了出来背在背上，一步一步往山外走去。

她感受着沈佑心窝的温度，听着他微弱的心跳。她这辈子没做过这样的重活儿，每

三十八　你在之处，便是漫漫余生

一步都走得格外艰难。可她还是咬着牙，一步一步往前挪动。"沈佑……这一次，你干净了。"她的嗓音已经沙哑，"你睁开眼，你睁开眼睛，这一次，所有过往，我们都当不存在了。我们好好过，只要你活过来，好不好？"

没有回应，王岚咬紧了牙关。这一刻，她终于明白，人这一辈子，没有什么走不过去的坎，没有什么赎不清的罪。过去了，就是过去了。

就在王岚挣扎着背起沈佑往山外走时，雪岭一战的捷报已早一步到达楚瑜手里。得知北狄十万军尽数灭于雪岭，她重重舒了口气，缓了好久才站起身，平静地道："备好马车，去通知殿下，我们今夜出发去华京。"

不一会儿，李春华便穿着她的假肚子急急出现了，克制不住激动地道："可是华京得救了？"楚瑜神色冷峻，点了点头："如今北方已无患；燕州那边，秦时月剿灭赵军也绝无大碍；洛州方面，我大哥昨日已来信于我，西宁如约偷袭陈国，他只留下了部分精锐，余下的人马正在赶往华京。三日之后，我与他两军交会，共取华京！"

"好！"李春华忍不住高兴地击掌，起身道，"那我们便尽快起程吧！"

一路上，楚瑜一直犯困，连李春华都在帮忙照顾。虽然看起来车中是两个孕妇，实际上楚瑜反而更令人担忧。七日后，一行人到达天守关，此时秦时月已经扎营在天守关上，眺望华京。楚瑜和李春华站在城门上，看着远处的华京灯火通明，仿若不曾有战争肆虐。

李春华第一次感受着天守关上的猎猎风声："你说，他们此刻在做什么？"楚瑜的声音平淡如常："华京四周都已经被围，除了守在城中，他们又能做什么？"李春华叹了口气："北狄这一次倾举国之力而来，这一战后，怕是再没有北狄一国了吧？"

"是啊。"楚瑜声音瞬间就散在了风里，"我们赢了。"

"明日入京之后，你打算怎么办？"李春华扭头看她。楚瑜愣了愣，片刻后却是笑了，她抬起手，一手护住肚子，一手将头发绾到耳后："能怎么办？将他带回来，他在身边，做什么都好。"

"那孩子呢？"

楚瑜沉默了。李春华平静地道："我需要一个孩子，你知道的。"楚瑜还是不说话，李春华叹了口气，转头看着远处，"我知道，你不愿将这个孩子送进宫来。可是说句实话，为君为臣，总是不一样的。日后我若为太后，我私心里始终还是提防着卫韫的。这把刀太锋利，你明白吗？"

卫韫这样的人，有声望，有兵权，有手腕。只要他还活着，他就会成为所有帝王睡着了都在担忧的利刃。卫家当年热血忠诚，尚且如此，如今一个反了两次的卫韫，又如何能

773

让高座安枕？

楚瑜听到李春华这般坦率，倒也不吃惊，她神色平静："你同我说这话，便不怕你当不成太后？"李春华笑了起来："那不正好吗？你以为我又想当？"说着，她叹了口气，"只是已经走到这一步，不得不当罢了。"

楚瑜仍然抿唇不语，李春华继续道："我需要一个筹码，确认卫韫日后不会反。而若我随便找一个孩子来充当这个龙脉，总是会让我害怕，怕卫韫不服。我知道你的心思，楚瑜。你想让你的孩子平平安安长大，可是，当年的卫家，难道不也是这般对待卫韫的吗？"

——整个卫家都希望能让这个幼子平平安安、高高兴兴地长大，所以十四岁的卫韫，干净得像一张白纸。卫家以为，只要安分为臣子，只要没有私心，就不会有人害他们。可是，手握重兵，走到了那一步，除了握紧更多的权力，还能怎么样？

"人之所以拼命握住权力，就是为了过得更好。"李春华的声音平淡，"说只恨生在帝王家的人，大多是没苦过的，他们没经历过人世里更多的无能为力。若能衣食无忧、安安稳稳，我一辈子也不会争不会抢。只是，有时候命运是生来便注定了的，楚瑜，这个孩子只要是卫韫的孩子，就注定了从他出生开始，所谓的安稳，都是幻想。……你难道就不害怕，他成为又一个卫韫？"

楚瑜听着李春华的话，一言不发。好久后，她终于轻轻笑了："你不过是想同我要这个孩子罢了。我可以将他给你，可我有个条件。……他十五岁那年，将有机会对自己的人生做一次选择。如果他要当皇帝，那他就当下去，如果他不想当皇帝……"楚瑜抬眼看她，"那你不能逼他。"

"好。"李春华果断开口。楚瑜垂下眼眸，一手抚摸着肚子："到时候，虽然他在宫里，但我和小七会一手教导他。他是陛下，也是我们的孩子。"李春华点头："我明白。我会让他拜卫韫为亚父，你们随时可以入宫探望。"

楚瑜曾想，所有的路，她都给了这个孩子，是成九五之尊，或成普通臣子，她都愿意给这个孩子一个选择。她曾经也因卫韫产生这个想法而愤怒不已，然而走过了太多的路，看过了太多的人，这世上又哪里来的真正的安稳？不过是另一个人为你撑起了一片天，你便当无风无雨罢了。可他们没办法为这个孩子撑一辈子，早晚有一日，他要自己爬出来。那么，与其让他趴在泥泞里，不如让他坐在皇位上。

楚瑜叹了口气："那便这样吧。"

就在楚瑜和李春华并肩站在天守关上眺望华京时，华京城中正在举行一场盛宴。顾

三十八　你在之处，便是漫漫余生

楚生亲自主持了这场盛宴。席上摆满了华京最好的美酒，席下坐着华京最美丽的女人。她们想尽了法子挑逗着北狄来的军官将士，那场景仿佛纣王的酒池肉林，奢靡又不堪。

从四天前开始，顾楚生就断了从华京城外送进来的所有消息。北狄与大楚不同，北狄惯以鹰送信，顾楚生派出的人联手图索的部下埋伏在城郊，凡见到鹰，都以特制的香饵哄下来，然后将信息偷换再送入城内，制造出一片太平盛世的模样。时至今日，北狄还在等着赵玥的命令，等着里应外合，却完全不知城外早已被楚家军彻底围住了。

顾楚生站在一片醉生梦死之中，静静地看着众人。一个太监疾步走进来，小声道："楚大小姐的信来了，明日清晨攻城。"顾楚生应声抬了抬眼，低声道："酒再多抬进来些。"苏查随军带有军医，高级将领都配有试毒的随从，每坛酒都单独验过，没有任何下毒的机会，只能用高纯度的酒将其灌到烂醉。

太监应声下去，顾楚生抬手端起酒杯，装出醉态来到苏查面前，面带谄笑："陛下，今日的安排，可还满意？"苏查正躺在一个女人身下，女人在他身上亲吻个不停，他斜睨着眼大声道："你说什么？到朕耳边来说！"

近来，在顾楚生的"悉心教导"之下，苏查已然习惯了当一个大楚皇帝该有的做派，也学会了用"朕"来自称，甚至还会像模像样地穿上龙袍，戴上冠冕。顾楚生跪到他身旁，躬下身来，贴在他耳边谄媚道："陛下，您可还满意？"他身上的女人也跟着问起来："陛下，陛下，您还满意吗？"苏查被女人勾住，只知道点头："好，朕喜欢！顾楚生，朕要给你加官晋爵！"顾楚生赶忙顺竿爬："能为陛下做事，本来就是臣的福气。……陛下，臣有些头疼，能不能先去休息？"苏查本就已经不耐烦和他说话，一心一意只沉溺于温柔乡中，便点头道："去吧。"

顾楚生站起身，摇摇晃晃地走出了大殿，却立刻冷下神色："去把大殿关起来，酒和女人多往里面送。同张公子说，能玩得多荒唐就玩多荒唐，别让这些人停下来。"这位张公子本是华京中的纨绔子弟，以荒唐、能玩而著名。顾楚生知道他的能耐，特意让他来招待北狄人。喝不完的美酒，数不清的女人，新鲜的玩法，顾楚生日夜不停地吹捧，还有一贯高高在上的大楚被践踏在脚下，北狄高官处在这样的刺激之中，根本分不出心思来想其他事。

顾楚生走在长廊上，对侍从低声吩咐道："安排下去，明天清晨，按计划行事，卫军一来就开门，百姓全都准备好武器，老弱妇孺都躲起来。通知高大人，朝中高官全部藏好，不要被北狄军抓住当人质。"一面说，他一面让人取来两瓶酒，朝关押卫韫的牢房走去。

看守牢房的北狄人正百无聊赖，顾楚生走上前给他送了钱和酒。如今顾楚生是苏查

775

身边的红人，北狄士兵都愿意给他面子，加上他态度殷勤，便摆了摆手，让他进去。来到关押卫韫的牢房门口，便见到卫韫身上已经没有一处完好，全身上下许多地方都呈现出扭曲的姿态，也看不出生死。顾楚生克制着自己，冷静道："卫韫。"

没有回应。顾楚生一时愣怔，这时外面传来了几声重物坠地的声音，一名侍卫疾步进来，小声道："大人，人都倒下了。"顾楚生点点头，从侍卫手中接过钥匙，打开牢门，冲进去急切地拍打着卫韫的脸："卫韫！卫韫，你醒醒！"卫韫迷迷糊糊睁开眼，看了一眼顾楚生："没死。"顾楚生也不多言，从兜里掏出几颗药塞进卫韫的嘴里，接着便三两下剥了卫韫的衣服递给跟进来的侍卫："你留在这里，伪装成卫王爷，也赶紧让外面那几个人把北狄的衣服换上，能拖到清晨最好，若是情况不对就赶紧跑，保命最重要。"

侍卫应声，又问道："那您呢？"

"我自有去处。"说完，顾楚生已给卫韫换上侍卫的衣服，咬紧牙关背着他就跑了出去。再过几个时辰，北狄人肯定会想到来捉卫韫当人质，他必须在今夜就找到一个安全的地方把他藏起来。左思右想，他突然想到当初赵玥关押楚瑜的地牢，赶紧冲了过去，命人打开层层机关，又翻找出蜡烛和火折子，然后打开了地牢的门。然而，点上蜡烛，一回头，顾楚生就愣住了。

地牢的角落里，一个干瘦的人正抱着自己蹲在原地。那人的眼睛死死地盯着他，仿佛一只受了极大伤害的小兽。顾楚生还背着卫韫，一时不敢动弹，只能强装镇定地与那人静静对视。片刻后，他似乎觉得那双眼睛有几分熟悉，猛地反应过来："沈无双？！"

沈无双一愣，似乎是被这个名字惊扰了一般。顾楚生放下卫韫，激动地走过去："沈无双，是我，顾楚生！"

"顾……楚……生……"沈无双费力地从嗓子中挤出几个干涩的音节，他的嗓子似乎受过什么伤害，声音极其难听，已完全不是从前的音色。顾楚生愣了愣，看着沈无双发白开裂的唇，以及他身后一坛又一坛的药酒，瞬间明白了过来，便知道他是依靠着这些东西才活下来的："你怎么在这里？是赵玥把你关在这里的？他对你做了什么？！"

听见赵玥的名字，沈无双的神色动了动。顾楚生慌忙站起身来到地牢外，找到一片破瓦和一条小水沟，勉强带回来一些水。他从地牢内部将牢门上了闩，这才将水递给沈无双，叹息道："先润润嗓子。我会尽快带你出去。"说着，他也来不及多做安慰，迅速走到卫韫面前，开始清理卫韫的伤口。他知晓今夜要将卫韫救出去的难度之大，谁知竟误打误撞找到了地牢里的药酒。他一面给卫韫擦药酒，一面侧过头对着沈无双嘟囔："也不知道你身体怎么样，还能不能帮忙给他看一看……我毕竟不是大夫。"

"大夫……"沈无双听到这个词，似乎是想起了什么来。他放下手中的破瓦片，站起身来，挪到了卫韫面前。他的神色依然涣散，却蹲下了身子，僵硬着手脚开始给卫韫处理伤口。有了沈无双的帮助，没过多久，卫韫便悠悠醒了过来。

他适应了一下地牢里昏暗的光线，随后转过头去找顾楚生："顾兄？"然而，他很快意识到身边还有一个人，顺着模糊的轮廓望过去，愣怔了片刻，他骤然惊诧出声："无双？！"沈无双没说话，仍然一脸呆滞地看着他。卫韫艰难地撑起上身，心中已经明白了大半，他紧盯着沈无双，"无双，白裳还在等你回家。"听到白裳的名字，沈无双终于动了动眼珠。卫韫瞬间捕捉到他的反应，接着道，"白裳在等你，你哥已经走了，你若再没了，她怎么办？"

沈无双终于慢慢缓过神来，机械地念出了那个名字——

"白裳。"

启明星亮起之时，楚临阳的队伍终于到达天守关。兄妹静静对视了片刻，楚临阳的目光落在楚瑜的肚子上，微微带笑地道："我会将卫韫安全地带回来。我开路，你再跟上。"

"好。"楚瑜笑了，"听大哥的。"楚临阳点了点头，便转过身去同秦时月做好交接，两支军队迅速会合，朝着华京急奔而去。楚瑜穿上翟衣，唤来华贵的马车和轿辇，这才让人去请李春华。这时李春华也已经穿上了她还是长公主时穿的宫装，两个女人相视一笑，楚瑜抬手，温和地道："殿下请。"

清晨的第一缕阳光破开云雾，楚临阳和秦时月的军队已经到达华京城外。他们分两队向两边散开，迅速包抄了华京的四个城门。铁蹄轰隆之声惊醒了北狄军的好梦，城楼上还没从宿醉中彻底醒来的北狄军慌忙敲响了警钟："敌袭！敌袭！"然而，此刻城里的北狄高官甚至来不及穿上铠甲，只听见一拨又一拨士兵来报："攻城了！他们攻城了！"

苏查率先反应过来，穿上铠甲，怒道："卫韫呢？！将那卫韫和顾楚生给我挂到城楼上去！"说着，他带着人就冲出大殿，奔往城门迎战。不消片刻，城门已洞开。"杀进去！"大楚军将们高声嘶吼着，正准备往城里冲，苏查亦是红了眼一般提刀迎战："和他们拼了！出城迎战！"

有苏查在，原本四散的北狄军总算找到了支柱。他们原本就是在草原上征战惯了的游骑兵，本不依靠城池，此刻迅速集结起来，和大楚的士兵纠缠成一片。华京城外，杨柳依依之地瞬间变成一片战场，杀伐之声震天作响。华京百姓头一遭这么近距离地目睹战争的残酷，也是头一次知道，原来千里之外的白岭，每一年所面临的，竟是这样的猛兽，原来华京这百年平和，竟是以这样的血肉铸成。

楚瑜和李春华的马车从天守关慢慢驶来。一行人到达战场时，战局正呈胶着态势，两军数量差不多，北狄士兵向来凶猛，而楚军又都是刚经历了大战而来，因此哪怕打了北狄军一个措手不及，在短暂的优势之后，仍然无法避免地和北狄军缠斗起来。

楚瑜掀起车帘，静静地看着战局，片刻后，她将长月唤过来吩咐了几句。长月应声退下，而后单骑提剑，横跨整个战场，冲入华京城中，穿梭在大街小巷中，一遍一遍高声道："我乃卫家家仆，家中主人请诸位父老，若有一战之力，提刀带锄，与我等一同出战！"

没喊过几声，一位大汉手提一把长刀从屋中冲出，怒道："老子想要杀北狄人许久了！"很快，更多人站出来应和："他们作威作福这么久，是该让他们知道我们大楚人的厉害了！"百姓群情激愤，一时之间竟聚集起数万之众。

华京城外已经杀成一片，长月跨马提剑，领着这杀气腾腾的数万百姓，就从城门中冲了出来。这些百姓的打法毫无章法可言，却因人数占优势，且与楚军共同对北狄军形成了夹击之势，战况瞬间逆转。楚瑜远远观望着，看着奋战的将士和百姓，脸上忍不住露出了笑意。太阳从东方升起，一瞬间，阳光洒满了整个华京。从东边日出的方向传来一阵震动，而后似乎有大军轰隆而来。楚瑜迅速回头，便看见一面"宋"字旗正迎风高高飞扬。没多久，两骑枣红色骏马出现在众人的视线之中，宋世澜和他的副将并驾齐驱，领着士兵从山坡之上俯冲而下。

"宋世澜来了！"李春华的声音中有些克制不住的激动。连她也明白，若说华京百姓的加入是扭转了战局，那宋世澜的军队来援，这一场战役的胜负就已经是显而易见的了。楚瑜静静地看着宋世澜，以及远远跟在一旁的蒋纯。她一身青衣长裙，身上带着几分过去没有的张扬锐气，似乎是察觉到楚瑜的目光，她扬起了头来。阳光之下，她展颜一笑，朝楚瑜点了点头。

又过了几个时辰，战役已近尾声，楚瑜终于对李春华道："咱们入城吧。"说完，李春华登上了一架华贵的凤辇，楚瑜也上了自己的车辇，跟在李春华身后。两辆华贵的车辇一前一后，从战场上缓缓往华京城门而去。她们身边是血肉横呈，车下是尸骨成堆，这一路踩过白骨鲜血，冷了热血心肠，终于才走到华京城前。

地牢之中，顾楚生隐隐听到外面有百姓在山呼，他起身道："我出去看看。"不多时，他就兴奋地跑了回来，身后还跟着一群楚军将士："阿瑜领兵入城了！来，我背你去见她。"

听到楚瑜的名字，卫韫愣了愣。顾楚生一边背起他，一边还不忘招呼仍呆呆傻傻的沈无双："沈无双，快！走了。"沈无双的目光落到卫韫身上，卫韫笑了笑："无双，走

三十八　你在之处，便是漫漫余生

吧。"一群人拥着顾、卫二人往外走，沈无双在原地站了片刻，终于迈开步子跟了上去。

走出地牢，阳光照耀到身上，卫韫终于反应过来眼下的一切。他突然紧张地抓住顾楚生的肩膀："顾兄……我不能这样去见她。"顾楚生一愣，卫韫虚弱地笑了笑，"你看我这个样子，怎么好去见心上人？"

顾楚生反应了一会儿，笑出声来："是了。那我们便先去收拾一下吧。"

此时华京城中已是一片庆贺的气氛，顾楚生带着卫韫和沈无双来到偏殿简单洗漱，勉强找到几件还看得过去的华服玉冠换上，又找来宫中嫔妃们坐的小辇和几名正欢天喜地四处传递捷报的小厮，抬上卫韫，一起往宫门口赶去。

李春华和楚瑜要入宫的消息已经传来，此时战局已定，二人的车辇在百姓的欢呼簇拥之下，一路行往宫中。顾楚生领着宫中的大小臣奴，带着卫韫和沈无双，守在宫门后。宫门一点点打开，门里门外的一众面容逐渐展现，仿佛一幅画卷徐徐铺开。

李春华和楚瑜并肩站在门外，她们身着华衣，腰背挺直，姿态优雅而美丽，仿佛是大楚美丽的山河，温柔又高贵。她们身后站着浑身狼狈，却眼神奕奕的将士，秦时月、楚临阳、宋世澜，甚至还有蒋纯、长月、晚月……众人一字排开，身上战衣染血，手中剑露锋芒。再往后，是士兵，是百姓，是芸芸众生，是大楚的这一场新生和未来。

宫城之内，卫韫和顾楚生一坐一站，一人白衣玉冠，一人红衣金冠。卫韫整个人瘦得可怕，除了脸，身上所有露出来的部位都带着伤痕，可想见他遭遇过怎样残忍的对待。他们踏过最艰辛的路途，却仍旧在此刻从容迎接着众人的归来。楚瑜的目光一直落在卫韫身上，他的笑容温柔平和，仿佛是春日里一抹阳光落在午后的窗沿，映得桃花都带了暖意。

宫门发出沉闷的声响，终于彻底打开。两队人马静静对望，片刻后，顾楚生压抑着激动，领着众人，慢慢叩首下去。

"臣，顾楚生——"他的声音中带着哭腔，"恭迎长公主殿下回京！"

有顾楚生带头，片刻之间众人已跪了一片。李春华神色平静，转头看向还在呆呆看着卫韫的楚瑜，推了她一把："你怕什么？！"楚瑜回过神来，艰难地笑了笑，然后在众人的注视之下，她往前走去，停在了卫韫身前。

她有许多话要说，然而一时竟不知道要说什么才好。卫韫仰头瞧她，却是轻轻笑了开来："我知道你会来接我。十四岁那年，你从这里接我回家，你看，今日你也来了。"

楚瑜终于再也克制不住，蹲下去轻轻抱住了他。这么久以来，所有的害怕都在这一刻爆发，她咬紧牙关，含着眼泪，不敢出声。卫韫抬手，梳在她的发上，眼中带了温柔，轻声开口："阿瑜，我们可以回家了。"

"好。"楚瑜的声音已经沙哑，"我们回家。"

从十四岁到二十一岁，这一路，他们相扶相伴，于黑暗中扒拉出光明，于绝境之中溯流而上。千难万难，火海刀山，万人唾弃，白骨成堆。她陪他一世，他护她一生。

未负此诺，不负此生。

元和五年秋末，因苛捐重税、战乱不断，民不聊生，镇国侯卫韫被逼举事，自立为平王。以"问罪十书"问罪于帝，天下震动，诸侯响应。一时间，琼州宋氏、洛州楚氏、兰州王氏纷纷自立，举事者近百人，天下始乱。

元和六年春，北狄、陈国联手来犯，白、琼、华州大疫，北狄勾结内贼赵玥，直入华京，内阁大学士顾楚生叛国称臣，献出华京，平王卫韫宁死不降，天下感于卫王之气节，殊死奋战。卫大夫人楚瑜以孕身坐镇沙场，指挥右将军沈佑引北狄敌军于雪岭，以火药震至雪崩而葬，又令左将军秦时月大破赵军，而后与洛州楚氏、琼州宋氏结盟，护长公主入京。长公主孕赵氏嫡子，被举为女帝，由卫、顾二人辅佐，代天子摄政，改年号顺平。

顺平元年，六月。

卫韫终于东拼西凑，凑足了聘礼上门下聘，婚期定在六月十六。那天早上，卫韫整理好装发，早早去了楚家。楚瑜正站在镜子前梳妆，她显怀已经很明显，因而嫁衣特意改动了许多。楚锦在她身后给她梳发，谢韵在她背后低声哭泣着："也不知道你是什么命，怎么就这么苦。你这么大个肚子嫁过去，也不知道要受多少欺负……"

"好了，母亲，"楚锦有些不耐烦，忍不住提了声，"卫韫对姐姐一片深情，这天下人都知道着呢，母亲，您就别再说这些无谓的事了。"

"无谓？"谢韵抬起头来，"你还好意思同我说？你看看你的脸，当年闲着没事跑去凤陵做什么？如今谁还肯娶你？你总不至于让韩闵那毛头小子娶你。哦，他要愿意娶你，我还谢天谢地了！可你就算对别人有恩，人家也不至于把一辈子搭上吧？！"

"至于！"韩闵的声音突然从外面传了进来，明显带着一股高兴，"我不介意的！"楚锦抬手就将梳子砸了过去，怒道："滚！关你什么事，出去！"韩闵笑笑，摆摆手赶紧缩头假装消失。谢韵也没想到韩闵就在外面，一时有些尴尬。楚锦也没再管她，给楚瑜簪上凤钗，就听外面传来了侍女见礼的声音，随后便看见蒋纯走了进来。

蒋纯进来便将楚瑜上下一打量，楚瑜笑着道："你来做什么？"蒋纯倒是坦坦荡荡："来瞧瞧新娘子。本来阿岚和郡主也想来的，怕人太多，就没过来了。"

三十八 你在之处，便是漫漫余生

"郡主如何了？"

"挺好的啊，"蒋纯笑起来，"仗一打完，秦时月那二愣子就去了魏王府，跪在魏王府门口求娶郡主。郡主听着消息就慌了，一路狂奔到青州……然后，两人就在那边定亲了。"

"今日都来了？"

"来了啊。"

楚瑜近来肚子大了，不能乱走，知道的消息倒不如蒋纯多，便又问："沈佑可好些了？"

沈佑被王岚从雪山里挖了出来之后，说是腿不能走了，一直赖在床上。王岚天天去照顾着，那场景看着倒有些微妙。蒋纯说到沈佑就笑了："他早就好了，串通着沈无双哄阿岚呢。不过阿岚又不傻，早就知道了，只是不说而已。我估摸着吧……"蒋纯想了想，"再过一阵子，阿岚的喜事也近了。"

"沈无双也好了？"楚瑜是知道沈无双刚被救出来时的样子的，蒋纯叹了口气，点点头："白裳天天照顾着，一个字儿一个字儿地教着读。我听说那晚也不知道是怎么了，白裳在房里哭了一晚上，还去跳了河，沈无双去把人拉了上来，接着两人就好了。"

这个"两人就好了"被蒋纯说得意味深长，楚瑜心下明了，沈无双不但好了，可能还很快就要办亲事了。听着蒋纯零零碎碎地说起每个人的事，楚瑜心里带了暖意。

没多久，外面传来一阵喧闹声，侍女急急忙忙地冲进来："不，不好了，韩公子和卫公子打起来了！"

众人一听，都愣了，还是蒋纯最先反应过来："和卫家哪位公子？"

"大……大公子……"

那侍女话还没说完，蒋纯就奔了出去。楚瑜赶紧带着楚锦等人跟上，就见卫陵春和韩闵正在屋檐上打得难舍难分。韩闵手上功夫不如卫陵春，但他极擅长使暗器，这会子打急了眼，撩起袖子就要放暗器，楚锦着急地吼道："别乱来！"

也就是在那一瞬间，一袭红衣突然掠上屋檐，一手一个揪住领子，直接往两边扔了下去。那红衣青年面如冠玉，含笑道："我大喜的日子，打什么打？"说着，青年转过头来，便看见了站在一旁看好戏的楚瑜。楚瑜身着喜袍，头戴凤冠，双手环胸，正斜斜靠在门边仰头看热闹。那青年的目光扫过来的一瞬间，楚瑜便愣了。

时光百转千回，一瞬之间，她仿佛看到了七年前的那个黑衣少年。当年，他也是站在那个位置，目光向她扫了过来。

两人静静对视了片刻，便都笑了。卫韫抿了抿唇，似乎是觉得有些不好意思，又跳了

781

下去。顾楚生冷眼看着他:"大喜的日子跳来跳去的,你当自己是猴子?"卫韫也不恼,笑了笑,不好意思地道:"我……我不是以为阿瑜在屋里吗……"

顾楚生轻嗤出声,转头看向一众楚家人。这一次卫韫请他来撑场子,他本来想拒绝的。然而,直到最后一刻,他却突然觉得——如果是要告别,那至少也是该彻彻底底、干干净净、心无芥蒂地,和过去告别。

吉时即将到来,他和宋世澜站到了卫韫身后,再之后是沈佑、沈无双、秦时月等。吉时一到,立刻响起了鞭炮声,大门打开,新娘子手持红绸,被人领着走了出来。卫韫有些紧张,走上前去,握住了红绸的一端。

有那么一瞬间,卫韫突然想,如果这是他们第一次相遇,如果当年和她定亲的是他,这一段姻缘,是不是会更好?他这一辈子没叫过她"楚姑娘",他们从第一次相遇开始,就有着重重纠葛的身份。而此刻,他突然特别想叫她一声"楚姑娘",特别希望能在她少女之时,就同她相遇。

于是,他握着红绸,温柔出声——

"楚姑娘,小心脚下。"

听到这声呼唤,楚瑜轻轻笑开。她明了他此刻的心思,抿了抿唇,亦是温柔地回应着:"卫韫,能在喜欢你后嫁给你,再好不过了。"

卫韫微微一愣,静静抬头,看向正含笑看着他们的众人。沈佑高兴得吹起了口哨,顾楚生的眼中带着温和,每个人都在用自己的方式,表达着祝福和喜悦。

每一种相遇都很美丽。能在最好的时光里遇见你,很美好。能在时光里遇见最好的你,更无遗憾。于楚瑜而言,她很感激。感激拥有这一场感情,它细腻如夜雨润早春,又洒脱似清风行千里。

天地为席,山河作枕,你在之处,便是漫漫余生。

"卫韫,"她轻声呼唤,"拉着我。"

番外　孩子

楚瑜生产那天下着小雨，正是由夏转秋的时候。

得知她预产期已近，李春华便让人将楚瑜接进了宫里。起初卫韫不让人走，拦着那宫侍冷着声道："您去回禀太后，我卫家的夫人就在卫家生产，断没有进宫去生产的道理。"

两个月前，李春华已诞下"皇帝"，终于是坐稳了江山。同时拥有赵氏和李氏的血脉，这个孩子，任谁也不敢说是不正统了。天下诸侯没了声讨的理由，李春华便下令，该招安的招安，该剿灭的剿灭，两个月下来，大楚的诸侯之乱，便算是稳住了。

这个孩子自然不是李春华生的，她根本没有怀孕，只是算好了时间，让顾楚生送了一个刚出生的孩子进宫。孩子是从一户农家接来的，暂时放在李春华手里养着。顾楚生说得清楚，等楚瑜生下孩子来，若是个男孩，便将他换入宫中；若是个女孩，那便将顾颜青换入宫中。就是因着这个缘故，无论如何，李春华都是要让楚瑜在宫里生的。

然而卫韫对这件事却有抵触。让孩子入宫为帝，他不是没想过。但当他真的守在楚瑜身边，看着楚瑜的肚子一点点大起来，他的内心对这个孩子却有了万般不舍，他第一次体会到了一个父亲对一个孩子的那种浓重的爱。这并不仅仅因为孩子的母亲是楚瑜，还因为孩子的父亲是他。

楚瑜察觉到他的情绪，叹了口气："你又何必为难他呢？我本该去的。"说着，她让人收拾好东西，由晚月扶着走下台阶，又同卫韫招了招手，"你也别置气了，同我一起进宫吧。"

楚瑜开了口，卫韫也就没再作声。他总不能当着这么多人与她争执，只能跟在她边上，扶着她上了马车。

入宫之后，李春华给随同人员都安排了去处，留下楚瑜聊天。她仍住在从前还是梅贵妃时住的地方，房间里一应陈设都没变过。楚瑜进来瞧见了，不禁叹了口气："你不如换

换屋里的摆设，日日对着过往，心里难受。"

"也没什么难受的。"李春华笑着抚摸了两下怀里的猫儿，招呼楚瑜坐下，"如今他死了，我反而能坦坦荡荡地追思了。"楚瑜闻言一愣，李春华低下了头，垂着眼眸，"这房间里还有他的味道，我就觉得他还在，心里舒服些。"

楚瑜抿了抿唇，没有说话。

当天夜里，楚瑜与卫韫住在一处，她却有些睡不着。卫韫只要在楚瑜身边，便都睡得极好，脑袋朝她身上随便一靠，只要有那么点搭边，传来一点她的体温，他便能睡得特别安心，像只小猪一样。楚瑜瞧着他，觉得近来他似乎又白了些，还胖了些，应当是过得极好了。想到这里，她顿时心里有些"不高兴"了，伸手便推了推他："小七。"

卫韫迷迷糊糊地睁开眼："嗯？"

"你同我说说话吧。"

"啊？"卫韫有些诧异，"你还不睡啊？"

"我睡不着。"

"哦……"卫韫揉了揉眼睛，盘腿坐了起来，没有半点抗拒，"好，那我陪你聊。"

"我头疼。"楚瑜将头搭在卫韫的腿上，卫韫赶紧给她按头，一下子清醒了许多。

"我觉得……太后过得苦啊。"楚瑜叹息着开了口，"瞧着她今天的样子，她大概是走不出来了。……小七，咱们的孩子生下来之后，若是真来了宫里，殿下便算是他的半个娘了……"一听这话，卫韫顿时彻底醒了。他皱起眉头："我们的孩子，真要入宫吗？"楚瑜没说话。好久后，她才道："这个孩子不入宫，太后怕是不会放心。"

道理卫韫明白。他手上的重兵之权不可能交给李春华，而且他也知道如今金座上坐着的是个假皇帝，所以，李春华怎么可能不担心？若他真想反，要兵有兵、要理由有理由，对于李春华来说，他是一个太大的风险。可李春华不可能像淳德帝或者赵玥一样，出手置他于死地，唯一的办法就是，皇帝的那个位子，由他的儿子来坐。他总不能反了自己的儿子。

李春华的算盘他明白。然而卫韫还是心有不甘："可是……你问过这个孩子他愿意吗？"楚瑜有些疲惫："那出生在卫家，你又问过他愿意吗？……小七，不是每个人都想闲云野鹤的。我们只是给了他一条路而已。太后已经承诺，如果有一天他不想当这个皇帝，那就让他走。"

"如果太后不放人呢？"卫韫皱着眉头。楚瑜没说话，有些话她不说，卫韫也是明白的。

他叹了口气，低头亲了亲她："你放心，不会有这一天。"

"小七，"楚瑜平静地开口，"你不会重走你父亲的路，我们的孩子，也不会是又一个卫韫。"被人踩在脚底再往上爬，这样的人生，他们的孩子不会有。他出生便会是九五之尊，他们会给他最好的天下，最好的人生。

"好。"卫韫听到这句话，心里颤了颤，终于认可了楚瑜的决定。两人沉默下来，然而没过多久，楚瑜突然感到腹痛。她惊呼了一声，脸色有些变了："我……我好像……好像要生了……"

"来人！"听得这话，卫韫顿时慌了神，他一边给楚瑜披上袍子，一边大吼着："将御医叫来！"

御医早已日夜待命，听得卫韫的召唤，一行人鱼贯而入。接生的宫女将卫韫请了出去，他站在院子里，只看见人们进进出出，却没什么声响，只有侍女隔上一阵子便来告诉他，楚瑜没事，一切正常。

他在人前不敢露出过分的焦急，卫夏给他端了酒来，小声道："王爷，您喝点酒，舒缓舒缓，别太紧张。"卫韫冷着脸喝了一口，却仍站在门口死死地盯着产房，一言不发。

没过多久，李春华和顾楚生也赶了过来。顾楚生焦急地道："怎么样了？胎位还正吗？情况如何？"顾楚生问得着急，卫韫此刻是一句话都不想说，还好卫夏话多，仔细地给他说明了目前的情况。顾楚生抬头看了一眼在产房内外忙碌的人们，转身吩咐道："将我带来的人参送去……"

"你准备那东西做什么？"卫韫猛地抬头，人参可是续命用的东西，他清楚地知道顾楚生和楚瑜有着和常人不一样的人生，这时候顾楚生准备这些东西，他不由得有些害怕，声音发颤，"你准备人参做什么？"李春华不明就里，以为卫韫只是担心，赶忙安慰他道："卫王爷不必紧张，顾大人只是做个准备而已。"卫韫克制住自己，暗暗捏紧了拳头，却是说："娘娘，您先去休息吧，这里有我和顾大人看着就行。"李春华愣了愣，看了一眼顾楚生，明显两人之间是有话要说。她向来聪明，笑了笑，便离开了。

卫韫屏退了周围的侍从，才转头去看着顾楚生："上辈子她生产时，怎么了？"

"胎位不正……"顾楚生深吸了口气，"人差点没了。还好当时她父亲带了几根千年老参过来吊命……"

卫韫的脑子里"嗡"的一声，恰恰就在这时，产房里传来了楚瑜"啊"的一声大叫。卫韫惊得拔腿就朝产房里冲，侍女们赶忙拥上前来拦他："王爷，这里是产房啊！您不能进去的！"

"放开！"卫韫一脚将几人踹开。他下了狠心要进去，便任谁都拦不住，顷刻间他就

785

破门而入,来到了楚瑜的产床旁边。

楚瑜此刻正是最疼的时候,她双手死死地抓着床单,脸上没有半点血色。她感觉自己仿佛是岸上濒死的鱼,连呼吸都带疼。便就是这时候,有人从产床的帘外伸进一只手来,一把握住了她的手。接着,一个焦急的声音传来:"阿瑜,阿瑜,我来了。"

楚瑜被这声音唤回神志,她微微侧头,看见了那只握着她的手,心下一暖。她艰难地呼吸着,沙哑着声音问道:"你怎么来了……"帘外的卫韫在脸上勉强挤出一个笑容:"我不放心你一个人在这里,我想来守着你。"听着他的话,被他握着手,也不知道为什么,楚瑜似乎就感到疼痛减轻了很多。

上辈子,她已经生过一次孩子,那一次更疼更痛,因此她早就做好了准备。然而没想到卫韫的出现,竟能让这场生产更轻松了些。卫韫一声声唤着她的名字,产婆一声声提醒着她呼吸、鼓励她用力,她用尽全力配合着。在产婆的提醒下,她试着将呼吸下压,有侍女高兴地叫道:"快了!快了!看见头发了!"

而此刻,帘外的卫韫仍握着楚瑜的手,却已经完全说不出话,整个人都在颤抖,就好像正在生孩子的人是他一般。

终于,孩子出生,哭声响了起来,楚瑜这才终于像是活了过来。她已经没有半点力气,脸色煞白,整个房间里都是秽物,弥漫着各种难闻的味道。她全身也是黏腻的汗,连她自己都觉得有些恶心。她轻轻呼吸着,转头看向卫韫的方向。

隔着帘子,她看不真切,并不知道帘外的卫韫眼里带着泪。他不敢动,静静地看着侍女们将孩子擦洗干净、包进褓褓。众人都在欢呼着新生命的到来,只有他,守在她身边,目光一寸不离。楚瑜看着他一动不动的轮廓,心下明白,不由得笑了。她的声带仿佛被石子摩挲过,粗哑得不像话:"让你要来,你看看现在……"

话没说完,她就感到握着自己的手动了动。卫韫掀开帘子,探身进来,小心翼翼地将她抱在了怀里,这份温暖让她的疼痛感减轻了许多。然而,她明显地感觉到了颤抖,感受到了他的害怕。他的眼泪混着她的汗,流到她的脖颈上,滚烫灼热。楚瑜愣了愣,便听见卫韫沙哑的、带着哭腔的声音传来:"不生了。以后咱们再也不要孩子了……咱们再也不受这个罪了。"

楚瑜有些哭笑不得:"又不是你生,你哭什么?"卫韫不说话。楚瑜没等到回应,加之她此刻十分疲惫,便不再说话了,昏昏睡了过去。

楚瑜醒来时,卫韫还守在她边上,正笨手笨脚地跟一个侍女学习怎么抱孩子。见楚瑜睁了眼,他赶紧将孩子献宝一般送到楚瑜眼前:"阿瑜,你醒了?"楚瑜的目光落在孩子身上,她伸手便想去抱。卫韫却是摇了摇头,认真地道:"你现在不能抱,抱了你以后要腰疼的。"楚瑜被他搞得有些无奈,他想了想,在她身边坐下,"那我抱着,你看看得了。"

楚瑜有些好笑,便也只能靠着他,瞧着那个孩子。孩子那么小,也不出声,只闭着眼睡觉。她想了想,转头看向卫韫:"他一直睡着?"

"是啊,除了刚出生那会儿,后来让奶娘喂过后就没醒过。"

楚瑜听着有些担忧了,抬手戳了戳孩子的脸:"不会是个傻子吧?"

"应该不会吧……"卫韫也有些担心了。

"男孩女孩?"楚瑜终于想起来这个问题。

卫韫有些不高兴:"男孩。"

楚瑜点了点头,不再多言。两人盯着孩子又看了一会儿,孩子终于醒了,慢慢地睁开了眼睛,却是看了卫韫一眼,就把目光落在了楚瑜的胸上。片刻后,震天动地的哭声响了起来,吓得卫韫一哆嗦,差点把他给扔了。好在卫韫手稳,好歹是抱着没撒手。楚瑜瞧着孩子的模样,心下明白:"大概是饿了。"上辈子已经生过一次孩子的楚瑜不需要奶娘教,便解开衣服喂起了孩子。

不多时,却是李春华来了。她走进来看见这一家人其乐融融的模样,笑了笑:"这孩子生得好看。"楚瑜亦是笑着答道:"哪里有,皱巴巴的,小猴一样。"李春华望了那孩子一会儿,终于抬头道:"二位可想好了?"

"娘娘给了我们想的时间吗?"卫韫的声音平淡,"这个孩子不入宫,娘娘放心吗?"李春华没有接话,只是从侍女手中接过茶,抿了一口才平静地又道:"我明白你们舍不得。我们之前已有约定,孩子会拜卫王爷为亚父,日后卫王爷和王妃随时可以自由出入宫中,代为教养。当然,你们也别以为我这样做只是为了我自己。卫王爷……"说着,李春华抬眼看向卫韫,"如果他不当皇帝,卫家可能会遭遇下一次浩劫,却未必会有下一个卫韫,你明白吗?"

卫韫没有说话,李春华垂下眼眸,一字一句掷地有声:"上位者之心,我再明白不过。我在之时,我得为卫家、为大楚拼一条出路。但是,只有身为你的儿子的这个孩子,日后才能接受你完完整整地归还兵权。除了他,哪怕是我,又如何敢信你?而你,还了兵权之后,又敢信我吗?你不敢,我也不敢。"

许久后,卫韫终于出声,却是轻叹道:"娘娘之心怀瑜明白。"李春华点了点头,这才想起来:"这孩子可有名字了?"楚瑜转头看了一眼卫韫,卫韫想了想,道:"顺。"

自己的一生坎坷曲折,他希望这个孩子的一生能平顺无忧。

楚瑜明白卫韫的意思。她将目光落在孩子身上——

会的吧。这个孩子,会和大楚一起,平安顺遂,幸福一生。

番外　赵顺

赵顺是一位命途多舛的帝王。出生时没了父皇，三岁时又没了母后。他母后去得太早，以至于他几乎对她没有任何记忆。从他记事开始，陪在他身边的就一直是亚父卫韫和卫韫的妻子楚瑜。私下里，他一直称呼他们为父亲、母亲，似乎他们真的就是他的生父、生母一般。

这事放在别人身上，或许会对此感到拘谨。然而卫韫和楚瑜却似乎对这个称呼坦然接受了，他们甚至还将自己的孩子带进宫来陪赵顺玩耍，还告诉他，这是他的弟弟妹妹。于是，哪怕赵顺很小就失去了父母，他也从来没觉得自己是没有父母的人。每年大小节日，他都会和卫韫一家一同度过，甚至很多时候顾楚生也会带着他的孩子过来一起玩耍。

顾楚生的孩子叫顾颜青，只比赵顺大上几个月。他们两人常常会充当哥哥的角色，照顾着卫晏和卫婉。卫晏性格倔强又调皮，卫婉则是一个很温柔的小姑娘。每年的年宴上，卫晏都要想尽法子捉弄卫婉，顾颜青看到便会不乐意，总要和卫晏打上一架。那时候两人还算旗鼓相当，卫晏便会很愤怒地对着顾颜青吼叫："她是我妹妹，关你屁事！"每当这时，顾颜青便会憋红了脸，终于有一天，他对卫晏道："那，如果以后我娶了她当媳妇，是不是就关我的事了？"

卫晏被顾颜青这份管闲事的决心给镇住了，好久后才终于道："你真不要脸！"赵顺则有些不明白，问顾颜青："为什么你娶了卫婉，你就能管卫婉的事了呢？"顾颜青的脸更红了，说："我娶了她，她就叫顾卫氏了，她和我就是一家人了，我当然能管她的事。"这句话给了赵顺很大的启发。

随着年龄的增长，赵顺也开始慢慢察觉，哪怕卫韫和楚瑜对他再好，他也始终是一个外人。甚至于，楚瑜和卫韫对他的好，很可能也只是因为他无父无母，并且他是这个国家的皇帝。毕竟卫韫和楚瑜都是很好很好的人。

赵顺是在八岁的时候明白这个道理的。那天宫里新给他调来一个很年少的随侍太监，那少年对他毕恭毕敬、言听计从。有一天晚上，他在念书，少年便守在他旁边，赵顺突然忍不住问他："你为什么对我这么好？"少年轻笑："因为您是陛下呀。"赵顺有些疑惑："那，别人对我好，也都是因为我是皇帝吗？"少年点点头，毫不犹豫地道："那是当然了。您是陛下，全天下人，都要对您好的。"

这样看来，当皇帝似乎是一件很幸福的事，因为这全天下的人都要对他好。可是，那天晚上，赵顺却有些难受。他就是在那一天，突然意识到，卫韫和楚瑜对他的好，很可能是由于一些奇怪的因素。于是他问卫晏和卫婉："父亲和母亲对你们好，是因为什么呢？"两人答得理所应当："因为我们是他们的孩子呀。"

赵顺想了很久，终于明白了自己不高兴的原因。父母与子女的关系是没有办法改变的，然而，他却有可能在某一天就不再是皇帝了。那么，等到那一天，楚瑜和卫韫还会对他这么好吗？

少年冥思苦想了很久，直到在八岁那年的年宴上，他听到了顾颜青说要娶卫婉，眉开眼笑地道："我明白了，那是不是我娶了卫婉，我和父亲、母亲也是一家人了？"顾颜青傻傻地点了点头，片刻后骤然反应过来，警惕地道："你也要娶卫婉吗？"赵顺想了想："卫晏我能不能娶呢？"

顾颜青被赵顺的问题惊呆了。他意味深长地看了一眼赵顺，终于道："陛下，您知道娶一个人是什么意思吗？"

赵顺摇了摇头："我不知道。"

顾颜青笑起来："那您去同卫王爷说，就说您想娶卫晏吧。您娶卫晏，我娶卫婉，以后我们都是一家人。"

赵顺点点头，还真就跑到卫韫面前，认真地道："父亲，我想请求您一件事。"

在几个孩子中赵顺是卫韫最宠爱的一个。因为从小便将他送进了宫，所以卫韫心里一直觉得自己是极对不起这位大儿子的，一般来说，赵顺有什么要求他都会答应。然而这一次，赵顺的要求却是震惊了他。只听见赵顺认真地重复着顾颜青的话："父亲，我想娶卫晏，顾颜青娶卫婉，这样的话，我们就永远是一家人了。"

卫韫反应了片刻，抬起头来怒视顾楚生："你给你儿子都教了些什么乱七八糟的东西？！"顾楚生慢悠悠地喝着酒，转头看向卫韫，温和地道："教的自然是四书五经，圣人之言，有什么问题吗？"说着，他突然明白过来，哈哈大笑，"怎么，你儿子又被颜青骗了？"

卫韫一直不想承认的是，自己的大儿子也好，二儿子也好，似乎都没有顾颜青的那份聪慧，或者说"狡诈"，总是被颜青这小子骗。他不禁深吸了一口气，转头同卫婉道：

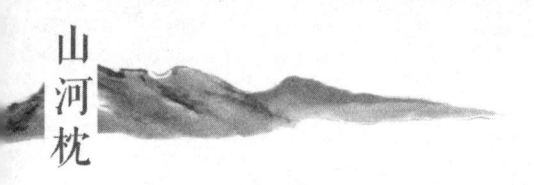

"婉儿呀，我们家以后就靠你了。"

卫婉笑眯眯地回答："父亲放心，我懂的。"说着，她站起身朝顾颜青轻轻招了招手，"颜青哥哥，你过来，我有好东西给你看。"顾颜青一向听卫婉的话，高高兴兴地跟着卫婉出了大殿。这时，卫韫才转过头来看着赵顺。赵顺眼巴巴地望着卫韫，让他一时不知道怎么说才好。好半天，他才终于道："你是怎么突然有这样的想法了呢？"

"我想和父亲成为一家人。"孩子直言不讳，"他们对我说，你们对我好是因为我是皇帝，有一天我若不是皇帝了，那该怎么办？所以，如果我和您是一家人，那您才会一直一直对我好。"

这话说得在场的大人们都蒙了。楚瑜有些心酸，她转过头去，不忍再看赵顺。卫韫看着赵顺，眼里也带了些苦涩。好久后，他叹息出声："傻孩子，你和我们一直是一家人。"说着，卫韫将他抱进怀里，拍着他的背道，"顺儿呀，你永远是我们的孩子。我和你母亲对你好，不是因为你是皇帝，而是因为，我们的的确确是一家人。"

"那父亲、母亲会一直对我这么好吗？"赵顺问得有些忐忑。楚瑜温和地道："会。"她的声音有些沙哑，却十分认真，"一直会。"

赵顺刚想再说些什么，这时候外面突然传来了顾颜青的尖叫。顾楚生皱了皱眉头，站起身来想要出去。卫韫坏笑着道："顾大人干吗去？我们婉儿一个女孩子，还能拿顾大公子怎么样了不成？"顾楚生也知道定然是这样，听到这话，也有些不好意思再走了，毕竟卫婉这样温婉的女孩子，若顾颜青真被她怎么样了，那也只有顾颜青丢脸的分儿。

没一会儿，卫婉就领着顾颜青回来了。顾颜青脸上有些发白。顾楚生赶忙问道："颜青，刚才怎么了？"顾颜青摇了摇头："父亲，没什么。"顾颜青不肯说，大人也没法问下去，卫韫则是十分高兴地凑在卫婉耳边小声道："你怎么收拾他的？"

卫婉温和地笑了笑，从袖子里面抖出了一条小蛇。这一次就连卫韫的脸色也有些不太好看了。然而，女儿喜欢养蛇这件事情他早就知道了，也没法阻止，毕竟，女儿有什么爱好，他从来都是全力支持的。

酒宴散了之后，当晚卫韫和楚瑜都睡不着。终究还是楚瑜先开了口："我想同他说实话。"卫韫有些忐忑："现在就说吗？"楚瑜叹了口气："顺儿已经明白很多事了。我们不告诉他实情，他每天患得患失，心里总是难受的。将他送进宫去，已经很是对不起他，若如今还要再瞒着他，让他觉得自己和自己的兄弟姐妹不一样，这也太委屈他了。"

"可他这样小，"卫韫皱着眉头，"他能明白我们当初的决定吗？就算明白了，他若守不住这个秘密，到处说去了，又该怎么办？不若，我们再等等。"

楚瑜抿了抿唇，终于是听了卫韫的。这一等，就等到了赵顺十岁那年。顾楚生已经开始将政务交给他亲自处理。赵顺虽然是卫韫的儿子，却并不像卫韫那般看见书就头疼，相反地，他很喜欢读书，似乎还更像顾楚生一些。顾楚生是太傅，常会和他说些治国之道。这一年，赵顺便已能在朝堂上与臣子们辩论，发表一些意见了。

在举办赵顺十岁寿诞宴的那个夜里，他迎来了自己迄今为止最大的一个礼物。

宴后，卫韫和楚瑜单独留在了赵顺的寝宫里，细细地、慢慢地将过往之事的来龙去脉全都给他说了一遍。赵顺一直静静地、认真地听着，直到二人停下，他才笑了笑，抬起头看着楚瑜和卫韫，认真地确认道："所以，朕是你们亲生的孩子，是吗？"楚瑜点头，抬手握住他的手："你是我们的孩子。所以，这么多年来，我们一直像照顾卫晏和卫婉一样照顾着你，没有分别。"赵顺点点头："所以，朕其实还有一次选择的机会，朕不一定要做这个皇帝的，是吗？"

"对。"楚瑜认真地看着他，"如果你不愿意做这个皇帝，我们不会逼你。"

"可是，朕若不做这个皇帝，换一个人来做，他会给朕活路吗？"

"这一点你放心，我和你父亲会想办法。"

"又有什么办法呢？"赵顺笑了起来，"别说他不放过朕，他可能连父亲都不会放过。以父亲之权势，若朕不是父亲的亲生孩子，朕身为帝王，虽然由你们一手养大，却也不确定多年后自己到底会想什么、做什么。朕尚且如此，更何况他人？"

"你不用操心我们。"卫韫抿了抿唇，"我与你的母亲大风大浪都过来了，这件事在我们眼里并非不可解决。你的心意，才是最重要的。"

赵顺低着头没有说话，好久后，他终于道："顾太傅一直同朕说，每个人有每个人与生俱来的责任。朕是皇帝，朕的责任就是管理这个国家，保护黎民百姓。如今你们告诉朕，其实朕可以不当这个皇帝，那么，朕又能够做什么呢？这些年朕在这金座上也活得很开心，并未觉得不快乐，能为这世间做什么，便是朕莫大的荣幸。"

"你确定吗？"楚瑜有些焦急，"你千万不要对我与你父亲作过多思量，你只需要想清楚自己喜欢不喜欢便好。我与你父亲这么多年来这般艰辛，也不过是盼望着你们兄弟姐妹能过得好。"

赵顺想了想，终于还是道："等朕再想一想。弱冠之年，朕会给你们答案。"赵顺的这话说得很成熟，完全不像一个十岁的孩子。楚瑜和卫韫当然是认可了他的想法，卫韫却还是忍不住嘱咐道："那你便多出去走走、看看。看过了这世界的广阔，如果你还是要选择回到这里，父亲永远支持你。"

"可以吗？"赵顺有些意外，"朕可以随便出宫？"

"可以。"卫韫毫不犹豫地承诺，"父亲会为你在背后安排好一切。"

出得宫来，楚瑜终于忍不住问卫韫："你允许他出去，在外面出了事怎么办？"卫韫笑起来："以前兵荒马乱时我到处跑，你们怎么没问过一句我出了事怎么办？"

"所以我时时念着你……"楚瑜下意识地就开了口，而后两人都愣了。片刻后，卫韫抿起唇压住笑意，抬手握住楚瑜的手："年少时候，确实让你操心了。"楚瑜窘迫地岔开话题："为什么要让他到处走走看看？他在宫里便想不明白了吗？"

"我年少时喜欢你，人们却都告诉我，没去看过这个世界就谈的喜欢，太脆弱。有一天，当我看到了这个世界，我说不定就会离开你。顾楚生这般说，二嫂也这般说，所以我就出去了，我看遍了世界，终于确定，我独独喜欢你。"

楚瑜听得红了耳根，扭过头去，有些不好意思地道："都这么多年了，还说这些做什么？"卫韫笑起来："所以，我希望顺儿也能这样。他不能盲目地去做这个决定。他得走过看过，认真想过，知道自己将要失去什么、必须放弃什么，然后才做下决定。"

楚瑜叹了口气，好久后，她终于道："那就随他去吧。"

赵顺第一次出宫是在十三岁那年。卫韫将卫晏、卫婉、顾颜青全派在他身边陪伴，又让秦时月和魏清平跟着，确保万无一失。

那年干旱，赵顺去了灾区，当时烈阳千里，他带着人走在干裂的土地上，走破了脚。看着双目无神的百姓，那一刻，他如此强烈地觉得，自己得当一个好皇帝，自己想要帮助他们。自那之后，赵顺就经常出宫微服私访，有时候是去赌坊，有时候是去茶楼，甚至在十六岁那年还和卫晏、顾颜青一起去了青楼。

短短几年，三个少年便迅速长大，个个长身玉立、风姿俊朗，走到哪里都能接到许多手帕，成了华京中颇有盛名的贵公子。赵顺和顾颜青总在商议利民要策，卫晏总钻在兵法里，一有时间就去军营里找人过招。而赵顺很喜欢看太平盛世，喜欢看所有人脸上都挂着笑容。每一次出宫，听到百姓对朝廷的赞扬，听到百姓说赵顺是一个好皇帝时，他的心里就会有无数欢喜涌上来。

赵顺二十岁那年，三个孩子头上都已光环重重。顾颜青早早入仕，已是官拜四品的金部主事。他似乎是沿袭了顾楚生的老路，从户部起步，未来也将成为朝廷重臣。卫晏十七岁那年去了边疆，成了赫赫有名的将军。而卫婉以"美貌文弱"著称，知书达理，诗文名遍天下，却一直没有出嫁。听闻和她相亲过的男子，若是卫婉看得上两眼的，还能保持风度翩翩地回来赞叹上一句"卫小姐真是才貌无双"；若是卫婉看不上眼的，总是被吓得屁滚尿流地回来，也不知道是经历了些什么可怖之事。

"文顾武卫"开始后的二十年，是大楚最繁荣的时代，不仅是华京，整个国家都到达了空前的鼎盛。

赵顺冠礼的前一夜，卫韫和楚瑜决定去要他最后的答案。

顾楚生一直明白他们的打算，却也一直在劝阻。这一次，他依然等在宫中，见到二人，他叹息道："顺儿可以一直是个好皇帝。"卫韫皱起眉，楚瑜转身屏退众人，顾楚生才小声又道，"卫韫，大楚等这样一个皇帝，等了多少年？若是顺儿不当这个皇帝，谁还能当得比顺儿更好？"

"可这也得他选。我答应过他，他有选择的权利。"楚瑜皱起眉头，"二十年前，为了稳住局势，为了江山，为了百姓，我送他入宫。如今，天下太平，你们却说，他做得太好，所以他便连选择的权利都没有了？"

"阿瑜，我明白你的心情。"顾楚生面带焦急，"可你是否想过，若顺儿不当这个皇帝，之后大楚会怎么样？我们又该怎么做？我们不能为了一己之私置百姓于不顾啊！"

"那也是我们的事。"楚瑜认真地开口，"我们的责任，怎么能让下一辈人来牺牲？如今大楚国泰民安，远非当初，就算没了顺儿，天也不会塌！"说完，她一把推开顾楚生，径直往赵顺寝殿的方向去了。

顾楚生急急地想要跟上，卫韫却抬手挡住了他。"你也是如此作想吗？"他盯着卫韫，"我以为你是个明白人。"卫韫笑了笑，似乎是有些不好意思："顾兄，我们家是夫人最大，你要是能拦住她……"他的话还没说完，顾楚生已大怒："我若拦得住她，还和你在这儿磨蹭什么？！"

"我就知道……"卫韫叹了口气，"你就是拣软柿子捏。你拦不住她，我也拦不住的。"说完，他放开手，转身朝着楚瑜追了过去，一边还大声喊道："夫人，等等我！"

顾楚生气得咬咬牙，终于还是追了上去："你们慢点儿走！"

三人来到赵顺的寝殿，赵顺身着便服，正在练字，见着二人进来，他似乎早已料到，也不觉得奇怪，只是抬起头来恭敬地道："儿子见过父亲、母亲。"而后他便看见气喘吁吁跟上来的顾楚生，愣了愣，还是行了个礼，"见过太傅。"说着，他上前来亲自给三人斟了茶。

"我也不卖关子了，"卫韫开门见山地道，"我们今夜来，是想得到你最后的答案。"

"朕明白。"赵顺微笑。顾楚生有些着急，起身道："顺儿……"他的话还没说完，楚瑜一拍桌子，怒目看过去，冷声叱喝道："闭嘴！"挨了这一句，顾楚生一时气短，只能噤了声。众人都知道，顾相这一辈子没怕过谁，除了楚瑜。

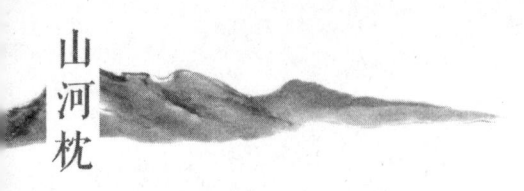

赵顺看出三人之间剑拔弩张的气氛，笑了下，温和地道："太傅不必担忧。明日便是朕的冠礼，从明日起，朕便成人了。往后，朝堂之事，还需要太傅、父亲、母亲多多指点。"听到这话，三人都愣了。顾楚生诧异道："陛下的意思是，您会一直留在宫里？"

"会不会一直留在宫里朕不敢保证，可是，朕会一直当这个皇帝。"

"为什么？"楚瑜皱起眉头，"如果你是为了我们……"

"不是。"赵顺果断开口，看着楚瑜的眼神里带了暖色，"这些年，朕去了很多地方。朕顺着父亲和母亲的足迹一直走，走遍了大楚。朕从百姓的口里听到了父母及太傅的过往。朕知道如今这个大楚是怎么来的，朕也明白大楚今日的兴盛是始于什么地方。朕是卫七郎和北风将军的孩子，与生俱来便继承了父亲和母亲的品性。朕同你们一样，不想让百姓受苦，也不想让他人蒙难。看见百姓因为朕的努力而得到幸福，朕很开心；看见这个国家繁荣昌盛，朕的心里便有如热血在翻滚，这让朕觉得，朕这一辈子是值得的。朕很感激你们给了朕这样的机会，让朕拥有选择的权利。如今，朕选择留在这里。"赵顺顿了顿，神色郑重，又带着笑容，"这个决定不是贸然做出的，是朕走了很多路、看过很多人，才最终做下的决定。"

听到这话，顾楚生彻底地放下了心来。卫韫没说话，只是静静地看着赵顺。

如今赵顺的面庞已经能看出与卫韫十分相似的轮廓，一瞬间，卫韫觉得，赵顺仿佛就是二十岁时的自己。他端正地跪坐在自己身前，认真而清晰地开口道——我留在这里，为苍生，为家人，也为自己。

一旁的楚瑜也在静静地看着赵顺，她骤然发现，转眼二十年，这个孩子真的是长大了。

三人又和赵顺聊了几句，才终于退出了赵顺的寝宫。走在长廊上，顾楚生突然顿住脚步，仰头看向星空。"我发现，"他的面上带了一丝笑意，"这星星和二十年前相比，并没有什么变化，可是我们却老了。"

"是呀，"楚瑜叹息，"孩子们都长大了。"

"我们的时代，结束了。"这次是卫韫开了口。

楚瑜和顾楚生一同转头看他。片刻后，三人对视一笑。

他们的时代结束了，可那些热血、那些荣光，却将永垂青史，永存于时光中。无论是后世褒贬不一的顾楚生，还是一直被当作英雄的卫韫，抑或是活于传奇话本中的楚瑜，他们这一生，都不算辜负了。

番外　赵玥

纯熙七年秋末，下了一场倾盆大雨。

赵玥就是在那天晚上进的宫。进宫之前他就已经服下让他假死的药，醒来时他躺在一具棺椁里，顾楚生正站在棺椁外。看着他醒来，顾楚生沙哑着声音道："长公主殿下已将一切安排好，替身已死，从此您就住在长公主府里，听殿下的安排吧。"

赵玥没说话，只静静地看着顾楚生。顾楚生抓着棺椁边沿的手微微颤抖着。他如今年不过十五，看上去却已十分沉稳。赵玥从棺椁里坐起来，清了清有些干涩的嗓子，却是问："你父亲呢？"

"父亲……已去了。"

这一点赵玥并不意外。顾楚生将他的替身与顾大人都交给了淳德帝，以换取淳德帝的信任，甚至当着淳德帝的面目睹父亲受刑而死，这样才算彻底打消了淳德帝的疑心。顾楚生明白，他的父亲已经暴露，无论如何，他都是要死的。

赵玥沉默无言。顾楚生退了一步，躬身道："殿下，请快些。"赵玥点点头，由一名侍卫扶起。他举目四望，四周全是尸体，这里竟然是一个乱葬岗。细细辨认下来，尸体中有些面孔他还认识。他的神色动了动，片刻后，他转过身去看着顾楚生，平静地道："日后，我是谁？"

"您是长公主殿下的面首。"

"我叫什么？"

"要等长公主殿下赐名。"

"你要去哪里？"

"几日后起程去昆阳。"

赵玥的神色依然平静，他回头看了一眼乱葬岗，却是道："都是长公主安排的吗？"

顾楚生愣了愣，点头道："是。"

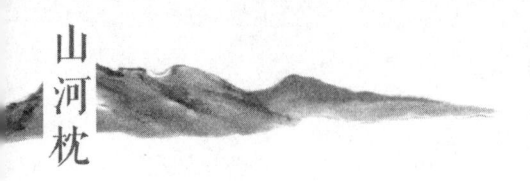

赵玥没说话。片刻后，他低低笑起来。"好。"他点着头，一面笑一面道，"孤这条命，便给了她。"

饶是顾楚生有一颗七巧玲珑心，彼时才十五岁的他却仍旧没有明白，赵玥是什么意思。

直到最后，他才知道，赵玥说将命给了她，便真是给了她。

赵玥原是秦王世子。

大楚初建时，赵氏与李氏乃结拜兄弟，两人一同平定天下，赵氏为帝，李氏为辅，然而天下兵马尽归李氏。

赵玥的生母是李家的养女，性格温和，为人谦让，打从赵玥记事开始，母亲就一直告诉他，这世间所有的人为恶，都有其原因，要学会原谅恶，要学着保护善。他年少时听不懂，只知道跟在母亲身后，学着她的一切。那些年秦王府里是非纷杂，母亲只知道忍让。李家在朝中势大，父亲似乎受了气，便一股脑地撒在了他与母亲身上。母亲不想恶化家族与秦王的关系，从未同别人说过什么。

有一次，赵玥被弟弟推到了水里。他在水里扑腾，众人却就在一旁取笑。湖水灌进口鼻里的那种绝望感包围了他，他第一次感到了濒死的恐惧。不知过了多久，他才终于被人从湖里捞上来。他抓着他母亲的手，不停地咳嗽。他浑身颤抖着抬起手，指着那个甚至没同他说过几回话的弟弟："他想杀我……"母亲愣了愣。他抓着母亲的衣角，沙哑出声，"母妃，他想杀我，你下令处罚他！"

母亲没说话。母子俩被人围观着，像两条狼狈又温驯的犬，明明有獠牙，却没有任何杀伤力。他从未如此悲愤、如此委屈，他撕扯着母亲的袖子，提高了声音怒道："母亲！他想杀了我！你明白吗？！他要杀我！"母亲还是不懂。他推开她，挣扎着要去打那个推他下水的少年。然而母亲却是一把抱住了他，沙哑着声音道："玥儿，别胡来。他还小，不懂事。"

赵玥微微一愣，不可思议地回头。他想问，什么叫不懂事？他也才七岁，为什么他不小，他就要懂事？委屈铺天盖地而来，然而当年的他却不明了那委屈是从哪里来的，他只是哭着挣扎，母亲就拼命抱住他，直到一个清亮的少女声音响了起来："哟哟哟，这是在做什么呢？"

众人都愣了，一名反应得快的侍女赶忙跪下来，高声道："见过县主，县主金安。"随后赵玥便看见一个衣着华贵的簪花少女，手提马鞭，从花园后面施施然走了出来。她美得那般张扬明亮，虽然不过十二三岁的年纪，却已能看出日后那逼人的风华。她的凤眸朝四周一扫，随后笑着落在赵玥身上："发生了什么事？"侍女正想开口回答，就见那姑娘马鞭一扬，指着赵玥，"我要他说。"

"春华……"母亲在赵玥身后无奈地道，"你别闹。"

"蕊姐姐，你别说了，你那性格，多说几句我便耳朵疼。"少女不满地抱怨着，目光又落回赵玥身上，笑眯眯的，"来，你说说，发生了什么事情？"

"刚才他将我推下了水去，"赵玥一把甩开还在拉扯他的母亲，走向那少女，气愤地道，"我还听见他们都在笑我。他们谁都不来救我，我是秦王世子，我母亲是王妃，可他们谁都不来救我，只有我母亲……"

他的话虽然断断续续、颠三倒四，却足以让人知道他经历了什么。少女的神色越来越冷，直到赵玥抽抽噎噎地再说不下去，在众人猝不及防间，她突然提步冲过去，将赵玥那个一直满脸得意的弟弟一脚踹进了湖里，同时怒喝道："我李家出来的人，什么时候轮得到你们这般作践？！"众人惊呼着，手忙脚乱地看着人将方才那些站在岸边看赵玥笑话的下人一个一个都踹进了湖里。少女还在一面骂一面打，"一群下人，见了主子还敢不救，都他妈的找死！"

这一幕把赵玥看得目瞪口呆。末了，少女转过头来，语气中仍然带着火气，面上却保持着笑容："姐姐，爹让我过来看看你。你若是过得不好，不如跟我们回家。"

"我……"赵玥母亲慢慢地道，"我们很好……"赵玥没说话，只是暗暗捏紧了母亲的衣角。李春华笑了："当真？好。那你呢？你也过得好？"她的眼神再一次落到赵玥的脸上。赵玥抿紧了唇，李春华蹲下身，声音温和，"玥儿，你若是想走，我便带你走。"

"王爷待我们……"母亲急忙想接口，然而赵玥似乎突然从李春华的眼睛里看到了光和希望，他忍不住开口道："我跟你走。"

众人都愣了。然而，赵玥没有后悔。他上前一步，死死抓住了李春华的袖子，仰头看着她，咬牙道："带我走。"

李春华带着赵玥回到了李府。那时候李氏在朝廷上已经是风头无两，他一个赵氏世子入京，在李氏府上住下，却也是谁都说不得什么。

他那时胆小，同谁都不熟，只知道跟在李春华身后，李春华说什么，他便听什么。于是他知道了他的母亲其实是李家的养女，知道了这个叫李春华的少女是他的姨母，知道了原来他也有一个家，谁都不能欺负他。那时他怕黑，李春华便每晚在他屋里给他讲故事，讲到他睡着才走。

有一次，他问："姨母，等我长大了，你是不是就不会再陪我了？那我该怎么办？"

李春华笑了:"我不陪你,你还有媳妇啊。"

"是因为我有了媳妇,姨母就不陪我了吗?"

"对啊。"

"那我不要媳妇儿。我只要姨母。"

李春华又被他逗笑了。她温柔了神色,慢慢道:"你睡吧。只要你一直这么乖,我就一直陪着你。"

"怎么才算乖?"

李春华认真地想了想:"做一个善良的人?……为人爱众生万物,为男儿护国护家,为自己不忘本心,这大概就是乖吧。"

这话说得太深,李春华原以为赵玥是听不懂的,然而赵玥却已经明白。他将李春华的话刻在心里,学着去做一个她喜欢的人。

她本只是一缕微光,却足以照亮他的人生。

赵玥在李家待了六年,从一个孩童变成了翩翩少年。他性格温和,在京中颇有名声。

那一年,皇帝终于开始不满李氏,处处打压。他虽然只有十三岁,对这些事却足够敏感,开始为李家担忧起来。而李春华似乎是什么都不懂的模样,看见赵玥发愁,还一边弹着她华丽的金指甲,一边告诉他:"怕什么呀,天塌下来有姨母顶着呢。"赵玥腼腆地笑笑,什么都没说。

形势急转直下,那年宫宴,赵玥随李春华去宫中赴宴。然而整场宫宴,赵氏言谈之中竟对李氏多加羞辱。席散后,一个人摇摇晃晃地迎面而来,停在了赵玥面前。那人醉了酒,上来便朝赵玥就是一脚。在场众人都愣住了,赵玥抬头,认出这人便是当年推他入湖的弟弟赵书,如今他的母亲正得秦王盛宠,在秦王府里作威作福,几乎就要夺去了赵玥的世子之位。

赵玥没敢还手,他深知,如今他不能给李家惹事。而赵书明显是借酒撒泼,又唤来几个好友,借酒装疯对他拳打脚踢。在场众人拉的拉劝的劝,却都阻挡不住。也就是这时,众人听到一声暴喝,李春华从人群中冲了过来,抬手便是一个酒瓶砸在了赵书头上。她挡在赵玥面前,像只小豹子一样,浑身亦是散发着酒气,怒道:"你们在做什么?你们以为自己在打谁?秦王世子,也是你们这帮杂种动得的?!"

"你算个什么东西?"赵书怒喝,"你也敢这般同本公子说话?打!给我打!"场面一时混乱起来,李春华被人推倒在地。赵玥这辈子头一次如此愤怒,他奋而起身,却被她猛地拉过去压在了身下。"别动。"她咬着牙,低低出声,"不能动。"

赵玥微微一愣。拳脚劈头盖脸地砸在她身上。他被她护在身下，心里想着，她这般柔弱的女子，平时磕磕碰碰都要"哎哟"半天的娇姑娘，此时此刻，该有多疼。

可他明白她的意思。她用酒瓶砸了赵书的头，皇帝追究起来，她肯定逃不掉。而赵书打了她，皇帝便不好发作了。他捏紧了拳头，突然特别恨自己。恨自己没有权势、没有能力，护不住她。

他红着眼，咬着牙关。那场闹剧结束得很快，回到府上，他一边给她上药，一边听她炫耀："你看我砸他的那一下，是不是特别帅，特别厉害？"

赵玥没说话。许久后，他突然道："反了吧。"李春华一愣。赵玥抬起头，他浑身都在发抖，却定定地看着李春华，颤抖着声音道："姨母，我忍不了了，我……"

"别说话。"李春华抬手捂住他的嘴，温柔地看着他，"玥儿，别说话。这不是小孩子该想的事。"

"我不小了。我十三岁了。"

李春华又愣了愣。片刻后，她却是笑了："玥儿，在长辈眼里，你一辈子都长不大。"

赵玥没有回答。一辈子，他都恨极了这句话。

那件事皇帝果然没有追究。可是，存了心要找事，便总能找到。没过多久，皇帝就以"不合规矩"为由，要将赵玥送回秦王府。

秦王驻地离华京很远，得到这个消息时，赵玥整个人都愣住了。他去找李春华，李春华却不肯见他。他拼命拍打着李春华的房门，焦急地道："姨母，想想办法啊，我不能走，我不要走……"

"玥儿，"她的声音从房门里传来，似乎带着疲惫，"回去吧。你是秦王世子，终究要回去的。"赵玥愣在了原地，好久后，他才慢慢道："那姨母什么时候来接我？……我知道，现在是非常时期。姨母，我等你，我等你来接我。"说着，他勉强挤出一个笑容，"我这就起程……我不让你为难，我这就回去。"

李春华没说话。等赵玥的脚步声走远，她都不知道自己是怎么了，骤然就爆哭出声来。

赵玥就这样回到了秦王府。回到府里当晚，他被领到一个破烂的厢房，屋里弥漫着浓重的药味，他发现母亲躺在床上，竟已是病了很久。他在母亲身边坐下，母亲睁开眼，看见是他，笑了笑，艰难地道："回来啦？"

"嗯，"赵玥的声音平和，"陛下让我回来。姨母说过一阵就来接我们。"那时候他母亲其实已经不大听得清楚他在说什么了，只是躺在床上一个劲地点头："回来就好，回来就好。"

从那天开始，赵玥开始一心一意地照顾母亲。但是他每天都会在床头画上一横，代表着一天过去——他等了李春华又一天。秦王不喜他们母子，他们在秦王府里过得比下人还不如。他在院子里种了菜，勉强能够糊口，就这样，菜地却也经常被人糟蹋。被人殴打更是家常便饭，好在有几位兄弟在戏耍够之后，听他讨好地说话，总会"大发慈悲"地赏他点银子，让他还能去买点吃的。

他明白这是什么手段。这便是打个巴掌给个甜枣，无形之中便要废了他。不是从身体上，而是精神上。他们在试图废掉这个秦王世子，让他日后成为一个被人耻笑的货色。他们热衷于羞辱他，想从精神上击溃他，让他跪着侍奉他们，抑或让他不断地承认自己是个窝囊废。

他也一直在努力打听李春华的消息，却几乎没有收获。直到有一日，赵书从朝中回来，他似乎受了气，冲到赵玥房中便是一阵打砸，然后又将他母亲从床上拖下来，当着他的面打了她。

"你们李家没一个好东西，以为攀上高枝就了不起？还敢找我麻烦？！贱人！"赵书一面打，一面愤怒地骂道，"李春华这个贱人！"

这是赵玥回到秦王府后，第一次听到李春华的名字。在一阵阵剧痛中，他很想问问赵书，她怎么了，她过得好不好。可他做不到。他只能护着母亲，直到赵书打够了，带着人离开。他浑身剧痛无比，看着已经昏死过去的母亲，他终于感到了害怕。

他冲出去叫着，他要找大夫，他必须找一个大夫来。可是没有人，没有任何人。所有人都拒绝了他，甚至有下人还笑着道："世子，玉夫人说了，娘娘没有病，不需要大夫。"他终于绝望，回到屋中，看着床上艰难喘息着的母亲，他咬了咬牙，背起了母亲，趁着夜深，从墙角的一个狗洞悄悄爬出了秦王府。

那是冬天，他身上只有几个铜板，穿着单薄的衣服，冷得瑟瑟发抖。他背着母亲去了一家家医馆，但任何一家的诊金他都给不起，便一次又一次被赶了出来。天很冷，他感到母亲的身体在慢慢变得冰凉。他哭着恳求神明，终于在即将天明的时候，耳边传来了母亲微弱的声音："玥儿……我想回家。"

她睁开了眼睛。大雪纷飞而下，她的目光里带了怀念。她说："玥儿，带我回华京去……我想回家。"

于是，赵玥背着母亲踏上了回华京的路。那年他才十四岁，连他自己都忘记了，他究竟走了多久。他只记得自己一路乞讨,很少有人给他钱,他就去捡残渣剩饭。但是他从不偷不抢,他不做任何坏事,他一直牢牢记着李春华的话——她喜欢他乖。他得做个好人。

冬日天寒,母亲的尸体并没有很快腐烂发臭。他背着那具硬邦邦的尸体,走了好久好久,终于来到华京,敲响了李府的大门。李府正张灯结彩,他不知道府上是什么喜事,直到他见到了正在试穿喜袍的李春华。

那时候他满身臭味,狼狈不堪。李春华站在铜镜面前,穿着嫁衣,神色中带着疲惫:"你母亲……我会安排人为她好好下葬。你好好洗个澡,明天我让人送你回去。"

赵玥的脑子里一片混乱,好久后,他终于道:"你要嫁人了?"

"嗯。"

"嫁给谁?"

"薛寒梅。"

"为什么?"他问得有些急切,李春华不说话,他更是着急,"是为了同薛家结盟吗?你们是不是打算有什么动作了?可是,薛家现在一定会站在李家这边,就算你不嫁给他……"

"我喜欢他。"李春华突然开了口。赵玥整个人都蒙了。李春华艰难地笑起来,"玥儿,你别想这么多。我是因为喜欢他才嫁给他的,我会过得很好。"

"那……"赵玥下意识地就开了口,"那我呢?"

"你?"李春华有些不理解。赵玥喃喃道:"你说过,如果我乖,你就陪我一辈子……"

"孩子话。"李春华笑起来,"我早晚要嫁人的,怎么可能真的陪你一辈子?"

赵玥没说话了,他的脑海中天旋地转。他想阻止她,想要她停下来,他看着她鲜红的嫁衣,意识到她将离开他,去独属于另一个男人,他感到自己嫉妒得快要发疯。

他整个人都在颤抖,突然,有什么东西在他内心明了了。"如果……"他颤抖着声音,"如果……我娶你呢?"李春华皱起眉头:"玥儿,不要说孩子话。"

"如果我娶你,是不是你就可以不嫁给别人,不离开我,一辈子同我在一起,只疼我只爱我只陪我一个人?!"

"赵玥!"李春华怒喝,"你说什么混账话?!"

"我说混账话?"赵玥笑起来,"我怎么说混账话了?你今日嫁给薛寒梅,不就是看中他家中权势吗?若我也有权有势,若我也能把这天下送你,你是不是也嫁给我?"

"赵玥!"

"你这样……你这样……"赵玥的眼泪落了下来,"又与妓子何异?!"

"那又怎样？！"李春华终于忍不住暴怒，"我能怎样？还是你能怎样？！你说得对，我与妓子无异，谁出得起价码，我就能卖，你也一样。可你出得起吗？！"说着，李春华一步步向他走了过来。她把赵玥骂愣了，赵玥呆呆地看着她，她含着眼泪道，"我已经选择了我能选择的最好，我走了我能走的最好的路。赵玥，若是你给不了我权势，你就别拦着我走我的路。你什么都没有，你就是个长不大的孩子，要人护着陪着。你为什么要娶我？因为我就要走了，要去当别人妻子了，不能再保护你了。所以你害怕。可我，凭什么保护你一辈子？！"李春华猛地抓住胸口，提高了声音，嘶吼出声，"我也会怕会疼会惶恐会绝望，我凭什么又要照顾你一辈子？！"

"我没有……"

"你没有什么？你懂什么？你一个连母亲都护不住的少年，同我说什么嫁娶？"李春华嘲讽着，仰起头逼回自己的眼泪，"回去吧，别说这样的话了。"

赵玥呆呆地站在原地。他看着面前的少女，总觉得有什么不对。好久后，他才道："如果我给得了你权势……是不是就留得住你？"李春华背对着他，停住了脚步。赵玥还在喃喃，"如果我有权势，是不是我的母亲也不会死了？"说着，他扶着墙，撑着自己直起身来，"我现在什么都没有了……我这辈子，只有你，还有我的母亲。母亲死了，你也没有了……姨母，你让我怎么办？"

"回去吧。"李春华哽咽，"你回去等着，我会想办法。"说着，她闭上了眼睛，"天塌下来，总轮不到你们这些小辈来撑。"

赵玥没说话，好久后，他笑了起来。"你不会来接我的，对吧？"李春华没有回应，赵玥也闭上了眼睛，"我知道，我知道。姨母……这辈子，我不会再等你来接我了。我知道我等不到，你不会来。路我会自己走，人我会自己留。姨母……"说着，他睁开了眼睛，脸上的笑意更甚，"再见。"说完，他便转身出去了。

那天晚上，他洗干净了自己，而后几日，办完母亲的葬礼，他迅速回到了秦王府。他直接找到了父亲，跪在他面前，在父亲一脚踢过来之前，他说出了回府之后的第一句话——

"父王，李氏将反，秦王府得早做准备。"

一个窗户上只要破了一个洞，很快这个窗户就会被人彻底破坏。从那句"李氏将反"开始，大楚开始风起云涌。赵玥一步步细细规划，成功帮助秦王府躲开了李氏上位引发的那场劫难，成为赵氏仅有的幸存者，远居于德州。他一面在朝廷中联络忠于赵氏的老臣，以牵制朝廷和秦王府的关系，一面暗中发展，招兵买马，在各地安插眼线，甚至害死了薛寒梅，联系上了北狄……

直到淳德帝登基，秦王终于发兵谋逆，却因好大喜功中了卫家埋伏，被一网打尽。

他本以为自己要死了，却没想到，他活了下来。跪坐在长公主府里，他看着女子身着金缕衣，从里间款款而来。而后她席地而坐，抬眼看向他。她的神色虚浮疲倦，再不复少女时的明朗。他面上的笑容温和从容，却也失了天真。

她看了他一眼，淡道："以后留在这儿，你就叫梅含雪吧。"

赵玥笑着看她："这么多年过去，姨母还在念着他？"

李春华没说话。她又怎会告诉他，当年她的联姻对象本有四个，她之所以相中薛寒梅，就是因为她从薛寒梅身上，看到了几分熟悉的影子。她一直疑惑那影子是从哪里来的，直到她看见如今的赵玥。

成年之后的赵玥，和她当年在薛寒梅身上所看到的影子，近乎一致。彼时她也不知道这意味着什么，许多年后，她终于明白，却已是太晚了。她不答话，赵玥便含着笑，展袖叩首，柔声道："奴才梅含雪，见过长公主殿下。"

他的额头轻触地面，再往前一寸便是她的衣角。冰冷的触感从额头一路蔓延到头顶，他想——

无论他是梅含雪还是赵玥，无论她爱的是薛寒梅还是赵玥，他最终都会拥有权势，拥有天下，拥有她。这一次，他一定要同她，走到最后。无论生死。

番外　宋世澜

宋世澜第一次见到蒋纯，约莫是在十一岁。

他是宋家庶子，宋家虽然也是华京顶级世家，但子嗣众多，因而除了世子之外，其他子嗣与普通世家公子并无区别。只是少时他并不明白这个道理，看着父亲和世子宋文昌相处，他的心中总有些期盼，希望有一日父亲能像对待宋文昌一样对待他。哪怕没有宋文昌那般优渥的条件，能有几分父子之情，那也极好。

因此宋世澜从小就十分努力，渴求着族中老师能对他多有赞许，在父亲面前为他美言一二，他便可与父亲多多亲近。然而他渐渐发现，这并不会起多大作用，无论他如何努力读书、习武，无论他得到多少夸赞，他的父亲都不会因此将他看作世子一般的存在。

少年人总带着几分不服气，除了努力，宋世澜别无他法。他的母亲秋夫人瞧着他的模样，只会同他说："儿，你得认命。"可他从来不认。他想，同样是人，除了是庶子，他不比宋文昌少什么，凭什么他要认命？那时的他年少气盛，锋芒毕露，不懂得收敛，只想着凭自己的双手去争去抢。他同母亲说："母亲，您别担心，日后的荣华富贵我会为您挣，您安心享福就好。"秋夫人无言，只是将他搂在怀里，叹息道："傻孩子。"

秋夫人乃史官子女，家中清贫。她喜欢玉镯，但侍妾的月银无力支撑她买上一只好玉镯，于是宋世澜便一心想给母亲买一对上好的玉镯。十一岁那年秋猎，圣上许诺众家公子，谁若能在秋猎中拔得头筹，就圆他一个愿望。宋世澜深入密林，设下陷阱，又与狼搏斗，终于猎下了当年秋猎的第一头野狼。

然而，当他满身是血地拖着狼尸从林子里走出来，宋文昌却拦住了他。"给我。"宋文昌面色傲慢，"我便让我母亲给你母亲涨些月银。"

"我不给。"宋世澜喘息着，紧握着带血的弓，冷着神色，目光又狠又野，像足了一匹孤狼，"我猎到的东西，凭什么给你？"

"凭什么？"宋文昌冷笑出声，有些不耐烦，"就凭我是世子！你一个庶子若是拔得头筹,你让我的脸往哪里搁?!给我!你可别敬酒不吃吃罚酒。"

宋世澜听着这话,忍不住笑了。片刻之后,宋文昌还未反应过来,宋世澜骤然翻身而起,猛地冲了出去。他如离弦之箭,拖着狼尸,以及满身的伤,从密林之中直奔而出。人群中爆出欢呼之声,他抬头看向那些等候着的人,意气风发。然而,就在他的坐骑冲过女眷聚集的区域时,他听到了一声小小的惊呼。他回头,发现是一个小姑娘,正捂着嘴,面露诧异。

宋世澜温和地笑了笑,从姑娘身边打马而过,来到皇帝面前。他单膝跪下,太监尖厉的声音响起:"承恩侯府宋世澜,猎得狼王!"

宋世澜得了一对玉镯子。

他付出的代价是三十个板子。父亲和大夫人都无法容下他,他们容不得一个抢了世子光彩的庶子。父亲怒骂他:"猎了狼王本是好事,你怎么不给文昌?给了文昌,那就是给我们承恩侯府挣了脸面。你自己拿着,是个什么事?难道日后还要让你一个庶子继承侯府不成?!你身为兄长,身为家臣,不为你弟弟考虑,不为世子考虑,不为侯府考虑,就想着自己逞能,你也不想想,你算个什么东西?!"

三十个板子很疼。母亲哭着扑在他身上,想要替他挨这个板子。他趴在长凳上,听着父亲的叫骂,听着母亲的哭喊,他咬紧了牙关。他想起了他猎到的那头狼,它被众人围追堵截,仓皇逃窜,走投无路。他突然想到,最可怕的不是拼死反抗,而是哪怕拼死反抗,也没有结果。

挨完板子,他发起了高烧。迷糊中他抓住母亲的手,沙哑着声音问道:"母亲,我错了吗?"秋夫人哭着抱紧他:"儿啊,你没错。可出生在承恩侯府,身为庶子,你做的这些,便是错了。"

那一刻,宋世澜心里涌出一种从未有过的绝望,仿佛他的这一辈子,似乎就如此到头了。那天晚上他跑了。他带着伤,打晕了下人,咬着牙翻墙跑了出去。他一路跑得跌跌撞撞,其实他也不知道自己要去哪里,他就是想去一个地方,可以不受欺凌,可以付出努力就能得到回馈,可以变优秀,可以被承认。

少年人的愿望简单又直白。但是不管怎么说,他得先找个地方活下来。他来到了护国寺。那天下着小雨,他的烧还没退,身上还有未愈的伤。他一步一步走在护国寺大门前的台阶上。那条路太长,他爬到一半,就再也扛不住,一路滚了下去。他摔进林子,再也没有了力气。

他又冷又害怕。便就是那时候,他听到了一个小姑娘的惊叫声:"呀!"说着,一双

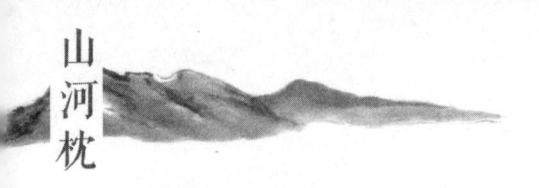

温暖的手扶着他的脸，一个略熟悉的面庞带着惊讶的神色，"宋公子，你怎么在这里？"

那时候蒋纯也就十一岁，和他同年。她跟随她家大夫人来护国寺上香，姐姐让她下山买点心，她便遇到了他。在好心路人的帮助下，她将他送到了林中的一座竹屋里，将刚买的糕点和水留了一些给他，又拆开他的衣服细细为他处理伤口。

他问她："你是谁？"她笑："我是左将军蒋宏之女。"她其实长得不算特别耀眼、美丽，不过清秀而已，但胜在气质温和柔软，让人心生亲近。宋世澜有几分不好意思，便道："你怎么识得我？"蒋纯笑了笑："前几日宋公子猎狼之时，我在。"

宋世澜看了她一眼，终于想起来秋猎那日听到的惊叫声，不由得道："你那日似乎是在担心我？"蒋纯笑了笑："宋公子真是敏锐。"

"你担心我做什么？"

"宋公子如今这样出现在这里，难道不该担心吗？"

听到这话，宋世澜抿了抿唇："你早猜到我有今日？"蒋纯叹了口气："是什么身份，便做这个身份该做的事。"宋世澜听到这话便怒了，翻身起来："你便觉得，我当认命了？！我是庶子，这便是我的命？！"蒋纯按住他，认真地道："这不是命。这只是身份。……我也是庶女。我们这样的身份，就得学会忍得、让得。便就是争，也得把血吞下去，力求一击必中的争。韩信忍得胯下之辱，宋公子，您得学会忍得。"

命不可以改，身份却能改。宋世澜被蒋纯的这番话说愣了，片刻后他却是反应了过来——什么身份就得做什么身份的事，想要做出格的事，那就得改了自己的身份。他不说话，只静静地看着这个少女的眼睛。那眼睛干净又平和，如秋日下波澜不惊的湖水，闪着粼粼的光。

不多时，见宋世澜已无大碍，蒋纯便起身离开了。宋世澜吃完她留下的糕点，咬着牙回了承恩侯府。此时已是入夜，他逃出去的事情竟没有一个人发现，被他打晕的下人报了有刺客，现在全府上下都在抓那个不知名的刺客。

他回到屋中，秋夫人正躺在床上，宋世澜失踪后，她一急之下也病倒了。宋世澜为她倒了水，秋夫人一边咳嗽，一边还在劝说他。这一次，他笑了起来，温和地道："好，母亲，我不争了。"

圣上赐了宋世澜两只上好的玉镯。他将其中一只给了母亲，另一只则藏了起来。他隐约知道自己想要把这只玉镯给谁，却不知道该如何做到。他很想亲口跟对方道一声谢谢，却一直没有靠近对方的机会。

番外　宋世澜

　　从那件事情以后，宋世澜突然变成了一个很平凡的孩子。他所有的一切，都是普普通通，但他的普普通通，又比其他兄弟们恰恰好了那么一点点。他的脾气越来越温和，他总在帮助别人，尤其是宋文昌。他替宋文昌写文章，为宋文昌出谋划策，他是一个再好不过的哥哥，在他的帮助下，宋文昌这个草包出得门去，在世家公子中倒显得不再蠢得那么耀眼了。

　　他做的一切宋家大夫人都看在眼里，渐渐也对他母亲和他都好上了许多。父亲也对他温和了不少，常常夸赞他。他收起了自己的爪子，从一只老虎变成了猫。华京上下都知道承恩侯府的大公子脾气好，慢慢地，人们就忘了，他是十一岁就猎回了狼王的男子。也包括蒋纯。

　　宋世澜总是远远看着蒋纯。从十一岁开始，所有的聚会、宴席，他都会把目光投注在那个姑娘身上。她慢慢长大，十五岁时，她已露出女子妙曼的模样。大楚女子十三岁便可定亲，及笄便可出嫁，缓一些的，十八岁已是大姑娘了。而男子，除了将门世家中的庶子，华京公子们大多要在二十岁行冠礼之后才会正式娶亲。故而在蒋纯开始正式参加大楚男女相亲的"春宴"时，宋世澜不过是跟着几位年长的表兄去那宴会上随意逛上一圈当作玩耍。

　　春宴之上，每位入席的青年都会取一枝桃花，每个人的座位旁都会写上各自的名字，遇到喜欢的人，便可将手中的桃花交给对方，若不愿意对方知道，也可在对方离席走动时，放在对方的桌上。宋世澜十二岁开始参加春宴，他去的第一年，蒋纯没有收到一枝桃花，于是趁着她和姐妹们外出踏青，他学着其他公子的模样，将自己摘来的桃枝轻轻放在了蒋纯的桌上。

　　回到府中，兄弟们都笑话宋世澜："世澜小小年纪已经会送花了，不知是送给哪一位小姐啊？若是喜欢，还是早早定下来的好，不然人家姑娘怕是等不了你了。"宋世澜笑笑，不语。那个时候其实他还不太明白什么喜欢不喜欢，只是单纯地觉得，这个姑娘帮过他，他便不想见到她在春宴上一枝桃花都收不到，让他人笑话。

　　他送了她三年桃花。每一年都是悄悄送过去，谁都不知道。

　　原是没有人送她花的。或者只是如他一样，悄悄将桃花放在她的桌上。这样的感情，不过是好感或者喜欢，远不会论及婚嫁。直到两人十五岁那年，当时他正在和朋友聊天，四周突然哄闹起来，他循声看过去，便看见卫束正被卫家几兄弟簇拥着往前推。

　　卫家是武将世家，孩子们都大大咧咧、十分能闹，整个宴会上都是他们的声音。他看见那个人高马大的卫束握着桃枝，他身后的卫荣不停地推他："二哥快去，快点过去！"

807

卫束抿紧了唇，一旁的朋友笑起来："哟，卫二公子这是看上哪家姑娘了？"宋世澜也加入进去，笑着道："无论哪家姑娘，能嫁入卫府，都是好事。"毕竟卫府那样的门第，哪怕是庶子，也是其他人家高攀不起的。

宋世澜的话刚说完，卫束和他身旁的卫珺低声说了几句话，而后他便深吸一口气，大步朝着女眷区域走去。女眷们兴奋地惊叫起来，直到卫束停在一个蓝衣少女面前。那少女正坐在自己的位子上低着头剪花枝，她似乎从未想过这些闹剧会与她有关。直到上方一个有些紧张的男声响起："蒋二姑娘。"

蒋纯的手微微一顿，她抬起头来，有些茫然地看着卫束。卫束的面色十分郑重，他弯下腰，将手中的桃枝交到了蒋纯手里。众人哄笑起来，卫束红着脸低声道："蒋二姑娘，我……我很喜欢你。不日我会让母亲上门提亲，你……你答应吗？"蒋纯被这话惊到，她忙低下头小声道："婚姻大事，父母之命，还望二公子循家中长辈之意。"卫束笨拙地摆手，似乎是有些害羞："这是当然……不过，我就想问问你的意思。你……你答应吗？"

众人都屏住了呼吸等待蒋纯的回答。宋世澜远远看着，一言不发。许久，蒋纯才开了口："我听家中长辈的。"

卫束舒了一口气。卫家上门提亲，这满华京里怕是没有人家会不答应。他笑着点头，赶忙道："好，这就好。二姑娘，"他拱手行礼，"我这便回去准备。"说完，卫束高高兴兴地回头，卫家子弟们又开始打打闹闹，吵嚷着要让卫束喝酒。

卫束等人走后，这一年的春宴也接近尾声了。众人开始收拾东西准备离开。宋世澜走到蒋纯面前，手中拿着一枝桃花。蒋纯抬头看他，有些迷惑。面前的这个少年似乎跟自己同龄，容貌俊美，气质温和，眉眼间又似乎有些熟悉，但是她又想不起来在哪里见过。四年毕竟太长，若是没什么交集的人，也就忘了。

宋世澜看出她眼中的陌生，他什么都没说，弯下腰去，将那一枝桃花珍而重之地放在了她面前。

"公子？"她轻声发问。他没有回话，转头离开。

不久后，蒋纯定亲。而后不久，卫家军和城南军在华京城外举办了一次比武。卫家几个公子出来，个个都是顶尖的高手，宋家所在的城南军除了楚临阳勉强扳下一局，卫家几乎一直是碾压性胜利。

宋世澜在军中本也算好手，只是他向来脾气温和，在这种场合里，几乎没人想得到派他出来。就在卫束站出来的时候，原定是另一位世家公子上前迎战，然而宋世澜却突然按住了他。"我来。"他的声音平静。

他走上台去，卫束看着他，颇有些诧异。卫束比他大四岁，身材比他要高壮很多。此刻见着宋世澜，卫束甚至还有些担心："宋公子，你怎么……"

"听闻二公子武艺高超，"宋世澜微笑，"世澜特来请教。"话刚说完，他也没给卫束拒绝的机会，直接就冲了上去！他打得又狠又勇，广袖翻飞之间，世家公子的贵气里混杂着一股孤勇。

卫珺站在高台上望着场下，对一个兄弟轻叹道："当年宋公子十一岁便入林俘狼王，后来他却性情大变。我本以为这份孤勇已折于宋家，原来他只是韬光养晦。生于宋家，可惜了。"

众人听着，都忍不住点头。若宋世澜生于卫家，虽然嫡庶有别，但卫家从不会有宋家那般的嫡庶大防，众兄弟友爱和善，宋世澜所学所有，大可用在战场上。然而，宋世澜没有这样的运气。

那一日宋世澜和卫束打得难舍难分，直到大雨倾盆，两个人仍然互相压制，难分胜负。血混杂在雨水中顺着两颊流下，最后，宋世澜顶住卫束重重的一击，终于将他踹下了高台。两个人都躺在地上喘息，卫束先站起来，高兴地道："能和宋公子交手，在下三生有幸！"宋世澜闭上眼睛，强撑着自己站起来，朝着卫束点了点头，疲惫得一句话都说不出来。

那一架让宋世澜断了一根肋骨，休养了两个月。那是他迄今为止做过的最出格的事。而那份感情，也就止步于此了。他去参加了蒋纯的婚礼，看着卫束背着她进了大门。那时候他想，其实这也不错。

他未来大约能娶个更好、更有权势的女人。而她嫁得好，过得好，他也没什么可担心的。他走他万骨枯的功成路，她过她平安无忧的日子。没什么不好。

从那之后，宋世澜没再挂念过蒋纯。

他是宋家完美的宋公子，他长袖善舞，和所有人都能打交道。他辅佐宋文昌，成为承恩侯府最得力的公子，宋文昌哪怕看不起他，却也不得不承认他的才能，不得不去依靠他。他打磨着自己的爪牙，就等着哪一日，一击必中。

那些年里，他母亲离世。而办了母亲葬礼的第二日，他就要去边疆。那天清晨他先去了护国寺。在佛像前磕头的时候，旁边也有人跪了下来。他转过头去，便看见了已梳着妇人发髻的蒋纯。她虔诚地叩首，身边的下人抱着一个稚儿。

宋世澜的动作迟钝了片刻，却假作不认识她一般站了起来。而后他走出寺庙大门，谁知刚准备下山，他就被人叫住了。一个侍女打扮的女子手中拿着一把伞，同他道："公

809

子，快要下雨了，我家夫人让我给您送把伞。"

"你家夫人是……"

"卫家二少夫人。"那侍女笑起来，"方才您在拜佛，二少夫人看见了，说您也是要去沙场的将士，让我来给您送伞。还给您带了话，说沙场凶险，请您务必保重啊。"宋世澜没说话，他从那侍女手中接过伞，一时间竟有些哽咽。

那把伞陪着他去了疆场，后来又陪了他许多年。他走过尸山血海，经历过阴暗险阻，每次下雨，看见那把伞，他都会觉得内心一片宁静。那伞的主人似乎是他年少时的一场华梦，她美丽又遥远，让他心生挂念，又不可触及。

他本来以为，他们的一辈子便是如此了。直到纯熙九年，卫家满门男儿，除了卫韫，俱葬于白帝谷，大楚举国皆惊。他得知消息的第一瞬间，脑中闪过的便是那女子清丽的面容。

他已经许多年没见过她，也不知道她如今是个什么样。他吩咐人去打听卫家的消息，而后便加入了这一场巨变。这一场巨变，对于整个大楚来说都是一场洗牌，没有人敢松懈，每个人都在打听消息、准备筹码，等待着开牌的那一天。

他本以为卫家会就这样跌到谷底，谁曾想，卫家却重新站了起来。然而，当时许多人都以为卫家不过是苟延残喘，他却毅然选择了和卫韫结盟。他知道，只有卫韫可以替他杀宋文昌。宋文昌一死，世子之位便非他莫属。

他本当这是一场交易，直到他与北狄军纠缠在汾水附近的西郡城。那时宋文昌好大喜功，被逼出战，而后被困于小橘县。父亲逼着他与北狄硬碰硬，救出宋文昌，然而他和卫韫早有约定，为了逼姚勇出血，他要保存宋家实力。

正两难时，他突然接到了蒋纯的求救信，她来了汾水。汾水就在西郡城边上，蒋纯有一位故人在汾水，她本是来解故人之困，却刚好遇到北狄攻打汾水。他二话不说便领兵出城。他带兵入汾水时，城里已是兵荒马乱。他在人群中焦急地寻找她。他太清楚在这样混乱的攻城战中女人可能遭到的伤害，他心乱如麻。

他一声一声大喊着她的名字："蒋纯，你在哪儿？！"便就在这时候，他突然听到了期盼已久的回应："宋公子！"他驾马回头，便看见了人群之中那个提剑而立的女人。她穿着水蓝色长裙，披着银白色的披风，一手拉着一个孩子，手中的长剑上还染着血，焦急地喊他："宋公子！"

他打马过去，一把握住她的手，将她和孩子拉上了马。她似乎已奔逃了很久，不停地大口喘息着，紧紧地抱着怀里的孩子。宋世澜一手揽着她的腰，一手挥舞长枪，杀出了一条路。

"我奉卫府大夫人之命前来协助您刺杀宋文昌。人我已经带来了,大夫人说,今日您攻下汾水,明日再攻一城,北狄被您激怒,必定会强攻小橘县。我们便趁乱刺杀宋文昌,嫁祸给北狄,您伪装尽力营救他,这样一来,宋大人必定也不能再说什么。"

"知道了。"宋世澜的声音有些沉,似乎是不高兴。他皱起眉头,冷着声,却是问道,"你为什么来这种地方?好好的不在华京待着,过来做什么?"

"我本要来汾水处理一些私事,大夫人担心派其他人带话来,您不放心,便派了我过来。"

"你来了我更不放心。"这话出来,蒋纯有些诧异了。宋世澜不再言语,他面色冷峻,带着她从沙场一路驰骋而过,将她放到安全的地方,只道:"你且先等等我。"说完,他便拨转马头,一头扎入了战场。

蒋纯一直在城中等着宋世澜。天明时分,她站在城楼上,看着那青年身着水蓝银纹长衫,提着长枪驾马而入。那一瞬间,有什么东西从她脑海中猛地闪过。等到宋世澜来到她面前,她看着他的脸,轻轻笑了。

"我想起来了,"她说,"宋公子,您当年才十一岁,就一个人猎了一匹狼呢。"

宋世澜听得这话,不由得笑了:"我不仅猎了一匹狼,我还在护国寺,被夫人救过一命。"

暗杀宋文昌一事进行得很顺利。宋世澜拿到世子之位,很快就控制住了整个宋家。此时大楚各地陆续陷入战乱,宋世澜接了卫韫的命令,咬着北狄不放。他不放心蒋纯独自回去,提出让她等在汾水,之后随他一起回华京。蒋纯知道宋世澜的建议在情在理,她也不想给任何人添乱,并且她旧友的孩子在战乱中伤了脚,需要休养,于是她便留在了宋世澜身边。

宋世澜如今已近二十一岁,却还是孑然一身。他身边没有女眷,家中上下几乎无人安排打理,就连衣服破了个洞都许久没人注意。他的每日饮食极其简单,吃饭完全没有个固定的时间,一忙起来,吃得着急,让厨子随便热两个馒头也是常有的事。这个贵公子,其实过得十分粗糙。

终于,到了第三日,蒋纯忍不住让人去问宋世澜什么时候回来。宋世澜不明就里,只以为蒋纯有什么事,同传话的人道:"和二夫人说,我再过半个时辰就回来。"蒋纯得了消息,便在府上忙活了起来。而后宋世澜回来,看到满桌的饭菜,愣在了当下。

蒋纯朝他微微一笑,却是道:"近来我见世子饮食不大规律,便冒昧给世子准备了些。一日劳顿,总该吃顿好饭的。"

"那就多谢二夫人了。"宋世澜笑了笑,面上大方客气。然而,就在他喝下第一碗热汤,抬头看着简单但精致的饭菜,旁边还坐着蒋纯的时候,内心却突然生起惊涛骇浪。他头一次觉得,自己有了个家。

吃完这顿饭,他转头看向蒋纯,面上带了几分恳求:"二夫人,世澜有一事相求。"

蒋纯忙道:"世子,您请说。"

"世澜一个人过惯了,家里也没个人管着。您也看到了,虽然公务上世澜可以处理得井井有条,但家中的确是一团乱麻。世澜斗胆,想请二夫人帮世澜整顿一下家中庶务。"说着,他解下一枚钥匙交了过去,"这是我府中仓库的钥匙,二夫人在的这些时日,府中上下皆可随意安排,家中一应摆设、用人、规矩,也都想请二夫人帮忙整顿。"

"这不好。"听得这话,蒋纯赶忙推脱,"宋世子,这些事,您当专门请一个人来管才是。我一个外人……"

"非常之时行非常之事。"宋世澜说得认真,"实不相瞒,二夫人,您看,我其实已经到了婚配的年纪,的确是该找个人来帮忙。可如今这局势下,我不可能匆忙成亲,一时也找不到一个让我放心的管家。信得过二夫人,所以还想辛苦二夫人为我在府中立出一套规矩来,日后二夫人离开,也不至于家中乱了方寸。"

听得这话,蒋纯不好拒绝了。宋世澜是卫韫的盟友,此刻她又无别的事可做,能帮到他一二,那便是再好不过。犹豫了片刻,她终于是点了头,接过了钥匙。

之后的时日,宋世澜在外和北狄打游击战,蒋纯便在府里当起了管家。起初她还小心翼翼,后来她便发现,宋世澜当真是不管府中任何事的,无论她做什么,他只会说:"好。"于是她闲来无事,便开始大展身手。挪了这里的花,移了这里的盆,调整了食谱,还建立起一套基本的用人管理制度。她分出侍女侍从的等级,又给宋世澜培育了心腹……

她每天都会等宋世澜回来吃饭。而因为有她在,宋世澜每日都会想办法按时回家。蒋纯也不知道那份感觉是什么时候诞生的,悄无声息间,她的心里那一句"宋世澜是个不错的人",慢慢就变成了"宋世澜是极好极好的"。

宋世澜做每一件事都很有分寸,他似乎从来不会犯错。有一日,她无意中发现他连写字都每一笔写得小心翼翼,不由得问道:"世子做任何事都是这般小心的吗?"

宋世澜垂下眼眸,神色平和:"是啊。……庶子出身,又哪里容得我做错什么。"蒋纯微微一愣,那一刻,她突然觉得,自己的心似乎突然疼了一下。她突然开始有些怜惜这个人了。她忍不住询问:"那这辈子,世子就没做过不小心的事吗?"

"有。"宋世澜微微一笑。蒋纯问道:"是什么事?"

话止在了唇齿之间。宋世澜太清楚蒋纯此刻肯帮他，不过是因为他是卫韫的盟友，一切都是看卫韫的面子。而他这辈子做过的唯一一件不小心的事，就是喜欢她。

两人一直一起待到楚瑜被困凤陵城，北狄直取天守关。

宋世澜带兵前去支援天守关，打了极其漂亮的一仗，紧接着赵玥称帝，卫韫去了北狄，生死不明。卫家瞬间没有了任何可以主事的人，她便向宋世澜提出要回华京。宋世澜本想以此刻局势太乱为由劝阻她，她却意外地表现出坚定的态度。

"正是因为局势太乱，我才得尽快回到华京。几位公子还有婆婆都在等我。"蒋纯说话时面色平静，神色沉着，这样的冷静使得她显现出一种无法言说的刚毅，那是一种难以摧折的坚强。

宋世澜没有再反对。他垂着眼眸，握着笔。他突然特别清楚地意识到，她毕竟是卫家人，她嫁给了卫束，哪怕卫束已去，她也是卫府的二少夫人。他没有理由留下她。

"我已安排好世子府上一应庶务，今日便起程回华京。宋世子，请保重。告辞了。"

话已说到此处，宋世澜终于没忍住，一把抓住了她的手："别走。"

蒋纯回头，紧皱起眉头，眼中满是警戒："宋世子？"

他闭上眼睛，轻叹了口气："蒋纯，别离开宋家。"

"宋世子这话是什么意思？"蒋纯冷着声音，"如今我小叔身陷虎狼之地，你莫不会以为能以我为质要挟卫家做些什么吧？宋世子，你……"

她的话还没说完，宋世澜猛地一把将她拉进怀里，捧住她的脸便狠狠吻了过去。蒋纯愣了片刻，随后拼命挣扎起来。她下手非常狠，一脚踹到他的小腿上，旋即一巴掌就抽了上去！清脆的耳光声响彻屋子，蒋纯怒喝："你放肆！"

宋世澜没说话，他抬眼看她。那眼神让蒋纯愣了愣，她想起他少时，提着狼王驾马而过的模样。遮掩了这么多年，那个想要什么便拼死也要得到的宋世澜，依旧是那个样子。

"我的意思……"他的声音平静，"你现在知道了吗？"

蒋纯说不出话来。宋世澜回身去拿披衫，他的神色平淡，仿佛刚才什么都没发生过。"你要管卫家，我可以帮你。你现在不答应我，那也没事，你别答应别人就好。我这就送你回去。"他停在她面前，唇边带了笑意，"这辈子，我等得起。"

宋世澜知道不能打草惊蛇。他知道不能做得太过。卫束才离开，蒋纯和卫束的感情他很清楚，他不愿意去和一个死去的人争。于是他就一直等着。

起初别人问，他就只笑笑，但他总是去卫府走动，旁人也就看明白了。而她的拒绝总是悄无声息，不过是当着他的面穿素衣，有意无意地让他看见自己去祠堂看望卫束的灵

位，甚至在卫束灵前同他说上许久自己和卫束之间的往事。但他却从来不介意，永远是一副笑眯眯的样子。

一年、两年、三年。他的耐心好得出奇，让人觉得害怕。但只有他自己心里知道，他只是能忍。忍耐终究是有尽头的，卫陵春一日日长大，她便越是躲着他。他无可奈何，干脆上门提亲。他们的感情一直如此，他逼着她，她偏偏一直不肯出头。直到最后，他将自己锁在了太平城里。

得知自己染病的当夜，他独自坐在屋子里，看着月亮。他突然特别想念她，却又忍不住想，若是自己死了，她会不会从此就松了一口气，再没人纠缠。然而没几日，他就看见那女子轻骑而来，停马在城门前，笃定地看着他。"宋世澜，"她扬声大喊，"开城门！"

他呆呆地看着她。那一瞬间，他突然觉得，这一辈子，值得了。

蒋纯嫁给了宋世澜，成了王妃。他带着她去了琼州，那里是宋家的辖地。

孕期里，蒋纯的性子变得格外敏感，夜里经常无法入睡。宋世澜便抱着她，陪着她一起失眠。一天夜里，她忍不住问："你是什么时候开始喜欢我的？……世澜，"说着，她叹了口气，"我嫁过人，又生过孩子，你娶了我，不觉得遗憾吗？"

宋世澜想了想，好久后，他亦是叹了口气，轻声开口："那又怎么样呢？这一辈子，我也没喜欢过别人啊。"蒋纯不由得笑了："骗人，春宴上的花，总送过几个姑娘吧。"宋世澜抿了抿唇，只是将人揽在了怀里。蒋纯不满地道，"你说话啊，莫不是不敢说了？"

"你还记不记得，你十二岁那年，一枝桃花都没收到？"

"你胡说，"蒋纯忙道，"我收到了！"

"你收到了一枝。"蒋纯微微一愣，宋世澜笑起来，"我送的。"她惊讶得睁大了眼，宋世澜低头亲了亲她的额头，"傻姑娘，你走之后，我便再没送过任何人桃花。"

——自卿离席，再无桃花。最初和最后，都是你。

番外　魏清平

在大楚，有一个公认的事实：这世上若论哪一位女子最好命，那便得是魏王之女——魏清平。

魏王是大楚少有的几位异姓王，远在西南边境，坐拥大批精兵。他年轻时也是风流倜傥的翩翩公子，得众多女子欢心。而魏清平的母亲，则是百草阁阁主之女江花容。花容当年乃大楚第一美人，且医术超凡出众，爱慕之人数不胜数。两人在行走江湖时相遇，而后魏王迎娶江花容为正妻，先有了世子魏广川，又生下魏清平。然而，在魏清平出生后不久，魏王被江花容捉奸在床，追求一生一世一双人的江花容扔下一封"休夫书"与魏王和离，回到百草阁，继续当百草阁的少阁主。

众人都以为魏王一定会十分恼怒于这个女人。谁知，魏王摇身一变，开始了深情追妻的戏码，一追就是十几年。有了这份对妻子的遗憾和爱，魏王对两个孩子都十分宠爱。身为女儿的魏清平被江花容认定为百草阁继承人，一年里有大半时间都待在百草阁。而魏王每次接送魏清平，便能接触到他日思夜想的阁主大人，于是对魏清平更是讨好非常，任何人见了，都得感慨上一句——溺爱。

魏清平不仅有着良好的出身，有着父母超常的爱，有着"和谐美满"的家庭，她自己也很争气。她小小年纪就生得貌美非常，在医术上天资出众，在武学上也不落下乘。可以说，上天几乎把所有宠爱都给了她，让旁人嫉妒万分。

大约人生过得太顺风顺水，十三岁时，魏清平开始觉得这日子没意思。得到了父母的同意，她开始了云游江湖的人生。凭借着出众的医术，她到处治病救人，在江湖上传出了玉菩萨之盛名；然而她年近十八仍未婚嫁，也成了出了名的"老姑娘"。只是她的确是生来条件太过优越，哪怕是老姑娘，仍然追求者无数。对于这样毫无难度的人生，魏清平只觉得——

挺没意思的。

她觉得人生有那么些意思，大概是从遇见秦时月开始的。

那时她正在去河西的路上。她本是受人之托去河西义诊，马车在河边停下，侍女去取水，留她一个人在马车里看书。她正翻着书，突然一个人直直地冲进了马车，短刀抵在她的喉间，那人冷冷地看着她："下去。"

魏清平没说话。她注视着面前的年轻人。对方看上去也就二十出头，浑身染血，面上血和污泥混在一起，唯独一双眼睛亮得惊人。她这辈子头一次被人打劫，觉得颇有些意思，便听了那青年的话，将书放在一边，跟着他下了车，等着看他接下来要做什么。

对方见她完全不反抗，也没有再为难她，抬手试图往她颈部重重一击。魏清平猜想他是想弄晕自己，便非常配合地"被吓晕了"。对方见她倒下，这才回过身从一旁的草丛里拖出另一个人来。魏清平悄悄睁开眼看过去，青年明显已是强弩之末，似乎只凭着毅力在支撑自己，而被他拖着的那个人则已经完全没了意识。两人的每一步都走得十分艰难，青年却没有放弃，咬着牙，艰难地往马车方向挪移。

魏清平有些看不下去了。她算了算时间，在心里默默计时："三、二、一……"果然，青年再也支撑不住，直直地倒了下去。魏清平赶紧起身来到二人身边，蹲下检查他们的伤势。这时侍女凤儿刚好打了水回来，就看见了一脸好奇地蹲在两个血人身边的魏清平。凤儿尖叫起来，水袋一下掉在地上，她拔出剑便冲到魏清平身前，气势汹汹地道："郡主，我保护你！"

魏清平看着面前发着抖的侍女，沉默了片刻，终于忍不住道："我认为，当务之急，是你赶紧再去打一些水来。"

秦时月醒来的时候正躺在一家客栈里，身上的伤已经被魏清平处理干净了。他醒来的第一件事，便是下意识地去摸剑。剑没在，他一惊，立刻翻身下床，匆匆往外走。谁知刚走出内阁，就看见魏清平正坐在那里淡定地喝着茶。

秦时月顿住脚步，暗中握紧了拳头。他打量着面前这个女人——这个女人可不简单，他思索着。

"醒了？"魏清平抬眼看他，眼里带着好奇，"你和你的那位朋友都受了伤。这伤口很奇怪，不像是江湖人，倒像是军队里的人动的手。尤其是你的那位朋友，还中了剧毒。你们是谁？"

秦时月没说话，他的目光落在了魏清平腰间，那里挂着一个玉牌，上面写着"百"。看着她的长相，联想到她的行为，再看见这个腰牌，秦时月大致明白了，这女子应当就是江湖人称"玉菩萨"的清平郡主了。

这一次卫韫是违背了和赵玥的协议,私下去河西买马,被赵玥派人暗袭。此事绝不能走漏风声,而清平郡主作为魏王之女,立场难辨。若是直接杀了她……怕是会彻底将魏王变成敌人。然而就这样放纵着,终究是个祸患……秦时月一时思虑万千。魏清平见他不说话,不由得皱起了眉头,还以为他和过往那些看她看呆了的男人一样,沉迷在了她的色貌之中。她有些不满,站起身:"其实你不说,我也大致猜出来了。我看到了你那位朋友的腰牌……"

这话让秦时月神色一凛,他瞬间就做好了决定。就在魏清平还在说话的瞬间,他猛地朝她冲了过去,同时用手将耳朵上那颗像黑珍珠一样的耳环卸下,含在了嘴里。魏清平见他突袭,神色大变,袖刀从袖中探出,朝着对方身上直刺而去。正常人面对这样一刺必然要躲闪,然而这个青年却是用肉身直直迎上了她的袖刀。鲜血飞溅之间,他一把按住她的头,猛地吻了上来,同时将一个小小的圆滑又略带冰凉的东西推入了她的唇间。

魏清平睁大了眼睛,一时竟是被惊得整个人都僵了。而对方将那东西推入她口中之后,便毫不留恋地离开了她的唇。就在咫尺之处,秦时月喘息着道:"子母蛊,我死,你死;我疼,你疼。"

魏清平骤然反应过来,她怒得一脚踹开了秦时月。秦时月直直地撞在屏风之上,随后魏清平身上也开始疼痛不已。陈国的子母蛊,持母蛊之人活着,持子蛊之人才能活;母蛊一死,子蛊也要死。唯一化解的办法,只有母蛊主动召回子蛊。

"救下我家主子,我会召回子蛊。"秦时月捂着伤口,喘息着道,"郡主,非常时刻,对不住了。"

"白眼狼……"魏清平气得颤抖着手,提剑指在秦时月眼前。因为疼痛和愤怒,她头一次失了风度——她盯着秦时月,怒喝出声,"你且等着死吧!"

魏清平说让秦时月死,却是不敢真让他死的。她明白这子母蛊的厉害。

秦时月因伤重昏死了过去,她却还得撑着给他治疗。他的每一分疼痛都会传到她的身上,这让一辈子没吃过什么苦的魏清平恼怒不堪,恨不得一针扎死手下的这个人。她咬着牙给他清理了伤口,又给他喂了药,疼痛总算减轻了些。她坐在一旁,一边缓气,一边暗暗劝说自己,现在且先留着他,等把子母蛊的问题解决了,她便废了他!

秦时月一睡便睡了三天,倒是卫韫先醒了过来。这次魏清平学乖了,不敢轻易让卫韫靠近,找来一套枷锁,将卫韫锁在了床上,气鼓鼓地坐在一边跟他对峙。卫韫看了看自己身上的枷锁,又抬头看了看魏清平,终于忍不住道:"姑娘这是何意?"

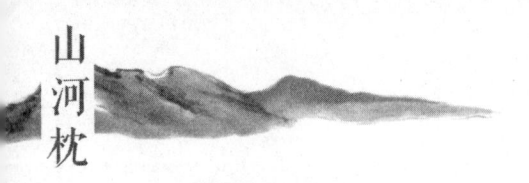

"这得问你的那位兄弟。"

这话让卫韫呆了呆。他记得自己是和秦时月一起逃出来的,她说的"兄弟",自然是指秦时月了。于是他忙道:"我那位兄弟如何了?"谁料,魏清平神色中的愤怒更甚:"他好得很!我救了你们,他却喂我子母蛊,你说他能过得不好到哪里去?"

秦时月的这一番做派卫韫并不奇怪,他上下打量了一眼魏清平,笑了起来:"可是清平郡主?"魏清平冷笑出声:"你们一个二个的,眼睛倒挺好。你是卫韫吧?"卫韫笑而不言。如果真是魏清平,熟悉朝廷各种规矩的郡主在看到他怀里的印章时便能知道他是谁,这并不奇怪。见卫韫沉默,魏清平便想起了秦时月对她做下的事,冷哼了一声,站起身道:"为着大楚,我也会医好你。但是!别给我再找事了。你和你的那位朋友,再别有什么花花肠子。"卫韫赶紧认真地回答:"这是自然。非常时期行事,冒犯了。"

魏清平没搭理他,起身走了。

隔了两日,秦时月也醒了。他醒来时卫韫正坐在他身边,睁眼看到卫韫,他忙起身:"侯爷……"

"先躺着。"卫韫按住他,低声道,"别把伤口再挣开了。"秦时月应了一声,躺在床上,却是道:"您还好吧?"卫韫笑了笑,面色有些发白:"我没事。"这时魏清平提着药箱走了出来,冷着声道:"外伤没事,不过我可得说清楚,他那毒一般的药可吃不好,死了我不负责。"

这话让秦时月的脸色白了白,卫韫忙道:"你别担心,我回去让沈无双看看。"魏清平嗤笑一声,没有搭理他,大步走到秦时月面前,仍是冷着声:"上药!"秦时月看了她一眼,见她亦是面色苍白,就知道定是子母蛊的效果。他沉默了片刻,同魏清平道:"郡主,我这儿有一个方子,麻烦您给找一下药材。"

"拿来。"对于方子,魏清平是很感兴趣的,哪怕看这个人不顺眼,她也不会拒绝。秦时月便口述了一个方子出来,魏清平听着却是觉得奇怪,不禁皱起了眉头:"这方子是做什么用的?"

"蛊虫是用药喂养的,"秦时月平静道,"这药能让蛊虫沉睡,暂时斩断子母蛊的联系。"

"那你怎么不把虫子取出来?!"

秦时月沉默了,卫韫有些尴尬地笑起来:"我听说,子母蛊入人体之后……至少要五个月才能取出。"

听到这话,魏清平顿时变了脸色,她实在没忍住,一巴掌便抽了过去。秦时月抬手极快,一把抓住魏清平的手腕,皱着眉头,却是道:"郡主,打在我脸上,你也会疼的。"

魏清平气极，重重地喘息着。她这辈子可都没见过这种人，没受过这种委屈。她忍了片刻，终于是坐了下来，怒道："行针！"

魏清平按着秦时月的方子去抓了药，熬成药汁后喝了下去。不久，她就感觉身体似乎恢复了正常，倒是秦时月的面色又白了几分。她站起身来活动了一下，见自己的确行动无碍，立马冲到秦时月面前，抬手就是一耳光！"这一耳光你给我记好了，"她冷着声音，"本郡主是救人没错，但也不是无底线让人欺辱的！"

"对、对不起……"秦时月面色惨白，痛苦地闭上眼睛，慢慢道，"非常时期，实属无奈，还望郡主海涵。"

"我若是不海涵呢？"

"郡主要怎样，便怎样。"

"我要你以死谢罪呢？"

秦时月沉默了片刻，魏清平正打算再嘲讽几句，谁知秦时月竟慢慢开口道："那，等战乱平息，大楚安定，时月便回来将命赔给郡主。"

这话让魏清平愣了愣，过了一会儿，她自知无趣，闷闷地道："算了，也不是什么大事。你叫卫时月？"

"秦时月。"

"秦时明月汉时关，万里长征人未还。"魏清平顺口答着，点了点头，"名字倒是不错。"说着，她弯下腰，"我给你看看伤口。"

秦时月应了一声。魏清平剥开他的衣服，头发垂落在他身上。她的头发冰凉柔软，带着一股说不出来的香味。秦时月愣了愣，一种异常的情绪突然钻进他的心里，他一时也分辨不出那是什么感觉，只能呆呆地看着这个姑娘。然而就在对方抬头的瞬间，他像是被什么东西猛地惊到一般，急急往后躲去，一头撞在了床栏上。魏清平被他的动作搞得愣了愣，好半天她才反应过来，不由得皱起眉头："你不愿意让我看就直说，做出这样矫情的姿态干什么？"

"不……不是……"秦时月也不知道该如何解释，他红着脸，慌忙道，"我……我……我也不知道……"魏清平无奈地叹了口气："算了，你的伤口开始结痂了，再过几日才能沾水，这几日你就用水擦一擦……"话没说完，秦时月却打断了她："我们何时能起程？"魏清平皱眉："还得再养一养……"

"怕是来不及。我至少要护着侯爷回去。我们已经在河西耽搁太久了，得赶紧回白岭。"

魏清平虽然漂泊江湖，却也不是完全不管朝廷之事。她明白秦时月的意思，沉默片刻后，她抬眼道："这样吧，我送你们回去，一路也好照应你和侯爷的伤。"

"如此……"秦时月仍然一板一眼，"便不胜感激。"

"秦时月，"魏清平挑眉，"你倒是挺不客气的。"

"今日郡主相救之恩，日后必当相还。"

"还？你拿什么还？"魏清平冷笑。她也不知道自己是怎么了，大概是在这人手下吃了太多亏，又不能拿他怎么样，心里憋着一股气，总想气气他，于是嘲讽道，"你区区一个家臣，能还我什么？"

秦时月沉默了。这下魏清平反而觉得自己方才是一拳砸在了软棉花上，连力道都没了。她冷哼一声，转身收拾好药箱，起身便走了出去。

事不宜迟，魏清平即刻就带着两人往白岭赶。两个男人坐在马车里疗伤，魏清平和凤儿坐车。凤儿有些愤恨，一路都在骂："郡主千金之躯，居然为他们驾马，他们这些贼子真是胆大包天……"

魏清平没告诉凤儿卫韫的身份，只任由自己的这个小侍女磋磨两人。

两人的外伤很快好转，但秦时月的气色却一直不见好，总是苍白着脸，一副没精打采的模样。魏清平给他诊了几次脉，都未发现异相，只是隐隐感到母蛊有些躁动。子母蛊这事是她心上迈不过去的坎，便也不想法子，只随那母蛊折腾。

到达白岭的前夜，赵玥的人再一次追上了他们。卫韫和秦时月毫不恋战，领着两个女人就往前冲。魏清平上马慢了些，落在了后面，几个杀手朝她袭来，瞬间便将她团团围住。秦时月回头一看，大喊了一声："侯爷先走！"随后便提剑狂奔了回去。

卫韫身上带伤，又怀揣机密文书，咬了咬牙，抓住凤儿便走了。那天下了大雨，魏清平一回头，只见那青年如同一道惊雷，手持一把孤冷的剑，破开人群，朝她直奔而来。他一路厮杀，拉着她且战且退。他在砍杀中爆发出惊人的生命力，整个人如同一把行走的剑，挥砍于世间。他把自己当作武器和盾牌，每次她差点遭袭，就会被他猛地拉入怀中，他以血肉之躯，生生为她挡下所有袭击。

他们一路逃到密林之中，终于甩开了杀手，而这个时候，他整个人已仿佛从血水中捞出来的一般。魏清平静静地看着他，神色复杂。他喘息着靠在树上，用剑撑着自己才没有倒下："郡主无碍吧？"

"秦时月……"魏清平喃喃出声，"你到底……怕不怕死？"秦时月艰难笑开："自然是怕的。"魏清平骤然提声："那你还要为我挡？！"见秦时月沉默，魏清平更是恼怒，

番外 魏清平

"你说话！"她正要再骂，秦时月终于开了口，他低着头，声音低低的："卑职只是觉得，此事本不该牵扯殿下，更不该让殿下受伤。……而且，女孩子，留下疤痕就不好看了。"

魏清平愣了愣。那一瞬间，她感到有什么情绪流淌在心里，暖洋洋的，让人忍不住就软了心肠。

那天是魏清平把秦时月背回白岭的。

秦时月受伤太严重，没走几步就意识不清了。魏清平背上他，艰难地走了许久，终于才见到了来找他们的卫家军。而这时候，他们离白岭也不远了。魏清平心想，自己这辈子的狼狈，都给了秦时月。

到达白岭后，凤儿一面给她清洗身体，一面哭个不停："郡主自从遇到他们起，就没有过好事，咱们赶紧走吧。"魏清平不说话，凤儿接着哭，"郡主，咱们……"

"歇会儿吧。让我安静一下。"

凤儿的哭声卡在脖子里，生生憋了回去。

屋子里只听得哗哗的水声。也不知道为什么，此刻魏清平满脑子都是秦时月将她抱在怀里为她挡刀的场景，又不自觉地想起他给她喂下子母蛊的那个吻。想来想去，她竟然忍不住，慢慢红了脸。

梳洗完毕，魏清平重新装扮好，才去了秦时月的房间。沈无双正在给秦时月看诊，他虽然一身的伤口，但都是外伤，并没有什么大碍。见到魏清平进来，沈无双笑着见了礼，之后便赶紧溜了出去。

屋里只剩魏清平和秦时月。两人本都不是伶牙俐齿的，于是屋里突然呈现出一种诡异的安静。好久后，还是秦时月先开了口："郡主来此有何贵干？"魏清平垂下眼眸："我就来看看你。万一你死了，我就遭殃了。"听到这话，秦时月眼中露出愧疚，忙道："郡主放心，时限一到，我立刻为郡主取出子蛊。"魏清平点了点头，自然地抬手放在了秦时月的脉搏上，片刻后，她点了点头："不错。"秦时月笑起来："得郡主照顾。"

魏清平应了一声。秦时月直觉今日的魏清平似乎有些异常，但又说不上来。两人安静地对坐了一会儿，魏清平起身道："那我走了？"秦时月点点头："郡主慢走。"魏清平犹豫了片刻，也不知道自己是在等什么，终于还是起身走了。

屋中空留香风，秦时月竟然莫名觉得，有那么几分失落。

魏清平在白岭闲得无聊，每日除了义诊，便以关心母蛊的名义来看秦时月。两人在一起，常常是魏清平翻书，秦时月发呆。然而，魏清平只要叫上一声"秦时月"，他却总能

821

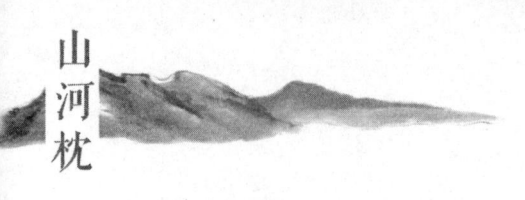

在第一时间应下。

过了大半月，秦时月的身体终于恢复如常，而卫韫体内本被魏清平用药压着的毒却突然复发。魏清平和沈无双联手问诊，终于确定，若要彻底拔毒，必须取天山雪莲回来入药。只是天山艰险难爬，雪莲也不知道哪里能寻，加上又必须快去快回，一时竟找不到可以派去做这件事的人。

消息传到秦时月耳里，他沉默了片刻，便去沐浴更衣，随后找到军师陶泉，带了一支队伍就要去天山。事情传到卫韫耳中，他强撑着自己起身，喘息着道："胡闹！母蛊在他体内，他还能去天山吗？！"

"母蛊怎么了？"魏清平微微发愣，她对蛊的确不太了解。沈无双叹了口气，有些无奈："郡主，秦将军用药封了子蛊和母蛊的共鸣，母蛊焦躁，便一直在他身体里作妖。所以他其实一直承受着母蛊所带来的疼痛。以他这样的身体状态去天山，实在是太危险了。……也不知道他这子蛊是给了谁……"

沈无双的话没说完，就看见魏清平急急往后院奔去。

秦时月正在收拾东西。这是打从二人相识以来，魏清平第一次见他好好收拾自己的行头。他长得俊俏，眉目似冰雕玉琢，线条干净利落，带着拒人千里之外的冷。他虽然没有卫韫那种惊人的俊美，却十分耐看。

听见魏清平进门的声音，他直起身来静静地看着她，而后抿了抿唇，却是道："郡主，您不用担心，子母蛊这事，就算我死了……"

"闭嘴！"魏清平怒骂。她捏紧了拳头，憋了半天才终于道，"你一定要去？"

"没有人比我更合适。"

"好，"魏清平点头，"我陪你去。"

"您不用……"

"我乐意！本郡主要做什么，轮得到你啰唆？我要去天山，你陪着就好！"

秦时月微微一愣，片刻后，他终于道："您放心，我不会让您有事。"魏清平冷哼了一声，走到他面前，抬手按在他的胸口，声音温和下来："疼不疼？"秦时月不明白，魏清平抬眼看他，"我听说，母蛊会让你很疼……"

听到这话，秦时月突然有些笨拙地笑了开来："不疼的。……这点疼，我受得了。"魏清平哑然。她呆呆地看着面前的人，她想问，如果这都不疼，那你以前，该过得有多疼啊？

当晚，二人便轻骑出发，日夜兼程奔赴天山。

番外　魏清平

　　一路上秦时月都在无微不至地照顾着魏清平。虽是在赶路，他却很细心，连喝的水，他都小心翼翼地给她暖着。起初他们还会搭帐篷，由秦时月守夜，慢慢地，就变成了她靠着他的肩睡了。

　　她喜欢问他小时候的事，他便一件件细细地跟她说。他家原在白城，北狄入侵时，家破人亡，只留了他一个孩子，他被卫家收留，当了卫家家臣。他十二岁随军，一路走到了今天。他的语调向来平淡，魏清平靠在他的肩头，却从这最平淡的话语里，听出了波澜壮阔。

　　秦时月几乎从来不拒绝魏清平的要求，几乎是她让他做什么，他就做什么。她走不动了，他便背着她走。上山的路，他几乎背了她半程。魏清平喜欢靠在秦时月背上的感觉，那是一种她从未有过的安全感，忠诚又可靠。

　　天山很大，他们在雪山上待了将近七天。夜里太冷，他们不得已挤在了一起。他总是很僵，完全不敢碰她。她一开始也很紧张，然而两天后，夜里他睡熟了，她看着他的唇，竟然就鬼使神差地突然抬头亲了亲。

　　这下秦时月整个人彻底僵了。他这般敏锐的人，哪怕是在睡梦中也时刻保持着警惕。可他不敢动。魏清平知道他醒着，伸出手搂住了他的脖子。

　　"郡主……这……这……"

　　"别说话。"魏清平搂着他，亲吻着他的唇，紧张又霸道地开口，"你不依我，我会生气。"秦时月不说话，明显是在挣扎。然而魏清平挑逗着他的每一根神经，最后他只能闭上眼睛，翻身将她压在了身下。

　　他的吻笨拙又温柔，就像他这个人。她的眼睛亮亮的："你想不想娶我？说实话！"

　　好半天，秦时月才终于沙哑着声音道："喜欢……"说着，他闭上眼，似乎是认命了一般，"喜欢！"

　　魏清平咯咯笑起来，搂住他的脖子，温柔地道："我也喜欢你。"秦时月的脸红得厉害，明明是在雪山之上，他的整个身子却仿佛着了火。"别闹了，"他小声开口，"好好休息，明天还得继续找药。"

　　魏清平便也不闹他了，只抱着他道："下山后，你就去我家提亲吧？"秦时月点头，魏清平忍不住笑意："秦时月，是不是我让你做什么，你都做啊？你怎么这么乖？"

　　这回秦时月不说话了。魏清平抬眼看他，有些不满："你能不能说几句情话来听听？"秦时月涨红了脸，一句话都说不出来。魏清平等了半天，见他仍然是一副窘样，摆了摆手，有些无奈："算了算了，我不为难你了，睡吧。"说着，她又往他怀里缩了缩。

　　这时，秦时月却突然开了口："清平，你为什么要叫清平？"

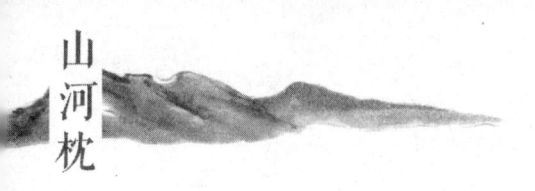

"我怎么知道？"魏清平有些困了，"得问我父王。"

"我知道。"秦时月有些高兴，"因为……你长得好看。"魏清平一时不明白，秦时月的脸更红了，"云想衣裳花想容，春风拂槛露华浓。若非群玉山头见，会向瑶台月下逢。"话音落下，魏清平就看见面前这人笨拙地抬眼，小心翼翼看着她，问道，"……这算不算情话？"

这岂止是情话？那一刻，魏清平想，简直如同冬日后的春光，夏日里的凉风，直要将人的意志消磨全无。她恨不得把那一颗心，全都掏给他去。

费尽千辛万苦，两人终于找到了药，回了白岭。

而后的时日，魏清平就留在了白岭。秦时月陪她逛街、看书、练剑，陪她做所有她喜欢的事。而秦时月出身贫寒，便由她教各种礼仪、练字。遭遇战事，魏清平总是守在城楼上等他回来。甚至在他战后受伤未归之时，她会紧张到头绑白布，在死人堆里翻开一具具尸体找他。

一月后，一个老者带着一行侍从来到白城，找到秦时月。礼貌地与他见过礼，那老者笑了笑："在下是百草阁的管事，姓范。"

江花容的手下，专程来白岭找秦时月，只会为了一件事——"您与郡主云泥之别，同她在一起，那是误了她，阁主与王爷都不会同意这门婚事。您若真把郡主放在心上，还请不要让阁主与王爷难做。"

这话劝得直接了。秦时月一时愣住，可那一瞬间，他心里却是清楚，对方说得对。他不知道该如何作答，许久后，他终于点了点头："在下知道了。"

他去找了魏清平。魏清平正在练字，见他来了，笑着朝他打招呼："时月你过来看看，这首诗是我写给你的。"秦时月走到桌前，魏清平还在叨叨那诗，可他其实看得并不太明白。他呆呆地看着面前的女子。她出身高贵，貌美聪慧，喜欢他这样的人……实在是自毁前程。

沉默了许久，他终于道："郡主……我想，您在白岭待了许多时日，或许，您该去其他地方走走看看了？"

魏清平没说话。从她开始头绑白布去战场上找他起，她便在心里将自己许了他。前些时日她修书给母亲，提及自己的婚事，母亲没有回信，然而不久后范管家就来了白岭。聪慧如她，此刻立即明白了母亲的意思，也明白了秦时月的意思。好久后，她道："我明白了。"说着，她放下笔，直接转身走了出去。

看着魏清平的背影，一时间，秦时月竟然有那么几分想哭。在这种事上他向来笨拙，也不知该怎么发泄,于是找到沈无双去买醉。那一日他难得地喝得大醉,夜深人静,他躺在床上,感受着屋里她留下的气息,也不知是怎么了,二十出头的男儿,竟就忍不住哭出了声来。

他蜷缩着,压着声音。魏清平坐在屋檐上,静静地看着他,听着他一声一声地唤她的名字。片刻后,她闭上眼睛,伸出手弹了些许药粉下去,而后,她翩然落下。

秦时月讷讷地抬头。他看着这个姑娘落在眼前,宛若神明。她掀开他的帘帐,脱了鞋,躺到了他的身边。他整个人都呆了,直到她脱去他的衣服。

"做梦呢。"她轻轻诳他,"时月,梦醒了,我就走啦。"

秦时月一时恍惚,猛地伸出手抱紧了她。那是魏清平头一次知道,木讷如秦时月,也有这般强势的时候。他抱着她,眼泪落在她的肩窝,反复叫着她的名字,求着她——

"你别走……清平,你别嫌弃我,我会挣军功,我会配得上你……清平……"他闭上眼,"你怎么这么好……"

你为什么,要这么好啊?

酒总有醒的时候。

第二天秦时月醒来,看见身边的魏清平,整个人都蒙了。魏清平则是大大方方地伸了个懒腰:"起这么早做什么?再睡睡?"

"我……你……我……"秦时月语无伦次。魏清平抬眼看他:"你你我我的说什么呢?别太放在心上。我若要嫁人,谁还敢嫌弃我不成?"秦时月涨红了脸,魏清平直起身来,拍了拍他的脸,小声道,"同你混了这么久,一点甜头都没尝到就想让我走,也太便宜你了。"

秦时月不敢说话,目光死死地盯着床板。魏清平推了他一把:"愣着做什么?我要梳洗。"秦时月赶紧下床,他不敢叫人,便自己去打来水,而后便守在屏风外面等着。

魏清平梳洗完毕,换了衣服,从屏风后面走出来。她神色坦荡,平淡地道:"我要走了,明天就离开白岭。这事你别太放在心上,大家各取所需,下次我来,还找你。"

魏清平一副坦荡的模样,却还是忍不住红了耳根。好在秦时月根本不敢抬头,憋了半天,只问了一句:"那,你还会……找别人吗?"这话把魏清平气笑了,她扭头就往外走。秦时月拉住她,低声道,"我会好好攒军功。"

"不需要。"魏清平甩开他,"知道什么叫世家吗?"秦时月仍低着头,只是道:"……那你也别找别人。"魏清平挑起眉:"我若找了呢?"秦时月猛地抬头,似乎是怒极,然而两人的视线在空中交锋许久,却仍是他败下了阵来。他扭过头去,闷声道:"若

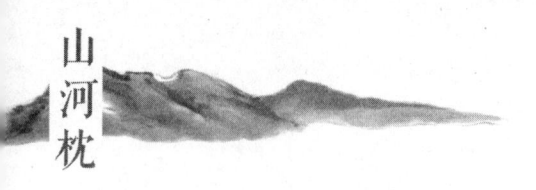

是你找了别人，便不要来招惹我了。"

听到这话，魏清平忍不住笑出声来。她不再多说，转身往外走去。走到一半，她突然顿住步子："秦时月……好好当你的将军，你这样的儿郎，当是谁都折辱不得的。"

谁都不可以，她的家人也不可以。

他们分开了，却又总是相逢。魏清平会在夜雨里千里迢迢回到白岭，坐在他的窗台上，只说一句："有点想你。"而他最常做的事，就是等待。他从不拒绝她的要求，永远等待着她，在她需要之时陪伴在她身边。他不敢在人前同她走得太近，他怕人看出他们的关系，会有流言蜚语缠上她。然而私下里，他却是她一个人的秦时月。

一日，卫韫闲来忍不住问他："若是郡主要你离开卫家，你随她走吗？"他微微一愣，许久后才道："尽了我的责任，天涯海角，我就都随她走。"

"你若是一辈子都娶不了她呢？"

"那便一辈子守着她。"

他们一直如此。似乎在一起，又似乎是没有，直到元和六年，魏清平被困在疫区。

得到消息的时候，他下意识地就想去找她。可魏清平太清楚他的脾气，那时大楚正硝烟四起，她带了话给他，每个人有每个人的责任，他若来了，她会看不起他。于是他只能咬着牙留在战场上，一心只想快一点结束这场战斗。

而后，旷日持久的战争终于结束，他第一时间千里奔赴疫区，在见到她的那一刻，他再不顾人言，狠狠抱紧了她。他突然明白了当年魏清平去死人堆里翻他时的心情，他这才明白，面前的这个女子随时可能消失，而他也并不是如他所言，能守她一辈子就够了。若不能娶她为妻，他将一生都有遗憾。

第二日，他清点出自己的所有财产，亲赴魏王府。他刚提出求亲的事，就被府里的人轰了出来。他不肯走，固执地跪在王府门口，一动不动。他生来嘴笨，不知该说些什么，只能这样跪着。

魏清平赶回来时，他已经跪了近十天。她冲到他面前，气得整个人都在发抖。"起来，"她说，"这哪里就轮得到你跪了？"他苦涩地笑开："没事，我想娶你嘛，该吃苦的。"魏清平红了眼："我不愿看到你跪。"

他摇摇头，不再说话。魏清平吸了吸鼻子："要跪是吧？好，那我同你一起跪！"说着，她便直直地也跪在了地上。他忙去扶她，她却不动。魏王不忍，出来劝她，她却说："他想娶我，我也想嫁他，又怎能让他一个人跪？"

魏王苦着脸："你别闹了，你要嫁人，为父自然是高兴的，可你也不能如此罔顾人伦。哪怕不是高官厚禄，至少也该是世家出身……"

"不是世家出身怎么了？"魏清平骤然冷了脸色，"父亲难道不知，常年在边疆守着一方国土的是谁？父亲难道不知，这么多年来为我大楚浴血奋战的是谁？您说的世家公子，他们在华京中舞文弄墨的时候，是谁在用骨血护着我大楚江山？！他不是世家子弟又怎么了？他的风骨，哪一点又不如世家？！"她紧紧盯着父亲，眼中含了眼泪，"他付出得比别人多，他走得比别人难，就因为他没有出生在世家，哪怕他真心爱我疼我，视我如珠如宝，用命拼来了高官厚禄，也不配娶我，是吗？若是这样的人都不配娶我，谁又配呢？父亲……"她哭出了声来，"女儿只是想嫁一个真心喜欢的人，有这么难吗？"

魏清平长到这么大，没怎么哭过。她这一哭，把两个男人都哭愣了。好久后，却是秦时月开了口，他低哑着声音："我……我不让你为难了，清平……你……"然而魏清平提了声音，却不肯放秦时月走："我想嫁个喜欢的人，他理应是这个国家的英雄。可就因为他没有出生在世家，就不可以了吗……"

魏王沉默，好久后，他终于道："也不是不可以……"说着，他话锋一转，"可他得发誓，这辈子只有你一个人。"秦时月立刻开口，认真地道："这是自然。我这一辈子，只喜欢清平一个女子。"

他说得郑重又认真，带着几分孩子气。魏清平忍不住先笑了。"傻子。"她轻轻推了推他的头，"你真是个傻子。"

他们的婚礼是在魏王府办的，嫉妒秦时月的人在外笑他是入赘，然而他却不在意。成婚当晚，秦时月掀起盖头，魏清平扬起笑意盈盈的脸："外面的流言蜚语，我都知道……你生气吗？"

他愣了愣，随后笑起来，答得温和——

"只要同你在一起，怎样都可以。"

番外　顾楚生

听见下雨的声音，顾楚生站起身来，停在窗边。如今他已近花甲之年，身子骨早不如前，这场夜雨有点冷，他忍不住轻咳出声。

顾颜青走了进来，看见他站在窗前，忍不住劝道："父亲，您怎么又开窗了？"顾楚生笑了笑，神色温柔："今夜这雨下得好。"顾颜青叹了口气："您还病着，便别看夜雨了。"顾楚生不答话，他笑着走到案前，端起药碗小口小口地抿着，却是问道："德州的水患如何了？"

"父亲！"顾颜青有些不开心了，"您就别操心这些了，好好养病吧！"顾楚生又轻轻咳了几声，摇了摇头："放不下心，总想问着。"顾颜青有些无奈："您啊，就是差个枕边人。……父亲，母亲已经去了这么多年，您也该放下了。您找个人吧，有个人陪着总是好些。"

"小孩子，管什么大人的事！"顾楚生轻声叱喝。顾颜青忍不住争辩："父亲，我孩儿都会叫爹了。"顾楚生立刻堵了回去："那你也是我儿子。"顾颜青还想说什么，顾楚生却固执地打断了他，"行了，我知你要说什么。只是，颜青……这世上所有事都能将就，唯感情不能。若不清楚自己要什么，就什么都别拿。"

顾颜青急切地想要反驳，却在目光触及顾楚生的表情时停了下来。父亲似乎又陷入了某种回忆之中，他的神色越发温柔："而且，我已得到过，便不强求了。……我这辈子还有太多事要做，我记着她，便已经够了。"

顾楚生对于楚瑜最初的印象，来源于楚锦。

顾楚生还在娘胎里时，他父亲便从兰州太守升任为工部侍郎。回京路上，他们遇到一群山匪，母亲受惊产子，危急之下，是楚建昌路过相救，他们一家人才保得平安。顾楚生的父亲是个知恩图报的人，当下便许诺，日后顾楚生就是楚家半子，为他取名楚生，其意便是为楚家而生。楚建昌被顾楚生的父亲感动，于是顾楚生刚刚出生，两家就定了姻亲。

几年后，谢韵有了身孕，生下了一对双胞胎，都是女孩。当时战乱，楚建昌在战场上为镇国侯卫忠挡了一剑，卫家为报恩，也与楚家定下了亲事。于是，楚家长女楚瑜与卫世子卫珺定亲，次女楚锦则与顾楚生定亲。当时华京内外都在盛传，楚家这两门顶好的亲事，都是楚建昌用命换来的，这话倒也不假。

考虑到卫家乃将门世家，顾家则是书香门第，于是楚家将两个孩子分开来养，楚建昌带着楚瑜在西南边疆养大，谢韵则带着楚锦在华京养大。彼时大楚西南战乱频发，小孩子又受不得车途劳顿，于是整整十二年，楚瑜一直待在边塞，不曾回华京来。

十二岁之前，顾楚生都没有见过楚瑜。他年幼时身子骨不好，总在家里喝药，唯一的玩伴，也只有楚府的楚锦。他们俩从小就知道，未来他们会是夫妻，于是楚锦很照顾他，会为他熬药，会给他擦汗，会甜甜地叫他："楚生哥哥。"而这一声称呼，也总是提醒着顾楚生牢记自己生来的责任——他是楚家半子，为楚家而生。于是他从小把楚锦当成自己的妻子来照看，纵使年幼时，他尚不懂得妻子该是怎样的。

但是，那时候楚瑜虽然多年不曾回过华京，顾楚生对她却也是不陌生的。每一次楚建昌和楚临阳回来，都会和家里聊起这个长女的很多事情。谢韵记挂长女，哪怕楚临阳和楚建昌已经回了边疆，她仍会在家中反复说起楚瑜的事情，如楚瑜性格爽朗，武功高强，有勇有谋，善良机敏。夸得久了，楚锦便十分讨厌楚瑜。她常常同顾楚生说："我姐姐啊……就是个乡野村妇，蛮人。"

后来长大了些，楚锦学会了华京里绕弯子那一套，她换了词儿道："我姐姐啊，性格率直，只知道舞枪弄棒，日后回了华京来，也不知道会吃什么亏呢。"楚锦心中九曲十八弯，顾楚生又何尝不是七巧玲珑心？他心里明白楚锦的意思。小女儿家的心肠，小小的恶毒，他并不介意。

反正，他是楚锦的丈夫，护着楚锦，也是应当的。

他怀着对楚瑜的敌意，一直到十二岁。十二岁时，他随父亲来了西南边疆。他父亲主持西南一项防御工程的修建，他就跟着来学点东西。

他们到达的那日，是楚建昌亲自来迎接的。那时还是清晨，远远见得鹊飞山月带曙光，光落下之处，是一支队伍，为首之人便是楚建昌。他身后跟着两位少年，一位年长些，穿着黑色劲装，他揣测着该是楚临阳。而另一位……走近了才发现，却是一位姑娘。

她看上去不到十岁的年纪，穿着红色劲装，头发用发带高高束起。她长得其实很漂亮，但和楚锦的那种漂亮不同。她眼窝很深，睫毛很长，眼睛又大又亮，眼里流淌着华京

山河枕

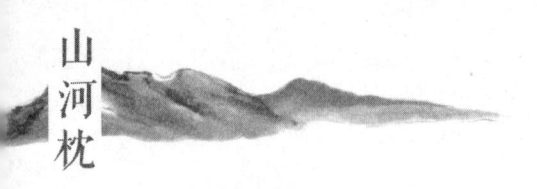

女子少有的朝气和明朗,那是一种带着明艳的漂亮,刺得人有些睁不开眼。

彼时顾楚生刚睡醒不久。他穿了一件红色广袖华袍,袍子上用金线绣着云纹,头上戴了玉冠,外面披了一件带着绒领的白色披风,贵气中带着些许可爱。父亲带着他来到楚建昌面前,他规规矩矩地对楚建昌行过大礼,带着一种少年老成的语气道:"楚生见过楚伯父,见过世兄,见过……"他的目光落在楚瑜身上,犹豫了片刻,终于还是选择了和楚锦一样的称呼,"楚瑜妹妹。"唤着那声"楚瑜妹妹"时,他那双漂亮的眼便落在了她的身上。

少女听到他唤她"楚瑜妹妹",微微睁大了眼,随后,突然一下,她就缩到了楚临阳身后去。楚家人都有些尴尬,楚临阳保持着微笑去拉扯楚瑜,压着声道:"做什么你?出来!"

"不行不行,"楚瑜脆脆的声音响起来,"这个小公子太好看了,我怕我会吓到他。"

顾楚生:"……"

生平第一次,他有了被调戏的感觉。这种感觉不太好,于是他想,这果然便是楚锦说的,乡野村妇。

当天夜里,顾家父子二人便歇在了楚府。西南有着和华京截然不同的气候,夜里星光璀璨,带着淡淡花香,有女子在远处用他听不懂的语言高歌,让他忍不住想要抚琴一首。

他抱着琴去了院子里。然而刚踏入院子,他就听见院子里面传来楚瑜的声音。只听见她兴奋地道:"哎呀你们不知道那顾楚生,长得可俊惨了,我今天一见他,心跳就快起来,他还叫我楚瑜妹妹,我突然就懂了三娘说的骨头酥了半边是什么意思……"几个女子都笑了起来。顾楚生悄悄看过去,看见一个女子抿着唇道:"大小姐,你还小呢,懂个什么呀?"接着几人又开始七七八八谈论起来。顾楚生在一旁听着,心里想,果然粗俗。于是他抱着琴,又退回了自己屋里。

隔了几日,楚瑜居然还主动找上了门来。她甩着鞭子,大大咧咧地道:"顾大哥,我大哥说你在屋里也憋坏了,让我来照顾你。要不我带你逛逛吧?"顾楚生不回答,面上冷若冰霜。楚瑜骤然被他的态度冷到,有些不好意思地摸了摸鼻子,"那个,顾大哥,是不是我说错什么话了?你不开心吗?"

"楚大小姐并没说错什么,"顾楚生神色平淡,"只是我与大小姐毕竟都年纪不小了,大小姐带我出游,怕是不妥。"楚瑜听得一脸蒙:"有什么不妥?"顾楚生斜睨了她一眼,颇为鄙夷地道:"大小姐连男女之防都不懂吗?"楚瑜有些不高兴了,皱着眉头道:"我又没拉你抱你亲你,怎么就不懂男女之防了?你是我未来的妹夫,你还当我会看上你不成?"

听到这话,顾楚生冷冷一笑。他亲耳听到过楚瑜对他的非分之言,哪里还会信这些鬼话?而楚瑜见他仍然不愿意出去,也没有继续纠缠,只是道:"不去就不去,那我自个儿去了。"

顾楚生毕竟年少,憋了半个月,终于还是忍不住,开始出去闲逛。他时常见到楚瑜,原因无他——人多的地方,往往就有楚瑜在。

他见过她领着人打马从街头飞蹿而过,也见过她在校场和人摔跤弄得自己一身泥泞。他发现,楚瑜这个人,走到哪儿都是焦点,而且她真的太熟悉这个城市,吃喝玩乐,只要是她去的,都是这个城市最有意思的地方。于是他开始悄悄跟着她,吃她吃过的饭馆,点她点过的菜,去她去过的酒楼,走她走过的路。

顾楚生端着华京世家子弟的架子,过着楚瑜过的日子,竟发现,也颇有滋味。少女的人生鲜活动人,和华京里的世家贵女一点都不一样。而后他也发现,楚瑜对他或许真的没什么非分之想,因为楚瑜脑子里的形容词极其匮乏,她但凡见到一个好看一点的男人,都要对人说那句"我终于明白什么叫作骨头酥了半边"。

顾楚生听得笑起来,心想这姑娘的骨头大概早就碎成渣了。这样的女人……他想了想,还好是卫珺娶了去,换作是他,怕早就被这么不安分的女人给气死了。他爱的是楚锦那样的女子,懂规矩,识大体,擅笔墨,懂音律。不过……如果楚瑜不是他的妻子,远远看着这么灵动的一个姑娘,似乎也是不错。

他就这么在楚瑜身后跟了大半年,偶尔楚瑜和他遇上,也只是不咸不淡地打声招呼,喊一声:"嘿,你在这儿呢。"久了,他也会朝她笑笑,偶尔请她喝杯水酒,两人倒也相安无事。

直到他十三岁那年,陈国突袭,徐州城破。当时楚建昌的主力不在,楚瑜自个儿在外面玩。楚临阳提着长枪催促他:"你出城去,替我找到我妹妹,立刻带她退到晏城去!"他知情况紧急,抓起披风,佩上长剑,立刻便驾马冲了出去。

他在荒野上四处寻找楚瑜,终于找到她时,她正一个人站在原野上看着远处的狼烟滚滚,一脸茫然,还带了些惊恐慌乱。那一瞬间,他终于发现,她毕竟还是个小姑娘。他朝她疾驰而去,伸出手,高声道:"楚瑜,上来!"楚瑜呆呆地抬起头,而后她的目光骤然亮了起来。"上来,"他叫她,"我带你走。"

只犹豫了片刻,楚瑜便抓住了顾楚生的手。而后他揽住她,用披风将她裹在怀里,训斥道:"你出来怎么就穿这么点儿?!"下着雪的天,她就不怕冻死吗?楚瑜这次没有耍宝,她安静地听着他的训斥,听着他的心跳声。他以为她是怕了,便心软了,忍不住道,"你别担心,我会护送你去晏城的。你父兄都不会有事,我陪着你。"

楚瑜任由他抱着,好久后,她才低低出声:"好。"

他带着她跑了一夜,终于安全到达晏城。她的情绪有些低落,而顾楚生只当作她是吓到了,也没多想。几日后,他去看她,她却躲着他,他也不知为何。少年脾气高傲,被拒绝了几次,他也就不再去了。谁也不是谁的谁,犯得着这样被人作践吗?那时候的他不懂,一个姑娘不喜欢一个人,才能坦坦荡荡,若是喜欢了,只会畏畏缩缩。而且,他毕竟是楚瑜未来的妹夫,以楚瑜的性子,她哪里容得自己多想什么?

顾楚生一直没有再见到楚瑜,直到回京。起程那天,他特意旁敲侧击地让楚临阳去给楚瑜报信,他想等楚瑜来送他。他以为,哪怕只是朋友,楚瑜也当来送送他。谁曾想,从白天等到黄昏,仍旧没等到她来。他也不知道自己是气个什么劲,把帘子一放,怒道:"走。"他暗暗下定了决心,日后楚瑜回到华京来,他也绝不去接她。

他说到做到。徐城之乱后,楚建昌终于觉得边塞不安稳,把楚瑜送回了华京。顾楚生听闻楚瑜回来了,真的没去见她。直到他被父亲带着去楚家赴宴,他才再一次看见了楚瑜。回到京中的楚瑜仿佛一只被斩断了翅膀的鹰,在人群中格格不入。见到他,她也仿佛不认识一般。她既然装作不认识他,他也不会刻意去跟她交好。只是偶尔她踩到自己的裙角摔倒,众人发笑时,他会提醒楚锦去扶她一把。

他本以为人生就会一直如此,他甚至能预见到自己日后步入官场,迎娶楚锦,为国家效力,为君主尽忠。直到纯熙七年,他十五岁时,秦王谋反。谋反案发之初,他便已察觉父亲的不对劲。以他的聪慧,顷刻间便猜到了父亲的计划。

顾楚生的父亲对开国赵氏有着浓厚的感情,更受过秦王礼遇,秦王落难,他不会不管。然而,赵玥出现在他家里时,他还是震惊了。哪怕那时候的赵玥,已经被父亲改头换面变成了一个普通家仆。

顾楚生知道自己家族的底子,也知道皇帝的手段。他明白,以他父亲的手段,决计保不住赵玥。大雨之夜,他让家中暗卫在外搜索了一圈,果真找出了其他暗卫蹲点的痕迹。然而赵玥已经到了顾家,他明白,无论如何,顾家已是在劫难逃。

父亲哭着苦求他:"我可以死,赵氏血脉不可断啊!"顾楚生面色惨白,看着父亲痛哭流涕的模样,终于道:"我有一个办法。"此刻赵玥正在屋中从容地饮茶,听到顾楚生的话,他抬起了头来。顾楚生转头看向赵玥,颤抖着声音问道:"我听闻,世子与长公主殿下交好?"赵玥垂眸不言,许久后,他轻轻一笑:"我也不知她会不会救我,但你可一试。"

顾楚生去试了。他派人联系了李春华，李春华立刻着手准备起来，而他要做的，就是把顾家从这件事中抽出来，让淳德帝安心。于是他提着剑，亲手将自己的父亲送入宫。他举报了父亲，为了表现自己的忠心，他还当着淳德帝的面目睹父亲受刑而死。

淳德帝看着匍匐在地的少年，终于放心下来，叹了口气道："难得你小小年纪，就有如此忠心。也罢，朕便留下你顾家。只是死罪可免，活罪难逃，你今年似乎该入宫当太子伴读了？罢了，你去昆阳吧，从县令做起，于你而言，也是磨炼。"

顾楚生千恩万谢地出了宫。染了父亲之血的手藏在袖子里，他一时不知道该去往哪里。他像一个游魂，这世间已没有他的容身之处。他凭着直觉往前走去，等到他反应过来，却已是站在了楚家大门前。

他不知道自己是来找楚锦，还是来找楚瑜的。他只是茫然地站在那儿，然后便看见了两个年轻公子。一个看上去约莫二十三四，身着素衣，头戴玉冠；另一个却只有十三四岁的样子，身着黑色劲装，头发用发带高高束起，两缕头发垂在额边，露出一个精致的美人尖。

那少年正在翻墙，青年就含笑看着。顾楚生愣了片刻，反应了过来。年少的那个他不识得，年长的那个他却是知道的——卫世子，卫珺。

卫珺在这里，那少年自然是他的亲弟弟卫韫了。他静静地看着他们，瞧着他们的动作，便猜出了他们的意思。明年楚瑜就要出嫁了，卫世子想来想看看他等了这么多年的新娘子是个什么模样，也是正常。然而顾楚生却无端端就起了一股火烧在心间。他将双手笼在袖中，冷冷看着这对兄弟，压着声道："卫世子，这半夜三更的领着幼弟做这种事，怕是有失分寸吧？"

被抓了个正着，卫韫颇有些心虚，又有些恼怒，却不好说什么。倒是卫珺沉默了片刻，尴尬地笑了笑，竟然开口同卫韫道："小七，我就说你不要这么顽皮。你这随便翻墙的习惯也不知什么时候才能改？下来吧，为兄带你回去。"卫珺的这一番话说得坦荡又诚恳，接着他转过头去看着顾楚生，行了个礼道，"幼弟总有夜游爬墙的习惯，我才追到此处，还未来得及阻拦，让顾公子看笑话了。"

卫韫："……"

顾楚生没说话，目光冰凉如水。卫珺没理会他，招了招手，卫韫便跳了下来，两人告辞离开了。

顾楚生静静看着两人远去的背影，握紧了拳头，掌心的血仍然黏腻。

凭什么……凭什么他们活得这样容易，要什么有什么，而他却什么都要失去？顾家倒

了，父亲没了，他也将一无所有。楚锦不会嫁给他的，他太清楚这个女子了。而楚瑜……

他突然心中大悟——楚瑜不是他的。她是卫珺的妻子，不是他的。

那一年，顾楚生未曾出门。

父亲没了，淳德帝却秘而不报，装模作样地开始审问众人。彼时朝中人人自危，而他只是躲在自己的屋中，只看书、作画、喝酒。他心想，自己的人生，大约就此毁了。他知道，以自己的才华，只要他足够努力，或许还可以东山再起。可东山再起又怎样，他比得过卫珺吗？

他日日买醉，没有了父亲的管束，顾府上下谁也不敢说他什么。一年之后，守孝期满，他该奔赴昆阳上任了。而这时候，楚瑜年满十五，也与卫家定下了婚期。他下意识地回避着这件事，即将离开华京之时，却是楚锦来找了他。

"楚生哥哥，"她哭着求他，"你退亲吧。我姐姐是喜欢你的，我不能做对不起姐姐的事。"楚锦的哭声那般楚楚可怜，然而他的内心一片平静。他太清楚楚锦的性格，听到她的话，他忍不住笑了："其实不是你姐姐喜欢我，是你不愿同我去昆阳吧。"

楚锦微微一愣。顾楚生看着她呆愣的模样，心想，她就像一朵娇花，生来就该供养在华堂之上，用最精致的瓷器养护。她来退婚，也是对他此刻的人生做出的宣判——他顾楚生不配拥有她。她和自己一样清醒、一样自私、一样冷静刻薄。顾楚生骤然想起了她年少时叫着自己"楚生哥哥"的模样，忍不住嘲讽地笑开："我不会退婚。可是阿锦……"他抬手覆在她的脸上，神色平静，"跟了我，你不会后悔的。"

楚锦愤怒地尖叫起来。她质问他——顾楚生，你配吗？你看看你的样子，你配得上我吗？！

他没说话，握着茶杯的手，微微颤抖着。

楚锦回去之后，也不知道是发生了什么，他离开华京前夕，楚瑜突然给他送来一封信，说要陪他一起去昆阳。他想，这姑娘一定是疯了。然而，在打开那封信的刹那，他内心却生出了半分柔软。

他思量着，楚瑜陪他去昆阳，对他而言是一件好事，当然也是一件坏事。好在以楚瑜的身份和能力，大概能给他带来很多帮助。坏在以卫家的门第，怕也是容不得这样的奇耻大辱，容不得他。当然，他也有把握，以卫家严谨、保守的家风，并不会做出太出格的事，这件事无论如何看，除了丢了颜面，都包赚不赔。他理当收下那封信。然而，看着那笔迹，想着那姑娘策马饮酒的模样，他突然笑了。

"让她别来。"他低声开口，"好好嫁给卫珺吧。我不喜欢她，让她别来了。"

然而楚瑜终究是来了。她日夜兼程，策马追赶，终于用佩剑挑起他的车帘，露出她明艳的面容。他说不清那一刻自己心中是什么感受，只觉得似乎有光照满了大地。然而，在黑暗里熬了太久的他，竟也感觉有那么一些惶恐不安。

他轻声叱喝："你来做什么？"姑娘笑眯眯地开口："来陪你啊！"随后她认真下来，沉沉地看着他，"顾楚生，以后我会陪着你，你别怕。"少年没说话，藏在衣袖下的手紧紧抓着衣衫。他盯着她不敢开口，他怕自己一出声，沙哑的音调就会泄露他的内心。楚瑜也不多话，笑了笑，放下帘子，招呼着她带来的人，提声道："起程！"

她说到做到。她真的放下了亲事，放弃了卫珺，千里而来，陪伴他。他在黑夜里看着姑娘的面容，完全反应不过来到底发生了什么。他只知道，那天夜里，她累了，抱着剑靠在他肩头睡过去时，他突然就下定了决心，自己会回去。有一天，他会回到华京，会报了自己的家仇，会比卫珺、卫韫更强，会一人之上万人之下，会……配得起她。

只是那时候的顾楚生尚不知自己的真心，他只觉得夜风有些冷。于是他抬起手，将楚瑜拢在怀里，将袖子搭在了她的身上。

楚瑜背弃了卫家的婚事，自然是不可能再回去了。如果他不要她，她就无处可去，于是他娶了她。他反复告诉自己，他是为了报答她的恩情，是为了不让她回去沦为别人的笑柄。然而，当他听说卫家上了战场，前线就在离昆阳不远的白城，而楚瑜自请帮忙押送粮草时，他抿了抿唇，却是同楚瑜道："先把婚礼办了吧，你一个姑娘家的去做这些，总是不成体统。成了亲，我陪你。"

楚瑜骤然回头，面上满是惊喜，像是落满了星光。

那是一场很简单的婚礼，他们自己拜过了天地，和顾楚生的属下们喝了几杯酒，闹腾了一阵，便是了。那天晚上他很笨拙，楚瑜性子直，还笑话他。他恼了，背对着她不说话，她又低下声来哄他。他又气又无奈，然而，抱着她的时候，他又突然觉得，似乎这样过一辈子，也挺好。

那时他觉得日子很苦又很甜，直到卫家战败的消息传来。卫家满门除了卫韫，都战死在白帝谷。他本不想告诉楚瑜，却还是让楚瑜听到了这个消息。那天晚上，她没回房，而是在院子里站了一夜未眠。他披着衣服站在长廊里嘲讽道："你这是做什么？死的又不是你丈夫，你犯得着这么惺惺作态？"

"是我负了他。"楚瑜闭着眼，声音里带了哽咽，"卫世子，是我薄了他。"

听着这话，顾楚生整个人骤然火起。他想起了月光下那个青年含笑的模样，想起了卫珺的一身荣光。这个男人，生得光彩，死得磊落，他清楚地知道，楚瑜是因为没见过他，若是见过，她怕是不会来昆阳找他。

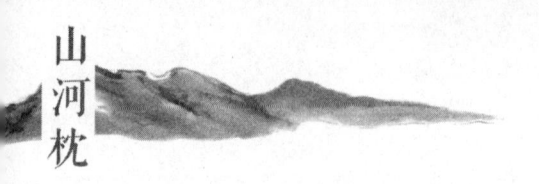

然而，她不来找他……那又如何？他告诉自己，楚瑜喜不喜欢他，都无所谓，都不如何。他不稀罕、不在意、没关系！但他还是觉得心口发闷，在华京时的那种绝望感和羞辱感再次笼罩了他，他忍不住冲过去拉住她道："你给我回去！你和他是什么关系？你负他什么了？！我才是你的丈夫，你回去！"

纠缠之下，楚瑜终于怒了，猛地甩开手，大吼了一声："你要做什么？！"顾楚生本不过一介书生，哪怕有些三脚猫功夫，在认了真的楚瑜面前也是远不够看的。他被她一把推开，撞在门上，疼得他倒吸了一口凉气。楚瑜愣在了原地。顾楚生微微喘息着，楚瑜有些不知所措："对不起……我……"

"你说什么对不起？"顾楚生冷笑，他捏紧了拳头，巨大的屈辱感将他淹没。他撑着自己站起身，嘲讽道，"你且怀念你那死在白帝谷的未婚夫去吧，你若是太想他，我送你一封休书，你们结个阴亲也未尝不可。"听到这话，楚瑜的脸色顿时煞白。顾楚生见着她的模样，心中终于畅快了一些。他转过身去，回了屋子。

一个人静下来，顾楚生才反应过来自己方才到底做了些什么。为什么他会这么焦虑？为什么他会为了楚瑜这么失态？惶恐的感觉铺天盖地涌来，似乎直指一个答案。这个答案让他惊慌失措，他忍不住掀翻了桌子，往后疾退，靠到了墙上。

——他不喜欢楚瑜。他这辈子，不会喜欢任何人。

那些年，他和楚瑜的相处，一直是针尖对麦芒。少年人脾气都大，楚瑜骂不过他，他也打不过楚瑜。

那是顾楚生一生里最落魄的时候。楚瑜见过他所有狼狈的模样，他被人羞辱、卑躬屈膝，都是常事。他曾在夜里独自哭泣，是楚瑜强行踹开了大门，将他抱在怀里，任由他痛哭流涕。他曾得罪乡绅被逼着磕头认罪，是楚瑜冲进宅院，和众人打得满身是血，手提长剑都不肯跪下，同他说——顾楚生，站起来。

楚瑜骂他软骨头，他恨楚瑜总惹事、不识时务。两人一面争执，又互相依靠。她可以为了他抛头颅洒热血，他也能为了她无所不用其极。他们一起押送粮草，一起走过北狄荒凉的大地。他被北狄细作追杀，她便扛着他跑路，还笑着同他说："你看，你还是得仰仗我吧。"他恶狠狠地骂回去一句："滚。"天冷的时候，他知道她体质寒，怕冷，会将被子多给她一些，然后拥住她。她总是说不用，他便骂她："你有没有半分女人的样子？"

后来，回想起那些时光，他们虽然时时争执，其实却是相爱的。

楚瑜陪着顾楚生在北方待了五年。她帮着他一路平步青云，卫韫平定了北方，他在昆阳，担任白、昆两州州牧。当时京中局势混乱，六皇子与太子争夺皇位，而他却暗中与卫韫统一了战线。他们都是与淳德帝有仇的人，哪里会让他李家再来一个不受控的天子登基？他们要的是六皇子和太子两败俱伤，再扶一个傀儡上去。于是，哪怕顾楚生那时几乎已经掌控了整个北方的财政大要，却迟迟不肯入京，便是为了当卫韫背后的金库粮仓。

这让淳德帝惶惶不安，频频向楚家施压。楚瑜不满，他便让她去查长公主，同她道："若是你能把长公主从太子这条船上拉下来，咱们就回华京，让你爹轻松一些。"楚瑜抿了抿唇，却是问："你可曾把我的家人当成家人？"他轻嗤："你的家人与我何干？"

然而，回到书房里，顾楚生的侍卫却叹了口气，劝他道："爷，何必赌气呢？要不是为了楚将军，您拖两年再回去，不是更好吗？"顾楚生没说话，他也不知，自己这么别扭，到底是为了个什么。

楚瑜当真查到了太子的把柄，长公主也与太子闹僵了。她亲笔来信，让顾楚生回京。顾楚生不再推辞，施施然回到华京，从两州州牧直跃户部尚书。而这时候，他和楚瑜已经成亲近五年，而两人始终没有孩子。华京里有人暗暗笑话顾楚生，说他不会生，他恼得在酒宴上掀翻了同僚的桌子，更是成了华京里的一大笑话。

楚瑜对顾楚生明里暗里受到的羞辱一概不知，虽然她每天都会按时喝药，但仍是如平常般四处逛、去校场和人摔跤，全然没有半分顾大夫人的模样。顾楚生四处为她寻医，终于找到一个大夫。那大夫说她习武的路子极阴，这本没什么，但这些年她受伤太多，伤了底子，体质偏寒，加上这武功路子，便不易有孕，而且长此以往，阴阳失调，日后怕是会病症不断。

得了这话，犹豫再三，顾楚生终于还是同楚瑜道："你那一身武功，便废了吧。"楚瑜愣了愣，随后骂了他一声："有病。"

"你总不能让我一辈子连个孩子都没有。"他终于按捺不住，大吼出声，"你已是尚书夫人，你还要这一身武功做什么？！你是觉得我护不住你，还是不想要我护你？全华京都把我当成笑话，你为我想过没有？！"楚瑜没说话。她背对着他，听出了他话语里真切的难过。好久后，她慢慢道："我只是觉得……每个人，都当有自己的人生。"

这话刺伤了顾楚生。他也不知道自己是怎么了，听见这话，他只觉得害怕。他冷下声音："你不需要有你的人生，你只需要当好顾大夫人。"楚瑜再次沉默不语。他越发心慌，终于忍不住道，"你若不当，自有人来当。"

"那便让人来！"楚瑜猛地提了声，回过头来，手握腰刀，亦是冷下了声音，"我倒要看看，谁敢来！"

"好，"顾楚生点头，"你且等着。你以为你算个什么东西？你以为这顾府，当真只

有你一个女人不成了?！"说完这话，他便冲了出去。

他满京城乱窜，然后遇见了楚锦。楚锦一身妇人打扮，头上顶着一只银色发簪。这么多年过去了，除了衣着和发式，她似乎从没变过。她回头，叫了他一声："楚生哥哥。"

那一声"楚生哥哥"惊醒了他。他第一次意识到，他真的回来了。他顾楚生，终于从泥地里爬出来，他终于有能力，再去捧回那朵娇花。楚锦就仿佛是他一辈子的执念，他轻轻一笑，有了定夺。

顾楚生决定迎娶楚锦。这一次楚锦没有抗拒，甚至对他曲意奉迎。

对比楚瑜的刚烈，温柔可人的楚锦真是再好不过的解语花。顾楚生喜欢和楚锦聊天，也开始喜欢上了外面的生活。纳采、问名、纳吉、纳征、请期……背着楚瑜，他悄悄将一应事宜都安排好了。

定下婚期的那日，楚瑜突然脸色苍白地回了家。他们已经很久没说话了，他以为她是知道了他要迎娶楚锦的事，却不想，她却突然同他说："楚生，我们和好吧。"顾楚生微微一愣，楚瑜走上来拥住他，低声道，"他们议论你的那些话，我听到了。是我的不好。我这一身功夫，我找师父废了。楚生，我会好好当好顾大夫人，我不会再让人笑话你了。"

顾楚生没说话，好久后，他抱住她，慢慢道："你别怕。"接下来他也不知还应该说什么，便只是抱着她冰凉的身子，沙哑着声音说，"以后，我会护着你的。"

他把和楚锦的婚期推迟了，一切仿佛没发生过一样。楚锦并不催促，甚至等待得悠闲。他问楚锦，她是哪里来的这样的自信？楚锦微微一笑："楚生哥哥说得奇怪了，我的这份自信，不是哥哥给的吗？哥哥要的东西，"她将手搭在他的胸口，神色温柔，"哪一件，哥哥没得到？不过是一时怜惜而已，还能怜惜一辈子了不成？姐姐是楚生哥哥的妻子，我入门，她也不会如何。毕竟，她喜欢你，不是吗？"

她喜欢他，所以会包容他。若她不包容，那就是不够喜欢。不知道从何时起，这成了顾楚生做事的一贯逻辑。他总是在测试她对他的感情，反反复复，一次又一次。于是他拉了一下楚锦的手，点头道："你说得是。"

顾楚生和楚瑜过了一段似如新婚的日子，楚瑜的身体调养好了，终于有了身孕。那些日子里楚瑜很高兴，也不刺他了，他说什么，她都乐呵呵地接下，他便也说不出什么重话。

楚瑜开始试着给孩子做衣服，看着她笨拙又温柔的模样，顾楚生感到自己的内心似乎被什么东西填满了。她的肚子一日一日大起来，他什么都忘了，一心一意地等着这个孩子出生。他的喜悦感染了众人，朝堂上下都在恭贺他，除了卫韫。

一日，他正和同僚聊着将为人父的喜悦，卫韫从旁边走过，淡然出声："下作之人，堪配为父？"这话让他冷了神情，他盯着卫韫，平静地道："卫侯爷这是什么意思？"卫韫眼中带了讥讽："家中妻子有孕，大人却时常在外与红颜知己相会，顾大夫人若知此事，也不知会不会后悔，当年千里迢迢去救起这么一个狼心狗肺的东西。"

听到这话，顾楚生脸色大变。他生平最恨的，便是听人提起当年楚瑜私奔来救他这件事。他勾起嘴角，嘲讽道："那不也是抛下了你大哥来的吗？卫世子看不住人，这能怪我？"卫韫抬眼看他，神色平淡得似是不屑，冷笑出声："我大哥看不住人？大人可真是瞎了眼。"

这话让顾楚生气极，几乎无法喘息。他还想说什么，却见府上的小厮急急忙忙跑了过来，告诉他楚瑜早产了。顾楚生赶回家中，听见楚瑜在房内的叫喊声，他急得一边来来回回地走个不停，一边骂着下人："你们怎么看夫人的？！怎么把她看成这样的？！"

"大人，"管家终于忍不住，小声开了口，"夫人知道锦夫人的事了……"

听到这话，顾楚生的脑子"嗡"的一下。他张了张口，一句话都再说不出来。

楚瑜生产完，顾楚生去看她。

她很虚弱，他只站在她边上，一句话都不敢说。好久后，他终于坐到她身边，伸手握住了她的手，低低说了句："辛苦了。"楚瑜疲惫地睁开眼，看见是他，她的目光很凉，却是说了一句："放开。"顾楚生艰难地挤出一个笑容："我陪陪你。"

"脏。"楚瑜又吐出一个字。顾楚生摇了摇头，温柔地道："我不觉得脏。"楚瑜静静地看了他许久，终于又开了口："你脏。"

他的笑容僵住了。他看着楚瑜，只见她的眼里是藏不住的厌恶。他沉默了片刻，内心有什么情绪涌了上来。他突然又笑了："你后悔了？"楚瑜闭上眼，神色疲惫。他笑出声来，"你后悔了是不是？当初就不该选择我，不该和我在一起。你该嫁给卫珺的，是吗？……可他死了！"顾楚生站起身，狂笑出声，"他已经死了！你没有退路，楚瑜，你这辈子，注定只能跟我在一起，你知道吗？！"

楚瑜没说话。她的睫毛颤抖着，眼泪从眼角浸出来，那模样看上去可怜极了。顾楚生突然感到，那眼泪似乎是剜在了他的心上，让他又痛又绝望。然而，这中间似乎又带了那么几分欣喜，那是一种自虐带来的快感。

"既然……喜欢楚锦，又为什么，要娶我？既然，要娶她，"她的声音沙哑，每一个

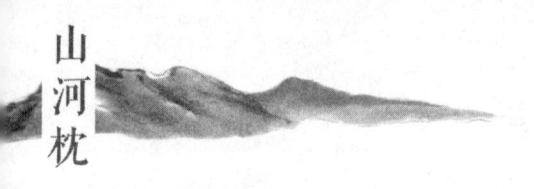

字都带着哭腔，"又为什么，不放我？"

不放她。当然不放她。顾楚生的脑海中仿佛有一头巨兽，咆哮着问——凭什么放？她嫁给他，有了他的孩子，这一辈子，下一辈子，她都是他顾楚生的妻子。

可这些话他不想说，他怕说出口，便会映照出他的那颗狼狈的心。于是他平静地出声："不是你求的吗？楚瑜，你一辈子都是顾大夫人，我会照顾你一辈子。"

楚瑜低笑起来："顾大夫人？"说着，她猛地睁开眼，用尽所有力气将手边的杯子砸了过去，怒吼出声，"我不稀罕！"

那杯子砸得顾楚生头破血流，就如这场感情。他们两个人，都挣扎得鲜血淋漓，他自己都不知道，到底是哪里出了错。

顾楚生迎娶了楚锦。

原计划是平妻，但最后，他还是只让楚锦当了一个贵妾。楚锦笑眯眯地同他道："贵妾不贵妾没关系，后院是我主事就行。"于是他去问楚瑜愿不愿意交出中馈。当时他想，只要楚瑜肯服软，他便仍把掌家大权留给她。可是她没有。她抱着孩子，直接同长月道："把账本、钥匙全部交过去吧。"

楚瑜甚至没有看他一眼。孩子出生之后，她就再没同他说过话。如无必要，她甚至都不会和他出现在同一个场合。那股深深的厌恶感，顾楚生能够明显地感知到，他甚至能明白，楚瑜的生命里只剩下那个孩子了，他无足轻重。

他想要引起她的注意，于是总去找她的麻烦。他逼着她把主屋让给了楚锦，还总当着下人的面责备她。然而楚瑜很少理会，除了涉及孩子之时。每当这个时候，楚瑜的反击总是来得又狠又毒，她熟知他的一切过往、一切狼狈，她会在众人面前，把他那不堪的过去堂而皇之地说出来，然后看着他怒极。

两人就这样拼命地伤害对方，却再不像少年时那般还拥有痊愈的空间。

一天夜里，顾楚生喝醉了。他太想她了，那晚他偷偷去见她。他看见她抱着孩子的模样，温柔又圆满。"颜青啊，"他听见她说，"以后咱们就是一个家，咱们谁都不要了，好不好？"孩子咯咯发笑，而顾楚生坠入了冰窟。谁都不要了，那是不是，连他也不要了？他突然很恨那个孩子，他疯了一般地认为，是那个孩子抢走了他的一切。

他要带走孩子："楚锦没有孩子，便给她养吧。"楚瑜终于有了反应。她疯了一般反扑向他，他却只是让人按住她，带走了孩子。而把颜青交给楚锦后的第二日，他终于觉得累了。他突然不想再管她。于是，他再不过问她的一切，他以为这样下去，一辈子也就会过去了。直到长月受罚。

楚瑜跪在顾楚生面前，哭得不成样子。她终于求他了——却是求的一封休书。折腾了这么多年，她终于想要离开他了——为了一个下人。顾楚生忍不住怒极而笑。他想问她，在她心里，他到底算什么？他有几斤几两？一个下人而已，就能让她想要离开？

他想教训她，不曾想，那个下人却死了。得知长月的死讯时，他突然产生一阵慌乱。匆匆赶到楚瑜的屋里，却见她跪坐房间中央，手里抱着一把剑，神色茫然中带着死寂。他站在门口，小心翼翼地唤她："……夫人。"楚瑜没有说话。好久后，她低下头，抚摸着剑，平静地道："大人，主母从乾阳来信，她身子不好，需要人照顾。我去吧。"

顾楚生微微一愣，他说不出任何话。好久后，他终于道——好。

楚瑜走了。

顾楚生想，这未必不好。纠缠了这么久，他也累了。反正……他也不喜欢她。无关的人，去了就去了。然而他又忍不住想，如果她求饶回来，那便回来吧。她毕竟是颜青的母亲，是他的妻子。

他一直等着她求饶，然而她一去乾阳，却仿佛是消失了一样。她没有给过他一封书信。她的丈夫，她的孩子，仿佛都和她没了关系。起初他还会愤怒，后来这份愤怒就化作了冰冷，他决定与她僵持。

许多年过去了，她终于给他来了一封信。那封信夹在其他众多书信之中，没有人特意提醒他，等他看到之时，已是好久之后了。她在信中求他，说她想回来，想看看她的父亲。顾楚生看着这信，笑了。不看丈夫，不看孩子，只惦念着父亲？他回绝了她。他要等她说出正确的答案。

又是许久之后，他终于再一次收到了她的信："妾身病重，已近微末，唯愿再见父母，了却残愿。望君念旧时情意，莫再相拦。"顾楚生的嘴角浮起冷笑，道："这又是在耍什么花招。"然而在内心深处，他清楚地知道，是真的。如果不是病重，按照楚瑜的脾气，哪里还需求得他的许可？

楚锦领了颜青过来，询问道："大人，可是出了什么事？"顾楚生冷着声音："楚瑜病了，说想见家人。我去接她回来。"楚锦愣了愣，片刻后，她垂下眼眸："我去吧。"他皱起眉头："你又想做什么？"楚锦这次失了笑意，她抬手拂过自己的发，平静地道："若是她撑不到回华京，也总得见见家人。"

顾楚生没有说话，最终还是允了。然而他终究是没忍住，连夜备马，给宫里送去假勤的折子，然后日夜兼程，马不停蹄。终于到达乾阳，他却只得了她一句——若得再生，愿能与君，再无纠葛。

841

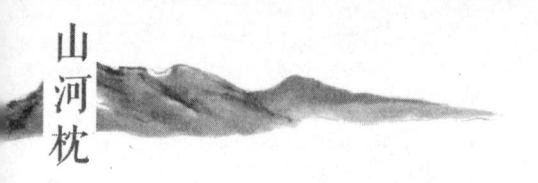

他颤抖着将她抱紧在怀里。死死地抱紧了她。

很多东西，要失去了才知重要。很多人，要离开了才知相爱。

楚瑜走后，顾楚生花了二十年的时间，才一点一点承认了他喜欢她这件事。最后，他为了她与卫家的婚契，甘愿死在了卫韫的剑下。而后他重生归来，他本以为他会和楚瑜重新开始，却不曾想，错过的人，便是永远错过了。

他恨过，绝望过，不择手段过，却在最后终于明白，爱这件事，本也只是一件单方面的事。他替卫韫抗下所有骂名，成了那个叛国之臣。楚军大获全胜后，他便下了狱。他本该死的，是卫韫和李春华等人力保，才让他苟活下来，还让他继续当了丞相。

起初天下都是骂声，后来骂声便渐渐小了。这一生，他将整个自己都放在了国家和百姓上，没有娶妻，没有纳妾，更无风流韵事。哪怕他被人骂了一辈子，后人将他记入史册时，也不忘将他当叛臣的那一笔浓墨重彩地写上，可当朝百姓，大多都敬他。是他开了城门，保住了华京百万百姓，这一点，百姓比谁都清楚。

雨渐渐小了，顾楚生和顾颜青说了许多话，也有些累了。他在床上躺下，顾颜青端着药碗出去，妻子正站在门口等他。看见他的神情，妻子忍不住叹了口气："父亲又同你说那个没影儿的夫人的事了？"

顾颜青点点头，有些无奈地道："人老了，便糊涂了。当年他一个人从昆阳一步一步爬上来，哪里有什么夫人的帮助？父亲啊……也不知什么时候才会清醒了。"

顾楚生躺在床上，顾颜青的话清晰地传进他的耳朵，他忍不住扬起了嘴角。他们都当他是糊涂了，可他自己却知道，他一点不糊涂。他记得很清楚——他爱那个人，爱他的妻子。那个女子一辈子都活在他的脑海里，活在他的心里。你看，时至今日，他仍旧能清晰地想起，那姑娘驾马而来，在夜雨里挑起他的车帘，朗声开口："顾楚生，你别怕，我来送你。"

这一辈子，他爱过黎民百姓，爱过秀丽山川，爱过大楚广川脉脉，山河巍巍。而他最爱的，便是那个姑娘。他别扭了一辈子，忐忑了一辈子，他自卑又骄傲，不安又执着，他用了一辈子，才终于承认——

他喜欢她。独独喜欢她。

番外　楚临阳

楚临阳生于武将之家。楚家祖上出身草莽，在开国功臣中属于末流，没有世家的底蕴，没有滔天的权势，楚临阳出生之时，楚家在华京也不过是个普通贵族。后来战乱，父亲楚建昌虽然不甚精明，但胜在直勇，挣下不少军功。楚家常年在大楚西南边境活动，彼时西南没有白州卫家那样常年驻守的军队，久而久之，楚家也就训练出了一支勉强可算是楚家军的军队，常年镇守西南。

为此，华京里瞧不上楚家的人时常会嘲笑，但无论如何，熬到楚临阳稍微大些，步入官场的时候，楚家在华京终于算得上是有头有脸的"世家"了。机缘巧合之下，楚临阳的大妹子楚瑜许给了卫家世子，小妹楚锦许给了顾家大公子顾楚生，算起来，他楚家的未来，无论如何，都差不到哪里去。

不过，差不到哪里去，和谢家比起来，终究也还是差了些。楚临阳的母亲谢韵便是谢家人。尽管她只是一个偏房之女，但毕竟是华京里有着百年传承的名门贵族，有着世人仰慕的风流和高傲，哪怕只是偏房之女，都能嫁给他父亲这样普通贵族的正房嫡子。

楚建昌脾气憨直急躁，谢韵则温和甚至懦弱。夫妻俩一个只会大吼大叫，一个只会哭泣埋怨。生于这样的家庭，楚临阳也不知道自己是怎么长大的。并且，他不仅长大了，还长得颇为端正、精明，十三岁成为少将军，十五岁时名下商铺已遍布西南，人称楚财神。多少贵女对他趋之若鹜，只是他的心思不在女人身上，也不想去搭理。

年纪上去了，父母就开始着急。谢韵打从楚临阳十五岁起就开始问他"有没有什么想法"，尽管华京体面人家的嫡子都是弱冠才成婚，可谢韵还是忍不住催促，总觉得至少先定个亲才算稳妥。他被催得烦了，便摆了摆手道："我看上了您母家的嫡女谢纯。"

"什么？！"谢韵愣了。他抬眼，淡道："怎么，我配不上不成？"谢韵惊得半天说不出话来。她不是觉得自己的儿子配不上母家嫡女，可是……这也拦不住谢纯看不上他啊。

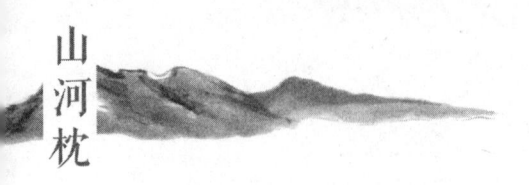

谢纯是谢家嫡女，父亲是内阁大学士，姑姑乃当今正得皇上盛宠的贵妃，几位兄弟也无一不是风流人物。而她本人，虽然容貌比不上楚瑜、楚锦，却有一股子说不出来的仙气，加之她才思敏捷，琴棋书画无一不通，也便成了众世家心中正妻的绝佳人选。

说出看上了谢纯的那句话时，其实楚临阳见都没见过她。然而这话把谢韵惊得不轻，她思前想后，觉得与其让儿子抱着没有可能的期望，不若给儿子拓宽道路。华京女人这样多，多见几个就有心思了。于是她和楚建昌联手装病把楚临阳从西南哄了回来，然后哭着闹着把他逼上了春日宴。

楚临阳此前一直待在西南，几乎没来过这种地方。他拿着一枝桃花，只觉得这宴会上的人都傻透了，只知道弹琴作画，写诗下棋，这些东西哪里有打仗、赚钱来得实在？他坐在自己的位子上憋得慌，心里盘算着，等宴会结束，他得赶紧离开华京。就在这时，人群突然喧闹起来："王二公子给谢大小姐下帖论战了！"

清谈论战，也是文人雅趣，但对比那些写诗弹琴的，楚临阳还是觉得这事要有意思多了。于是他端起杯酒，随着人群拥过去。而后他便看见高台之上，女子白衣蓝绫，发髻用玉簪高束，面色沉静平和，举手投足间尽显女子柔美与世家贵气，让人移不开目光。

她与王家二公子王瑄论的是儒法之争，那些书面上的话，楚临阳大多是不耐烦听的，也听不大明白。他只看着那姑娘侃侃而谈，听明白了唯一一句话——外儒内道，方是正途。以儒学为百姓之学，以道学为治国之道。顺民养息，顺天而为。若百姓需要开商，为何不开？

他有些诧异于一个在华京闺中长大的女子竟能说出这样的话来，纵然最后是她输了，离席之时，楚临阳仍把桃花放在了她的桌上。

回了家，楚瑜跑来问他："大哥，春日宴上谁最好看？"楚临阳想了想，认真道："谢纯吧。"

"大哥，那你想好了要娶谁吗？"

楚临阳又想了想，迟疑了片刻，道："还没。"

第二次见到谢纯，已不是春日宴那般风和日丽了。

那年西南洪涝，赈灾银两不够，他发给朝廷的折子一直等不来回音，无奈之下，他只能回京活动。他宴请了户部的人，喝得烂醉如泥也没从这批人手里抠出钱来。宴后他一个人跪在酒楼院子里吐，吐完，他抬起头，就看见长廊上站着一个姑娘。那姑娘神色冷淡，像月宫仙子落凡。

他愣了愣。姑娘从长廊上走下来，弯腰递了一方绢帕给他："我看见你请了户部的大人们。西南赈灾情况如何？"楚临阳接过她的帕子，撑着自己站起来："你识得我？"谢纯平淡地出声："从我华京去了沙场的儿郎，我都识得。"楚临阳微微一愣，点点头，说了句"谢谢"，而后便要走。谢纯却拉住了他。

"西南到底怎么了？"她皱着眉头。楚临阳知道自己本不该说的，然而那只拉着他的手仿佛绝境中的一棵稻草，让他忍不住出了声："今年洪涝频发，缺钱。"随后他叹息，"谢大小姐，这不是你该管的事情，你回去吧。"然而谢纯却是突然开了口："缺多少？"楚临阳一愣，报了一个数。谢纯点点头，"我明白了，七日后，我给你。"

楚临阳睁大了眼。虽然这次赈灾大头他已经填了，可剩下的也绝不是小数。他不知道这个女子要怎么帮他筹钱，直到第二日，他听说谢家嫡女要在诗社里募捐。而后数日，她站在台上慷慨陈词，她的诗画售卖一空。不到七日，她便带了银子来找他。她还是那副冷淡的样子，也看不出喜怒，只是道："楚将军，一路小心。"

楚临阳没说话，许久后，他拱手道："大小姐日后若有任何需要，楚某定然赴汤蹈火。"

"君战沙场，已是足够。谢纯手无缚鸡之力，不能为将军同袍协战，尽此绵薄之力，愿君不弃。"

楚临阳的目光落在谢纯单薄的肩膀上。她和楚瑜不太一样，楚瑜生于沙场，哪怕身为女子，也不会让人觉得柔弱怜惜。然而面前的这个女子，却似杨柳蒲苇，看上去不堪一折，又带着一种无形的力量。

他曾经问过自己无数次，为华京这批人征战到底值不值得。在这个女子来为他送行的这日，他终于知道了答案。

值得。

楚临阳带着谢纯给的钱回到了西南。

后来他时常会想起她。以他的性子，向来是想要什么就一定要得到什么，生平第一次，他心中生出了一种"不敢"的情绪。这个女人太美好，他自己都明白，她不会喜欢他，他也配不上她。但他还是总忍不住打听她的消息，有人回华京，他也总会给她捎去礼物。不过她只偶尔回信，问问西南的事。

得到谢纯和王瑄情投意合，相谈甚欢，两家或许将要联姻的消息时，楚临阳开始辗转难眠。他千里奔回华京，在谢家门外等了一夜。他本想去问她，若是自己上门求娶，她有没有那么一些可能答应。然而，清晨她出得门来，他远远见到她笑意盈盈地走向等在门口的王瑄，那一瞬间，他失去了所有勇气。

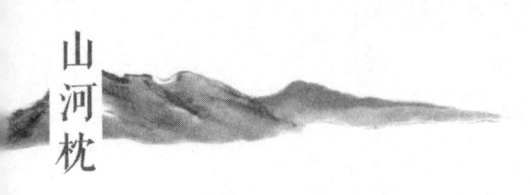

他悄无声息地来了华京，又悄无声息地回了西南。而后，才过了半年，就传来王瑄尚公主的消息。楚临阳毫不犹豫地再次回到了华京。这一次，他让人守住了谢家，却不知自己接下来该怎么做。

　　一日，谢纯身边的侍女偷偷去给王瑄送信，他跟着过去，躲在房梁之上，听见了王瑄气急败坏地低声训斥那侍女："你家小姐这是在做什么？尚不尚公主是我能决定的吗？这是陛下赐的婚，我又能怎么办？我若同她走了，我们两家人该怎么办？"

　　"可是……"那侍女红了眼，"小姐怀了您的孩子……"王瑄微微一愣，片刻后，他涨红了脸："你、你别瞎说，谁知道那是谁的孩子？！"侍女被这话激怒，抬起头哭了起来："王公子！小姐只和您一个人有过交集，您这话……"王瑄急了，怒道："我和她就只有过醉后那一次，哪里就这么巧了？你回去同她说清楚，这孩子不是我的，她别赖上我！"说完，王瑄便让人把侍女赶了出去。

　　侍女哭着回了谢府，她不敢将话说得太直接，只是道："王公子说事关两家人，他不愿来……"话没说完，谢纯便明白了，她似乎有些疲惫："他愿不愿来，是他的事。可我等不等，是我的事。"说完，她起身让侍女为她披上披风，带着剑和包裹，趁着夜色溜出了谢府。

　　楚临阳怕她出事，一直跟着她。只见谢纯径直出了城，然后便一直等在官道上。她等了一夜，从夜里等到黎明，那个人却始终没有来。天明时分，她终于同侍女道："你且先回去吧。我再等一会儿，他若不来，我会回去。现在我想一个人静一静。"

　　侍女犹豫了片刻，终于走了。谢纯独自下了马车，便往山上攀去。楚临阳静静地跟在她身后。她神色很平静，一如既往，看不出任何情绪。时至此刻，她也只是面上有些憔悴，举手投足间，仍旧不堕那份刻在骨子里的优雅自持。

　　好不容易爬到山头，来到崖边，风吹得谢纯的衣袖翻飞不已。太阳正在慢慢升起，她展袖往前，楚临阳骤然反应过来，飞身冲过去，就在女子跳崖的一瞬间，他猛地抓住了她的手。谢纯抬头，静静地看着他，却是道："放手。"楚临阳没说话，他一手撑着地面，轻喝一声，便将她提了上来。

　　"我不用你救。"她撑着自己起身。楚临阳还躺在地上，闭着眼睛："那你就为了别人去死。"谢纯顿住，一时没听明白。楚临阳又道："你的父母生你养你，你却为了一个人渣去死，亲者痛仇者快？你将你的生平所学抛诸脑后，这样便满意了？"说着，他直起身子，一手撑着地，一手搭在膝盖上，抬眼看向她，"你的一辈子就只有这么点儿分量吗？谢姑娘，我本来以为你挺聪明的，怎么也和那些女人一样，傻成了这样？你的一辈子，只是为了男人而生的吗？"

"不……"

"既然不是，你求什么死？"

"我让家族门楣蒙羞……"

"怎么蒙羞了？"楚临阳毫不客气地嘲讽着，"喜欢了一个人，被人醉后霸王硬上弓，怀了孩子，又被他抛弃，你便让家族蒙羞了？你是受害者，他王瑄都不觉得蒙羞，你还蒙羞了？"谢纯浑身震了震，楚临阳瞧着她，平静地道，"这世道不公正，可你心里得对自己公正。你喜欢一个人，想和一个人亲近，没有错。而他玷污了你，是他的错。我知道你难，我是站着说话不腰疼，可是谢姑娘，这世上每个人都有自己的难，死很容易，死了之后，难的可就是别人了。你想过你的父母、兄长吗？你想过所有爱你的人吗？你想过那些你想做却还未做的事吗？谢大小姐，你别告诉我，你生来这一辈子，除了找个男人嫁了，就没有其他想做的事。若是如此，你的父母让你读了那么多书，又是为什么？"

楚临阳一口气说了许多。谢纯不言，只是静静地看着他。片刻后，楚临阳叹了口气："行了，我送你回去吧。"谢纯垂眼，低哑出声："我不能回去。孩子的事情，瞒不住。"楚临阳抬眼，许久后，他终于又叹了口气，扭头看向一边，强装镇定："我和谢姑娘说句实话吧。我曾在谢府门口等了一整晚。……我本想求娶于你，可我不敢。其实，现在我也不该同你说这些话的，无论你嫁给谁，都应当是你愿意，而不是谁逼着你。谢姑娘，就算你有了一个孩子，该喜欢你的人，还是会喜欢你。"说着，楚临阳垂下眼眸，"唔……我也就是给你出个主意……如果你想留住这个孩子，我明日便可上门提亲。我会将他当作自己的孩子好好看待。"谢纯微微一惊，楚临阳又道，"若你不想为了孩子嫁我，我自然不会逼你，我还是会陪着你。等我攒够了军功，等我配得上你，我还会去提亲。"

谢纯呆呆地看着楚临阳，神色复杂。好久后，她才沙哑地开口："这对你……不公平。"楚临阳笑了笑："这世上哪里有什么公平不公平？若要说公平，这世道对你们女人，可又公平了？"

谢纯沉默不语，楚临阳便耐心等待着她的回复。好久后，她终于叹息："抱歉，楚将军。这般狼狈地遇到您，是我的失礼。"

回到谢府之后，一时华京便没有了谢纯的消息。孩子意外地没有保住，好在谢纯本人无事，只需要休养些时日。谢家将事情处理得很好，没有透露一丝一毫。

不多日，宫里定下了王瑄和玉林公主的婚期。大婚那日，楚临阳见到了谢纯。她清瘦了许多，含笑看着一对新人，面上没有一丝不悦。楚临阳一直看着她，不敢上前。他不日便要起程回西南去，他知道，这一走，又不知什么时候才能再见了。而谢纯在人群中回头

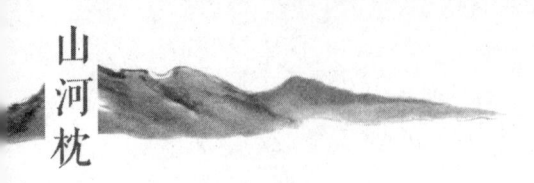

看他，随后朝他点了点头，微微一笑。那是近来谢纯脸上少有的笑容，带着过去不曾有的豁达和从容。

宴席过半，谢纯起身去庭院里散步，他赶紧跟了上去。两人在院子里见了面，许久无语，最终却是谢纯先开了口，她温和地道："楚将军，又见面了。"楚临阳应了一声。其实他有很多问题想问，却不知道该如何开口，还是谢纯道："听说楚将军近日将回西南，不知何时起程？"

"十日后。"

谢纯点了点头，抬眼看他："楚将军可曾去过护国寺？"

楚临阳微微一愣，片刻后，他反应过来，声音低了许多，支吾着："没……没去过……"果然，谢纯轻轻地道："不若明日我为将军引路，咱们去护国寺一游吧？"楚临阳红了脸，忙道："我会带上我家小妹。"谢纯也没想到楚临阳竟会害羞，轻笑起来："无妨。"

第二日清晨，楚临阳早早便叫醒了楚瑜和楚锦。兄妹三人来到护国寺时，谢纯已在等着了。楚锦心思细腻，看出两人有情况，便拉着楚瑜一路远远跟着不肯靠近。谢纯领着楚临阳一路往山上走去，从容地道："将军此去西南，也不知道什么时候才回来了。……那日之事，忘记感激将军。"

楚临阳点了点头，憋了许久才道："谢姑娘身体可无碍？"

"休养了些时日，现在有名医给的方子调养，应无大碍了。"谢纯答得坦荡，楚临阳一时不知道该接什么话才好，却听她笑着又道，"我家人倒是着急，总想着随便找个人家便让我嫁了。如今楚将军若是愿意上门提亲，怕是我家里会一口应下。"楚临阳皱起眉头，看着谢纯含笑的眼，想说什么，却被谢纯打断，"可我却是不会应的。您说得对，我不会因为这件事就变得低贱。我若要嫁给楚将军，也当是因为喜欢。"

楚临阳慢慢展开眉头，抿了抿唇，点头道："我明了了。……十日内，我会上门提亲。"

谢纯睁大了眼，忙道："我不是……"

"姑娘大可拒绝。您拒绝，我再提，等您什么时候想答应了，再答应就是。……我想娶的谢家大小姐，当是看得起自己，也撑得住门楣的谢纯。"

楚临阳说到做到。五日后，他带着一张足有两丈长的礼单去谢府提亲。谢家震惊，华京上下这时也才反应过来，这位打从西南来的财神爷，是位真财神。

谢家本想一口应下，但不知怎么商量的，最后终于还是拒了。王瑄听到消息，闲来同人议论，说了句："这样的好事，她还敢拒绝？"这话传到楚临阳的耳里，第二日，王瑄便被人在巷子里打了，被打了还算了，次日醒来他还衣冠不整地躺在青楼里，玉林公主派来的人气势汹汹，当场打断了他的腿。

谢纯知道这事后，微微一愣，当即心下明了："没查出来是谁打的吧？"侍女笑着答道："没呢。王家怀疑是老爷派人打的，却也不敢上门来问。"听到这话，谢纯抿唇笑了起来："他们家可不敢的。"

又过了五日，楚临阳回了西南，而后便每个月都让人送来礼物。他是个通透人，把谢家连主子带仆从的喜好都摸得一清二楚，投其所好，送了不少东西。而谢纯本人几乎每日都会收到他的信。为了讨好她，他还读了许多书，认认真真地做好笔记，夹在信中寄给她。得了空他就从西南回来，有时候是赶了好几天的路只为见上她一面，然后又走了。如此一来，谢家上下无不感念楚临阳，常和谢纯念叨："嫁了吧。身份虽然低了些，但人可真不错。"

谢纯终于学会了思念，开始因为这个人而悲喜，慢慢地，她也开始给他捎带东西。

半年后，王瑄被派上西南前线，很快死在了战场上。听到消息时，谢纯愣了愣，她以为自己会难过，却发现，她并没有。这个人仿佛她生命里的一道伤口，她手里有良药，时间久了，那伤口竟慢慢地连疤痕都没有了。

而此刻她担忧的是另一件事——此番战况激烈，楚临阳也在战场上，他会没事吗？

这般寝食难安了多日，一个风雨交加的晚上，突然有人敲响了她的房门。他是翻墙进来的，身上带着浓重的血腥味和汗酸味，明显是刚从战场上下来就直奔华京。谢纯看见是他，整个人都愣住了。楚临阳见了她，第一句话却是："对不起……我承认，我的确不愿意救他。可那时他中了计被包围，若真要救，牺牲太大，事出紧急，我……"

谢纯没说话，许久后，她伸出手，抱住了楚临阳。楚临阳浑身僵了僵，好半天他才说出一个字："脏……"谢纯叹息："我不怪你不去救他，我是害怕……临阳，还好那日被包围的是王瑄，不是你。说起来，临阳……"她的声音越发温和，"我年纪大了，他们都笑我是老姑娘。要不，你娶了我吧？"

"谁说你是老姑娘？"楚临阳皱起眉头。谢纯笑起来："重点是这个吗？"楚临阳低头瞧她："重点是我娶你？……可这件事，不是早就定下了吗？就等着你应下了。"

楚临阳回到楚府，梳洗干净。第二日，他又带着人和礼去谢府提亲了。

谢家已经把楚临阳提亲这事当成了串门子，早就习惯了。按惯例，谢家主人出来请楚家人喝了茶，谢大学士一边留楚临阳闲聊，一边派人去问谢纯的意思，本以为又会是拒绝，谁知道这次侍女却是激动地一路跑回来，边跑边喊："答应了，小姐答应了！"

谢大学士惊得一口茶喷了出来。

这件事，也就定了下来。

楚临阳给了谢纯一场盛况空前的婚礼，整场婚礼几乎都是钱堆出来的，华京里不免有人骂楚临阳庸俗，还有甚者说谢家嫡女嫁了这样的人，也是失了格调。而谢纯，她在一片金灿灿中被楚临阳掀起盖头，却也觉得，其实楚临阳这金灿灿的审美，也没什么不好。

婚后谢纯主内，楚临阳主外。谢纯不太喜欢谢韵，而谢韵天生有些怕谢纯，于是一个弱一个冷，倒也相安无事。谢纯在掌管中馈一事上学习得很快，对账务管理尤其熟悉，因而哪怕还有谢韵这么个主母在，楚府的内务依然在她的管理下井井有条，从未出过岔子，偌大的家业，更从未出现过争抢。

不过，唯一让谢纯有些头疼的，便是楚瑜。谢纯身子骨弱，楚瑜却是个大力的，有一次，她见着谢纯，不经意间一巴掌拍下去，谢纯肩头就青了一个巴掌印。楚临阳顿时黑了脸，回去就在比武场上把楚瑜打得哭爹喊娘。从此以后，凡是见着楚瑜，楚临阳都得把媳妇儿抱在怀里，后退一步，谨防楚瑜动手。

再后来，天下大乱，楚临阳自立为王。

做下这个决定的当天，他回到府上同谢纯道："夫人，不若你先回母家去吧。待日后天下平定，我若无事，再迎你回来。若是我出了事，你在母家也……"

然而，楚临阳的话没说完，谢纯却是摇了摇头。他微微一愣，便见谢纯抬起头瞧向了自己。她的语气温和，却又无比认真："谢家有谢家的选择，我有我的选择。临阳，我是你的妻子，也是孩子的母亲。我父亲的选择，我无法理解，但也尊重；而我相信，他也会尊重我的选择。……我会陪伴你到最后一刻，若你真去了，我也会护住楚家。我是楚家大夫人。"

楚临阳微微一愣。那一刻，他想起了楚瑜的选择。他骤然发现，原来所谓的大夫人，并不是谁都当得的。他突然明白了自己十八岁第一次去参加春日宴时，对谢纯的那份惊艳之感，来自何处。一个女人，不仅享受其权利，还承担其责任，不卑不亢，从容风流。那么，她的这一生，无论经历了什么，无论手中提的是剑还是笔，胸中装的是江山还是家人，她都将闪闪发光。

楚瑜如是，蒋纯如是，魏清平如是，长公主如是，谢纯，亦如是。

（全文）完